O homem-espelho

Lars Kepler

O homem-espelho

TRADUÇÃO
Renato Marques

Copyright © 2020 by Lars Kepler

Grafia atualizada segundo o Acordo Ortográfico da Língua Portuguesa de 1990, que entrou em vigor no Brasil em 2009.

Título original
The Mirror Man

Capa
Estúdio Nono

Foto de capa
Adobe Stock

Preparação
Iana Araújo

Revisão
Luís Eduardo Gonçalves
Marise Leal

Dados Internacionais de Catalogação na Publicação (CIP)
(Câmara Brasileira do Livro, SP, Brasil)

    Kepler, Lars
        O homem-espelho / Lars Kepler ; tradução Renato Marques. — 1ª ed. — Rio de Janeiro : Alfaguara, 2023.

        Título original : The Mirror Man.
        ISBN 978-85-5652-195-8

        1. Ficção sueca I. Título.

23-162300   CDD-839.73

Índice para catálogo sistemático:
1. Ficção : Literatura sueca   839.73
Cibele Maria Dias – Bibliotecária – CRB-8/9427

Todos os direitos desta edição reservados à
EDITORA SCHWARCZ S.A.
Praça Floriano, 19, sala 3001 — Cinelândia
20031-050 — Rio de Janeiro — RJ
Telefone: (21) 3993-7510
www.companhiadasletras.com.br
www.blogdacompanhia.com.br
facebook.com/editora.alfaguara
instagram.com/editora_alfaguara
twitter.com/alfaguara_br

O homem-espelho

1

Através das janelas encardidas da sala de aula, Eleonor observa os arbustos e as árvores se curvarem, fustigados pela violenta brisa que levanta poeira ao longo da rua.

Quase parece que do lado de fora da escola corre um caudaloso rio, turvo e silencioso.

O sinal toca, os alunos recolhem seus livros e cadernos. Eleonor se põe de pé e segue os outros para fora da sala.

Ela observa Jenny Lind abotoar a jaqueta em frente ao armário. Seu rosto e sua cabeleira loira refletem no metal amassado.

Jenny é bonita, diferente. Tem olhos intensos que deixam Eleonor nervosa, fazem suas bochechas corarem.

Jenny tem um jeito artístico, gosta de tirar fotos. Também é a única pessoa na escola inteira que realmente adora ler. Quando completou dezesseis anos, uma semana atrás, Eleonor lhe disse "feliz aniversário".

Mas ninguém dá a mínima para Eleonor. Ela não é bonita o suficiente e sabe disso, apesar de uma vez Jenny ter dito que queria fazer uma série de retratos dela.

Isso foi depois da aula de educação física, enquanto as duas estavam nos chuveiros.

Eleonor pega suas coisas e segue Jenny em direção ao portão principal da escola.

A ventania chicoteia a areia e sacode folhas secas junto às paredes brancas do prédio, espalhando-as pelo pátio.

O cordão de hasteamento bate com força contra o mastro da bandeira.

Quando Jenny chega ao bicicletário, se detém e grita alguma coisa. Gesticula, furiosa, e sai a pé, sem sua bicicleta.

Eleonor havia furado os pneus naquela manhã, na esperança de que isso se convertesse na oportunidade de acompanhar Jenny numa caminhada até a casa dela.

Aí elas poderiam retomar a conversa sobre fotografia, sobre como as fotos em preto e branco parecem esculturas feitas de luz.

Eleonor precisa fazer força para refrear sua imaginação antes de chegar a ver, num devaneio, as duas se beijando.

Eleonor segue Jenny. As duas passam pelo centro esportivo Backavallen.

A área do lado de fora do restaurante está vazia, os guarda-sóis brancos balançam.

Ela quer alcançar Jenny, mas não ousa.

Eleonor se mantém uns duzentos metros atrás dela, na estreita calçada paralela à rua Eriksbergs.

As nuvens correm acima dos abetos.

O cabelo loiro de Jenny esvoaça e cai em cheio sobre seu rosto quando um dos ônibus da Linha Verde passa.

O veículo faz o asfalto tremer.

Elas passam pelo posto da guarda-florestal e deixam para trás a área mais urbana. Jenny atravessa a rua, agora uma estrada, e continua do outro lado.

O sol irrompe. As nuvens restantes projetam sombras que parecem voar em disparada pelos campos.

Jenny mora numa bela casa às margens do lago em Forssjö.

Eleonor sabe disso porque certa vez apareceu lá depois de encontrar o livro perdido de Jenny — um livro que ela mesma havia escondido. No fim das contas, não se atreveu a tocar a campainha e, após esperar por uma hora do lado de fora, simplesmente deixou o livro na caixa de correio.

Jenny faz uma pausa sob os fios de eletricidade para acender um cigarro, depois retoma a caminhada. Os botões no punho de sua manga cintilam na luz.

Eleonor ouve atrás de si o estrépito de um enorme caminhão semirreboque.

O chão estremece quando a carreta-baú de placa polonesa passa trovejando em alta velocidade.

A jamanta freia com um rangido estridente e a carroceria se inclina para o lado. O caminhão sai bruscamente da estrada e invade o acostamento gramado, deslizando ao longo da calçada atrás de Jenny antes de o motorista conseguir parar de vez.

— Mas que porra é essa?! — Jenny grita.

As laterais do semirreboque são fechadas com uma lona azul retrátil, ao longo da qual escorre desde o teto um filete de água que abre um sulco lustroso na terra. O motor ainda está ligado, e a fumaça dos escapamentos cromados sobe em colunas finas.

A porta da cabine se abre e o motorista desce de um salto. Sua jaqueta de couro preta tem um estranho retalho cinza nas costas e se ajusta perfeitamente ao seu corpo largo. O cabelo encaracolado lhe cai quase até os ombros.

Ele anda a passos largos em direção a Jenny.

Eleonor estaca e observa o motorista bater no rosto dela.

Algumas das correias na lateral do caminhão se soltaram. A brisa ergue uma parte da lona que cobre o semirreboque, impedindo a visão de Jenny.

— Ei? — Eleonor grita, avançando. — O que você está fazendo?!

Quando o tecido grosso torna a cair, ela vê que Jenny está no chão, deitada de costas.

Jenny levanta a cabeça e abre um sorriso aturdido, os dentes manchados de sangue.

A parte solta da lona começa a se agitar e a inflar de novo.

As pernas de Eleonor estão trêmulas quando ela pisa na valeta molhada. Ela se dá conta de que precisa chamar a polícia e enfia a mão no bolso para pegar o celular, mas treme tanto que o aparelho escorrega de seus dedos e cai.

Eleonor se abaixa para pegá-lo e, quando olha de relance para cima, vê Jenny se debater e espernear ao ser agarrada pelo caminhoneiro.

Um carro buzina quando Eleonor vai até o meio da estrada e desata a correr em direção ao caminhão.

Os óculos escuros do caminhoneiro brilham à luz do sol enquanto ele limpa as mãos ensanguentadas na calça jeans e entra de novo na cabine. Ele fecha a porta, engrena o caminhão e arranca, uma das rodas ainda na estreita calçada. Da faixa seca de grama sobe um punhado de poeira quando o veículo troveja e entra na estrada, ganhando velocidade depressa.

Eleonor se detém, ofegante. Jenny Lind sumiu.

No chão restam apenas um cigarro pisoteado e a mochila com os livros dela.

2

Jenny Lind está deitada no fundo de um bote num lago escuro. O marulho das ondas faz ranger as pranchas de madeira abaixo dela.

Ela acorda com uma súbita ânsia de vômito. O chão balouça.

Seus ombros estão doloridos, os pulsos queimam. Ela percebe que deve estar na carroceria do caminhão.

Sua boca está selada com fita adesiva. Ela está deitada de lado, as mãos amarradas acima da cabeça.

Não consegue enxergar muita coisa — é como se seus olhos ainda estivessem adormecidos. Riscas de luz do sol atravessam a lona.

Ela pisca, e sua visão fica turva.

Sente uma náusea inacreditável. Sua cabeça está latejando.

Os enormes pneus rugem contra o asfalto abaixo dela.

Suas mãos estão amarradas a uma das vigas de metal que sustentam a cobertura do semirreboque.

Jenny tenta entender o que aconteceu. Ela se lembra de ter sido derrubada no chão, de alguém segurando um pano frio sobre sua boca e nariz.

Uma onda de ansiedade a arrebata.

Ela olha para baixo e vê que seu vestido está enrolado na cintura, mas a meia-calça preta continua no lugar.

O caminhão percorre em alta velocidade um longo trecho reto de estrada, o motor firme e estável.

Desesperada, Jenny procura por algum tipo de explicação lógica, uma fonte de mal-entendidos, mas no fundo sabe exatamente o que está acontecendo. Ela está na exata situação que todas as pessoas mais temem. É o tipo de coisa que só ocorre em filmes de terror.

Ela deixou a bicicleta na escola e estava voltando para casa, fingindo não perceber que Eleonor a seguia, quando o caminhão parou na calçada atrás dela.

A pancada foi tão inesperada que ela não teve tempo de reagir e, antes que pudesse se levantar, o homem enfiou um pano molhado em seu rosto.

Ela não faz ideia de por quanto tempo ficou inconsciente. Suas mãos estão dormentes pela falta de circulação.

A cabeça rodopia e por um momento sua visão desaparece por completo. Ela encosta a bochecha no chão.

Procura manter a respiração calma. Sabe que precisa dar um jeito de não vomitar enquanto sua boca estiver fechada com fita adesiva.

Há uma cabeça de peixe seca enfiada junto à porta traseira do caminhão, e o ar na carroceria tem um cheiro adocicado e pesado.

Jenny levanta a cabeça outra vez. Piscando, percebe que há um armário de metal trancado com cadeado e dois grandes cochos de plástico na parte da frente do semirreboque, presos com correias grossas; o chão ao redor deles está molhado.

Tenta se lembrar do que as mulheres que sobreviveram a assassinos em série dizem sobre lutar ou tentar forjar um vínculo, conversando sobre orquídeas ou algo assim.

Não adianta tentar gritar. Com a boca vedada, ninguém a ouviria. De qualquer forma, precisa ficar quieta. É melhor que ele não saiba que está acordada. Ela se ajeita, enrijece o corpo e leva a cabeça até as mãos.

O semirreboque balança, fazendo seu estômago revirar. O vômito enche sua boca.

Seus músculos começam a tremer.

As braçadeiras de náilon que prendem os pulsos estão cortando sua pele.

Com os dedos dormentes ela consegue agarrar a ponta da fita adesiva e arrancá-la da boca. Ela cospe e cai de lado, tentando tossir com o mínimo de ruído possível.

Qualquer que fosse a substância naquele pano, afetou sua visão.

Jenny perscruta a estrutura metálica que sustenta a lona pelos dois lados da carroceria. Tem a sensação de estar olhando através de um saco de aniagem. Cada uma das traves metálicas sobe verticalmente até o teto, onde faz uma acentuada curva de noventa graus, continua sob o teto e desce do lado oposto.

Feito ripas entrelaçadas numa treliça de telhado, unidas com barras horizontais ao longo das laterais.

Ela pisca, tentando focar os olhos, e nota que faltam vigas do outro lado do compartimento, onde em vez disso a cortina é reforçada com cinco fileiras de barras embutidas.

Jenny entende que deve ser para que a lateral da carroceria possa ser enrolada para cima durante o carregamento. Se conseguir deslizar as mãos atadas ao longo de toda a extensão do poste de metal pelo teto, poderá chegar ao outro lado, abrir a tampa e gritar por socorro.

Ela tenta levantar a mão algemada poste acima, mas imediatamente fica presa. O náilon afiado da braçadeira crava em sua pele.

O motorista muda de faixa, Jenny perde o equilíbrio e bate a têmpora numa das traves de metal.

Ela desmorona bruscamente no chão, engolindo em seco várias vezes, e pensa naquela manhã. Pensa na mesa do café, com torradas e geleia nos pratos. Sua mãe estava contando sobre a tia de Jenny, que um dia antes havia sido internada para colocar quatro stents no coração.

O celular estava em cima da mesa, ao lado da caneca. Tinha deixado no modo silencioso, mas as notificações na tela ainda chamavam sua atenção, o que irritou seu pai. Ele achou que Jenny estava sendo desrespeitosa; ela se frustrou com a injustiça da coisa toda.

— O que foi que eu fiz? Por que você está sempre pegando no meu pé? Só porque a sua vida é uma merda? — ela gritou e saiu da cozinha bufando de raiva.

O chão se inclina e o caminhão reduz a velocidade, diminuindo a marcha enquanto sobe a colina. Os intermitentes feixes de luz do sol penetram a lona, fazendo cintilar o piso imundo do semirreboque.

Em meio a pedaços de lama seca e folhas enegrecidas, Jenny vê um dente. Um pico de adrenalina percorre seu corpo.

Seus olhos esquadrinham o interior da carroceria.

A menos de um metro, ela avista duas unhas quebradas pintadas de vermelho, o esmalte intacto. Numa das traves de metal há uma mancha de sangue ressecado, fios de cabelo ainda agarrados a uma área amassada na tampa traseira.

— Ai meu Deus, ai meu Deus, ai meu Deus... — Jenny murmura.

Ela se põe de joelhos e em seguida se senta, imóvel, tirando o peso da braçadeira de náilon ao redor dos pulsos e sentindo o sangue voltar para os dedos com milhares de minúsculas alfinetadas.

Seu corpo inteiro estremece; ela tenta se levantar, mas a braçadeira se enroscou em alguma coisa.

— Eu consigo fazer isso — sussurra.

Ela precisa manter a calma. Não pode se permitir dominar pelo pânico.

Balançando as mãos, se move para o lado e percebe que é capaz de se arrastar ao longo da barra inferior.

Ofegante, ela avança, passando por saliências no poste até alcançar a seção frontal da carroceria. Agarra com ambas as mãos a barra e tenta arrancá-la, mas a peça foi soldada à trave dianteira e é impossível dobrá-la.

Jenny espia o armário de metal. O cadeado está aberto, balançando na argola pendurada.

Outra onda de náusea vem, mas ela não tem tempo para esperar. A viagem pode acabar a qualquer momento.

Ela inclina o corpo o máximo que pode em direção ao armário, esticando totalmente os braços, e, usando a boca, consegue alcançar o cadeado. Com cuidado, empurra o cadeado para cima e o puxa de volta, agachando-se para derrubá-lo em seu colo. Abre lentamente as coxas. O cadeado cai no chão sem fazer barulho.

O caminhão faz uma curva. A porta do armário se abre.

As prateleiras internas estão repletas de pincéis, potes, alicates, serras, facas, tesouras, produtos de limpeza e trapos.

A frequência cardíaca de Jenny aumenta. Sua pulsação troveja nos ouvidos.

Há uma alteração no som do motor, e o caminhão parece desacelerar.

Mais uma vez Jenny se põe de pé, inclina-se para o lado e usa a cabeça para manter a porta do armário aberta. Numa prateleira entre duas latas de tinta, vê uma faca com cabo de plástico sujo.

— Santo Deus, por favor, me salve, santo Deus... — ela sussurra.

O caminhão dá uma guinada. A porta de metal acerta em cheio a cabeça de Jenny, com tanta força que ela cai de joelhos, perde a consciência por alguns segundos e então vomita.

Em seguida, ela se levanta e percebe que o sangue começou a respingar dos cortes nos pulsos para o chão imundo.

Jenny se inclina para a frente, usa a boca para alcançar o cabo da faca e crava os dentes no plástico quando o caminhão para com um silvo.

Ouve-se um suave som de raspagem enquanto ela levanta a faca da prateleira.

Ela abaixa cuidadosamente a cabeça até as mãos e, com toda a força de que é capaz, pressiona a lâmina enferrujada contra as finas hastes das braçadeiras de náilon.

3

Com a faca enferrujada entre os dentes, Jenny tenta cortar a braçadeira que algema seus pulsos. Quando percebe que a lâmina fez apenas um ligeiro entalhe no plástico branco, morde o cabo com mais força, aumentando a pressão.

Jenny pensa no pai, na expressão de tristeza em seu rosto quando gritou com ele naquela manhã, no vidro arranhado do relógio de pulso, nos gestos resignados quando ela saiu, enfurecida.

Mesmo com a boca doendo, ela continua a serrar o náilon. Saliva escorre pelo cabo da faca.

Uma repentina onda de tontura a atinge, e ela está prestes a desistir quando o plástico se rompe: a faca conseguiu cortar a braçadeira.

Trêmula, Jenny desaba de lado e ouve a faca cair com estrépito. Ela se levanta rápido e a encontra; em seguida vai para o lado direito da carroceria e, atenta, se põe à escuta.

Não consegue ouvir nada.

Jenny sabe que precisa agir com rapidez, mas suas mãos tremem tanto que precisa se esforçar para conseguir enfiar a faca na lona.

Ela ouve um zumbido que dura apenas alguns segundos.

Ajustando o manejo da faca, Jenny perfura o tecido e faz um rasgo vertical, bem perto da última viga de metal, abrindo uma fresta para espiar.

O caminhão chegou a um posto de parada; o lugar está às moscas. O chão está atulhado de caixas de pizza, trapos ensebados de graxa e óleo e camisinhas usadas.

O coração de Jenny martela com tanta força que ela mal consegue respirar. Não há vivalma à vista, nenhum outro carro por perto.

O vento arrasta um copo de plástico pelo asfalto.

Jenny sente espasmos na barriga, mas, engolindo em seco, consegue sufocar a ânsia de vomitar.

Gotas de suor escorrem por suas costas.

Com as mãos trêmulas, ela faz um corte horizontal no tecido, logo acima da barra.

Seu plano é escapar do baú, correr floresta adentro e se esconder.

Ouve passos pesados, um som metálico e rascante. Sua visão torna a ficar turva.

Jenny sai e se empoleira na beirada do semirreboque, sente o vento no rosto. Agarrada à lona, balança e deixa a faca cair. A tontura parece propagar-se em ondas e, quando ela olha para o chão, tem a impressão de que o caminhão inteiro corre o risco de tombar.

Ao aterrissar, sente uma dor lancinante no tornozelo, mas mesmo assim dá um passo à frente, conseguindo manter o equilíbrio.

A tontura é tão intensa que ela é incapaz de caminhar em linha reta.

Sua cabeça lateja com mais força a cada passo. Uma bomba de diesel emite um barulho pulsante.

Jenny pisca e começa a andar no exato momento em que um vulto enorme aparece na borda do semirreboque e a vê. Ela se detém e dá um passo vacilante para trás. Sente de novo que vai vomitar.

Se abaixa sob o engate enlameado entre o caminhão e o semirreboque e rasteja, observando o vulto correr na direção oposta.

A mente de Jenny está em polvorosa — precisa encontrar um lugar para se esconder.

Levanta com as pernas trêmulas e se dá conta de que não conseguirá fugir do caminhoneiro e se embrenhar floresta adentro.

Já não sabe onde o vulto está. O pulsar do sangue lateja em seus ouvidos.

Precisa voltar para a estrada principal e fazer sinal para algum carro.

O chão oscila e dá uma guinada sob seus pés, as árvores giram ao redor. O vento forte inclina a grama amarela do prado à beira da estrada.

O caminhoneiro desapareceu. Jenny acha que ele pode ter contornado o caminhão, ou talvez esteja se escondendo atrás da fila de enormes pneus.

Seu estômago volta a se contorcer.

Ela olha de relance em todas as direções, agarrando-se à porta traseira, piscando com força e tentando descobrir onde fica a rampa de acesso à rodovia.

Ouve um som de algo se arrastando. Precisa correr, se esconder.

Enquanto recua ao longo do semirreboque, Jenny sente que suas pernas estão prestes a entregar os pontos. Vê algumas latas de lixo, um quadro de informações e uma trilha que leva à floresta.

Um motor ronca em algum lugar próximo.

Ela olha para o asfalto, tenta se recompor e pensa em pedir ajuda quando detecta um movimento sombrio ao lado de uma das pernas.

A mão imensa agarra seu tornozelo, puxando-a para baixo. Jenny cai e bate o quadril, e alguma coisa em seu pescoço estala quando seu ombro atinge o chão. O motorista está debaixo do semirreboque, arrastando-a para si. Jenny tenta se segurar em um pneu, rolando de costas e dando chutes com a perna livre. Acerta um pontapé na suspensão e esfola o tornozelo, então consegue se desvencilhar e rastejar de novo para fora.

Jenny se esforça para ficar de pé, mas a paisagem inteira oscila para o lado. Ela engole a bile na garganta, ouve o baque surdo de passos e presume que o caminhoneiro deve estar correndo ao redor do semirreboque.

Cambaleia para a frente, se esquiva sob a mangueira da bomba de diesel e se move o mais rápido que pode em direção à orla da floresta. Quando está olhando de relance por cima do ombro, dá um encontrão em outra pessoa.

— Ei, o que está acontecendo aqui?

A voz pertence a um policial, que está urinando na grama alta. Agarrando a jaqueta do homem, Jenny quase cai e o arrasta consigo.

— Me ajuda...

Ela o solta e cambaleia para o lado.

— Dê um passo para trás — ele ordena.

Jenny engole em seco, tentando agarrar outra vez a jaqueta do policial. Ele a empurra e ela cai de joelhos na grama, amortecendo a queda com as duas mãos.

— Por favor — ela sussurra antes de vomitar.

O chão oscila e Jenny desaba bruscamente de lado, olhando através da grama para a motocicleta do policial. Consegue perceber movimentos refletidos no cano do escapamento.

É o caminhoneiro que vem na direção deles. Ao virar a cabeça, Jenny vê a calça jeans e a jaqueta de couro imundas do homem; a visão continua embaçada, como se olhasse através de um vidro arranhado.

— Me ajuda — ela repete, lutando para suportar a dor.

Jenny tenta se levantar e vomita mais uma vez; enquanto cospe na grama, ouve os dois homens conversando. Uma das vozes diz:

— É minha filha — E explica que não é a primeira vez que a garota foge de casa para farrear e beber.

O estômago de Jenny revira. Ela tosse e tenta falar, mas vomita de novo.

— O que é que eu posso fazer? Tirar o celular dela?

— Sei como é — o policial diz, rindo.

— Pronto, pronto, tudo bem, querida — o motorista do caminhão fala, dando um tapinha nas costas de Jenny. — Ponha tudo para fora, você vai se sentir melhor daqui a pouco.

— Qual é a idade dela? — o policial pergunta.

— Dezessete. Daqui a um ano poderá tomar suas próprias decisões... mas se ela me der ouvidos, vai continuar na escola pra não acabar tendo que dirigir um caminhão.

— Por favor — Jenny sussurra, limpando o muco viscoso da boca.

— Você não poderia deixá-la passar a noite numa cela por causa da bebedeira, certo? — o caminhoneiro pergunta.

— Não se ela tiver dezessete anos — o policial responde antes de atender pelo rádio a uma chamada de emergência.

— Não vá embora — Jenny murmura, tossindo.

O policial se dirige calmamente de volta para sua moto assim que encerra a chamada. Um corvo crocita em algum lugar próximo.

A grama alta se curva e balança com o vento, e Jenny observa o policial vestir o capacete e as luvas. Sabe que precisa se levantar e pressiona as mãos contra o chão. A tontura chega perto de derrubá-la novamente, mas ela luta e consegue ficar de joelhos.

O policial sobe na motocicleta e liga o motor. Jenny tenta chamá-lo, mas ele não a ouve.

O corvo levanta voo enquanto o policial engata a primeira e vai embora.

Jenny desaba de novo na grama. Ouve o som de cascalho triturado sob os pneus da moto enquanto o policial se distancia até desaparecer.

4

Pamela gosta dos cristais de gelo soltos que se formam quando a neve começa a derreter nas encostas. Eles tornam a aderência dos esquis tão agressiva que chega a ser assustador.

Ela e a filha, Alice, têm usado protetor solar, mas ainda assim estão com as bochechas um tanto coradas. Martin, por outro lado, queimou o nariz e a pele sob os olhos.

Eles almoçaram ao ar livre mais cedo, e estava tão quente que Pamela e Alice tiraram os pesados casacos e ficaram apenas de camiseta.

Os três estão com as pernas doloridas, por isso decidiram que no dia seguinte vão tirar uma folga das pistas de esqui. Alice e Martin planejam pescar enquanto Pamela faz uma visita ao spa do hotel.

Quando tinha dezenove anos, Pamela e seu amigo Dennis viajaram juntos para a Austrália. Certa noite, ela conheceu um homem chamado Greg num bar e dormiu com ele. Quando voltou para a Suécia, percebeu que estava grávida.

Pamela mandou uma carta para o bar em Port Douglas, endereçada a Greg, que tinha olhos azuis da cor do mar, e um mês depois ele respondeu explicando que já estava em um relacionamento. No entanto, estava disposto a pagar por um aborto.

Foi um parto difícil, que terminou em uma cesariana de emergência. Pamela e a menina sobreviveram e, quando os médicos a aconselharam a não ter mais filhos, ela decidiu colocar um DIU. Dennis esteve ao seu lado durante a gravidez e o parto, apoiando-a e a incentivando a realizar seu sonho de estudar arquitetura.

Quase imediatamente após seus cinco anos de faculdade, Pamela arranjou um emprego em um pequeno escritório de arquitetura em Estocolmo. Conheceu Martin enquanto trabalhava no projeto de uma mansão em Lidingö. Ele era o empreiteiro da construtora responsável pela obra. Parecia um astro do rock, com olhos intensos e cabelo comprido.

Eles se beijaram pela primeira vez numa festa na casa de Dennis. Quando Alice tinha seis anos, foram morar juntos e se casaram dois anos depois. Alice agora tem dezesseis e está no primeiro ano do ensino médio.

São oito da noite e o céu está escuro. Eles pediram serviço de quarto, e Pamela está correndo para arrumar todas as roupas esparramadas e meias sujas antes que a comida chegue.

Dá para ouvir Martin cantando "Riders on the storm" no chuveiro.

O plano de Pamela e Martin é, assim que Alice adormecer, trancar a porta, abrir uma garrafa de champanhe e fazer sexo.

Pamela recolhe as roupas da filha e as leva para o quarto.

Encontra Alice sentada na cama, de calcinha e o celular numa das mãos. A garota se parece com a Pamela adolescente, tem os mesmos olhos e o mesmo cabelo cacheado castanho-avermelhado.

— As placas do caminhão eram roubadas — Alice diz, tirando os olhos da tela. Duas semanas antes, a mídia noticiou que uma garota da idade de Alice havia sido atacada e sequestrada em Katrineholm. O nome dela era Jenny Lind, como a lendária cantora de ópera.[*] Parecia que toda o país estava empenhado nas buscas por ela e pelo caminhão com placas polonesas. A polícia pediu a ajuda da população e as denúncias anônimas vinham chegando aos borbotões, mas as autoridades ainda não haviam encontrado nenhum vestígio da garota.

Pamela volta para a sala de estar, ajeita as almofadas e pega o controle remoto do chão.

Lá fora, a escuridão se adensou e parece pressionar as janelas. Pamela dá um pulo de susto ao ouvir uma batida na porta.

Está prestes a atender quando Martin sai do banheiro, cantarolando e sorrindo. Completamente nu, com uma toalha de rosto enrolada no cabelo úmido.

Ela o enxota de volta para o banheiro e ainda pode ouvi-lo cantar enquanto abre a porta para a mulher com o carrinho do serviço de quarto.

---

[*] Uma das mais famosas cantoras líricas do século XIX, a soprano Johanna Maria Lind (1820-87) ficou conhecida como Rouxinol Sueco. (N. T.)

Pamela verifica o celular enquanto a mulher arruma a mesa na sala de estar e imagina que ela deve estar estranhando a cantoria no banheiro.

— Está tudo bem com ele, eu juro — Pamela brinca.

Mas a mulher não sorri; simplesmente entrega a conta em uma bandejinha prateada e, antes de sair, pede que ela preencha o valor total e assine.

Depois de avisar Martin que agora já pode sair do banheiro, Pamela vai buscar Alice. Os três se sentam na cama enorme com seus pratos e copos e, enquanto comem e bebem, assistem a um filme de terror recém-lançado.

Uma hora depois, Pamela e Martin estão dormindo.

Quando o filme termina, Alice desliga a TV, tira os óculos de Pamela e lava os pratos e copos. Depois apaga as luzes, escova os dentes e vai para seu quarto.

Logo a pequena cidade no vale silencia. Por volta das três da manhã, as luzes da aurora boreal aparecem no céu, cintilando feito galhos de árvores prateadas.

Pamela é arrancada do sono pelo choro de um menino na escuridão, mas os soluços esvanecem antes que sequer tenha tempo de entender onde está.

Deitada e completamente imóvel, ela pensa nos pesadelos de Martin.

O choro vinha da janela junto à cama.

Quando começaram a namorar, Martin volta e meia tinha pesadelos com meninos mortos. Pamela achou comovente um homem adulto admitir que tinha medo de fantasmas.

Ela se lembra de uma noite específica em que Martin acordou aos berros. Eles se sentaram na cozinha, bebendo chá de camomila, e o cabelo dela se arrepiou enquanto ele descrevia em detalhes um dos fantasmas.

O menino tinha o rosto cinzento e havia alisado o cabelo para trás com sangue fedorento. Seu nariz estava quebrado e um dos olhos pendia da órbita.

Ela ouve outro soluço.

Agora totalmente acordada, Pamela vira devagar a cabeça.

O aquecedor sob a janela sibila baixinho e expele ar quente de uma forma que faz a cortina se enfunar como se uma criança se escondesse atrás dela, pressionando o rosto contra o tecido.

Quer acordar Martin, mas não ousa falar.

O choro recomeça, no chão ao lado da cama.

O coração de Pamela começa a bater mais forte e ela estende a mão para tocar Martin na escuridão, mas não há ninguém; os lençóis do lado dele da cama estão frios.

Pamela puxa os joelhos até o peito, encolhendo-se, de repente convencida de que os soluços estão se deslocando para o lado dela; em seguida o choro cessa abruptamente.

Com cautela, estende o braço para alcançar o abajur na mesinha de cabeceira. O quarto está tão escuro que ela não consegue enxergar sequer a própria mão.

O abajur parece estar mais longe do que quando ela foi dormir.

Atenta ao menor som, Pamela tateia em busca do botão para acender a luz. Encontra a base e desliza os dedos fio acima.

Quando alcança o botão e acende a luz, ouve de novo os soluços, agora junto à janela.

Com o repentino clarão, Pamela semicerra os olhos e põe os óculos. Sai da cama e encontra Martin deitado no chão, vestindo apenas a calça do pijama.

Ele parece estar sonhando com algo perturbador, o rosto molhado de lágrimas. Ela cai de joelhos ao lado dele e pousa a mão em seu ombro.

— Querido — ela diz baixinho. — Meu bem, você...

Martin acorda aos gritos e a encara com os olhos arregalados. Aturdido, ele pisca, perscruta o quarto do hotel e se vira para Pamela. Seus lábios se mexem, mas ele não consegue proferir uma única palavra.

— Você caiu da cama — ela diz.

Martin se arrasta até a parede, senta-se com as costas retas, limpa a boca e olha fixo para a frente.

— Com o que você estava sonhando? — ela pergunta.

— Não sei — ele responde aos sussurros.
— Um pesadelo?
— Não sei. Meu coração está batendo muito rápido — ele diz, voltando para a cama.

Pamela se deita de lado e pega a mão dele.

— Você não deveria assistir a filmes de terror — ela diz.
— Não — ele sorri, encontrando os olhos dela.
— Mas você sabe que é tudo mentira, não sabe?
— Tem certeza?
— Não é sangue de verdade; é só ketchup — ela brinca, beliscando a bochecha dele.

Apaga a luz e o puxa para perto. Fazem amor o mais silenciosamente que podem e adormecem ainda enroscados um no outro.

5

No dia seguinte, depois do café da manhã, Pamela fica deitada na cama lendo as notícias em seu iPad enquanto Martin e Alice se aprontam.

O sol despontou e lá fora os pingentes de gelo reluzem, a água já gotejando de suas pontas.

Martin adora pescar no gelo. É capaz de falar horas a fio sobre ficar deitado de bruços, bloqueando a luz enquanto espia dentro de um buraco para observar a aproximação dos cardumes de enormes salvelinos.

O concierge do hotel recomendou que fossem até o lago Kallsjön, parte da bacia do rio Indal. Lá a pescaria é abundante e o lugar é facilmente acessível de carro, mas silencioso o bastante para fisgar peixes em paz.

Alice deixa sua pesada mochila junto da porta, pendura em volta do pescoço um par de garras de gelo de segurança e amarra as botas.

— Estou começando a me arrepender disso — ela diz enquanto se endireita. — Uma massagem e um tratamento facial me parecem ideias muito melhores agora.

— Vou desfrutar de cada segundo — Pamela anuncia com um sorriso. — Eu vou...

— Pare! — Alice a interrompe.

Mas Pamela continua:

— ... nadar, usar a sauna, ir à manicure...

— Por favor, eu não quero saber.

Pamela veste o roupão e vai abraçar a filha. Dá um beijo em Martin e lhes deseja "uma pescaria de merda" — algo que ela aprendeu a dizer em vez de "boa sorte" —, uma velha tradição de pescadores.

— Não fiquem ao relento por muito tempo e tenham cuidado — ela recomenda.

— Aproveite bem seu tempo sozinha — Martin responde, sorrindo.

A pele de Alice parece quase luminosa, os cachos avermelhados aparecendo por baixo do gorro.

— Abotoe o casaco até o pescoço — Pamela diz a ela.

Ela afaga a bochecha da filha e deixa a mão se demorar sobre o rosto da menina, embora possa sentir a impaciência dela.

As duas pintas sob o olho esquerdo de Alice sempre fizeram Pamela pensar em lágrimas.

— O que foi? — Alice sorri.

— Divirta-se com o papai.

Eles partem e Pamela fica na porta, observando-os desaparecer no corredor.

Fecha a porta e está voltando para o quarto, congelando, quando ouve um súbito som de algo raspando.

Um punhado de neve molhada desliza do telhado e passa num piscar de olhos pela janela, caindo pesadamente no chão lá fora.

Pamela veste o biquíni com um roupão por cima, calça um par de chinelos, pega a sacola com a chave do quarto, o celular e um livro e sai da suíte.

Todo mundo parece estar nas pistas de esqui nas encostas, então Pamela tem o spa inteiro só para ela. Lisa e plana como um espelho, a superfície da água da imensa piscina reflete a neve e as árvores do exterior.

Ela joga a sacola sobre uma mesa entre duas espreguiçadeiras, pendura o roupão e vai até o banco onde há uma pilha de toalhas limpas.

Entra na água morna e começa a dar braçadas lentas. Depois de nadar dez piscinas, faz uma pausa junto às janelas panorâmicas na outra extremidade.

Queria que Martin e Alice estivessem ali com ela agora.

Isto aqui é mágico, ela pensa, fitando as montanhas e a floresta iluminadas pela luz do sol.

Nada outras dez voltas, depois sai da piscina para se sentar e ler.

Um jovem funcionário se aproxima e pergunta se ela gostaria de beber alguma coisa. Embora ainda esteja no meio da manhã, ela pede uma taça de champanhe.

Um punhado de neve pesada cai de uma grande árvore do lado de fora. Os galhos estremecem enquanto pequenos flocos brancos dançam à luz do sol.

Ela lê mais alguns capítulos e termina a taça de champanhe. Em seguida, tira os óculos e vai para a sauna, onde se põe a pensar nos pesadelos recorrentes de Martin.

Os pais e os dois irmãos de Martin morreram em um acidente de carro quando ele ainda era menino. Martin foi arremessado pelo para-brisa e caiu no asfalto; embora tenha machucado gravemente as costas, sobreviveu.

Quando se conheceram, o melhor amigo de Pamela, Dennis, trabalhava como psicólogo em uma clínica para jovens enquanto se especializava em aconselhamento de luto. Ele ajudou Martin a se abrir sobre a perda e a processar os sentimentos de culpa que vinha arrastando como uma bola de ferro presa ao tornozelo desde o acidente.

Pamela permanece na sauna até ficar encharcada de suor, depois toma uma chuveirada, veste um biquíni seco e segue para a sala de massagem, onde é recebida por uma mulher de olhos tristes e maçãs do rosto riscadas de cicatrizes. Ela tira a parte de cima do biquíni e se deita de bruços na mesa de massagem. A massagista estende uma toalha sobre seus quadris.

As mãos da mulher são ásperas, e os óleos mornos cheiram a folhas verdes e madeira. Pamela fecha os olhos enquanto sua mente começa a divagar.

Imagina Martin e Alice desaparecendo pelo corredor silencioso, sem olhar para trás.

As pontas dos dedos da mulher deslizam coluna abaixo até a borda da toalha. Ela massageia a parte superior dos glúteos e afasta as coxas de Pamela.

Quando terminar a massagem, Pamela planeja fazer um tratamento facial e depois voltar para a piscina e pedir uma taça de vinho e um sanduíche de camarão.

A mulher derrama mais um pouco de óleo morno no corpo de Pamela, suas mãos sobem da cintura para as costelas, até as axilas.

Um arrepio percorre o corpo de Pamela, apesar do calor da sala. Talvez sejam apenas seus músculos relaxando.

Sua mente se volta de novo para Martin e Alice, mas desta vez ela olha para eles de cima.

Vê o lago Kallsjön aninhado entre as montanhas, o gelo cinza da cor do aço. Martin e Alice são apenas dois pontinhos pretos.

Terminada a massagem, a mulher a cobre com toalhas quentes e sai do cômodo. Pamela permanece na mesa por um momento, depois se levanta devagar e veste a parte de cima do biquíni.

Ela enfia os pés nos chinelos e sente que estão frios e úmidos.

Ouve o ruído de um helicóptero ao longe.

Pamela se dirige à sala ao lado e cumprimenta a esteticista, uma loira de não mais que vinte anos.

Ela cochila durante a limpeza profunda e a sessão de peeling. A mulher está ocupada preparando uma máscara de argila quando batem na porta.

A esteticista pede licença e sai.

Pamela ouve um homem falando depressa no corredor, mas não consegue entender direito o que diz. Depois de um ou dois minutos, a mulher volta com uma expressão estranha no rosto e anuncia:

— Sinto muito, mas parece que aconteceu um acidente. Disseram que não é nada grave, mas mesmo assim talvez seja melhor você ir para o hospital.

6

Pamela não repara que seu roupão está completamente aberto enquanto atravessa o hotel às pressas. Liga para Martin, e com uma sensação de pânico cada mais intensa, ouve o telefone chamar vezes sem conta.

Como ninguém atende, ela começa a correr. Perde um dos chinelos, mas não se dá ao trabalho de parar para pegá-lo.

O carpete macio abafa seus passos, silenciando-os quase como se ela estivesse debaixo d'água.

Pamela tenta ligar para o celular de Alice, mas cai direto na caixa postal.

Ela aperta o botão do elevador e tira do pé o chinelo que restou. Com as mãos trêmulas, liga de novo para Martin.

— Atende — ela sussurra.

Espera um ou dois segundos então resolve ir pelas escadas, agarrando-se ao corrimão, subindo dois degraus de cada vez.

No patamar do segundo andar, quase tropeça em um balde esquecido.

Ela se desvia e continua a subir, tentando processar exatamente o que a esteticista lhe disse. De acordo com a mulher não era nada grave, mas então por que ninguém atende o celular?

Aos tropeções, Pamela chega ao corredor do terceiro andar, apoiando-se contra a parede antes de continuar em disparada.

Ofegante, ela se detém na porta da suíte. Insere a chave, entra e vai direto para a escrivaninha, derrubando acidentalmente o suporte de folhetos ao pegar o telefone fixo. Liga para a recepção e pede que lhe chamem um táxi.

Veste a roupa por cima do biquíni, pega a bolsa e o celular e sai do quarto.

No táxi, continua ligando e enviando mensagens de texto para

Martin e Alice. Por fim consegue completar uma chamada para o hospital e fala com uma mulher que se recusa a lhe dar qualquer informação.

O coração de Pamela está a mil por hora e ela precisa se conter para não berrar com a mulher.

A estrada está molhada e lamacenta. Troncos de árvore e montes de neve meio derretida passam zunindo pela janela do carro. Pinheiros escuros amontoados brilham à luz do sol. Rastros de lebres desaparecem nas clareiras.

Ela junta as mãos e reza a Deus para que Alice e Martin estejam bem.

Seus pensamentos estão caóticos. Ela imagina o carro alugado do marido e da filha derrapando na neve antes de despencar barranco abaixo. Vê uma mãe ursa surgindo do meio das árvores para atacá-los, pensa num anzol mal amarrado que se solta da linha de pesca para furar um olho, numa perna com fratura exposta na altura do joelho.

Fez pelo menos trinta ligações para Alice e Martin, enviou mensagens de texto e até e-mails, mas seu táxi chega a Östersund sem que ela tenha obtido qualquer tipo de resposta.

O hospital cintila à luz do sol. É um complexo enorme, com paredes marrons e passarelas envidraçadas. A água da neve derretida escorre pela calçada.

O motorista estaciona na área de ambulâncias, ela paga e desce, a cabeça latejando de ansiedade.

Pamela corre ao longo de uma parede marrom decorada com estranhos painéis de madeira vermelho-sangue que a levam ao pronto--socorro. Cambaleia até o balcão da recepção e ouve ao longe a própria voz anunciar seu nome. Com mãos trêmulas, pega seu documento de identidade e o entrega ao homem barbudo atrás do balcão. Ele lhe pede que se sente na sala de espera, mas ela permanece de pé, fitando os próprios sapatos no tapete preto.

Ocorre a Pamela que ela pode usar seu celular para procurar em sites de notícias informações sobre acidentes de carro, mas não consegue criar coragem para isso.

Nunca sentiu tanto medo na vida.

Ela dá alguns passos, se vira e encara o homem barbudo.

Pamela sabe que não conseguirá esperar muito tempo. Quer entrar nas salas da UTI e procurar sua família.

— Pamela Nordström? — uma auxiliar de enfermagem pergunta ao se aproximar.

— O que está acontecendo? Ninguém me diz nada — Pamela fala, engolindo em seco enquanto caminham.

— Você vai ter que falar com o médico. Não tenho nenhuma informação.

Elas percorrem corredores cheios de macas, passando por portas automáticas com vidros sujos.

Numa das salas de espera, Pamela vê uma mulher idosa chorando. No aquário ao lado dela, os peixes dançam em cardumes brilhantes.

As duas seguem em frente até a unidade de terapia intensiva.

Médicos e enfermeiros passam correndo pelas portas fechadas ao longo do corredor.

O piso de vinil é cor de creme, e paira no ar um forte cheiro de desinfetante.

Outra enfermeira surge de um dos quartos e cumprimenta Pamela com um sorriso tranquilizador.

— Eu sei que você deve estar transtornada — ela diz, apertando a mão de Pamela —, mas não há nada com que se preocupar, eu lhe asseguro. Tudo vai ficar bem. O médico estará aqui para falar com você em breve.

Pamela segue a enfermeira até uma das salas de terapia intensiva. Ouve o chiado ritmado de um respirador.

— O que aconteceu? — pergunta num fiapo de voz.

— Estamos mantendo-o sedado, mas ele está fora de perigo agora.

Pamela vê Martin deitado na cama, um tubo de plástico na boca. De olhos fechados, ele está conectado a várias máquinas que medem e monitoram sua atividade cardíaca, pulsação e oxigenação.

— Mas...

A voz de Pamela a abandona. Ela estende a mão para se escorar na parede.

— Ele afundou no gelo e estava com hipotermia quando foi encontrado.

— Mas e a Alice... — Pamela murmura.

— Como? — a enfermeira pergunta, sorrindo.
— A minha filha... onde está a minha filha, Alice?
A enfermeira percebe a aflição de Pamela e empalidece ao ouvir o puro desespero na voz dela.
— Não sabemos nada sobre...
— Eles estavam juntos! — Pamela grita. — Ela estava lá com ele, vocês não podem ter deixado a minha filha lá, ela é só uma criança! Vocês não podem... vocês não podem!

CINCO ANOS DEPOIS

7

Dizem que quando uma porta se fecha outra se abre — ou uma janela, ao menos. Mas quando certas portas se fecham o ditado parece mais zombeteiro do que reconfortante.

Pamela enfia uma bala de menta na boca e a esmaga entre os dentes enquanto o elevador a leva para a ala psiquiátrica do Hospital Sankt Göran.

Os espelhos dos dois lados do cubículo criam a ilusão de uma série interminável de rostos.

Ela raspou a cabeça antes do funeral, mas agora seu cabelo castanho-avermelhado já está na altura dos ombros.

No dia do primeiro aniversário de Alice após a sua morte, Pamela tatuou dois pequenos pontos sob o olho esquerdo, exatamente onde ficavam as marcas de nascença da filha.

Dennis a convenceu a ir ao Centro de Crise e Trauma e, desde então, ela aprendeu lentamente a conviver com a dor da perda. Não precisa mais tomar antidepressivos.

O elevador para e as portas se abrem. Pamela atravessa o hall de entrada vazio, registra-se na recepção e entrega o celular.

— Então hoje é o dia — a mulher atrás do balcão diz, sorrindo.

— Finalmente — Pamela responde.

A recepcionista guarda o telefone de Pamela em um escaninho, entrega-lhe uma etiqueta numerada, se levanta e passa o cartão no leitor para abrir a porta.

Pamela agradece e caminha pelo longo corredor. No chão ao lado de um carrinho de limpeza, vê uma luva de látex ensanguentada.

Vai para a sala de convivência dos pacientes e cumprimenta um cuidador antes de se sentar no sofá para esperar, como sempre. Às vezes, Martin demora um pouco para se arrumar.

Há um rapaz sentado diante de um tabuleiro de xadrez, murmurando ansioso para si mesmo enquanto ajusta a posição de uma das peças.

Uma senhora com a boca escancarada está parada em frente à TV, enquanto uma mulher que parece ser sua filha tenta falar com ela.

A luz da manhã brilha no piso vinílico.

O cuidador saca o celular, atende em voz baixa e sai da sala. Pamela ouve gritos de raiva através das paredes.

Um homem mais velho de calça jeans desbotada e camiseta preta entra, olha ao redor e decide se sentar na poltrona em frente a Pamela. Deve ter uns sessenta anos. Seu rosto magro tem sulcos profundos. Os olhos são verdes reluzentes e seu cabelo grisalho está preso em um rabo de cavalo.

— Bonita blusa — ele diz, inclinando-se para Pamela.

— Obrigada — ela responde secamente, fechando o casaco em torno de si.

— Consegui ver seus mamilos através do tecido — ele continua em voz baixa. — Eles vão ficar duros agora que mencionei isso, eu sei... meu cérebro está cheio de sexualidade tóxica...

O coração de Pamela começa a acelerar. Ela está desconfortável e pensa em se levantar e voltar para a recepção. Sabe que não pode demonstrar medo.

A velha perto da TV ri e o rapaz do tabuleiro de xadrez derruba seu rei preto. Através da parede, Pamela ouve barulho vindo da copa da cozinha. Fios de poeira flutuam na grade da ventilação no teto.

O homem na frente de Pamela ajeita o fundilho da calça jeans e estende as mãos em um gesto convidativo. Ela percebe que ele tem várias cicatrizes profundas que vão desde os antebraços até as palmas das mãos.

— Posso te comer por trás — ele diz com voz suave. — Eu tenho dois paus... juro, sou uma máquina de sexo, você vai gritar e chorar...

Ele se cala e aponta para a porta do corredor.

— De joelhos! — fala com um sorriso. — Aí vem o Super-Homem, o patriarca...

Bate palmas e ri entusiasmado quando um homem corpulento entra numa cadeira de rodas empurrada por um cuidador.

— O Profeta, o mensageiro, o mestre...

O homem na cadeira de rodas parece indiferente à amolação e simplesmente agradece em voz baixa ao ser posicionado do outro lado do tabuleiro de xadrez. Endireita o crucifixo de prata pendurado no pescoço.

O cuidador se afasta da cadeira de rodas e vai até o outro homem, que agora está de joelhos com um sorriso tenso no rosto.

— Primus, o que você está fazendo aqui? — o cuidador pergunta.

— Tenho uma visita — ele responde, apontando com um meneio de cabeça para Pamela.

— Você sabe que tem restrições.

— Me perdi.

— Levante-se e não olhe para ela — o cuidador diz.

Pamela não ergue os olhos, mas sente que o homem ainda a observa enquanto se levanta do chão.

— Leve o escravo embora daqui — o homem na cadeira de rodas diz em voz baixa.

Primus se vira e segue o cuidador para fora da sala. A fechadura eletrônica emite um zumbido e a porta de acesso à ala dos pacientes se fecha atrás deles; seus passos desaparecem no piso de vinil.

8

Pamela vira a cabeça quando a porta do corredor dos pacientes se abre outra vez. Um cuidador entra na sala de convivência acompanhado de Martin e carrega a mochila dele.

No passado, o cabelo loiro de Martin era sempre comprido e ele tinha um jeitão descontraído em suas calças de couro, camisas pretas e óculos de sol com lentes cor-de-rosa espelhadas. Hoje em dia, no entanto, seu cabelo é curto e embaraçado, o rosto pálido e ansioso. Sob os efeitos da forte medicação, ele engordou. Veste uma camiseta azul, calça de moletom e um par de tênis brancos sem cadarços.

— Querido — Pamela diz com um sorriso, levantando-se do sofá.

Martin balança a cabeça e olha aterrorizado para o homem na cadeira de rodas. Pamela vai até ele e pega a mochila das mãos do cuidador.

— Todo mundo aqui está muito orgulhoso de você — o cuidador diz.

Martin esboça um sorriso nervoso e mostra a Pamela a flor que desenhou na palma da mão.

— Isso é pra mim? — ela pergunta.

Ele faz que sim com um rápido meneio de cabeça e, em seguida, fecha o punho.

— Obrigada.

— Não consegui arranjar nenhuma de verdade — ele diz sem olhar para ela.

— Eu sei.

Martin dá um puxão no braço do cuidador, seus lábios se movendo sem emitir nenhum som.

— Mas você já olhou sua mochila — o cuidador diz, depois se dirige a Pamela: — Ele quer verificar a mochila para ter certeza de que não se esqueceu de nada.

— Tudo bem — ela diz, devolvendo a mochila a Martin.

Ele se senta no chão, tira as coisas e as alinha em uma fileira organizada.

Não há nada de errado com o cérebro de Martin do ponto de vista físico — não sofreu danos durante o tempo em que ficou sob o gelo —, mas depois do acidente ele praticamente parou de falar. Parece que cada palavra que pronuncia é seguida por uma onda de angústia.

Todos parecem convencidos de que ele está sofrendo de transtorno de estresse pós-traumático com elementos de delírio paranoico.

Pamela sabe que a dor do luto que ele sente pela perda de Alice não é mais profunda que a sua; isso seria impossível. Mas ela é fundamentalmente forte e aprendeu que, como as pessoas são diferentes, reagem de maneiras diversas. Toda a família de Martin morreu quando ele era apenas uma criança, e depois que Alice se afogou o trauma se tornou cada vez mais complexo.

Pamela olha pela janela e vê que uma ambulância estacionou em frente à entrada de emergência da ala psiquiátrica. Mas mal consegue registrar o fato. Está voltando no tempo, cinco anos antes, para a unidade de terapia intensiva do Hospital de Östersund.

— Eles estavam juntos! — Pamela gritou. — Ela estava lá com ele, vocês não podem ter deixado a minha filha lá, ela é só uma criança! Vocês não podem... vocês não podem!

A enfermeira olhou estarrecida para ela e abriu a boca para falar, mas não conseguiu proferir uma única palavra.

Imediatamente informadas, a polícia e as equipes de busca e resgate de emergência voaram de volta para o Kallsjön com mergulhadores para vasculhar o lago.

Pamela não conseguiu manter os pensamentos em ordem e zanzava inquieta pelo quarto, repetindo que era apenas um mal-entendido e que Alice estava bem. Dizia a si mesma que dali a pouco os três estariam sentados à mesa de jantar em Estocolmo, conversando sobre os eventos do dia. Ela imaginou isso apesar de saber que nunca aconteceria. Apesar de, no fundo, saber exatamente o que ocorrera.

Estava ao lado da cama de Martin quando ele acordou da sedação. Ele abriu os olhos por um breve instante, depois os fechou novamente por um ou dois segundos antes de olhar para ela. Ele a estudou com um olhar pesado enquanto tentava voltar à realidade.

— O que está acontecendo? — sussurrou, lambendo os lábios. — Pamela? O que foi?

— O gelo quebrou e você caiu na água — ela disse, engolindo em seco.

— Não, o gelo deveria ter aguentado — ele alegou, tentando levantar a cabeça do travesseiro. — Eu perfurei um buraco de teste, com dez centímetros de espessura... dava até para passar com uma moto por cima, foi o que eu disse a...

De súbito ele parou de falar, fitando Pamela com um olhar intenso.

— Cadê a Alice? — ele perguntou, a voz trêmula. — Pamela, o que está acontecendo?

Ao tentar sair da cama, caiu no chão e bateu com a cabeça, ferindo o supercílio.

— Alice! — ele gritou.

— O gelo quebrou e vocês dois caíram na água, foi isso? — Pamela perguntou, levantando a voz. — Eu preciso saber. Estão lá com mergulhadores agora.

— Eu não entendo, ela... ela...

Gotas de suor escorriam pelas bochechas lívidas de Martin. Pamela segurou o queixo dele:

— O que aconteceu? Fale comigo, Martin! — ela pediu com firmeza. — Eu preciso saber o que aconteceu.

— Por favor, estou tentando me lembrar. A gente estava pescando, era isso que a gente estava fazendo... tudo perfeito, estava tudo perfeito...

Ele esfregou o rosto com as duas mãos e a sobrancelha voltou a sangrar.

— Apenas me conte o que aconteceu.

— Espera um pouco...

Ele agarrou a borda da cama com tanta força que os nós dos dedos ficaram brancos.

— A gente estava conversando sobre atravessar o lago e ir pra outra baía, então arrumamos as nossas coisas e...

As pupilas dele se dilataram e sua respiração acelerou. De súbito seu rosto ficou tão tenso que Pamela quase não o reconheceu.

— Martin?

— Eu afundei — ele disse, olhando-a nos olhos. — Não havia sinal de que o gelo estava mais fino; não consigo entender...

— O que a Alice fez?

— Estou tentando me lembrar — ele falou com a voz entrecortada. — Eu estava andando na frente dela quando o gelo cedeu... Tudo aconteceu tão rápido, de repente eu estava debaixo d'água. Havia muito gelo quebrado, muitas bolhas e... eu tinha começado a nadar de volta quando ouvi o barulho... A Alice caiu na água. O gelo partiu sob os pés dela. Subi até a superfície e enchi os pulmões, depois mergulhei de novo e vi que ela havia perdido o senso de direção, estava se afastando do buraco... Deve ter batido a cabeça, porque em volta dela parecia haver tipo uma nuvem vermelha.

— Ah, meu Deus — Pamela sussurrou. Lágrimas começaram a deslizar por seu rosto.

— Eu mergulhei mais fundo, achei que conseguiria alcançá-la, mas de repente ela simplesmente parou de lutar e afundou.

— Como assim, afundou? — Pamela perguntou aos prantos. — Como foi possível ela afundar?

— Eu nadei atrás dela; eu estava tão perto... estendi a mão tentando agarrar o cabelo, mas errei... e ela desapareceu na escuridão. Eu não conseguia ver nada, era muito fundo, tudo era um breu...

Martin olhou para Pamela como se a visse pela primeira vez. O sangue do supercílio escorria pelo rosto dele.

— Mas você mergulhou de novo, não foi? Você foi atrás dela, certo?

— Não sei o que aconteceu, não entendo... — ele sussurrou, parando por um momento. — Eu não queria que me salvassem.

Mais tarde Pamela soube que um grupo de esquiadores cross--country avistou a broca de gelo amarelo-ouro e a mochila de Martin perto do buraco. A cerca de quinze metros de distância, avistaram um homem sob o gelo e rapidamente romperam a superfície para resgatá-lo.

Um helicóptero transferiu Martin para o hospital em Östersund. Sua temperatura corporal era de apenas vinte e seis graus, e ele foi imediatamente sedado.

Tiveram que amputar três dedos do pé direito, mas ele sobreviveu.

O gelo não deveria ter quebrado, mas as correntezas deixaram a massa de gelo mais fraca e fina na área onde ele e Alice caíram.

Nesse dia, logo depois de voltar a si, foi a única vez que Martin falou sobre o acidente. Depois disso, praticamente parou de falar e se tornou cada vez mais paranoico.

No primeiro aniversário do acidente, ele foi encontrado descalço no meio da rua coberta de neve nos arredores do parque Haga. A polícia o levou para a ala psiquiátrica de emergência do Sankt Göran, e desde então ele vinha recebendo atendimento vinte e quatro horas por dia.

Cinco anos se passaram, mas Martin ainda não conseguia aceitar o que aconteceu. Nos últimos anos, aos poucos foi conduzido de volta ao tratamento ambulatorial, sem a necessidade de internação. Aprendeu a lidar com seus medos e até passou algumas semanas em casa sem pedir para voltar ao hospital.

Agora, em consulta com o psicólogo-chefe, Pamela e Martin decidiram juntos que ele deveria voltar em definitivo para casa. Os três acreditam que é hora de dar o passo seguinte na recuperação. Mas essa não é a única razão pela qual ele está voltando.

Há mais de dois anos Pamela trabalha como voluntária em uma organização de direitos da criança, atendendo a ligações de crianças e jovens em situação de vulnerabilidade. Foi como ela entrou em contato com o Serviço Social em Gävle e conheceu a história de uma garota de dezessete anos que ninguém mais queria, Mia Andersson.

Pamela começou a discutir a possibilidade de abrir as portas de sua casa para Mia, mas Dennis avisou que seu pedido seria rejeitado se Martin ainda não estivesse suficientemente bem para morar em casa.

Quando ela contou a Martin sobre Mia, ele ficou tão feliz que começou a chorar. Foi quando prometeu pela primeira vez se empenhar com verdadeiro afinco a fim de voltar de vez para casa.

Os pais de Mia Andersson eram usuários de drogas pesadas e morreram quando ela tinha sete anos. Durante a maior parte da vida, Mia esteve cercada por drogas e comportamento criminoso, e nenhuma das casas onde ela foi alocada ao longo do tempo deu certo. Aos dezessete anos, está velha demais para que alguém queira acolhê-la.

Algumas famílias são atingidas pela tragédia, e Pamela percebeu que aqueles que ficaram para trás devem procurar pessoas com experiências semelhantes. Todos os três — Pamela, Mia e Martin — perderam seus familiares mais próximos; são capazes de se entender e talvez possam iniciar juntos uma jornada de cura.

— É hora de fechar sua mochila agora — o cuidador diz.

Martin obedece, dobra a aba sobre o zíper e se levanta com a mochila na mão.

Pamela sorri para ele e pergunta:

— Você está pronto para ir pra casa?

9

O quarto está às escuras, mas a luz do buraco que faz as vezes de olho mágico brilha feito uma pequena pérola cinza no papel de parede estampado.

Apenas uma hora atrás o buraco ainda estava invisível, como estivera por um bocado de tempo.

Jenny está deitada na cama, completamente imóvel, ouvindo a respiração de Frida. Percebe que a garota ainda está acordada.

No pátio, o cachorro late.

Jenny espera que Frida não pense que já é seguro falar. Não faz muito tempo que pararam de ouvir passos no andar de cima. Pode ter sido apenas a madeira estalando, nada além disso, mas elas não podem se dar ao luxo de correr nenhum risco.

Jenny fita a pérola reluzente, tentando ver se alguma sombra se move no cômodo ao lado.

Aqui há pequenos orifícios por toda parte. A pessoa aprende a fingir que não percebe que cada um dos buracos escurece quando está no chuveiro ou tomando sopa na sala de jantar.

Ser alvo de vigilância constante se tornou uma parte natural da vida.

Na verdade, Jenny se lembra da impressão de estar sendo observada por várias semanas antes de ser raptada.

Certa vez, sozinha em casa, pensou ter sentido a presença de mais alguém no interior da residência e, quando acordou no escuro, teve a medonha sensação de ter sido fotografada enquanto dormia.

Alguns dias depois, sua calcinha azul-clara manchada de sangue de menstruação desapareceu do cesto de roupa suja. Não estava mais lá quando ela finalmente conseguiu comprar um removedor de manchas.

No dia em que foi raptada, alguém havia esvaziado os pneus de sua bicicleta.

No cativeiro, gritou até ficar rouca quando notou pela primeira vez que alguém a observava pelo buraco no alto da parede de concreto.

— Daqui a pouco a polícia vai bater aqui! — ela gritou.

No entanto, depois de seis meses, ela finalmente aceitou que o policial na motocicleta jamais ligaria os pontos para concluir que a menina vomitando na grama alta era a mesma que fora dada como desaparecida. Afinal de contas, em momento nenhum ele deu uma boa olhada nela, apenas a desprezou como apenas mais uma adolescente bêbada.

Jenny ouve Frida virar na cama.

Há dois meses elas vêm planejando uma fuga. Todas as noites, esperam até o momento em que não ouvem mais nenhum passo no andar de cima e quando cessa a gritaria do porão. Assim que têm certeza de que todos estão dormindo, Frida vai na ponta dos pés até a cama de Jenny para continuar a conversa.

Jenny sempre se esforçou para refrear todos os pensamentos de fuga, embora soubesse desde o início que precisava escapar daquele lugar.

Frida chegou há apenas onze meses, mas já está impaciente.

Jenny vem reunindo informações e esperando a hora certa há cinco anos.

Em algum momento, todas as portas estarão abertas e ela sairá dali sem olhar para trás.

Mas Frida parece desesperada para fugir.

Um mês atrás, ela entrou furtivamente na despensa e pegou a chave reserva da porta.

Uma das paredes é coberta de chaves escuras penduradas em ganchos, e são tantas que ninguém parece ter dado pela falta de uma. Era um risco enorme, mas necessário, porque a porta delas fica sempre trancada à noite e as venezianas são lacradas com pregos por fora.

Porém, elas não empacotaram nada, porque esse é o tipo de coisa que alguém pode notar.

Quando chegar o momento, simplesmente desaparecerão.

A casa está em total silêncio há pelo menos uma hora.

Jenny sabe que Frida quer fugir hoje à noite. O único problema é que as noites ainda são muito claras nesta época do ano. Seria fácil vê-las no pátio antes que pudessem desaparecer por entre as árvores.

O plano é simples: vão se vestir, destrancar a porta, caminhar pelo corredor até a cozinha, pular janela afora e se embrenhar na floresta.

Sempre que pode, Jenny faz questão de se aproximar do cão de guarda e lhe dar um pouco de sua comida, na esperança de que ele se acostume com ela e fique quieto quando a hora de partir enfim chegar.

Da casa, dá para avistar as torres de eletricidade prateadas por cima das copas das árvores. A ideia de Jenny é seguir as torres como referência para não se perderem. O solo abaixo delas também precisa ser mantido limpo para evitar que árvores danifiquem as linhas de transmissão durante as tempestades, o que significa que o terreno será mais fácil de atravessar do que o chão denso da floresta. Elas serão capazes de manter um ritmo mais rápido e aumentar a distância em relação à Vovó.

Frida conhece uma pessoa de confiança em Estocolmo, alguém que ela assegura que vai ajudá-las com dinheiro, um lugar para se esconder e passagens de trem.

Elas não podem ir à polícia enquanto não estiverem em segurança em casa, com a família.

Sobre a mesa de cabeceira há uma fotografia numa moldura dourada, e Jenny sabe que é um aviso. Caesar deve ter ido à casa dos pais dela para tirar a foto dos dois sentados no pátio dos fundos numa manhã de verão.

A fotografia de Frida é de sua irmãzinha usando um capacete de bicicleta. Foi tirada de frente e de muito perto, de modo que as pupilas da menina brilham em vermelho.

Caesar tem tantos contatos dentro da polícia e no sistema de alerta de rapto de menores que saberá se Frida e Jenny tentarem acionar os serviços de emergência. Se fizerem isso, ele vai matar os familiares de ambas.

A ideia de escapar esta noite é tão tentadora que a adrenalina começa a pulsar nas veias de Jenny, mas seu instinto diz que é melhor esperarem até meados de agosto.

Todos na casa estão dormindo, e já se passaram várias horas desde que a Vovó fez sua última visita de inspeção. O cata-vento de cobre em formato de galo no telhado range ao girar.

A pulseira de ouro de Frida tilinta quando ela estende a mão na escuridão.

Jenny espera alguns segundos, depois segura a mão de Frida e a aperta com delicadeza.

— Você sabe o que eu acho — ela diz com voz suave, sem tirar os olhos da pérola brilhante na parede.

— Sim, mas nunca vai parecer o momento cem por cento certo — Frida responde, impaciente.

— Fale baixo… vamos esperar um mês. A gente dá conta de aguentar. Daqui a um mês, a esta hora já estará escuro como breu.

— Mas aí haverá alguma outra coisa que não vai parecer certa — Frida alega, soltando a mão de Jenny.

— Você sabe qual é a minha posição. Prometo que irei com você assim que as noites ficarem mais escuras.

— Mas não tenho certeza se você quer mesmo ir embora. Quero dizer… você vai ficar aqui? Por causa do quê? De todo o ouro, todas as pérolas e esmeraldas?

— Eu odeio essas coisas.

Sem fazer barulho, Frida sai da cama e tira a camisola para criar um falso corpo com seu edredom e travesseiros.

— Preciso da sua ajuda para atravessar a floresta; você conhece essas bandas muito melhor do que eu. Mas sem mim você não vai conseguir chegar em casa — ela diz enquanto põe o sutiã e veste uma blusa. — Pelo amor de Deus, Jenny, vamos fazer isso juntas. Se você me ajudar posso te ajudar a conseguir dinheiro, passagens… mas eu vou dar o fora daqui agora. Esta é sua única chance.

— Eu sinto muito — Jenny sussurra. — Não posso, me desculpe. É perigoso demais.

Ela observa Frida enfiar a blusa para dentro da saia e fechar o zíper, vestir a meia-calça, calçar as botas e pousar suavemente os pés no chão.

— Você precisa ir checando o terreno à sua frente com um pedaço de pau — Jenny sussurra. — O caminho todo, até as torres. É sério. Vá devagar. Tome cuidado.

— Tá legal — Frida responde, caminhando na ponta dos pés até a porta.

Jenny se levanta e pergunta:

— Você pode me dar o número do Ramon?

Frida não responde. Em vez disso, apenas destranca a porta e sai para o corredor.

Ouve-se um clique quando a lingueta volta ao lugar, depois silêncio.

Jenny se deita com o coração disparado.

Em sua imaginação, ela se veste às pressas e sai correndo desesperada atrás de Frida. Irrompe floresta adentro, embarca num trem, volta para casa.

Prende a respiração e fica à escuta.

A essa altura, Frida deve ter passado pela porta de Caesar a caminho da cozinha, mas Jenny não consegue ouvir nada.

A Vovó não tem o sono pesado. Sempre que uma delas faz barulho, nunca demora muito para ouvirem os passos da velha na escada.

Mas a casa continua em silêncio.

O coração de Jenny dispara quando o cachorro começa a latir. Ela deduz que Frida abriu a janela dos fundos e está saindo agora.

A corrente do cachorro se estica ao máximo e aperta o pescoço do animal, cujos latidos diminuem antes de cessar por completo. Não é diferente de quando ele sente o cheiro de um cervo ou fareja uma raposa.

Jenny encara o orifício na parede, um ponto ainda brilhante.

Frida deve estar na floresta agora. Passou pelas sinetas, mas ainda precisa tomar cuidado.

Deveria ter ido junto, ela pensa. Agora ficou sem chave, sem contato, sem plano.

Ela fecha os olhos e imagina uma floresta escura.

Tudo está quieto.

De repente, a descarga no banheiro do andar de cima é acionada; ela estremece e abre os olhos. A Vovó está acordada.

Ouvem-se passos pesados na escada.

O corrimão range.

Uma sineta ressoa suave na área de serviço. Isso acontece quando está ventando ou quando um animal faz disparar o sistema de alarme.

O olho mágico continua brilhando.

Jenny ouve a Vovó vestir o casaco na varanda, sair da casa e trancar a porta.

O cachorro uiva sem parar.

Outra sineta tilinta.

Agora o coração de Jenny está a mil por hora.

Algo deve ter dado errado.

Ela aperta os olhos com força e ouve rangidos vindos de um dos quartos contíguos.

No telhado, o cata-vento gira com um guincho estridente.

Jenny abre os olhos quando o cachorro começa a latir ao longe.

A julgar pela barulheira, ele parece desvairado.

A esperança de Jenny é que a Vovó tenha presumido que Frida não se atreveu a atravessar a floresta, que em vez disso pegou a estrada em direção à mina.

Os latidos estão mais próximos agora.

Em seu íntimo, Jenny sabe — muito antes de ouvir as vozes no pátio, antes que a porta da frente se abra — que Frida foi capturada.

— Mudei de ideia! — Frida anuncia, aos gritos. — Eu estava voltando, quero ficar aqui, estou feliz...

Um violento tapa a interrompe no meio da frase. Ela parece ter sido jogada contra a parede e caído no chão.

— Eu só queria ver a minha mãe e o meu pai.

— Cala a boca! — a Vovó rosna.

Jenny sabe que precisa fingir que está dormindo profundamente, que não tem ideia de que Frida tentou escapar.

Ouve passos no corredor de mármore, cada vez mais próximos. A porta do boudoir se abre.

Frida está soluçando, jura que tudo não passou de um engano, que ela estava voltando para a casa quando caiu na armadilha.

Jenny fica imóvel, ouvindo o som de cliques metálicos e suspiros pesados, mas não consegue entender o que está acontecendo.

— A senhora não precisa fazer isso — Frida implora. — Por favor, espere, eu juro que nunca...

De repente ela grita. É diferente de tudo que Jenny já ouviu antes, um urro de dor incompreensível, que termina tão abruptamente quanto começou.

Há um baque contra a parede, o som de móveis sendo arrastados.

Jenny ouve um gemido de dor entre respirações espasmódicas, depois silêncio.

Ela está perfeitamente imóvel, a pulsação martelando nos ouvidos.

Não faz ideia de há quanto tempo está fitando a escuridão quando de repente a pérola branca na parede desaparece.

Jenny fecha os olhos, abre um pouco a boca e finge estar dormindo.

Provavelmente não é capaz de enganar a Vovó, mas só ousa abrir os olhos quando ouve passos no corredor.

Parece que alguém vem andando devagar, dando pontapés num bloco de madeira à sua frente.

A porta se abre e a Vovó entra com passos pesados. O penico tilinta contra uma das pernas da cama.

— Vista-se e venha ao boudoir — ela diz, cutucando Jenny com sua bengala.

— Que horas são? — Jenny murmura, sonolenta.

A Vovó suspira e sai do quarto.

Jenny troca de roupa às pressas e veste o casaco enquanto sai do cômodo. Faz uma pausa no corredor, puxa a meia-calça mais para cima antes de entrar no boudoir.

O céu claro de verão está escondido atrás das cortinas escuras, e a única fonte de luz na sala vem da luminária de leitura.

Do lado de dentro, logo atrás da porta, há um balde de plástico ensanguentado.

Jenny sente as pernas fraquejarem ao entrar no cômodo acanhado.

O ar está pesado com o cheiro de sangue, vômito e fezes.

Ao passar pelo balde, vê que os dois pés de Frida estão lá dentro.

O coração de Jenny bate acelerado agora.

É só ao contornar o biombo japonês com estampa de cerejeiras em flor que ela tem uma visão geral do aposento.

A Vovó está sentada numa poltrona, o piso de mosaico ao redor manchado de sangue. Os lábios da velha estão firmemente cerrados, numa expressão de amargura. Seus braços grossos estão lambuzados de sangue até os ombros, e da mão que segura uma serra pingam gotas de sangue.

Frida está deitada de costas no sofá, amarrada com duas correias afiveladas que passam por debaixo do assento e por cima de seu torso e coxas. Seu corpo inteiro está tremendo.

Seus pés foram serrados pouco acima dos tornozelos; os ferimentos estão enfaixados, mas o sangue ainda jorra dos cotos. As almofadas de veludo e os travesseiros estão encharcados, e um fluxo constante de sangue escorre pelas pernas do sofá até o chão.

— Agora ela não precisa mais se preocupar em se perder por aí — a Vovó diz, levantando-se com a serra na mão.

Em estado de choque, Frida, com os olhos arregalados, levanta no ar as pernas mutiladas.

10

A luz penetra no boudoir através das cortinas de renda e dos véus alaranjados. É de manhã bem cedo, mas parece que o sol já está se pondo. Partículas de poeira bruxuleiam na luz da janela.
Jenny tenta cuidar de Frida enquanto a Vovó está na cozinha.
Salpicado de sangue, o colar de pérolas de Frida sobe e desce ao ritmo de sua respiração tênue. Seus olhos estão fechados, as áreas ao redor das pálpebras rosadas; os lábios, mordidos e em frangalhos.
O suor deixou sua blusa empapada e translúcida entre os seios e sob os braços, e seu sutiã preto é claramente visível. A saia xadrez está enrolada em volta da cintura.
Frida sente uma dor avassaladora; parece não entender o que aconteceu com ela.
Uma de suas panturrilhas está mutilada e com um tom roxo-azulado acima das suturas. Jenny presume que ela deve ter pisado numa armadilha para ursos na floresta. Talvez tenha sido por isso que a Vovó decidiu amputar seus pés.
Jenny afrouxou as correias que prendem o corpo de Frida e atou com faixas os cotos ensanguentados. Duas vezes ela entrou na cozinha para explicar à Vovó que a garota precisava ir para o hospital, mas em vão.
Frida abre os olhos e fita seus tornozelos mutilados. Levanta um dos cotos e começa a entrar em pânico.
— Ai, meu Deus... — choraminga.
Ela grita até sua voz falhar e se joga para o lado, cai sobre o tapete úmido e é silenciada pela dor excruciante.
Jenny tenta ampará-la, mas pode sentir o pânico se apossando dela. Frida balança a cabeça, desesperada, enquanto o corpo inteiro se contorce de tremores.

— Eu não quero...

Os pontos em sua perna esquerda arrebentaram, e ela volta a sangrar em profusão.

— Meus pés... ela serrou meus pés...

O cabelo loiro e fino de Frida está empastado de lágrimas e suor. Suas pupilas estão enormes, os lábios perderam toda a cor. Jenny acaricia sua bochecha e repete que vai ficar tudo bem.

— Vamos dar um jeito nisso — ela diz. — Só precisamos estancar o sangramento.

Jenny arrasta o sofá e delicadamente levanta as pernas de Frida sobre a almofada para ajudar a conter a hemorragia.

Frida fecha os olhos, a respiração acelerada.

Jenny se vira e olha para o orifício na parede ao lado do espelho, mas o boudoir está claro demais e ela não consegue ver se é observada.

Ela espera, à escuta.

As botas e as meias brancas de Frida foram jogadas para debaixo da mesa.

Quando ouve o estrépito da louça na cozinha, Jenny se debruça sobre Frida e cuidadosamente vasculha os bolsos de sua saia.

Ela pensa ter ouvido algo e se vira.

As pegadas vermelhas da Vovó se afastam da considerável poça de sangue no chão de mosaico, passam pelo balde de plástico e saem para o corredor.

Jenny tenta entrever o vão da porta pela fresta entre as duas seções do biombo japonês.

Hesita por um momento, em seguida engancha um dedo dentro da saia de Frida, tateando o cós. Ao ouvir passos no corredor, rapidamente afasta a mão.

A Vovó passa pelo boudoir e segue em frente para a varanda.

Jenny fica de joelhos e abre dois botões da blusa de Frida. No pátio, o cachorro começa a latir.

Frida abre os olhos e observa Jenny enfiar a mão no sutiã suado.

— Não me deixe — ela murmura.

Jenny apalpa o seio direito e encontra um pedacinho de papel. Ela o puxa e se põe de pé.

A luz que entra pelas cortinas parece se alterar, e por um momento se torna mais brilhante.

Ainda há sangue gotejando do sofá.

Jenny olha de relance o pedaço de papel e vê o número de telefone do contato de Frida. Se vira depressa e o enfia no cós da calcinha.

— Por favor, você tem que me ajudar... — Frida sussurra, rangendo os dentes de dor.

— Estou tentando estancar o sangramento.

— Jenny, eu não quero morrer, preciso ir pro hospital. Isso não vai funcionar.

— Apenas fique calma.

— Eu consigo rastejar, juro que consigo — Frida diz, tentando puxar o ar.

A porta da frente se abre e os passos da Vovó se aproximam. Jenny ouve os sapatos pesados da velha e os estalidos de sua bengala no chão de mármore.

As chaves tilintam no cinto dela.

Jenny vai até o armário de vidro e começa a fazer uma nova compressa. Os passos desaceleram, a maçaneta gira e a porta do boudoir se abre.

Ao entrar, a Vovó está se apoiando pesadamente em sua bengala. Ela se detém diante do biombo, o rosto severo na sombra.

— É hora de vocês irem para casa — a Vovó anuncia.

Jenny engole em seco e diz:

— Ela está sangrando menos agora.

— Tem espaço para as duas lá dentro — a Vovó responde curta e grossa, virando-se para sair do aposento.

Jenny sabe o que precisa fazer se quiser sobreviver, mas afasta qualquer pensamento sobre atos específicos. Se aproxima de Frida e evita encará-la nos olhos quando se abaixa e agarra a beira do tapete bordado.

— Espere, por favor...

Jenny puxa o tapete, carregando Frida pelo chão de mosaico, escorregando no sangue enquanto se arrasta para trás ao longo do corredor. A cada solavanco, Frida soluça e choraminga de dor, mas fica repetindo que está se sentindo mais forte.

Jenny passa pelo quarto de Caesar em direção à varanda, forçando-se a ignorar os gritos e súplicas de Frida.

Frida tenta se agarrar a um banquinho dourado, que as acompanha no tapete por alguns metros até escapar de seus dedos.

— Não faça isso — ela implora a Jenny.

A Vovó está à espera na porta que dá para o pátio. Atrás dela, a luz da manhã parece enevoada. Jenny sente o cheiro suave de fumaça na varanda e percebe que a Vovó deve estar queimando alguma coisa no incinerador atrás do sétimo barracão.

Frida urra de dor quando Jenny a arrasta pelos dois degraus e sai para o pátio.

De um dos cotos começou a jorrar sangue, que se acumula numa pequena poça no tapete engrouvinhado e deixa um rastro escuro no cascalho.

O cachorro dá ganidos aflitos enquanto a Vovó amarra a longa correia na lata de lixo enferrujada.

A velha destranca a porta do sexto barracão e a mantém aberta usando uma pedra como calço. A fumaça sobe em espirais por sobre o telhado de zinco e entre as copas das árvores.

Frida choraminga quando Jenny deixa o tapete escapar. O colar de pérolas espreme sua garganta; seus olhos estão desesperados.

— Me ajude... — ela implora.

Jenny se abaixa e, ao agarrar novamente a ponta do tapete, percebe que as unhas de Frida estão quebradas. Impassível, continua arrastando Frida pelo piso de cimento, a fim de levá-la para dentro.

A luz do dia se infiltra pela fileira de janelas imundas sob as vigas e o telhado de zinco. Encostado numa parede, há um antigo relógio de estação ferroviária, em cujo vidro abaulado Jenny vê o reflexo de sua sombra magra.

O chão está salpicado de folhas secas e agulhas de pinheiro. Uma fita espiralada de papel pega-mosca balança suavemente acima de uma bancada, ao lado da qual há uma bacia de plástico contendo armadilhas enferrujadas para ursos.

Arrastando a amiga, Jenny passa por tonéis e contêineres com restos de subprodutos de peixe e entra na grande jaula de execução.

Frida não consegue mais refrear o medo de morrer e começa a chorar incontrolavelmente.

— Mãe! Eu quero a minha mãe...

Jenny se detém no meio da jaula e solta o tapete. Dá meia-volta e não olha para trás. Com a cabeça abaixada, passa pela Vovó e sai para o ar fresco do pátio.

O cachorro late algumas vezes enquanto tenta escapar da trela, corre em círculos e levanta poeira antes de se acomodar no chão, ofegante.

Jenny pega uma vassoura dentro de um carrinho de mão e acelera o passo ao longo da fileira de barracões.

Sabe que a Vovó vai presumir que ela voltou para o quarto para enterrar o rosto no travesseiro e chorar.

A Vovó está convencida de que Jenny está tão assustada que nunca tentará escapar.

A garota está tremendo de medo, mas se enfia entre o velho caminhão e o semirreboque; com um pontapé certeiro, arranca a cabeça da vassoura do cabo e sai andando.

Enquanto Frida é assassinada na câmara de gás, Jenny entra na floresta sem olhar para trás.

Sabe que precisa afugentar sua sensação de pânico. Não pode se permitir começar a correr.

A passos lentos, ela abre caminho por entre os arbustos de mirtilo e em meio aos troncos das árvores. Acima, o vento agita as folhas. Teias de aranha fazem cócegas em seu rosto.

Jenny está respirando rápido demais no ar fresco da manhã. Ela sabe que a Vovó já pode ter começado a procurá-la.

Avança, usando o cabo de vassoura para cutucar o chão; com a mão livre, afasta os galhos.

A floresta se torna mais densa, emaranhada.

Adiante, uma árvore caiu entre duas outras, atravancando o caminho. Jenny passa por debaixo do tronco e está prestes a se levantar do outro lado quando vê algo brilhando na luz. Há uma série de fios de náilon amarrados entre os troncos. Jenny sabe que estão de alguma forma ligados às sinetas na área de serviço da casa.

Ela dá um passo para trás, se levanta novamente e contorna a árvore caída. Um galho crepita ao se partir sob seus pés.

A garota se força a avançar devagar e, de passagem, avista um buraco, dentro do qual galhos entrelaçados e musgo desabaram sobre estacas pontiagudas.

Jenny sabe que só tem uma chance.

Entretanto, se conseguir sair da floresta, conseguirá pegar uma carona para Estocolmo, onde o contato de Frida talvez a ajude a voltar para casa.

Ela não vai correr nenhum risco. Ela e seus pais precisarão de proteção policial até que Caesar e a Vovó sejam presos.

Cerca de cem metros à frente, a floresta se abre para a fileira de torres de eletricidade. A faixa de terra foi desbastada e as linhas de transmissão de energia se estendem de torre em torre.

Jenny contorna uma árvore arrancada pela raiz e acaba de entrar em uma pequena clareira quando ouve algo bater no chão atrás dela.

Com um grasnado ameaçador, um corvo alça voo de uma árvore. Enormes samambaias cobrem o chão.

Jenny avança com dificuldade, usando o cabo de vassoura para golpear repetidamente o caminho à sua frente. As samambaias chegam até suas coxas e são tão espessas que ela não consegue ver os próprios pés.

Agora ela ouve latidos agitados e está prestes a correr quando o cabo de vassoura é arrancado de sua mão e atinge o chão com um estalo violento.

Sem mexer os pés, ela se abaixa e empurra as samambaias com uma das mãos.

O cabo de vassoura está preso numa armadilha para ursos, cujos dentes ásperos se fecharam com tanta força que quase o partiram em dois; Jenny precisa apenas dar uma leve sacudida para a frente e para trás duas vezes para que ele se parta ao meio.

Jenny atravessa devagar a clareira e, sempre cutucando o chão com o pedaço do cabo de vassoura, abre caminho entre as últimas árvores e sai para a área desbastada.

Ela caminha através da grama amarela e por entre as bétulas jovens com galhos finos e rosados; de tempos em tempos, para e aguça os ouvidos antes de seguir em frente.

11

Choveu torrencialmente durante a noite, mas agora o sol reluz e as folhas das árvores enfim pararam de pingar.
Dentro das três estufas, as folhas verdejantes pressionam o vidro raiado de condensação.
Valéria de Castro deixa o carrinho de mão do lado de fora do galpão e vai buscar adubo para as plantas.
Seu alarme de emergência balança num cordão em volta do pescoço.
Joona Linna usa o pé para enfiar a pá na terra, se endireita e enxuga o suor da testa com as costas da mão.
A gola de seu suéter de tricô cinza é visível sob a capa de chuva desabotoada. O cabelo está despenteado e os olhos são como prata fosca até captarem a luz do sol que se infiltra entre os galhos.
Cada dia ainda parece o amanhecer após uma noite de tormenta, como sair na primeira luz da alvorada para fazer um balanço da destruição enquanto a esperança paira no ar para os que sobreviveram à borrasca.
Ele visita os túmulos com frequência, levando flores da estufa. O tempo tem a capacidade de aplacar a dor e torná-la translúcida. Lentamente, a pessoa aprende a lidar com o que mudou, com o fato de que a vida continua, mesmo que não se pareça nem um pouco com o que se esperava.
Joona Linna voltou a trabalhar como detetive na Unidade Nacional de Operações e recuperou sua antiga sala no oitavo andar.
Todas as tentativas de encontrar o homem que se autodenominava Castor deram em nada e, depois de oito meses, a UNO ainda não tem nenhuma pista concreta, exceto as imagens borradas e desfocadas das câmeras de vigilância de Belarus.

As autoridades policiais nem sequer sabem o nome dele.

No fim das contas, todos os lugares aos quais as investigações julgavam que Castor poderia estar associado deram num beco sem saída.

Ninguém em nenhum dos 194 países membros da Interpol foi capaz de encontrar um mínimo vestígio dele. Era como se ele tivesse existido apenas por um par semanas no ano passado.

Joona faz uma pausa e olha para Valéria sem perceber que está sorrindo. Ela empurra o carrinho de mão em direção a ele ao longo da vereda de cascalho, o rabo de cavalo encaracolado balançando contra o náilon preto de sua jaqueta acolchoada toda enlameada.

— "Radio goo goo" — ela diz quando seus olhos se encontram.

— "Radio ga ga" — Joona responde, e recomeça a cavar.

Valéria tem viagem marcada para o Brasil em dois dias, para acompanhar o nascimento do primeiro filho de seu filho mais velho. O mais novo concordou em cuidar das plantas enquanto ela estiver fora.

Lumi, a filha de Joona, veio de Paris visitá-lo e passará cinco dias em Estocolmo depois que Valéria partir.

Dois dias atrás, assistiram à seleção de futebol feminino da Suécia vencer a Inglaterra e conquistar o bronze na Copa do Mundo, e na noite anterior grelharam costelas de carneiro. Durante o jantar, Lumi parecia absorta em seus pensamentos, e quando Joona tentou falar com ela mostrou-se distante, alheia, respondendo como se ele fosse um completo desconhecido.

Foi para a cama cedo e deixou Joona e Valéria a sós no sofá para assistir a um filme sobre a banda de rock Queen. Desde então, a música não sai da cabeça deles. Nenhum dos dois parece capaz de esquecer a melodia.

— "All we hear is radio ga ga" — Valéria canta ao lado dos canteiros elevados.

— "Radio goo goo" — Joona responde.

— "Radio ga ga" — ela responde com um sorriso, voltando para a estufa.

Ainda cantarolando, Joona cava mais um pouco. A ideia de que finalmente tudo está começando a melhorar acaba de passar por sua cabeça quando Lumi sai da casa e para nos degraus da varanda. Está usando uma jaqueta preta e um par de galochas verdes.

Joona enterra a pá com o pé e vai até ela. Está prestes a perguntar se há alguma música que ela não consegue tirar da cabeça quando percebe que os olhos da filha estão vermelhos e inchados.

— Remarquei minhas passagens, pai... volto pra casa esta tarde.

— Você não pode dar outra chance? — ele pergunta.

Ela abaixa a cabeça. Uma mecha de cabelo castanho cai sobre seus olhos.

— Eu vim porque tinha a esperança de que as coisas parecessem diferentes quando eu realmente estivesse aqui, mas não parecem.

— Entendo o que você está dizendo, mas você acabou de chegar, então talvez...

— Pai, eu sei — Lumi o interrompe. — Já estou me sentindo mal. Sei que não é justo depois de tudo que você fez por mim, mas eu vi um lado seu que me assusta, um lado que eu nunca quis ver, e desde então tenho tentado esquecer.

— Eu sei o que você deve ter pensado, mas não tive escolha — ele alega, sentindo-se sujo por dentro.

— Talvez seja verdade, mas, de qualquer forma, me sinto vulnerável no seu mundo — ela explica. — Tudo o que vejo é violência e morte, e não quero fazer parte disso. Eu quero um tipo diferente de vida.

— Eu não vejo meu mundo dessa forma, e talvez isso signifique que você está certa, que eu estou danificado...

— Não estou tentando dizer que precisamos decidir de um jeito ou de outro.

Ambos ficam em silêncio.

— Por que a gente não entra e toma um café? — Joona pergunta, hesitante.

— Estou indo agora. Vou trabalhar um pouco no aeroporto — ela responde.

— Posso levar você — Joona oferece, já caminhando em direção ao carro.

— Já chamei um táxi — ela diz e volta para dentro para pegar sua mala.

— Vocês estão brigando? — Valéria pergunta, parando ao lado de Joona.

— Lumi está indo embora — ele diz.
— O que aconteceu?
Joona se vira para ela.
— Sou eu. Ela diz que não suporta meu mundo, e... eu respeito isso.
Valéria franze a testa. Um sulco profundo aparece entre suas sobrancelhas.
— Mas ela só está aqui há dois dias.
— Ela viu quem eu sou.
— Você é o melhor — Valéria diz.
Quando Lumi reaparece, já calçou as botas pretas e carrega a mala numa das mãos.
— Que pena que você está indo — Valéria diz.
— Eu sei. Pensei que estava pronta, mas... é cedo demais.
— Você é sempre bem-vinda aqui.
Valéria estende os braços. Lumi lhe dá um longo abraço.
— Obrigada por me receber.
Joona pega a mala de Lumi e a segue até o estacionamento. Eles ficam lado a lado, perto do carro, fitando a estrada.
— Lumi, eu entendo o que você está dizendo e acho que você está certa... mas eu posso mudar — ele diz depois de um momento. — Posso sair da polícia. É apenas um trabalho, não é a razão da minha vida.
Mas Lumi não responde. Permanece ao lado dele em silêncio, observando o táxi se aproximar pela estrada estreita.
— Você se lembra de quando era pequena e a gente fingia que eu era seu macaco de estimação? — ele pergunta.
— Não.
— Às vezes eu me pegava pensando se você sabia que eu era uma pessoa...
O táxi encosta, o motorista sai e os cumprimenta. Guarda a bagagem de Lumi no porta-malas e abre a porta de trás para ela.
— Você não vai se despedir do seu macaco? — Joona pergunta.
— Tchau.
Ela entra no carro e Joona acena enquanto o táxi dá a volta, os pneus triturando o cascalho.

Assim que o veículo desaparece na esquina, Joona se vira para o próprio carro e vê o céu refletido no para-brisa. Apoia as mãos sobre o capô e abaixa a cabeça.

Não ouve Valéria se aproximar até sentir a mão dela em suas costas.

— Ninguém gosta de policiais — ela tenta fazer uma piada.

— Estou começando a perceber — Joona diz, olhando para ela. Solta um suspiro profundo.

— Não quero que você fique triste — ela sussurra, apoiando a testa no ombro dele.

— Eu não estou, não se preocupe.

— Você quer que eu ligue pra Lumi e fale com ela? — Valéria pergunta. — Ela passou por coisas realmente terríveis, mas se não fosse por você nenhuma de nós estaria viva.

— Se não fosse por mim vocês duas não teriam ficado em perigo pra começo de conversa. Vale a pena pensar nisso.

Ela o puxa para junto de si e o envolve num abraço, a bochecha contra seu peito, ouvindo os batimentos cardíacos.

— Vamos almoçar? — ela sugere.

Caminham juntos de volta para os canteiros elevados. Sobre uma pilha de paletes vazios, há uma garrafa térmica, duas tigelas de plástico com macarrão instantâneo e duas garrafas de cerveja.

— Que chique — Joona diz.

Valéria despeja água quente nas tigelas de plástico, põe as tampas de volta e usa a aresta do palete de cima para abrir as cervejas.

Eles separam os pauzinhos e esperam alguns minutos antes de se sentarem no monte de cascalho para comer ao sol.

— Agora já não estou tão feliz por partir amanhã — Valéria diz.

— Vai ser ótimo.

— Mas estou preocupada com você.

— Por eu não conseguir tirar uma música da cabeça?

Valéria sorri e abre o zíper da jaqueta de lã cor de vinho. Seu colar de margaridas esmaltadas repousa entre as clavículas.

— "Radio goo goo" — ela canta.

— "Radio ga ga".

Joona toma um gole de cerveja e se vira para olhar Valéria enquanto ela sorve o caldo do macarrão. Há terra sob suas unhas curtas e um vinco profundo risca seu rosto.

— Lumi só precisa de tempo. Ela vai voltar — Valéria diz, limpando a boca com as costas da mão. — Você aguentou anos de solidão porque pelo menos sabia que ela estava viva... você não a perdeu naquela época e não vai perdê-la agora.

12

Tracy ouve a chuva que chega tamborilando nos telhados de metal. Em pouco tempo o bairro é engolido pelo barulho do aguaceiro.

Está deitada na cama, nua, ao lado de um homem adormecido chamado Adam. É tarde da noite. O apartamento está às escuras.

Ela saiu para uma noitada com os colegas de trabalho e conheceu Adam num bar. Eles flertaram e ele lhe pagou alguns drinques. Por fim, começaram a brincar um com o outro e, quando os outros foram embora, ela ficou para trás.

O cabelo de Adam era grosso, desgrenhado, descolorido e com as raízes escuras à mostra, e ele tinha manchas pretas de rímel sob os olhos. Disse que trabalhava como professor do ensino médio e descendia de uma família aristocrática.

Sob um sinistro céu noturno, os dois cambalearam até o apartamento de Adam. Tracy mora em Kista, mas Adam reside no centro da cidade. O lugar é pequeno, com assoalho de tábuas gastas e portas amassadas, pintura descascada no teto e um chuveiro acima da banheira. Há caixotes de discos de vinil espalhados pelo chão e lençóis pretos de seda na cama.

Tracy se lembra de que, assim que entraram no apartamento, ele se sentou na beira do colchão segurando um ônibus vermelho de brinquedo.

A miniatura tinha cerca de vinte centímetros de comprimento, rodas pretas e duas fileiras de janelinhas.

Ela tirou a meia-calça, a blusa e a saia prateada e pendurou tudo nas costas de uma cadeira antes de ir só de calcinha para junto de Adam.

Quando parou na frente dele, Adam estendeu a mão num gesto indiferente e deslizou a parte dianteira do ônibus de brinquedo ao longo da coxa dela.

— O que está acontecendo? — Tracy perguntou, tentando sorrir.

Não conseguiu ouvir a resposta. Adam evitou contato visual e pressionou o para-brisa do ônibus entre as pernas dela, lentamente empurrando o brinquedo para a frente e para trás.

— Estou falando sério — ela disse, dando um passo para trás.

Ele murmurou um pedido de desculpas e pôs o ônibus na mesa de cabeceira, embora seus olhos se demorassem no brinquedo, como se conseguisse ver o motorista e os passageiros lá dentro.

— No que você está pensando?

— Em nada — ele respondeu, virando-se para ela com os olhos semicerrados.

— Você está bem?

— Foi só uma gracinha — ele disse, sorrindo para ela.

— Por que a gente não começa de novo?

Adam fez que sim com a cabeça; ela deu um passo à frente, acariciou os ombros dele, beijou-o na testa e nos lábios, ajoelhou-se e começou a desabotoar sua calça jeans preta.

Demorou um pouco para o pau de Adam ficar duro o suficiente para colocar uma camisinha. Quando ele por fim se enrijeceu, Tracy se sentiu excitada ao ser penetrada. Se deitou de costas, segurando os quadris dele, tentando sentir prazer e gemendo talvez um pouco alto demais.

Adam deu várias estocadas.

Com a respiração acelerada, Tracy retesou as coxas e os dedos dos pés. De repente Adam parou de se mexer, ainda esmagando o seio dela com uma das mãos.

— Continue — ela sussurrou, tentando fazer contato visual.

Ele pegou o ônibus de cima da mesa de cabeceira e tentou enfiá-lo na boca de Tracy. O brinquedo bateu nos dentes dela; Tracy virou o rosto, mas ele tentou de novo, pressionando a miniatura contra seus lábios.

— Pare! Eu não quero fazer isso — ela protestou.

— Tá legal, desculpe.

Continuaram fazendo sexo, mas ela havia perdido o interesse e só queria que acabasse; depois de algum tempo, fingiu um orgasmo para apressar as coisas.

Perto do clímax, Adam ficou suado; depois que gozou rolou para o lado, murmurando algo sobre o café da manhã antes de adormecer com o ônibus na mão.

Agora Tracy está acordada, fitando o teto, e percebe que não quer de jeito nenhum acordar ali com aquele homem.

Ela sai da cama, pega suas roupas e vai ao banheiro se lavar e se vestir.

Quando volta, Adam ainda está dormindo de boca aberta. Sua respiração é pesada e bêbada.

Agora a chuva fustiga a janela.

Tracy sai para o corredor, e ao calçar os sapatos de salto alto vermelhos percebe que seus pés ainda estão doloridos.

Dentro de um prato de cerâmica azul sobre uma cômoda, ela vê as chaves de Adam, sua carteira e o anel de sinete que ele estava usando antes.

Ela pega o anel e examina o brasão com um lobo e duas espadas cruzadas, e o coloca em seu dedo anelar. Depois de dar uma última olhada para o quarto às escuras, vai até a porta da frente.

O edifício inteiro estremece sob o aguaceiro estrondoso.

Tracy destranca e abre a porta, sai, fecha-a de novo e desce correndo os degraus.

Não sabe por que roubou o anel de Adam. Não é o tipo de pessoa dada a surtos de cleptomania; a bem da verdade, não rouba nada desde a pré-escola, quando levou para casa um bolinho de plástico.

Do lado de fora, a chuva forte chicoteia a calçada e a faz cintilar. A água jorra dos canos de escoamento e inunda a rua. Os bueiros estão transbordando.

Depois de dar apenas alguns passos, Tracy nota que alguém está andando na mesma velocidade que ela do outro lado da rua.

Entrevê a pessoa entre os carros estacionados. A água fria espirra em suas panturrilhas enquanto ela tenta caminhar mais rápido.

Seus passos ecoam entre os prédios.

Ela vira na rua Kungstens e começa a correr ao longo da orla do parque do Observatório.

Ouve o farfalhar dos arbustos.

Em todas as janelas do outro lado da rua as luzes estão apagadas.

Não há sinal do homem.

Tracy se acalma, mas ainda está sem fôlego ao descer as escadarias de pedra em direção à rua Saltmätar.

Como está escuro, ela se agarra ao corrimão, o anel de Adam raspando o metal úmido.

Tracy chega ao pé da escada e olha para os degraus acima.

O brilho do poste de iluminação no topo da escada parece cinzento sob a chuva; ela pisca, mas não consegue dizer se alguém a está seguindo.

Sem pensar, pega o atalho para o ponto de ônibus, atravessando o parquinho atrás da Escola de Economia de Estocolmo.

O poste de luz mais distante é o único que está funcionando, mas o breu não é tão intenso que ela não consiga enxergar.

Agora a água entra pela gola de Tracy e escorre pelas costas.

No parquinho, a chuvarada faz as poças de lama se encresparem. No gramado atrás do enorme prédio da universidade há um monte de caixas de papelão encharcadas.

Tracy se arrepende de ter escolhido aquele caminho.

A chuva martela o trepa-trepa. A julgar pelo barulho, quase parece que tem um cachorro acorrentado dentro da casinha de brinquedo, arfando e se jogando contra as paredes. As janelas reluzem na escuridão.

O solo está saturado e, na tentativa de salvar seus sapatos, Tracy desvia dos trechos mais lamacentos.

A chuva sibila através dos galhos nus das árvores, produzindo um clangor oco sempre que uma gota graúda atinge a cerca de metal baixa que circunda o parquinho.

Algo atravessa o campo de visão de Tracy. A princípio, ela não percebe o que está acontecendo.

Um medo instintivo a percorre, dificultando a respiração.

Agora com as pernas pesadas, diminui o passo, tentando assimilar o que vê.

Seu coração bate forte no peito.

Os segundos parecem parar de passar.

Sob as barras do trepa-trepa, uma garota paira feito um fantasma na escuridão.

Há um cabo de aço em volta do pescoço dela, e sangue manchando a parte da frente do vestido.

Seu cabelo loiro está molhado e grudado nas bochechas; os olhos estão arregalados, os lábios cinza-azulados entreabertos.

Os pés da garota estão suspensos, cerca de um metro e meio acima do chão. Seus tênis pretos estão caídos abaixo dela.

Com as mãos trêmulas, Tracy deixou cair a bolsa para procurar o celular e ligar para a polícia; de súbito, vê a garota se mexer.

Os pés dela começam a se contorcer.

Tracy engole em seco e corre até a garota, escorregando na lama. Quando chega mais perto, vê que o cabo de aço dá a volta na garganta, sobe até a parte de cima do trepa-trepa e desce pelo outro lado da estrutura.

— Vou ajudar você! — Tracy grita, contornando o brinquedo.

O cabo é enrolado por um guincho que foi aparafusado a um dos postes de madeira que sustentam o trepa-trepa. Tracy agarra a manivela, mas ela de alguma forma parece estar travada.

Ela puxa e cutuca com insistência, os dedos procurando desesperadamente por um mecanismo para soltar o cabo.

— Socorro! — ela grita a plenos pulmões.

Tracy tenta abrir o painel de controle das engrenagens, mas sua mão escorrega e ela corta o nó de um dos dedos. Ela puxa a manivela, tentando arrancar o guincho do poste, mas a peça metálica não sai do lugar.

Ali por perto há uma moradora de rua vestindo um casaco de pele encharcado; ela observa Tracy com um olhar vazio. Leva algumas sacolas plásticas enroladas nos ombros e um crânio branco de rato pendurado no pescoço.

Tracy corre de novo para a frente da garota, agarra suas pernas e levanta o corpo, sentindo cãibras nas panturrilhas.

— Socorro! Preciso de ajuda! — Tracy grita para a mulher sem-teto.

Ela pisa em cima dos tênis pretos caídos no chão, tentando escorar a garota em cima dos ombros para afrouxar o cabo de aço que a enforca; mas o corpo parece rígido e escorrega, balançando para o lado.

A barra acima delas range.

Mais uma vez Tracy levanta a garota e tenta mantê-la na vertical, e assim permanece na escuridão, na chuva, até que a garota para de se mover e o calor de seu corpo se extingue. No fim, Tracy não consegue mais segurá-la e desaba no chão, aos prantos. Não sabe que a menina já estava morta havia algum tempo.

13

Grandes trechos do parque do Observatório foram interditados com cordões de isolamento, e policiais posicionados no perímetro são incumbidos de manter jornalistas e curiosos longe da cena do crime. Joona acaba de voltar do aeroporto, onde deixou Valéria, e estaciona o carro perto da igreja Adolf Fredrik. Enquanto percorre a curta distância até a rua Saltmätar, um jornalista de bigode branco e rosto fechado se aproxima dele.

— Estou te reconhecendo. Você não é da Unidade Nacional de Operações? — ele pergunta com um sorriso. — O que houve?

— Você vai ter que falar com o assessor de imprensa — Joona diz ao passar.

— Então posso escrever que há perigo para a população ou...?

Joona mostra sua identificação a um policial junto à fita de isolamento, que o autoriza a passar. O chão ainda está molhado da chuva da noite anterior.

— Posso apenas fazer uma pergunta? — o jornalista grita atrás dele.

Joona avança diretamente para o cordão interno, nos fundos do prédio da universidade, e vê que já armaram uma barraca de proteção ao redor do trepa-trepa. Através do plástico branco, consegue distinguir a movimentação dos peritos forenses.

Um homem de vinte e poucos anos, com sobrancelhas grossas e uma barba bem aparada, acena para Joona e caminha até ele.

— Aron Beck, Polícia de Norrmalm — ele se apresenta. — Estou no comando da investigação preliminar.

Depois de se cumprimentarem com um aperto de mãos, levantam o cordão de isolamento e percorrem a trilha que leva ao parquinho.

— Estou ansioso para começar — Aron diz —, mas Olga falou que ninguém deveria tocar em nada antes de você ver a vítima.

Caminham até uma jovem com rosto sardento, cabelo ruivo e sobrancelhas claras. Ela veste um casaco listrado e botas pretas.

— Esta é Olga Berg.

— Joona Linna — ele diz, apertando a mão dela.

— Passamos a manhã inteira tentando encontrar pegadas e outras evidências, mas o tempo não está exatamente do nosso lado. A maior parte dos vestígios já sumiu, mas acho que são ossos do ofício — ela diz.

— Um amigo meu, Samuel Mendel, sempre dizia que se você consegue pensar em algo que não existe muda as regras do jogo.

Olga o esquadrinha com um sorriso.

— Eles estavam certos com relação aos seus olhos — ela diz a Joona, levando os homens até a tenda.

Placas de proteção foram dispostas no chão ao redor da cena principal do crime.

Eles param do lado de fora enquanto Olga explica que os peritos esvaziaram todas as latas de lixo da área, inclusive na estação de metrô e até a praça Oden. Tiraram fotos, encontraram vários conjuntos de impressões digitais no parquinho e extraíram pegadas em uma trilha lamacenta e ao longo da beira da calçada.

— Ela estava com algum documento de identidade? — Joona quer saber.

— Nada. Sem carteira de motorista, sem celular — Aron responde. — Dez meninas foram dadas como desaparecidas durante a noite, mas você sabe como é: quase todas aparecem assim que recarregam a bateria do celular.

— Você provavelmente está certo — Joona comenta.

— Acabamos de falar com a mulher que encontrou a vítima — Aron continua. — Chegou tarde demais para conseguir salvar a garota e está muito abalada. Ficou repetindo uma história sobre uma moradora de rua, mas até agora não temos nenhuma testemunha do crime em si.

— Eu gostaria de dar uma olhada na vítima agora — Joona diz.

Olga entra na grande tenda e manda os colegas fazerem um intervalo. Um momento depois, os técnicos forenses vestidos com macacões brancos descartáveis começam a sair.

— A cena do crime é toda sua — Olga diz.

— Obrigado.

— Ainda não vou falar o que acho — Aron diz. — Não quero ouvir que entendi tudo errado.

Joona empurra o plástico, entra na tenda e se detém. Os holofotes reluzentes destacam os detalhes e as cores do trepa-trepa como se eles estivessem em um aquário de água salgada.

O corpo de uma jovem está pendurado pelo pescoço no brinquedo. Sua cabeça está inclinada para a frente, o cabelo úmido e escorrido cobre o rosto.

Joona respira fundo e se obriga a olhar novamente para ela.

É um pouco mais nova que a filha dele e está usando uma jaqueta de couro preta, um vestido cor de ameixa e meia-calça preta grossa.

No chão, embaixo do corpo, estão seus tênis imundos. O vestido tem manchas escuras do sangue que escorreu do ferimento no pescoço.

Pisando apenas sobre as placas de proteção, Joona contorna o trepa-trepa para examinar o guincho aparafusado a um dos postes.

O assassino deve ter usado uma furadeira combinada, porque as cabeças dos parafusos parecem intactas, livres dos danos normalmente causados por uma chave de fenda escorregando ao girar. Joona observa o guincho com atenção e nota que a trava foi dobrada de caso pensado para evitar que se soltasse.

Um assassinato incomum. Uma execução.

Uma demonstração de poder.

O autor do crime enroscou o guincho no trepa-trepa, jogou o cabo de aço por cima e fez um laço com o gancho.

Joona dá a volta na estrutura e mais uma vez se posiciona na frente da garota.

O cabelo loiro dela está molhado, mas desembaraçado, as unhas são bem cuidadas e ela não está usando maquiagem.

Joona olha para cima e vê que o cabo de aço escorregou para o lado, danificando a barra transversal.

Ela estava viva quando o laço foi colocado em seu pescoço, Joona constata. Em seguida, o assassino voltou ao guincho e girou a manivela. As engrenagens deixaram a vítima quase sem peso. O cilindro girou, içando a garota pelo pescoço. Ela lutou para se libertar, esperneando com tanta força que o fio de aço se deslocou ao longo da barra.

Uma rajada de vento enfuna as abas farfalhantes da tenda.

Sem titubear, os olhos de Joona permanecem na vítima quando Aron e Olga entram na tenda e se postam ao lado dele.

— No que você está pensando, Joona? — Olga pergunta depois de um momento.

— Ela foi morta aqui.

— Já sabíamos disso — Aron responde. — A mulher que a encontrou disse que ela ainda estava viva. Viu as pernas se mexerem.

— Posso entender o equívoco — Joona diz, meneando a cabeça.

— Então estou errado, no fim das contas? — Aron quer saber.

Como o assassino já havia deixado a cena quando a testemunha chegou, Joona sabe que quaisquer sinais de vida que ela julgou ter visto provavelmente não passavam de reflexos ou espasmos pós-morte. O cabo de aço deve ter cortado por completo todo o fluxo de sangue para o cérebro. A garota deve ter sofrido uns dez segundos de pânico tentando afrouxar o laço e debatendo as pernas antes de perder a consciência. É provável que tenha morrido logo depois disso, mas pode ser que suas vias neurais tenham continuado a enviar mensagens para os músculos durante horas.

— Minha sensação é que o assassino quis demonstrar o quanto a vítima, quem quer que ela seja, era indefesa, e ao mesmo tempo exibir seu próprio poder — Olga especula.

A orelha direita da garota, branca feito cera, é visível entre as mechas do cabelo loiro. O forro de sua jaqueta de couro está manchado por dentro da gola.

Joona examina as mãos pequenas e unhas curtas da vítima, as marcas pálidas deixadas por joias na pele bronzeada.

Com um gesto lento ele afasta o cabelo úmido do rosto dela. Quando encontra seus olhos arregalados, é tomado por uma profunda sensação de tristeza.

— Jenny Lind — ele diz baixinho.

14

Imerso em pensamentos, Joona passa pelas portas de vidro da sede da polícia.

Jenny Lind foi executada em um parquinho. Enforcada na chuva.

Ele avança através de um conjunto de portas giratórias antes de virar à direita para um elevador que o espera.

Jenny desapareceu quando voltava da escola para casa em Katrineholm cinco anos atrás. As buscas foram intensas e duraram semanas a fio.

A fotografia da menina estava por toda parte e, no primeiro ano do desaparecimento, a polícia recebeu uma imensa quantidade de denúncias anônimas. Os pais imploraram ao sequestrador para não machucar sua filha e ofereceram uma recompensa substancial.

O sequestrador dirigia um caminhão com placas roubadas; apesar de ter recuperado rastros nítidos dos pneus e elaborado um retrato falado graças à descrição de uma colega de classe de Jenny, as autoridades nunca conseguiram localizar o veículo.

A polícia, a opinião pública e a mídia se envolveram com insólito empenho, mas o caso esfriou.

Ninguém acreditava que Jenny ainda pudesse estar viva.

Mas ela estava, até algumas horas atrás.

Agora, pendurada no meio de uma tenda iluminada, parece um objeto exposto numa vitrine de museu.

O elevador para com um sonoro *ping* e as portas se abrem.

O ex-chefe da Unidade Nacional de Operações, Carlos Eliasson, foi forçado a se aposentar depois de assumir total responsabilidade pelas ações de Joona na Holanda um ano antes. Ele o salvou de uma ação penal alegando que havia autorizado pessoalmente cada passo da operação.

Sua substituta é Margot Silverman, ex-inspetora-chefe, cujo pai já foi comissário de polícia do condado.

Enquanto caminha pelo corredor vazio, Joona tira o paletó e o pendura no braço.

A porta da chefe está aberta, mas ainda assim ele bate antes de entrar.

Margot não dá sinais de tê-lo notado.

Os dedos deslizam pelo teclado, o esmalte na mão direita mais desgastado do que na esquerda.

Sua pele é pálida, com salpicos de sardas sobre o nariz. Os olhos parecem escuros e inchados, e seu cabelo claro está preso numa trança.

Em meio à papelada jurídica, regulamentos internos da polícia e orçamentos, há nas prateleiras um pequeno elefante de madeira, um troféu conquistado numa competição de equitação vinte anos atrás e várias fotografias emolduradas de suas filhas. O casaco recém-lavado está pendurado em um gancho perto da porta e a bolsa repousa no chão.

— Como estão Johanna e as crianças? — Joona pergunta.

— Não vou falar sobre minha esposa e filhas — ela responde enquanto digita.

— Mas você queria falar sobre algo?

— Jenny Lind foi assassinada.

— E a polícia de Norrmalm pediu nossa ajuda — ele diz.

— Podem se virar sozinhos.

— Talvez — Joona responde.

— É melhor você se sentar, porque acho que estou prestes a repetir o que acabei de dizer. Quando você é a chefe, ninguém ousa dizer que você está fazendo isso. É um dos privilégios do cargo.

— É mesmo?

Ela ergue os olhos da tela.

— Sim. Você tem o direito de roubar as ideias e piadas das outras pessoas e tudo o que diz é incrivelmente interessante por direito do ofício, mesmo que esteja se repetindo.

— Foi o que você acabou de falar — Joona comenta, sem se mover.

A boca de Margot insinua um sorrisinho malicioso, mas seus olhos estão sérios como sempre.

— Sei que com Carlos você sempre conseguiu fazer tudo do jeito que queria, e não tenho intenção de discutir sobre isso, embora ache que é uma maneira antiquada de fazer as coisas — ela explica. — Você tem resultados extraordinários, mas tanto no sentido positivo quanto no negativo... é caro demais, deixa para trás um rastro de destruição e consome mais recursos do que qualquer outra pessoa.

— Combinei de me encontrar com Johan Jönson para examinar as imagens das câmeras de segurança do parquinho.

— Não, você vai abandonar esse caso agora — Margot decreta.

Joona sai da sala. Sabe que o caso é muito mais intrincado do que qualquer um deles é capaz de compreender.

15

Joona sai do elevador no último andar do edifício Nyponet na rua Körsbärs e encontra Johan Jönson esperando por ele.

O colega está de cueca e uma camiseta desbotada com a palavra "Fonus"* estampada. É quase totalmente careca, mas tem uma barba salpicada de fios grisalhos e sobrancelhas grossas.

Apesar de ter todo o andar do prédio à disposição, Johan montou seu computador sobre uma mesinha com duas cadeiras dobráveis no patamar da escada.

— Já não consigo nem entrar — ele diz, apontando para a porta do apartamento. — Quando se trata de equipamentos de TI, sou um acumulador compulsivo.

— Não seria bom ter uma cama e um banheiro? — Joona pergunta, com um sorriso.

— Não é fácil quando é difícil — Johan suspira.

Joona já sabe que o parquinho não é protegido por nenhum sistema de vigilância por vídeo — fica em um ponto cego atrás do prédio da universidade. Mas, por se localizar no centro de Estocolmo, a maior parte das ruas próximas conta com circuitos de câmeras.

Com base na temperatura corporal de Jenny Lind, os técnicos forenses da Polícia de Norrmalm estimaram que a hora da morte foi 3h10. Nils "Agulha" Åhlén dará o veredicto definitivo assim que todos os fatores forem determinados a partir das evidências.

— Não tiramos exatamente a sorte grande — Johan começa a explicar. — Nenhuma das câmeras aponta para o parquinho, nem encontramos ninguém caminhando em direção à cena do crime ou

---

* Associação Funerária de Estocolmo, fundada em 1945. O nome faz referência a *funus*, palavra latina para funeral. (N. T.)

saindo depois... mas podemos ver a vítima por alguns segundos e temos uma testemunha ocular que viu tudo com clareza, contanto que a gente consiga encontrá-la.

— Bom trabalho — Joona diz, sentando-se ao lado dele.

— Seguimos as pessoas que estavam na área antes e depois do assassinato. Algumas aparecem em várias câmeras antes de sumirem.

Johan pega um pacote de Pop Rocks, arranca a ponta da embalagem e despeja o conteúdo na boca. As balas crepitam entre seus dentes, estalando e sibilando enquanto ele carrega o arquivo da filmagem.

— Que janela de tempo estamos olhando? — Joona pergunta.

— Iniciei a checagem a partir das nove da noite da véspera. Há uma multidão de pessoas circulando na área; centenas passam pelo parquinho durante a primeira hora... e parei às quatro e meia da manhã, quando o lugar ficou lotado de policiais.

— Perfeito.

— Juntei os trechos relevantes, pessoa por pessoa, para tornar a filmagem um pouco mais manejável.

— Obrigado.

— Vamos começar pela vítima — Johan diz, apertando o play.

A imagem escura da câmera de vigilância preenche a tela, com a indicação de data e horário no canto superior. De um ângulo do outro lado da rua Svea, a câmera capta a entrada da estação de metrô na rua Rådmans. Na borda da tela são visíveis um trecho do parque e a fachada arredondada do prédio da universidade. A resolução é bastante nítida, apesar do breu.

— Daqui a pouco ela chega — Johan sussurra.

O carimbo da hora marca três da manhã; à luz do poste de iluminação pública, a chuva forte parece uma série de arranhões oblíquos.

Do lado de fora de uma loja de conveniência fechada e da porta de aço dos banheiros públicos, a calçada cintila.

Um homem vestindo um casaco grosso e um par de luvas de borracha amarelas vasculha a lata de lixo e se arrasta ao longo da parede da qual cartazes foram arrancados e restos de pichações foram limpos com mangueiras de alta pressão.

De resto, a cidade está quase deserta. Uma perua branca passa.

Três homens bêbados caminham, trôpegos, em direção a um McDonald's.

A cidade parece escurecer à medida que a chuva se torna mais intensa.

Um copo de papel treme na mureta que circunda o lago. Água abundante desce pelas grelhas de drenagem.

Uma pessoa entra no quadro pela esquerda, contorna a entrada da estação de metrô e se detém sob a marquise, de costas para as portas de vidro.

Um táxi passa na rua Svea. Os faróis iluminam o rosto e o cabelo loiro de Jenny Lind.

Em apenas dez minutos ela estará morta. Seu rosto torna a ficar encoberto na sombra.

Joona pensa na breve luta da garota, as pernas chutando com tanta força que seus tênis saem dos pés.

Quando o suprimento de sangue para o cérebro é interrompido, a asfixia não chega nem perto de ser tão gradual quanto acontece quando prendemos a respiração. Antes que a escuridão por fim se apodere, a sensação é explosiva, de pânico.

Jenny hesita e em seguida avança na chuva, virando as costas para a câmera, passa pela loja de conveniência, descendo o caminho na ponta do lago. Depois desaparece de vista.

Uma das câmeras de segurança da Biblioteca Pública a captou ao longe. A resolução da imagem é ruim, mas seu cabelo e rosto refletem uma réstia da luz de um poste antes de ela entrar no ponto cego do parquinho.

— É tudo que temos dela — Johan diz.

— Entendido.

Enquanto Joona reproduz a filmagem na cabeça, percebe que Jenny sabia exatamente para onde estava indo, mas titubeou — talvez por causa da chuva ou porque tenha chegado antes da hora.

O que ela estava fazendo no parquinho no meio da noite?

Tinha combinado de se encontrar com alguém?

Ele não consegue se livrar da sensação de que era uma armadilha.

— No que você está pensando? — Johan pergunta, quebrando o silêncio.

— Ainda não tenho certeza. Só estou tentando manter minhas primeiras impressões por um momento — Joona responde, levantando-se da cadeira. — Essa filmagem pode não significar nada agora, mas talvez seja decisiva mais tarde... alguma parte do que vimos e sentimos na primeira vez.

— Avise quando quiser continuar.

Johan abre outro pacote de Pop Rocks e despeja as balinhas na boca.

Joona fita a parede, pensando nas mãos magras de Jenny e nas marcas pálidas nos braços, brilhando em contraste com a pele bronzeada.

— Reproduza o próximo — ele pede, sentando-se de novo.

— Este vídeo acompanha a mulher que encontrou a vítima. Ela chega ao parquinho apenas alguns minutos após o homicídio.

Uma câmera de segurança captou a mulher correndo na calçada sob a chuva, entre a fila de carros estacionados e o muro que contorna o parque.

Ela diminui o passo e olha de relance por cima do ombro, como se estivesse sendo seguida. A chuva martela os tetos dos carros.

Agora ela está andando apressada, e de súbito começa a correr antes de desaparecer escada abaixo e no ponto cego perto do parquinho.

— Aqui cortamos para cinquenta minutos mais tarde — Johan diz —, quando ela finalmente percebe que não pode salvar a garota.

A imagem exibida na tela muda de volta para a câmera da entrada da estação de metrô. As poças cresceram em torno dos escoadouros.

A mulher reaparece na grama encharcada atrás da loja de conveniência. Ela pisa na calçada, segurando um celular no ouvido, e se firma apoiando uma das mãos num quadro de energia elétrica ao lado do banheiro público. Desaba no chão, com as costas contra a parede amarela e imunda.

Ela fala ao telefone, abaixa o aparelho e fica sentada imóvel, fitando a chuva, até a chegada da primeira viatura.

— Foi ela quem fez a chamada de emergência; você ouviu a gravação? — Johan pergunta.

— Ainda não.

Johan clica em um arquivo de áudio e, por cima do ruído da chuva torrencial, eles ouvem a voz calma do operador perguntando o que aconteceu.

— Eu não conseguia mais segurá-la, eu tentei — a mulher diz com a voz embargada.

A gravação corresponde ao registro do que foi dito quando ela saiu do parquinho, atravessou a grama e se sentou encostada na parede.

— Sabe me dizer onde você está? — o operador pergunta.

— Eu encontrei uma garota, acho que ela está morta agora... meu Deus, ela estava pendurada pelo pescoço, mas tentei segurá-la... ninguém me ajudou, e eu...

Sua voz falha novamente e ela começa a chorar.

— Você poderia repetir o que acabou de dizer?

— Eu não consegui mais segurá-la, não consegui mais segurá-la... — ela repete, aos soluços.

— Para que possamos ajudá-la você precisa nos dizer onde está.

— Não sei... rua Svea, na beira do lago... qual é o nome? Parque do Observatório.

— Consegue ver algum ponto de referência, alguma coisa reconhecível?

— Uma loja de conveniência. É uma Pressbyrån.

O operador continua tentando falar com a mulher até a chegada da polícia, mas ela para de responder; por fim, a mão que segura o celular cai na altura do joelho.

Johan Jönson despeja mais Pop Rocks na boca e clica no arquivo de vídeo.

— Quer dar uma olhada nas nossas testemunhas em potencial? — pergunta. — Havia apenas três pessoas nas imediações do parquinho no momento do assassinato.

Outra câmera mostra imagens de uma mulher alta com uma comprida capa de chuva branca caminhando pela rua Kungstens, do outro lado do prédio da universidade. Ela deixa cair no chão uma guimba de cigarro, cuja ponta faísca por um momento antes de desaparecer. Sem nenhum senso de urgência, ela avança pela rua e desaparece da vista às 3h02.

— Ela não volta — Johan diz.

A imagem que aparece na tela muda novamente, agora mais escura. Numa câmera distante, uma moradora de rua vestindo várias camadas de roupas grossas é visível atrás da Biblioteca Pública.

— Acho que, de onde ela estava, não conseguiria ver o parquinho, mas a incluí mesmo assim — Johan explica.

— Ótimo.

O ângulo se altera de novo, desta vez captando a entrada da estação de metrô. Na escuridão além da Pressbyrån é possível apenas entrever a silhueta desfocada da moradora de rua.

— E aqui está a testemunha número três — Johan anuncia.

Um homem com um guarda-chuva, passeando com um labrador preto, entra no vão entre os elevadores para a plataforma e a entrada da estação. O cachorro começa a farejar as caixas de correio do lado de fora da Pressbyrån e o homem espera um momento; em seguida, passam pelos banheiros e vão para a calçada.

Após cerca de vinte metros, ele se detém com o rosto voltado para o parquinho.

O carimbo da hora indica que são 3h08.

Jenny Lind tem dois minutos de vida. O laço provavelmente está sendo colocado em seu pescoço nesse exato momento.

O cachorro dá um puxão na correia, mas o homem permanece imóvel.

A moradora de rua anda pela calçada, remexe em um saco de lixo preto e pisa vigorosamente em cima de alguma coisa.

O homem com o guarda-chuva e o cachorro olha de relance para ela antes de voltar a atenção para o parquinho. Em tese ele consegue ver tudo o que está acontecendo, mas não dá sinais de testemunhar um assassinato.

Um táxi aparece na rua Svea e, ao passar, levanta uma onda de água suja sobre a calçada.

Às 3h18, o homem solta a correia do cachorro e avança devagar até desaparecer atrás da Pressbyrån.

— A garota está morta e o assassino provavelmente já foi embora — Johan diz.

O cachorro começa a farejar o gramado, arrastando a correia atrás de si. A chuva forte faz com que as poças pareçam estar borbulhando. A moradora de rua saiu do quadro na direção da biblioteca.

São 3h25 quando o homem reaparece com o rosto abaixado. A água que escorre pelo guarda-chuva cai atrás enquanto ele se afasta pelo mesmo caminho de onde veio.

— Em teoria, ele poderia ter ido até o corpo nesse momento — Joona aponta.

O cachorro o segue de volta até a rua Svea e, quando chegam à estação de metrô, o homem se abaixa para apanhar a correia. Por um momento, seu rosto calmo é visível com nitidez na luz cinzenta.

— Você precisa encontrá-lo — Johan diz, pausando a imagem.

— A ausência de reação ao assassinato me fez pensar de início que ele era cego, mas não é; ele notou a moradora de rua quando ela começou a se mover — Joona comenta.

— Ele viu tudo — Johan sussurra, encarando os olhos cinza--gelo de Joona.

16

Sem nenhuma pressa, Pamela tira a mesa, arruma a cozinha e liga a lava-louça.

Ela bebe o resto de sua dose de vodca, pousa o copo na bancada e vai até a alta janela com vista para o parque Ellen Keys. Lá embaixo, ainda há um grupo de pessoas com cestas de piquenique e cobertores estendidos na grama.

A chuvarada do início do verão foi embora nas primeiras horas da manhã, afugentada pela onda de calor que atinge a Europa Central desde o início de junho. Os suecos sabem que têm um número limitado de dias ensolarados para aproveitar, por isso os parques e mesas ao ar livre em todos os restaurantes e bares logo ficam lotados.

— Acho que daqui a pouco vou pra cama — ela diz. — O que você vai fazer hoje à noite?

Martin não responde. Ainda está sentado à mesa, jogando no celular — um joguinho que consiste em empilhar formas geométricas até desmoronarem.

Pamela observa o rosto pálido do marido, que passou o dia inteiro extraordinariamente ansioso; quando ela acordou às oito da manhã, encontrou-o enrodilhado no chão.

Ela guarda as sobras frias na geladeira, molha o pano de limpeza para passá-lo sobre a mesa e depois o pendura aberto sobre a torneira.

— Muito gostoso — Martin diz, olhando para ela com um sorriso.

— Você aproveitou o jantar, eu notei — ela responde. — Qual prato você achou melhor?

Aterrorizado, Martin olha para baixo, concentrando-se no celular.

Pamela se vira para a bancada e limpa o fogão com água fria para deixá-lo brilhando. Joga o papel-toalha na lata de lixo, amarra as alças da sacola plástica e a leva para o corredor do prédio.

Quando volta, Martin ainda está olhando para o celular. O único som que se ouve vem da lava-louça.

Pamela se serve de outra dose de vodca e senta em frente a Martin, abrindo uma pequena caixa de joias.

— Ganhei isso do Dennis. São legais, não são?

Ergue um dos brincos, uma água-marinha em formato de lágrima, e mostra a Martin. Ele examina a joia, e sua boca se move como se estivesse procurando as palavras certas.

— Sei que você sabe que é meu aniversário... e às vezes, no passado, você tinha um presente pra mim — ela diz. — Não precisa me dar nada, mas se tiver um presente agora é a hora, porque vou pra cama ler até pegar no sono.

Martin encara a mesa, murmurando para si mesmo. Ele suspira e passa a mão sobre o tampo da mesa.

— Eu queria dar...

Ele se cala e vira para a janela. Desaba no chão, empurrando a cadeira para trás com um guincho.

— Está tudo bem — ela diz, tranquilizando-o.

Martin rasteja até Pamela por debaixo da mesa e abraça as pernas dela como uma criança tentando impedir o pai ou a mãe de sair de casa.

Pamela passa os dedos pelo cabelo dele, toma um gole de vodca e pousa o copo. Com delicadeza, se desvencilha das mãos de Martin, levanta e vai até a janela olhar a rua Karlavägen. Seus olhos mudam de foco e ela vê a si mesma refletida no vidro irregular.

Os pensamentos de Pamela se desviaram para a troca de e-mails que teve com o supervisor do Serviço Social. Eles parecem ter superado o primeiro obstáculo. Segundo o supervisor, Pamela tem condições de proporcionar um ambiente financeira e socialmente estável; o escritório do apartamento pode ser transformado em um quarto, e o chefe de Pamela a autorizou a tirar uns dias de folga para participar das eventuais reuniões com o Serviço Social, escolas ou o sistema de saúde.

Ela e Mia têm um encontro por Skype marcado para depois de amanhã. Uma chance de "sondarem uma à outra", como disse o supervisor.

* * *

    Martin rasteja de volta até a cadeira e olha para Pamela, que continua de pé junto à janela. Durante quase um ano inteiro ele teve a intenção de dar um colar de pérolas para ela, mas não criou coragem. Em vez disso, comprou quinze rosas vermelhas, mas foi obrigado a sair da floricultura de mãos vazias quando percebeu que os meninos iam querer que as flores fossem para os túmulos deles e não para as mãos de Pamela.
    — Ei — Martin chama.
    Ele vê Pamela enxugar as lágrimas do rosto antes de se virar e olhar para ele.
    Ele não consegue dizer que tem medo de aniversários porque os meninos também vão querer festejar o aniversário deles. Ficam enciumados sempre que ele compra presentes para Pamela. Querem mamar no peito toda vez que alguém fala em comida.
    Martin sabe que são pensamentos obsessivos, mas toda vez que tenta dizer alguma coisa precisa se conter e pensar em como os meninos vão reagir.
    Entende que tudo se deve ao acidente de carro que matou seus pais e os dois irmãos.
    Martin nunca acreditou de verdade na existência de fantasmas, mas, de alguma forma, abriu a porta para eles quando perdeu Alice. Agora eles estão por aí no mundo real, e podem tocá-lo com seus dedos frios. Conseguem empurrá-lo e mordê-lo.
    Martin aprendeu a ser cauteloso, a evitar tentar ou provocar os meninos. Se diz o nome de alguma coisa, eles logo a querem, não importa o que seja. Se menciona um lugar, pedem para ser sepultados lá. Porém, contanto que Martin respeite as regras, eles ficam quietos. Infelizes, mas não zangados.
    — É melhor você levar o Lout pra passear — ela diz para ninguém, como se presumisse que ele não está ouvindo. — Não gosto que você saia no meio da noite.
    Ele precisa encontrar uma maneira de contar sobre as rosas sem chamar muita atenção. Talvez ela pudesse pegá-las na loja amanhã, a caminho do escritório.

— Você me ouviu, Martin?

Ele deveria dizer alguma coisa ou acenar com a cabeça, mas tudo o que consegue fazer é olhá-la nos olhos, preocupado com o fato de ela ter falado o nome dele.

— Tudo bem — ela diz, com um suspiro.

Martin se levanta e vai para o corredor, acende as luzes e tira a guia e a coleira do gancho na parede.

Ele teve calafrios e tremores pelo corpo o dia todo. Quase como se houvesse alguém se contorcendo dentro de si.

Talvez tenha contraído alguma doença, ou talvez esteja apenas cansado.

O cachorro precisou sair no meio da noite ontem e, quando voltaram, Martin tremia tanto que teve que tomar trinta miligramas de Valium. Ele não consegue se lembrar do que aconteceu, mas os meninos foram bastante ameaçadores e o obrigaram a passar o resto da noite no chão.

Isso nunca tinha acontecido antes.

Martin chacoalha a correia e vai para a sala. O cachorro, dormindo na poltrona, como sempre não o ouve. Martin se agacha ao lado dele e o acorda com delicadeza.

— Vamos dar uma volta? — sussurra.

O cachorro se levanta, lambe a boca, se sacode e o segue até o corredor. Seu nome verdadeiro é Loke, mas quando ele ficou velho e cansado Martin e Pamela começaram a chamá-lo de Lout.[*]

É um labrador preto, com quadris tão debilitados que não consegue mais subir ou descer escadas. Passa quase todo o tempo dormindo, é meio fedido, não ouve muito bem e enxerga pessimamente, mas ainda gosta de sair para longos passeios.

No banheiro, Pamela experimenta os brincos. Ela os tira das orelhas e volta ao quarto para guardá-los na gaveta da mesinha de cabeceira. Senta-se na cama, pega o copo de vodca e abre o livro, apenas para fechá-lo em seguida e ligar para Dennis.

---

[*] Em inglês, "desajeitado", "desastrado", "desengonçado". (N. T.)

— Feliz aniversário — ele diz ao atender.

— Você já estava dormindo? — ela pergunta, tomando mais um gole.

— Não, na verdade ainda estou trabalhando; vou para Jönköping amanhã.

— Obrigada pelo presente — ela diz. — São lindos, mas você realmente não deveria. Sabe disso, não é?

— Sim, mas quando os vi pensei que talvez combinassem com você, porque parecem lágrimas.

— Já experimentei. São fantásticos — ela fala, depois toma outro gole e pousa o copo.

— Como estão as coisas com Martin?

— Muito bem. Ele saiu com o cachorro agora. Está dando certo.

— E você? Como você está?

— Eu sou forte — ela responde.

— Isso é o que você sempre diz.

— Porque é verdade, sempre fui forte. Dou conta do recado.

— Mas você não tem que...

— Pare — ela o interrompe.

Ela ouve Dennis respirar fundo antes de fechar o laptop e tirá-lo da frente.

— Você nunca muda — ele diz.

— Desculpe...

Dennis sempre faz esse mesmo comentário, em geral com um sentimento de alegria e espanto — embora vez por outra tenha um tom crítico na voz.

Os pensamentos de Pamela se voltam para o dia do aniversário de dezesseis anos de Alice. Martin preparou um macarrão com camarão e queijo, e Dennis e a namorada jantaram com eles. O amigo presenteou Alice com um colar que comprou no Grande Bazar em Damasco e disse que ela era muito parecida com a mãe quando ele a conheceu, ainda nos tempos de escola.

— Era a garota mais legal e bonita que eu já tinha visto na vida.

— Mas agora, toneladas de macarrão e uma cesariana depois... — Pamela disse, acariciando a própria barriga.

— Você nunca muda — ele falou.

— Claro — ela concordou, rindo.

Pamela se lembra de que conversaram sobre filhos e de dizer que não tinha medo de nada a não ser passar por uma nova gravidez. Ela e Alice escaparam por um triz de morrer no parto.

Nos poucos segundos de silêncio que se seguiram, os olhos dela se voltaram para Martin. Pamela jamais se esquecerá da honestidade clara na voz dele quando afirmou em alto e bom som que Alice era a única filha que ele sempre quis.

— Você está um pouco quieta hoje — Dennis diz do outro lado da linha.

17

É quase madrugada de quarta-feira e, apesar do calor prolongado do dia, o distrito de Östermalm está deserto. Martin e Loke caminham no meio da rua Karlavägen, margeada por duas fileiras de árvores.

O único som é o barulho do cascalho sob seus sapatos. A escuridão se acumula entre os antiquados postes de iluminação.

Como Martin sempre deixa o cachorro parar e farejar o que quiser, demorando-se e fazendo xixi para marcar os lugares importantes, eles já estão fora de casa há uma hora e meia.

Quando ele sai com o cachorro, geralmente os meninos não se incomodam em segui-lo. Ficam esperando em casa, porque sabem que ele voltará.

Quase sempre se escondem no closet, onde podem espreitar por entre as ripas das portas. Atrás das roupas há uma antiga saída de ar, com uma pequena tampa de metal que pode ser ajustada com um barbante.

Martin imagina que deve ser assim que eles entram.

A última vez que fez uma viagem de trabalho, antes de tirar uma licença médica, os meninos tentaram cortar seu rosto em pedaços. Eles o prenderam no chão com toalhas de banho torcidas e pisotearam uma gilete até arrancar uma das lâminas afiadas. Quando por fim se entediaram, ele foi de carro até o pronto-socorro em Mora e recebeu onze pontos. Mentiu para Pamela que havia levado um tombo.

— Pronto para voltar? — Martin pergunta a Loke.

Eles dão meia-volta na escola de ensino médio Östra e começam a retornar. As luzes suspensas no alto da rua balançam com a brisa, seu brilho branco infiltrando-se pelos galhos das árvores e incidindo como fissuras sobre a calçada.

De repente, Martin é atingido pela imagem mental de um lago cinza-prateado. O sol paira alto bem acima dos abetos e o gelo ao redor das árvores emite sons suaves de rangidos e batidas. As maçãs do rosto de Alice estão coradas. Ela diz que é o lugar mais bonito em que já esteve na vida.

Ele ouve o chiado estridente de freios ao longe, pneus derrapando no asfalto.

Martin olha de relance para a direita e vê um táxi a menos de um metro dele.

O motorista xinga pelo para-brisa e buzina com raiva.

Martin percebe que está parado no meio da rua Sibylle, atravessa para o outro lado e ouve o táxi arrancar cantando os pneus.

Vez por outra, fragmentos de memórias do acidente abrem caminho à força até a superfície.

É sempre doloroso.

Ele não quer se lembrar, embora saiba que isso ajudaria Pamela. Ele não quer falar sobre o que aconteceu.

É uma da manhã quando chega em casa. Tranca a porta e desliza a corrente de segurança. Vai até a cozinha, limpa e seca as patas do cachorro e o alimenta.

Martin se agacha e passa o braço em volta do velho cão, verifica se ele comeu e bebeu água direito, depois o segue de volta para a poltrona na sala de estar.

Assim que Loke cochila, Martin escova os dentes e lava o rosto.

Vai se deitar ao lado de Pamela e sussurrar que sente saudades dela, que lamenta tê-la decepcionado em seu aniversário.

Ele entra pé ante pé no quarto às escuras.

Pamela apagou a luz de leitura, e seus óculos e o livro estão sobre a mesa de cabeceira. O rosto está pálido, e ela sibila baixinho a cada respiração.

Martin espia a porta do closet, para a escuridão atrás das ripas horizontais. As cortinas balançam com a brisa enquanto ele contorna a cama.

Pamela suspira e vira para o outro lado.

Sem desviar os olhos do closet, Martin puxa o edredom em silêncio.

Ouve-se um leve rangido vindo de lá de dentro. Ele sabe que é a tampa da velha saída de ar.

Um dos meninos deve estar vindo por ali. Martin não vai conseguir dormir no quarto.

Pega a cartela de diazepam na mesa de cabeceira e caminha devagar em direção ao corredor; com os olhos ainda fixos no closet, encosta uma das mãos na parede, em busca de apoio e orientação enquanto se afasta. Não se vira para trás enquanto seus dedos não alcançam o batente da porta. Sente um arrepio percorrer a espinha quando entra no corredor, passa por cima da correia do cachorro no chão e se dirige à sala de estar.

Ele acende a luminária de chão e vê o brilho se espalhar pela sala. O cachorro está quase dormindo.

Martin atravessa o assoalho de parquete, que range sob seus pés, e vê seu próprio reflexo no vidro escuro das portas da sacada.

Ele sente movimentos atrás de si.

Sem se virar, afasta-se ligeiramente para o lado de modo que possa enxergar mais longe no reflexo do corredor.

O grosso verniz da porta do banheiro cintila na luz atrás dele. O brilho parece se mover para o lado, e Martin percebe que a porta está se abrindo. A mão de uma criança solta a maçaneta e desaparece rápido escuridão adentro.

Martin se vira com o coração disparado. O corredor é um breu, mas ele pode ver que a porta do banheiro agora está escancarada.

Se refugia num canto da sala de estar e se joga no chão, com as costas contra a parede. De onde está sentado, pode ver as janelas, a porta da cozinha fechada e a escura passagem para o corredor.

Durante todo o dia, lutou contra uma sensação de desespero.

Martin não quer correr o risco de atrapalhar o processo com Mia. Ele não pode dizer a Pamela que sua medicação não funciona pela simples razão de que os meninos são reais.

Sobre a mesinha de centro à sua frente, ao lado de uma pilha de papéis, há um copo repleto de canetas, lápis e pedaços de giz de cera vermelho. De vez em quando ele usa os materiais de arte e escreve mensagens para Pamela, embora suspeite que o menino mais velho saiba ler.

Ainda assim, é melhor do que falar.

Ele fita o corredor escuro e ingere quatro comprimidos de diazepam. Suas mãos tremem tanto que ele deixa cair a cartela do remédio.

Encolhido na sala de estar iluminada, sente seus olhos doloridos, ardendo de tão cansados.

Cai no sono, sonhando com a luz do sol que penetra no gelo feito uma fieira de flechas douradas. As bolhas ao seu redor parecem tilintar, como se fossem feitas de vidro.

Um súbito rangido o acorda.

Dura menos de um segundo, mas sua pulsação imediatamente começa a martelar nos ouvidos. Ele sabe que foi a porta do closet que se abriu.

Alguém apagou a luminária e a sala está às escuras.

O leve brilho azulado da TV se espalha pelos móveis como uma fina camada de gelo.

De uma ponta a outra, a parede junto à porta do corredor é um negrume só.

As luzes natalinas quebradas tremulam ao vento na grade do parapeito da varanda.

Martin enfia a mão embaixo do sofá para pegar a cartela de diazepam. Tateia o chão, mas o remédio não está lá.

É evidente que os meninos não têm intenção de deixá-lo em paz esta noite.

À medida que se aproxima da mesinha de centro, Martin sente os efeitos vertiginosos dos comprimidos. Pega folhas de papel e um pedaço de carvão e decide desenhar uma cruz que possa segurar à sua frente até o nascer do sol.

A mão faz um esboço com movimentos lentos e pesados. É difícil enxergar no escuro e, ao examinar o desenho, ele percebe que a barra transversal está comprida demais de um dos lados.

Ele hesita e acrescenta outra barra transversal, embora não tenha certeza se isso ajuda.

Com uma entorpecida sensação de ter perdido o livre-arbítrio, abaixa novamente o carvão até o papel e desenha outra trave ao lado da primeira. Sombreia as superfícies da madeira e continua desenhando até suas pálpebras ficarem pesadas de exaustão.

Martin pega outra folha de papel e consegue desenhar uma cruz torta. Ele recomeça, mas logo para quando ouve sussurros frenéticos no corredor.

Em surdina, rasteja para trás, as costas contra a parede, perscrutando a escuridão.

Os meninos estão vindo.

Um deles chuta a correia do cachorro, fazendo com que os elos de aço ressoem no assoalho.

Martin tenta respirar com calma e em silêncio.

Ele vê movimento na porta.

Dois pequenos vultos entram na sala de estar.

Um dos meninos tem apenas três anos, o outro cerca de cinco.

No suave brilho azulado da TV, vê que as duas figuras têm a pele amarelo-enxofre esticada sobre o crânio e enrugada ao redor do maxilar.

Ossos pontudos se projetam entre membranas e tecidos, visíveis logo abaixo da pele, quase à beira de romper.

Martin olha para os desenhos sobre a mesinha de centro, mas não se atreve a estender o braço para pegar nenhum deles.

O menino mais novo veste apenas uma calça de pijama com bolinhas. Ele olha para o mais velho, depois se vira para Martin com um sorriso.

O mais novo avança devagar, esbarrando na mesa e fazendo os lápis tilintarem no vidro.

Martin tenta se encolher ainda mais.

De repente o menino para bem na frente dele, bloqueando a luz fraca. Inclina a cabeça ligeiramente na sua direção, mas Martin só percebe que o menino abaixou a calça ao sentir o jato de urina atingir sua virilha e pernas.

Com o corpo inteiro tremendo e a cabeça latejando, Pamela acorda antes de o alarme tocar. Sente uma forte vontade de ligar para o trabalho e dizer que vai faltar porque está doente, encher uma caneca de vodca e ficar na cama o dia inteiro.

Faltam quinze minutos para as sete.

Ao botar os pés no chão, percebe que o lado da cama de Martin está vazio. Ele já deve ter saído com o cachorro.

Sente uma onda de náusea ao vestir o roupão, mas diz a si mesma que é capaz de lidar com aquilo.

Vê a correia do cachorro jogada no chão do corredor e segue para a sala de estar.

A luminária está acesa, a mesinha de centro fora do lugar e há uma cartela de diazepam embaixo do sofá.

— Martin?

Ela o encontra caído junto a uma parede no canto, dormindo um sono profundo, com o queixo enterrado no peito. Fede a urina e sua calça está encharcada.

— Meu Deus, o que aconteceu?

Pamela corre até Martin e aninha o rosto dele nas mãos.

— Martin?

— Eu peguei no sono... — ele balbucia.

— Vamos, me deixe ajudar...

Exaurido, Martin se põe de pé e precisa do apoio de Pamela para manter o equilíbrio. Ele se esforça para andar e tropeça no sofá.

— Quantos comprimidos você tomou?

Martin não quer ir para o corredor e tenta dar meia-volta, mas Pamela se recusa a ceder e ele acaba seguindo-a.

— Martin, você tem que me dizer...

Ele faz uma pausa na porta do banheiro, limpa a boca e olha para o chão.

— Vou chamar uma ambulância agora mesmo se você não me disser quantos comprimidos tomou! — ameaça bruscamente.

— Só quatro — ele sussurra, encarando-a com um olhar aterrorizado.

— Não acredito que isso esteja acontecendo. Você não pode fazer uma coisa dessas comigo.

Ela o ajuda a se despir e entrar no chuveiro. Martin se senta no chão de pedra, encostado nos ladrilhos, de olhos fechados enquanto a água cai sobre a cabeça.

De olho em Martin, Pamela liga para o Centro de Controle de Envenenamento e explica que o marido tomou quatro comprimidos de diazepam.

É informada de que a dose não é perigosa se ele for uma pessoa saudável; ela agradece e pede desculpas por ligar.

Pamela sabe que Martin toma muitos soníferos e ansiolíticos, mas é a primeira vez que acontece uma overdose.

Ontem ele parecia mais agitado do que o normal, olhando o tempo todo por cima do ombro, como se pensasse que alguém o estava observando.

Ela tira o roupão e o pendura no toalheiro. Entra só de calcinha no chuveiro e começa a ensaboar o marido, depois o enxágua e seca.

— Martin, você sabe que não teremos permissão para cuidar da Mia se você continuar fazendo esse tipo de coisa — ela diz, levando-o para o quarto.

— Desculpe — ele sussurra.

Ela o acomoda na cama e beija sua testa. A luz da manhã jorra entre as cortinas.

— Agora durma um pouco.

Ela volta ao banheiro e põe as roupas dele na máquina de lavar. Em seguida, pega um pouco de spray de limpeza e toalhas de papel e vai para a sala de estar.

O cachorro olha para ela da poltrona, lambe o nariz e imediatamente volta a cochilar.

— E quantos comprimidos *você* tomou, hein?

Ela limpa o chão onde Martin estava sentado e ajeita os móveis. Ao repor os lápis e o carvão no copo, Pamela vê os desenhos espalhados num dos lados da mesinha de centro. Pega uma folha de papel com uma cruz preta desenhada e sufoca um grito quando percebe o desenho a carvão escondido por baixo.

Martin desenhou uma estrutura de aspecto robusto formada por dois postes e vigas transversais duplas. Na viga superior há uma pessoa pendurada por um cabo preso ao pescoço. É só um esboço, mas a julgar pelo vestido e pelo cabelo comprido que cobre o rosto, fica claro que a figura é uma menina.

Pamela pega o desenho e leva para o quarto. Encontra Martin acordado e sentado na cama.

— Como você está se sentindo? — ela pergunta.

— Cansado — ele murmura.

— Encontrei isto — ela diz calmamente, mostrando-lhe o desenho. — Achei que talvez você quisesse falar a respeito.

Ele balança a cabeça e lança um olhar ansioso para o closet.

— É uma menina? — ela pergunta.

— Eu não sei — ele sussurra.

18

O Departamento de Medicina Legal do Instituto Karolinska é um edifício de tijolos vermelhos com toldos azuis, e cada partícula de sujeira nas janelas é visível à luz do sol. Do lado de fora do Departamento de Neurociência, do outro lado da rua, a bandeira pende, frouxa, do mastro.

Joona acaba de ir ao Cemitério Norte deixar flores nas sepulturas.

Entrando no estacionamento, vê que pela primeira vez o Jaguar branco de Åhlén está estacionado meticulosamente na vaga e decide parar no espaço ao lado.

Como é habitual no verão, a mobília externa foi disposta no canto interno coberto do edifício em forma de L.

Joona sobe a escada de concreto até a entrada e passa pela porta azul. Encontra Åhlén à espera no corredor do lado de fora de sua sala.

Åhlén, conhecido como "Agulha", é professor de medicina forense no Instituto Karolinska e um dos mais importantes especialistas da área na Europa.

— A Margot me ligou para informar que você não está neste caso — ele diz em voz baixa.

— Um erro, puro e simples — Joona responde.

— Tudo bem, vou interpretar que isso significa que ela está errada, e não que você considera um erro não ter sido destacado para a função.

Åhlén abre a porta de sua sala e dá as boas-vindas a Joona. Uma jovem de jaqueta de couro puída está sentada diante da tela do computador. Frippe, seu ex-assistente, mudou-se para Londres para formar uma banda, mas Åhlén afirma que a substituta, Chaya Aboulela, é tão boa quanto — embora não seja fã de hard rock.

— Esta é Chaya, minha nova colega — Åhlén diz, apresentando-a com um gesto teatral.

Joona dá um passo à frente e aperta a mão dela. Chaya tem um rosto fino e solene e sobrancelhas bem marcadas.

Ela se levanta e troca a jaqueta de couro pelo jaleco branco enquanto se dirigem para o corredor.

— A quantas anda a investigação? — ela pergunta.

— Acho que temos uma testemunha ocular... mas que ainda não entrou em contato, por incrível que pareça — Joona responde.

— Então em que pé estão as coisas? — Chaya insiste.

— Estou esperando os resultados da autópsia, na verdade.

— Está mesmo, jura? — ela pergunta com um sorriso irônico.

— De quanto tempo vocês acham que vão precisar? — Joona quer saber.

— Dois dias — Åhlén responde.

— Se formos preguiçosos — ela acrescenta.

Åhlén abre as pesadas portas da fria sala de autópsia, onde há quatro mesas de aço inoxidável. As superfícies lustrosas das pias e dos vários recipientes reluzem sob as lâmpadas fluorescentes.

Jenny Lind está deitada sobre a mesa do outro lado da sala, completamente vestida. Parece encolhida, e sua imobilidade pétrea chega a assustar.

Enquanto Åhlén e Chaya vestem seus trajes de proteção, Joona caminha até o cadáver. O cabelo loiro foi penteado para descobrir o rosto cinza-claro. Ele examina o nariz e os lóbulos perfurados das orelhas pequenas. Ela tem uma velha cicatriz acima dos lábios. Joona se lembra da foto que divulgaram assim que ela desapareceu. As escleras de seus olhos arregalados estão amareladas, e o profundo talho feito pelo laço no pescoço esguio parece uma ponta de flecha preto-azulada.

Joona observa enquanto Åhlén usa uma tesoura para cortar a jaqueta e o vestido da garota e guarda as roupas em sacos de coleta de evidências.

O clarão ofuscante do flash da câmera de Chaya cintila nas superfícies metálicas.

— Os peritos de Norrmalm na cena do crime estimaram que a hora da morte foi às 3h10 — Joona comenta.

— Pode ser — Åhlén murmura.

Chaya fotografa Jenny de sutiã e meia-calça e depois tira mais fotos do cadáver apenas de calcinha, antes que Åhlén remova também essas peças e as ponha no saco.

Joona fita o cadáver nu.

Ela é magra, mas não esquelética, e não há sinais visíveis de qualquer tipo de abuso sexual ou maus-tratos. Como o livor mortis — a lividez cadavérica — se deve à gravidade, costuma aparecer primeiro nas partes mais baixas do corpo; portanto, quando alguém morre por enforcamento, as pernas, mãos e genitais são os primeiros a escurecer.

Nas coxas e em ambos os lados do tronco a pele começou a adquirir um aspecto marmorizado e amarronzado.

As mãos e os pés estão vermelho-azulados.

— Chaya, o que você acha? — Joona pergunta.

— O que eu acho? — ela repete, abaixando a câmera. — Porra, o que *eu* acho? Acho que ela ainda estava viva quando foi enforcada, então não é que tenha sido assassinada e depois o cadáver foi pendurado naquela posição como às vezes a gente vê... e também não tenho dúvida de que a escolha do local está comunicando uma mensagem.

— E o que você acha que isso significa? — Joona pergunta.

— Sei lá. Talvez o assassinato tenha sido alguma espécie de exibicionismo... embora não seja tão extravagante como geralmente acontece.

— Talvez isso seja a extravagância em si — Joona sugere.

— Um assassinato que imita uma execução — Chaya assente com a cabeça.

— Vi que as pontas dos dedos estão machucadas porque ela tentou afrouxar o cabo de aço durante os poucos segundos em que ainda estava consciente... mas, fora isso, não há sinal de violência ou qualquer outra resistência — Joona aponta.

Chaya balbucia algo, levanta a câmera e continua a documentar cada parte do corpo. O intenso brilho do flash faz com que as sombras alongadas de todos subam pelas paredes da sala.

— Åhlén? — Joona pergunta.

— Hummm, o que o Åhlén pensa? — ele pergunta a si mesmo na terceira pessoa, empurrando os óculos para a ponte do nariz. — Sabemos que a causa da morte é uma compressão bilateral das artérias carótidas, consequência de enforcamento, que levou à interrupção do fluxo sanguíneo para o cérebro.

— Eu concordo — Chaya diz baixinho, pondo a câmera em cima de um banco.

— Faremos o exame interno, isso vai nos permitir ver corretamente... mas estou prevendo fraturas do osso hioide e da cartilagem tireoidea superior, rupturas nas artérias carótidas e danos à traqueia, mas não à coluna cervical.

Åhlén examina a base do pescoço, perto da laringe, e verifica a profundidade do sulco que o cabo abriu ao penetrar a carne.

— Um cabo de aço sem revestimento — ele diz baixinho para si mesmo.

— Até uma criança pequena seria capaz de içá-la — Joona diz. Graças às engrenagens do guincho, teria sido extremamente fácil levantá-la. Ainda não se pode descartar nenhum tipo de assassino.

Ele examina atentamente o rosto de Jenny, tentando imaginar o medo que a garota sentiu quando o laço foi colocado em volta de seu pescoço, o quanto ela deve ter suado e espernado. Ele a imagina procurando desesperadamente uma saída, sabendo que na verdade não havia como escapar. Talvez tenha implorado por misericórdia, na esperança de ser poupada no último minuto se mostrasse submissão.

— Você quer que a gente saia um pouco? — Åhlén pergunta baixinho.

— Sim, por favor — Joona responde sem tirar os olhos da garota.

— Os cinco minutos de sempre?

— É suficiente — ele assente.

Joona permanece ao lado da mesa de autópsia, fitando o cadáver enquanto os passos dos outros dois se afastam sobre o piso de vinil e a porta enfim se fecha.

O silêncio cai sobre a sala ampla. Joona dá um passo para ficar mais perto da mesa e sente o ar frio exalar do corpo sem vida.

— Isso não é nada bom, Jenny — ele diz com voz suave.

Joona se lembra muito bem de quando ela desapareceu. Ele se ofereceu para ir a Katrineholm e ajudar nas investigações, mas o chefe da polícia regional recusou o pedido.

Não que Joona pensasse que teria sido capaz de salvá-la. Mas gostaria de poder dizer a si mesmo que, cinco anos atrás, fez tudo o que estava ao seu alcance.

— Vou encontrar a pessoa que fez isso com você — ele sussurra.

Joona nunca faz promessas desse tipo, mas quando olha para Jenny Lind não consegue entender por que alguém poderia ter decidido que ela tinha que morrer naquele parquinho.

Que não havia outras opções.

Quem foi o responsável por essa ausência de compaixão? De onde veio o desejo de escolher o assassinato bárbaro em detrimento de qualquer alternativa? Quem poderia ser capaz de tamanha crueldade?

— Eu vou encontrá-lo — ele promete.

Joona circunda o corpo, estudando cada pormenor: os joelhos lisos, os tornozelos, os artelhos pequenos. Ele caminha ao longo da mesa, sem tirar os olhos de Jenny, até ouvir Åhlén e Chaya entrarem de novo na sala.

Eles viram o cadáver de bruços e, sem pressa e com minuciosa calma, tiram fotos.

Åhlén afasta o cabelo loiro da nuca para que Chaya possa documentar a parte de cima do ferimento causado pelo laço.

A superfície de aço sob o cadáver se acende com o clarão do flash da câmera. Como se iluminado por trás pela luz do sol entrando através de uma janela, por um instante o corpo é uma silhueta escura.

— Esperem um pouco — Joona diz. — Ela tem uma mecha de cabelo branco... acabei de ver agora, quando você tirou a foto... ali.

Ele aponta para uma pequena área na parte de trás da cabeça de Jenny.

— Sim, vejam só — Åhlén assente.

Bem na base do crânio, há uma pequena mecha incolor. O resto do cabelo é tão claro que a diferença é quase imperceptível à primeira vista.

Usando uma pequena máquina, Åhlén corta o cabelo branco até o couro cabeludo e guarda os fios num saco de coleta de provas.

— Mudança na pigmentação — Chaya diz, fechando a bolsa.
— Destruindo os folículos pilosos — Åhlén concorda.
Ele remove os últimos milímetros de cabelo com uma lâmina de barbear e depois pega uma lupa na mesa de trabalho. Joona toma a lupa da mão dele e se abaixa para examinar de perto o couro cabeludo de Jenny: pele rosa-clara com um feitio de glândulas sudoríparas e folículos capilares e alguns fios soltos que a navalha deixou escapar.

Joona percebe que não está olhando para uma mudança natural de pigmentação, mas para uma espécie de tatuagem branca em formato de um intrincado T — mal cicatrizada na borda superior e ligeiramente torta.

— Foi marcada a frio, por congelamento — ele constata, entregando a lupa para Chaya.

19

Joona fechou a porta do corredor, mas ainda consegue ouvir o zumbido da impressora e o murmúrio das vozes dos colegas na cozinha. Sua camisa azul-clara é justa nos ombros e na parte superior dos braços. A jaqueta está pendurada nas costas de uma cadeira, e a pistola Colt Combat e o coldre de ombro estão trancados no armário de armas.

Sentado à escrivaninha, a luz indireta da janela incide sobre sua face e sua boca solene, deixando na sombra o profundo vinco entre as sobrancelhas.

Ele se afasta da tela do computador e olha para a única imagem na parede nua: uma fotografia com detalhes ampliados da parte de trás da cabeça de Jenny Lind.

Uma letra T, com uma base larga e braços esparramados, branca em contraste com o couro cabeludo.

Joona já viu cavalos puro-sangue marcados a frio antes. No procedimento, um tipo de carimbo metálico resfriado em nitrogênio líquido é pressionado contra a pele raspada do animal, permitindo que a pelagem continue crescendo, mas sem pigmentação. A baixa temperatura destrói a capacidade do folículo de colorir o pelo, mas não afeta o crescimento da pelagem em si.

Se fosse um caso de Joona, as paredes de sua sala logo estariam revestidas por uma teia de fotografias, evidências, listas de nomes, resultados de laboratório e mapas cravejados de alfinetes.

A imagem da marca branca seria o ponto fulcral de toda a investigação.

Ele se volta para a tela do computador e sai do banco de dados da Europol. Tinha passado horas seguidas pesquisando registros criminais, bases de dados de vigilância e de suspeitos e os arquivos do Conselho Nacional de Medicina Legal em busca de qualquer referência ao processo de marcação por congelamento.

Não encontrou sequer uma única correspondência.

Mas sua intuição diz que o assassino não vai parar por aí.

Ele marcou a parte de trás da cabeça de sua vítima, e uma marca serve para ser usada mais de uma vez.

Pensando nos detalhes do caso, Joona pondera que as evidências são como a superfície encrespada do oceano. O mistério ainda não tomou forma.

As amostras coletadas pelos peritos na cena do crime estão sendo analisadas no Centro Nacional Forense de Linköping. A autópsia só começou esta tarde. Uma equipe da polícia de Norrmalm está tentando rastrear o guincho e localizar qualquer pessoa que tenha acesso aos equipamentos adequados para a marcação a frio.

Aron interrogou Tracy Axelsson, a mulher que encontrou a vítima. De acordo com seu relatório, ela descreveu ter visto uma moradora de rua usando um crânio de rato pendurado num colar. A testemunha ainda estava em choque e de início alegou que a velha sem-teto havia assassinado Jenny, mas depois retirou a acusação e repetiu cerca de vinte vezes que a mulher se limitou a encará-la em vez de ajudar.

Uma equipe da polícia local conseguiu localizar e interrogar a moradora de rua, comparando suas respostas com as imagens das câmeras de vigilância em que ela aparece. Ficou claro que na hora do assassinato estava longe demais do parquinho para ter visto algo importante. A mulher não conseguiu explicar o que estava fazendo na frente do trepa-trepa quando Tracy encontrou a vítima, mas o palpite de Aron é que tentava roubar os pertences de Jenny Lind.

A investigação ainda está em seus estágios iniciais frustrantes e, no momento, a polícia não tem nenhuma pista. Exceto pela testemunha ocular, Joona pensa.

Um homem ficou de frente para o parquinho, observando o assassinato do início ao fim. Desviou o olhar apenas uma vez, quando voltou a atenção para a moradora de rua, que estava pisoteando uma caixa.

Exatamente às 3h10 o homem estava com os olhos cravados no parquinho, embora não tivesse nenhuma reação perceptível ao que via. Talvez tenha ficado paralisado pelo choque: não é incomum que as pessoas percam todo o poder de ação quando presenciam algo incompreensível ou aterrorizante.

O homem se limitou a olhar para a frente até o enforcamento acabar e o assassino deixar a cena do crime. Só então sua paralisia cessou e ele se aproximou lentamente do trepa-trepa, desaparecendo por um momento no ponto cego da câmera.

Esse homem viu tudo.

Joona caminha pelo corredor, pensando nos pais de Jenny Lind, em como a essa altura já devem saber que o corpo da filha foi encontrado. Imagina que ficarão atônitos e sem fôlego quando toda a tensão de cinco anos de buscas pela filha finalmente se dissipar.

A dor súbita, imediata e avassaladora.

Para sempre eles serão atormentados pela culpa de terem desistido da busca e perdido a esperança.

Joona bate na porta aberta da espaçosa sala da chefe e entra. Margot está sentada atrás da mesa de trabalho com um exemplar do *Aftonbladet* aberto à sua frente. O cabelo loiro está preso numa trança grossa, e suas sobrancelhas claras foram reforçadas com um lápis marrom-escuro.

— Eu nem sei o que dizer sobre esta merda — ela suspira, virando o tabloide para ele. Uma foto da cena do crime tirada por um drone preenche toda a página dupla, Jenny Lind ainda pendurada no trepa-trepa.

— Os pais dela realmente não precisavam ver isso — Joona responde em tom grave.

— O editor alega que é informação de interesse público — Margot diz.

— O que eles escreveram?

— É tudo especulação.

Ela suspira de novo, jogando o jornal na cesta de lixo.

O celular de Margot está em cima de mesa, ao lado de sua caneca de café. Seus dedos deixaram pequenos círculos ovais cinzentos na tela escura do aparelho.

— Não se trata de um homicídio isolado — Joona afirma.

— Não, senhor; na verdade é exatamente disso que se trata... e você já deveria saber, porque ouvi dizer que não desistiu do caso apesar de minhas ordens diretas. Carlos perdeu o emprego por sua causa. Você acha mesmo que eu vou deixar a mesma coisa acontecer comigo?

— A Polícia de Norrmalm precisa de ajuda. Li o relatório com a transcrição do interrogatório e tem um monte de lacunas. Aron não sabe escutar com a devida atenção. Não leva em consideração o fato de que as palavras constituem apenas uma parte do que está sendo dito.

— Então, neste exato momento, o que mais estou dizendo além das minhas palavras? — ela pergunta.

— Não sei — Joona suspira e se vira para sair.

— Porque você não é nenhum Sherlock Holmes, certo? — ela fala em voz alta.

Joona se detém de costas para ela.

— Espero que esteja tudo bem com o seu sogro — ele diz.

— Você está me stalkeando? — Margot pergunta, séria.

Joona se vira e a encara.

— É que Johanna e sua filha mais nova estão com ele há mais de uma semana.

O rosto de Margot enrubesce.

— Eu queria manter essa informação em sigilo — ela fala.

— Você costuma vir de carro para o trabalho e estaciona na garagem, mas seus sapatos estão um pouco enlameados hoje porque você caminhou pelo parque da estação de metrô — Joona continua. — E quando nos encontramos na noite de quarta-feira não havia crina de cavalo no seu casaco. Então imagino que, para Johanna ter ficado com o carro, deve ser algo sério, porque você precisa dele para levar as meninas mais velhas aos estábulos em Värmdö... Quando tinha a idade delas, você mesma era uma amazona das mais entusiasmadas, portanto é bom nunca perder a oportunidade de ir... E se Johanna pegou o carro não pode ser a mãe dela que está doente, porque ela mora na Espanha.

— A aula de equitação foi ontem. O que faz você pensar que elas estão com o pai de Johanna há uma semana?

— Johanna costuma ajudá-la a fazer as unhas, o que acontece todas as quintas-feiras... mas desta vez o esmalte parece um pouco tremido em sua mão direita.

— Não sou muito boa com a mão esquerda — ela murmura.

— Seu celular vive coberto com pequenas impressões digitais, porque você costuma deixar Alva pegá-lo emprestado, mas agora as marcas de dedos são todas suas. Por isso presumi que ela deve ter ido com Johanna.

Margot fecha a boca, inclina-se para trás e o observa.

— Você está trapaceando.

— Tudo bem.

— Eu não sou tão suscetível aos seus encantos.

— Que encantos? — ele pergunta.

— Joona, não gosto de fazer ameaças com a instauração de uma ação disciplinar, mas se...

Antes que ela termine, Joona fecha a porta e começa a caminhar de volta para sua própria sala.

20

Joona se detém em frente à parede, estudando o elegante T. A letra latina derivada do grego *taw* e do fenício *taw*, que por sua vez outrora era uma cruz.

Como costuma acontecer com certos casos, o desaparecimento de Jenny Lind se tornou uma preocupação nacional, ao passo que outros sumiços acabam nas sombras. A foto da garota estava em toda parte. As mídias sociais ficaram em polvorosa; aparentemente, as pessoas se envolveram de corpo e alma no caso, e muitas se ofereceram para participar das buscas.

Joona se lembra dos pais da garota, Bengt e Linnea Lind, desde as primeiras entrevistas coletivas comoventes até as últimas declarações amargas que deram à imprensa. Em algum momento desapareceram por completo.

Cinco dias depois do sequestro de Jenny, o programa de notícias *Aktuellt* os recebeu como convidados. A mãe de Jenny foi quem mais falou, a voz embargada de emoção. Sempre que parecia prestes a sucumbir ao peso da tristeza, escondia a boca com a mão. O pai era mais taciturno e formal, e pigarreava cuidadosamente toda vez que ia falar.

Linnea Lind afirmou que tinha a convicção de que a filha ainda estava viva. Sentia isso em seu coração.

— A Jenny está assustada e confusa, mas ainda está viva, eu só sei disso — repetiu algumas vezes.

O último bloco terminou com um apelo do casal diretamente ao sequestrador.

Joona sabe que a polícia os orientou sobre o que dizer, mas duvida que tenham seguido um roteiro enquanto estavam diante das câmeras.

Atrás deles foi projetada uma fotografia de Jenny. O pai lutou para manter a voz firme.

— Esta é a nossa filha, Jenny. É uma menina feliz que adora livros e... nós a amamos — ele disse, enxugando as lágrimas do rosto.

— Por favor — a mãe implorou —, não machuque minha menininha... se é dinheiro que você quer, nós pagamos, eu prometo. Vamos vender a casa e o carro, vamos vender tudo o que temos, apenas a deixe voltar para nós. Ela é o nosso raio de sol, nosso...

A mulher teve uma crise de choro e enterrou o rosto entre as mãos. O marido passou os braços em volta dela, tentando acalmá-la antes de se dirigir de novo à câmera.

— Quem quer que tenha feito isso — ele disse, com a voz entrecortada —, quero que saiba que perdoaremos qualquer coisa contanto que a deixe voltar para casa. Vamos esquecer tudo o que aconteceu, e que cada um siga a própria vida.

O intenso trabalho de buscas durou semanas, durante as quais a imprensa noticiava todos os dias novas informações, pistas e deslizes da polícia.

O governo sueco anunciou uma recompensa de duzentos mil euros por qualquer informação que levasse ao paradeiro de Jenny Lind.

Milhares de caminhões foram revistados e inspecionados, na tentativa de identificar correspondência com as marcas de pneu deixadas na cena do crime.

No entanto, apesar de todos os recursos e do imenso número de informações anônimas, a investigação acabou cessando, e a certa altura o interesse pelo caso esfriou. Os pais de Jenny imploraram à polícia para não desistir, mas no final simplesmente não havia pistas a seguir.

Jenny Lind sumiu feito fumaça.

Os pais da menina contrataram um detetive particular e acumularam tantas dívidas que acabaram tendo que vender a casa; afastaram-se dos olhos da opinião pública e foram esquecidos pela imprensa.

Joona desvia os olhos da fotografia quando o celular começa a tocar. Ele vai até a escrivaninha e vê na tela que é Åhlén.

— Você me ligou várias vezes? — Åhlén pergunta com sua voz áspera.

— Queria ver como estavam as coisas com o caso Jenny Lind — Joona diz, sentando-se à escrivaninha.

— Não tenho permissão para falar com você sobre isso, mas acontece que já acabamos... enviarei o relatório assim que tivermos recebido os últimos resultados.

— Existe alguma coisa que eu deva saber agora? — Joona pergunta, pegando papel e caneta.

— Nada digno de nota, além da marca na parte de trás da cabeça.

— Ela foi estuprada?

— Não havia nenhuma evidência física disso.

— Você pode confirmar a hora da morte?

— Claro que sim.

— Nossos técnicos determinaram que foi às 3h10 — Joona fala.

— Minha suposição é que ela provavelmente morreu às 3h20 — Åhlén diz.

— Às 3h20? — Joona repete, abaixando a caneta.

— Sim.

— E quando você diz que supõe, na verdade quer dizer que tem certeza? — Joona pergunta enquanto se levanta da cadeira.

— Sim.

— Preciso falar com Aron — Joona diz, e desliga.

Não precisa assistir de novo à filmagem para saber que o homem com o cachorro pode ser o assassino.

É necessário emitir um alerta, talvez até em âmbito nacional. Têm que encontrar o homem o mais rápido possível. A partir de agora, precisarão considerar a testemunha ocular seu principal suspeito.

Às 3h18, o homem largou a correia e caminhou em direção ao parquinho, fora do alcance da câmera. Como Jenny Lind morreu apenas dois minutos depois, ele não teria tido tempo de prender o guincho no trepa-trepa, mas pode ter andado até lá e girado a manivela. Não resta dúvida: pode ser o assassino.

21

Pamela olha de relance para o relógio de pulso. É fim de tarde e ela está sozinha no escritório. Faz tanto calor lá fora que gotas de condensação começaram a escorrer pela vidraça fria. O encontro por Skype com Mia deve começar a qualquer momento, e ela bebe o resto da vodca do copo, põe outra bala de menta na boca e se senta em frente ao computador.

A tela escurece por um momento; em seguida aparece uma mulher mais velha usando um enorme par de óculos. Deve ser a assistente social.

A mulher esboça um sorriso formal e explica em voz baixa como costuma funcionar esse tipo de reunião. Bem no canto da tela, Pamela vislumbra Mia, seu cabelo azul e cor-de-rosa caindo dos dois lados do rosto pálido.

— Que merda, eu preciso fazer isso? — Mia pergunta.

— Venha e se sente aqui — a assistente social a instrui, levantando-se.

Ainda apenas meio visível na tela, Mia suspira e faz o que a mulher pede.

— Oi, Mia — Pamela diz, com um sorriso caloroso.

— Oi — Mia responde, desviando o olhar.

— Vou deixar vocês duas conversarem — a assistente social diz e sai da sala.

Por um momento, as duas ficam em silêncio.

— Sei que é uma situação estranha — Pamela começa. — Mas a ideia é a gente conversar e se conhecer melhor. Faz parte do processo.

— Tanto faz — Mia suspira, afastando o cabelo dos olhos.

— Então... como você está?

— Bem.

— Está tão quente aí em Gävle quanto aqui em Estocolmo? Aqui está um forno, uma onda de calor tão forte que ninguém consegue trabalhar. As pessoas começaram a entrar nos chafarizes para se refrescar.

— A vida é difícil — Mia murmura.

— Eu estou no meu escritório agora. Já disse que sou arquiteta? Tenho quarenta e um anos, vivo com o Martin há quinze e moramos na rua Karlavägen, em Estocolmo.

— Certo — Mia fala, sem erguer os olhos.

Pamela pigarreia e se inclina para a frente.

— Você deve saber que o Martin está com alguns problemas de saúde mental. Ele é muito gentil, mas tem TOC e muitos pensamentos obsessivos, o que significa que não fala muito. Às vezes também sofre de ansiedade, mas está melhorando bastante...

Ela para de falar e engole em seco.

— Não somos perfeitos, mas eu e ele nos amamos e esperamos que você goste de morar com a gente — ela diz. — Ou que pelo menos venha tentar para ver como é. O que acha?

Mia dá de ombros

— Você teria seu próprio quarto... com uma vista muito bonita — Pamela continua a falar, agora percebendo que seu sorriso não é mais genuíno. — Quanto ao resto, somos bastante comuns: gostamos de ir ao cinema, comer fora, viajar, fazer compras... e você?

— Eu gosto de ir pra cama sem ter que me preocupar com alguém tentando me machucar ou me estuprar... de ver YouTube, o de sempre.

— Que tipo de comida você prefere?

— Escute, eu tenho que ir — Mia diz, já começando a se levantar da cadeira.

— Você tem algum amigo?

— Um cara chamado Pontus.

— Ele é seu namorado? Desculpe, isso não é da minha conta.

— Não.

— Tenho que confessar que estou um pouco nervosa — Pamela admite.

Mia volta a se sentar, soprando o cabelo do rosto.

— E quanto ao futuro? — Pamela pergunta, esperando que uma abordagem diferente possa abrir a conversa. — O que gostaria de fazer? Quais são seus sonhos?

Mia balança a cabeça como se estivesse exausta e fala:

— Olha, me desculpe, mas eu não consigo fazer isso...

— Você não tem nenhuma pergunta para mim?

— Não.

— Nada que gostaria de saber? Ou qualquer coisa que você queira me contar?

A garota ergue os olhos e explica:

— Eu dou muito trabalho. Sou inútil. Ninguém gosta de mim.

Pamela se obriga a não discordar.

— Tenho quase dezoito anos. Em breve a sociedade pode parar de fingir que se importa comigo.

— É uma verdade.

Mia lança um olhar cético para Pamela.

— Por que você quer que eu vá morar com você, afinal? — ela pergunta depois de um instante. — Quero dizer, você é arquiteta. Você é rica, vive no centro de Estocolmo. Se não pode ter filhos, por que simplesmente não adota uma menina bonitinha da China ou algo assim?

Pamela pisca e respira fundo antes de falar:

— Eu não contei nada disso à assistente social — ela diz com voz suave —, mas perdi minha filha quando ela tinha mais ou menos a sua idade. Não contei porque não quero te assustar nem fazer parecer que você vai substituí-la. Só acho que as pessoas que sofreram muitas perdas podem se ajudar umas às outras, porque entendem certas coisas.

Mia se inclina para a frente e, agora com uma expressão séria no rosto, pergunta:

— Qual era o nome dela?

— Alice.

— Pelo menos não era Mia.

— Não.

Pamela sorri.

— O que aconteceu?

— Ela se afogou.

— Que merda.
Ambas permanecem sentadas em silêncio por um momento.
— Desde então comecei a beber pra valer — Pamela conta.
— A beber pra valer — Mia repete, em tom cético.
— Isto aqui estava cheio de vodca. — Pamela ergue o copo. — Tive que beber tudo para conseguir falar com você.
Ela percebe que Mia está mais à vontade agora; a garota se recosta na cadeira e por um bocado de tempo estuda o rosto de Pamela na tela.
— Tá legal, agora eu consigo entender um pouco melhor... talvez possa dar certo com a gente — ela diz. — Mas você precisa parar de beber e dar um jeito de o Martin ficar bom.

Pamela está inquieta ao sair do escritório para o ar abafado da rua. Decide dar uma volta a pé antes de ir para casa e encontrar Martin.
Enquanto caminha, relembra a conversa com Mia, imaginando se foi um erro ter mencionado Alice.
Ao passar pela livraria de livros usados, pega o celular e liga para Dennis.
— Dennis Kratz — ele atende.
— Sou eu.
— Desculpe, eu vi que era você; saiu automaticamente. Memória muscular.
— Eu sei — ela diz, sorrindo.
— Como estão as coisas com o Martin?
— Muito bem, eu acho. Ele tem estado um pouco ansioso à noite, mas...
— Não conte com nenhum milagre.
— Não, é que...
Ela se cala e espera algumas bicicletas passarem antes de atravessar a rua.
— O que é agora? — Dennis pergunta, como se pudesse ler a expressão no rosto dela.
— Eu sei que você acha que é cedo demais, mas acabei de falar pela primeira vez com a Mia.
— O que o Serviço Social tem a dizer?

— Nós superamos o primeiro obstáculo, mas o processo de tomada de decisão ainda não terminou, então nada é definitivo.
— Mas você realmente espera que dê certo?
— Sim, espero — ela diz, reparando em duas meninas deitadas na grama, tomando sol de calcinha e sutiã.
— E você não acha que vai ser um pouco demais?
— Você me conhece, eu sou dura na queda, pra mim nada é demais — ela diz, sorrindo de novo.
— Apenas me avise se houver alguma coisa que eu possa fazer.
— Obrigada.

Pamela desliga e está passando por uma farmácia e uma banca de jornal quando algo chama sua atenção.

Ela estaca, virando-se para olhar a primeira página da edição mais recente do *Aftonbladet*.

"O CARRASCO", a manchete grita.

Na foto principal, vê-se uma imagem do parquinho no Observatório, fotografado de cima e de lado. A polícia cercou a área com cordão de isolamento e grades de ferro.

Perto dos limites do parque, há vários veículos de emergência. Uma garota de jaqueta de couro e vestido está pendurada no trepa-trepa. O cabelo escorrido cobre a maior parte de seu rosto.

O coração de Pamela começa a bater tão forte que ela sente um aperto na garganta.

A imagem é igual ao desenho de Martin.
O desenho que ele fez ontem à noite.
Quase idêntico.
Ele deve ter estado ali antes de a polícia chegar.

22

As pernas de Pamela parecem gelatina quando ela entra numa rua secundária, passa por uma lixeira amarela e para diante de uma porta.

Dar de cara com uma garota morta teria sido um choque para qualquer um. Agora ela entende por que Martin não conseguia dormir. Devia estar com aquelas imagens na cabeça, apavorado demais para contar a alguém o que viu. Acabou tomando uma overdose de diazepam e esboçando a cena.

Com as mãos trêmulas, ela pega o celular e acessa o site do *Aftonbladet*. Enfrenta uma enxurrada de anúncios da Volvo e de casas de apostas antes de conseguir abrir o artigo.

Ela lê o texto, os olhos pulando ansiosamente de linha em linha.

A menina morta foi encontrada no parquinho do Observatório na manhã de quarta-feira. De acordo com Aron Beck, o detetive que chefia a investigação, ninguém foi preso ainda.

Pamela abre a página inicial do site da Polícia de Estocolmo e tenta descobrir uma forma de entrar em contato com o detetive responsável pelo caso. Ao lado do número de emergência, localiza a linha para o fornecimento de informações e pistas, um disque-denúncia anônimo válido em âmbito nacional. Seguindo o menu, ela por fim consegue falar com uma pessoa e explica que deseja conversar com Aron Beck sobre o assassinato no parquinho.

Deixa seu nome e número e guarda o celular na bolsa. Um caroço se avolumou em sua garganta, dificultando a deglutição. Ela sabe que deveria ir para casa e tentar fazer Martin falar sobre o que viu.

Uma menina assassinada no parquinho.

Pamela tenta se acalmar, encostando-se a uma porta e fechando os olhos.

Dá um pulo de susto quando o celular começa a tocar; pega o aparelho de dentro da bolsa. A ligação é de um número desconhecido.

— Pamela — ela atende, hesitante.

— Olá, aqui é Aron Beck, sou detetive da Polícia de Estocolmo. Disseram-me que a senhora tentou entrar em contato comigo — ele diz com voz cansada.

Pamela espia a rua deserta.

— Sim. Acabei de ler no *Aftonbladet* sobre a garota assassinada no parquinho... A matéria dizia que o senhor está chefiando a investigação, é isso mesmo?

— De que se trata? — ele pergunta.

— Acho que meu marido talvez tenha visto algo quando estava passeando com o cachorro na noite de terça-feira... ele não pode ligar pessoalmente porque tem um grave problema psiquiátrico.

— Precisamos falar com ele imediatamente — Aron diz, e há uma nítida mudança em seu tom de voz.

— O problema é que é extraordinariamente difícil ter uma conversa com ele.

— Onde ele está agora?

— Em casa, no número 11 da rua Karlavägen. Se for urgente, posso chegar lá em vinte minutos.

Pamela desliga e começa a andar; passa pela lixeira e vira na rua Drottning, onde quase é atropelada por um homem num patinete elétrico.

— Desculpe! — ela grita automaticamente.

Dobra a esquina atrás da Casa da Cultura para seguir em direção à rua Regering, mas por causa de obras na praça Brunkeberg é obrigada a voltar para a rua Drottning.

Está tudo bem, ela pensa.

Ainda tem algum tempo.

Quinze minutos depois de conversar por telefone com o detetive, Pamela está correndo pela rua Kungstens. Sua respiração é pesada e a blusa úmida gruda em suas costas. Ela vira na rua Karlavägen e vê cinco ou seis carros de polícia à frente, com as luzes azuis piscando.

A rua inteira está bloqueada, incluindo a calçada em torno da porta. Uma multidão de curiosos já começou a se reunir.

Com as armas em punho, dois policiais vestindo coletes à prova de balas estão posicionados rente à parede do prédio, enquanto outros dois vigiam de ambos os lados da calçada.

Um dos policiais avista Pamela e levanta a mão sinalizando para que ela pare. É alto e corpulento, tem uma barba loira e uma cicatriz profunda no nariz.

Pamela continua andando, mas meneia a cabeça e tenta indicar que precisa falar com ele.

— Me desculpe — ela diz —, mas é que eu moro aqui e...

— A senhora vai ter que esperar — ele a interrompe.

— Eu só queria dizer que acho que houve algum tipo de mal-entendido. Fui eu quem chamou a polícia, porque...

Ela para abruptamente ao ouvir um vozerio na escada. A porta se abre e um policial sai, seguido por outros dois de capacete e colete. Arrastam Martin para fora, sem camisa e vestindo apenas a calça do pijama.

— O que vocês estão fazendo? — Pamela grita. — Vocês estão loucos?

— Eu gostaria que a senhora se acalmasse, por favor.

— Vocês não podem tratar as pessoas assim! Ele não está bem, vocês o estão assustando!

O policial de barba loira contém Pamela.

As mãos de Martin estão algemadas atrás das costas. Seu nariz está sangrando, e ele parece assustado e perplexo.

— Quem é que está no comando aqui? — Pamela pergunta com voz estridente. — É Aron Beck? Falem com ele, liguem para ele e perguntem se...

— Não, a senhora precisa me escutar agora — ele rosna.

— Eu só estou tentando...

— Quero que a senhora se acalme e dê um passo para trás — ele a interrompe.

O sangue escorre pelos lábios e pelo queixo de Martin.

Uma moça que trabalha numa galeria próxima está do outro lado do cordão, filmando tudo com o celular.

— Você não entende — Pamela berra, tentando recuperar um mínimo de autoridade na voz. — Meu marido tem um transtorno

mental; ele sofre de uma forma grave de transtorno de estresse pós-
-traumático.

— Se a senhora não se acalmar, vou ter que prendê-la — o policial a ameaça, olhando-a bem nos olhos.

— Você vai me prender por estar exaltada?

Os policiais seguram com firmeza os braços de Martin. Ele tropeça e os policiais o levantam de novo, seus pés descalços pairando sobre a calçada. O marido ofega de dor, mas não fala.

— Martin! — Pamela grita.

Os olhos de Martin perscrutam a multidão; fica claro que ele ouviu a voz dela, mas não consegue encontrá-la antes que empurrem sua cabeça para baixo e o enfiem na viatura.

Pamela tenta avançar, mas o policial de barba loira a agarra pelo braço e a aperta contra a fachada de tijolos.

23

A sala de interrogatório sem janelas na Delegacia de Polícia de Norrmalm cheira a suor e sujeira. Aron Beck observa atentamente o homem identificado como Martin Nordström. O rosto está riscado com manchas de sangue ressecado, e há um chumaço de lenço de papel enfiado numa de suas narinas. Seu cabelo grisalho está em pé. As argolas das algemas estão presas por uma corrente a um suporte de metal na mesa; ele veste uma camiseta da polícia e calça de pijama verde.

Tudo o que ele diz e faz está sendo registrado por uma câmera.

A princípio, Martin se recusou a dizer se queria a presença de um advogado, mas quando Aron repetiu a pergunta ele se limitou a balançar a cabeça.

Os dois homens agora estão sentados em silêncio. O único som é o zumbido baixo das luzes fluorescentes que piscam em breves intervalos.

Martin continua tentando se virar, como se quisesse verificar se alguém está atrás dele.

— Olhe para mim — Aron diz.

Martin se vira e por um breve instante faz contato visual, antes de voltar a cravar os olhos no chão.

— Você sabe por que está aqui?

— Não — Martin sussurra.

— Você saiu com seu cachorro na noite de terça-feira. Às três da manhã da quarta-feira, você estava no gramado perto do prédio da Escola de Economia.

Aron fica em silêncio por um momento.

— Bem ao lado do parquinho — acrescenta.

Martin tenta se levantar, mas as algemas o impedem. Quando volta a se sentar, as argolas tilintam contra a mesa.

Aron se inclina para a frente.

— Você quer me contar o que aconteceu lá?
— Não me lembro — o fiapo de voz é quase inaudível.
— Mas você se lembra de estar lá, não é?

Martin balança a cabeça.

— Você se lembra de algo — Aron continua. — Comece por aí e apenas me diga do que se lembra. Sem pressa.

Martin olha de novo por cima do ombro, depois espia embaixo da mesa antes de se endireitar.

— Não vamos a lugar nenhum enquanto você não começar a falar — Aron explica, e suspira quando Martin olha por cima do ombro pela terceira vez. — O que você está procurando?
— Nada.
— Por que você se levantou quando mencionei o parquinho atrás da universidade?

Martin não responde, apenas permanece sentado em silêncio, os olhos fixos em algum lugar ao lado de Aron.

— Eu sei que pode ser difícil — Aron continua —, mas a maioria das pessoas tem uma sensação de alívio quando finalmente conta a verdade.

Martin encontra os olhos de Aron por um segundo, depois encara a porta.

— Tá legal, Martin, vamos tentar outra coisa. Olhe para mim, estou bem aqui — Aron diz, abrindo uma pasta preta.

Martin volta a olhar para ele.

— Você se lembra disto aqui? — Aron pergunta, deslizando uma fotografia sobre a mesa. Martin se inclina tanto para trás que seus braços se esticam; a pele ao redor dos pulsos se enruga na altura das algemas.

Sua respiração está acelerada. Ele fecha os olhos com força.

A fotografia é uma imagem nítida da garota morta, o flash realçando cada detalhe.

Brilhantes e calmas, as gotas de chuva pairam no ar ao redor de Jenny Lind.

O cabelo molhado, cobrindo a maior parte do rosto, é da cor de carvalho laqueado. Por entre os fios são visíveis a ponta do queixo e a boca aberta. O cabo de aço cortou sua pele, e o sangue que escorreu pelo pescoço deixou manchas quase pretas no vestido.

Aron devolve a fotografia à pasta. Aos poucos, a respiração de Martin se abranda.

Quando ele por fim se inclina de novo para a frente, suas mãos estão quase brancas. Seu rosto pálido está úmido; seus olhos, injetados.

Ele permanece em silêncio, olhando para a mesa. O queixo treme como se ele estivesse segurando as lágrimas.

— Fui eu, eu matei a garota — ele sussurra, e sua respiração volta a ficar acelerada.

— Me conte o que aconteceu com suas próprias palavras — Aron pede.

Mas Martin faz que não com a cabeça, e seu corpo oscila ansiosamente para a frente e para trás.

— Calma — Aron diz, forçando um sorriso gentil. — Você vai se sentir melhor assim que desabafar, eu prometo.

Martin para de balançar e continua a respirar rápido pelo nariz.

— O que aconteceu, Martin?

— Não me lembro — ele responde e engole em seco.

— Claro que se lembra. É evidente que você teve uma forte reação à fotografia da vítima, e acabou de me dizer que a matou — Aron fala, respirando fundo. — Ninguém está zangado com você, mas precisa me contar o que aconteceu.

— Sim, mas eu...

Ele se cala e mais uma vez olha por cima do ombro e por debaixo da mesa.

— Você confessou ter matado a garota no parquinho.

Martin faz que sim com a cabeça e começa a cutucar as argolas das algemas.

— Eu não me lembro de nada — ele diz calmamente.

— Mas se lembra de que acabou de confessar o assassinato?

— Sim.

— Você sabe quem é ela?

Ele faz que não com a cabeça e olha para a porta.

— Como exatamente você a matou?

— O quê? — Martin encara Aron com um olhar parado e vazio.

— O que você fez? Como você a matou?

— Não sei — Martin responde com um sussurro.

— Você estava sozinho? Ou teve ajuda de alguém?
— Não posso contar.
— Mas você pode me contar por que fez isso, não pode? Você quer me contar isso?
— Não consigo me lembrar.

Com um suspiro profundo, Aron se levanta e sai da sala sem dizer mais nada.

24

Joona enfia os óculos escuros no bolso da camisa enquanto avança por um longo corredor na Delegacia de Polícia de Norrmalm.

Oficiais à paisana e uniformizados passam às pressas por ele em diferentes direções.

Ele encontra Aron Beck parado ao lado da máquina de café, com os pés afastados e as mãos atrás das costas.

— O que você está fazendo aqui? — Aron pergunta.

— Eu gostaria de participar do interrogatório.

— Bem, você chegou tarde, ele já confessou — Aron lhe diz, refreando um sorriso.

— Bom trabalho.

Aron inclina a cabeça e examina Joona de cima a baixo.

— Acabei de falar com a Margot, e ela acha que é hora de deixar a promotoria assumir o caso.

— Isso me parece um pouco precipitado — Joona diz, pegando uma xícara do armário. — Você sabe que o suspeito tem problemas mentais.

— Mas está ligado à cena do crime no momento do assassinato; além disso, ele confessou.

— Qual é o motivo? Qual é a ligação dele com a vítima? — Joona pergunta, preparando um café expresso.

— Ele diz que não consegue se lembrar.

— Do que ele não se lembra?

— Não consegue se lembrar de nada daquela noite.

Joona pega a xícara e a estende para Aron.

— Então como ele pode confessar o assassinato?

— Eu não sei — Aron diz, olhando para a xícara em sua mão. — Mas confessou quase de imediato. Você pode assistir à gravação, se quiser.

— Vou assistir. Mas primeiro quero saber o que você achou do interrogatório.

— O quê? Como assim? — Aron pergunta, tomando um gole de café.

— Há alguma chance de você ter entendido errado o que ele estava confessando?

— Entendido errado? Ele disse que matou a garota.

— E o que veio antes da confissão?

— Como assim?

— O que você disse a ele imediatamente antes?

— Sou eu que estou sendo interrogado agora? — Aron pergunta com um esgar, os cantos da boca virando para baixo.

— Não.

Aron põe a xícara vazia na pia e enxuga as mãos na calça jeans.

— Mostrei a ele uma foto da vítima — ele resmunga.

— Da cena do crime?

— Ele estava tendo dificuldade para se lembrar. Quis ajudá-lo.

— Entendo, mas agora ele sabe que o caso é sobre uma garota que foi enforcada — Joona diz.

— Não estávamos indo a lugar nenhum. Eu não tive escolha. — O tom de Aron é áspero.

— Será que o que você interpretou como uma confissão não poderia ser uma referência a outra coisa?

— Agora você está tentando me dizer que estou errado? — Aron pergunta.

— Estou apenas querendo saber se não é possível que ele tenha tido a intenção de dizer que a matou *de forma indireta*, já que não conseguiu salvá-la.

— Pare com isso.

— Sabemos que ele não teve tempo de prender o guincho no poste... claro que há a chance de ele ter estado lá antes para fazer isso de antemão, descendo as escadas do parquinho para evitar as câmeras, mas se for o caso é difícil entender por que ele seguiu esse caminho quando voltou lá para matar a garota.

— Jesus Cristo, então fale com ele você mesmo, você vai...

— Perfeito — Joona o interrompe.

— Você vai ver como é fácil.
— Ele é violento ou agressivo?
— Ele acabou de confessar um assassinato brutal. É algo horrível, frio e cruel; se pudesse, eu mesmo o enforcaria com minhas próprias mãos na porra de um guincho.

25

Joona bate antes de entrar na sala de interrogatório. O corpulento carcereiro sentado na frente de Martin está entretido com algum jogo no celular.

— Faça um intervalo — Joona lhe diz, segurando a porta para o policial.

O rosto de Martin está amarelo-pálido e inchado, e sua barba rala o faz parecer vulnerável. Seu cabelo está espetado; os olhos parecem cansados. Suas mãos entrelaçadas estão pousadas sobre a mesa arranhada.

— Meu nome é Joona Linna e sou detetive da Unidade Nacional de Operações — Joona fala e se senta na cadeira do outro lado da mesa.

O meneio de cabeça de Martin é quase imperceptível.

— O que aconteceu com o seu nariz? — Joona pergunta.

Martin estende a mão e, com cuidado, toca o nariz. O chumaço de lenço de papel ensanguentado cai sobre a mesa.

— Alguém perguntou se você tem algum problema de saúde? Se precisa de algum medicamento ou algo do tipo?

— Sim — Martin sussurra.

— Posso tirar suas algemas?

— Não sei — Martin diz, olhando rápido por cima do ombro.

— Você vai ser violento?

Martin balança a cabeça.

— Vou tirá-las agora, mas quero que você fique sentado — Joona diz, soltando as algemas e as enfiando no bolso.

Martin massageia devagar os pulsos enquanto seus olhos passam lentamente por Joona em direção à porta.

Joona pega uma folha de papel e a põe sobre a mesa diante das mãos crispadas de Martin. Estuda o rosto do homem enquanto olha para uma reprodução da marca encontrada na parte de trás da cabeça de Jenny Lind.

— O que é isso? — Joona pergunta.

— Não sei.

— Dê uma boa olhada.

— Já olhei — ele diz baixinho.

— Eu soube que você sofre de um severo transtorno de estresse pós-traumático e tem problemas com sua memória e capacidade de falar.

— Sim.

— Enquanto conversava com meu colega, você confessou o assassinato de uma jovem — Joona continua. — Você poderia me dizer o nome dela?

Martin balança a cabeça.

— Você sabe o nome dela?

— Não — Martin sussurra.

— Do que você lembra daquela noite?

— De nada.

— Então como pode ter certeza de que matou essa mulher?

— Se você disser que fui eu, quero confessar e receber minha punição — Martin responde.

— É bom que você queira confessar, mas para isso precisamos descobrir o que de fato aconteceu.

— Certo.

— Sabemos que você estava lá quando ela foi morta, mas isso não significa necessariamente que foi você quem a matou.

— Eu achava que sim — ele diz com voz quase inaudível.

— Bem, não.

— Mas...

Lágrimas começam a deslizar pelo rosto de Martin, pingando sobre a mesa entre suas mãos.

Joona pega um lenço de papel e o entrega a Martin, que assoa o nariz delicadamente, sem fazer ruído.

— Por que você fala tão baixo?

— Eu preciso — ele diz, olhando para a porta.

— Você tem medo de alguém?

Ele faz que sim com a cabeça.

— De quem?

Martin não responde, apenas espia por cima do ombro outra vez.

— Martin, há alguém que possa ajudar você a se lembrar?

Ele balança a cabeça.

— E quanto ao seu psiquiatra no Sankt Göran?

— Talvez.

— Nós poderíamos tentar entrar em contato com ele, que tal?

Martin meneia a cabeça muito de leve.

— Você costuma ter lacunas de memória?

— Não consigo me lembrar — ele brinca, e olha para baixo quando Joona ri.

— Claro que não.

— Tenho essas lacunas com bastante frequência — Martin sussurra.

Alguém caminha pelo corredor do lado de fora, cantando e sacudindo um molho de chaves. Ao passar pela sala de interrogatório, o cassetete bate por acidente na porta, com um sonoro estrépito.

Martin se encolhe, parecendo apavorado.

— Acho que você viu algo terrível naquela noite — Joona diz enquanto observa o rosto de Martin —, algo tão terrível que não consegue nem pensar a respeito... mas nós dois sabemos que o que viu ainda está em sua mente, e eu gostaria que começasse me contando tudo de que conseguir se lembrar.

Martin olha para a mesa e seus lábios começam a se mover, como se estivesse procurando por palavras que perdeu há muito tempo.

— Estava chovendo — Joona diz.

— Sim — Martin assente.

— Você se lembra do som da água no guarda-chuva?

— Ela estava de pé feito uma...

Ele fica em silêncio quando a fechadura estala e a porta se abre. Aron entra na sala.

— O interrogatório acabou; a promotora está assumindo a investigação preliminar — ele explica, pigarreando.

— Martin — Joona diz, ignorando completamente a presença de Aron —, o que você ia dizer?

— O quê?

Martin encara Joona nos olhos, uma expressão vazia no rosto. Ele umedece os lábios.

— Tá legal, já chega — Aron diz, gesticulando para que o carcereiro volte para a sala.

— Você estava prestes a me contar o que viu — Joona insiste, sem tirar os olhos de Martin.

— Eu não me lembro.

Aron pega o livro de registros do carcereiro e assina para autorizar a transferência do detento.

— Me dê apenas um minuto, Aron.

— Não posso; está fora do meu alcance agora — ele responde.

O carcereiro faz Martin se levantar e explica que ele será levado de volta para sua cela e receberá algo para comer.

— Martin — Joona tenta outra vez —, a chuva estava batendo no seu guarda-chuva, você estava olhando para o parquinho e viu a garota que estava "de pé feito uma...". Fale o que você ia dizer.

Martin balança a cabeça como se não entendesse a pergunta. Aron diz ao policial para levá-lo embora.

— Você viu a garota na chuva — Joona continua. — Como ela estava? Martin, quero saber o que você ia dizer.

Martin abre a boca, mas nada sai. O carcereiro o agarra pelo braço e o leva embora da sala de interrogatório.

26

Pamela estaciona o carro em frente ao Hospital Karolinska, atravessa a rua e entra pelos portões do Cemitério Norte.

Foi àquele lugar tantas vezes ao longo dos anos que automaticamente faz o caminho mais rápido através da enorme malha de veredas entre as sepulturas e mausoléus.

O policial que a empurrou contra a parede na sexta-feira se recusou a lhe dizer para onde estavam levando Martin. O corpo inteiro de Pamela tremia quando ela subiu as escadas do apartamento e encontrou a porta escancarada, pedaços da fechadura arrombada espalhados pelo chão.

Pamela juntou os pedaços, fechou a porta e trancou a porta de segurança. Em seguida, tirou um dos analgésicos de Martin da embalagem, engoliu-o a seco e se sentou na frente do computador. Em pouco tempo, localizou o número da Secretaria de Administração Penitenciária e descobriu que Martin havia sido levado para o Presídio de Kronoberg, em Estocolmo.

Rapidamente arrumou uma sacola com roupas do marido, agarrou a carteira dele e pulou em um táxi; porém, quando chegou ao presídio, o guarda se recusou a deixá-la entrar. Ele pegou a sacola, mas ignorou seus pedidos para falar com alguém sobre a saúde mental de Martin e a necessidade de medicação e tratamento.

Nesse dia, Pamela passou três horas esperando do lado de fora do presídio. Quando o turno do primeiro guarda terminou e ele foi substituído, ela tentou novamente; por fim, teve que desistir e voltar para casa.

Horas mais tarde, soube que Martin estava detido por suspeita do assassinato de Jenny Lind.

A mesma garota que havia desaparecido cinco anos antes.

Agora a frustração que Pamela sentira amainou de imediato e deu lugar a um espanto exausto diante do absurdo da situação.

Naquela noite, Martin viu a garota morta no parquinho e possivelmente até testemunhou o assassinato, mas em vez de ouvir o que ele tinha a dizer e reunir provas que pudessem levar ao verdadeiro assassino, a polícia o acusou de homicídio.

Pamela vai até a sombra do olmo, onde guarda uma cadeira dobrável enganchada a um dos galhos, e a carrega até o túmulo de Alice.

O sol brilha no granito escuro e riscado de inscrições atrás das violetas e da pequena tigela de doces.

Ela ouve o zumbido de um cortador de grama em algum lugar perto da capela Norte, e o barulho da estrada ressoa como um trovão longínquo.

Pamela conta a Alice tudo o que aconteceu nos últimos dias: que Jenny Lind foi enforcada no centro de Estocolmo, que Martin fez um desenho da cena do crime e que ela ligou para a polícia porque achou que ele poderia ajudar.

Uma mulher usando um andador passa na calçada; Pamela se cala e espera até que ela esteja fora do alcance antes de criar coragem para falar o que veio dizer.

— Alice, eu te amo — Pamela começa a falar, respirando fundo. — Mas tem uma coisa que eu... não quero que você se aborreça, mas tenho conversado com uma garota de dezessete anos. Ela mora num abrigo de acolhimento em Gävle, e eu... quero que ela venha morar conosco, porque assim ela vai ter um lugar seguro...

Pamela cai de joelhos e pressiona as palmas das mãos na grama aquecida pelo sol ao redor da lápide.

— Não quero que você pense que ela vai substituir você, ninguém jamais poderia fazer isso, nem quero que fique triste, mas sinto que isso seria bom pra ela e pra mim, e provavelmente até pro Martin também... me desculpe.

Pamela enxuga as lágrimas e tenta conter os soluços até sentir a garganta doer. Ela se levanta e corre pela trilha estreita, escondendo o rosto ao passar por um velho que segura uma rosa vermelha.

Sobre a grama recém-cortada, uma andorinha corta o ar num voo de reconhecimento antes de dar uma brusca guinada céu acima.

Pamela passa rápido pela fileira de árvores. De repente, percebe que esqueceu de pendurar a cadeira na árvore, mas já não consegue voltar.

Com movimentos que parecem enrijecidos, percorre o caminho de volta ao estacionamento. Lágrimas brotam de seus olhos enquanto ela vai às pressas até o carro, enterrando o rosto nas mãos e soluçando com dores no diafragma.

Depois de algum tempo, ela recupera o controle da respiração, recompondo-se o suficiente para ligar o motor e percorrer o curto trajeto até sua casa. Estaciona na garagem e caminha pelo prédio, mantendo o rosto coberto de lágrimas voltado para o chão.

Quando entra no apartamento, está com tanto frio que seu corpo inteiro treme. Tranca a porta de segurança, pendura as chaves no gancho e vai direto para o banheiro. Tira a roupa, entra no chuveiro e deixa a água quente envolvê-la.

Pamela fecha os olhos e relaxa enquanto seu corpo se aquece lentamente.

Quando sai do banheiro, o sol do entardecer desenha uma trilha luminosa sobre o assoalho de parquete.

Ela pendura a toalha em um gancho no quarto e fica nua na frente do espelho. Encolhe a barriga, fica na ponta dos pés e estuda seu corpo: os joelhos enrugados, as coxas e os pelos pubianos ruivos. Seus ombros estão rosados por causa da água quente.

Pamela se enrola no roupão, vai até a cozinha e se senta à mesa com o iPad.

Seu coração dispara ao ler as especulações dos jornais sobre o assassinato de Jenny Lind. A polícia não se pronunciou sobre o caso, mas já circula pela internet a ordem de prisão preventiva com o nome e a foto de Martin.

Pamela abre o e-mail e vê que tem uma nova mensagem do Serviço Social.

Ela clica no ícone.

Decisão em conformidade com o cap. 11, seção 4, Lei de Serviços Sociais

Tomamos hoje a decisão de rejeitar o pedido apresentado por Pamela Nordström junto ao Conselho de Bem-Estar Social para fornecer cuidados e amparo temporários ou permanentes a uma menor.

À luz das informações recebidas sobre Martin Nordström, este Conselho conclui que a casa familiar que se propõe a acolher a criança representa um risco direto à segurança dela (cap. 4 § 2, Código de Estatutos do Conselho Nacional de Saúde e Bem-Estar 2012, p. 11).

Um calafrio percorre Pamela. Ela se levanta e vai até o armário. Pega a garrafa de vodca e um copo grande, enche até a borda e bebe.
Foram rejeitados porque Martin foi levado sob custódia. É claro que o Serviço Social recusaria o pedido, Pamela pensa enquanto toma outro gole. Faz todo o sentido do ponto de vista deles, mas a decisão parece precipitada e injusta. Martin é inocente. Ele será solto a qualquer momento.

27

Com as mãos trêmulas, Pamela torna a encher o copo e bebe dois goles generosos, que a deixam com a boca dormente.

Volta para a mesa e acidentalmente pousa o copo e a garrafa com um pouco de força a mais.

O álcool queima em seu estômago e ela já começa a sentir os olhos perderem o foco. Se concentra, relendo a decisão do Conselho e procurando nos estatutos os artigos mais relevantes. Pelo que entende, é possível recorrer da decisão junto ao tribunal administrativo.

Pamela bebe o resto da vodca, pega o celular e liga para Mia.

— Oi, Mia, aqui é a Pamela. Eu...

— Espere — Mia a interrompe, voltando a atenção para outra pessoa. — Não, pare com isso, eu preciso atender. Tá legal, eu também te odeio... Alô?

— O que está acontecendo? — Pamela pergunta.

— É o Pontus, ele está cantando do lado de fora da minha janela — ela responde alegre.

— Vi a foto dele no Instagram; é muito fofo — Pamela diz, e percebe que sua voz sai meio arrastada, engolindo as palavras.

— Eu sei. Acho que devia me apaixonar por ele ou algo assim — Mia suspira.

Pamela se vira para a janela e contempla o parque lá embaixo. Os banhistas estão deitados na grama e as crianças brincam em volta da pequena piscina.

— Eu queria te contar uma coisa antes que você fique sabendo por outra pessoa — ela diz, tentando organizar os pensamentos. — Mia, o Serviço Social me recusou.

— Ok.

— Mas a recusa é baseada em um mal-entendido e eu vou recorrer. Nada é definitivo ainda, e não quero que você pense que a história acabou.

— Entendi — Mia murmura.

As duas ficam em silêncio. Com a mão livre, Pamela desenrosca a tampa da garrafa e começa a encher de novo o copo, parando quando o líquido faz um som gorgolejante. Bebe a pequena quantidade de bebida no copo e então dá um gole graúdo direto no gargalo da garrafa.

— Vai dar certo, eu prometo — ela sussurra.

— As pessoas sempre fazem promessas — Mia rebate, categórica.

— Mas tudo é apenas um estúpido mal-entendido. Eles acham que o Martin está envolvido em um assassinato.

— Espere, ele é o cara de quem estão falando em todos os lugares?

— Mas ele não fez isso, não passa de um mal-entendido do caralho — Pamela repete. — Eu juro. Quero dizer, você mesma sabe que a polícia comete erros às vezes, certo?

— Tenho que desligar.

— Mia, você pode telefonar quando quiser...

Pamela ouve um clique e se afasta; com as pernas trêmulas, se levanta, pega a garrafa e vai para o quarto. Deixa a garrafa sobre a mesa de cabeceira e se joga na cama.

Ela sabe que Martin não reivindicou seu direito a um advogado. A polícia provavelmente o manipulou para dizer coisas sobre as quais nada sabe.

Pamela pega a garrafa e toma outro gole. Sente o estômago revirar tentando trazer o líquido de volta, mas resiste, concentrando-se em manter a respiração sob controle.

Ela tem dúvidas inclusive acerca da legalidade de interrogar uma pessoa com um transtorno mental sem a presença de um profissional especializado em psiquiatria.

Senta na cama, pega o celular, percorre os contatos e clica em "ligar".

— Dennis Kratz.

— Oi.

— O que está acontecendo com o Martin?

— Você viu o que estão escrevendo; é uma completa insanidade...

Ela faz um grande esforço para não enrolar as palavras enquanto conta sobre o desenho de Martin e tudo o que aconteceu depois.

— Eu estive pensando... será que você poderia falar com a polícia? — ela pergunta.

— É claro.

— Porque eu não acho que eles tenham... você sabe, as habilidades certas para... interrogar alguém com um caso tão complexo de TEPT.

— Falo com eles amanhã.

— Obrigada — ela sussurra.

— E como você está? — Dennis pergunta depois de uma breve pausa.

— Eu? As coisas estão muito difíceis — ela diz, enxugando as lágrimas que brotam de repente. — Na verdade, eu bebi para me acalmar.

— Você precisa de alguém com quem conversar.

— Eu vou ficar bem, não se preocupe...

— Você quer que eu vá até aí?

— Sim. Para ser sincera, eu realmente preciso falar com alguém... tem sido um pouco demais, até para mim.

— Isso é compreensível.

— Só não se preocupe comigo. Vou consertar tudo e vai ficar tudo bem...

Pamela encerra a ligação e sente as bochechas afogueadas. Se levanta e tropeça enquanto passa pelo batente da porta. Massageando o ombro machucado, cambaleia até o banheiro, se agacha sobre o vaso sanitário e enfia dois dedos na garganta para se forçar a vomitar. Expele um pouco da vodca, depois enxágua a boca e escova os dentes.

O banheiro rodopia e ela sente que está ficando cada vez mais bêbada. Lava as axilas e põe um vestido azul fino com um cinto largo.

Dennis pode chegar a qualquer momento.

Pamela confere a maquiagem e coloca os brincos novos.

Ela caminha até a cozinha e, ao ver o iPad sobre a mesa, sente no peito uma pontada de ansiedade.

Qual era o sentido de tudo isso? Como pôde imaginar que Mia teria permissão para morar com eles? Talvez eles tenham sido rejeitados pelos motivos errados, mas Pamela sabe, no fundo, que merecem ser recusados. Ela tem um problema sério com bebida, e os pensamentos obsessivos e os delírios paranoicos de Martin não vão desaparecer num passe de mágica.

Como pôde ter ignorado tudo isso? A esperança de uma nova vida não passa de uma fantasia patética.

Ao arrastar Mia para essa confusão, ela não fez nada além de decepcionar a garota. E, ao iludir a si mesma, também decepcionou Alice.

Pamela volta para o quarto e sobe de mansinho na cama. Quer ligar para Mia e contar a verdade, que ela e Martin não são feitos para o papel de pai e mãe.

Parece que o quarto ao seu redor está se deslocando, as paredes e janelas passam às pressas por ela.

Pamela pensa consigo mesma que deveria sair para a varanda, enrolar o cordão de luzes natalinas em volta do pescoço e pular.

Fecha os olhos e deixa a escuridão envolvê-la. Acorda com a campainha tocando.

28

Pamela sente que está dormindo há horas, mas enquanto caminha pelo corredor a embriaguez parece fluir por seu corpo como uma brisa morna.
Destranca e abre a porta para Dennis.
Ele veste um paletó de tweed cor de carvão e uma camisa azul. O cabelo grisalho parece ter sido cortado há pouquíssimo tempo; seus olhos encontram os dela com uma expressão afetuosa.
— Agora me sinto mal por fazer você vir até aqui — ela diz, abraçando-o.
— Mas eu gosto de ser seu comparsa bonitão — ele fala, sorrindo.
Apoia uma das mãos à parede para descalçar os sapatos e a segue até a cozinha.
— Aceita uma taça de vinho?
— No mínimo — ele responde.
Ela solta uma gargalhada, ciente de como soa forçada, e pega no armário uma garrafa de Cabernet Sauvignon americano.
Na sala de estar, Pamela acende a luminária de chão, cujo brilho amarelo enche o cômodo e se reflete nas janelas altas que dão para a rua Karlavägen.
— Faz muito tempo que não venho aqui — ele diz.
— Acho que sim.
— Hoje em dia parece que tudo o que vejo são quartos de hotel deprimentes.
Com as mãos trêmulas, Pamela pega duas taças de vinho da cristaleira. Continua incrivelmente bêbada.
— Como você está? — Dennis pergunta, com cautela.
— Bastante abalada, pra dizer a verdade — ela diz.
Pamela sente os olhos de Dennis cravados nela enquanto abre a garrafa, serve um pouco de vinho e lhe entrega uma taça.

Ele agradece em voz baixa e se vira para olhar pela janela.

— Que prédio verde é aquele? — ele pergunta.

— De onde você tirou isso? — ela diz, rindo.

Pamela vai para o lado de Dennis, e a proximidade repentina faz seu corpo formigar de calor.

— Sempre existiu? — ele pergunta, sorrindo.

— Nos últimos oitenta anos, pelo menos...

Dennis pousa a taça sobre a mesinha de centro, limpa a boca e se vira para ela.

— Os brincos combinam com você — ele diz, estendendo a mão para tocar um deles. — Você fica muito bonita com eles.

Sentam-se no sofá e ele passa o braço pelos ombros dela.

— E se o Martin realmente fez as coisas de que está sendo acusado? — ela pergunta baixinho.

— Mas ele não fez.

— Eu sei que você me alertou, mas fomos rejeitados pelo Conselho de Bem-Estar Social — ela diz, ajeitando o vestido.

— Você pode recorrer — Dennis comenta calmamente.

— Eu vou, claro que vou, mas... meu Deus, eu não sei de mais nada — ela diz, encostando a cabeça no ombro dele. — Me rejeitaram por causa do Martin, embora na prática eu e ele não estejamos mais *realmente* juntos. É um casamento apenas no nome.

— E você ainda quer isso?

— O quê? — Ela olha para ele.

— Estou perguntando como seu amigo, porque me preocupo com você.

— O que você está me perguntando?

— Você ainda se casaria com ele hoje?

— Bem, *você* está comprometido — ela diz com um sorriso.

— Só enquanto espero por você.

Ela se inclina para a frente e o beija nos lábios, imediatamente sussurrando um pedido de desculpas.

Eles se olham nos olhos.

Pamela engole em seco e é invadida por uma crescente sensação de pânico. Bebeu demais e quer coisas que na verdade não quer. Sabe que deveria pedir a Dennis que fosse embora, mas algo dentro dela quer que ele fique.

Eles se beijam de novo, hesitantes, suavemente.

— Você sabe que isso pode ser apenas uma reação a tudo o que aconteceu, não é? — ele diz com a voz rouca.

— Ah, você é psicólogo agora?

— Eu não quero que você faça nada de que possa se arrepender...

— Não, isso...

Ela se cala, o coração disparado quando percebe que está prestes a trair Martin.

Dennis passa o dedo pelo profundo talho no tampo da mesinha de centro, resquício da noite em que Martin tentou arrastar os móveis escada abaixo.

— Já volto — ela diz baixinho, deixando-o na sala de estar.

Pamela põe a taça de vinho na mesinha do corredor, entra no banheiro e tranca a porta. Senta no vaso sanitário com uma mistura de ansiedade e saudade.

A pele de suas coxas está áspera.

Ela termina de fazer xixi, pega a caneca onde guarda as escovas de dente, enche com água morna e lava com cuidado entre as pernas. Se enxuga e puxa a calcinha para cima.

Antes de voltar para a sala, retoca o batom e aplica algumas gotas de perfume Chanel nos pulsos.

Dennis está de pé, olhando para a varanda pelas portas de vidro. Ele se vira quando a ouve se aproximar.

— Gosto destas maçanetas — ele diz, estendendo a mão para tocar o latão das portas.

— Espagnolettes — ela fala, pousando a mão sobre a dele.

Por alguns momentos eles ficam parados, segurando as mãos um do outro. Seus olhos se encontram e eles sorriem. Mas o rosto de Dennis fica sério e ele abre a boca, como se fosse dizer alguma coisa.

— Estou um pouco nervosa — ela diz, antes que ele possa falar. Com um gesto ansioso, afasta o cabelo do rosto.

Eles se beijam mais uma vez. Pamela acaricia o rosto dele, abre um pouco a boca e percebe a mão descer por suas costas, na cintura, até a base da coluna.

Ela sente o pau dele endurecer e se pressiona contra seu corpo, respirando pesadamente. Uma sensação quente e pulsante se espalha entre suas pernas.

Pamela sempre se sentiu constrangida com a facilidade com que fica excitada.

Dennis beija o pescoço e o queixo dela e começa a desabotoar seu vestido. Ela o observa, os olhos dele estão concentrados e os dedos, trêmulos.

— Vamos pra cama? — ela sussurra.

Ele usa o polegar para limpar cuidadosamente o batom da boca e a segue pelo corredor até o quarto. As pernas de Pamela parecem gelatina quando ela chega à cama, empurra as almofadas e puxa a colcha.

Dennis arranca a camisa e a joga no chão. Ele tem uma cicatriz profunda no lado esquerdo do peito, quase como uma linha desenhada na areia.

Pamela tira o vestido e o pendura no espaldar da poltrona, depois abre o sutiã e o coloca por cima.

— Você é tão linda — ele diz, beijando-a.

Ele aperta delicadamente um de seus seios, beija seu pescoço e se abaixa para chupar seus mamilos, enchendo a boca. Depois se endireita e começa a desabotoar a calça.

— Você tem camisinha? — ela sussurra.

— Posso ir comprar.

— Vamos apenas ter cuidado — ela diz, em vez de explicar que usa DIU.

Pamela tira a calcinha, usando-a discretamente para se enxugar, depois a joga no chão e com um dos pés a empurra para debaixo da cama. Em seguida, se deita.

O colchão balança quando Dennis sobe e se põe em cima de Pamela, beijando-a nos lábios, entre os seios e na barriga.

Pamela deixa Dennis afastar suas coxas e enterra os dedos no cabelo dele; fica ofegante quando ele começa a lambê-la.

Ela sente a língua macia dele deslizar no clitóris e percebe que já está perto do orgasmo. O afasta, fecha as coxas e desliza para o lado, numa tentativa de não parecer completamente carente de atenção.

— Quero sentir você dentro de mim — ela sussurra, fazendo-o deitar de costas.

Usando uma das mãos para se apoiar, ela monta com as pernas bem abertas.

Ele escorrega para dentro de Pamela, que ofega, sabendo que não vai aguentar muito mais tempo.

Pamela balança os quadris e range os dentes. Respira pesadamente pelo nariz, tentando esconder o orgasmo que arrebata seu corpo.

Com as coxas trêmulas, se inclina para a frente a fim de se escorar na cama. Dennis começa a empurrar com mais força enquanto ela continua gozando.

A cabeceira da cama bate contra a parede, e um anjinho pendurado num gancho solta poeira. As águas-marinhas em formato de lágrima balançam para a frente e para trás nos lóbulos das orelhas.

Pamela percebe que Dennis está quase gozando; a testa dele fica úmida, até que ele para abruptamente a fim de tirar o pau de dentro dela a tempo.

— Pode gozar dentro de mim — ela sussurra.

Dennis empurra mais forte, apertando a bunda dela. Ao sentir a potência da ejaculação, Pamela geme como se tivesse chegado ao orgasmo.

29

Na principal sala de conferências da Autoridade de Polícia Nacional, ouvem-se o vozerio e o arrastar de cadeiras à medida que o lugar começa a se encher de jornalistas. Microfones de diversos canais de TV e estações de rádio se alinham sobre a mesa estreita na frente da sala.

Quando Joona entra, Margot está de pé junto à parede ao lado do púlpito, olhando para o celular. Ela veste um uniforme preto que fica apertado no peito. As folhas de carvalho e coroas em suas dragonas cintilam sob as luzes do teto. Joona caminha até ela.

— Espero que você não esteja prestes a anunciar que prendemos um suspeito — Joona diz.

— Ele confessou — ela responde sem nem sequer olhar para ele.

— Eu sei, mas é uma confissão complicada. Ele tem sérios problemas de memória e de fala; estava apenas tentando fazer o que achava certo quando Aron o pressionou. Não faz sentido.

Quando Margot finalmente olha para ele, está com a testa franzida de impaciência e diz:

— Entendo seu argumento, mas...

— Você está ciente de que no momento ele é paciente em uma ala psiquiátrica e que está em casa apenas em caráter experimental?

— A meu ver, parece uma recaída — Margot diz, deixando o celular cair na bolsa.

— Exceto pelo fato de que os transtornos psiquiátricos dele não incluem nenhum elemento de violência.

— Apenas esqueça isso, Joona. Você está fora do caso.

— Fale com a promotoria. Diga que eu preciso falar com o suspeito só mais uma vez.

— Joona — Margot suspira —, você já deveria saber como as coisas funcionam.

— Sim, mas é muito cedo para um processo judicial.
— Talvez, mas mesmo que seja assim tudo virá à tona. É por isso que temos promotores.
— Está bem — Joona diz.
No púlpito, a assessora de imprensa testa o microfone e a sala se aquieta.
Margot explica rapidamente a Joona:
— O que vai acontecer aqui é o seguinte: Viola dará as boas-vindas a todos; depois eu assumo e anuncio que, com base nas evidências, a promotora solicitou que um homem fosse preso e mantido sob custódia por suspeita do assassinato de Jenny Lind. Depois passo a palavra ao comissário de polícia do condado e ele vai dizer algo sobre como a meticulosa investigação de Norrmalm resultou numa rápida detenção, e...

Antes que tenha tempo de terminar, Joona se vira e começa a caminhar em direção à saída. Passa pelos jornalistas e chega à porta no momento em que a assessora de imprensa saúda todos os presentes.

Bem acima da barulheira do trânsito, Joona está parado atrás de sua poltrona, com as mãos no encosto. A camisa preta está desabotoada, solta sobre a camiseta branca e o jeans preto.

Em seu testamento, Nathan Pollock lhe deixou de herança aquele lugar no edifício Corner House, um apartamento de dois quartos no último andar do prédio alto. Ele nunca havia mencionado ser dono do lugar. Joona só sabia que Pollock tinha uma casa.

Pelo janelão, Joona fita a igreja Adolf Fredrik. A resplandecente cúpula de cobre marrom é circundada por copas de árvores verdejantes.

Joona pensa nos movimentos compulsivos de Martin na sala de interrogatório.

Era como se ele fosse incapaz de lidar com as coisas terríveis que tinha visto. Repetidas vezes, era compelido a verificar debaixo da mesa e às suas costas.

Como se estivesse literalmente sendo perseguido.

Joona vai até a outra janela. Uma lua cheia paira no céu brilhante acima das colinas suaves do parque Haga.

Ele fecha os olhos e rememora o corpo de Jenny Lind sobre a mesa de autópsia. Com a pele insolitamente pálida e o sulco escuro causado pelo cabo de aço, a imagem lembra uma fotografia em preto e branco.

Embora consiga se lembrar dos olhos amarelos e do cabelo cor de tabaco da garota, a recordação parece de alguma forma desbotada. Incolor e sozinha, fitando o nada.

Ele prometeu a ela que encontraria o assassino, e vai cumprir a promessa.

Mesmo que tenha sido afastado do caso, nunca seria capaz de esquecer Jenny Lind.

Ele sabe disso.

Esse fogo que arde dentro dele é o mesmo que o impede de deixar a polícia, apesar de saber que provavelmente deveria fazer isso.

Joona vai até a cômoda, pega o celular e liga para Lumi. Ouve chamar e, de repente, a voz cristalina é tão próxima que parece estar ali com ele.

— *Oui, c'est Lumi.*

— É o papai.

— Pai? Aconteceu alguma coisa? — ela pergunta, ansiosa.

— Não, é que... como estão as coisas em Paris?

— Por aqui está tudo bem, mas não tenho tempo para conversar agora.

— Eu só precisava te dizer uma coisa...

— Sim, mas pensei que você tivesse entendido que não quero que você continue me ligando. Não estou tentando brigar, mas ainda preciso de um tempo.

Joona passa a mão na boca e engole em seco. Se apoia contra a fria placa de vidro que faz as vezes de tampo da cômoda e enche os pulmões.

— Só queria dizer que você estava certa, que finalmente consigo ver que você está certa... estou trabalhando em uma nova investigação; vou poupá-la dos detalhes, mas isso me fez constatar que não posso deixar de ser policial.

— Eu nunca pensei que você deixaria de ser.

— Acho bom você ficar longe do meu mundo... isso me mudou, acho que me prejudicou, mas eu...

— Pai, só estou pedindo que você me dê um tempo — ela o interrompe, claramente à beira das lágrimas. — Durante anos eu tive uma visão idealizada a seu respeito, e agora estou me esforçando de verdade para entender tudo.

Lumi desliga e Joona fica em silêncio.

A filha se afastou porque viu quais são as verdadeiras motivações do pai. Viu do que ele era capaz. Ela o viu matar um homem indefeso — sem julgamento e sem piedade.

Lumi nunca entenderá que aquele ato de crueldade foi o preço que Joona teve de pagar. O preço que Jurek exigiu.

As últimas palavras dele, o misterioso sussurro antes de cair, eram uma prova desse fato.

Foi nesse momento que Joona mudou e, a cada dia que passa, entende melhor que, de fato, se transformou.

Com uma profunda sensação de vazio, Joona olha para o celular em sua mão e tecla um número para o qual pensou que nunca mais ligaria. Não muito tempo depois, deixa o apartamento.

Joona sai da estação de metrô Vällingby para o sol quente da tarde. Põe os óculos escuros e atravessa os enormes anéis de paralelepípedos brancos da praça.

O centro comercial consiste em edifícios baixos, casas, restaurantes, supermercados, uma joalheria, uma tabacaria e uma casa de apostas.

Nas bancas de jornais e revistas, há fotografias do rosto de Martin espalhadas ao lado de manchetes alardeando que "o Carrasco" foi capturado.

Há momentos em que o trabalho de um policial parece uma longa e solitária caminhada por um campo de batalha sangrento. Joona se detém diante de cada corpo que encontra, forçado a reviver o sofrimento da vítima e tentar compreender a crueldade do assassino.

Vê dois rapazes de bermuda fumando na entrada de uma igreja de aparência moderna.

Passa por dois arranha-céus antes de parar do lado de fora de um prédio residencial com paredes cor de borracha suja. A mesma cor dos muros ao redor do Presídio de Kumla.

Ele observa com atenção as pequenas janelas gradeadas no térreo. As cortinas estão fechadas, mas a luz de dentro vaza através do tecido.

Joona aperta um botão no interfone.

— Laila, sou eu, Joona — ele diz baixinho ao microfone.

A fechadura vibra e emite um zumbido; Joona abre a porta. Do lado de dentro, um homem com rosto encovado e enrugado dorme na escada. A gola de sua camiseta está úmida de suor e, quando a porta se fecha, ele abre as pálpebras pesadas e encara Joona com pupilas enormes.

Joona desce a escada na direção do porão até chegar a uma porta escorada com uma vassoura. Remove a vassoura, passa e deixa a porta se trancar atrás de si.

Pesada como uma caixa-forte.

Continua descendo mais e finalmente chega a uma sala espaçosa com paredes de concreto amarelo-claro e piso vinílico industrial.

O ar tem cheiro de alvejante e vômito.

Encontra Laila no computador, corrigindo provas de química. Ela trabalha como professora substituta horista na escola de ensino médio local.

Tem quase setenta anos, cabelo grisalho bem curto, rosto enrugado e olheiras. Veste calça de couro preto justa e uma blusa cor-de-rosa.

Junto à parede interna da sala há um sofá-cama de veludo marrom com uma lona verde estendida sobre o colchão de casal.

O mundo fora das pequenas janelas cobertas por cortinas perto do teto parece muito distante.

No chão, há uma bandeja de plástico com restos de sushi e um par de pauzinhos dentro. A cadeira da escrivaninha range quando Laila se vira e estuda Joona com seus olhos castanho-claros e serenos.

— Então você quer começar de novo? — ela pergunta.

— Sim, acho que sim — ele diz, pendurando a jaqueta e o coldre de ombro.

— Por que não se deita, então?

Ele vai até a cama e ajeita as almofadas sob a lona, pega um lençol que está por perto, estende-o sobre a cama e enfia as pontas por baixo do colchão.

Laila liga o ventilador da despensa, pega um balde no armário embaixo da pia e o põe no chão ao lado da cama.

Joona tira os sapatos e, ao se deitar, ouve a lona farfalhar. Laila acende uma lamparina a óleo com um funil de metal cônico e a coloca sobre a mesa ao lado dele.

— A relojoaria era mais agradável — Joona diz, tentando sorrir.

— Isto aqui é bom — ela responde, voltando para a despensa.

Ela abre a geladeira, volta com um pequeno embrulho de celofane e se senta na beirada da cama. Assim que a tela do computador se apaga, a lamparina a óleo é a única fonte de luz que resta na sala. O brilho bruxuleante dança nos cantos. Uma lasca de luz do sol atravessa o teto.

— Você está com dor? — Laila pergunta, olhando Joona nos olhos.

— Não.

Já faz muito tempo desde a última vez que Joona sentiu necessidade de ver Laila. Ele geralmente consegue lidar com sua dor e sofrimento sem ter que se anestesiar, mas neste exato momento não sabe como processar a percepção de que mudou. Tem relutado em admitir, mas não pode continuar a se esconder. Ele sabe que é verdade, e sabe que Lumi viu a mudança acontecer.

O bojo do cachimbo parece um caroço fuliginoso e preto do tamanho de uma lima-da-pérsia. Laila o examina por um momento e o encaixa ao tubo feito de bétula.

— Eu só preciso relaxar — Joona sussurra.

Laila balança a cabeça, desembrulha o plástico que envolve o ópio cru cor de bronze e arranca um minúsculo naco.

Joona ajusta uma das almofadas, deita-se de lado e tenta alisar a lona amassada.

Acabou de compreender que seu mundo o fez mudar tanto que ele é incapaz de deixá-lo — nem mesmo por sua filha.

Ela me vê como uma parte da força policial que quer fazer o bem mas na verdade faz o mal, ele pensa.

Mas talvez a vontade seja irrelevante. Talvez eu simplesmente seja parte da força que faz o mal.

Tenta ficar numa posição confortável.

Preciso sair de mim mesmo para encontrar meu caminho, ele diz para si.

Laila faz a pegajosa bolinha de ópio rolar entre o indicador e o polegar, depois a espeta numa agulha enegrecida e a aquece sobre a lamparina. Tão logo a bolinha amolece, ela a pressiona contra o pequeno orifício no fornilho do cachimbo e alisa as bordas.

Cuidadosamente, puxa a agulha e passa o cachimbo a Joona.

Da última vez que Joona veio ver Laila, foi ficando cada vez mais fraco a cada dia que fumava o cachimbo. E embora pudesse sentir a vida se esvaindo, não queria parar.

Laila começou a falar sobre como, antes de parar, ele precisava primeiro encontrar a velha dos mortos, Jabmeakka, e que a velha tinha coisas que queria mostrar a ele.

Ele se lembra de que começou a sonhar com Jabmeakka. As costas tortas e o rosto enrugado da velha. Com movimentos calmos, ela estendia diante dele diferentes tramas, das quais ele não conseguia desviar os olhos.

Joona não sabe de que forma conseguiu voltar à vida.

Sempre sentiu uma enorme gratidão por ter voltado, porém aqui está ele de novo, com o cachimbo nas mãos.

Uma pontada de ansiedade percorre seu corpo enquanto ele segura o cachimbo sobre a estreita coluna de calor que sai do funil da lamparina a óleo.

Está prestes a cruzar um limiar pelo qual pensou que nunca mais passaria. Valéria ficaria tristíssima se o visse agora.

A substância preta começa a borbulhar e a crepitar; Joona leva o cachimbo à boca e inala a fumaça do ópio.

O efeito é imediato.

Ele expira os vapores enquanto uma eufórica sensação de formigamento passa ao longo de seu corpo. Torna a levar o cachimbo para o calor da lamparina e enche os pulmões novamente.

Tudo já parece lindo, e ele sente um conforto que só encontrou com aquilo. Cada pequeno movimento é agradável, seus pensamentos fluem com liberdade e harmonia.

Ele sorri ao ver Laila rolar entre os dedos uma nova bolinha de ópio.

Joona dá outra tragada, fecha os olhos e a sente tirar o cachimbo de sua mão. Ele pensa na infância, quando ia pedalando sua bicicleta com os amigos para tomar banho no lago Oxundasjön assim que saíam da escola.

Vê as libélulas cintilantes dardejando sobre a superfície plana da água.

Essa lembrança tem uma beleza silenciosa.

Joona fuma, ouvindo o borbulhar do cachimbo. Recorda da primeira vez que viu duas libélulas acasalando — a fêmea dobra seu abdome em direção ao abdome do macho, formando a posição que chamam de "roda". Por alguns segundos, o círculo formado pelos corpos esguios do par de insetos adquire o formato de um coração.

Joona acorda e pega de novo o cachimbo, segura-o sobre o fogo e o ouve crepitar, inalando a fumaça adocicada.

Ele sorri e fecha os olhos, sonhando com uma tapeçaria estampada de libélulas. Pálidas como luas cheias.

À medida que a luz muda, vê que uma das libélulas se assemelha a uma cruz delicada. Um momento depois, ela é apanhada por outra, formando um anel.

Oito cachimbos depois, Joona está deitado em silêncio, entrando e saindo dos sonhos várias horas a fio. Contudo, esse maravilhoso estado de sonolência acaba por se transformar em uma náusea angustiante.

Joona está suando tanto que seu corpo estremece.

Tenta se sentar, mas imediatamente vomita no balde, cai de novo e fecha os olhos.

Parece que o lugar inteiro está girando, sacolejando em diferentes direções.

Joona permanece imóvel, se recompondo, depois se levanta da cama. A sala fica de cabeça para baixo, ele se desequilibra e cambaleia para o lado, derruba a mesinha de cabeceira e desaba, batendo o ombro no chão. Fica de quatro, vomita, rasteja para a frente e cai, imóvel, sem ar.

— Preciso de mais um — ele sussurra.

Ele vomita de novo, embora desta vez não tenha energia sequer para levantar a cabeça.

Laila o ajuda a voltar para a cama. Desabotoa sua camisa salpicada de vômito e a usa para enxugar o rosto dele.

— Só mais um pouco — ele implora, tremendo.

Em vez de responder, Laila desabotoa a blusa e a pendura nas costas da cadeira da escrivaninha; depois abre o sutiã e se deita atrás de Joona, usando o calor de seu corpo para aquecê-lo.

O estômago de Joona revira, mas ele não vomita mais.

Ela o mantém imóvel, segurando-o com delicadeza para impedi--lo de tentar se esquivar dos rodopios e reviradas da sala. O corpo de Joona está trêmulo, úmido de suor frio, e os seios dela escorregam contra as costas molhadas.

Laila sussurra para ele em finlandês.

Joona se aquieta. Percebe que de tempos em tempos a luz é eclipsada, sempre que alguém passa do lado de fora de uma das janelas baixas.

Pouco a pouco, o calor entra no corpo dele.

Os tremores cessam e o mal-estar se dissipa. O braço de Laila ainda está em volta do torso de Joona, e ela cantarola uma canção.

— Você está de volta agora — ela sussurra.

— Obrigado.

Laila se levanta e veste a blusa enquanto Joona permanece deitado, fitando a espessa camada de plástico que cobre o chão de concreto. Há um balde vermelho e um esfregão no canto da sala, embaixo da janela. No chão, ao lado da mesa, a caixa com os restos de sushi.

A tampa de plástico reflete a luz, pintando uma pequena risca branca no teto.

Joona tenta se lembrar de algo que vislumbrou entre os sonhos com as libélulas pálidas.

Algo a ver com o assassinato.

Fecha os olhos e se lembra de ter vislumbrado três fotos que viu por acaso anos atrás, tiradas por um patologista em Örebro.

Uma menina morta em cima de uma mesa de autópsia.

Um suicídio.

Joona tem a nítida recordação de ter parado a fim de estudar uma das imagens: a menina estava de bruços, e ele se lembra de ter pensado que o fotógrafo havia tirado a fotografia de um ângulo ruim. O flash fazia com que o reflexo de um objeto metálico brilhasse no cabelo escuro da garota, na parte de trás da cabeça.

Mas e se não fosse um reflexo, afinal — e se o cabelo fosse branco?

Joona se obriga a se levantar da cama e explica a Laila que precisa ir. Vai cambaleando até a cozinha, limpa o rosto e enxágua a boca.

As fotos estavam sobre a escrivaninha do Agulha, ao lado de uma carta e um envelope rasgado. Joona nunca soube a causa exata da morte. Lembra de Nils dizer que era suicídio no instante em que seu colega, Samuel Mendel, entrava na sala.

— Tenho que ir — Joona repete, enxugando o rosto com uma toalha de papel.

Laila pega uma camiseta branca em uma caixa de papelão e entrega a Joona, que agradece e a veste; o tecido branco se cobre de cinza ao absorver as gotas de água em seu peito.

— Você sabe que eu não quero que você venha aqui — ela diz. — Você não pertence a este lugar; tem coisas mais importantes pra fazer.

— Não é mais tão simples — ele diz, apoiando-se no encosto do sofá. — Eu mudei. Não consigo explicar, mas há algo dentro de mim que não consigo controlar.

— Eu notei... e estou aqui se você sentir que precisa fazer isso de novo.

— Obrigado, mas agora preciso voltar ao trabalho.

— Que bom; acho melhor mesmo — Laila assente.

Ele pega o coldre com sua pistola, prende-o por cima do ombro direito e veste a jaqueta.

30

Joona toma um táxi e vai direto para a delegacia de polícia em Kungsholmen. Precisa conversar com Margot e a promotora sobre as fotos da garota morta na sala do patologista em Örebro.

A história não está encerrada apenas porque Martin Nordström confessou. Não há mais tempo a perder.

Os pneus roncam no asfalto quando o táxi ultrapassa um ônibus e entra atrás de um Mercedes antigo na faixa da direita.

Joona dormiu um bom tempo, mas seu corpo está exausto por causa do ópio. Suas mãos estão trêmulas.

Ele sabe que não pode dizer a Margot que jamais desistirá do caso Jenny Lind.

Tampouco dirá que o interrogatório com Martin — e sua subsequente confissão — foi um equívoco em todos os sentidos. O suspeito claramente não tinha lembrança daquela noite, apenas disse o que achava que Aron queria que ele dissesse.

Uma pedrinha atinge o para-brisa, deixando uma pequena ranhura azul-clara no vidro.

Joona pensa na fotografia e em como tivera certeza de que a mancha branca na parte de trás da cabeça da vítima era só luz refletida. Agora ele pensa diferente.

A morte da garota foi classificada como suicídio, mas ela tinha sido marcada a frio e, muito provavelmente, assassinada — assim como Jenny Lind.

Joona lembra a si mesmo que a estratégia de ser humilde e mostrar respeito pelo trabalho que a Polícia de Norrmalm realizou pode ajudá-lo a persuadir Margot. Ele admitirá que tem problemas em desistir das coisas e pedirá autorização para verificar um último detalhe, apenas para assegurar sua própria paz de espírito.

Seria algo muito simples: solicitar informações sobre o antigo caso, um único telefonema.

Mas o que eu vou fazer se ela disser não?, ele se pergunta.

O táxi dá uma guinada e os prédios altos projetam longas sombras na calçada. Joona se recosta no banco, sentindo uma persistente tontura, como se esferas viscosas girassem em volta de sua cabeça.

Ele pega o celular e liga para a Autoridade Policial de Bergslagen. Um momento depois, é transferido para uma mulher chamada Fredrika Sjöström.

— Joona Linna? — ela repete depois que ele se apresenta. — Como posso ajudar?

— Há catorze anos, uma garota cometeu suicídio em Örebro. Não me lembro de todos os detalhes exatos, mas acho que foi num vestiário, possivelmente numa piscina.

— Não consigo me lembrar de nada parecido — Fredrika diz.

— Bem, eu queria saber se você poderia, por favor, recuperar o relatório e as imagens da autópsia.

— Você não tem o nome dessa garota?

— Eu não estava envolvido na investigação.

— Tudo bem, vou encontrá-la. De qualquer forma, não tem muita coisa acontecendo por aqui no momento... deixe-me apenas fazer o login. Catorze anos, você disse? Isso vai ser...

Joona ouve a colega murmurando consigo mesma enquanto os dedos tamborilam no teclado.

— Deve ser este aqui — Fredrika anuncia, limpando a garganta. — Fanny Hoeg... ela se enforcou no vestiário feminino do centro esportivo de Örebro.

— Ela se enforcou?

— Sim.

— Você tem acesso às fotos?

— Não foram digitalizadas... mas eu tenho o número do caso. Me dê um minuto e eu te ligo de volta.

Joona encerra a ligação, fecha os olhos e sente o balanço do táxi. Embora possa ser uma pista importante — potencialmente decisiva para a investigação preliminar —, ele espera estar errado.

Porque, se estiver certo e houver um padrão, eles estão à procura de um criminoso que já fez isso antes, alguém que já pode ser ou pode se tornar um assassino em série.

O celular toca. Joona ainda está segurando o aparelho na mão, abre os olhos e atende.

— Oi, é a Fredrika — ela diz, pigarreando brevemente. — Não houve autópsia, apenas um exame externo do cadáver.

— Mas você tem as fotos?

— Sim.

— Quantas são?

— Ao todo, trinta e duas. Incluindo closes.

— Você está olhando para elas agora?

— Sim.

— Isto pode soar estranho, mas você consegue ver algo incomum em alguma delas? Algum problema no processo de revelação ou reflexos anormais?

— Como assim?

— Marcas esbranquiçadas, manchas brilhantes, luz refletida.

— Não, parecem normais... espere, espere, numa delas há uma manchinha branca.

— Onde?

— Na borda superior da foto.

— Não, quero dizer *onde* no corpo de Fanny.

— Na parte de trás da cabeça.

— Há outras imagens da parte de trás da cabeça dela?

— Não.

O rosário pendurado no espelho retrovisor balança quando o táxi passa por uma lombada.

— O que diz o relatório? — Joona pergunta.

— Não muito.

— Leia para mim.

O táxi encosta no meio-fio e estaciona junto ao muro de pedra áspera na rua Polhems. Joona desce e dá um passo ao lado para dar passagem a uma família com um carrinho abarrotado de flamingos infláveis, pistolas d'água e guarda-chuvas.

Ele atravessa a rua e segue pelas portas de vidro do prédio da Autoridade de Polícia Nacional enquanto ouve Fredrika ler as escassas anotações sobre a morte da jovem.

Fanny Hoeg se envolveu com a Igreja da cientologia, e, quando fugiu de casa, seus pais estavam convencidos de que ela simplesmente se juntara à seita. A polícia não conseguiu localizá-la e, seis meses depois, no dia de seu aniversário de dezoito anos, encerrou as buscas.

Quando ela finalmente reapareceu, seus pais tinham saído em uma viagem de férias. A essa altura, ela já estava desaparecida havia mais de um ano.

Talvez precisasse de ajuda para se afastar da Igreja e, sem os pais, tenha se sentido sozinha e desamparada.

A teoria das autoridades responsáveis pelo caso era que Fanny havia ido ao centro esportivo como último recurso, na esperança de falar com sua antiga treinadora do time de futebol, e, sem conseguir encontrá-la, enforcou-se. Tanto os peritos forenses da cena do crime quanto o patologista consideraram que fora suicídio, e a polícia encerrou de vez a investigação.

Joona pergunta o nome do patologista, depois agradece a Fredrika pela ajuda.

Ao chegar aos elevadores, ele se detém e, em busca de esteio, se encosta numa parede enquanto um calafrio percorre seu corpo.

As grandes portas de vidro na entrada se abrem e se fecham repetidamente.

Conversando alto, um grupo de pessoas se dirige às pressas para o pátio interno.

Joona as escuta como se estivesse em um sonho e se recompõe; por fim, aperta o botão do elevador, limpa a boca e passa a mão pelo cabelo.

Fredrika confirmou que não havia reflexos do clarão em nenhuma das outras trinta fotografias. Apenas na da parte de trás da cabeça de Fanny.

O insight de Joona durante sua viagem de ópio provavelmente estava certo. A garota tinha sido marcada a frio.

Em seguida, executada por enforcamento.

Poderia ser o mesmo assassino, com o mesmo modus operandi.

Joona entra no elevador e liga para o patologista que examinou o corpo de Fanny Hoeg catorze anos atrás. Na época, ele trabalhava no laboratório de patologia que agora faz parte do Departamento de Medicina Laboratorial do Hospital Universitário de Örebro.

No momento em que as portas se abrem e Joona começa a atravessar o corredor, um homem com voz rouca atende.

— Kurtz.

Joona faz uma pausa, sentindo o resto do efeito do ópio atingi-lo enquanto explica o motivo do telefonema.

— Claro, me lembro dela — o patologista diz. — Estava na mesma classe que minha filha.

— E tinha uma mecha de cabelo branco.

— Isso mesmo — o homem responde, surpreso.

— Mas você não raspou a cabeça dela? — Joona continua.

— Eu não tinha motivos para isso; não havia dúvidas sobre o que aconteceu, e eu estava pensando na família dela, que...

Ele se cala, arfando.

— Apenas presumi que ela tinha descolorido uma parte do cabelo — o médico admite.

— Você estava errado sobre quase tudo.

Ao passar por sua sala, Joona pensa no fato de que o assassino manteve as duas jovens como prisioneiras antes de matá-las. Isso significa que é inteiramente possível que esteja planejando sequestrar outra, ou que já mantenha em cativeiro uma terceira refém.

Ele chega à sala de Margot Silverman, bate e entra.

— Margot — ele diz quando seu olhar encontra o dela —, você sabe que tenho dificuldade em desistir das coisas e que posso ser um pouco obsessivo quando se trata de concluir os casos por conta própria. Mas talvez tenha encontrado uma conexão entre um caso antigo e o assassinato de Jenny Lind, e gostaria de pedir sua permissão para solicitar informações a respeito.

— Joona — ela suspira e o encara com os olhos injetados.

— Eu sei que a promotora assumiu a investigação preliminar — Joona diz.

— Leia este e-mail — Margot diz, virando a tela do computador para ele.

Joona avança e lê uma mensagem enviada pelo remetente rymond933 e encaminhada por Aron para Margot.

Eu li que vocês pegaram o filho da puta que a imprensa estava chamando de "o Carrasco". Se querem saber o que acho, ele deveria ser deportado e condenado à prisão perpétua.
O fato é que eu dirijo um táxi e estava no McDonald's na rua Svea naquela noite, e gravei pela janela uns corvos que estavam fazendo algo engraçado. Mas quando assisti ao vídeo, percebi que o filho da puta está visível ao fundo, então pensei em compartilhar a filmagem e deixar a porra dos advogados dele tentarem salvá-lo agora.

Joona pega o mouse e clica no vídeo anexado. Através dos reflexos brilhantes da lanchonete, ele consegue distinguir o lago vazio, a parede e a ponta do prédio da universidade.
Do lado de fora, na calçada, há alguns corvos reunidos em torno de uma caixa de pizza fechada.
Ao longe, além dos pássaros pretos e do lago, Martin aparece. Completamente imóvel, segura numa das mãos o guarda-chuva e, na outra, a correia do cachorro.
Deste ângulo o parquinho não aparece. Martin solta a correia e dá um passo à frente.
Isso significa que são 3h18.
Apenas dois minutos depois, Jenny Lind estará pendurada pelo pescoço no trepa-trepa. Martin entra no ponto cego da filmagem das câmeras de vigilância e continua em frente, pela grama molhada.
A filmagem fornece os poucos momentos que estavam faltando.
Enfim a polícia poderá ver se Martin contornou a casinha de brinquedo até a parte oculta onde fica o trepa-trepa. Ele ainda teria tempo de chegar ao guincho e começar a girar a manivela.
Martin se detém ao lado da casinha e olha fixo para o trepa-trepa. Dá mais alguns passos à frente e depois para, ainda segurando o guarda-chuva sobre a cabeça.
Um clarão branco ilumina as árvores.
A água que cai do guarda-chuva escorre por suas costas.
A câmera treme.

Trabalhando juntos, os corvos conseguem abrir a tampa da caixa de pizza.

Martin se mantém completamente imóvel durante um bocado de tempo antes de se virar e caminhar de volta na direção da Pressbyrån.

Tudo o que ele fez foi assistir. Nunca chegou nem perto de Jenny.

Quando Martin sai do enquadramento são 3h25 e Jenny Lind já está morta há cinco minutos.

Arrastando a correia pelo chão, o cachorro segue Martin enquanto ele desaparece da cena e volta para a estação de metrô.

A câmera continua filmando, parada por um momento, depois faz uma panorâmica seguindo um dos corvos que voa com um pedaço de pizza e o vídeo se encerra abruptamente.

— Você quer assumir o caso, Joona? — Margot pergunta com voz rouca.

— Eu tinha razão.

— Sobre qual parte?

— Não estamos diante de um assassinato isolado.

31

Pamela busca na despensa uma garrafa de vodca e retira o invólucro de plástico ao redor da tampa. Pega um copo e se senta à mesa da cozinha.

Sabe que não deveria estar fazendo isso. Deveria parar de beber durante os dias da semana, mas mesmo assim enche o copo até a borda.

Ela observa o líquido transparente e a sombra sarapintada que se projeta sobre a mesa. *É o último copo*, ela diz a si mesma quando o celular começa a tocar.

O nome Dennis Kratz pisca na tela.

Uma onda de ansiedade percorre Pamela. Ela estava inacreditavelmente bêbada quando o convidou ontem. Fragmentos de memória da noite anterior e desta manhã gotejam em sua cabeça.

Ela traiu Martin com Dennis.

Deitada na cama, Pamela fitou a arandela no teto enquanto o quarto girava feito uma jangada num turbilhão. Por fim cochilou, mas então acordou de súbito com uma profunda sensação de perigo.

O quarto estava quase escuro como breu.

Nua sob os lençóis, ela tentava se lembrar do que tinha feito.

Imóvel, ouviu o gemido da velha saída de ar do closet.

As cortinas estavam fechadas, mas a luz cinzenta do lado de fora entrava pelas frestas. Pamela piscou, tentando focar a vista, e pensou ter visto a marca da mão de uma criança na janela.

As tábuas do assoalho rangeram atrás dela.

Ela virou a cabeça e viu uma figura alta no meio do cômodo, segurando seu sutiã.

Levou alguns segundos para perceber que era Dennis, e imediatamente se lembrou do que havia acontecido.

— Dennis? — sussurrou.

— Tomei uma chuveirada — ele disse, pendurando o sutiã nas costas da cadeira.

Pamela sentou na cama e sentiu uma viscosidade entre as pernas. Viu Dennis pegar seu vestido no chão e virá-lo do lado certo.

— É melhor você ir — ela disse.

— Tá bem.

— Eu preciso dormir — explicou.

Enquanto se vestia, Dennis tentou falar que não queria que ela ficasse decepcionada com ele nem que se arrependesse de nada.

— Quero dizer, para mim era algo perfeitamente lógico — ele disse enquanto abotoava a camisa. — Porque acho que sempre fui apaixonado por você, mesmo que nem sempre tenha admitido isso pra mim mesmo.

— Eu sinto muito, mas não posso ter esta conversa agora — ela falou, a boca seca. — Não acredito que fizemos isso. Não se encaixa na minha autoimagem.

— Você nem sempre tem que ser a pessoa mais forte do mundo, sabia? Você realmente precisa aceitar isso.

— Se eu não for, quem mais vai ser?

Assim que ele foi embora, Pamela fez força para se levantar e trancar a porta, depois tirou as lentes de contato e voltou para a cama.

Dormiu um sono profundo, sem sonhos, até que o alarme disparou. Ela tomou banho, guardou as taças de vinho, arrumou o quarto e trocou os lençóis. Pôs as roupas do dia anterior no cesto de roupa suja, passeou com o cachorro e correu para o escritório.

O dia de trabalho foi agitado. Depois de uma reunião em um canteiro de obras na rua Narvavägen, ela foi até o telhado fazer alguns esboços e, em seguida, entrou no elevador temporário da construção. Rangendo e sacolejando, a apertada gaiola de metal a carregou de volta ao rés do chão.

Quando Pamela tirou o capacete, seus pensamentos imediatamente se voltaram para sua traição, para o fato de que teria que contar tudo a Martin.

Agora ela está sentada à mesa da cozinha com um copo de vodca à sua frente, o celular tocando na mão.

— Pamela — atende.

— Acabei de falar com a polícia. A promotora retirou as acusações contra Martin e determinou sua soltura — Dennis conta.

— Agora?

— Não demora muito depois que tomam a decisão. O mais provável é que ele esteja fora da cadeia dentro de uns vinte minutos.

— Obrigada.

— Como você está?

— Eu estou bem... mas não tenho tempo para conversar agora. Melhor eu ir buscar o Martin.

Desligam; Pamela pega seu copo, imaginando se deveria tentar colocar a vodca de volta na garrafa. Decide que está muito estressada e, em vez disso, despeja a bebida pelo ralo da pia. Depois vai às pressas para o corredor, agarra a bolsa e as chaves, tranca a porta e pula para dentro do elevador.

Pelas grades da porta pantográfica, vê o chão subir e desaparecer enquanto o elevador desce rangendo. As luzes da escada estão apagadas, mas consegue vislumbrar um carrinho de bebê do lado de fora de uma das portas do quarto andar.

Ela quer chegar à prisão antes que Martin seja libertado.

Pamela se vira para o espelho na parede a fim de conferir sua maquiagem e pega na bolsa o pó compacto ao passar pelo terceiro andar.

Nesse momento, uma luz intensa preenche por inteiro a cabine, e ela ouve o zumbido de um obturador de câmera fotográfica.

Gira o corpo depressa, mas só tem tempo de ver um par de botas pretas enquanto o elevador continua a descer.

Seu coração está acelerado e ela não entende a própria reação. O estresse deve estar fazendo tudo parecer ameaçador. Devia ser apenas um corretor de imóveis tirando fotos do prédio.

Quando chega ao térreo, empurra a porta de ferro do elevador e sai. Corre até a garagem e entra no carro, vai até a rampa de saída e aperta o botão para abrir o portão eletrônico.

— Vamos, vamos... — ela sussurra enquanto o portão da garagem se dobra devagar para o lado.

Ela sobe a rampa cantando os pneus, vira o volante na calçada e sai na rua Karlavägen antes de ganhar velocidade.

Sua mente está em ebulição.

A polícia está retirando as acusações e devolvendo a liberdade a Martin. Ela poderá recorrer da decisão do Serviço Social, ligar para Mia e avisá-la de que tudo vai dar certo.

O semáforo muda para amarelo e Pamela acelera em vez de diminuir a velocidade. Irritada, uma mulher de burca ergue os braços na faixa de pedestres e alguém aperta a buzina.

Ela pega a rua Karlbergsvägen e acaba de entrar na rua Dala quando um policial numa motocicleta aparece ao lado dela e faz sinal para que encoste.

Pamela para no meio-fio e observa o policial descer da moto, tirar o capacete e caminhar em sua direção.

Abaixa o vidro da janela quando ele se aproxima. Ele parece gentil, com olhos despreocupados e o rosto bronzeado.

— A senhora estava indo um pouco rápido demais ali atrás, sabia? — pergunta.

— Mil desculpas, eu só estou muito estressada.

— Posso ver sua carteira de habilitação?

Ela vasculha a bolsa e joga as chaves e o estojo dos óculos no banco do passageiro. Encontra a carteira, consegue abri-la, mas, de tão instáveis, suas mãos não são capazes de tirar a habilitação do compartimento. Primeiro precisa retirar vários cartões antes de o documento finalmente sair.

— Obrigado — o policial diz, comparando a fotografia do documento com seu rosto. — A senhora estava a setenta e quatro quilômetros por hora na frente de uma escola.

— Meu Deus... eu nem vi, devo ter furado o semáforo.

— Bem, vou ter que apreender sua habilitação de qualquer maneira.

— Ok, eu entendo — ela diz, e percebe que suas costas estão suando. — Mas estou com muita pressa. Eu não poderia ficar com ela por enquanto? Só por hoje?

— Acho que a senhora pode contar com pelo menos uns quatro meses sem a habilitação.

Ela o encara, tentando processar suas palavras.
— Mas... eu tenho que deixar o carro aqui?
— Onde a senhora mora?
— Na rua Karlavägen.
— E tem uma vaga lá?
— Uma garagem.
— Então vou acompanhar a senhora de volta.

32

Martin está encolhido no chão ao lado do beliche, os braços em volta dos joelhos. Veste o uniforme verde da prisão, embora os chinelos estejam debaixo da pia. Ele passou a noite em claro e seus olhos ardem de cansaço. Os lençóis e a toalha, embrulhados em plástico, estão intocados ao lado de uma sacola com sabonete e uma escova de dentes.

Antes de a prisão ser construída na década de 1970, esse local era o Lar para Crianças Pobres da Princesa Luísa da Suécia, o que significava que durante a noite passada os dois meninos mortos se juntaram a grupos de outras crianças. Trovejaram pelos corredores, batendo em todas as portas, antes de se reunirem em frente à cela de Martin, cuja porta esmurraram e puxaram; por fim, se deitaram do lado de fora e o espreitaram pela abertura embaixo da porta. Não conseguiram entrar, mas continuaram a encarar Martin, que se virou para a parede e manteve os ouvidos tapados até o amanhecer.

Agora ele ouve passos pesados se aproximando, seguidos pelo lento tilintar de chaves. Espreme os olhos com força quando um dos carcereiros abre a porta.

— Oi, Martin. — Um homem com sotaque finlandês aparece.

Martin não se atreve a erguer os olhos, mas nota a sombra do homem atravessar o chão da cela enquanto ele se posiciona à sua frente.

— Meu nome é Joona Linna. Nos conhecemos brevemente, na sala de interrogatório. Estou aqui para lhe dizer que a promotora não vai levar o caso adiante; ela retirou as acusações e você será solto imediatamente. Quero me desculpar por tudo que aconteceu. Mas antes de ir gostaria de perguntar se você estaria disposto a nos ajudar a encontrar a pessoa que matou Jenny Lind.

— Se eu puder — Martin murmura, olhando para os sapatos do homem e a bainha de sua calça preta.

— Sei que você não gosta muito de falar, mas da última vez que nos encontramos você estava prestes a me contar alguma coisa. Meu colega nos interrompeu, mas você ia descrever Jenny Lind quando ela estava na chuva.
— Não consigo me lembrar — Martin sussurra.
— Podemos fazer isso um pouco mais tarde.
— Ok.
O corpo de Martin parece rígido quando ele se levanta do chão.
— Quer que eu entre em contato com alguém para avisar que você está sendo liberado?
— Não, obrigado.
Ele não ousa pronunciar o nome de Pamela porque a porta do corredor está entreaberta. Se disser seu nome, os meninos mortos vão querer usá-lo. Ficarão zangados se não puderem ter esse nome escrito em suas lápides.
O policial com sotaque finlandês leva Martin até um guarda, que o conduz até o balcão de registros onde ele recebe uma sacola com seus pertences: roupas, sapatos e carteira.
Cinco minutos depois, Martin sai na rua Bergs. O portão se fecha com um zumbido. Ele começa a descer a rua, ao longo da fileira de carros estacionados que cintilam à luz do sol.
Ouve os latidos de um cachorro ao longe.
Um menino de rosto cinzento está parado ao lado de uma grade de ventilação, encarando-o. A água pinga de seu cabelo em sua jaqueta cinza, e os joelhos de sua calça jeans imunda estão rasgados.
Os dedos de uma das mãos estão esticados, tensos.
Martin se vira e começa a caminhar na direção oposta. Ouve passos rápidos atrás, o som de alguém que se aproxima, e sente a mão segurando suas roupas. Ele tenta se desvencilhar, mas a pessoa atrás dele lhe acerta um violento murro no rosto. Martin tropeça para o lado e perde o equilíbrio; ao tentar amortecer a queda, esfola a mão.
Ouve um rugido, idêntico ao som de quando caiu dentro da água.
Ele se lembra de que o frio repentino sob o gelo foi como ser nocauteado. Ao tentar se levantar, um homem de olhos arregalados e boca franzida acerta outro soco. O punho cerrado o atinge logo acima do nariz.

Martin levanta as mãos para tentar se proteger ao mesmo tempo que luta para se levantar. Um dos olhos já não consegue enxergar nada, e ele sente o sangue escorrer pelos lábios.

— Mas que merda você fez com ela durante cinco anos? — o homem grita. — Cinco anos! Eu vou te matar, ouviu? Eu vou...

O homem está arquejando; ele agarra o casaco de Martin e os dois vão aos tropeções para o meio da rua.

— Responda!

É o pai de Jenny Lind.

Martin o reconhece da TV, da ocasião em que o viu com a esposa implorando ao sequestrador para libertar a filha.

— Foi um mal-entendido, eu não...

Mas o homem o acerta em cheio novamente, desta vez logo acima da boca, e Martin cambaleia para trás e cai por cima de uma bicicleta presa a um poste. Ele ouve a campainha da bicicleta tocar.

Dois policiais chegam correndo pelo gramado da piscina pública próxima.

— Ele levou minha filha, ele matou minha filha! — o homem grita, pegando no chão um ladrilho solto da calçada.

Martin enxuga o sangue do rosto e vê o menino menor parado na faixa de grama amarela, filmando-o com o celular.

A luz do sol se reflete no espelho retrovisor de um dos carros estacionados, ofuscando Martin. Ele desvia o olhar, pensando na luz filtrada atravessando o gelo.

Os policiais gritam para que o homem largue a pedra do calçamento e se acalme. Ele respira com dificuldade e olha para o ladrilho como se não tivesse ideia de onde veio antes de deixá-lo cair na calçada.

Um dos policiais chama Martin de lado, pergunta se ele está bem e verifica se precisa de atendimento médico. O outro verifica os documentos do homem e explica que ele será indiciado por agressão.

— É só um mal-entendido — Martin murmura e sai correndo.

33

Durante o dia inteiro elas ouviram barulho de uma pá cavando, as pancadas do cascalho sendo despejado no carrinho de mão. Caesar acabou de decidir que precisam construir um bunker para se refugiar quando o fim chegar. Ele parece muito mais tenso do que de costume. No dia anterior, empurrou a Vovó por achar que ela estava lenta demais.

Apesar do calor na jaula, Kim estremece quando Blenda começa a pentear o cabelo da outra garota com os dedos. Ela não gosta de ter ninguém atrás de si, então tenta se concentrar na réstia de luz sob a porta.

Na passagem entre as jaulas, há moscas zumbindo em volta do balde com pedaços de pão e peixe seco que a Vovó trouxe na véspera e deixou lá. As garotas ainda não comeram.

— Deixe-me ver seu rosto — Blenda pede.

Ambas estão com sede, mas mesmo assim Blenda pega a garrafa de plástico e sacode as últimas gotas na mão aberta em concha para lavar o rosto de Kim.

— Quem diria? No fim das contas, tem uma garota escondida debaixo de tanta sujeira — ela diz, sorrindo.

— Obrigada — Kim sussurra, lambendo a água dos lábios.

Kim é de Malmö e joga handebol. Seu time estava a caminho de uma partida em Solna quando o ônibus parou para o almoço num posto em Brahehus. Havia uma longa fila para os banheiros, e Kim não conseguiu aguentar.

Pegou um guardanapo de papel e entrou na floresta. Por toda parte havia maços de lenços de papel usados, então se embrenhou mais adiante por entre as árvores até não conseguir mais ver nenhum dos prédios ou carros.

Ela ainda se lembra da clareira onde parou, da luz quente do sol sobre os arbustos de mirtilo e o musgo, das teias de aranha cintilantes e dos pinheiros escuros.

Abaixou a calça e a calcinha até os calcanhares e se acocorou, com os pés bem afastados.

Usando uma das mãos, segurou as roupas longe das minúsculas gotas que espirravam do chão.

Em algum lugar próximo, um galho partido crepitou.

Ela percebeu que havia alguém por perto, mas não tinha escolha a não ser terminar de fazer xixi.

Os passos atrás dela chegaram mais perto, pinhas e gravetos estalando sob os pés, galhos roçando as pernas de uma calça.

Tudo aconteceu muito depressa.

De súbito ele estava bem ao lado dela, pôs um pano sobre sua boca e puxou-a de costas para o chão. Ela tentou escapar e sentiu a urina quente escorrer por suas coxas antes de perder a consciência.

Isso foi há dois anos.

Ela passou os primeiros seis meses sozinha no porão, mas acabou sendo autorizada a subir para a casa. Se lembra do momento em que a Vovó lhe contou que a polícia encerrou as buscas para encontrá-la. Kim dividia um quarto com Blenda, que está aqui há muito mais tempo. Blenda usa uma pulseira de ouro e aprendeu a dirigir o caminhão. O quarto das duas ficava no andar de cima e elas cuidavam de toda a limpeza e lavagem das roupas, mas não tinham contato com as outras mulheres da casa.

No pátio, o carrinho de mão range e eles ouvem os berros da Vovó avisando Amanda: se ela não trabalhar, não vai receber comida.

— Você conhece as outras? — Kim pergunta em voz baixa.

— Não — Blenda responde. — Mas ouvi dizer que essa Amanda fugiu de casa porque estava entediada e queria conhecer o mundo. Ia viajar pela Europa e ser vocalista de uma banda.

— E Yacine?

— Ela é do Senegal e... não sei muito mais. Ela diz palavrões em francês.

Desde que Jenny Lind tentou escapar, tudo mudou. Todas elas viram as polaroides da derradeira luta de Jenny para sobreviver e do cadáver dela. Agora todas as meninas perderam seus privilégios e não podem mais dormir na casa.

Agora vivem em jaulas apertadas, como animais.

Blenda está começando a trançar o cabelo de Kim quando a barra transversal da porta é levantada e Caesar entra no barracão.

Elas piscam com a claridade da luz do dia e veem o facão balançando na coxa dele. A lâmina cega parece pesada.

— Kim — ele chama, parando na frente da jaula.

Ela abaixa os olhos, como a Vovó lhes ensinou a fazer, e percebe que sua respiração está acelerada.

— Tudo certo? — ele pergunta.

— Sim, obrigada.

— O que você acha de jantar comigo?

— Seria muito legal.

— Podemos tomar um aperitivo agora, se você quiser — ele diz, destrancando a jaula.

Kim engatinha e salta para o chão, sacudindo a palha e a sujeira da calça de moletom antes de segui-lo para o pátio ensolarado.

O súbito fluxo de sangue nas pernas faz os dedos dos pés formigarem.

O carrinho de mão tombou, espalhando o cascalho, e Yacine está caída no chão. Sem dizer uma palavra, a Vovó bate nela com a bengala. Amanda corre e endireita o carrinho de mão, pega uma das pás e começa a jogar o cascalho de volta no carrinho.

— O que é isso? — Caesar pergunta, apontando com o facão.

— Apenas um acidente — Amanda responde.

— Um acidente? Por que houve um acidente? — ele quer saber.

A Vovó para de dar bengaladas em Yacine e recua alguns passos, respirando pela boca aberta. A garota continua caída no chão ao lado do carrinho, olhando fixo para a frente.

— Está quente e precisamos de água — Amanda responde.

— Você derrubou o cascalho só para conseguir água? — Caesar pergunta.

— Não, é que...

Com dedos trêmulos, Amanda começa a fechar os botões de sua blusa encharcada de suor.

— No minuto em que eu viro as costas, vocês agem como se as regras não se aplicassem mais — ele continua. — O que deu em vocês? O que fariam sem mim? Vocês vão se cuidar? Arranjar sua comida e comprar as próprias roupas?

— Desculpe, é que só precisamos de água.

— Então você acha que o Senhor não sabe do que vocês precisam? — ele indaga, levantando a voz.

— Claro que Ele...

— Primeiro a pessoa decide que está infeliz — ele a interrompe. — E uma vez que se sente infeliz, começa a pensar em fugir.

— Ela não fez por mal — a Vovó intervém. — Ela é...

— Vocês são as únicas responsáveis por me obrigarem a recorrer a punições mais duras — ele vocifera. — Eu não quero que seja assim, não quero ter que trancar nenhuma de vocês.

— Eu nunca fugiria — Amanda jura.

— Você é um cachorro? — ele pergunta, lambendo os lábios.

— O quê?

— Os cachorros não fogem, não é? — ele continua, observando-a atentamente. — Se você é um cachorro, não deveria ficar na posição de um?

Com uma expressão vazia no rosto, Amanda pousa a pá dentro do carrinho de mão e fica de quatro na frente dele.

A blusa se soltou de dentro da saia e o suor na parte inferior das costas reluz ao sol.

— A Fanny tentou fugir, a Jenny tentou fugir; mais alguém quer tentar fugir? — Caesar pergunta.

Ele agarra o cabelo de Amanda, puxa a cabeça dela para trás e desce o facão no pescoço. O som do golpe seco é o de um machado atingindo um cepo. Amanda cai para a frente, de cara no chão. Seu corpo se contrai por um ou dois segundos, depois para de se mexer.

— Eu cuido dela — a Vovó sussurra, levando a mão ao colar.

— Cuidar dela? Ela não merece um enterro, vai apodrecer na beira da estrada — ele diz, se vira e caminha na direção da casa.

Kim ainda está parada no pátio, tremendo perto do cadáver de Amanda. Vê Caesar esticar um comprido cabo de extensão pelo pátio e o conectar a uma esmerilhadeira angular.

A hora seguinte se passa no que parece uma névoa. Caesar retalha o corpo de Amanda enquanto Kim e Yacine embalam os pedaços em sacos plásticos. Elas amarram as pontas e os carregam para a carroceria do caminhão-baú.

Caesar joga dentro do último saco uma garrafa de água, algumas joias e uma bolsa, junto com a cabeça e o braço direito, e diz à Vovó para descartar tudo em algum lugar distante dali.

34

Mia Andersson está sentada diante da assistente social numa das salas do térreo.
A caneca de café em suas mãos esfriou.
Uma sensação de solidão parece segui-la a cada passo que dá.
Quando era mais nova, nunca teve ninguém que cuidasse dela; cabia a si mesma manter-se limpa e arranjar o que comer. Aos sete anos de idade, encontrou os pais mortos no banheiro, vítimas de uma overdose de fentanil. Duas semanas depois foi acolhida pelo Serviço Social e encaminhada para uma família em Sandviken, mas logo brigou com outra criança.
Tal qual a mãe, Mia é loira, mas pintou o cabelo de cor-de-rosa e azul. Ela preenche as sobrancelhas e usa muito delineador e rímel. Seu rosto é doce, mas seus dentes tortos a fazem parecer mais dura quando sorri. Ela usa calça jeans preta, botas e suéteres largos.
Mia acabou por constatar que as pessoas não são boas; apenas usam umas às outras. Não existe amor verdadeiro, compaixão genuína — tudo é só um discurso de vendas interesseiro e superficial.
Desde a morte dos pais, sua vida tem sido uma estratégia "salutogênica", orientada para a solução, e derivada de métodos baseados em evidências — como diz o folheto.
Ela odeia esse sistema.
Há certos meninos e meninas que ninguém quer, e tudo bem. As poucas pessoas que desejam essas crianças são, óbvio, totalmente inadequadas.
Mia não atendeu quando Pamela ligou hoje cedo, e quando ela tentou outra vez, cinco minutos depois, bloqueou o número.
— Mia, o que se passa na sua cabeça?
— Nada.

A assistente social é uma mulher de cinquenta anos, cabelo grisalho curto e óculos pendurados numa corrente de ouro entre seios enormes.

— Sei que você está chateada porque o Conselho negou o pedido de Pamela e Martin.

— Tanto faz.

A única vez que Mia sentiu que tinha uma família foi quando estava com Micke. Mas depois que ele foi para a cadeia, não conseguia acreditar que tinha mesmo se apaixonado por ele. Ele só era legal por causa do dinheiro que ela conseguia com roubos e venda de drogas.

— Você foi encaminhada para duas famílias desde que chegou aqui.

— E ambas deram errado — Mia responde.

— E por que não deram certo?

— Você teria que perguntar a elas.

— Estou perguntando a você.

— As pessoas esperam que eu seja doce e gentil o tempo todo, mas eu não sou. Às vezes fico frustrada; por exemplo, quando tentam tomar decisões em meu nome sem entender porra nenhuma a meu respeito.

— Vamos fazer uma avaliação psiquiátrica complementar.

— Eu não sou louca, não mesmo. Acontece que não fui alocada em uma família onde eu me encaixasse... do jeito que eu sou.

— Bem, você tem um lugar aqui — a assistente social declara, sem sorrir.

Mia coça a testa. Os funcionários do abrigo afirmam se importar com ela, mas não são sua família nem querem ser; têm seus próprios filhos com que se preocupar, e para eles isso não passa de um trabalho, uma forma de ganhar a vida. Não há nada de errado com isso, mas, no fim das contas, seus problemas são apenas a fonte de renda dos funcionários da instituição.

— Quero viver numa casa de verdade — Mia fala.

A assistente social dá uma olhada em suas anotações.

— Você já está na lista de espera e sem dúvida acho que seu nome deve continuar nela, mas, para ser totalmente honesta, você já tem quase dezoito anos, então suas chances não são muito grandes.

— Tá legal, eu entendo, as coisas são o que são — Mia diz, engolindo em seco.

Ela se levanta, agradece à assistente social e aperta sua mão. Depois sai da sala, caminha pelo corredor e se senta na escada.

Mia não tem energia para subir até o quarto. Lovisa está tendo um de seus surtos de fúria.

Se distrai deslizando a tela de celular para ver memes quando aparece uma notificação: Aron Beck, o detetive-chefe da investigação sobre o assassinato de Jenny Lind, afirma que a promotora cometeu um erro quando solicitou que Martin Nordström fosse mantido sob custódia. Nordström já foi inocentado das acusações e é considerado a testemunha-chave na investigação em andamento.

Mia desce as escadas e sai pela porta da frente. O ar do lado de fora está quente, e a grama, os lilases pendentes e os ruibarbos exalam vapor.

Passa pelos dois carros estacionados e se apressa pela entrada de automóveis, pega o atalho à esquerda no meio do mato alto e sai na rua Varvs.

Olha para trás por cima do ombro.

Um homem mais velho com cabelo comprido e grisalho está parado no meio-fio, tirando fotos das abelhas que voam ao redor dos tremoceiros altos.

Mia caminha ao longo da borda do arvoredo, olhando de relance por entre os troncos. Ainda sente que está sendo observada.

A rua a leva ao redor de um pequeno bosque e a uma área industrial repleta de atacadistas de materiais de construção e oficinas mecânicas.

Ela passa pelas velhas torres de gás. O ar quente vibra sobre as cúpulas.

Ouve um carro se aproximar.

O cascalho esmagado sob os pneus range com o movimento do veículo em direção a ela.

Mia se vira para trás, usando a mão para bloquear a luz do sol, e vê que é um táxi. O carro para a uns vinte metros de distância.

Mia começa a correr ao longo da cerca e ouve o carro acelerar para segui-la até parar a seu lado.

Pensa que pode pular a cerca e correr até o cais. Mas então a janela traseira do carro se abre e ela vê o rosto de Pamela.

— Oi, Mia. Preciso falar com você.
A garota entra e senta no banco de trás ao lado de Pamela.
— Vi que soltaram o Martin — ela diz.
— Já saiu na imprensa? O que disseram?
— Que ele não fez nada... mas que é tipo uma testemunha importante.
— Isso eu poderia ter dito a eles desde o início — Pamela suspira.
O rosto dela é bonito, mas tem olhos muito tristes. Uma rede de linhas finas se estende pela testa.
— Eu tentei te ligar algumas vezes.
— Tentou? — Mia finge surpresa.
O carro começa a andar e Mia olha pela janela, sorrindo para si mesma ao deduzir que Pamela veio de táxi lá de Estocolmo só porque ela não atendeu ao celular.
— Falei com um advogado e vamos recorrer da decisão do Conselho de Bem-Estar Social.
— Será que vai dar certo? — Mia pergunta, observando Pamela de lado.
— Não sei o que vão dizer sobre o Martin... ele é uma pessoa extremamente sensível e tem questões de saúde mental. Já mencionei isso, não?
— Sim.
— Meu medo é que ter ficado trancado numa cela possa tê-lo afetado — Pamela explica.
— E o que ele diz?
Enquanto o carro passa devagar pela cidade de Gävle, Pamela conta que Martin foi agredido pelo pai de Jenny Lind na porta do presídio. Ela o procurou pelas ruas até as duas da manhã, ligando para todos os hospitais para saber se ele havia sido internado. No dia seguinte, bem cedo, ele foi encontrado dormindo em um pequeno barco em Kungsholms Strand. Quando a polícia o recolheu, ele estava confuso e não sabia dizer o que fazia ali.
— Fui até a ala psiquiátrica de emergência, mas... o Martin não queria falar. Ele não disse quase nada e parecia com muito medo de voltar para casa comigo.
— Meu Deus, coitado... — Mia diz.

— Acho que ele vai precisar de alguns dias para se recompor e perceber que tudo isso foi apenas um erro.

O táxi circunda a praça principal, onde três garotinhas correm pelos ladrilhos de pedra, perseguindo bolhas de sabão.

— Aonde estamos indo? — Mia pergunta, espiando pela janela.

— Eu realmente não sei. O que você quer fazer? — Pamela sorri.

— Está com fome?

— Não.

— Quer ir a Furuvik?

— Furuvik? O parque de diversões? Você sabe que tenho quase dezoito anos, não sabe?

— E eu tenho quarenta e um e adoro montanha-russa.

— Eu também — Mia admite com um sorriso.

35

São nove da noite quando Pamela sai do táxi na rua Karlavägen. Entra no prédio e pega o elevador até o quinto andar.

Seu rosto ganhou um pouco de cor com o sol e seu cabelo está bagunçado. Ela e Mia andaram na montanha-russa mais de dez vezes e comeram pipoca, algodão-doce e pizza.

Pamela abre a porta de segurança, pega a correspondência do chão e tranca tudo antes de pendurar a chave no gancho. Enquanto desamarra os sapatos, pensa em tomar uma chuveirada e se deitar na cama para ler.

Folheia a correspondência e sente um calafrio repentino. Entre os envelopes, encontra uma polaroide de Mia.

O cabelo azul da garota está preso atrás da orelha e ela parece feliz. Ao fundo, Pamela consegue distinguir a entrada da casa mal-assombrada do parque de diversões.

A foto deve ter sido tirada apenas algumas horas atrás.

Pamela vira a imagem e nota que no verso há alguma coisa escrita com uma caligrafia minúscula, uma letra tão pequena que mal consegue ler.

Leva a polaroide até a cozinha, coloca sobre a mesa e acende uma luz mais forte. Põe os óculos e se debruça sobre o texto:

ela será punida se ele falar

Com o coração querendo sair pela boca, ela tenta processar o significado daquilo. Não há dúvida de que se trata de uma ameaça, alguém tentando assustá-la e a Martin.

Nessa noite, todos os sites de notícias estão repletos de manchetes e artigos escritos às pressas sobre como seu marido agora é considerado a principal testemunha da polícia.

Alguém quer assustá-la, forçá-la a impedir que Martin preste depoimento. Só pode ser o assassino.

Ele os está observando. Sabe onde moram e também a respeito de Mia.

Esse pensamento faz Pamela ter náuseas de pânico.

Ela pega o telefone para ligar para a polícia e explicar o que aconteceu, pedir que protejam Mia, mas imediatamente se dá conta de que isso não vai acontecer. Eles vão tomar o depoimento dela e explicar que o que aconteceu não é o bastante para justificar proteção policial.

De certa forma, Pamela compreende: é apenas uma fotografia e uma ameaça vaga e genérica. Não há nomes nem detalhes.

Mas significa que a pessoa que matou Jenny Lind tem medo do que Martin pode dizer. E Mia será punida se ele revelar o que viu.

Pamela desliga o telefone e examina novamente a foto.

Mia parece tão feliz, a fileira de argolas em sua orelha cintilando na luz do sol.

Pamela vira a fotografia e passa o dedo pelas letras, observando-as desaparecer da superfície brilhante.

A ponta de seu dedo está azul. As palavras sumiram.

Ela se levanta e, com as mãos trêmulas, abre o armário e pega a garrafa de vodca. Olha para a garrafa por um momento e depois despeja o conteúdo na pia, abrindo a torneira até que o cheiro desapareça. Volta para a mesa a fim de ligar para Mia e pedir que ela tenha cuidado.

36

Joona leva pouco mais de uma hora para chegar de carro ao porto de Kapellskär e pegar um táxi aquático até a área militar restrita na costa nordeste da ilha de Idö.

Plano como a superfície de um espelho, o mar de Åland é deslumbrante. Gaivotas alçam voo do cais de concreto quando o barco atraca.

Joona caminha até uma construção modernista de madeira e aperta a campainha. Mostra à recepcionista sua identificação policial e se senta na fria sala de espera.

O complexo é um retiro exclusivo para políticos de primeiro escalão, militares de alta patente e chefes de órgãos governamentais que necessitam de diferentes formas de reabilitação.

Após cinco minutos, uma mulher uniformizada vem buscá-lo e o leva para uma das oito suítes.

Joona encontra Saga Bauer sentada em uma poltrona com uma garrafa de água mineral numa das mãos. Como de costume, ela está olhando para o horizonte através da enorme janela de vidro.

— Saga — Joona a cumprimenta, sentando-se ao lado dela.

Durante os primeiros meses na clínica, ela andava de um lado para o outro como um animal enjaulado, repetindo que queria morrer.

Hoje em dia não fala nada; apenas passa os dias sentada junto à janela, fitando o mar.

Joona vem vê-la com frequência. No começo, lia para ela em voz alta, mas depois começou a falar de si mesmo. Só na ocasião em que mencionou um caso percebeu que ela estava de fato ouvindo.

Desde então, conta todos os pormenores sobre as investigações em que vem trabalhando, sempre compartilhando suas teorias. Ela ouve Joona falar e, na sua visita mais recente, chegou a esboçar um leve sorriso quando ele se referiu à descoberta da marcação a frio.

Joona fala sobre Martin Nordström, que testemunhou o assassinato de perto. Explica que o homem tem transtorno de estresse pós-traumático severo com delírios paranoicos e que foi pressionado a confessar um homicídio que, eles agora sabem, não cometeu.

— Ele foi agredido ao sair do presídio e agora está de volta à ala de tratamento psiquiátrico. Duvido que eu consiga conversar com ele... Tudo parece tão lento agora, mas encontrei um caso mais antigo que parece estar ligado a este...

Saga não fala, apenas continua a fitar a água.

Joona põe duas fotos sobre a mesa ao lado dela.

O olhar de Fanny Hoeg é sombrio e sonhador. Jenny Lind olha direto para a câmera e parece estar segurando uma risada.

— Fanny foi enforcada, exatamente como Jenny, catorze anos antes — Joona explica. — Não temos fotos detalhadas, mas está evidente que também foi marcada a frio. Uma mecha de seu cabelo escuro ficou completamente branca na parte de trás da cabeça.

Joona diz a Saga que as duas tinham mais ou menos a mesma idade, ambas eram garotas populares mas não estavam envolvidas em relacionamentos românticos e eram ativas nas redes sociais.

— Tinham compleição diferente, cor dos olhos diferentes; uma era loira, a outra morena. Quando Jenny foi sequestrada, todos chegaram ao consenso de que havia sido escolhida de maneira aleatória, mas quando comparo a imagem dela com a de Fanny, há uma semelhança entre as duas... alguma coisa no formato do nariz e nas maçãs do rosto, o cabelo...

Pela primeira vez, Saga reage e se vira para olhar as fotos.

— Obviamente estamos à procura de quaisquer outros assassinatos, suicídios e desaparecimentos que possam ter ligação com o mesmo criminoso — Joona explica. — Mas, com base no que sabemos até agora, que são esses dois casos, ele não parece ser exatamente ativo; talvez nem seja um assassino em série. Mas segue um padrão, tem um método... e sei que ele não vai parar.

No caminho de volta, Joona faz um desvio até a cidade de Rimbo para falar com uma criadora de cavalos chamada Jelena Postnova.

A estrada apertada é ladeada de árvores e leva a uma área de estacionamento perto de uma cerca circular de madeira. Aron Beck está encostado em um Mercedes-Benz prateado e ergue os olhos do celular quando Joona estaciona e sai do carro.

— Margot achou que eu deveria vir aqui e me desculpar — ele diz a Joona. — Então, sinto muito. Me desculpe por ter agido como um idiota. Deveria ter deixado você interrogar Martin antes de envolver a promotora no caso.

Joona põe os óculos escuros e olha para os estábulos de madeira vermelha. No padoque, um jovem monta um garanhão preto. A poeira que se ergue do solo seco pinta de marrom as patas do cavalo.

— Margot diz que cabe a você decidir se eu continuo ou não no caso, e se você me quiser fora aceitarei de bom grado — Aron continua. — Mas quero que você saiba que não dou a mínima pra minha fama ou carreira. Meu único objetivo é deter esse filho da puta. Se você me der uma segunda chance, vou trabalhar até você me mandar parar.

— Por mim, tudo bem — Joona diz.

— Sério? Porra, que ótimo! — Aron parece aliviado.

Joona percorre a trilha de cascalho em direção aos estábulos. Aron o acompanha, e ambos vão conversando sobre os rumos da investigação até o momento.

A equipe da Unidade Nacional de Operações vasculhou os registros de vinte anos atrás mas não encontrou nenhum outro caso de assassinato, suicídio ou morte que se encaixasse no mesmo padrão.

Em média, quarenta mulheres jovens tiram a vida na Suécia todos os anos, cerca de vinte e cinco por cento delas por enforcamento.

Além de Jenny Lind e Fanny Hoeg, apenas três morreram enforcadas nesse período, todas no contexto de um relacionamento abusivo.

Autópsias detalhadas foram feitas, mas nenhum dos relatórios menciona marcações por congelamento ou alterações de pigmentação.

A trilha de cascalho faz uma curva entre o enorme edifício e um pasto com oito cavalos. Está quente sob a luz do sol. Gafanhotos estrilam nas valas, andorinhas voam alto.

— Em termos de ações suspeitas de sequestro, é mais complicado — Aron continua. — Depois de filtrarmos os casos comprovados de tráfico de meninas para escravidão sexual fora do país, restam algumas centenas de pessoas.

— Teremos que investigar todas — Joona diz.

— Mas apenas seis parecem sequestros genuínos.

Uma mulher mais velha sai do estábulo carregando uma sela que joga dentro da carroceria de uma picape enferrujada e se vira para eles, semicerrando os olhos por causa da luz.

Ela tem cabelo branco curto e veste calça suja, botas de couro e uma camiseta com a imagem de Vladimir Vysotsky.

— Ouvi dizer que você sabe praticamente tudo o que há para saber sobre criação de cavalos — Joona diz, mostrando sua identificação.

— Minha especialidade é adestramento, na verdade, mas sei um pouquinho sim — ela responde.

— Seria ótimo se pudesse nos ajudar.

— Claro, no que estiver ao meu alcance.

Ela os leva até o estábulo, onde o ar é um pouco mais fresco.

Um inebriante aroma de cavalo e feno os atinge em cheio quando entram. Joona tira os óculos escuros e olha para a fileira de cerca de vinte baias. Sob o cume do telhado, oscila um poderoso ventilador. Os cavalos bufam e batem os cascos no chão.

Os três passam pelo armazém — a sala onde são guardados os arreios e equipamentos da cocheira — e pela baia de lavagem dos animais antes de pararem na frente de um dos cavalos.

A luz do dia se infiltra através de uma fileira de sujas janelinhas de vidro.

— Como vocês marcam os cavalos? — Joona pergunta.

— Se estamos falando de cavalos de trote, os microchips substituíram a marcação a frio — ela responde.

— Quando vocês pararam de usar a marcação por congelamento?

— Não tenho certeza, talvez oito anos atrás… mas ainda os marcamos com triângulos.

— O que é isso? — Aron pergunta.

— Quando um cavalo se fere ou fica velho demais para ser usado como animal de montaria, você pode pedir a um veterinário que o marque com um triângulo em vez de sacrificá-lo. É o caso da Emmy — Jelena explica, levando-os até uma das baias na extremidade do estábulo.

A velha égua resfolega e levanta a cabeça enquanto eles a espiam na baia. Na parte de cima de sua coxa esquerda, um triângulo branco reluz em nítido contraste com sua pelagem marrom-avermelhada.

— Isso significa que ela está aposentada. Mas ainda passeia por aí e eu a monto na floresta de vez em quando.

Uma mosca pousa no canto do olho da égua, que abana a cabeça pesada e pisoteia, batendo o flanco na parede. Os arreios, rédeas e estribos pendurados acima dela tilintam suavemente.

— Como funciona o processo de marcação a frio?

— Varia, mas usamos um metal especial mergulhado em nitrogênio líquido a quase duzentos graus abaixo de zero. Aplicamos um anestésico local e depois pressionamos o ferro durante cerca de um minuto até carimbar a pele do animal.

— Você conhece alguém que usa a mesma técnica? — Joona pergunta, mostrando um close da nuca de Jenny Lind.

Com um acentuado vinco entre as sobrancelhas, Jelena se inclina para ver melhor.

— Não. Eu arriscaria dizer que ninguém usa esse tipo de marcação em cavalos na Suécia ou em qualquer outro lugar do mundo.

— Então o que acha deste carimbo?

— Não faço ideia — ela responde. — Não sei como funciona a indústria frigorífica em outros países, mas esta marcação não inclui números para identificar e rastrear o animal.

— Não.

— Eu a associaria mais ao tipo que os criadores de gado costumavam usar nos Estados Unidos — ela diz. — As marcas de lá tinham esse aspecto, talvez um pouco menos ornamentadas.

Enquanto voltam para os carros, Joona percebe que Jelena provavelmente está certa: as marcas das vítimas têm a ver com posse, não identificação. O criminoso quer mostrar que as mulheres marcadas pertencem a ele, são sua propriedade, mesmo depois de mortas.

— Estamos indo muito devagar. Mais mulheres vão morrer se não o encontrarmos logo — Joona diz a Aron ao abrir a porta.

— Eu sei; isso me deixa doente.

— Talvez ele já tenha escolhido a próxima vítima.

37

Pamela paga o motorista e desce do táxi em frente ao Hospital Sankt Göran. Ela entra pela Porta 1, se detém por um momento para verificar se alguém a está seguindo e pega o elevador para a Ala 4. Se registra na recepção e entrega o celular.

Martin está na sala de convivência, jogando baralho com um homem atarracado numa cadeira de rodas. Ela o reconhece, é o sujeito que chamam de Profeta, um paciente recorrente na ala de tratamento psiquiátrico. Tem uma pequena cruz tatuada na ponta de cada um dos dedos da mão.

— Oi, Martin — ela diz, sentando-se à mesa.

— Olá — ele resmunga.

Ela estende a mão para tocar o antebraço dele, conseguindo chamar sua atenção por um ou dois segundos antes de ele desviar o rosto. Ainda tem um curativo na testa, mas o hematoma escuro no rosto já começou a amarelar.

— Como você está? — ela pergunta.

— Nenhuma sensibilidade — o Profeta responde, batendo na coxa.

— Eu estava falando com Martin.

O Profeta ajeita os óculos grossos no nariz, junta todas as cartas e começa a embaralhá-las.

— Estamos jogando pesca. Você está dentro? — ele fala, cortando o baralho.

— Você quer jogar? — Pamela pergunta a Martin.

Ele faz que sim com a cabeça e o Profeta distribui as cartas. Um funcionário musculoso está de pé ao lado de uma das mesas próximas, observando uma mulher mais velha colorir uma mandala.

Um homem de barba grisalha cochila em frente à TV. Os aplausos

da plateia de um programa de perguntas e respostas ressoam fracamente nos alto-falantes.
— Dez — Martin sussurra, disparando um olhar na direção das portas de vidro.
— Você quer meus dez? — Pamela diz, sorrindo.
— Tem certeza? Você pode escolher os noves em vez disso... — o Profeta opina.
Martin balança a cabeça e ela lhe entrega três cartas dez.
Pamela olha o relógio na parede e sente uma pontada de ansiedade ao perceber que não vai demorar muito para Martin começar a gritar e ter convulsões.
— Vá pescar, vá pescar! — o Profeta diz quando uma porta se abre.
Pamela levanta os olhos e vê Primus — o homem que a assediou durante sua última visita — entrar na sala seguido por um enfermeiro. Seu cabelo grisalho está solto e ele carrega no ombro uma bolsa esportiva.
Ele se curva numa profunda mesura diante do Profeta, ajusta o fundilho de seu jeans apertado e para atrás da cadeira de Pamela.
— Internado hoje, liberado hoje — ele anuncia com um sorriso.
— Faça o que te mandaram fazer — o Profeta diz, abaixando os olhos para as cartas.
— Cara, eu vou comer tanta mulher — Primus sussurra, chupando o dedo indicador.
— Venha aqui comigo — o enfermeiro chama.
— Tudo bem, mas que horas são?
Enquanto o enfermeiro verifica o relógio de pulso, Primus estende a mão e acaricia com o dedo molhado o pescoço de Pamela.
— É hora de você cair fora daqui, dar no pé. Então diga adeus — o enfermeiro manda.
— Eu não preciso andar a pé, eu consigo voar — Primus diz.
— Mas você não é livre — o Profeta aponta, com voz grave. — Você é apenas um lacaio de Caesar, uma mosca zumbindo em torno do seu rei...
— Cala a boca — Primus sussurra, nervoso.
Pamela o observa enquanto ele segue o enfermeiro, que passa o cartão eletrônico, digita um código e abre a porta.

Martin ainda está segurando o maço de cartas surradas.

— Seus três — ele murmura.

— Meus três — o Profeta diz, pegando suas cartas da mesa.

— Sim.

— Vá pescar — ele diz, virando-se para Pamela. — Posso pegar seus setes?

— Vá pescar.

— Você sabia que andam fazendo muitas pesquisas sobre os ginoides? Androides fêmeas, ou feminoides, em outras palavras — o Profeta diz a Pamela, usando as cartas para coçar o queixo. — Um cientista chamado McMullen construiu um robô sexual que é capaz de ouvir e memorizar o que a pessoa diz. Consegue falar, franzir a testa e sorrir.

Ele abaixa as cartas e levanta as palmas das mãos. Pamela não consegue deixar de olhar para as dez pequenas cruzes em seus dedos.

— Me dê todos os seus reis — Martin pede.

— Em breve, ninguém será capaz de apontar a diferença entre uma ginoide e uma mulher de carne e osso — o Profeta continua. — Será o fim do estupro, da prostituição e da pedofilia.

— Não tenho tanta certeza disso — Pamela murmura, levantando-se da mesa.

— A nova geração de robôs será capaz de gritar, chorar e implorar — o Profeta anuncia. — Elas vão brigar, suar de medo, vomitar e se mijar, mas...

Ele se cala quando uma enfermeira de rosto largo e rugas ao redor da boca entra e pede a Martin e Pamela que a acompanhem.

— Você não comeu nada hoje? — ela pergunta enquanto Martin se deita em uma das camas da sala de espera.

— Não — ele responde.

O rosto de Martin está um caco, e ele fecha os olhos enquanto a enfermeira insere um cateter na dobra de seu braço esquerdo e sai da sala.

Dennis explicou a Pamela no que consiste a terapia eletroconvulsiva, ou eletroconvulsoterapia (ECT). Usando uma corrente elétrica, os médicos induzem uma convulsão cuidadosamente controlada na tentativa de restaurar o equilíbrio das atividades cerebrais.

Uma vez que Martin precisou voltar a ser internado depois de apenas alguns poucos dias em casa, seu psiquiatra acredita que a ECT é o último recurso.

— O Primus disse que... eu vou... acabar na cadeia.

— Não, foi aquele detetive chamado Aron. Ele te enganou para você confessar coisas que não fez — Pamela explica.

— Certo — ele sussurra.

Ela dá uma palmadinha na mão de Martin e ele abre os olhos.

— Só para você saber: agora não precisa mais falar com nenhum policial...

— Está bem.

— E tem todo o direito de dizer que não quer falar depois do que fizeram você passar.

— Mas eu quero — ele murmura.

— Eu sei que você quer ajudar, mas não acho que...

Ela se cala quando a auxiliar de enfermagem entra e anuncia que é hora de começar o procedimento. Pamela acompanha Martin ao lado da maca com rodinhas na qual ele é levado para a sala de tratamento.

Um arco de cabos passa entre uma tomada amarelada e uma fileira de monitores. De um lado da sala, um anestesista com sobrancelhas grisalhas está sentado em um banquinho, ajustando o ângulo das telas.

Martin é colocado na posição correta e um enfermeiro o conecta às várias máquinas e aparelhos.

Pamela percebe que Martin está aflito e pega a mão dele.

— Leva cerca de dez minutos — outra enfermeira explica e em seguida aplica o anestésico.

Martin fecha os olhos; sua mão fica mole.

A enfermeira espera alguns segundos e injeta um relaxante muscular.

Agora Martin dorme profundamente, com a boca um pouco encovada. Pamela solta a mão dele e recua.

Observa enquanto o anestesista põe uma máscara sobre a boca e o nariz dele e inicia o fornecimento de oxigênio.

O psiquiatra entra na sala e imediatamente se dirige a Pamela. Tem olhos fundos e maçãs do rosto salientes, uma erupção cutânea na garganta e cinco canetas de plástico transparente no bolso do peito de seu jaleco branco.

— Você é bem-vinda para ficar — ele diz. — Mas alguns familiares acham perturbador ver os músculos do paciente reagirem à eletricidade. Eu lhe asseguro que ele não sente dor, quero apenas que você esteja preparada.

— Eu estou — ela diz, olhando-o nos olhos.

— Ótimo.

O enfermeiro hiperventila Martin para aumentar os níveis de oxigênio em seu cérebro; depois, retira a máscara e põe um protetor bucal entre os dentes dele.

O psiquiatra aciona a máquina de ECT, ajustando a potência, a pulsação e a frequência. Ele avança e segura os dois eletrodos de ambos os lados da cabeça de Martin.

A luz do teto pisca e os braços de Martin se dobram em direção ao corpo, num súbito espasmo.

Suas mãos tremem de forma anormal e as costas arqueiam.

Sua mandíbula fica tensa enquanto o queixo pressiona o peito, os cantos da boca se curvam para baixo e os tendões do pescoço se retesam.

— Meu Deus... — Pamela sussurra.

Parece que ele está usando uma máscara distorcida. Os olhos estão fechados com tanta força que um conjunto de novas rugas apareceu em seu rosto.

Seu pulso está acelerado.

O enfermeiro fornece mais oxigênio.

As pernas começam a se debater em movimentos bruscos.

A cama range e a capa protetora sai do lugar, revelando o couro artificial rachado por baixo.

Os espasmos cessam de repente, como se alguém tivesse apagado uma chama. Uma espiral de fumaça se enrola devagar em direção ao teto.

38

Martin vira a cabeça, e a janela e a lâmpada escapam de seu campo de visão feito água corrente.

Ele não comeu nada desde o sanduíche de queijo e o suco de morango que lhe deram assim que acordou da anestesia.

Pamela passou algum tempo sentada ao seu lado, mas acabou tendo que sair correndo para o trabalho.

No mesmo minuto em que sentiu as pernas fortes o bastante, se levantou e foi à sala de terapia para pintar. Ele não é nenhum artista, mas a pintura se tornou uma parte importante da sua rotina.

Martin põe o pincel e a tinta ao lado da paleta, dá um passo para trás e estuda a tela. Pintou uma pequena cabana vermelha, embora não se lembre mais por quê. Atrás das cortinas de uma das janelas, vê-se um rosto.

Martin lava a tinta acrílica das mãos e antebraços e sai da sala.

A rigor, os pacientes não podem comer entre as refeições, mas vez por outra ele entra furtivamente na sala de jantar e assalta a geladeira.

Martin anda pelo corredor vazio.

A sala de reunião está em silêncio; porém, ao passar pela porta, Martin vê que as cadeiras foram reorganizadas, como se um público invisível estivesse assistindo a uma apresentação.

Os meninos estão escondidos, de tocaia, desde que Martin chegou. Ele não os ouviu nem mesmo à noite. Talvez achem bom que ele esteja de volta ao hospital.

Ele para e espia pelo vidro da porta do consultório. O dr. Miller está de pé no meio da sala, seus olhos pálidos fixos na parede à frente.

Martin hesita, sem saber se deve bater à porta e dizer que quer ir para casa, mas de repente não consegue nem se lembrar do próprio nome.

O nome do médico é Mike, ele se lembra disso. Eles o chamam de M&M.

O que está acontecendo? Ele sabe que é um paciente da Ala 4, que é casado com Pamela e mora na rua Karlavägen.

— Martin, meu nome é Martin — ele lembra e torna a avançar pelo corredor.

Uma nova onda de tontura percorre sua cabeça, e os grandes armários de metal parecem rodopiar para o canto e desaparecer.

Ele passa por uma das novas enfermeiras — uma mulher baixa com braços pálidos e rugas ao redor da boca —, que nem sequer nota a presença dele.

Quando chega à porta do refeitório, Martin se vira e vê uma cama com amarras de contenção do lado de fora da sala de reunião.

Não estava ali um momento atrás.

Ele estremece e devagar abre a porta.

As cortinas grossas foram fechadas para bloquear a luz do sol. A sala está submersa em uma escuridão turva.

As cadeiras de plástico se agrupam em torno de três mesas redondas, cobertas com toalhas impermeáveis e porta-guardanapos cheios.

Ele ouve um clique que vem de algum lugar próximo, seguido por um leve rangido. Parece o som de uma gangorra balançando para cima e para baixo.

Martin vê a geladeira atrás da bancada baixa e suas bandejas de aço inoxidável.

Ele atravessa o lustroso piso laminado, mas se detém quando percebe um movimento no canto mais distante.

Prendendo a respiração, se vira devagar em direção ao movimento.

Vê uma pessoa anormalmente alta de pé, imóvel, os braços levantados. Os dedos das mãos são a única parte que se mexe.

Martin reconhece o Profeta, que está de pé em cima de um banquinho, pegando algo de um dos armários.

Martin se afasta lentamente e observa o Profeta descer com um pacote de açúcar e se sentar na cadeira de rodas.

O assento geme.

Martin chega à porta, abre com cuidado e ouve o suave chiado das dobradiças, como um mosquito, bem ao lado de sua orelha.

— Pense nisso como um dos milagres de Deus — o Profeta diz atrás dele.

Martin para, solta a porta e se vira.

— Eu precisava pegar algumas coisas antes de ir embora — o Profeta continua, deslizando a cadeira de rodas até a pia.

Ele despeja o açúcar na pia e pega um saco plástico com um celular que estava escondido no fundo do pacote. Limpa o aparelho e o enfia no bolso antes de abrir a torneira.

— Receberei alta daqui a uma hora.

— Parabéns — Martin sussurra.

— Todos nós temos diferentes vocações na vida — o Profeta diz, impulsionando a cadeira para perto dele. — O Primus é uma mosca-varejeira que precisa de corpos onde botar seus ovos; eu boto os meus nas almas das pessoas... e você, você está tentando apagar a si mesmo com eletricidade.

39

São cinco horas e Pamela está sozinha no escritório. Ela fechou as cortinas e está sentada diante do computador, trabalhando em desenhos de uma fileira de janelas dando para um terraço verdejante, quando seu telefone toca.

— Escritório de Arquitetura Roos — ela atende.

— Aqui é Joona Linna, da Unidade Nacional de Operações. Quero começar dizendo o quanto eu lamento o que meus colegas fizeram você e seu marido passarem.

— Ok — ela diz, com a voz tensa.

— Tenho certeza de que você perdeu toda a fé na polícia, e sei que você já declarou que não quer falar conosco, mas, por favor, pense na vítima e nos familiares dela. A verdade é que reter evidências afeta apenas essas pessoas.

— Eu sei — ela suspira.

— Seu marido é nossa única testemunha ocular; ele viu tudo de perto. E creio que para a maioria das pessoas é bastante difícil carregar dentro de si coisas que...

— Ah, então agora vocês se importam com ele? — Pamela o interrompe.

— Tudo o que estou dizendo é que foi um assassinato horrível, e agora Martin está carregando na cabeça o fardo dessas imagens.

— Eu não quis dizer...

Ela se cala e pensa na ameaça a Mia, em como isso a deixou apreensiva e desconfiada, olhando por cima do ombro, como Martin faz. Até comprou um spray de pimenta para dar à garota, para que ela possa se proteger caso alguém a ataque.

— Achamos que o assassino manteve Jenny Lind em cativeiro por cinco anos antes de matá-la. Não sei se você se lembra de quando ela desapareceu; na época, houve uma cobertura maciça da imprensa, e os pais recorreram à mídia para implorar por sua libertação.

— Eu me lembro — Pamela diz mansamente.

— Acabaram tendo que ver a filha no necrotério.

— Não posso falar agora — Pamela diz, uma sensação de pânico se avolumando dentro dela. — Tenho uma reunião daqui a cinco minutos...

— Depois, então. Me dê meia hora, só isso.

Relutante, e apenas para desligar o telefone, Pamela concorda em encontrá-lo em uma Espresso House às seis e quinze. No momento em que se tranca no banheiro, as lágrimas já começaram a escorrer por seu rosto.

Ela não ousa contar ao detetive sobre a ameaça. Fazer isso pode significar colocar Mia e Martin em perigo. Tudo o que queria era dar a Mia a chance de viver que Alice nunca teve, mas em vez disso a pôs direto na mira de um assassino.

Joona esquadrinha Pamela enquanto ela toma um gole de café segurando a xícara com as duas mãos, baixando-a até o pires para evitar tremer demais. Ela parecia ansiosa quando chegou e insistiu em mudar para uma mesa no segundo andar, bem no fundo.

Seus cachos ruivos estão soltos sobre os ombros. Joona vê que ela esteve chorando, embora tenha tentado esconder com maquiagem.

— Sei que erros acontecem — ela fala —, mas isso... vocês o obrigaram a confessar um homicídio. Essa experiência regrediu o tratamento dele mais do que vocês podem imaginar.

— Concordo que isso nunca deveria ter acontecido. As autoridades abrirão um inquérito para uma investigação interna.

— Jenny Lind tem... não sei, um lugar especial no meu coração... e eu realmente sinto muito pela família dela, mas...

Ela faz uma pausa, engolindo em seco.

— Pamela, eu preciso falar com Martin em um ambiente confortável e não ameaçador... e o ideal é que seja na sua presença.

— Ele voltou aos cuidados vinte e quatro horas por dia — ela diz.

— Pelo que entendi, ele sofre de um caso severo e complexo de TEPT, não é?

— Ele tem psicoses paranoicas, e vocês o trancafiaram e o aterrorizaram. Foi a pior coisa que poderiam ter feito a alguém na condição dele.

Ela se vira para a janela e olha as pessoas que caminham pela rua Drottning.

Joona vê um suave sorriso no rosto de Pamela enquanto seus olhos seguem duas jovens. Uma água-marinha em formato de lágrima balança no lóbulo de sua orelha.

Se vira de novo para Joona, que agora percebe que aquilo que de início pensou serem duas marcas de nascença logo abaixo do olho esquerdo são na verdade tatuagens.

— Você disse que Jenny Lind tem um lugar especial em seu coração.

— Quando ela desapareceu, tinha a mesma idade da minha filha, Alice — Pamela engole em seco novamente.

— Entendo.

— E apenas algumas semanas depois minha filha morreu.

Pamela fita os olhos cinza-claros do detetive. Tem a sensação de que ele a conhece, que entende o que esse tipo de perda pode fazer com uma pessoa.

Antes de ter tempo de se perguntar por quê, afasta sua xícara para o lado e conta a ele tudo sobre Alice. Suas lágrimas pingam sobre a mesa enquanto ela fala sobre a viagem a Åre, até o dia em que sua filha se afogou.

— A maioria das pessoas sofrerá imensas perdas em algum momento da vida — ela diz —, mas elas superam. No começo parece que não, mas é possível seguir em frente.

— Sim.

— Mas o Martin... é como se ele ainda estivesse preso naquela primeira fase de puro choque. E eu não quero que ele fique pior do que já está.

— E se isso ajudar? — Joona pergunta. — Eu posso ir ao hospital e conversar com ele lá. Seremos cuidadosos, faremos as coisas nos termos dele.

— Mas como você vai interrogar alguém que nem fala?

— Podemos tentar hipnose?

— Acho que não — ela diz, sorrindo sem querer. — É provavelmente a última coisa de que Martin precisa.

40

Mia dá uma rápida conferida em suas roupas, ajeita o cabelo atrás da orelha e não pode deixar de sorrir para si mesma ao bater na porta entreaberta do escritório da chefe das assistentes sociais.

— Entre, sente-se — a mulher diz, sem erguer os olhos.

— Obrigada.

Mia atravessa o assoalho rangente, puxa a cadeira em frente à assistente social e se senta.

Depois de mais um dia de temperatura beirando os trinta e cinco graus, a sala está quente e abafada. A janela que dá para as árvores está aberta e bate de leve contra o trinco enferrujado. A assistente social termina de digitar alguma coisa no computador e ergue os olhos.

— Então... verifiquei a sua situação junto ao Serviço Social, e Pamela Nordström não apresentou nenhum recurso.

— Mas ela me disse que...

Mia se obriga a interromper a frase, abaixando os olhos e cutucando o esmalte lascado da unha do polegar.

— Pelo que entendi — a assistente social explica —, a rejeição do Conselho foi baseada no fato de que o ambiente doméstico era inseguro por causa do marido.

— Mas ele é inocente, pelo amor de Deus, está em todos os jornais.

— Mia, não vou fingir que sei todos os detalhes da decisão do Conselho, mas nenhum recurso foi apresentado... e isso significa que a rejeição permanece.

— Tudo bem.

— Não há nada que possamos fazer a respeito.

— Eu já disse que tudo bem.

— Mas como você se sente?

— Sinto que é a mesma coisa que acontece todas as vezes.

— Bem, de qualquer forma fico feliz que isso signifique que você estará aqui conosco por mais algum tempo — a assistente social arrisca palavras de encorajamento.

Mia assente, se levanta e se despede, apertando a mão da mulher, como sempre. Fecha a porta ao sair e começa a subir as escadas.

Mesmo a distância, ouve os gritos e palavrões de Lovisa, que joga coisas no chão. Lovisa tem TDAH, e ela e Mia sempre entram em situações de atrito que podem se intensificar drasticamente.

Nos últimos tempos, Mia começou a se perguntar se Lovisa seria capaz de matá-la. Ontem à noite, acordou ao ouvi-la se esgueirando no quarto às escuras. Mia ouviu os passos sorrateiros de Lovisa no chão e percebeu que ela parou ao lado da cama e se sentou na cadeira ao lado da cômoda.

Mia chega ao patamar, entra no quarto e vê que a gaveta de baixo está aberta. Ela a inspeciona.

— Que porra é essa? — ela diz e sai de novo do quarto.

O velho assoalho de madeira range sob suas botas. Ela escancara de supetão a porta do quarto de Lovisa e estaca de repente.

Lovisa está de joelhos e despejou o conteúdo da bolsa no chão. Seu cabelo está desgrenhado e ela se arranhou nas costas das mãos.

— Você pode me explicar por que entrou no meu quarto pra roubar minha calcinha? — Mia pergunta.

— Do que você está falando, porra? Você é doente! — Lovisa vocifera, pondo-se de pé.

— Bom, na verdade quem tem o diagnóstico de transtorno mental é você.

— Cala a boca — Lovisa diz, coçando a bochecha.

— Você pode devolver a minha calcinha agora, por favor?

— Eu acho que a ladra é você. Você que anda pegando a minha Ritalina.

— Ah, então você perdeu seu remédio de novo, é por isso que roubou minha calcinha?

Lovisa pisa duro pelo quarto, puxando as mangas mastigadas da blusa.

— Eu não toquei na sua calcinha nojenta.
— Mas você tem, tipo, zero controle sobre seus impulsos e...
— Cala a boca! — Lovisa grita.
— Você fica tão fora de si que nem sabe o que está fazendo quando...
— Cala a porra da sua boca!
— Você mesma deve ter escondido os comprimidos em algum lugar e esqueceu onde, e agora está botando a culpa em mim por não conseguir encontrar...
— Vá pro inferno! — Lovisa ruge, chutando as coisas pelo chão.
Mia sai e desce as escadas. Ouve Lovisa atrás dela, gritando que vai matar todo mundo.
Do lado de fora está quente, mas Mia veste seu casaco e sai.
Pega o atalho habitual: passa pelas árvores, desce até a área industrial, vira nas antigas torres de gás. Hoje os dois edifícios cilíndricos de tijolos são usados para exibir filmes, apresentações teatrais e concertos.
Mia tenta manter sua decepção sob controle enquanto caminha em direção à água atrás da maior das torres.
Ouve o baixo e a bateria bem antes de chegar ao terreno abandonado.
Seu casaco fica enroscado num arbusto, mas ela dá um puxão e segue em frente.
Ela avista Maxwell e Rutger; ambos estão olhando para uma churrasqueira portátil fumegante. Fazem parte de uma pequena gangue de caras que sonham se tornar rappers famosos um dia.
Maxwell conectou um alto-falante ao celular e está tentando cantar uma letra no ritmo certo, mas logo para e desata a rir.
Há algumas garrafas de cerveja enfiadas na areia ao lado deles.
Rutger está ocupado afiando um galho com seu machado.
Mia passa por cima da mureta baixa, aproxima-se e percebe duas figuras nos arbustos do outro lado dos antigos trilhos.
Continua andando e vê que uma delas é Shari. Está de joelhos na frente de Pedro e, antes que Mia tenha tempo de desviar o olhar, vislumbra o pênis dele na boca da garota.
A luz do holofote de um dos guindastes no cais alonga as sombras dos galhos de uma árvore.

Quando vê Mia, Maxwell abre um sorriso e recomeça a cantar. Ela vem dançando devagar enquanto se aproxima deles.

Embora Mia ache os rapazes constrangedores, sempre finge estar impressionada, aplaudindo após cada verso.

Na verdade, a única razão pela qual anda com eles é que estão dispostos a pagar surpreendentemente bem pelas pequenas quantidades de drogas estimulantes que ela consegue roubar no abrigo de acolhimento.

— Caras, o meu contato está ficando um pouco preocupado que alguém perceba o sumiço dos remédios, mas quer priorizar vocês. Pelo menos foi o que ele me disse — ela explica, tirando um saquinho plástico com os dez comprimidos de Ritalina que roubou de Lovisa.

— Mia, isso é... sei lá. Está ficando muito caro — Maxwell diz.

Ao fingir que tem um contato de confiança no abrigo, Mia conseguiu elevar a um patamar ridiculamente alto o preço das drogas que fornece.

— Vocês querem que eu diga isso pro meu contato? — ela pergunta, enfiando o saquinho de volta no bolso.

— Se a gente cobrir você de porrada pode ser que seu contato entenda qual é a parada, sacou? — ele responde.

— Pra que o drama? — Pedro intervém, caminhando despreocupado em direção à churrasqueira.

41

Uma nova batida troveja dos alto-falantes. Rutger coça a barba com o machado e sussurra alguma coisa para Pedro.

Mia faz a si mesma a promessa silenciosa de nunca mais vender drogas para essa gente. Eles podem até ser os caras mais burros de Gävle, mas estão começando a ficar desconfiados.

Shari se aproxima e cumprimenta Mia com um aceno, encarando-a por um momento. Tem manchas de batom no queixo.

Quando se abaixa para pegar uma das cervejas do chão, Maxwell ri e estende a mão para impedi-la.

— Você não vai beber da minha garrafa, não depois do que andou fazendo.

— Você é engraçado.

Shari cospe no chão, pega a garrafa de Pedro e toma um gole.

— Da minha garrafa também não — Rutger ecoa, rindo.

O reflexo de um dos guindastes ondula na superfície da água entre as barcaças.

— Então, vocês vão querer o corre ou não? — Mia pergunta.

— Quero um preço melhor — Maxwell diz, antes de virar seis linguiças na grelha.

— Não tem outro preço — Mia responde, começando a abotoar o casaco.

— Mas que porra, eu vou pagar essa merda! — Rutger fala, girando o machado preto na mão antes de jogá-lo no chão. O metal tilinta suavemente ao atingir a areia.

Saca a carteira do bolso, tira algumas notas e as conta, mas as puxa de volta quando Mia estende a mão para pegá-las.

— Eu preciso ir — ela diz.

Rutger balança as cédulas no ar e começa a cantar um rap sobre uma traficante que tinha de ir embora porque era muito requisitada e ocupada. Pedro bate palmas acompanhando a batida e Shari começa a balançar os quadris. Maxwell assume os vocais, tentando improvisar sobre uma garota que está com tanta sede que quer beber de todas as garrafas.

— Idiota — Shari murmura, dando-lhe um empurrão.

— Chupa o meu gargalo — ele diz, rindo.

Rutger entrega o dinheiro a Mia. Ela conta as cédulas, enfia o maço no bolso e estende o saquinho com os comprimidos.

— Vai rolar uma festa mais tarde. Quero que você venha — Maxwell diz.

— Que honra.

Não tem a menor intenção de voltar a sair com essa galera. Não está claro por que Maxwell a está convidando. Certa vez, quando Mia foi a uma festa com eles, Maxwell tentou estuprá-la enquanto ela estava desmaiada bêbada no sofá. Maxwell já começava a penetrá-la quando ela acordou, empurrou-o para longe e disse que iria à polícia, mas ele argumentou que não era tentativa de estupro porque ela não falou que não.

Maxwell usa a própria mão para virar as linguiças na churrasqueira e acaba queimando as pontas dos dedos; ele dá pulos de dor e dispara palavrões.

— E aí, você vem pra festa ou não? — pergunta, sacudindo a mão queimada.

— Olha só isso aqui — Mia diz, pegando o celular. — O Código Penal sueco afirma, no capítulo 6, seção 1, que se uma pessoa tenta ter relações sexuais com alguém que esteja dormindo ou embriagado...

— Sério, sua vadia, deixa isso pra lá — ele a interrompe. — Porra, você não disse que não, certo? Você estava deitadona lá e...

— Basta eu não ter dito que sim — ela interrompe, estendendo o celular. — Leia. Você tentou me estuprar, o que significa que sua pena de prisão pode chegar a...

De súbito, Maxwell atinge Mia com um murro tão forte que ela perde o equilíbrio, desaba no chão e bate a cabeça na areia. Sem conseguir enxergar mais nada, rola para o lado e se vira de bruços, respirando pesado; por fim, luta para se erguer e se apoiar com as mãos e joelhos no chão.

— Calma aí, Maxie... — Pedro pede.
A visão de Mia volta. Suas bochechas ardem. Ela encontra o celular e tenta se recompor.
— Não vale a pena estuprar você! — Maxwell berra.
Mia levanta e começa a caminhar de volta em direção às torres de gás.
— Você é só uma puta de merda, sabia disso? — ele grita.
Ao chegar à rua, ela para e tira a areia do cabelo e das roupas. Sente gosto de sangue na boca.
Caminha pela área industrial em direção ao grande estacionamento na rua Kungs Sul. Os guarda-chuvas vermelhos do lado de fora do Burger King balançam na brisa. Ela atravessa o terreno baldio, passa pelas portas de vidro e respira o aroma de queijo derretido e óleo quente.
Pontus está atrás do caixa, vestindo uma camisa de manga curta e boné.
Ambos moravam no mesmo abrigo, mas desde que ele foi alocado com uma família voltou a estudar e encontrou um emprego de meio período.
— O que aconteceu? — ele pergunta.
Mia percebe que sua bochecha deve estar vermelha, mas apenas dá de ombros.
— Tive uma discussão com a Lovisa.
— Você precisa ficar longe dela, ela se estressa com qualquer coisa.
— Eu sei.
— Você já comeu?
Ela balança a cabeça.
— Meu chefe disse que vai embora às seis e meia — Pontus fala, em voz baixa. — Se você comprar alguma coisa, pode me esperar aqui do lado de dentro.
— Um café.
Ele registra o pedido, ela paga com uma das cédulas de Maxwell. Pontus lhe entrega um copo descartável com café.
Quando o amigo está trabalhando, Mia vem comer no Burger King quase todas as noites e sempre espera por ele no posto de gasolina ao lado. Assim que termina o turno, os dois costumam caminhar até

o parque perto da estação de tratamento de esgoto e brincar de chutar uma bola contra a parede. No passado, sempre falavam em fugir juntos pela Europa, mas agora que Pontus tem família perdeu o interesse.

— Como vai a história de Estocolmo? — ele pergunta.
— Não vai.
— Mas você não disse que ela ia recorrer?
— Ela nunca fez isso — Mia responde, sentindo as orelhas arderem.
— Mas por que a...?
— Sei lá! — Mia rosna.
— Bem, não desconte a raiva em mim.
— Desculpe. Eu só queria que ela tivesse sido honesta comigo. Gostei dela de verdade e achei que estava sendo sincera — Mia diz, virando-se para esconder o queixo trêmulo.
— Ninguém é honesto. Você é?
— Quando me convém.
— Então me diga a verdade: você está apaixonada por mim?
— Para ser sincera, acho que nem sou *capaz* de me apaixonar — ela responde, encarando-o. — Mas se eu pudesse me apaixonar por alguém seria por você, porque é a única pessoa que eu realmente gosto de ter por perto.
— Mas você está dormindo com aqueles rappers.
— Não, não estou.
— Eu não confio em você — ele provoca com um sorrisinho.
— Se isso tem a ver só com sexo, podemos transar.
— Não é isso, e você sabe.

Mia leva o café até uma das mesas e olha para os carros na rua.

Bebe devagar e, pouco depois, vê o gerente do restaurante sair, encerrando o dia de trabalho. Após dez minutos Pontus deixa uma sacola sobre a mesa na frente dela e diz que terminará seu turno em meia hora.

— Obrigada — ela diz, agarrando a sacola e saindo para o ar da noite.

Uma picape suja entra no estacionamento e para na entrada do restaurante. Mia caminha sob o brilho vermelho das lanternas traseiras e atravessa uma estreita faixa de grama.

Ela se senta em seu lugar habitual, em cima de um bloco de concreto ao lado das lixeiras numa das pontas do posto, e espia dentro da sacola.

Com cuidado, tira o copo de coca-cola e o põe no chão, equilibrando o saco de batata frita no joelho enquanto desdobra o papel que embrulha o hambúrguer.

Mia está com fome e engole um bocado tão grande que sua garganta começa a doer. Precisa esperar alguns segundos antes de poder dar outra mordida.

Um caminhão entra no posto de gasolina e passa devagar pelas bombas de combustível. A cabine está estranhamente escura, fazendo parecer que não há motorista no volante. Um dos espelhos laterais foi arrancado e está pendurado por alguns fios.

O caminhão faz uma manobra e avança na direção de Mia, cujos olhos ficam ofuscados pela luz dos faróis.

Ela beberica um ruidoso gole da coca-cola e abaixa o copo até o chão.

O veículo estaciona bem na frente dela, a carroceria alta bloqueando a luz.

O caminhão range até desligar de vez, bruscamente.

O motor silencia.

Uma corrente balança contra a estrutura de aço do semirreboque, com um tilintar suave.

Os freios chiam.

O motorista não sai; talvez tenha estacionado apenas para dormir um pouco.

Dos tubos de escape verticais, a fumaça continua a subir.

Mia limpa alguns pedaços murchos de alface que caíram em seu casaco.

A porta do outro lado da cabine se abre.

Ela ouve o motorista descer, bufando e resfolegando, e se dirigir ao posto de gasolina.

Os cacos de uma garrafa quebrada reluzem na valeta quando um carro passa pela rotatória.

Mia enfia batatas fritas na boca e ouve os passos do caminhoneiro se afastando.

Quando se abaixa para pegar o refrigerante, percebe algo no chão embaixo da cabine.

Uma carteira abarrotada de notas.

O caminhoneiro deve ter deixado cair quando desceu.

Ao longo dos anos, Mia aprendeu a nunca hesitar; joga o resto do hambúrguer na sacola e se agacha ao lado do caminhão, bem perto das rodas dianteiras.

Consegue distinguir um eixo imundo. O ar cheira a poeira e óleo.

Mia olha de relance para as bombas na parte da frente bem iluminada do posto e depois para os banheiros nos fundos.

Não há vivalma à vista.

Ela rasteja para debaixo do caminhão, contorcendo-se para pegar a carteira. Assim que seus dedos se fecham em torno dela, ouve os passos do caminhoneiro.

O cascalho sob os pés range contra o asfalto.

Mia fica perfeitamente imóvel debaixo do caminhão, deitada de barriga para baixo, mas seus pés estão para fora.

No minuto em que ele entrar na cabine, ela se arrastará para fora e sairá correndo entre os contêineres até a calçada.

Sua respiração está acelerada, o sangue pulsa nos ouvidos.

Pelo som dos passos, percebe que o caminhoneiro agora está bem ao seu lado.

Alguém a agarra pelas pernas.

Era tudo uma armadilha.

Ele a puxa para fora com tanta agressividade que ela raspa o queixo no chão.

Mia tenta se levantar, mas um golpe repentino entre as omoplatas faz com que ela perca o ar.

Desesperada, a garota esperneia e derruba o copo de coca-cola, espalhando cubos de gelo para debaixo do caminhão.

Mia sente um pesado joelho pressionar suas costas; em seguida, mãos agarram seu cabelo e puxam sua cabeça para trás.

O grito desaparece no silêncio enquanto uma sensação gelada se espalha por seu rosto.

Sua boca queima, e por fim ela perde a consciência.

* * *

    Quando Mia acorda, está tudo escuro. Ela sente enjoo e uma série de estranhos solavancos pelo corpo.
    De alguma forma, sabe que deve estar na carroceria do caminhão.
    O ar tem cheiro de carne podre.
    Sua boca está amordaçada com tanta força que as bochechas doem. Ela não consegue se mexer, mas tenta dar chutes mesmo assim. Está fraca e logo volta a perder os sentidos.

42

Pamela sai do escritório às 18h40, tranca a porta e desce a rua Olof Palme no ar quente da noite. Combinou de encontrar o chefe e um de seus maiores clientes no restaurante Ekstedt às oito em ponto.

Sabe que sua cautela desde que recebeu a polaroide ameaçadora começa a beirar a paranoia, mas realmente sente que está sendo observada, e isso lhe causa arrepios.

A agitação da vida na cidade ao redor, todos os passos barulhentos e o zumbido dos motores dos carros lhe parecem ensurdecedores.

Ela passa por uma jovem de short jeans desfiado que, pelo telefone, está levando uma severa bronca de alguém. Pamela sente a respiração entrecortada e as respostas cheias de remorso da garota penetrarem seus ouvidos.

— Mas você é o único que eu amo...

Quando se vira para olhar a garota, nota um rapaz de óculos escuros de lentes azuis. Ele está olhando para ela e levanta a mão como se fosse acenar.

Pamela se vira para a frente.

Uma sirene toca ao longe.

O vento sopra tufos de alguma coisa felpuda ao longo da rua.

Pamela aperta o passo, acompanhando o rapaz pelos reflexos das vitrines do outro lado da rua.

Ele não está muito longe.

Os pensamentos de Pamela rodopiam. Ela pensa na polaroide de Mia, na vodca escorrendo pelo ralo da pia. Na noite anterior, sonhou que alguém ofuscava seus olhos com uma lanterna.

Pamela sabe que pode ser apenas sua imaginação paranoica, mas ainda assim pensa em chamar o próximo táxi que passar.

A calçada diante da porta dos fundos de um restaurante está atulhada de pontas de cigarro e sachês de molho.

Um pombo alça voo para longe.

Ela corre pela rua Svea no momento em que as luzes do cruzamento ficam verdes para os carros, o que provoca uma explosão de buzinas. Alguns pedestres param e olham para ela.

Passa rápido pelo badalado restaurante Urban Deli e avança até o beco estreito que leva ao túnel Brunkeberg.

Sua respiração está mais rápida agora.

Ao abrir uma das portas de vaivém para a passarela subterrânea, vê o reflexo do rapaz no vidro.

Ela entra às pressas, ouvindo o som das molas da porta que oscila para trás e para a frente até parar.

O túnel é comprido e arredondado, como um buraco de minhoca, com teto prateado e painéis curvos amarelos.

Seus passos frenéticos no piso de ladrilhos ecoam pelas paredes.

Devia ter escolhido um caminho diferente.

Pamela ouve outra pessoa entrar no túnel e olha por cima do ombro a tempo de ver a porta balançando.

A pessoa atrás dela não passa de uma silhueta escura contra o vidro riscado.

O túnel faz uma curva para a direita, tornando Pamela invisível até que a pessoa também vire a esquina.

A saída ainda está a duzentos metros de distância.

Ela avista a luz nebulosa brilhando através das portas de vidro.

Pamela atravessa a ciclovia e se encosta na parede.

Ouve que a pessoa atrás dela começou a correr.

Os passos abafados ressoam baixinho pelo túnel.

Vasculha a bolsa à procura da caixinha de papelão com o spray de pimenta de Mia e percebe que suas mãos estão trêmulas quando rasga a embalagem.

Ela olha para a latinha de spray tentando descobrir como usá-la.

Os passos se aproximam depressa.

Uma sombra aparece.

O rapaz dobra a esquina do túnel; seus óculos escuros estão no alto da cabeça.

Pamela se descola da parede e segura a latinha de spray à sua frente. Pressiona para baixo assim que o rapaz se vira para ela.

O spray vermelho brilhante o atinge bem no rosto, fazendo-o gritar e apertar os olhos. Ele cambaleia para trás até a parede.

Sua mochila cai ruidosamente no chão.

Pamela o segue, ainda apertando o spray.

— Pare! — ele grita, tentando afastá-la com uma das mãos.

Ela larga a latinha e acerta um pontapé entre as pernas do rapaz, que cai de joelhos e depois tomba de lado, gemendo, com as duas mãos na virilha.

O rosto do rapaz está encharcado com o spray vermelho-sangue. Pamela pega o celular e tira uma foto dele.

Uma senhora idosa se aproxima e arfa de medo ao ver o rosto do homem.

— É só tinta — Pamela a tranquiliza.

Ela pega a mochila do rapaz, encontra a carteira, pega o documento de identidade e tira outra foto.

— Pontus Berg — ela diz. — Antes de eu chamar a polícia, você quer me dizer por que está me seguindo?

— Você é Pamela Nordström, certo? — ele pergunta, entre gemidos.

— Sim.

— Alguém levou a Mia — ele diz, sentando-se com um suspiro.

— Como assim, "levou"? Do que você está falando? — ela pergunta, sentindo outro arrepio na espinha.

— O que eu vou te dizer vai parecer loucura, mas você tem que acreditar em mim...

— Apenas me conte o que aconteceu — ela o interrompe, levantando a voz.

— Liguei pra polícia em Gävle cinco vezes, mas ninguém me ouve. O meu nome está em todos os bancos de dados por causa de todo tipo de merda que já aprontei... eu não sabia o que fazer. Sei que o seu pedido lá no Serviço Social deu ruim, mas ela disse que você se importa com ela, então pensei...

— Me diga por que você acha que alguém levou a Mia — ela o interrompe novamente. — Você sabe que isso é muito, muito sério, certo?

O rapaz se levanta, limpa-se e, com movimentos desajeitados, apanha a mochila.

— Foi ontem à noite. Eu tinha acabado de terminar meu turno no trabalho e fui encontrar a Mia... ela geralmente me espera atrás do posto de gasolina ao lado.

— Continue.

— Enquanto eu caminhava até lá, quase fui atropelado por um caminhão que estava saindo do estacionamento... e quando ele entrou na rodovia 76, a lona na lateral se levantou, uma das tiras estava solta, e aí pude ver, tipo, dentro da carroceria. Foi apenas por alguns segundos, mas tenho noventa e nove por cento de certeza de que vi a Mia deitada lá dentro.

— Na parte de trás do caminhão?

— Eram as roupas dela, isso eu sei. Você sabe, aquele casaco militar que ela usa o tempo todo... e eu tenho certeza de que vi a mão amarrada com fita preta em volta do pulso.

— Ai, meu Deus... — Pamela sussurra.

— Era tarde demais para correr atrás do caminhão ou gritar ou o que quer que fosse... a verdade é que eu não consegui acreditar no que vi, mas quando cheguei no bloco de concreto onde a Mia normalmente senta pra me esperar, a comida dela estava lá, o copo de coca-cola caído no chão... e agora já se passaram vinte e duas horas, ela não atende o celular e não voltou pro abrigo ontem à noite.

— E você contou tudo isso pra polícia?

— O problema é que eu tinha tomado o meu remédio um pouco antes e fez efeito bem naquele momento... eu não sou viciado nem nada, tenho receita, mas sempre fico meio esquisito na primeira hora mais ou menos — ele explica, limpando a boca. — Sei que a minha fala estava arrastada e perdi o foco... e quando liguei de novo sabia que era bastante óbvio pra eles que a Mia já fugiu várias vezes... apenas disseram que têm certeza de que ela vai dar as caras assim que ficar sem dinheiro. Eu não tinha o que fazer... sei bem o que eles pensam a respeito. Aí pensei que, tipo, se *você* ligar, talvez a polícia dê ouvidos.

Pamela pega o celular e liga para Joona Linna, da Unidade Nacional de Operações.

43

São dez e meia da noite quando o carro deles chega a Gävle. Horas antes, Pamela ligou para Joona e explicou tudo sobre a polaroide de Mia e a ameaça que havia sido feita contra ela.

Pamela estava preocupada que Joona pudesse repreendê-la por ter retido informações, mas ele apenas pediu detalhes sobre a imagem, a caligrafia e as palavras exatas usadas na mensagem.

No trajeto de carro para o norte, Pontus contou a Joona o que viu e respondeu pacientemente às perguntas do detetive sobre cada pormenor. Manteve-se aferrado ao mesmo relato o tempo todo e é evidente que está preocupado, que realmente se importa com Mia.

— É sua namorada? — Joona quer saber.

— Eu bem que gostaria — ele responde com um sorriso.

— Pontus gosta de cantar embaixo da janela dela — Pamela diz.

— Ah, isso explica tudo — Joona brinca.

Pamela se esforça para manter a descontração durante a conversa, mas seu coração está agoniado. Tenta dizer a si mesma que toda aquela situação é apenas um engano, que Mia já está de volta ao abrigo.

— Preciso lavar essa tinta antes de ir pra casa — Pontus diz.

— Você parece o Homem-Aranha — Pamela provoca, controlando um sorriso.

— Sério? — Pontus pergunta.

— Não — Joona diz, parando no posto de gasolina ao lado do Burger King.

A faixa vermelha no teto plano brilha na escuridão nebulosa. O estacionamento está deserto.

Joona sabe que logo descobrirão se Mia Andersson foi raptada ou não.

Se isso de fato aconteceu, eles provavelmente estão diante do mesmo criminoso.

Mas significa também que seu modus operandi mudou.

Tudo começou com o enforcamento de Fanny Hoeg, que foi encenado como um suicídio. Catorze anos depois, o assassino correu um risco muito maior ao matar Jenny Lind em um local público, e agora sequestrou uma terceira garota na tentativa de silenciar uma testemunha ocular.

A ameaça contra Pamela e Martin muda tudo. É uma nova peça do quebra-cabeça. De repente o assassino parece emotivo — os homicídios são fruto de explosões emocionais, e não atos de sangue-frio.

De qualquer forma, algo mudou: o assassino se tornou mais ousado e mais ativo do que antes. Talvez, em algum nível, saiba que o fim está próximo, mas ao mesmo tempo luta desesperadamente contra qualquer coisa ou pessoa que queira detê-lo.

No caso do sequestro de Jenny Lind havia uma boa testemunha ocular, uma colega que caminhava cerca de quarenta metros atrás do caminhão, e que foi capaz de contar aos investigadores sobre a cobertura de lona azul da lateral da carroceria e as placas polonesas.

Ela viu um homem robusto, com cabelo preto encaracolado até os ombros, usando óculos escuros e uma jaqueta de couro com um retalho cinza nas costas que fazia lembrar chamas ou folhas de salgueiro.

Joona, Pamela e Pontus descem do carro e sentem que o ar noturno está quente e cheira a gasolina. Um ônibus contorna a rotatória, seus faróis varrendo o asfalto rachado.

— Mia costuma ficar naquela coisa de cimento ali — Pontus indica.

— E você veio daquela direção? — Joona aponta.

— Sim, eu vim pela grama, passei por todos os semirreboques. Parei bem ali quando o caminhão estava saindo.

— E o caminhão virou naquele sentido, em direção à E4?

— Na mesma direção de onde viemos — Pontus confirma.

Entram na loja do posto de gasolina, cujas prateleiras estão abarrotadas de doces. As paredes são forradas com geladeiras e máquinas de café. Pães doces e cachorros-quentes ficam atrás do balcão de vidro.

Joona desabotoa o primeiro botão do paletó, tira a carteira e mostra a identificação policial para a moça no caixa.

— Meu nome é Joona Linna. Sou da Unidade Nacional de Operações. Vou precisar da sua ajuda.

— Tudo bem — ela responde com um sorriso curioso.

— Eu também quero ser policial — Pontus diz baixinho para Pamela.

— Precisamos acessar suas câmeras de segurança — Joona explica.

— Eu não sei nada a respeito delas — a moça responde, e suas bochechas ficam rosadas.

— Suponho que vocês tenham um contrato com uma empresa de segurança, não?

— Securitas, eu acho... mas posso ligar pro meu chefe.

— Por favor.

Ela pega o celular, percorre a lista de contatos e faz a ligação.

— Ele não está atendendo — ela diz depois de um ou dois instantes.

Pamela e Pontus seguem Joona atrás do balcão. A jovem faz contato visual com Pontus, mas logo abaixa o olhar.

Joona examina com atenção o monitor perto do caixa. Oito pequenos quadrados, um para cada câmera. Duas das câmeras cobrem o interior da loja, quatro estão posicionadas ao redor das bombas de combustível, uma no lava-rápido e uma nas vagas de estacionamento para caminhões.

— Existe uma senha? — Joona pergunta.

— Sim, mas eu não sei se tenho... hum, você sabe, autoridade para dar o código.

— Vou ligar para a empresa de segurança.

Joona tecla um número e explica a situação ao operador da Securitas. Depois de verificarem sua identidade, a empresa o ajuda a fazer o login.

Ele clica em uma das miniaturas e as imagens da câmera imediatamente preenchem a tela.

Entre um dos pilares que sustentam o telhado plano e uma bomba de fluido de lavagem, são visíveis as lixeiras azuis e um mastro de bandeira.

Nenhuma das outras câmeras aponta nessa direção.

Joona retrocede a gravação até o momento em que Mia foi levada. Pontus se inclina para a frente.

Um vulto entra na imagem à esquerda da tela. Uma garota de cabelo cor-de-rosa e azul, vestindo um casaco militar cáqui aberto e um par de botas pretas.

— É ela, é a Mia — Pamela diz, engolindo em seco.

O rosto da garota tem uma expressão pensativa, ela anda devagar. Ao passar pelas bombas de combustível desaparece de vista, mas reaparece quando se senta no bloco de concreto.

Ela abaixa cuidadosamente um copo até o chão, afasta o cabelo do rosto, tira o hambúrguer da sacola e desdobra a embalagem.

— Não sei por que ela sempre quer sentar ali pra comer — Pontus comenta baixinho.

Mia espia a estrada enquanto enfia batatas fritas na boca. Dá outra mordida no hambúrguer e, em seguida, olha para a rotatória que dá acesso à entrada do posto de gasolina.

Por um momento, é ofuscada por um par de faróis, a luz piscando na lixeira azul atrás dela.

Ela pega o refrigerante, toma um gole e abaixa o copo até o chão quando um caminhão para e a oculta completamente da tomada.

Pamela junta as mãos e reza baixinho a Deus para que nada de ruim tenha acontecido com Mia, que tudo seja apenas um mal-entendido.

O veículo pesado para, o ar quente tremula na frente do motor.

Mia não está mais visível em nenhuma das câmeras.

A cabine fica escondida atrás das várias bombas e mangueiras; eles veem a porta se abrir e alguém descer, mas não conseguem distinguir as feições do motorista.

Observam apenas a calça de moletom preta e larga do caminhoneiro se deslocar pela lateral do veículo.

Algo capta a luz no chão embaixo do caminhão.

Pouco depois o homem reaparece, passa pela cabine e volta para o semirreboque, batendo com uma mão das mãos na cobertura de lona.

O tecido de náilon treme.

Ele se põe de lado, de modo que suas costas ficam visíveis.

Na jaqueta de couro preta, há um retalho que faz lembrar labaredas cinzentas.

— É ele — Joona diz.

O homem sobe de volta na cabine, liga o motor, acelera por um momento e depois arranca.

O caminhão dá meia-volta e sai do posto de gasolina.

Mia se foi.

O refrigerante agora está caído de lado, cubos de gelo brilhando no cimento.

— É o mesmo homem que matou Jenny Lind? — Pamela pergunta com a voz trêmula.

— Sim — responde Joona.

Ela não consegue respirar e sai correndo de trás do balcão, esbarra numa prateleira e derruba sacos de balas pelo chão. Segue em frente e vai para o ar da noite, direto até o bloco de concreto onde Mia se sentava.

Pamela não consegue compreender.

Ela não é capaz de entender por que o homem levou Mia.

Martin não falou com a polícia.

Depois de algum tempo, Joona sai e se põe ao lado dela. Eles olham para a rotatória e a área industrial banhada de luz amarela.

— Emitimos um alerta nacional — ele diz.

— Deve ser possível rastrear o caminhão, não?

— Vamos tentar, mas ele tem uma vantagem maior sobre nós desta vez.

— Você não parece convencido de que o alerta nacional será suficiente.

— Não será.

— Então tudo depende do Martin? — ela diz, mais para si mesma do que qualquer coisa.

— Não temos nenhuma evidência, não somos capazes de identificar o caminhoneiro por meio de nenhuma das imagens das câmeras de vigilância e não há outras testemunhas oculares.

Pamela respira fundo, tentando manter a voz firme:

— E se o Martin ajudar a Mia vai morrer.

— Tenho certeza de que a ameaça contra ela era genuína, mas isso também nos diz que o assassino está convencido de que Martin será capaz de identificá-lo.

— Mas eu não entendo; o que vocês fariam se não tivessem o Martin? Quero dizer, vocês são a polícia! Tem que haver alguma outra maneira, não? Exames de DNA, o computador no caminhão, a filmagem a que acabamos de assistir... não quero parecer grosseira, mas... apenas façam a porra do seu trabalho!
— É o que estamos tentando fazer.
Pamela cambaleia e Joona agarra o braço dela.
— Desculpe, só estou preocupada — ela diz baixinho.
— Está tudo bem, eu entendo.
— Então você realmente precisa falar com o Martin?
— Ele viu o assassinato.
— Sim — ela suspira.
— Podemos fazer tudo em segredo, na própria ala de tratamento psiquiátrico; sem policiais por perto, sem contato com a mídia.

44

A sala de reuniões da Ala 4 escurece quando o sol passa por trás de uma nuvem. Martin está sentado no sofá, cabisbaixo, com as mãos entre as coxas. Pamela está ao seu lado, segurando uma xícara de chá.

Joona caminha devagar até a janela e espia a fachada de tijolos sobre a área das ambulâncias e a entrada da emergência.

O dr. Erik Maria Bark se remexe na cadeira e se inclina sobre a mesa baixa para tentar chamar a atenção de Martin.

— Eu não me lembro de nada — Martin sussurra, olhando para a porta.

— Chamamos isso de...

— Desculpe.

— Não é sua culpa. Chamamos isso de amnésia retrógrada, é um sintoma muito comum nos casos severos de TEPT — Erik explica. — Mas, com a ajuda certa, você começará a se lembrar e poderá voltar a falar normalmente; já vi isso inúmeras vezes.

— Você ouviu isso? — Pamela pergunta baixinho.

Erik Maria Bark é especialista em psicotraumatologia e psiquiatria de desastres, e faz parte de uma equipe que ajuda pacientes com traumas agudos e sintomas pós-traumáticos.

A rigor, ele está de licença para escrever um livro sobre hipnose clínica, mas abriu uma exceção para ajudar seu amigo Joona.

— A hipnose pode parecer algo um tanto místico, mas na verdade nada mais é do que um estado natural de relaxamento e foco interior — Erik continua. — Em certo momento, explicarei como funciona na prática, mas em essência envolve abrir mão de grande parte da atenção que você presta ao mundo ao redor. É mais ou menos como quando você vai ao cinema... a diferença é que, na hipnose, o foco se volta para dentro de si, em vez de acompanhar um filme... em suma é isso, na verdade.

— Certo — Martin sussurra.

— E assim que você estiver relaxado o suficiente para atingir esse estado vou ajudá-lo a organizar suas memórias.

Erik estuda o rosto pálido e tenso de Martin. Sabe que a hipnose pode ser incrivelmente assustadora para ele.

— Faremos isso juntos, você e eu — Erik assegura. — Estarei com você o tempo todo, e Pamela estará aqui também. Você pode falar com ela sempre que quiser... ou interromper a sessão, se preferir.

Martin sussurra algo no ouvido de Pamela, depois olha para Erik.

— Ele quer tentar — ela diz.

— Martin, deite-se no sofá e eu explico o que vai acontecer — Erik o instrui.

Pamela se posiciona de lado enquanto Martin tira os chinelos e se deita, a cabeça num ângulo desconfortável no apoio de braço.

— Joona, pode fechar as cortinas, por favor? — Erik pede.

As argolas da cortina raspam contra o varão de madeira, e num instante a sala fica submersa em uma escuridão suave.

— Tente ficar confortável; ajeite a almofada sob o pescoço — Erik diz com um sorriso. — Suas pernas devem estar descruzadas e seus braços em repouso ao lado do corpo.

As cortinas balançam por um momento antes de ficarem imóveis. Martin está de costas, fitando o teto.

— Antes de iniciarmos a hipnose em si eu gostaria de fazer alguns exercícios de relaxamento para tentar deixar sua respiração agradável e calma.

Erik sempre começa fazendo os pacientes relaxarem antes de passar gradualmente para a indução e depois para a hipnose profunda; nunca lhes conta onde estão as transições entre um estado e outro. Faz isso em parte porque não existem limites absolutos, e em parte porque o processo é muito mais complicado se os pacientes estiverem esperando ativamente pela mudança, tentando prestar atenção a ela.

— Pense na parte de trás da sua cabeça. Sinta o peso da cabeça e a forma como a almofada quase a empurra para cima — Erik diz com voz serena. — Deixe seu rosto e bochechas relaxarem, seu maxilar e a boca... Sinta as pálpebras ficarem mais pesadas a cada respiração. Deixe seus ombros afundarem para trás e seus braços descansarem contra as almofadas; deixe suas mãos ficarem moles e pesadas...

Erik percorre calmamente cada parte do corpo de Martin, à procura de algum sinal visível de tensão. Volta várias vezes para verificar as mãos, pescoço e boca do paciente.

— Respire devagar pelo nariz. Feche os olhos e sinta o peso de suas pálpebras.

Ele tenta não pensar no fato de que a vida de uma garota está em jogo, de que a polícia precisa que Martin apresente uma descrição detalhada do assassino. Erik leu sobre o caso e assistiu à filmagem no parquinho. Sabe que Martin testemunhou o assassinato de cabo a rabo. Tudo que viu está guardado em sua memória episódica, e a dificuldade estará em trazer à tona observações coerentes, pois o próprio trauma tentará oferecer resistência.

Erik permite que sua voz se torne cada vez mais monótona, à medida que insiste em repetir que Martin está relaxado e calmo, que suas pálpebras estão pesadas; só então ele deixa para trás os exercícios de relaxamento e passa para a etapa da indução.

Agora tenta fazer com que Martin pare de pensar no ambiente que o rodeia, nas outras pessoas na sala e no que se espera dele.

— Apenas ouça a minha voz dizendo que você está profundamente relaxado... nada mais importa agora. Se ouvir qualquer outro som, simplesmente ficará mais relaxado, mais concentrado na minha voz e no que estou dizendo.

Uma fina fatia do céu de verão é visível entre as cortinas azul-claras. Erik anuncia:

— Daqui a um momento vou começar a fazer uma contagem regressiva. Quero que você ouça atentamente, e a cada número que ouvir vai se sentir um pouco mais relaxado. Noventa e nove... noventa e oito... noventa e sete...

Ele observa o abdome de Martin, acompanhando sua respiração lenta, e conta no ritmo regular dos movimentos de subida e descida, diminuindo um pouco a velocidade.

— Tudo está incrivelmente confortável agora e você está concentrado na minha voz... imagine que está descendo uma escada e, a cada número que ouve, você dá mais um passo e se sente mais calmo e pesado. Cinquenta e um, cinquenta, quarenta e nove...

Erik sente um prazeroso formigamento na barriga ao deixar Martin num profundo estado de hipnose, próximo dos limites da catalepsia.

— Trinta e oito, trinta e sete... você continua descendo as escadas.

Martin parece estar dormindo, mas Erik percebe que ele ouve cada palavra que sai de sua boca. Passo a passo, ambos descem cada vez mais fundo em um estado fechado de consciência interior.

— Quando eu chegar a zero, você estará passeando com seu cachorro pela rua Svea. Você vira na Escola de Economia, indo em direção ao parquinho — Erik diz, a voz sempre monótona. — Você se sente calmo e tranquilo. No seu próprio ritmo, pode olhar em volta e me contar tudo o que vê... aqui nada é perigoso ou ameaçador.

Os pés de Martin tremem.

— Cinco, quatro... três, dois, um, zero... agora você está caminhando pela calçada, passa junto à mureta e sai para a grama.

45

O rosto de Martin está imóvel, como se ele já não conseguisse mais ouvir a voz de Erik. Está deitado no sofá com os olhos fechados, e todos na sala às escuras o observam atentamente. Joona está de pé, de costas para a janela, e Pamela sentada na cadeira, abraçada a si mesma.

— Agora terminei a contagem regressiva — Erik lembra a Martin, inclinando-se para a frente. — Você está no gramado ao lado da Escola de Economia.

Martin abre um pouco os olhos, piscando sob as pálpebras pesadas.

— Você está profundamente relaxado... e agora pode me dizer o que vê.

A mão direita de Martin se move ligeiramente, os olhos se fecham e sua respiração fica mais lenta.

Pamela lança um olhar hesitante na direção de Erik.

Joona está imóvel como uma estátua.

Erik estuda o rosto inexpressivo de Martin e se pergunta o que o impede de falar.

É quase como se lhe faltassem forças para dar o primeiro passo.

Erik pondera se deve tentar fazer comandos ocultos, sugestões expressas em forma de ordens.

— Você está ao lado da Escola de Economia — ele repete. — Você está em total segurança aqui e, se estiver pronto, pode me contar o que vê.

— Está tudo brilhando na escuridão — Martin responde calmamente. — A chuva cai no meu guarda-chuva e a grama farfalha no aguaceiro.

A sala de reunião está em silêncio absoluto. Todos parecem estar prendendo a respiração.

Martin não fala de forma tão coerente há cinco anos. Os olhos de Pamela se enchem de lágrimas; pensava que ele nunca mais seria capaz de se expressar dessa maneira.

— Martin — Erik diz —, você levou o cachorro para o parquinho no meio da noite...

— Porque é minha responsabilidade — Martin diz, estranhamente boquiaberto.

— Levar o cachorro para passear?

Martin faz que sim com a cabeça e avança para a grama molhada. Cai uma chuva pesada.

Loke quer seguir em frente, esticando a correia. Martin vê sua própria mão se erguer ligeiramente.

— Conte-me o que você vê — Erik diz.

Martin olha ao redor e avista uma moradora de rua nas sombras na ladeira que sobe em direção ao observatório.

— Há alguém na trilha... com montes de sacolas num carrinho de compras.

— Volte para o parquinho — Erik diz. — Você pode ver exatamente o que acontece lá sem sentir nenhum medo.

A respiração de Martin se torna superficial e gotas de suor brotam em sua testa. Pamela lança um olhar ansioso na direção dele e cobre a boca com a mão.

— Sua respiração está calma, e você está ouvindo a minha voz em alto e bom som — Erik diz, mantendo um ritmo constante e calculado. — Nada disso é perigoso; você está em perfeita segurança aqui. Leve todo o tempo de que precisar e... descreva o que vê.

— Tem uma casinha de brinquedo vermelha, mais atrás, com uma janelinha. A chuva cai no telhado e escorre para o chão.

— Mas ao lado da casinha você pode ver os escorregadores — Erik continua. — Os balanços, o trepa-trepa e...

— As mães estão vendo os filhos brincarem — Martin murmura.

— Lembre-se, você está no meio da noite, a luz é de um poste de rua — Erik explica. — Você solta a correia do cachorro e se aproxima do parquinho...

— Estou andando na grama molhada — Martin diz. — Então chego à casinha de brinquedo vermelha e paro...

Em meio à chuva, Martin consegue enxergar o parquinho à luz fraca do poste. As pesadas gotas de chuva fazem borbulhar as poças iluminadas a seus pés.

— O que você vê? O que está acontecendo? — Erik pergunta.

Martin observa atentamente a casinha e vê as cortinas florais na janela escura. No exato instante em que está prestes a se virar em direção ao trepa-trepa, tudo fica preto.

— Qual é a cor do trepa-trepa?

Ele ouve uma batida surda e ritmada contra seu guarda-chuva, mas não consegue ver nada.

— Eu não sei.

— De onde você está, é possível enxergar o trepa-trepa — Erik diz.

— Não.

— Martin, você está olhando para algo que é difícil de processar — Erik continua. — Mas não precisa ter medo. Apenas me diga o que você vê, mesmo que sejam só pequenos fragmentos.

Martin balança a cabeça devagar. Seus lábios empalideceram, o suor agora escorre por seu rosto.

— Tem alguém no parquinho — Erik diz.

— Não há parquinho nenhum.

— Nesse caso, o que você está vendo?

— Apenas escuridão.

Erik se pergunta se alguma coisa pode estar bloqueando fisicamente a visão de Martin. Talvez ele esteja segurando o guarda-chuva num ângulo que não lhe permite enxergar à frente.

— Há um poste de luz ao longe.

— Não...

Martin fita a escuridão, inclinando o guarda-chuva mais para trás e sentindo a chuva fria escorrer por suas costas.

— Olhe para a casinha de novo — Erik o instrui.

Martin abre os olhos cansados e encara o teto. A poltrona range quando Pamela se remexe.

— Ele foi submetido a sessões de ECT recentemente, e acho que isso deve ter afetado sua memória — ela diz com voz suave.

— Quando foi isso? — Erik quer saber.

— Anteontem.

— Entendo.

Erik sabe que é muito comum que a memória episódica verbal se deteriore imediatamente após o tratamento de ECT. Mas, se fosse o caso, Martin não deveria estar apenas fitando a escuridão; deveria estar vasculhando ilhas nebulosas de lembranças.

— Martin, deixe suas memórias virem à tona do jeito que aparecerem; não se preocupe com a escuridão entre elas. Você sabe que está em frente ao escorregador, à escada de corda e ao trepa-trepa... mas se não consegue ver essas coisas agora, será que vê algo mais?

— Não.

— Vamos nos aprofundar mais um pouco no relaxamento... quando eu contar até zero, você abrirá sua mente para todas as imagens que associa a este lugar. Três, dois, um... zero.

Martin está prestes a dizer que não consegue ver nada quando percebe a presença de um homem alto com algo estranho na cabeça.

Ele está parado na escuridão, a poucos passos do pálido círculo de luz lançado pelo poste de iluminação.

Há dois meninos sentados no chão lamacento aos pés dele.

Martin ouve um clique metálico, como alguém dando corda em um brinquedo mecânico.

O homem se vira para Martin.

Está usando uma cartola e roupas de um antigo programa infantil de TV.

Da aba do chapéu pende uma cortina de veludo vermelho, ocultando o rosto do homem. Tufos de cabelo grisalho aparecem por baixo da bainha esgarçada da cortina. Com passos curiosos, ele começa a caminhar em direção a Martin.

— O que você vê? — Erik pergunta.

A respiração de Martin acelera e ele balança a cabeça.

— Diga-me o que você vê.

Martin levanta as mãos, como se estivesse tentando se proteger de um soco, e desliza no sofá, caindo com um pesado baque no chão.

Pamela grita.

Em um átimo, Erik está ao lado de Martin, ajudando-o a voltar para o sofá.

Martin continua profundamente hipnotizado. Seus olhos estão bem abertos, mas ele olha para dentro de si.

— Não precisa se preocupar, está tudo bem — Erik diz com voz calma, pegando a almofada do chão e posicionando-a sob a cabeça de Martin.

— O que está acontecendo? — Pamela sussurra.

— Feche os olhos e relaxe — Erik continua. — Nada disso é perigoso, você está em total segurança aqui... vou tirá-lo lentamente da hipnose agora, passo a passo, e no fim você ficará bem, se sentirá descansado.

— Espere — Joona diz. — Pergunte a Martin por que era responsabilidade dele ir ao parquinho.

— É porque eu queria que ele levasse o cachorro para passear — Pamela comenta.

— Mas eu quero saber se, naquela noite, mais alguém o obrigou a ir àquele lugar específico — Joona insiste.

Martin murmura alguma coisa e tenta se sentar.

— Deite-se — Erik diz, com a mão firme no ombro de Martin. — Deixe seu rosto relaxar, ouça o que eu digo e respire devagar pelo nariz... Você se lembra de ter dito que foi ao parquinho com o cachorro e que isso era sua responsabilidade?

— Sim...

A boca de Martin se curva em um sorriso tenso e suas mãos começam a tremer.

— Quem disse que era sua responsabilidade seguir aquele caminho?

— Ninguém — Martin sussurra.

— Alguém mencionou o parquinho antes de você ir até lá?

— Sim.

— Quem?

— Foi... Primus. Ele estava na cabine telefônica... conversando com Caesar.

— Você quer me contar o que eles disseram?

— Eles disseram coisas diferentes.

— Você ouviu os dois, Primus e Caesar?

— Só o Primus.

— E o que exatamente ele falou?

— "Isso é demais" — Martin diz com voz sombria.

Os lábios dele continuam se movendo, mas sai apenas um leve sussurro. Seus olhos se abrem, ele fita cegamente à frente, repetindo as palavras de Primus:

— "Eu sei que eu disse que queria ajudar, Caesar... mas ir ao parquinho e serrar as pernas da Jenny enquanto ela está pendurada lá, esperneando..."

Martin se cala depois de soltar um grito de dor. Com as pernas trêmulas, se levanta do sofá, derruba o abajur, cambaleia para a frente e vomita no chão.

46

Joona caminha depressa pelo corredor com uma das funcionárias, aguarda enquanto ela digita seu código na fechadura eletrônica e a segue até os escritórios da administração.

Ouve-se o zumbido do duto de ventilação no teto baixo.

Era óbvio que Martin tinha visto e ouvido muito mais do que era capaz de descrever, mas o pouco que conseguiu revelar talvez seja o necessário.

Algo se agita dentro do coração de Joona, como se alguém tivesse atiçado brasas moribundas, reavivando o fogo.

A investigação acaba de entrar em uma nova fase. Eles agora têm dois nomes ligados ao assassinato.

Nenhum dos funcionários com quem Joona falou até agora se lembra de um paciente chamado Caesar, mas Primus Bengtsson foi internado sete vezes nos últimos cinco anos.

Enquanto segue a mulher ao longo de outro corredor idêntico, Joona pensa na complexidade da situação de Martin.

Na ala de tratamento psiquiátrico os pacientes não podem ter telefones celulares, mas há uma cabine telefônica que podem usar. Martin ouviu Primus em uma chamada com Caesar, discutindo seus planos com relação a Jenny Lind.

Ao ouvir isso, tornou-se a responsabilidade dele tentar salvá-la.

Como seu transtorno obsessivo-compulsivo o impedia de contar o que ouvira, ele não teve escolha a não ser ir pessoalmente ao parquinho naquela noite na tentativa de impedir o assassinato.

Porém, quando chegou lá, ficou completamente paralisado, plantado onde estava, sem ação, enquanto Jenny era executada diante de seus olhos.

A funcionária conduz Joona pelo refeitório dos funcionários. A luz do sol inunda as mesas, revelando marcas onde alguém passou um pano úmido para limpar a sujeira. As cortinas azul-claras estão sujas nas bainhas, sopradas pelo aparelho de ar-condicionado.

Eles avançam pelo corredor seguinte, onde há um quadro branco numa parede e um carrinho de carga atulhado de caixas de papel para impressora.

— É bem ali — a funcionária aponta uma porta fechada.

— Obrigado — Joona agradece, depois bate à porta e entra.

O psiquiatra-chefe, Mike Miller, está sentado diante da tela do computador. Ele se apresenta e abre um sorriso descontraído para Joona.

— Os médicos costumavam enfiar isto no lobo frontal com um martelo, através da cavidade ocular — ele diz, indicando um instrumento emoldurado na parede. Parece um finíssimo picador de gelo com uma ponta graduada.

— Até meados dos anos 1960 — Joona assente.

— Acabaram com os métodos antiquados e viveram nos tempos mais modernos... como nós agora — o médico diz, inclinando-se para a frente.

— Você submeteu Martin a sessões de eletroconvulsoterapia.

— O que é um pouco lamentável se você acha que ele realmente testemunhou um assassinato.

— Sim, mas ele conseguiu apontar outro de seus pacientes que estava envolvido.

— Sob hipnose? — Mike pergunta, arqueando uma sobrancelha com uma expressão divertida no rosto.

— Primus Bengtsson.

— Primus — o psiquiatra repete com voz monocórdica.

— Ele está aqui agora?

— Não.

— Uma vez que suspeitamos que ele possa estar envolvido em um homicídio, a confidencialidade do sigilo médico não se aplica.

O rosto de Mike adquire uma expressão solene. Ele tira uma caneta do bolso do jaleco e ergue os olhos para Joona.

— Diga-me como posso ajudar.

— Primus teve alta? Isso significa que ele está saudável?

— Esta não é uma clínica de tratamento psiquiátrico forense — Mike responde. — Quase todos os nossos pacientes estão aqui por vontade própria, ou seja, o princípio é dar alta a quem quiser receber alta, mesmo sabendo que pode voltar. Eles são pessoas, afinal; têm direitos.

— Preciso saber se Primus esteve internado em três ocasiões específicas — Joona diz, enumerando as datas em que, respectivamente, Jenny Lind desapareceu, o dia em que foi assassinada e quando Mia foi raptada.

Mike anota as datas em um Post-it amarelo. Os dois homens permanecem em silêncio enquanto o psiquiatra pesquisa os registros em seu computador. Depois de alguns instantes, pigarreia e diz que Primus não estava no hospital em nenhuma das três datas.

— Portanto, nenhum álibi de nossa parte — ele diz.

— Mas ele vem aqui com frequência?

O médico se afasta do computador e recosta na cadeira. A luz do sol oblíqua realça em nítido relevo as muitas rugas em seu rosto magro.

— Ele tem psicoses recorrentes, então é um processo bastante cíclico. Geralmente quer ficar por uma ou duas semanas antes de receber alta. Depois de alguns meses de liberdade, esquece de tomar a medicação e volta.

— Vou precisar do endereço de Primus para entrar em contato com ele.

— Claro, embora eu não acredite que ele tenha um endereço fixo...

— E quanto a um número de telefone, endereços alternativos, algum parente?

O médico muda de lugar uma pequena tigela com uma rosa flutuando dentro, vira a tela do computador para Joona e lhe mostra o formulário de contato vazio.

— Tudo o que sei é que ele costuma visitar a irmã, Ulrike, por quem... tem uma espécie de obsessão.

— Em que sentido?

— Ele pode passar horas a fio falando sobre como ela é linda, o jeito de ela andar e assim por diante.

— Você já teve um paciente ou funcionário chamado Caesar? — Joona pergunta.

O médico rabisca o nome, enche as bochechas de ar e faz duas buscas no computador antes de balançar a cabeça.

— Conte-me sobre Primus.

— Não sabemos muito sobre a vida particular dele, mas, além de suas psicoses, foi diagnosticado com síndrome de Tourette e coprolalia.

— Ele é violento?

— A única coisa que faz quando está aqui é falar sobre suas fantasias sexuais grandiosas e bizarras.

— Encaminhe para mim os registros sobre ele — Joona pede, entregando seu cartão.

Joona se vira para sair, mas se detém e olha para o médico. Há algo de reticente nos olhos fundos do homem.

— O que você não está me dizendo? — pergunta Joona.

— O que eu não estou dizendo? — Mike repete com um suspiro. — Não há nenhuma menção a isso no prontuário dele, mas nos últimos tempos venho me perguntando sobre a possibilidade de Primus realmente acreditar em suas próprias palavras. Tenho dúvidas sobre se as coisas que consideramos provocações compulsivas não são, na verdade, um caso de autoimagem distorcida, o que apontaria para uma variante extrema de transtorno de personalidade narcisista.

— Você o considera perigoso?

— A maioria das pessoas o acha incrivelmente desagradável... mas, se minhas suspeitas estiverem corretas, sem dúvida ele pode ser perigoso também.

Joona sai da sala do médico com a forte sensação de que enfim a caçada começou. Percorre às pressas os corredores até a recepção, pega o celular e lê as mensagens de sua equipe.

Primus Bengtsson não aparece em nenhum banco de dados da polícia. Como não tem uma linha telefônica cadastrada em seu nome, é impossível rastrear suas ligações. Também não tem endereço fixo, mas a polícia sabe que sua irmã mora em Bergvik, em Södertälje.

Depois de examinar as imagens das câmeras do sistema de vigilância do posto de gasolina em Gävle, a equipe conseguiu determinar o modelo do caminhão. Não podem descartar a hipótese de que Primus era o motorista, mas também não têm como prová-la.

Apesar do alerta nacional, ainda não há sinal do paradeiro de Mia. Porém, se conseguirem encontrar Primus, há uma chance de encontrarem a garota.

Joona sai da ala de tratamento psiquiátrico para o ar quente. No caminho de volta até o carro, liga para Tommy Kofoed, que trabalhou na Comissão Nacional de Homicídios até se aposentar dois anos atrás.

Enquanto Joona lhe faz um relato sobre o caso, Kofoed escuta e de tempos em tempos emite um "ahã" meio emburrado.

— Não me parece que Primus seja o nosso assassino, mas ele está envolvido de alguma forma no crime do parquinho — Joona conclui.

— Parece um avanço — Kofoed murmura.

— Estou voltando à delegacia para falar com Margot sobre os recursos necessários, mas quero que a vigilância comece agora.

— Faz sentido.

— A irmã é o único ponto fixo na vida de Primus… ouça, desculpe perguntar, mas você acha que poderia ir até lá e me manter informado?

— Faço qualquer coisa para fugir dos meus netos — Kofoed responde.

47

Já é noite quando Joona estaciona em frente à entrada principal do prédio da Autoridade de Polícia Nacional, passa às pressas pelas portas de vidro e corre até os elevadores.

Ele acabou de atualizar Aron sobre os últimos acontecimentos, e ambos decidiram se reunir com Margot e lhe apresentar juntos um resumo dos fatos.

Joona passa zunindo pelo corredor do oitavo andar. As folhas de papel afixadas no quadro de avisos esvoaçam em seu rastro.

Aron já está à espera do lado de fora da sala de Margot.

— Não há registros sobre Primus em nenhum dos nossos bancos de dados — ele diz a Joona —, mas acabei de encontrar a irmã dele na base de dados de vigilância.

— E por que ela está lá?

— Ela é casada com Stefan Nicolic, que é membro do primeiro escalão de uma gangue criminosa de motociclistas.

— Bom trabalho.

Joona bate e abre a porta e os dois entram juntos na sala. Margot tira os óculos e olha para eles.

— A investigação preliminar entrou em uma nova fase e temos um padrão bastante alarmante — Aron anuncia. — O assassino ainda não terminou. Ele sequestra garotas e as mantém prisioneiras antes de executá-las.

— Ouvi falar da garota em Gävle — Margot diz.

— Mia Andersson — Aron mostra uma foto. — Provavelmente nossa próxima vítima.

— Eu sei.

— Mas tivemos outra revelação relacionada a Jenny Lind — Joona diz, sentando-se numa das poltronas. — Agora sabemos que Martin

Nordström foi ao parquinho naquela noite porque ouviu outro paciente na ala psiquiátrica falando ao telefone sobre o assassinato, antes que o crime efetivamente acontecesse.

— O quê? Então ele foi lá para assistir? — Margot indaga.

— Ele tem um transtorno mental e, quando ouviu a conversa, sentiu que não tinha escolha a não ser ir até lá e tentar impedir. Mas ficou paralisado quando viu o que viu.

Margot se recosta na cadeira.

— Já identificamos o paciente que ele ouviu ao telefone?

— Sim, o nome dele é Primus Bengtsson e estava conversando com alguém chamado Caesar — Aron responde, sentando-se na outra poltrona.

— E esse Primus Bengtsson já está sob custódia?

— Recebeu alta e não tem endereço fixo — Joona diz.

— Pelo amor de Deus... — Margot solta um suspiro profundo.

— Neste momento Caesar é apenas um nome, mas achamos que ele tentou convencer Primus a ajudá-lo no assassinato — Aron explica.

— São dois assassinos, então? — Margot pergunta.

— Não sabemos. Via de regra assassinos em série trabalham sozinhos, mas às vezes têm seguidores, tanto passivos quanto ativos — Joona explica.

— Então estamos diante de um serial killer?

— Sim.

Ouve-se uma batida cautelosa na porta.

— Ah, sim, convidei Lars Tamm — Aron esclarece.

— Por quê? — Margot pergunta.

— Primus passa um bocado de tempo com a irmã, Ulrike, que, de acordo com nosso banco de dados, tem ligações com uma gangue criminosa de motociclistas.

Há outra batida quase inaudível na porta.

— Entre! — Margot grita.

Lars Tamm espia dentro da sala como se esperasse uma surpresa agradável. Seu rosto é salpicado de marcas de pigmentação e suas sobrancelhas são brancas. Ele é o promotor principal da Unidade Nacional Contra o Crime Organizado desde a fundação do órgão.

Movendo-se com cautela, ele entra na sala e aperta a mão de um por um antes de se sentar na cadeira vaga.

— O que você sabe sobre a gangue de motociclistas? — Joona pergunta.

— A gangue é conhecida simplesmente como Clube e tem uma forte presença criminosa na Suécia, Dinamarca e Alemanha — Lars responde. — O marido de Ulrike, Stefan Nicolic, é um dos líderes do braço sueco e... vamos ver, o que mais? O Clube tem ligações com Tyson, que domina a rede de tráfico de drogas nos arredores da área de Järvafältet aqui em Estocolmo, e com os Papa-léguas poloneses.

— Em que tipo de atividade estão envolvidos? — Margot indaga.

— Jogo clandestino, lavagem de dinheiro, agiotagem, cobrança de dívidas, contrabando de armas e tráfico de drogas em grande escala.

— Mas nada de tráfico de pessoas?

— Não que saibamos... mas é claro que há prostituição e...

Joona sai da sala e tenta ligar para Kofoed, mas cai direto na caixa postal. Ele deixa uma mensagem sobre a conexão com o Clube e pede que Kofoed retorne a ligação assim que puder, depois volta para a sala de Margot.

— Vocês estão totalmente informados a respeito deles? — Aron pergunta, levantando-se de novo. — Quero dizer, é possível que Primus seja um membro do Clube sem que vocês saibam?

— O Clube pertence à categoria de crime organizado que chamamos de autodefinidora — Lars explica. — Cada um escolhe por conta própria seu nível de envolvimento, e muitas vezes leva anos para se tornar um membro pleno... embora, é claro, eles tenham uma base numerosa de membros de nível inferior.

— Então pode ser que ele esteja envolvido nesses níveis hierárquicos mais baixos?

— Contanto que tenha algo a oferecer — Lars responde.

Joona tenta ligar para Kofoed novamente. Desta vez o telefone toca, e ele está prestes a desligar quando ouve um clique seguido por um zunido.

— Estou começando a sentir na pele como é ser filho de um policial — ele responde, em voz baixa.

— Eu preciso ir salvar você? — Joona sai da sala.
Kofoed solta uma risada contida e diz:
— Ainda não vi Primus. Mas Ulrike está no térreo. A princípio pensei que ela estava sozinha em casa, mas entrevi de relance outra pessoa... esperei um bocado de tempo e consegui tirar uma foto... a qualidade da imagem é terrível, mas acho que se parece com Mia Andersson.
— Envie-me a foto e mantenha distância. Tome cuidado — Joona diz.
— Beleza.
— Tommy? Leve a sério o que estou dizendo.
— Faz anos que não me divirto tanto.

O celular de Joona emite um bipe para avisar o recebimento de uma nova mensagem e ele clica para abrir a imagem. Observa as paredes da casa revestidas de madeira vermelha, os caixilhos das janelas brancas, as tábuas rachadas e a pintura descascada. Numa das janelas, é possível ver parcialmente a silhueta de uma garota.

Joona amplia a imagem. A resolução é péssima, mas ele estuda o formato do rosto, a luz fraca acima da ponta do nariz. Pode ser Mia, como Kofoed afirmou. Não dá para descartar a possibilidade de que a encontraram.

Ele volta à sala de Margot com o celular na mão, interrompendo Lars Tamm no meio da frase.

— Certo, escutem — ele diz. — Botei Tommy Kofoed para vigiar a casa de Ulrike...

— Eu não deveria estar surpresa — Margot suspira.

— E ele acabou de me enviar esta foto — prossegue, passando o celular para ela.

— Quem é essa? — Margot pergunta, pondo os óculos.

Aron se posiciona atrás de Margot e se inclina sobre o celular.

— Pode ser a Mia Andersson, certo? É parecida com ela.

— Teremos de entregar a foto aos peritos — Joona diz. — Mas se for Mia não vai ficar lá por muito tempo; não há dúvida de que essa casa é apenas uma escala, uma parada rápida.

— Temos que invadir agora — Aron sugere.

— Preciso discutir isso com o Departamento Nacional de Investigação Criminal e a Polícia de Segurança — Margot ressalta.

— Discutir — Aron repete, levantando a voz. — Então você pode ir e cortar o cabo de aço quando encontrarmos o corpo mutilado de Mia pendurado...

— Chega! — Margot explode, levantando-se da cadeira. — Eu entendo a gravidade da situação. Isso me deixa furiosa, não vou tolerar mais nenhuma morte, mas se decidirmos fazer uma batida temos que fazer direito.

— Mas se ficarmos sentados de braços cruzados...

— Não vamos ficar sentados de braços cruzados, não é isso que estou dizendo, é? Não vamos esperar. — A voz de Margot é estridente e agressiva, e ela limpa a boca com as costas da mão. — Joona, o que você acha? O que devemos fazer?

— Precisamos mandar gente para lá agora, enquanto nos preparamos para uma batida.

— Certo, então vamos agir — Margot diz. — Vocês dois, entrem num carro e vão até lá, e enquanto isso vou falar com a Força-Tarefa Nacional.

48

Joona abotoa o blusão cinza sobre o colete à prova de balas e enfia sua pistola Colt Combat num envelope almofadado da UPS.

Aron está sentado sobre uma pilha de paletes e uma de suas pernas balança, ansiosa.

São 23h08, e o céu escureceu.

Na penumbra do crepúsculo, há três carros estacionados na ladeira junto ao portão da Companhia Elétrica de Södertälje.

Margot Silverman elevou o status da batida à categoria de operação especial, embora os técnicos não tenham conseguido confirmar se a jovem na fotografia de Kofoed é de fato Mia Andersson.

Dois dos nove agentes da Força-Tarefa Nacional já chegaram e estão esperando atrás de uma picape enferrujada com as palavras Franzén Serviços de Encanador na porta traseira.

Os homens se apresentaram como Bruno e Morris. São quase tão altos quanto Joona e vestem calças de trabalho azuis e jaquetas de poliéster. Bruno tem a cabeça raspada e uma barba loira. Morris tem cabelo escuro curto e bochechas rosadas, e usa um pequeno crucifixo pendurado no pescoço.

Joona assumiu o controle minuto a minuto da operação e está em contato com Margot e o restante da equipe de comando.

Todos estão com dificuldade em avaliar a situação.

À exceção de Ulrike e da garota, ninguém mais foi avistado na casa, mas é uma construção grande e os policiais a vigiaram de apenas um ponto de observação.

— Nosso objetivo principal é resgatar a mulher que pode ou não ser Mia Andersson — Joona diz. — E nosso objetivo secundário é prender Primus, se ele estiver lá dentro, e levá-lo para interrogatório.

Está escuro entre os carros na ladeira, mas na parede verde-menta há uma lâmpada com cúpula de zinco que projeta um estreito círculo de luminosidade. Os quatro homens se reúnem sob a luz para estudar o mapa.

Joona explica como funcionará a operação, detalhando as rotas da invasão, o ponto de encontro e o local onde as ambulâncias estarão à espera.

Ele põe por cima do mapa uma cópia da planta baixa da casa, apontando para a porta da frente, o corredor e os outros cômodos no andar térreo.

— As escadas são um problema — Morris diz.

— Mas vocês terão que subir em pares, mesmo que seja apertado — Joona explica.

— Acho que sim — responde Bruno, coçando a barba loira.

Estão à espera de outros sete agentes da Força-Tarefa Nacional. Munidos de rifles de precisão, três deles ocuparão posições estratégicas do lado de fora, ao passo que os demais entrarão em duplas e vasculharão a casa.

Aron deixa cair o celular, que bate com estrépito no chão ao lado da pilha de paletes. Ele pega o aparelho e verifica se a tela sobreviveu ilesa.

Morris examina o carregador de munição de seu rifle automático, certificando-se de que todas as balas estão totalmente encamisadas, e de dentro da bolsa esportiva saca uma mira.

— Affe, que porra é esta? — ele murmura, virando a lente para a luz. — Tem alguma porcaria grudada na lente.

— Deixa eu ver — Bruno diz.

— Alguma coisa pegajosa.

— Talvez você possa fumá-la — Bruno sugere.

Os agentes começam a brincar sobre como Morris era antes de criar juízo e entrar para a polícia. Quando não conseguia arranjar maconha, fumava qualquer coisa, de casca de banana a cogumelos venenosos. Certa vez chegou a misturar noz-moscada moída com aguarrás e deixou secar no forno.

Joona abre um envelope e distribui fotos de Mia Andersson, Primus, Ulrike Bengtsson e o marido dela, Stefan Nicolic.

— Nicolic está armado e é extremamente perigoso. No ano passado, um de nossos colegas foi baleado na cama e o nome de Nicolic apareceu na investigação.

— Ele é meu — Morris diz.

— Eles têm acesso a armas pesadas — Joona diz no instante em que seu celular começa a tocar. — Preciso atender; é Kofoed.

Ele atende e ouve um som rascante; em seguida, Kofoed ofega perto do microfone.

— Consegue me escutar? — Kofoed pergunta aos sussurros. — Um veículo acabou de parar do lado de fora da casa, uma van com vidros escuros. Está na entrada da garagem... a minha posição não é muito boa, então não consigo enxergar se alguém saiu ou o que está acontecendo.

— Fique onde está — Joona o instrui e encerra a ligação.

— O que ele disse? — Aron pergunta.

— Uma van acabou de chegar. Pode ser que estejam prestes a levar Mia — Joona explica enquanto liga de novo para a equipe de comando.

Ao conversar com os homens sobre os últimos acontecimentos, Joona nota que os dois agentes estão cochichando um com o outro, aparentando nervosismo.

Os olhos de Morris parecem vítreos, e suas bochechas e orelhas ficaram vermelhas. Ele sopra a poeira do trilho Picatinny de sua arma e acopla a mira.

A luz da lâmpada de zinco ilumina os ombros largos e as costas de Bruno. Aron enfia um sachê de tabaco úmido sob o lábio superior.

— Tá legal, escutem com atenção — Joona diz aos três homens. — Margot quer que a gente entre o mais rápido possível.

— O restante da equipe já está quase chegando — Morris diz.

— Eu sei, mas o centro de comando ponderou o risco de Mia Andersson ser levada na van... os bloqueios nas estradas estão atrasados e querem evitar uma perseguição de carros.

— Puta que pariu... — Morris suspira.

— Temos ordens de iniciar a batida imediatamente — Joona repete.

— Beleza, vamos nessa, que se dane — Bruno diz, lançando um olhar tranquilizador na direção de Morris.

— Aron e eu vamos entrar pela porta da frente, e quero que vocês dois bloqueiem a saída usando a picape. Deem cento e vinte segundos antes de virem atrás de nós. Sem granadas de efeito moral, sem gritaria, mas eles vão revidar, vocês podem esperar troca de tiros.

— A equipe estará aqui em vinte minutos — Morris protesta, irredutível.

— Vamos agora, nós não temos vinte minutos! — Aron levanta a voz. — Você quer deixá-los desaparecer com a garota? E esperar até a encontrarmos enforcada por aí daqui a alguns anos?

— Temos ordens categóricas para entrar agora — Joona diz, passando a Aron um dos fones de ouvido sem fio. — Certifique-se de que consegue me ouvir e de que tem comunicação no modo direto.

Joona começa a caminhada em direção à rua Bergs, o envelope na mão. Aron o segue.

— Você tem uma Sig Sauer, certo?

— Até onde sei, sim — Aron responde.

— Mantenha-a escondida até estarmos dentro da casa.

Os dois agentes ficam para trás, observando-os desaparecer na escuridão. Veem Joona e Aron ressurgirem sob a luz de um poste distante.

Morris anda de um lado para o outro com passos ansiosos, depois põe as duas mãos na parede verde-menta e se inclina, respirando fundo.

— "I smoke two joints before I smoke two joints" — Bruno fala.

— "And then I smoke two more" —[*] Morris responde, mas sem sorrir.

— Nós damos conta do recado — Bruno diz com voz abafada.

— Eu sei — Morris diz, pegando o crucifixo e beijando-o.

— Você tirou a gosma grudada na sua mira?

— Não faz diferença; não vou precisar.

Eles pegam as bolsas esportivas com as armas e as guardam na caçamba da picape, entram no carro e dão marcha a ré.

---

[*] "Eu fumo dois baseados antes de fumar dois baseados, e depois eu fumo mais dois", letra da canção "Smoke Two Joints" (1983), da banda de reggae norte-americana The Toyes, regravada pela banda Sublime em 1992. (N. T.)

49

Em silêncio, Joona e Aron viram à esquerda e começam a subir até o topo da colina, os postes de rua iluminando trechos da calçada. A ladeira está repleta de palacetes do início do século xx e há luzes acesas em algumas das janelas.

— Quando foi a última vez que você treinou para este tipo de operação? — Joona pergunta, passando por cima de um patinete elétrico caído.

— Não é o tipo de coisa que a gente esquece — Aron responde.

Atravessam a rua e entram em um estreito beco sem saída de asfalto rachado.

Ao passarem por uma pequena parede rochosa, avistam a casa de Ulrike Bengtsson no topo da colina íngreme, o telhado pontiagudo erguendo-se para o céu negro.

Joona pensa na fotografia de Ulrike. É uma mulher alta e está na casa dos sessenta anos, tem cabelo loiro, piercings nas sobrancelhas e braços tatuados. Ela e o irmão são muito parecidos, ambos com rosto esguio e dentes encavalados.

Passam pelo último poste de luz, com uma cesta de basquete improvisada; as sombras de ambos ficam mais alongadas até, por fim, se fundirem ao breu.

Ouve-se apenas o barulho de seus próprios passos.

Há duas latas de lixo verdes sob um pequeno alpendre de madeira e, perto do portão, uma placa enferrujada onde se lê Animais & Tatuagem.

A van preta está estacionada na íngreme rampa de entrada, e uma luz fraca é visível na janela do quarto no andar térreo.

Joona dá um passo à frente e bate no vidro da van, coberto por uma película escura. Aron se posiciona ao lado da porta traseira, puxa a pistola do coldre, solta a trava de segurança e a mantém escondida junto ao corpo. Joona bate de novo, depois contorna a van e espia pelo para-brisa.

— Está vazia — constata.

Aron trava novamente a arma e segue Joona escada acima até a casa. Sente o suor escorrendo pelas têmporas.

Os galhos de uma árvore em frente a uma das casas vizinhas balançam com a brisa e fazem a luz de uma das janelas piscar, ansiosa.

O coração de Aron bate forte no peito; seus dentes estão cerrados. As veias palpitam nas têmporas.

Ele se lembra dos exercícios nas sessões de treinamento, mas é a primeira vez que participa efetivamente de uma incursão de verdade.

Joona se vira para a janela do quarto no térreo. Um movimento lá dentro chama sua atenção, algo parecido com um pedaço de tecido preto caindo do teto até o chão.

Continuam subindo os muitos degraus até o espaço sob a varanda. Joona gira a maçaneta e tenta abrir a porta.

— Trancada — Aron sussurra.

Joona se esforça para tirar a mochila preta e saca uma gazua elétrica. Enfia a ponta chanfrada no buraco, tateia os pinos, puxa até arrancá-los e, em seguida, usa o torquímetro para girar a fechadura.

Abre um pouco a porta e espia o corredor escuro enquanto guarda a gazua elétrica de volta na mochila. Pega uma toalha e um alicate, depois estende a toalha na fresta entre a porta e o batente e corta a corrente de segurança.

Os elos quebrados caem no tecido sem fazer barulho.

— Vamos entrar agora — Joona diz pelo rádio.

Tira a pistola do envelope almofadado, solta a trava de segurança, deixa a mochila na escada e entra.

Eles passam por cima de um par de botas de motociclista vermelhas e entram em um corredor longo e estreito.

Há um lance de escadas que leva ao segundo andar e uma abertura para a sala de estar.

Ouvem um som de arrulho, seguido por um canto de pássaro abafado.

Arma em riste, Joona verifica o espaço e gesticula para que Aron o siga pela esquerda. Seus olhos lentamente se habituam à escuridão.

Aron esquadrinha o segundo andar entre os corrimãos.

Joona continua avançando, mirando a pistola nas roupas escuras penduradas em ganchos numa das paredes.

Uma película de penugem e poeira cobre as tábuas do assoalho.

Aron se agacha, apontando a pistola para o espaço escuro embaixo da escada. Ouve um suave som de raspagem vindo de dentro.

A arma começa a tremer em suas mãos. Algo reflete delicadamente a luz.

Aron julga ter visto alguma coisa se mover e desloca o dedo do guarda-mato da pistola para o gatilho.

Ele arqueja de surpresa quando um grande pássaro preto sai voando das sombras, colide com a lâmpada do teto apagada e bate contra a parede, as penas farfalhando, antes de voar para a sala ao lado.

Aron se endireita, a pistola apontada para o chão, tentando se recompor e controlar a respiração.

Esteve a um triz de disparar.

Joona olha de relance para ele, mantendo a arma apontada para a porta à frente.

Alguns passarinhos voam pelo corredor até o segundo andar.

— Que porra de lugar é este? — Aron sussurra, enxugando o suor dos olhos.

— Mantenha o foco.

Aron meneia a cabeça, levanta a arma e aponta para a porta. Ele avança e as tábuas do assoalho gemem sob seus passos.

Em cima de uma cômoda, nota algumas chaves de soquete enferrujadas.

Joona gesticula, pedindo a Aron que se mantenha rente à parede da esquerda.

Eles ouvem o arrulhar dos pássaros da sala escura logo à frente.

Enquanto Joona informa pelo rádio que ele e Aron estão entrando na casa, Bruno e Morris viram na rua Byggmästare. A picape enferrujada avança, rangendo, e para do outro lado da rua junto às latas de lixo, impedindo a passagem de qualquer pessoa.

— Não estou gostando nem um pouco disso — Morris diz. — Nem um pouco mesmo.

— A gente só está fazendo o nosso trabalho — Bruno diz, engolindo em seco.

— Mas como? A menos que a gente se separe, não dá pra checar o segundo andar e a cozinha, ou...

— Calma — Bruno pondera. — Joona quer que a gente fique na cobertura quando ele entrar, então de saída vamos ter que ignorar o segundo andar. Não há outra maneira. Vamos inspecionar cômodo após cômodo e ficar de olho na retaguarda.

— Eu sei, eu sei, é que prefiro esperar pelos outros.

— Já se passaram cento e vinte segundos.

Morris tenta sorrir, fingindo dar uma tragada num baseado imaginário antes de sair da picape.

Eles passam lentamente pelas lixeiras, subindo a ladeira em direção à casa. Assim que não podem mais ser vistos de nenhuma das janelas, jogam suas bolsas na vereda do jardim, vestem os capacetes e sacam seus fuzis automáticos Heckler & Koch. Sem fazer barulho, correm para a casa e sobem os degraus até a porta da frente.

Bruno ajusta o fone de ouvido, abre a porta e aponta para a escada na escuridão. Morris entra atrás dele, esquadrinhando a parede onde os casacos estão pendurados, depois passa para a sala de estar.

Tudo está calmo e quieto.

Bruno espera até que Morris termine de vasculhar a área embaixo das escadas antes de fechar a porta da frente.

Nas vigas ao lado da escada, os excrementos dos pássaros se misturaram com a penugem e se acumularam ao longo da borda do corrimão.

Bruno usa o cano do fuzil para cutucar um pedaço endurecido da mistura. Flocos secos caem no chão.

— Você pode misturar isso aí com álcool mineral e fumar, que tal? — Morris diz baixinho.

Ele se põe de joelhos e aponta para a escuridão debaixo das escadas, lamentando não ter acoplado uma lanterna em seu rifle.

50

Cortinas de blecaute cobrem as janelas, o que deixa a ampla sala de estar numa penumbra bege-acinzentada.

Há pássaros meio adormecidos sobre a mesa de bilhar e chilreando no teto.

Joona e Aron avançam devagar, separados por quatro metros de distância um do outro. O assoalho range suave sob seus pés.

Joona dá passos cautelosos, olha para Aron de esguelha e se abaixa para verificar debaixo da mesa de sinuca.

A última vez que esteve no campo de tiro notou que o mecanismo de alimentação da pistola não estava funcionando direito. Para evitar que a arma emperre, substituiu a mola do carregador assim que chegou em casa, mas desde então não teve tempo de testá-la.

Joona inspeciona o lado esquerdo da sala enquanto Aron entra. Pequenas penas e partículas de poeira rodopiam no ar.

Joona percebe que os olhos de Aron estão fixos em um papagaio amarelo que se empoleira no lustre escuro.

Demorar-se em qualquer detalhe em demasia pode ser perigoso.

Aron estende a mão esquerda e pega uma pena branca e felpuda da borda da mesa de bilhar.

Há uma luz acesa em algum lugar à frente.

Eles avançam e passam por um forno de ladrilhos.

O chão está atulhado de cascas de sementes amontoadas contra as paredes em meio a penas e excrementos.

— Parece que alguém enlouqueceu — Aron murmura.

Um papagaio verde pula entre as garrafas, jarras e copos num carrinho de latão.

Aron vistoria os pontos cegos nas laterais e sente se avolumar dentro de si uma sensação de pavor mortal, que se intensifica feito uma náusea. Observa os movimentos calmos de Joona, a maneira como se encosta na parede e mantém a pistola apontada para a frente, perfeitamente alinhado com o corredor.

Quando entram no corredor, as tábuas laqueadas do assoalho dão lugar a um grosso e silencioso tapete verde.

Joona vê a cortina que cobre uma das janelas tremular e percebe que Bruno e Morris devem ter fechado a porta da frente.

— Revistem o trecho de serviço entre a cozinha e a sala de estar — ele instrui pelo rádio.

Faz sinal apontando para o corredor que leva ao quarto onde Kofoed viu a mais nova das duas mulheres.

Os homens se deslocam devagar para não assustar os pássaros.

Joona gesticula para que Aron fique logo atrás dele.

Aron enxuga o suor do lábio superior; sabe que precisa ficar de olho na lavanderia enquanto Joona inspeciona o quarto.

Um pequeno pássaro voa pelo corredor.

Joona estende a mão e abre a porta do quarto. Entra e, com a pistola em riste, esquadrinha o interior, à direita e à esquerda.

Há um grande espelho afixado no teto acima da cama de casal de pinho. Grupos de periquitos azul-claros estão empoleirados no varão da cortina.

Sobre a mesinha de cabeceira há um preservativo usado.

Nem sinal da mulher — a menos que esteja escondida num dos armários na parede do lado direito.

Joona olha de esguelha para trás, vê o rosto pálido de Aron no corredor e espera que ele se posicione.

O colega não precisa se aproximar mais da lavanderia, basta passar para o outro lado do corredor.

Na sala de bilhar, um papagaio começa a guinchar, agitado.

Aron encontra os olhos de Joona, acena com a cabeça, então vai até a porta da lavanderia e se detém.

Em algum lugar à direita, uma luz está acesa.

No piso de vinil cinza há uma espécie de escotilha de fibra de vidro, sob a qual aparecem os canos da máquina de lavar e da secadora.

Na parede oposta há um boxe de vidro fosco.

Aron dá um passo para o lado e seus olhos se fixam em um espelho com uma moldura dourada ornamentada.

Uma cacatua branca se desloca devagar perto do chuveiro.

Nesse exato momento, o coração de Aron começa a bater tão forte que faz seus ouvidos doerem. No espelho, vê uma mulher deitada numa cama à esquerda da porta. Ela ainda não o viu. Sua camisola está puxada até os seios, deixando a parte de baixo do corpo nua, e as pernas estão cruzadas na altura dos tornozelos.

Sua barriga sobe e desce no ritmo da respiração lenta.

Incapaz de desviar os olhos da mulher, Aron gesticula para Joona. A área dos pelos pubianos da mulher está raspada e vermelha por causa da tatuagem inacabada de um beija-flor.

As paredes do boxe estalam suavemente.

A pistola de Joona ainda está apontada para os guarda-roupas quando ele se vira de novo e vê Aron dar um passo para dentro da lavanderia sem revistar a área à direita da porta.

Um movimento inesperado espalha poeira e penas pelo chão.

— Aron — Joona sussurra —, você não pode...

Diante de seus olhos, uma faca é cravada na garganta de Aron, a ponta rasgando a pele logo abaixo da orelha do outro lado. Quando a lâmina é puxada para fora, vê-se uma cascata vermelha.

Aron cambaleia para trás, tossindo sangue.

Alguém solta uma risada melancólica; um móvel tomba e Joona ouve o som de passos rápidos que recuam.

Corre para a lavanderia, esquadrinhando o espaço com sua pistola empunhada.

Ele vê uma mulher alta de sessenta e poucos anos que, com a faca erguida, se afasta.

Ela esbarra no boxe e continua se movendo para trás até bater na parede.

Alguém deve ter saído da lavanderia pela outra porta e agora dispara em direção ao corredor.

Sem abaixar a arma, Joona nota a cama vazia e a mesinha com frascos de tinta de tatuagem.

Solicita um helicóptero-ambulância urgente, enfatizando a gravidade do ferimento do colega.

Aron desaba em cima de um banquinho, deixando cair a arma no chão e tossindo sangue sobre o peito.

Tateando em busca de algo em que se segurar, derruba uma caixa de sabão em pó e faz os cristais brancos se espalharem pelo chão.

A mulher segura a faca com as duas mãos, lançando os olhos ora para Joona, ora para Aron. Devia estar escondida no boxe quando Aron entrou no quarto.

— Polícia — Joona diz em voz baixa. — Largue a faca.

Ela balança a cabeça e Joona ergue a mão para tranquilizá-la. Sua respiração está acelerada, e ela tenta fechar os lábios por cima dos dentes tortos.

— Ulrike, escute — ele diz, aproximando-se devagar. — Preciso saber quantas pessoas estão na casa para que ninguém mais se machuque.

— O quê?

— Abaixe a faca.

— Desculpe — ela murmura, confusa, abaixando a faca.

— Quantas pessoas estão...

Com um movimento para cima, ela empurra a faca contra o torso de Joona. A força do ataque o pega de surpresa, mas ele consegue se contorcer e vê a ponta brilhante da lâmina cortar seu blusão.

Com a mão esquerda ele agarra o antebraço da mulher, golpeia a clavícula dela com a coronha da pistola e lhe dá uma rasteira, fazendo-a desabar de costas.

51

Morris se desloca devagar pela sala de bilhar em direção à porta da cozinha, seguido de perto por Bruno.

Percebe que sua boca ficou seca.

O trabalho deles é revistar a cozinha sem tirar os olhos do corredor.

Morris está com o fuzil de assalto erguido, o dedo no gatilho. O ponto vermelho em sua mira sempre corresponde ao ponto de impacto.

Alguns pássaros alçam voo do chão e batem as asas pelo corredor.

Os dois homens ouviram as breves ordens transmitidas pelo rádio.

Joona solicitou uma evacuação médica porque Aron está gravemente ferido.

Eles verificam rapidamente os pontos cegos à direita e à esquerda; em seguida, Morris chega à espaçosa cozinha com piso de ladrilho cinza-escuro.

A porta da máquina de lavar louça está aberta e há um pote com espátulas de plástico pretas ao lado do fogão.

Dois passarinhos brancos bicam migalhas de pão em cima do balcão.

Bruno observa Morris passar pela porta. Gesticula para ele esperar e se aproxima devagar.

Um papagaio cinza com penas vermelhas na cauda está pendurado de cabeça para baixo na lâmpada sobre a mesa.

Eles ouvem uma série de baques do outro lado da casa. Uma mulher grita, e em seguida a voz de Joona Linna chega através dos fones de ouvido:

— Há dois homens fortemente armados na casa. Repito, há...

Nesse momento, ouve-se um estrondo ensurdecedor na sala de estar; momentos depois, a picape deles explode do lado de fora da casa.

A onda de choque atinge o peito e faz as janelas tremerem.

Os pássaros começam a voar pela cozinha.

O jardim inteiro parece estar em chamas.

A caçamba da picape cai por entre os galhos das árvores e aterrissa no gramado do vizinho. Pedaços de aço emaranhado e peças de motor chovem na rua.

Um pneu desce a colina aos solavancos e, com baques surdos, quica para longe.

O motor pousa sobre o teto da van.

Uma nuvem de fumaça e poeira paira no ar.

Na rampa da garagem restam apenas uma cratera e uma das portas da picape.

Morris mantém a respiração em ritmo regular e continua a avançar pela cozinha. A adrenalina faz seus dedos ficarem gelados.

Teve apenas um vislumbre da explosão por uma das janelas, mas deduz que de algum lugar dentro da casa um canhão sem recuo foi disparado.

A porta da sala se abre alguns centímetros.

Os papagaios maiores começam a voltar aos seus poleiros, mas os canários ainda fazem uma algazarra no ar.

— Eu preciso tirar Aron daqui; vocês podem cobrir o corredor? — Joona pergunta pelo fone de ouvido.

Morris sinaliza para Bruno que acha que o atirador está na sala e dá a entender que pretende arrombar a porta.

Bruno balança a cabeça e gesticula para que Morris encontre abrigo, vigie a porta e espere.

Mas Morris lambe os lábios e dá um passo cauteloso à frente.

A escuridão no interior da sala parece quase pulsar.

Os pássaros em cima da geladeira se agitam, ansiosos, conforme ele se aproxima.

Morris repete para si mesmo que precisa deter o homem com o canhão sem recuo, que não pode permitir que ele derrube o helicóptero.

Como se estivesse em transe, continua em direção à porta.

O ponto vermelho em sua mira treme na altura do peito sobre a fresta escura.

Atrás dele, Bruno diz algo em voz alta.

Pelo canto do olho, Morris detecta um movimento.

Um homem de ombros curvados, barba trançada e uma espingarda preta nas mãos sai de seu esconderijo ao lado da geladeira.

Morris aponta a arma para ele.

Há um violento estalo, o clarão do cano da arma reflete no vidro da janela da cozinha.

Morris é atingido na lateral da cabeça.

O capacete destroçado bate na parede atrás dele antes de cair com um baque no chão.

O sangue espirra nas gavetas sob o balcão.

Seu corpo desmorona pesadamente em uma posição meio sentada, colidindo contra a máquina de lavar louça aberta.

Boa parte da cabeça de Morris foi pelos ares, mas um pequeno pedaço da parte de trás do crânio permanece, a mandíbula pendendo sobre o peito.

— Jesus Cristo — o homem com a espingarda semiautomática murmura.

Joona arrasta Aron até a sala de bilhar enquanto Bruno volta para a cozinha a passos pesados.

Ele sente as pernas tremerem. Por cima do zumbido decorrente da explosão, ouve o trinado dos pássaros.

Agora o homem que estava escondido atrás da geladeira olha para o corpo de Morris e o sangue salpicado pelas paredes e armários.

Sua espingarda semiautomática está apontada para o chão.

Ele se vira devagar em direção à sala de bilhar enquanto Bruno puxa o gatilho, sentindo a arma estremecer nas mãos.

As balas encamisadas transpassam o peito do homem, estilhaçando a janela atrás dele.

Cacos de vidro voam pelo ar e o caixilho se estilhaça.

Não leva mais de dois segundos para Bruno esvaziar o carregador de trinta projéteis.

Cartuchos vazios tilintam nos ladrilhos.

O homem de barba trançada cambaleia para trás e se estatela no chão.

Uma nuvem de gotículas de sangue paira no ar.

Bruno volta para a sala de bilhar enquanto tira o carregador vazio. Pensou que a arma estivesse ajustada para o modo de rajadas de três tiros.

Sua pulsação troveja em seus ouvidos.

Seus olhos se concentram no capacete despedaçado e no que sobrou da cabeça do colega.

— Puta que pariu, Morris! — ele ofega, pegando um novo carregador.

Com um pontapé, um homem com uma comprida cabeleira loira e óculos de armação preta escancara a porta à frente. Veste calça de couro e um colete à prova de balas verde-escuro. Na mão direita, Bruno vê uma pistola Glock 17.

O policial recua, tropeça na borda do tapete verde e bate com a cabeça na lateral da mesa de bilhar.

O carregador vai parar no chão, deslizando com um baque para baixo da mesa.

Joona larga Aron e corre para a frente, rente à parede, e se detém à direita da porta da cozinha.

Bruno dá um jeito de sair da linha de fogo do homem, arrastando os pés para trás e procurando nos bolsos da calça outro carregador.

Perfeitamente imóvel, Joona mantém a pistola apontada para a porta.

Uma sombra quase imperceptível passa sobre a tinta reluzente do batente.

Enquanto Joona algemava Ulrike a um dos canos grossos da lavanderia, ela lhe contou que havia dois guarda-costas na casa.

Joona cortou um pedaço da mangueira do chuveiro e a enfiou na garganta de Aron, entre as pregas vocais, na tentativa de criar uma passagem de ar razoavelmente segura. Usando o tapete, arrastou Aron pela lavanderia e chegou à sala de bilhar no momento em que o tiroteio começou.

Ele ouve o ruído do helicóptero sobre a casa.

Há um denso odor de pólvora no ar.

O homem loiro com a Glock entra na sala de bilhar e crava os olhos em Aron, que está caído no chão com as duas mãos no pescoço, o sangue escorrendo entre os dedos.

O homem aponta a arma para a esquerda, mas Bruno consegue se esconder atrás da mesa de bilhar.

Joona se move com agilidade: agarra por trás o pulso do homem e puxa seu braço, pressionando a Colt Combat no ombro e acionando o gatilho.

O corpo do homem estrebucha e o sangue espirra na parede; seu braço fica frouxo e a arma cai no chão.

Ele urra de dor.

Ainda agarrando o braço ferido do homem, Joona o puxa para o lado, gira o corpo dele e, com o cotovelo esquerdo, desfere um potente golpe em cheio na face e no queixo.

A violenta cotovelada faz a cabeça do guarda-costas tombar para trás com um solavanco, derrubando seus óculos e respingando suor pela sala.

Eles cambaleiam juntos.

O homem tromba no suporte de tacos e despenca no chão. Aterrissa sobre o quadril, amortecendo a queda com uma das mãos. O cartucho vazio da bala desliza em um amplo semicírculo e para ao atingir o nariz dele.

Bruno conseguiu encontrar um novo carregador e o inseriu em seu rifle de assalto antes de se levantar atrás da mesa de bilhar.

Pálido e suado, Aron tenta desesperadamente inspirar através da mangueira. Está prestes a entrar em choque circulatório.

52

Joona revista rapidamente o homem caído no chão, arrasta-o até a janela e o prende com a algema ao aquecedor. Depois volta para junto de Aron; percebendo seu olhar em pânico, repete que tudo ficará bem. Ele agarra o tapete e puxa Aron em direção ao corredor. Bruno o segue, verificando as escadas, o tempo todo com a arma apontada para a sala de bilhar.

Eles ouvem uma série de fortes baques no andar de cima.

O sangue que escorre da garganta de Aron atravessou o tapete, deixando um rastro vermelho e cintilante.

Quando percebe que está encurralada pelo tapete, uma pomba branca salta para longe, batendo as asas no ar.

O rugido do helicóptero fica mais intenso, fazendo as janelas tremerem.

Joona arrasta Aron para além da escada.

Por cima da barulheira da aeronave, ouvem as gargalhadas de uma mulher no andar de cima. Bruno apoia um joelho no chão e aponta a arma para a abertura escura no patamar.

— Leve o Aron para fora — Joona diz, segurando a porta aberta para eles passarem.

O helicóptero paira sobre o jardim, o bramido entrecortado das pás do rotor ecoando entre as casas. As rajadas de vento espalham círculos de poeira e folhas, os arbustos se curvam na poderosa corrente de ar descendente. Um guincho vai lentamente abaixando uma maca entre o jardim e a casa.

Bruno ergue Aron nos ombros e sai correndo, agachado.

Joona fecha a porta atrás deles, abafando ligeiramente o estrondoso ruído do helicóptero.

Da lavanderia, Ulrike grita alguma coisa.

Joona começa a subir as escadas apontando a arma para o patamar. Os excrementos secos dos pássaros crepitam sob seus pés.

De acordo com a planta baixa da casa, o segundo andar é composto de diversos cômodos, incluindo uma ampla sala de estar, um banheiro e um quarto de dormir.

Ouve de novo a risada lânguida da mulher, quase como se ela estivesse dormindo, sonhando com algo engraçado.

Joona continua a subir até que seus olhos estejam no nível do chão e ele consiga enxergar a sala por inteiro.

As lustrosas tábuas do assoalho estão cobertas com uma camada de poeira e penugem. A porta do quarto está fechada, mas a do banheiro está entreaberta.

Ele vira o corpo, a arma ainda em riste.

Por entre os balaústres que sustentam o corrimão, os sofás da área de estar, a TV e a escrivaninha tremeluzem.

Ele continua a subir.

Paira no ar um leve aroma de perfume e fumaça.

O som das pás do helicóptero fica mais intenso e Joona percebe que a aeronave deve estar levantando voo.

O último degrau da escada geme sob seu peso.

Ele se desloca rápido pelo cômodo, para na porta fechada do quarto e se põe à escuta.

As dobradiças rangem suavemente quando ele a abre devagar.

Dá um passo para o lado, espiando o quarto às escuras e usando o cano da arma para abrir mais um pouco a porta.

Pisca, esperando os olhos se ajustarem.

Na luz suave, Joona consegue distinguir paredes e piso brancos e a silhueta de uma cama encostada na parede do lado direito.

Uma cortina fina se agita na brisa que sopra pela janela aberta.

O tecido branco se enfuna devagar.

Os caixilhos da janela rangem, o trinco raspa contra o metal e uma claridade cinza se esparrama pelo quarto.

Joona nota um menino completamente imóvel no meio do cômodo, com as mãos cruzadas atrás das costas. Veste apenas uma calça de pijama de seda branca.

Seus ombros magros e o cabelo penteado refletem um pouco da luz.

A respiração do menino está acelerada, e ele olha fixo para Joona.

Junto ao teto, cerca de dez canários amarelo-claros voam de um lado para o outro. O som das asas faz lembrar folhas secas numa ventania.

A cortina ondula e permite entrar mais luz. Joona verifica que não há mais ninguém ali e está prestes a entrar quando percebe um pé descalço no parapeito da janela.

Há alguém lá fora.

O vento levanta a cortina, que se abre ligeiramente.

Uma jovem subiu no parapeito e está de pé bem na beirada, segurando-se com uma das mãos ao caixilho, um sorriso sonhador no rosto.

Não é Mia, mas provavelmente é a mulher que Kofoed fotografou. Veste uma camisola branca, e na região da virilha o tecido está manchado de sangue.

De tão pequenas, suas pupilas são quase invisíveis.

Joona caminha devagar sobre as tábuas brancas do assoalho, mantendo a arma apontada para a porta atrás do menino, cujo queixo começou a tremer.

— Você não pode matar a minha mãe — ele diz entre respirações curtas.

— Eu não vou matar ninguém — Joona diz. — Mas quero que ela desça da janela antes que se machuque.

— Mamãe, ele é legal.

A mulher escorrega no parapeito e alguma coisa dura atinge com força o vidro enquanto ela recupera o equilíbrio, soltando outra risada oca.

Ela se inclina para trás, afastando-se da casa, uma das mãos ainda agarrada ao caixilho.

A madeira rachada range.

Agora Joona percebe que ela está segurando um pequeno revólver na mão livre. Ele se aproxima devagar.

A mulher se volta de novo para o quarto e coça a cabeça com o cano da arma.

— Com quem você está falando? — ela pergunta com voz sonolenta.

— Meu nome é Joona Linna. Sou da polícia, estou aqui para ajudar. Quero que largue o revólver e volte para dentro.

— Você vai morrer se tocar em mim, caralho! — ela diz.

— Ninguém quer machucar você. Vou chegar mais perto agora e ajudá-la a descer.

— Puxe o pino — ela murmura.

Ouve-se um tilintar quando um pequeno pino com um anel numa das pontas cai no chão. A cortina se avoluma outra vez, iluminando de leve o menino.

Ele estende o braço e mostra a Joona uma granada militar Shgr 2000, sua mão pequena e pálida segurando com força a alavanca de mola na parte externa. Se soltá-la, a granada explodirá após três segundos e meio.

— Não solte a alavanca — Joona pede.

— Você não pode matar ela — o menino diz, soluçando.

— Nós todos vamos morrer se você soltar a alavanca.

— Você só está tentando me enganar — o menino fala, com a respiração espasmódica.

— Eu sou da polícia — Joona explica, avançando devagar. — Quero que você...

— Pare aí! — o menino grita.

A respiração acelerada do menino faz seu peito achatado se erguer, trêmulo. Está longe demais para que Joona consiga dar um bote e arrancar a granada da mão dele.

Joona olha para a mulher na janela. As pálpebras dela estão pesadas; o revólver pende frouxo da mão, na altura da cintura.

— Tome cuidado agora — Joona instrui o menino, enfiando a pistola de volta no coldre. — Vamos consertar esta situação; você não precisa se preocupar com nada, apenas mantenha a granada exatamente do jeito como está agora.

— Jogue a granada nele... — a mãe balbucia.

— Não faça nada — Joona continua. — Você não pode soltar a granada, e nem pense em jogá-la; se fizer isso, ninguém neste quarto vai sobreviver.

— Ele está se borrando de medo — a mulher sorri.

— Não dê ouvidos a ela. Sua mãe não entende como funciona uma granada de mão, mas eu sou policial e estou dizendo que ela vai matar todo mundo aqui neste quarto.

O menino começa a chorar. A mão que segura a granada treme.
— Jogue agora — ela sussurra.
— Mamãe, estou com muito medo...
— Você quer que ele me estupre e corte fora as suas pernas? — ela diz com voz arrastada.
— Eu prometo que não vou machucar vocês — Joona assegura.
— Ele está mentindo pra caralho — ela sorri, apontando o revólver para a própria têmpora.
— Desculpe — o menino diz, e joga a granada.

Joona dá um passo à frente e a apanha no ar com a mão esquerda. Gira nos calcanhares e arremessa o artefato na direção da sala de estar. A bomba atinge o batente da porta e quica para dentro de um cômodo ao lado.

Joona se atira na direção do menino para protegê-lo no exato instante em que o detonador aciona o explosivo.

O estrondo é ensurdecedor.

A porta é arrancada das dobradiças e voa, aos pedaços, para dentro do quarto.

A onda de choque rouba o ar dos pulmões e estilhaços de madeira açoitam a pele.

Joona cai rolando para o lado, saca a arma e aponta para a janela.

O quarto se enche de poeira e fumaça.

A cortina branca ondula devagar em direção à escuridão.

A mulher se foi.

Joona se levanta e corre até a janela. Ela está deitada de costas no gramado lá embaixo, erguendo a mão para o céu. Dois homens da Força-Tarefa Nacional avançam em sua direção.

A explosão deve tê-la arremessado para trás, fazendo-a cair entre os galhos da bétula e aterrissar na grama alta.

Joona vê o revólver entre as folhas úmidas numa valeta.

O menino está de pé, olhando, boquiaberto, para os pássaros ensanguentados caídos em meio aos escombros da porta e do batente.

53

A recente onda de calor fez com que as folhas das árvores do bosque Vanadis escurecessem e se enrolassem. Pamela e Dennis caminham devagar em volta do grande reservatório de tijolos vermelhos e a poeira da trilha seca gira em torno de suas pernas.

Na noite anterior eles combinaram de se encontrar para almoçar, e Dennis trouxe um saco de sanduíches e suco de laranja feito na hora.

Um homem magro com uma caixa de chapéu antiquada debaixo do braço andou logo atrás deles por um bocado de tempo, mas agora Pamela já não o vê.

Sentam num banco à sombra. Dennis pega um sanduíche e o entrega a Pamela.

Ela agradece e observa o parque aquático abandonado. Uma pilha de lixo e folhas enegrecidas se acumulou no fundo do escorregador rachado.

Parece que foi ontem que ela e Mia andaram juntas na montanha-russa.

Pamela finalmente apresentou seu recurso ao tribunal administrativo. Demorou um pouco para reunir todas as certidões e pareceres necessários, mas o processo já está em andamento e é provável que a decisão do Conselho de Bem-Estar Social seja revertida.

No minuto em que Martin foi citado na imprensa como testemunha ocular, a ameaça chegou — e antes que Pamela tivesse tempo de processar o fato Mia desapareceu.

Repetidas vezes, uma gélida onda de ansiedade percorre seu corpo enquanto sua mente se volta para as coisas terríveis que Mia pode estar passando agora.

Ela não sabe se foi a decisão certa tentar ajudar a polícia.

E se o resultado disso for o sofrimento da garota?

Ao mesmo tempo, Pamela sabe que tem que fazer de tudo para encontrar Mia.

Joona Linna afirma que Martin é a chave.

Sem dúvida a transformação de Martin durante a sessão de hipnose foi surpreendente. Num estalar de dedos, ele passou a ser capaz de falar em frases coerentes, algo que não fazia havia anos, e se lembrou de fragmentos do que aconteceu naquela noite.

— Você parece triste — Dennis diz, afastando uma mecha de cabelo do rosto de Pamela.

— Eu estou bem... na verdade, não, não estou — ela se corrige. — Eu não estou nada bem. É insuportável a ideia de que ele levou a Mia, e é tudo culpa minha.

— Não, a...

— Mas é — ela o interrompe.

— Por que seria sua culpa?

— Porque estamos ajudando a polícia.

— Estão *mesmo*?

— Martin contou à polícia que ouviu um paciente no hospital falando sobre machucar Jenny Lind. Por isso foi ao parquinho no meio da noite.

— Você estava lá? Ouviu Martin dizer isso? — ele pergunta, limpando o canto da boca.

— Foi sob hipnose — ela responde.

— Fala sério, isso é demais! — Dennis se exaspera. — Primeiro eles forçam Martin a confessar o assassinato, e agora estão tentando...

— Não foi assim — ela o interrompe. — Foi... eu não sei explicar, mas eles precisam encontrar a Mia, e enquanto estava hipnotizado Martin voltou a ser capaz de falar... foi incrível, de verdade; ele formulou frases longas...

— A pessoa que o hipnotizou era um médico, pelo menos? — Dennis pergunta, em tom cético.

— Sim, era.

— E Martin concordou com isso?

— É claro.

— Mas ele realmente entendeu o que estava em questão? Martin tinha noção de que não estaria no controle de suas próprias palavras, que seria manipulado para dizer o que a polícia queria que ele dissesse?

— Mas não foi nada disso — Pamela argumenta.

— Bem... é que eu tenho sérias dúvidas com relação a hipnose; já vi pacientes se tornarem psicóticos por sentirem que as palavras que saíam de sua própria boca não pertenciam a eles... e esse sentimento às vezes pode vir à tona semanas depois.

— Ninguém disse isso para a gente.

— Não estou afirmando que vai de fato acontecer, só estou dizendo que existem riscos e que talvez você queira refletir sobre eles antes de concordar com qualquer outra sessão.

— Não houve nenhuma menção a fazer isso de novo. Demos uma chance, mas... desde então, Martin realmente passou a ter mais facilidade para falar.

— No entanto, a meu ver isso deve ser por causa da ECT.

— É possível.

Pamela fita os telhados, o ar quente que oscila acima dos dutos de ventilação reluzentes. Mia é responsabilidade dela, não importa o que digam. Nada disso teria acontecido se não tivesse entrado na vida dela.

— Você está quieta de novo. Parece que está sempre se fechando — Dennis fala.

— Desculpe, eu...

— Não precisa se desculpar.

Ela põe a garrafa de suco no chão ao lado do banco e respira fundo.

— É que tudo aconteceu de uma vez e eu não estava preparada. Você sabe como eu sou, e esta não sou eu. Bebi demais e acabei na cama com você. Quero dizer, o que está acontecendo comigo?

— Pamela... — ele tenta interrompê-la.

— Eu sei que você me alertou. Tentou pisar no freio.

— Porque eu não queria que você se arrependesse — ele responde, pousando a mão sobre a dela. — Eu gosto do Martin, mas é com você que me importo, com quem sempre me importei.

— Sinto muito por estragar tudo — ela diz, afastando a mão.

— Para quem vê do lado de fora, o que a gente fez talvez não pareça a coisa mais legal do mundo — ele argumenta. — Mas foi humano e compreensível.

— Não para mim. Estou tão envergonhada, e eu gostaria...

— Bem, eu não estou — ele a interrompe. — Não sinto vergonha, porque, pra ser totalmente sincero, sempre fui apaixonado por você.

— Dennis... eu sei que devo ter dado sinais ambíguos, detesto esse aspecto em mim, e eu...

— Por favor, pare.

— E estou envergonhada porque não tenho intenção de deixar o Martin... se eu tivesse, as coisas seriam diferentes, mas não é o caso.

Ele sacode algumas migalhas de pão do colo.

— Eu respeito o que você está dizendo — Dennis diz, engolindo em seco. — Mas talvez você não devesse depositar muita esperança na ideia de que o Martin vai voltar a ser o homem que foi um dia... com o tratamento de ECT e a medicação certa ele pode até se virar sem cuidados em tempo integral, mas...

— Dennis, eu te amo como amigo e não quero perder você.

— Não se preocupe — ele diz, levantando-se.

Pamela está sentada diante do computador no escritório de casa, lendo artigos antigos sobre as buscas por Jenny Lind.

Tira os óculos e se vira para a janela. Fita os telhados de zinco vermelho e preto e pensa de novo na terrível coincidência: Mia pode morrer simplesmente porque Martin testemunhou por acaso o assassinato de Jenny Lind.

Jenny já está morta, mas Mia ainda está viva.

Ela precisa acreditar que Mia vai ficar bem.

Ela vai ficar bem, contanto que o assassino não descubra que eles estão tentando ajudar a polícia.

Se cederem à ameaça do assassino, não haverá ninguém para lutar por Mia. Aí ela vai ficar realmente sozinha. Mia não tem pais preocupados e dispostos a aparecer na TV em rede nacional e implorar por sua libertação, convencendo o governo a oferecer uma recompensa.

Pamela tenta procurar detetives particulares.

Até então nunca havia parado para pensar na existência deles. São pessoas que fazem verificações secretas de antecedentes criminais, investigam casos de fraude, espionagem e infidelidade. Localizam o paradeiro de crianças desaparecidas, familiares e amigos.

Ela vai até a cozinha, abre o armário e encara as garrafas de bebida enfileiradas lá dentro.

Se houver ao menos a mais ínfima chance de ajudar a salvar Mia, não pode permitir que nada a atrapalhe.

Desta vez ela não vai estar bebendo champanhe em um spa; prefere morrer a enfrentar de novo o ódio por si mesma.

Pamela hesita sem saber se deveria derramar toda a vodca na pia, mas diz a si mesma que é melhor deixar as garrafas onde estão, para que sejam uma tentação. Dessa forma, a escolha permanece ativa.

Senta à mesa da cozinha e liga para Joona Linna. Quando ele atende, a própria Pamela se dá conta do quanto parece perturbada ao entabular uma fieira de perguntas sobre o caso; quer saber se as informações que surgiram durante a sessão de hipnose levaram a algum lugar e quais são os passos seguintes.

Com paciência, Joona responde a cada uma das perguntas e em momento algum pede que se acalme, embora ela diga coisas repetitivas e com a voz embargada.

— Sinto muito por me meter nisso, mas comecei a pensar nos pais da Jenny Lind e em como eram ativos quando ela desapareceu. A impressão é que estavam por toda parte e, de repente, simplesmente sumiram — Pamela diz. — Sempre presumi que era porque a mídia perdeu o interesse depois que, sem pistas nem fatos novos, o caso esfriou. Quer dizer, provavelmente foi isso, mas nada deixa de existir só porque a mídia voltou a atenção para outra novidade.

— Isso é verdade.

— Aí eu comecei a pensar sobre a polaroide de Mia, em como o assassino se comunicou comigo antes mesmo de sequestrá-la... você tem certeza de que ele nunca entrou em contato com os pais da Jenny Lind? Você falou com eles recentemente, desde o desaparecimento de Mia?

Pamela ouve Joona se remexer na cadeira.

— Eles se recusam a ter qualquer contato com a polícia — ele diz. — E eu posso entender; não conseguimos encontrar Jenny, e agora ela está morta.

— Mas e se eles não contaram tudo? Afinal, é o mesmo assassino; ele pode tê-los ameaçado e dado ordens para não cooperarem... talvez isso explique o silêncio.

— Na verdade, eu cheguei a pensar a mesma coisa, mas...

— Desculpe interromper... mas talvez eles tenham recebido uma foto de Jenny antes de ela desaparecer. Pode ser que nunca tenham notado o texto no verso, a caligrafia era muito miúda.

— O problema é que eles desligam o telefone assim que ouvem que somos nós — Joona explica. — Não querem nada com a polícia.

— Mas e se eu entrar em contato com eles? — Pamela deixa escapar.

— Imagino que vai ser a mesma coisa.

— Mas eu estava pensando que... que se eu der um jeito de eles me ouvirem pelo menos por alguns minutos, vão compreender que estamos falando sobre a vida de outra garota.

Pamela encerra a ligação e, um minuto depois, acessa o site do *Katrineholms-Kuriren*, o jornal local de onde vive a família Lind, e clica na aba *In Memoriam*. Pesquisa as postagens e por fim encontra o obituário de Jenny, com a data e horário da cerimônia fúnebre e sepultamento.

54

Quando Mia acordou no chão de cimento da jaula, a acidentada viagem que fez na carroceria do caminhão pareceu um sonho. Sua boca estava tapada com fita adesiva, as mãos e pés amarrados com braçadeiras de náilon pretas. Como passou a maior parte do trajeto desacordada, perdeu a noção de quanto tempo durou o percurso.

Sua última lembrança é estar sentada no bloco de concreto do lado de fora do posto de gasolina. Esperava Pontus quando o caminhão parou na frente dela.

Foi uma armadilha.

O motorista deixou a carteira cair no chão e contornou o semirreboque.

Talvez não fizesse diferença Mia ter rastejado para baixo do veículo — o caminhoneiro a raptaria de qualquer maneira. Porém, deitada de bruços embaixo do veículo, tornou-se uma presa fácil, sem chance de escapar ou se defender.

O agressor bateu nela e enfiou um pano em seu rosto — talvez até tenha injetado alguma coisa mais tarde.

Ela não faz ideia de como foi parar numa jaula.

Fragmentos de um pátio e uma fileira de construções alongadas, estreitas e sem janelas flutuam em sua mente enquanto ela tenta se lembrar.

Estava semiconsciente quando sentiu o estranho arrepio de algo sendo pressionado com força contra a parte de trás de sua cabeça.

Algumas horas depois, seu couro cabeludo começou a formigar e coçar; nos dois dias seguintes, teve a sensação de que se queimou.

Ela foi marcada, como todas as outras.

Agora, Mia está deitada na palha suja que cobre o chão de cimento usando seu casaco militar enrolado como travesseiro. Levanta um pouco a cabeça e bebe água de uma garrafa de plástico.

Seus dedos ainda cheiram a hambúrguer.

O sol despontou, e o calor faz o telhado de zinco do prédio ranger. Ontem ficou tão quente que as têmporas de Mia começaram a latejar. Suas roupas encharcadas de suor só secaram durante a noite.

— Não tem inspeção hoje? — Mia pergunta.

— Ela está vindo — Kim responde.

— Vocês duas, calem a boca! — Blenda sibila entredentes da outra jaula.

Por entre as grades, Mia espia o retângulo de luz ao redor da porta trancada na outra extremidade do prédio. Ao lado há um balde com pão e milho e um armário de remédios na parede.

Ela divide a jaula com uma jovem de vinte e dois anos chamada Kimball, ou Kim. Os pais dela são mexicanos, mas ela nasceu e foi criada em Malmö. Kim joga handebol e foi sequestrada quando seu time estava a caminho de uma partida.

Ela se parece com a mãe, mas seu rosto é muito mais magro.

Nas barras de cada jaula foram afixadas polaroides de parentes das garotas. A foto da mãe de Kim foi tirada enquanto ela estava na cama. Devia ter acordado um pouco antes de o flash iluminar o quarto, porque seus olhos estão arregalados e a boca aberta, numa expressão de confusão e medo.

A fotografia de Pamela foi tirada no espelho, por entre as grades da porta de um elevador.

É evidente que Caesar não sabe que o pedido dela junto ao Conselho de Bem-Estar Social foi rejeitado.

Mia perguntou a Kim mas ela ainda não sabe do que se trata, se há uma razão ou um propósito para elas serem mantidas em cativeiro.

A Vovó parece fazer tudo por Caesar.

Às vezes ela desaparece com o caminhão e fica fora o dia inteiro.

Por causa da brutalidade do ataque e da jaqueta de couro preta que o agressor usava, Mia inicialmente presumiu que havia sido sequestrada por um homem.

Agora ela sabe que foi a Vovó.

De tempos em tempos a velha aparece com novas garotas. Aparentemente nenhuma delas é vendida ou transferida para outro lugar.

Este é um lugar onde a pessoa fica até morrer.

Kim não tem ideia de quanto tempo a Vovó e Caesar estão fazendo isso, mas quando chegou, dois anos atrás, encontrou uma mulher chamada Ingeborg que já estava ali havia sete anos.

A rotina segue praticamente a mesma o tempo todo. Pouca coisa acontece. Várias mulheres são forçadas a viver ali contra sua vontade, e algumas vezes por mês Caesar aparece em seu Chrysler Valiant cinza para estuprar um bocado delas.

Até recentemente, algumas das garotas moravam na casa principal e recebiam roupas caras e joias de ouro. No entanto, desde que Jenny Lind tentou escapar, Caesar se tornou mais violento e as trancou em jaulas.

Todas elas sabem que Caesar tem contatos dentro da polícia, e Blenda diz que Jenny deve ter ligado para a polícia quando chegou a Estocolmo porque pensou que estaria a salvo na cidade.

Todas viram as fotografias da noite chuvosa em que Jenny recebeu seu castigo. Na primeira foto, ela parece convencida de que será perdoada. Depois disso, as imagens mostram sua luta, os olhos arregalados e a boca tensa, o sangue escorrendo pelo pescoço e, por fim, a flacidez pesada do corpo.

Kim afirma que a Vovó mudou. No começo ela tinha momentos de bondade e simpatia, e vez por outra chamava as meninas de "petisquinhos", mas hoje em dia só sabe ser ríspida e zangada.

Ela usa uma bengala com a ponta envenenada. Uma estocada bem dada é suficiente para nocautear a vítima por várias horas, mas se a picada apenas arranhar a pele ou se a ampola não estiver totalmente cheia a pessoa só perde a visão por algum tempo.

Mia perguntou se elas não poderiam tentar influenciar Caesar, despertar sua comiseração e convencê-lo a libertá-las, mas todas dizem que ele é muito pior do que a Vovó. É ele quem toma as decisões.

Na semana anterior, ele se enfureceu e matou Amanda.

Kim começou a chorar quando falou sobre isso, repetindo várias vezes que parecia um pesadelo.

O cachorro desata a latir do lado de fora; num dos outros barracões uma mulher começa a gritar de forma incontrolável. Kim choraminga de medo e Mia pega a mão dela.

— Vai ficar tudo bem se vocês colocarem sua fé no Senhor — Blenda diz.

Blenda é a mais velha das garotas e está sempre tentando fazer com que elas se adaptem à nova vida para evitar mais sofrimentos. É um pouco como uma irmã mais velha, cuidando para que todas se lavem da melhor maneira que puderem e obrigando-as a comer e beber de forma adequada — por pior que seja o sabor da comida e bebida disponíveis.

Blenda divide a jaula com uma garota romena chamada Raluca. Ela não fala sueco, mas sabe algumas palavras em inglês e alemão. Ela chama a vovó de Baba Yaga,* como se já a conhecesse.

— Sentem-se; ela está vindo agora! — Blenda avisa.

O rangido do carrinho de mão da Vovó se aproxima e para do lado de fora. O cachorro ofega e a velha joga um pouco de comida dentro de um cocho.

— Sempre sonhei em ter uma avó — Mia brinca.

— Cala a boca!

— Baba Yaga — Raluca sussurra, encolhendo-se.

Ouvem a Vovó erguer a barra que serve de tranca e encostá-la à parede antes de abrir a porta e deixar entrar a ofuscante luz do sol.

A poeira rodopia no ar.

A Vovó carrega o cocho para dentro e o coloca sobre o balcão. Agarra sua bengala e vai até a jaula, abre a portinhola e deixa o cachorro entrar.

Kim veste uma calça de moletom vermelha suja e uma camiseta com uma foto da Lady Gaga. Abre as pernas quando o cachorro se aproxima.

Ela está cabisbaixa, com olhar abatido, o rosto sem expressão.

O cachorro a fareja e se afasta, lambendo o focinho antes de passar para Mia.

Ela está sentada com as pernas cruzadas, olhando para a Vovó, enquanto o cachorro enfia o focinho em sua virilha e sai da jaula.

Terminada a inspeção, elas dão graças pela comida e recebem feijão com carne seca de alce e um pedaço de pão.

---

* Figura do folclore eslavo, uma espécie de bruxa demoníaca da floresta, com a aparência de uma mulher deformada e feroz que consegue voar com a ajuda de instrumentos como um pilão ou um caldeirão. (N. T.)

Hoje, Mia e Kim são as primeiras a receber autorização para ir ao pátio. Seus pulsos estão amarrados com grossas braçadeiras de náilon que cortam a pele. De tão desacostumadas, a essa altura elas acham estranho ficar de pé e se movimentar, mas tentam se exercitar o máximo possível antes de voltarem para a jaula.

No meio do pátio há uma garota deitada na banheira branca. A Vovó afirma que demorados banhos de imersão são calmantes. Antes essa menina chorava a noite inteira, mas depois de duas semanas no banho ficou em silêncio.

— Se a Jenny conseguiu chegar até Estocolmo, deve ser possível escapar — Mia diz.

— Nem fale sobre isso — Kim sussurra.

— Mas eu não vou ficar aqui esperando pra ser estuprada.

Como o chão está seco, os sapatos levantam uma nuvem de poeira. Elas se dão as mãos para evitar que a braçadeira corte sua pele.

— Alguém aqui realmente já viu as infames armadilhas na floresta? — Mia pergunta.

— Você ainda não entendeu nada.

Quando passam pela garota na banheira, ela as encara com um olhar vago. Sob a superfície da água, sua pele ficou esponjosa e descasca nos pés e joelhos.

— Eu e você somos diferentes... você sabe que seus pais nunca vão parar de te procurar — Mia diz a Kim. — Mas não há ninguém à minha espera...

55

Martin segue o funcionário em direção à sala de convivência dos pacientes e entra na cabine telefônica. O espaço é apertado, com uma única janela voltada para o corredor. Ele fecha a porta, senta e pega o fone.
— Alô — ele diz.
— Como vai? — Pamela pergunta.
— Bem — ele responde, abaixando a voz. — E você?
— Um pouco cansada. Estou na cama com uma xícara de chá.
Ele ouve um leve farfalhar quando ela muda de posição.
— Desenhos técnicos? — ele pergunta.
— Você ouviu o barulho das folhas? Sinto falta de você deitado ao meu lado, olhando os projetos e pedindo para eu explicar minhas ideias.

Martin abre a porta da cabine e espia para verificar se o corredor está vazio antes de continuar.
— Encontraram o Primus? — ele sussurra.
— Não, parece que não.
— Não entendo por que não consigo me lembrar de ouvi-lo dizer aquelas coisas.

Martin olha para o tampo da mesa arranhado, o toco de lápis e a folha de papel amassada.
— Na segunda-feira será o velório e o funeral de Jenny Lind. Estou pensando em ir — Pamela diz.
— Não vai ser estranho?
— É possível, mas há algo que eu gostaria de perguntar à mãe dela.
— Tem a ver com a Mia?
— Eu só quero fazer algumas perguntas diretas. Caberá a eles responderem ou não. Não vou conseguir viver em paz comigo mesma

se não fizer tudo o que estiver ao meu alcance. Quer ir comigo? Acho que pode te fazer bem.

— Por quê?

— Você não precisa ir se achar que não dá conta. Pode ser que as pessoas sintam culpa ao te verem.

Martin ri.

— Posso usar um curativo no nariz para que sintam pena de mim.

— É bom ouvir você rir — Pamela diz.

Martin espreita o corredor outra vez e pensa que agora os meninos vão puni-lo, alegando que estava rindo deles pelo fato de não terem túmulos.

— Se você quiser eu vou com você — ele diz.

— Você acha que seu médico vai concordar?

— Eu não estou internado à força...

— Só acho que seria uma boa ideia verificar com ele antes, já que se trata de um funeral. Não quero que isso faça você se sentir pior.

— Eu aguento. Preciso sair daqui.

— O Dennis vai dar uma carona pra gente.

— Ele é o melhor.

56

Joona segue um agente penitenciário com um carrinho de comida até a cela 8404, depois pega a bandeja e entra.

A porta de ferro se fecha com estrépito.

Ele põe a bandeja de comida sobre a mesa e inicia a gravação, informando o horário, a data e os nomes das pessoas presentes.

A irmã de Primus, Ulrike Bengtsson, está sentada na cama em frente. Veste o uniforme largo dos detentos e um de seus braços está numa tipoia. Suas joias foram confiscadas e o cabelo oleoso está penteado para trás; não há um pingo de maquiagem em seu rosto magro.

Ulrike é casada com Stefan Nicolic há trinta e cinco anos e não tem filhos.

Ela encara Joona com olhos preguiçosos e parece não ter energia para fechar os lábios em volta da boca cheia de dentes.

Joona veste uma camisa cinza justa no tórax e nos ombros, com as mangas dobradas até os cotovelos. Ele deixou a jaqueta no carro.

O ar frio lhe dá arrepios.

Seus antebraços e mãos são marcados por cicatrizes pálidas, resquícios de cordas de paraquedas e facadas.

— Espero que você tenha alguém que alimente os pássaros — ele diz.

— O Stefan terá que cuidar disso; os pássaros são coisa dele. Eu nunca entendi como alguém pode gostar desses bichos, pra mim não passam de dinossauros feiosos... mas ele é ornitólogo formado; quando começa a falar nisso não para mais: "Eles são perfeitos", "Imagine como é ser capaz de voar", "Eles enchem o esqueleto de ar quando respiram", blá-blá-blá.

— E você tem um estúdio de tatuagem? — Joona pergunta.

— Sim.

— Os negócios vão bem?

Ela dá de ombros.

— Bem, uma cliente pelo menos você tinha.

— Quem, a Lena? Ela não é exatamente uma cliente, é a namorada do Stefan. Queria fazer uma surpresa pra ele com uma tatuagem.

— Ela é a namorada do seu marido?

— Eu dou a minha bênção e aceito de bom grado... já chupei o pau do Stefan tantas vezes que isso acarretou consequências evolutivas em mim — diz, arreganhando os dentes.

Lena Stridssköld é a jovem que caiu da janela; o menino de seis anos é filho dela.

Nenhum dos dois se feriu com gravidade na explosão.

O menino foi acolhido pelo Serviço Social e Lena foi levada para o Presídio de Kronoberg, em Estocolmo — o mesmo destino de Ulrike e do guarda-costas que sobreviveu.

— Você vai ficar sob custódia, suspeita de tentativa de homicídio — Joona diz.

— Ah, sério? Para com isso! — ela suspira. — Foi legítima defesa. Vocês entraram sorrateiramente na minha casa; queriam que eu pensasse o quê, porra? Não se apresentaram, não mostraram nenhuma identificação... achei que iam me estuprar e serrar meus pés.

— Mas não foi isso que aconteceu, foi?

Um dos policiais da Força-Tarefa Nacional foi baleado na cabeça por um guarda-costas com uma espingarda semiautomática e teve morte instantânea. Dez segundos depois, o atirador foi morto a tiros pelo parceiro do policial. Aron ainda está em estado grave, mas estável. Joona salvou a vida dele.

Por fim descobriu-se que Mia não estava na casa e Margot sente que foi enganada. A Força-Tarefa Nacional já apresentou um relatório contra ela e haverá uma investigação interna sobre a operação.

— Você quebrou a minha clavícula — Ulrike murmura, apontando para a tipoia.

— Vai sarar.

— Você é médico agora?

Joona ergue as duas tigelas de sopa da bandeja, arruma as colheres e os copos, rasga a embalagem plástica dos pratos dos sanduíches de queijo e abre os guardanapos.

— Por que a gente não come antes que esfrie? — pergunta.
A técnica de interrogatório moderna exige uma fase de escuta no início da sessão. Joona dá mais importância a isso do que a maioria dos outros policiais. Está tentando levar Ulrike ao estágio em que ela já falou tanto que não faz mais sentido esconder o resto.
Joona toma uma colherada de sopa, faz uma pausa e sorri.
— Está boa — ele diz.
Ela pega a colher, mexe e experimenta.
— O que vocês podem me oferecer se eu cooperar? — ela pergunta, usando o guardanapo para limpar a sopa dos lábios.
— De que maneira você está preparada para cooperar?
— Eu conto tudo se puder evitar um processo criminal e arranjar uma nova identidade.
— O que é tudo? — Joona pergunta, pegando seu sanduíche.
— Eu vi e ouvi muita coisa ao longo dos anos — ela explica.
— Nós sabemos que o Clube está envolvido com tráfico de drogas, lavagem de dinheiro e extorsão.
— O de sempre — ela diz, tomando mais uma colherada de sopa.
— Tudo bem, mas você sabe se eles sequestram mulheres jovens?
A colher tilinta contra os dentes tortos dela.
— Eles não estão envolvidos com tráfico de pessoas, se é isso que você está perguntando — ela diz.
— Mas talvez o Stefan esteja escondendo certas coisas de você.
— Ele é só um nerd que fez amizade com as pessoas erradas quando era criança; se acha o maioral quando bota a pistola em cima da mesa antes de sentar...
Joona termina o sanduíche e dá um gole no suco de maçã.
— Você conhece Jenny Lind?
— Não, quem é?
— Seu irmão conhece.
Ela tira os olhos da tigela para encará-lo e pergunta:
— O Primus?
— Sim — Joona responde, olhando-a nos olhos.
Ela franze o cenho antes de abaixar a cabeça para comer.
— Você já ouviu falar de Mia Andersson? — Joona quer saber.
Ulrike não responde, simplesmente continua a comer. Depois de algum tempo, inclina a tigela para pegar com a colher o resto da sopa.

— Antes de dizer mais qualquer coisa, quero tudo por escrito — ela declara, pousando a colher.

— O quê?

— Que não vou ser acusada, que vou ter uma nova identidade, uma nova vida.

— Não temos sistema de testemunha da coroa na Suécia. Aqui não existe delação premiada: ninguém escapa de uma acusação testemunhando contra outra pessoa.

— Devo me sentir enganada agora?

— Talvez por si mesma.

— Não seria a primeira vez — ela murmura.

Joona começa a tirar a mesa. Sabe que Ulrike percebeu que já lhe contou uma boa parte da verdade.

Ela precisa apenas aceitar que não se trata de uma negociação. É unilateral.

— Vamos fazer um intervalo?

Joona se lembra de algo que o filósofo Michel Foucault escreveu certa vez: a verdade não faz parte da ordem do poder; está relacionada à liberdade.

A confissão é uma libertação.

— Eu tentei matar o policial que entrou no meu estúdio — ela diz com a voz abafada. — Cortei o pescoço dele e depois tentei esfaquear você na barriga.

— De quem você tem medo? — ele pergunta, guardando os guardanapos de papel dentro de um dos copos de plástico. — É do Stefan Nicolic?

— O Stefan? Do que você está falando?

— Todas as luzes da casa estavam apagadas... Você tinha uma faca no chuveiro com você e dois guarda-costas.

— Todo mundo tem, não? — ela sorri.

— Está com medo do Primus?

— Você tem certeza de que é mesmo um detetive?

Ele empilha a tigela dela em cima da dele, põe as duas colheres dentro e se recosta na cadeira.

— Primeiro você queria uma nova identidade e agora quer ficar na prisão — Joona diz. — Posso ajudar se me disser de quem você tem medo.

Ela espana algumas migalhas da mesa com a mão e fica sentada em silêncio por alguns segundos, de olhos baixos, antes de encarar Joona de novo.

— Tem um homem chamado Caesar — ela diz.

Ulrike sacode o pé direito e seu chinelo de presidiária cai no chão; ela se abaixa e descalça a meia. Logo acima do tornozelo, um ferimento cobre um considerável naco da perna. Parece ter recebido cuidados recentes, mas o sangue entre as bordas inchadas enegreceu e a linha dos pontos dá ao rasgo o aspecto de arame farpado.

— Ele se escondeu debaixo da minha cama e no meio da noite rastejou de mansinho para tirar fotos minhas.

— Caesar?

— Eu estava dormindo e só acordei quando ele tentou cortar o meu pé... No começo não entendi o que estava acontecendo, apenas doeu pra caralho... Comecei a gritar e bater nele, tentando afastá-lo, mas não consegui, e ele continuou serrando... A cama inteira se cobriu de sangue... Não sei como, mas consegui acionar meu alarme pessoal. Ele só parou quando o alarme começou a fazer a maior barulheira. Simplesmente jogou a serra no chão, deixou uma polaroide sobre a mesinha de cabeceira e saiu correndo... Meu Deus... Quero dizer, quem faz isso? Sabe? Porra, ele deve ser um doido varrido; onde já se viu se esconder debaixo da cama das pessoas e tentar serrar os pés delas?

— Você o viu?

— Estava escuro demais.

— Mas você deve tê-lo visto pelo menos de relance, certo?

— Não faço ideia. Era no meio da noite. Achei que ia morrer.

Ela cuidadosamente veste a meia de volta.

— O que aconteceu depois que ele foi embora?

— Amarrei um cinto bem apertado em volta da minha perna pra estancar o sangramento... A empresa de segurança apareceu bem antes da ambulância, mas a essa altura o Caesar já havia fugido... Ele deixou debaixo da cama um saco plástico cheio de ferramentas.

— Que tipo de ferramentas?

— Não sei. Vi um dos guardas pegar algumas chaves de fenda e alguma coisa com cabo e um pedaço de fio de aço.

— Um guincho?

— Sei lá.
— Onde está esse saco plástico agora?
— O Stefan cuidou disso.
— Como você soube a respeito do Caesar?
— Depois o Primus me contou sobre ele. O Stefan está convencido de que ele faz parte de uma gangue rival, é por isso que temos os guarda-costas e aquele monte de armas.
— Mas você não conhecia o Caesar antes, nunca tinha ouvido falar dele?
— Não.
— Então o que o Primus disse sobre ele? Como eles se conhecem?
— Entraram em contato pelas redes sociais de alguma forma... Compartilhavam o mesmo ponto de vista sobre a sociedade, sabe?
— Isso não me parece coisa de gangues rivais.
— Eu sei, mas o Stefan está convencido. Ele disse pra mim e pra Lena que seríamos estupradas.
— E o que você acha de tudo isso?
No rosto de Ulrike há uma expressão cansada, solene.
— Primeiro o Primus disse que o Caesar era um rei, mas depois do que aconteceu ele parecia assustado. Queimou o celular no meu micro-ondas.
— E você tem tanto medo de Caesar que prefere ficar na prisão?
— Ele falou pro Primus que da próxima vez cortaria minha cabeça.
— Por que ele está ameaçando você?
— Para punir o Primus. Ele está sempre falando sobre como eu sou bonita; é só coisa da cabeça dele. Eu até era fofa quando criança, mas isso já passou faz tempo.
— E por que Caesar quer punir seu irmão?
— Acho que o Primus fez algumas promessas que não conseguiu cumprir. Ele está sempre falando demais, assim como eu agora.
— É bom que você esteja dizendo a verdade.
— Pra quem?
— Você estará em segurança sob custódia, e se me ajudar a encontrar Primus pode ser que eu consiga deter Caesar.
— Encontrar o Primus?

— Onde ele mora quando não está na ala psiquiátrica?
— Não sei.
— Ele fica na sua casa?
— O Stefan proibiu. Ele dorme onde pode: com os amigos, nas escadas, no metrô... mas hoje o Ninho da Águia está aberto. Então é lá que ele vai estar.
— O Ninho da Águia?
— Porra, a polícia não sabe? Vocês são mesmo os melhores e mais brilhantes — Ela sorri. — É um evento em que um monte de gente se reúne pra apostar e perder dinheiro em... Bem, antes era numa rinha de galos. Adivinha quem teve essa ideia? Mas, como eu disse, nem todo mundo tem tanto interesse em aves quanto Stefan, então hoje em dia a maioria das pessoas prefere basicamente combates de MMA e brigas de cães...
— Onde eu encontro esse lugar?
— No porto, na doca sul em Södertälje. Lá tem uma empresa de frete com um depósito e uma área de carga e descarga... o Stefan fez um acordo com a empresa de segurança.
— E você acha que Primus vai estar no Ninho da Águia?
Ulrike cruza os braços e se recosta na cadeira. As olheiras parecem ter aumentado, e ela está com a aparência exausta.
— A menos que esteja morto ou confinado numa ala psiquiátrica, ele com certeza vai estar lá.

57

Dentro do elevador, Martin evita os olhos de Pamela no reflexo do espelho. Ela vê em seu rosto uma expressão muito solitária, quase indefesa. As luzes piscam quando o elevador desacelera e para no térreo.
As portas se abrem.
Martin pega a mochila do chão e pendura as alças sobre um ombro. Eles percorrem juntos o saguão.
Dennis está à espera atrás do carro na entrada circular, usando um terno cor de carvão e óculos escuros.
— Há quanto tempo! — ele diz, apertando a mão de Martin.
— Eu sei.
— Bom te ver.
— Digo o mesmo — Martin murmura, olhando para trás por cima do ombro.
— É muito legal da sua parte levar a gente — Pamela diz a Dennis enquanto se aproxima do carro.
— Nos últimos tempos a Pamela começou a dirigir no estilo *Velozes e furiosos* — Dennis brinca.
— Ouvi dizer — Martin responde.
— Então, como está sendo deixar a ala psiquiátrica? — Dennis pergunta a Martin, pegando a mochila.
— Bom.
Ele a guarda no porta-malas e fecha o compartimento.
— Você quer se sentar na frente, Martin? — Pamela pergunta.
— Qualquer lugar, tanto faz.
— Vá na frente. Aí vocês podem conversar — ela sugere.
Dennis abre a porta do passageiro para Martin e espera que ele se ajeite confortavelmente antes de fechá-la e abrir a porta de trás para Pamela.

— Você está bem? — ele pergunta em voz baixa.

— Acho que sim.

Antes que Pamela tenha tempo de entrar no carro, Dennis a agarra por trás e beija sua nuca.

Aflita, ela se contorce para se desvencilhar e por fim se senta, o coração acelerado.

Dennis fecha a porta e contorna o carro até o assento do motorista, liga a ignição e sai da unidade psiquiátrica.

Pamela terá que falar com Dennis sobre nunca mais fazer esse tipo de coisa.

Pela janela, assiste à procissão de prédios que passam em alta velocidade e se pergunta se deu a Dennis uma ideia equivocada quando ligou para pedir carona. Ele deve ter confundido a energia dela com flerte.

O tráfego fica lentíssimo nas pontes sobre as ilhas Lilla e Stora Essingen. Por causa da fumaça dos canos de escapamento e do calor que sobe do asfalto, o ar se torna espesso e sem vida.

Estão empacados atrás de um caminhão em cujo tanque cilíndrico coberto de poeira alguém desenhou um enorme pênis. Pamela sempre teve curiosidade de saber que tipo de pessoa sente o impulso de fazer isso.

O tráfego escasseia conforme passam por Södertälje e gradualmente ganham velocidade enquanto os subúrbios, barreiras acústicas e campos esportivos passam zunindo.

— Você gostou da sessão de hipnose? — Dennis pergunta a Martin.

— Não sei; eu só queria ajudar, mas desde então tenho me sentido um pouco ansioso.

— Entendo. Uma coisa eu posso garantir: a hipnose não é uma boa pra você.

— Mas talvez eu esteja confundindo com a ECT — Martin prossegue, esfregando o nariz.

— Martin, acho ótima sua disposição em ajudar a polícia... Claro que você está fazendo a coisa certa. Mas não se comprometa com mais sessões de hipnose, é tudo que eu peço. Ou você se lembra ou não se lembra... e tentar desenterrar memórias reprimidas pode revelar lembranças de coisas que na verdade nunca aconteceram.

— Mas eu me lembrei do que Primus disse.

— Mas se as memórias que vêm à tona durante a hipnose são reais, elas estão lá de qualquer forma, sem a necessidade de você ser hipnotizado... e nesse caso pelo menos você sabe que não são produto de sugestionamento.

Um táxi com a lanterna traseira quebrada ultrapassa repentinamente o carro e obriga Dennis a pisar fundo no freio, o que faz o cinto de segurança espremer o ombro de Pamela.

É incrível que Martin tenha começado a elaborar frases completas. Pamela se pergunta qual terá sido a verdadeira causa da mudança: os eletrochoques, a hipnose ou o fato de ele estar tentando ajudar a polícia a encontrar Mia.

— A única coisa de que me lembro é de levar o cachorro para passear na chuva — ele diz.

Pamela se inclina para a frente entre os assentos.

— Mas quando chegou em casa você também fez um desenho do que viu — ela diz.

— Também não me lembro disso.

— Não, mas isso prova que você viu a Jenny. Você pode não ter visto o assassinato, mas a viu pendurada lá.

— Você diz isso, mas...

— Eu só quero que você realmente tente se lembrar — ela diz, inclinando-se para trás de novo.

— Estou tentando, estou tentando, mas só vejo escuridão.

58

O ar fresco dentro da igreja cheira a pedra. Pamela se senta ao lado de Martin e Dennis em um banco vazio antes que tudo comece.

É uma cerimônia fúnebre pequena e discreta, e estão presentes apenas familiares e amigos próximos. Não há mais de vinte pessoas sentadas nos bancos de madeira que rangem sem parar.

Pamela vê de relance os pais de Jenny Lind sentados na primeira fila. Quando os sinos tocam, ela nota que as costas do pai tremem enquanto ele soluça.

Durante a cerimônia, o sol de verão se desloca devagar sobre as paredes, fazendo reluzirem os vitrais do coro.

Apesar do esforço para proporcionar conforto e esperança, o sermão do padre parece contido e desanimado. A mãe de Jenny Lind enterrou o rosto nas mãos, e Pamela estremece ao pensar que a jovem foi raptada a apenas alguns minutos do local onde seu próprio caixão está agora.

Sente um mal-estar de angústia quando ouve o suave tamborilar do punhado de terra que o padre polvilha em formato de cruz sobre a tampa do caixão.

É o primeiro funeral a que ela vai desde o sepultamento de Alice. Martin pega a mão dela e a aperta com força.

Pamela abaixa a cabeça e mantém os olhos bem cerrados durante o derradeiro salmo, e quando a música para de tocar ela ouve os familiares de Jenny se levantarem de seus bancos.

Ela se recompõe, abre os olhos e vê os enlutados avançarem numa fila lenta para deixar flores sobre o caixão.

Do lado de fora da igreja faz calor. O ar está quase úmido demais para respirar.

Duas mulheres conversam com o padre; um homem numa cadeira de rodas espera o carro que virá buscá-lo; uma garota chuta o cascalho e levanta poeira.

O pai de Jenny já se acomodou no carro, mas a mãe ainda está parada no vão da porta recebendo as condolências.

Pamela espera até que os últimos enlutados saiam da igreja antes de arrastar Martin até a mãe de Jenny.

O rosto de Linnea Lind está congelado numa permanente expressão de dor, os olhos inchados de tanto chorar.

— Meus pêsames — Pamela diz.

— Obrigada — Linnea responde, fixando os olhos em Martin. — Você não é o homem que...? Eu sinto muito pela atitude do meu marido.

— Não se preocupe — Martin responde, olhando para o chão.

— Não é do feitio do Bengt atacar alguém; ele geralmente é muito tranquilo.

Ainda resta um punhado de gente entre a igreja e o estacionamento.

— Eu sei que não é o momento ideal — Pamela diz —, mas eu realmente gostaria de falar com você algum dia. Posso te ligar amanhã?

— Venham à nossa casa agora. Vamos oferecer uma pequena recepção.

— Obrigada, mas...

— Soube que você perdeu uma filha no mesmo ano em que a Jenny desapareceu... então você entende. Não é fácil.

— É o tipo de dor que não passa nunca.

Todas as pessoas que vão à recepção percorrem de carro o curto trajeto até o prédio de Linnea e Bengt e estacionam na área de visitantes do lado de fora.

— O que você vai ficar fazendo? — Pamela pergunta a Dennis enquanto ela e Martin saem do carro.

— Vou esperar aqui. Preciso mesmo responder a alguns e-mails.

O pequeno grupo entra no edifício amarelo-pálido e pega o elevador até o quinto andar.

Pamela segue Linnea cozinha adentro e tenta dizer algo sobre como a cerimônia foi bonita.

— Foi mesmo, não é? — Linnea responde em tom monótono.

Ela liga a cafeteira e, com movimentos vagarosos, abre alguns pacotes de biscoitos.

A mesa de centro da sala está posta com um antiquado aparelho de chá: xícaras pequenas sobre pires idênticos, uma tigela com cubos de açúcar, uma jarra de leite e um suporte para bolo com três andares.

O velho sofá range quando os convidados se sentam.

Por toda parte há pequenas bugigangas e lembranças de férias, além de vasos de plantas e toalhas de crochê.

Bengt traz quatro cadeiras da cozinha e pede a todos que se sentem.

Os convidados tentam bater papo, mas a conversa é hesitante, repleta de silêncios. Uma colher tilinta contra uma xícara de café. Alguém menciona a onda de calor, e outra pessoa tenta fazer uma piada sobre as mudanças climáticas.

Por fim, Linnea mostra uma fotografia emoldurada de sua filha e tenta dizer algumas palavras sobre todas as coisas que faziam de Jenny uma garota diferente e especial.

— Era feminismo e veganismo… Ela apontava tudo o que nós e a nossa geração estamos fazendo errado. Dizia que usamos as palavras erradas e insistimos em dirigir carros movidos a combustíveis fósseis e… Ah, eu tenho tanta saudade disso.

Ela se cala, as lágrimas escorrendo pelo rosto. O marido afaga suas costas.

Quando uma senhora idosa se levanta e anuncia que precisa voltar para sair com o cachorro, todos os outros convidados aproveitam para agradecer aos anfitriões e se despedir.

Linnea pede que deixem tudo sobre a mesinha, mas mesmo assim todos fazem questão de levar as xícaras até a cozinha.

— Todo mundo já está indo embora? — Pamela sussurra para Martin.

Ouvem vozes no corredor enquanto os convidados se despedem. Então a porta da frente se fecha e há um momento de silêncio antes de Linnea e Bengt reaparecerem.

— Talvez seja melhor irmos também — Pamela diz.

— Vocês não vão embora agora, vão? — Bengt pergunta com voz rouca.

Ele abre um armário e tira duas garrafas e quatro copos. Serve vodca para si e Martin e licor de cereja para as mulheres.

— Martin, quero que saiba que sinto muito por ter agredido você — ele fala, empurrando o copo na direção do convidado. — Não há desculpa para o que fiz, mas eu pensei... Bem, você sabe. E quando te vi pessoalmente perdi o controle...

Ele esvazia o copo, contrai o rosto numa careta ao sentir o álcool queimar e pigarreia.

— De qualquer forma, eu realmente sinto muito... e espero que você aceite meu pedido de desculpas.

Martin assente e olha de relance para Pamela, como se quisesse que ela respondesse por ele.

— Foi tudo culpa da polícia — ela diz. — Martin não está bem, e o manipularam para confessar coisas que ele na verdade não fez.

— Eu achei que... Vocês sabem — Bengt diz. — Não que eu esteja tentando me isentar de culpa...

— Não — ela fala.

— Você aceita apertar a minha mão? — Bengt pergunta, olhando para Martin.

Martin faz que sim com a cabeça e estende a mão, mas parece um pouco assustado quando Bengt a pega.

— Podemos deixar isso para trás?

— Por mim está tudo bem — Martin responde baixinho.

Pamela finge bebericar seu licor de cereja e pousa o copo sobre a mesinha.

— Vocês souberam que o assassino raptou outra garota? — ela pergunta.

— Mia Andersson — Linnea diz de imediato.

— É de dar náuseas — Bengt murmura.

— Eu sei — Pamela sussurra.

— Mas você viu o sujeito, não viu? — Bengt pergunta. — Você estava lá, não foi, Martin?

— Estava muito escuro — Pamela explica.

— O que a polícia tem a dizer? — Linnea quer saber.

— Para nós? Não muito — Pamela responde.

— Claro que não — Bengt comenta, suspirando. Pega uma migalha na mesinha e a joga na boca.

— Há uma coisa que eu tenho me perguntado — Pamela continua. — Depois que ele raptou a Jenny, alguma vez entrou em contato com vocês?

— Não. Como assim? — Linnea indaga, nervosa.

— Nenhuma carta ou telefonema?

— Não, e...

— Ele é apenas um louco — Bengt a interrompe, desviando o olhar.

— Mas ele tentou entrar em contato com vocês antes de ela desaparecer?

— Não estou entendendo — Linnea franze a testa.

— Posso ter me enganado, mas acho que ele tirou uma foto da Mia, a garota que está desaparecida agora, como uma espécie de aviso — Pamela explica, embora tenha a sensação de que está se enrolando com as próprias palavras.

— Não, não recebemos nada assim — Linnea responde, colocando o copo sobre a mesinha com mais força do que pretendia. — Todo mundo disse que foi apenas uma infeliz coincidência a nossa Jenny estar voltando da escola quando o caminhão passou.

— Sim — Pamela assente.

— A polícia se convenceu de que o assassino só decidiu levá-la no momento em que a viu naquele dia — ela continua, com a voz trêmula. — Mas não é o que aconteceu, não foi aleatório. Eu tentei dizer isso a eles; sei que falei todo tipo de coisa, eu estava com raiva e nervosa, mas ainda assim eles poderiam ter me dado ouvidos.

— Pois é — Bengt acrescenta, reabastecendo o copo.

— O que faz você achar que não foi aleatório? — Pamela pergunta, inclinando-se.

— Vários anos depois, encontrei o diário de Jenny. Ela o deixava escondido debaixo da cama e só o encontrei quando nos mudamos pra cá... Avisei à polícia, mas já era tarde demais, ninguém deu a mínima.

— O que ela escreveu? — Pamela pergunta, olhando-a nos olhos.

— A Jenny estava com medo. Ela tentou falar conosco, mas também não demos atenção — Linnea responde, com lágrimas brotando nos olhos. — Não foi aleatório, foi planejado; ele escolheu a Jenny, seguiu a conta dela no Instagram. Ele a estava espionando, sabia o caminho que ela fazia para vir da escola pra casa.

— Ela escreveu tudo isso?

— Ele esteve dentro da nossa casa também, observando-a, e pegou roupas íntimas da sua cômoda — Linnea continua. — Uma noite, quando chegamos da aula de salsa, encontramos a Jenny trancada no banheiro. Ela estava em frangalhos, e em vez de descobrir o motivo daquele comportamento eu a proibi de assistir a filmes de terror.

— Eu teria feito a mesma coisa — Pamela diz calmamente.

— Mas no diário eu pude ler o que ela realmente passou. Isso foi antes da nossa mudança para cá, ainda morávamos na casa; um dia ela estava fazendo seu dever na cozinha à noite. Tínhamos uma lâmpada na janela, mas não estava acesa... Você sabe como é, se as luzes de dentro não estão acesas dá para ver o jardim mesmo depois de escurecer, e ela achou ter visto alguém de pé entre as árvores.

Pamela assentiu.

— Ela pensou que estava imaginando coisas, que se assustou sozinha, e por isso acendeu a luz... Mas, ao fazer isso, viu nitidamente o homem. Eles se encararam por um momento e em seguida ele virou as costas e sumiu... Ela levou alguns segundos para perceber que, se conseguiu vê-lo com a luz acesa, então a janela estava funcionando como um espelho e ele devia estar parado bem atrás dela.

59

Joona caminha em meio ao ar abafado sob a ponte Central. Carros passam zunindo em ambas as pistas, a fumaça dos escapamentos paira ao redor. Roupas imundas e sacos de dormir se amontoam junto aos pilares de concreto, misturando-se com latinhas e sacos de batata frita vazios e seringas usadas.

O celular já está em sua mão quando começa a tocar. É Pamela Nordström.

Com voz estridente e agitada, ela relata seu encontro com os pais de Jenny Lind e as revelações do diário.

— O assassino entrou na casa e ficou na cozinha, bem atrás de Jenny. Eles se entreolharam por alguns segundos e ela não conseguiu descrever o rosto dele, mas anotou que ele vestia um casaco sujo com gola de pele preta e galochas verdes.

— Você leu o diário?

— Sim, mas é a única coisa que Jenny escreveu sobre ele. Embora em diversos trechos mencione que se sentia observada. E a parte interessante vem agora: certa noite, uma luz intensa a acordou, mas quando ela abriu os olhos o quarto estava às escuras. Jenny estava convencida de que alguém havia tirado fotos dela enquanto dormia, que foi o flash que a acordou.

Um ônibus passa e levanta uma nuvem de poeira cinza-chumbo do meio-fio.

— Sempre tive dificuldade para acreditar que as vítimas foram escolhidas por impulso — Joona diz. — Ele deve tê-las visto em algum lugar... e evidentemente começou a persegui-las.

— Sim.

— Ainda não encontramos Primus, mas precisamos falar de novo com Martin, se ele estiver disposto.

— Ele quer ajudar, vive dizendo isso, mas um amigo nosso que é psicólogo não acha boa ideia levarmos adiante as sessões de hipnose. Ele teme que isso possa ser prejudicial para o Martin.

— Então vamos tentar sem hipnose — Joona diz e desliga.

O eco dos passos desaparece à medida que ele avança sob o sol do fim de tarde no cais. A água corre devagar e exala um cheiro de mofo. As bandeiras pendem em seus mastros, frouxas, e até as folhas dos álamos estão imóveis.

Joona caminha à beira da água, passa pelo palácio do Parlamento, fita o parque Strömparterren e se lembra da água gélida de muitos anos atrás.

Quando chega ao restaurante Operakällan, um garçom o conduz através do imponente salão de jantar; eles passam por um biombo dourado e entram num terraço com vista para a água e o palácio.

Ele vê Margot sentada a uma mesa afastada com o chefe da Polícia de Segurança, Verner Zandén; o promotor-chefe, Lars Tamm; e o chefe de polícia do condado, Gösta Carlén.

Joona chega no exato momento em que eles erguem as taças de champanhe para fazer um brinde.

— Não havia necessidade de você vir aqui, Joona; a resposta ainda é não — Margot diz antes mesmo que ele tenha tempo de falar. — Ninguém nunca ouviu falar do Ninho da Águia. Acabei de perguntar a Verner e Lars e também conversei com a Equipe 2022 e o Departamento Nacional de Investigação Criminal.

— E ainda assim parece que existe — Joona insiste com firmeza.

— Todos aqui estão familiarizados com o caso, inclusive com a catastrófica operação na casa, que certas pessoas alegaram ser tão essencial.

— Três mulheres foram raptadas, duas já foram encontradas mortas...

Joona se cala e dá um passo para o lado enquanto a equipe de garçons chega com o primeiro prato e reabastece as taças.

Joona sabe que deve agir com cuidado ao fazer sua solicitação. A essa altura, é de conhecimento geral que foi Margot quem ordenou que a equipe invadisse a casa antes da chegada dos reforços e que a decisão resultou em baixas naquela noite.

— Fígado de pato grelhado com molho de alcaçuz e gengibre — a garçonete anuncia. — *Bon appétit.*

— Obrigado — Verner agradece.

— Peço desculpas por comer enquanto conversamos — Lars diz.

— Mas estamos oferecendo um jantar de despedida a Gösta; ele está indo trabalhar na Europol.

— A culpa é minha. Eu não os incomodaria se não fosse tão urgente — Joona explica.

Fica em silêncio enquanto o grupo começa a refeição e espera Margot levantar os olhos antes de continuar a falar.

— O contexto é que a nossa testemunha ocular, Martin Nordström, ouviu por acaso um telefonema entre Primus e um homem chamado Caesar. Poucos dias antes do homicídio, os dois discutiram sobre Jenny Lind e o parquinho.

— Isso nós já sabemos — Verner diz, lambuzando de molho um pedaço de carne.

— E você ainda acha que Primus, ou esse tal de Caesar, matou Jenny Lind, correto? — Margot pergunta.

— Acho que foi Caesar.

— Mas você está à procura de Primus? — ela diz e limpa a boca com um guardanapo.

— O que faz você pensar que foi Caesar? — Verner quer saber.

— Ele puniu Ulrike Bengtsson quando Primus se recusou a seguir suas ordens cegamente; apareceu na casa dela no meio da noite e tentou serrar uma de suas pernas.

Lars Tamm espeta com o garfo um pedaço de cebola assada, mas de súbito perde a vontade de levá-lo à boca.

— Ele se encaixa no perfil do nosso assassino? — Gösta indaga.

— Ele tinha um guincho.

— Então é ele — Verner conclui, categórico.

Ficam em silêncio por um momento quando um garçom chega para retirar os primeiros pratos, limpa as migalhas em um pratinho de prata e reabastece os copos de água.

— O que sabemos sobre Caesar? — Margot pergunta quando o garçom se afasta.

— Nada — Joona responde. — Nos bancos de dados não consta ninguém que se encaixe na descrição que temos dele. Se Caesar é seu nome verdadeiro, então ele nunca foi internado na unidade de atendimento psiquiátrico onde Martin e Primus às vezes ficam, tampouco trabalhou no sistema de saúde... e não há ninguém com esse nome na gangue de motoqueiros de Stefan nem em qualquer uma das organizações rivais.

— Um total desconhecido — Gösta resmunga.

— Preciso encontrar Primus porque ele é o único que pode nos dizer quem é Caesar — Joona explica.

— Parece lógico — Verner concorda com voz gutural.

— Primus é sem-teto, não tem endereço fixo, mas a irmã diz que ele sempre vai ao Ninho da Águia.

Em silêncio, a equipe de garçons reaparece, agora para servir vinho Riesling gelado e filé de lúcio de água doce ao forno com creme de brócolis e picles de couve-rábano.

— Vamos provar o vinho? — Margot sugere.

Eles pegam suas taças, fazem um brinde descontraído e bebem.

— Muito bom — Verner decreta.

— De qualquer forma, você não tem provas suficientes para acionar a Força-Tarefa Nacional — Margot diz a Joona.

— Sim, provavelmente durante algum tempo deveremos ser cautelosos em nossas relações com eles — Gösta murmura.

— Vou como agente infiltrado, então — Joona diz.

— Agente infiltrado — Margot repete, suspirando.

— Eu vou encontrar Primus se você autorizar.

— Desculpe-me, mas eu duvido disso — ela sorri.

— Além disso, é perigoso demais — Verner aponta, bebendo outro gole de vinho.

— Não temos nenhuma outra opção — Joona explica. — O Ninho da Águia só vai estar aberto hoje à noite. Depois disso, teremos que vasculhar todas as escadas e estações de trem da cidade até ele dar as caras na ala psiquiátrica... o que pode levar meses se ele seguir seu padrão usual.

— Ainda estou tentando entender um aspecto — Lars diz, pousando os talheres. — O Clube recebe ordens de Primus e Caesar para cometer sequestros e assassinatos?

— Acho que não — Joona responde.
— Mas o Clube vende drogas e organiza jogatina... E aumenta tremendamente os lucros por meio de seus negócios de empréstimos ilegais.
— É o esquema habitual — Verner diz.
— Mas, para manter a máquina toda funcionando, eles precisam garantir que as dívidas sejam cobradas e pagas — Lars continua. — Se houver a menor possibilidade de alguém não pagar, toda a operação entra em colapso.
— Mas raptar meninas parece um pouco exagerado — Margot comenta.
— Não para eles — Lars argumenta. — Eles veem isso apenas como um último recurso para receber o dinheiro que lhes é devido.
— Independente dos motivos subjacentes — Joona diz —, neste momento resta apenas uma pessoa que pode nos ajudar a levar a investigação adiante.
— Primus — Verner fala.
— E por que acreditar que Primus estará lá? — Margot pergunta.
— A irmã dele diz que ele nunca deixa de ir ao Ninho da Águia — Joona explica.
— E caso você o encontre, como planeja tirá-lo de lá?
— Eu invento alguma coisa.
— Você tem uma tendência a improvisar quando...
Eles se calam novamente quando o garçom volta para tirar os pratos.
— Uma delícia — Gösta diz calmamente.
— Obrigado — o garçom responde antes de ir embora.
Todos os olhares se voltam para Margot, que gira lentamente a taça de vinho na mão. A luz refratada se espalha pela toalha de mesa branca.
— Realizar uma operação secreta esta noite parece um pouco precipitado — ela diz, olhando para Joona. — E provavelmente isso não nos levará a Primus.
— Eu vou encontrá-lo — Joona insiste.
— Mas não estou convencida... Eu sempre digo que devemos confiar no trabalho de rotina, a maquinaria grande e lenta.
— Mas hoje é a única noite em que...

— Aguente firme e tenha paciência, Joona. Haverá mais noites no Ninho da Águia, e aí...
— Até lá, Mia Andersson pode estar morta — ele corta.
Margot lança a Joona um olhar severo.
— Se me interromper de novo, tiro você do caso.
— Certo.
— Você entende o que eu estou dizendo?
— Sim, entendo.

Segue-se um silêncio desconfortável. Gösta tenta conduzir o rumo da conversa para outro lugar, dizendo algumas palavras estranhas sobre a reforma de uma cabana à beira-mar na ilhota de Muskö, mas, já que ninguém responde, ele desiste.

Ainda perdura um desagradável silêncio quando o prato seguinte chega. O garçom anuncia que são filés de cordeiro da ilha da Gotlândia, com acompanhamento de ragu de lentilhas, avelãs e vinho tinto da margem oeste do estuário da Gironda em Bordeaux.

— Agora gostaríamos de continuar nossa refeição — Margot diz a Joona, pegando os talheres.

— Podemos conversar de novo mais tarde para discutir a operação? — Joona pergunta. — Eu só preciso de uma equipe pequena. O plano é entrar com toda a discrição, isolar Primus e prendê-lo.

Margot levanta o garfo e aponta para ele. Uma gota de molho cai em seu sapato.

— Você é um homem inteligente, Joona, mas descobri sua fraqueza — ela diz. — Quando você entra num caso se torna vulnerável, porque é incapaz de desistir. Você se dispõe a fazer qualquer coisa: infringir a lei, perder o emprego e até morrer.

— Isso é uma fraqueza? — ele pergunta.
— Estou vetando a realização de uma operação secreta esta noite.
— Mas eu preciso...
— Você acabou de me interromper de novo? — ela vocifera.
— Não.
— Ouça, Joona — ela diz devagar. — Não sou Carlos: não tenho intenção de perder meu emprego por sua causa. Preciso que você entenda que eu sou sua chefe, e que se eu te der uma ordem você tem que obedecer, mesmo que não concorde.

— Eu entendo.
— Que bom.
— Caiu um pouco de molho no seu sapato — Joona diz. — Quer que eu limpe?

Como ela não responde, ele pega um guardanapo branco do carrinho de serviço e se ajoelha na frente dela.

— Isso não é engraçado — Verner fala.
— Preciso deixar registrado o meu protesto — Gösta diz, com voz tensa.

Joona limpa cuidadosamente o molho e depois lustra o calçado.

Numa mesa vizinha, alguém resmunga descontente e todos no terraço param de falar. De súbito os olhos de Lars adquirem um brilho vítreo; Verner encara o tampo da mesa.

Sem nenhuma pressa, Joona passa para o sapato seguinte e começa a lustrá-lo, antes de se levantar e dobrar o guardanapo.

— Você pode levar duas pessoas — Margot diz a ele friamente, cortando o filé no prato. — Só esta noite. Não quero que nada dê errado e exijo que você se reporte a mim para dar informações amanhã pela manhã.

— Obrigado — Joona responde e se vira para sair do restaurante.

60

Lado a lado, três motocicletas percorrem a área industrial no porto sul de Södertälje, passando pela fieira de postos de combustível, garagens de caminhões e empresas de logística que ocupam o cais.

O rugido dos motores de um cilindro das motos ricocheteia entre as fachadas planas dos prédios.

O ar da noite é quente e úmido. Do outro lado da baía ergue-se a enorme usina de eletricidade e calefação.

Joona está na motocicleta do centro, ladeado por dois colegas.

A missão do trio é se infiltrar no Ninho da Águia, encontrar Primus, tirá-lo da vista e prendê-lo sem chamar atenção.

Quatro horas antes, Joona, Edgar Jansson e Laura Stenhammar esmiuçaram o plano.

Ele nunca trabalhou com nenhum dos dois, mas se lembra de que, uma década antes, Laura foi removida do serviço ativo da Polícia de Norrmalm por jogar uma granada de mão numa van que transportava um laboratório de anfetaminas. Depois disso, foi recrutada para a Unidade de Defesa Constitucional da Polícia de Segurança, onde atuava para identificar grupos extremistas e se infiltrar neles.

Edgar tem apenas vinte e cinco anos, mas trabalha como agente infiltrado para o esquadrão de combate às drogas em toda a região de Estocolmo.

Os três conseguiram documentos de identidade, dinheiro e uma Husqvarna Vitpilen — motocicleta com motor de setecentas cilindradas.

E todos trocaram de roupa para a operação.

Horas antes, quando se encontraram, Laura estava vestindo uma túnica de crochê, mas agora usa calça de couro justa, botas de motociclista e uma regata branca.

Edgar trocou a calça marrom-clara e o suéter xadrez por jeans preto, botas de caubói e uma jaqueta jeans rasgada.

Joona está usando calça camuflada preta e branca, botas pesadas e uma camiseta preta.

Laura conseguiu com um de seus informantes um cartão magnético que deve funcionar como uma espécie de bilhete de entrada para o Ninho da Águia.

Eles estudaram as fotografias de Primus Bengtsson e Stefan Nicolic e agora são capazes de reconhecê-los. Também se debruçaram sobre imagens de satélite do porto para se familiarizar com as posições relativas dos prédios e estradas, as cercas altas e as docas, além da área de carregamento de contêineres.

Três agentes da Unidade de Operações Especiais estão esperando no canal em um bote inflável e podem chegar ao Ninho da Águia em menos de cinco minutos caso Joona e os outros encontrem Primus.

Os três passam por baixo da ponte ferroviária alta e contornam uma cerca coberta com placas que alertam para o monitoramento de empresas de segurança e câmeras de vigilância nos arredores. As motocicletas diminuem a velocidade em frente ao portão de um terminal de carregamento de contêineres e cargas a granel.

Laura saca seu cartão magnético e o passa por um leitor acoplado a um poste da cerca; sente uma mistura de nervosismo e alívio quando os portões se abrem.

Eles entram devagar e param em um estacionamento que já está lotado de motocicletas imensas. De um prédio semelhante a um hangar nas proximidades ouvem-se gritos e uma barulheira.

— Se vocês tiverem a chance coloquem um rastreador no Primus, mas não corram riscos; deem tempo ao tempo — Joona repete enquanto caminham em direção à porta.

O plano é se separarem para procurar por ele sem chamar a atenção.

O céu noturno está claro, mas a área continua bastante escura, intocada pelas desoladoras sombras da luz artificial.

Os três policiais caminham ao longo dos trilhos de trem enferrujados na doca de concreto.

Um grupo de homens barbudos e tatuados vestindo coletes de couro se desloca em direção ao posto de verificação de segurança à frente.

Edgar esboça um sorriso rígido, endireitando a jaqueta jeans.

Eles seguem a fila até a entrada. Laura solta o cabelo e deixa as madeixas ruivas caírem sobre os ombros nus.

Quatro leões de chácara munidos de rifles de assalto fazem a segurança.

O homem parrudo à frente deles entrega a pistola e pega um recibo que enfia na carteira.

Do hangar, o som de gritos e palmas é mais alto agora, como ondas arrebentando na praia.

Do outro lado do posto de controle, uma loira alta recebe as pessoas, distribuindo tíquetes de bebida, quadrados que parecem ser fotogramas individuais de filmes em película.

— Boa sorte — ela diz, trocando um demorado olhar com Joona.
— Obrigado.

No interior do prédio está muito mais escuro do que do lado de fora. Há uma multidão reunida em volta de um ringue de boxe elevado no centro do hangar. Uma sineta toca e os dois lutadores voltam para seus cantos. Ambos estão ofegantes, e a atadura branca enrolada em suas mãos está ensanguentada nos nós dos dedos.

Os três policiais abrem caminho até o bar em meio a um mar de braços tatuados, cabeças raspadas, roupas de couro preto, barbas e orelhas com brincos.

— Eu amo cosplay — Laura murmura secamente.

O chão está molhado e atulhado de copos de plástico, rapé descartado e tíquetes de bebida usados.

Enquanto Laura segura um dos fotogramas contra a luz acima do bar, percebe que é um filme pornô: uma mulher sendo penetrada por um consolo acoplado a uma longa vara, por sua vez ligada a algum tipo de máquina.

Os três trocam seus fotogramas por uma cerveja, depois se separam e se misturam à multidão.

O ringue de boxe está iluminado, as pessoas se aglomeram ao redor; os rostos dos que estão na frente captam a luz que vem de cima.

Joona se aproxima.

Ouve uma série de baques rápidos quando um lutador ataca o outro. Um agenciador de apostas com cabelo comprido e chapéu-coco se enfia no meio da multidão e anda de um lado para o outro anotando os palpites.

Do outro lado do hangar, as portas de acesso ao cais estão escancaradas. Andorinhas entram voando no prédio, dando rasantes à caça de insetos.

Por um momento, Joona observa os dois lutadores e determina quem será o vencedor.

Olha de relance para o controle de segurança na entrada e para o bar, mas não consegue mais ver nenhum dos colegas.

Um andar acima, ao longo de um dos lados do hangar, há um escritório com enormes janelas que dão para o espaço. Joona consegue distinguir várias pessoas na luz quente lá dentro, silhuetas que se movem atrás do vidro.

O homem no canto azul do ringue grita alguma coisa e desfere um chute baixo, seguido de um soco dado com um movimento circular e violento do braço que atinge o rosto do adversário.

A cabeça do outro homem balança e ele cambaleia para o lado, atordoado. Alcança as cordas e se esquiva no exato instante em que o primeiro assalto chega ao fim.

O agenciador de apostas de chapéu-coco vai de pessoa em pessoa, recolhendo as apostas e entregando os recibos.

— Vitória por nocaute do cara no canto vermelho — Joona diz quando seus olhares se encontram.

— Está pagando 1.5 — ele responde.

— Beleza.

O homem entrega a Joona o recibo da aposta e segue em frente.

O lutador no canto vermelho cospe sangue dentro de um balde. O ar tem cheiro de suor e unguento. O oponente empurra o protetor bucal de volta para dentro da boca.

A sineta toca outra vez.

Os pés descalços dos lutadores batem no chão.

Joona abre caminho no meio da multidão, perscrutando cada rosto para não deixar Primus escapar.

Todas as atenções estão nos lutadores.

No chão, atrás do canto azul, ele nota um homem magro de moletom preto com o capuz levantado. Não consegue ver seu rosto, mas ele não parece estar reagindo à luta.

Joona começa a abrir caminho na direção dele.

A multidão urra, levantando os braços.

O lutador no canto vermelho lança uma enxurrada de violentos golpes contra as costelas do adversário.

Joona é empurrado para o lado e perde de vista o homem de moletom.

O lutador do canto azul recua, tentando usar os cotovelos para proteger as costelas. Abaixa ligeiramente as mãos enquanto o outro homem se curva sob a saraivada de golpes.

Há um som de estalo, como o de alguém batendo palmas com as mãos molhadas.

Um gancho de direita atinge o lutador do canto azul no rosto, fazendo-o cambalear para o lado.

Um de seus joelhos cede quando outro gancho de direita atinge sua têmpora.

Ele desaba no chão.

Joona avança, e através dos braços erguidos da multidão vê o lutador de vermelho fustigar o rosto do oponente.

A multidão grita; algumas pessoas começam a aplaudir.

Um copo de cerveja meio vazio é arremessado no ringue, espalhando espuma pelo chão. Joona não consegue mais ver o homem encapuzado.

A grande maioria da multidão joga no chão seus canhotos de apostas.

Joona estuda cada rosto enquanto vai entregar o recibo para recolher seus ganhos.

Mais uma vez olha de relance para o escritório e vê um homem que talvez seja Stefan Nicolic de pé na janela, fitando o ringue. Não passa de uma silhueta, mas um naco da luz quente atrás dele atinge seu rosto.

61

Edgar deixa Laura no bar, avista Joona na multidão ao lado do ringue de boxe e se embrenha hangar adentro; segue o fluxo de pessoas que saem pelas portas abertas para o cais.

Em algum lugar próximo, um cachorro solta latidos agressivos.

Edgar esquadrinha a multidão em busca de Primus enquanto passa por uma longa fila de banheiros químicos e atravessa uma área de carga e descarga de contêineres.

Vê um homem magro com um colete de couro vomitando em cima da tampa de uma lata de lixo. O jeans do sujeito está encharcado de urina, e, antes de desviar o olhar, Edgar tem tempo de notar as marcas de agulha em ambos os braços.

Há barcaças e cargueiros ancorados ao longo do cais.

Todo mundo parece se encaminhar ao enorme armazém com telhado abobadado, cujas portas estão escancaradas, e Edgar ouve gritos e latidos vindos do interior.

Ele passa por um grande trator-carregador e segue a maré de gente até o imenso armazém. No fim, fica claro que é um depósito de halita, sal usado no degelo de estradas. Do lado de dentro, o chão parece quase enterrado sob uma camada de neve. A metade dos fundos do espaço está repleta de sal compactado que chega até o teto de vidro acrílico amarelado, cerca de quinze metros acima do chão.

Na parte da frente do depósito há uma área cercada retangular feita de barreiras antimotim.

O chão é branco, com profundas marcas de pneus, e há montes de sal junto às paredes.

Cerca de cinquenta homens se acotovelam ao redor do cercado.

Há jaulas dentro das quais se veem cães de briga inquietos e agressivos, com pescoços musculosos e mandíbulas furiosas.

Edgar começa a examinar os rostos agitados na multidão em busca de Primus.

Em meio à aglomeração, vê um dos treinadores de cães entrar na área cercada. Ele segura com as duas mãos a guia e a coleira do cachorro, arrastando o animal para a frente; o cão resiste, firmando-se nas patas traseiras a ponto de se empinar.

Uma intensa rodada de apostas está em andamento; os homens na plateia gritam e apontam. Os cachorros latem e dão puxões tão violentos nas correias que começam a ofegar.

Um juiz de paletó xadrez levanta a mão.

O treinador desengancha a correia mas segura a coleira do cão, gritando algo enquanto arrasta o animal mais alguns passos para a frente.

Edgar não consegue enxergar a outra metade do cercado, mas presume que o segundo treinador está fazendo algo semelhante.

O juiz faz a contagem regressiva e abaixa a mão.

Ambos os treinadores soltam as coleiras e os animais avançam, mordendo e rosnando, tentando cravar os dentes um no outro.

Alvoroçada, a multidão se espreme contra a cerca.

Os animais ficam de pé sobre as patas traseiras, levantando poeira enquanto se apoiam sobre os ombros um do outro e se mordem repetidas vezes.

O cachorro marrom-escuro consegue abocanhar a orelha do outro, puxando e balançando a cabeça sem dar sinal de que vai largar. Eles ficam de novo sobre as quatro patas, andam em círculos, o sangue gotejando no chão branco.

O cachorro de pelo mais claro geme.

Arquejando, a barriga dos dois cães sobe e desce no ritmo das respirações aceleradas.

O cão marrom-escuro ainda está com as mandíbulas presas à orelha do oponente e balança a cabeça de um lado para o outro. Arranca um naco de carne e foge com ela pendurada na boca.

O homem ao lado de Edgar dá uma gargalhada.

Com o coração disparado, Edgar avança. Nesse momento, vê Primus nos fundos do depósito. Não há dúvida de que é ele. Edgar o reconhece imediatamente das fotos: o rosto estreito, os dentes tortos, a longa cabeleira grisalha. Veste uma jaqueta de couro vermelha e parece estar no meio de uma discussão acalorada com um homem mais baixo.

Os treinadores gritam e os cachorros rosnam e voltam a se atacar.

O cão mais claro cai de costas, o outro em cima dele.

Edgar vê Primus entregar um envelope grosso ao outro homem, que lhe dá algumas notas como gorjeta.

O cachorro marrom-escuro trava as mandíbulas em torno da garganta do cão adversário.

A multidão começou a gritar.

O cachorro menor e pálido está tremendo e, em pânico, apoia as pernas contra o outro, mas o cão mais escuro se recusa a soltar seu pescoço.

A cena é tão perturbadora que os olhos de Edgar ficam marejados enquanto ele tenta chegar até Primus.

Ainda consegue ver a jaqueta de couro vermelha em meio à multidão.

Ele limpa as lágrimas com a mão, pensando que não será muito difícil colocar um rastreador em Primus.

— Qual é seu problema? — um homem barbudo pergunta aos berros, agarrando-o pelo braço.

— Nenhum — Edgar fala, encontrando os olhos bêbados do homem.

— São apenas cachorros — ele diz, sorrindo.

— Vá se foder — Edgar vocifera, soltando seu braço.

— Você sabe o que eles fazem com as pessoas lá em...

— Cai fora — ele o interrompe e segue em frente.

— Bichinha fresca! — o homem grita atrás dele.

Primus já não está no mesmo lugar. Edgar perscruta freneticamente a multidão e o vê prestes a sair do depósito. Pedindo licença, abre caminho na marra e, em seguida, aproveita a brecha que surge na aglomeração quando o cachorro morto é arrastado pelo treinador para fora da área cercada.

62

Os cachorros ainda estão latindo dentro do depósito de sal quando Edgar sai para o ar da noite. Agora há pessoas andando de um lado para o outro na doca, algumas em direção aos contêineres empilhados, outras ao redor das portas de entrada do hangar principal.

Edgar avista Primus um pouco à frente e corre atrás dele.

Um homem mais velho, com uma suástica tatuada na testa, bebe Fanta do gargalo de uma garrafa plástica, arrota e enxuga a mão na pança.

Com Edgar em seu encalço, Primus entra num dos becos escuros entre os contêineres. A mudança na acústica é tão repentina que Edgar tem a sensação de que ficou quase surdo.

Nessa área o cheiro é de merda e vômito.

As paredes metálicas vermelhas, amarelas e azuis se elevam a uma altura de quinze metros.

Numa das passagens que se cruzam, Edgar vê uma fila de homens se formar na frente de um contêiner aberto. Do lado de dentro, sobre uma cama revestida por uma capa de plástico, uma mulher nua está deitada toda esparramada e há um homem atarracado em cima dela. Edgar vê um homem agarrar e pôr no colo uma mulher vestida com uma minissaia de couro.

Surge uma mulher alta com uma peruca loira, cambaleando com um preservativo frouxo pendurado entre as pernas.

O rabo de cavalo de Primus balança e bate na parte de trás da jaqueta de couro vermelha enquanto ele segue em frente pelos corredores labirínticos dos contêineres. Depois de avançar mais ou menos cem metros, ele vira e desaparece dentro de um contêiner aberto.

Edgar prossegue pela passagem estreita, mas hesita antes de seguir Primus escuridão adentro. Prossegue com cautela rente a uma parede e de súbito se detém.

Há gente se movimentando por perto, e é possível ouvir vozes sussurradas de várias direções.

No ar abafado paira um forte odor químico de fumaça.

Um lampião pendurado no teto irradia uma leve luminosidade amarronzada.

À medida que os olhos de Edgar se ajustam lentamente à escuridão, ele consegue distinguir cerca de dez pessoas sentadas de costas para a parede ou deitadas no chão.

No canto mais distante, Primus está parado na frente de um homem com uma barba trançada.

Edgar tira algum dinheiro do bolso, atravessa devagar o piso nu de compensado e observa Primus comprar um pequeno tubo plástico, provavelmente crack. O homem de barba trançada conta o dinheiro uma segunda vez enquanto Primus bate os pés com impaciência, empurrando uma mecha de cabelo grisalho para trás da orelha.

Edgar passa por cima de um homem adormecido e se aproxima de Primus, segurando uma nota e fingindo tê-la encontrado no chão.

— Você deixou cair — ele diz.

— Ah, é? Porra, obrigado, é muito bacana da sua parte — Primus fala, enfiando a cédula no bolso.

Em um gesto de camaradagem, Edgar lhe dá um tapinha nas costas, fixando o rastreador sob a gola da jaqueta. Primus segura o tubinho plástico contra a luz e depois senta no chão com os joelhos encolhidos até o peito.

Ele começa a preparar um pequeno cachimbo de vidro.

Com as mãos trêmulas, um rapaz de pé sob o lampião faz um pequeno cone de papel-alumínio.

Edgar observa o rosto magro de Primus de perfil, os vincos nas faces e o cabelo longo e escorrido que lhe cai sobre os ombros.

Por trabalhar como agente do esquadrão antidrogas, vê com frequência esse tipo de coisa.

A cocaína em forma de pedra de crack não pode ser fumada, pois os cristais de cloreto de sódio deixam o ponto de fusão muito elevado. Mas a adição de amônia e benzeno permite separar a mistura, criando por cima uma camada de cocaína quase pura. Assim que o solvente evapora, o usuário fica com uma pasta branca e quebradiça que, quando fumada, proporciona um trago breve e intenso.

Primus abre o zíper da jaqueta, tira um isqueiro do bolso interno e se debruça sobre o cachimbo.

Edgar percebe que o rastreador escorregou da gola e está prestes a cair.

Percebendo que terá que consertar a situação, ele chega mais perto.

A boca de Primus começa a salivar enquanto usa o isqueiro para aquecer o cachimbo.

Uma rodopiante nuvem de vapor se forma no fornilho arredondado de vidro.

Ele se inclina para trás e inala.

Lágrimas começam a escorrer por seu rosto enquanto o maxilar parece tenso e os lábios embranquecem. Ele se agita e murmura consigo mesmo, o pequeno cachimbo tremendo na mão.

Edgar se agacha ao lado dele, pousando a mão em seu ombro.

— Você tá bem, cara? — ele pergunta, desta vez prendendo o rastreador com firmeza e da forma correta.

— Sei lá — Primus murmura enquanto aquece mais uma vez o cachimbo. — Porra, isto não está funcionando; dá você uma tragada.

— Obrigado, mas...

— Vai, vai, antes que esta merda acabe — ele insiste, impaciente, empurrando o fornilho na boca de Edgar.

Antes de ter tempo de pensar nas consequências, Edgar inala o vapor e observa o bojo do cachimbo se esvaziar.

O efeito é imediato: seus músculos ficam pesados e ele afunda junto à parede ao lado de Primus.

O pânico borbulha dentro de Edgar, que percebe que precisa ficar parado e esperar a onda baixar antes de tentar localizar Joona.

Uma intensa onda de euforia se espalha por seu corpo. Seu pênis enrijece, o coração dispara e os lábios formigam.

— Eu tomo todo tipo de medicamento — Primus explica, com a voz baixa. — E às vezes, quando fumo crack, o lance simplesmente bate na minha cabeça e faz meu maxilar ficar tenso...

Edgar escuta a voz dele. Sua mente está perfeitamente desanuviada e ele sabe que essa sensação é apenas efeito da droga, mas ainda assim sorri para si mesmo.

Seu pau está tão duro que pressiona a calça.

Ao redor, as pessoas conversam em voz baixa na escuridão. Uma mulher de tranças delicadas sorri para ele.

Edgar se recosta, fecha os olhos e sente que alguém desabotoa sua calça jeans, empurra a mão quente por dentro da cueca e segura seu pau com apertos suaves.

Ele puxa o ar pelo nariz, trêmulo.

Seu coração está disparado.

A sensação de prazer é tão avassaladora que nada mais parece ter importância.

A mão começa a se movimentar para cima e para baixo, com suaves torções.

Edgar abre os olhos, pisca na escuridão e vê Primus se inclinar para a frente a fim de levar seu pau à boca.

Edgar empurra Primus para trás e se levanta com as pernas bambas, puxa a calça para cima e a abotoa por cima do pênis ereto enquanto cambaleia para fora do contêiner.

Um terrível medo de se perder o impulsiona para a frente, embora ele saiba que o que está prestes a fazer é errado.

Suas pernas parecem gelatina; seus ouvidos latejam.

Edgar caminha a passos rápidos, entra na passagem, contorna a fila de homens na entrada de um dos contêineres, avança para dentro sem pedir licença e para na frente de uma das mulheres, que tem olhos castanhos cautelosos e os cantos da boca rachados. Sem dizer uma palavra, ele agarra o braço dela e a puxa para um canto.

— Parece que alguém está com pressa — a mulher diz.

Edgar dá todo o dinheiro que tem e percebe o olhar de espanto no rosto da mulher antes de virá-la contra a parede. Ele abaixa a minissaia de couro sintético e puxa a calcinha vermelha até os joelhos.

A ereção de Edgar é quase dolorosa.

Com as mãos trêmulas, desabotoa a calça jeans e a penetra.

Edgar não consegue acreditar no que está fazendo. Ele sabe que não quer isso, mas também não consegue se controlar. A droga é como água gelada percorrendo suas veias e faz cada fio de cabelo em seu corpo se arrepiar; as endorfinas pulsam dos pés à cabeça.

Edgar dá um par de estocadas e goza aos soluços. Tem a sensação de que a cascata de sêmen e as contrações nunca terão fim.

63

Joona se aproxima do bar e se posiciona ao lado do homem de capuz. Esbarra nele, chama sua atenção e pede desculpas.

Não é Primus, e sim um jovem de bigode loiro e rosto furado com piercing.

Carregando na mão o copo de plástico, Joona volta para o ringue de boxe.

Dentro do ringue, dois homens cujo rosto e torso estão coalhados de cicatrizes andam em círculo estudando um ao outro sob o intenso brilho dos refletores acima.

Ambos seguram na mão uma garrafa quebrada.

Um dos homens veste calça jeans; o outro, short preto.

Apesar da energia esfuziante do público, ambos parecem hesitantes em atacar, e suas tentativas de investida nunca terminam em golpe.

Um homem grandalhão com a cabeça raspada e pescoço tatuado bate no ombro de Joona. Veste uma camiseta verde e calça de moletom folgada.

— Me desculpe — ele diz em tom caloroso —, mas... você me reconhece?

— Talvez, não sei — Joona diz e volta as atenções para o ringue de boxe.

O homem deve ter mais de dois metros de altura e pesa quase o dobro de Joona. Seus braços enormes estão cobertos de tatuagens verde-escuras.

Joona sabe exatamente quem ele é. Seu nome é Rabo-de-rabo-de-cavalo e era membro da chamada Irmandade no presídio de segurança máxima de Kumla, embora tivesse sido transferido para Saltvik logo após a chegada de Joona.

— Tenho certeza de que já nos encontramos antes — Rabo-de-rabo-de-cavalo declara.

— É possível, mas eu realmente não me lembro — Joona responde, erguendo os olhos para o homenzarrão.

— Qual é o seu nome?

— Jyrki — Joona mente, encarando-o nos olhos.

— Os caras me chamam de Rabo-de-rabo-de-cavalo.

— Acho que eu me lembraria desse nome — Joona diz, mais uma vez concentrando a atenção na luta quando a multidão urra.

O homem de short preto desfere um chute alto, mas o outro usa a mão livre para agarrar o pé do oponente e crava a garrafa quebrada entre os artelhos antes de soltar a perna.

— Que merda, cara, é tão estranho, tenho certeza de que reconheço você...

Rabo-de-rabo-de-cavalo começa a voltar ao bar, mas depois de apenas alguns passos dá meia-volta, caminha de novo na direção de Joona e pergunta:

— Você vem sempre aqui?

— Nem sempre.

— Sou tão lento que não consigo entender — o grandalhão diz, coçando o pescoço e abrindo um sorriso.

— Talvez eu seja apenas parecido com alguém que você...

— Não, eu sei que já te vi antes — Rabo-de-rabo-de-cavalo o interrompe.

— Tenho que ir.

— Daqui a pouco vou me lembrar — Rabo-de-rabo-de-cavalo diz, cutucando a têmpora.

Joona começa a passar pelo ringue em direção às grandes portas do hangar. Percebe que o homem de short preto está deixando um rastro de sangue atrás de si no ringue.

Rabo-de-rabo-de-cavalo segue Joona e agarra seu braço. Quando Joona se vira com um olhar muito sério no rosto, o homem gigante levanta as mãos sinalizando um pedido de desculpas.

— Eu só queria dar mais uma olhada em você — ele alega. — Um segundo.

— Você está dando importância demais a isso.

— Você já morou em Gotemburgo?

— Não, nunca — Joona retruca.

— Tá legal, desculpe — o grandalhão faz uma mesura, curvando-se tanto que o martelo de Thor em miniatura que traz num cordão em volta do pescoço começa a balançar.

Joona o observa girar sobre os calcanhares e voltar para o bar.

A multidão ao redor do ringue grita em uníssono.

Os dois lutadores se arrastam para junto das cordas. O homem de calça jeans faz um corte feio e fundo na mão ao agarrar a garrafa do adversário, e um jorro de sangue escorre por seu braço. Sem soltá-la, tenta enfiar a própria garrafa no rosto do outro homem, mas erra todas as vezes.

64

Laura se afasta do ringue de boxe e vai para a entrada. Um homem tatuado passa um braço em volta do ombro dela e, embora não consiga escutar o que ele diz com voz arrastada de bêbado em seu ouvido, ela é capaz de supor.

Enquanto se livra do sujeito, não pode deixar de imaginar o que seu ex faria se a visse ali hoje, rodeada por aquele bando de homens, vestindo calça de couro e regata.

Ele provavelmente ficaria grudado na tela do celular, sem nem sequer levantar os olhos.

No ringue de boxe, um jovem cai de costas e bate a cabeça na lona com um baque violento. Seu protetor bucal ensanguentado voa e pousa em cima de seu cabelo.

A multidão vaia e urra.

Embora o jovem esteja sendo bombardeado com copos vazios e lixo arremessados pelo público, ele não se mexe. O auxiliar técnico está a seu lado, tentando colocá-lo de pé. O lutador parece não saber onde está e suas pernas falham quando ele tenta andar.

Laura ganhou uma bolada no combate anterior, mas apostou todo o seu lucro no jovem lutador que agora está estatelado na lona.

Olha para o recibo, amassa e o joga no chão. Seu plano é comprar outra cerveja e ir para junto do grupo de homens aglomerados perto do monitor, mais para os fundos do hangar.

Mal acabou de iniciar uma tentativa de abrir caminho na marra até o bar quando um homem alto com uma longa cabeleira branca a impede.

— Stefan Nicolic quer pagar uma bebida pra você na sala VIP — ele diz.

— Obrigada, mas estou numa boa, vou embora daqui a pouco — Laura responde.

— Ele quer falar com você — o cara de cabelo branco insiste, em tom de poucos amigos.

— Tá legal, ótimo, ótimo.

Laura o segue em meio à multidão; no caminho, rechaça um homem atarracado que se aproxima demais e sente na palma da mão a camisa encharcada de suor do sujeito.

Um grupo de pessoas se dispersa ao ver a aproximação do homem de cabelo branco e abre espaço para deixá-los chegar a uma porta bem no fundo do hangar.

Dois homens com pistolas e coletes à prova de balas estão de guarda na entrada.

Laura sente a pulsação acelerar.

Não tem a menor ideia do que Nicolic poderia querer com ela.

O homem digita um código num teclado numérico e entra. Laura o segue por um pequeno lance de escadas iluminadas.

Eles entram na sala VIP passando por uma cortina de contas cor de vinho.

A iluminação suave e quente do interior incide sobre as poltronas marrom-escuras de couro e a mesinha de centro baixa, parcialmente coberta por um grande livro sobre aves.

O recinto tem um cheiro estranho, rançoso.

Stefan Nicolic está de pé junto a uma das grandes janelas, fitando o ringue de boxe e o mundaréu de gente lá embaixo.

Uma mulher magra com penteado afro está de pé ao lado de um aparador repleto de garrafas, copos e baldes de gelo. Ela veste reluzentes roupas esportivas pretas e um par de chinelos de praia pretos.

— Oi — Laura diz com um sorriso.

Em silêncio, e sem demonstrar nem sequer um lampejo de emoção, a mulher esfrega um copo com um pano branco até deixá-lo lustroso e o coloca ao lado dos outros.

Na parede do fundo há uma águia dourada dentro de uma enorme gaiola com barras grossas. Suas penas marrom-escuras eriçadas são quase invisíveis na penumbra, mas sua cabeça dourada e o bico curvo captam um pouco da luz.

Com seus olhos redondos, o enorme pássaro parece acompanhar cada movimento na sala.

Quando Stefan se vira, Laura vê que ele está segurando um binóculo verde.

Sem dizer uma palavra, ele vai até a área de estar e põe o binóculo sobre a mesa.

A julgar por sua aparência, ele não dorme há dias: seus olhos estão inchados e escuros, e sua boca é frouxa. O cabelo grisalho é bem curto, e seu rosto carrega marcas de estragos causados pelas lutas. Parece que quebrou o nariz várias vezes, e sua bochecha é riscada de cicatrizes.

— Tudo certo? — ele pergunta, olhando para Laura.

— Sim, tudo ótimo... Bem, talvez não tão ótimo assim depois da primeira luta — ela responde meneando a cabeça na direção da janela.

— Nunca te vi aqui antes.

— Não?

— Tenho uma memória muito boa para rostos.

— Você está certo, é a minha primeira vez — Laura sorri.

— Sente-se.

— Obrigada.

Laura senta e olha para o ringue de boxe bem iluminado e as multidões escuras que se movem pelo chão do hangar.

— Gosto de me apresentar a quem perde dinheiro logo no começo da noite — Stefan diz. — Algumas pessoas acham que as lutas são manipuladas, mas não são, eu juro. Nós faturamos bastante, não importa o resultado.

Ele fica em silêncio e chama a outra mulher segurando dois dedos levantados no ar por um segundo antes de se sentar de joelhos abertos na poltrona em frente a Laura.

— Mas se a pessoa tem jeito pra avaliar como vai ser uma luta, pode sair daqui podre de rica...

Sem pressa, a mulher despeja uísque de uma jarra de boca larga em dois copos, pega alguns cubos de gelo do balde com um par de pinças e adiciona um pouco de água com gás de um sifão.

Penduradas na lâmpada acima da mesa há duas pequenas adagas presas a tiras de couro, que tilintam suavemente a cada lufada de ar.

— É para a briga de galos — Stefan explica, seguindo os olhos de Laura.

— Certo — ela diz, com expressão de curiosidade.

— Você prende os punhais nas patas dos galos, como esporas.

Ainda impassível, a mulher traz os dois copos até a mesa e entrega um para Stefan, o outro para Laura.

— Obrigada.

— Nossas chances de ganho são boas pra caralho — Stefan continua. — Você viu, mas a maioria dos apostadores também perde vez ou outra. É por isso que também emprestamos dinheiro... embora a taxa de juros seja altíssima, admito. Eu recomendaria empréstimos de curto prazo, reembolso no dia seguinte ou dois dias depois.

— Vou pensar a respeito — Laura diz, bebericando seu uísque.

— Faça isso.

Stefan põe o pé direito sobre o joelho e descansa o copo sobre o tornozelo. Seu jeans está rasgado e sujo nos calcanhares.

O guarda-costas de cabelo branco aponta para Laura e franze os lábios.

— Não gosto dela — ele diz calmamente.

— Você acha que ela é um daqueles filhos da puta covardes que apareceram na minha casa? — Stefan pergunta.

— Não, tem mais cara de policial do esquadrão antidrogas, talvez do Departamento Nacional de Investigação Criminal... Acho que deram algum dinheiro pra ela fazer apostas, mas não vai aceitar nossa oferta de empréstimo e também não usa nada.

De súbito a multidão ao redor do ringue de boxe explode numa gritaria, fazendo chacoalhar os vidros das janelas. Stefan pega o binóculo da mesa e dá uma espiada no hangar.

— O René acabou de perder o último dinheiro que ainda restava — ele diz.

— Quer que eu o traga aqui em cima? — o guarda-costas pergunta.

— É melhor.

— Tá bom — ele diz, virando-se para sair.

Stefan pousa o binóculo sobre a mesa, pega seu copo e bebe todo o uísque de um gole só, evitando os olhos de Laura. A mulher do bar enche outro copo com uísque, gelo e água com gás.

A águia farfalha as asas na jaula, tentando ver melhor. Laura reconhece o fedor da morte em todo o recinto. No fundo da gaiola há uma camada de fezes e um emaranhado de ossos delicados.

Stefan abaixa o copo vazio e pega o copo novo que a mulher acabou de trazer; em silêncio, ela leva embora o vazio e retorna a seu posto.

— Antes tínhamos as ring girls, umas gostosas de biquíni que entravam no ringue carregando as placas a cada intervalo entre um assalto e outro, mas com todo esse negócio de movimento Me Too não funciona mais — Stefan diz, mais para si mesmo do que para a interlocutora.

Sua camiseta preta é apertada na barriga, e seus óculos de leitura estão pendurados na gola em V.

— Obrigada pela bebida — Laura diz, pousando cuidadosamente o copo sobre a mesa. — Acho que vou voltar lá pra baixo. Tenho muito mais dinheiro pra apostar...

— Ainda não — Stefan a interrompe.

65

Stefan Nicolic levanta ligeiramente a mão, sinalizando que Laura deve permanecer sentada. Ela ouve passos e vozes na escada. As minúsculas adagas penduradas na lâmpada tornam a tilintar.

— Eu não dou a mínima — o guarda-costas diz ao entrar na sala.

Atrás dele vem um homem magro com uma jaqueta de flanela e sapatos marrons; tem cerca de quarenta anos, tez pálida e cabelo ralo.

— O Jocke me fodeu — ele diz. — Mas vou fazer o mesmo com ele, vou dar o troco em dobro... em triplo, talvez.

— Cala a boca! — o guarda-costas rosna.

Stefan se levanta, vai até a geladeira do bar e pega uma pomba morta presa a uma corrente. Balança a ave na frente da gaiola; a águia emite um estalido e começa a dar bicadas no cadáver.

— Eu pago amanhã — o homem sussurra. — Eu juro, vou ter o dinheiro amanhã.

— Nós dissemos pra pagar hoje — o guarda-costas aponta.

— A culpa não é minha. Era pra eu receber um dinheiro hoje, mas só vão me pagar amanhã. O Jocke me fodeu e...

O guarda-costas atinge o magricela com um violento murro no rosto. Ele para de falar, cambaleia para o lado, pisca repetidas vezes e leva a mão à bochecha.

— Isso doeu pra caralho — ele diz. — Agora aprendi minha lição, eu...

— Cadê o dinheiro? — Stefan pergunta, de costas para ele.

— Amanhã o dinheiro vai estar na sua mão. Eu posso ligar pro chefe — ele diz, tirando o celular do bolso. — Você pode falar com ele.

— É tarde demais.

— Não, não é tarde demais, é só um dia. Porra, para com isso, você me conhece.

— Vamos resolver a questão agora — Stefan diz, virando-se para encará-lo.

Laura observa enquanto o homem guarda o celular e freneticamente começa a vasculhar os bolsos da jaqueta. Pega a carteira e fuça dentro dela com as mãos trêmulas, pegando fotos da esposa e dos filhos.

— Não seja patético — Stefan diz.

— Eu só quero que você veja a minha família.

— Uma bala, cinco câmaras vazias.

— O quê? — O homem sorri, mas seu rosto tem uma expressão consternada.

Stefan pega um revólver na gaveta da escrivaninha, abre o tambor e despeja as balas na mão. Derruba cinco delas dentro de um estojo e recarrega a sexta numa das câmaras da arma.

— Por favor, Stefan — o homem sussurra.

— Pense nisso como um diagnóstico de câncer: as chances são muito boas, você tem uns oitenta e três por cento de chance de sobreviver... e o tratamento leva apenas um segundo.

— Eu não quero — o homem suplica num fiapo de voz enquanto Stefan lhe passa o revólver.

— Acho que agora ele já entendeu a gravidade da situação — Laura intervém com voz firme.

— Cala a boca! — o guarda-costas vocifera para ela.

O magricela segura o revólver na mão direita. Seu rosto perdeu a cor e gotas de suor começaram a pingar do nariz.

— Cuidado com a águia — Stefan diz.

O guarda-costas agarra o homem pelos ombros, virando-o noventa graus. Depois sai do caminho, pega o celular e começa a filmar.

— Agora manda ver — ele ordena.

Com as mãos trêmulas, o homem aponta o revólver para a têmpora. Está ofegante, as lágrimas escorrem pelo rosto.

— Eu não posso, por favor, vou pagar com juros, eu...

— Apenas faça de uma vez o que tem que fazer e tudo estará acabado — Stefan insiste.

— Não — o homem pede, soluçando e abaixando a arma.

O guarda-costas suspira, enfia o celular no bolso e pega o revólver de volta.

— Então faça você — Stefan diz, virando-se para Laura.

— Isso não tem nada a ver comigo — ela se recusa.

— É exatamente o tipo de coisa que um policial filho da puta diria — o guarda-costas responde de bate-pronto, estendendo a arma para ela.

— Eu não vou atirar em alguém que não fez nada pra mim.

— Ele não é ninguém; é só uma ratazana patética que vende cocaína e metanfetamina — diz Stefan.

— Policial de merda — o guarda-costas rosna.

A cabeça de Laura começa a zumbir; ela sente uma onda de náusea subir do estômago ao pegar a arma pesada da mão do guarda-costas.

— Então vocês querem que eu atire num traficante inútil só pra provar que não sou policial? Achei que era exatamente o tipo de coisa que os policiais fazem — ela diz com a boca seca.

Stefan acha graça e ri, mas seu rosto logo se torna solene.

— Apenas encoste a arma na testa dele e...

— Vou atirar no joelho — Laura sugere.

— Eu vou atirar no *seu* joelho se você não fizer o que o Stefan mandou você fazer — o guarda-costas ameaça.

A mulher atrás do balcão está completamente imóvel, fitando o chão.

Com os pensamentos em polvorosa, Laura aponta a pistola para o homem apavorado. O metal opaco cintila sob a luz amarela.

— Não faça isso — o homem implora. — Ah, meu Deus, por favor, não faça isso... Amanhã vou receber o dinheiro, você pode ficar com tudo amanhã, eu juro.

Laura abaixa a arma e por um segundo pensa na possibilidade de atirar no guarda-costas, embora saiba que, se a sorte não estiver do lado dela, a pistola pode clicar cinco vezes antes de disparar de fato.

— Policial do caralho! — o guarda-costas grita.

Laura levanta devagar o revólver e vê seu dedo se dobrar no gatilho, a ponta empalidecendo.

O guarda-costas lhe dá um empurrão nas costas.

Na expectativa, Stefan pôs a mão fechada sobre uma orelha.

O coração de Laura dispara quando ela pressiona o cano contra a testa do homem.

Ele arregala os olhos, ranho escorre de seu nariz para os lábios trêmulos.

Ela puxa o gatilho.

O tambor gira e o cão do revólver faz um clique alto.

A câmara está vazia.

O homem cai de joelhos, soluçando alto. Suas mãos cobrem o rosto.

Antes de puxar o gatilho, Laura pensou ter visto de relance o latão entre a armação e o tambor.

Se estivesse correta, significaria que a bala estava na terceira câmara.

Laura sabe que está longe de ter certeza — foi só um vislumbre, afinal, possivelmente nada além do reflexo da lâmpada amarela acima do sofá, uma ilusão de ótica.

No momento em que puxou o gatilho começou a duvidar de si mesma, mas precisava de algo a que se agarrar. Não havia outra saída.

Ainda não é capaz sequer de começar a entender o efeito que a situação causou nela. Tudo o que sente agora é o vazio.

— Dê um jeito de trazer meu dinheiro amanhã — Stefan diz ao homem, pegando a arma da mão trêmula de Laura.

— Eu prometo.

Laura vê Stefan trancar o revólver na gaveta da escrivaninha. Tem noção de que precisa encontrar uma arma, que talvez seja obrigada a se defender caso não consiga sair dali.

O guarda-costas põe o homem de pé e o arrasta consigo pela cortina de contas. Laura ainda ouve os soluços enquanto os dois se dirigem ao andar de baixo.

Stefan escapa furtivamente para o banheiro e a mulher magra vai atrás dele. Em silêncio, ela tranca a porta por dentro.

Laura levanta e pega uma das pequenas adagas penduradas na lâmpada acima da mesa, tentando desamarrar a tira de couro. O nó é apertado demais e a tira escorrega entre seus dedos, fazendo o abajur balançar e os dois punhais tilintarem um contra o outro.

O foco de luz oscila nas paredes e janelas.

Ela ouve a descarga do banheiro.

Usando uma das adagas, ela corta a tira de couro que prende a outra.

Tenta segurar a lâmpada com firmeza, mas suas mãos ainda tremem.
Ela ouve a fechadura da porta do banheiro sendo destrancada.
Senta e enfia no cano da bota a pequena adaga.
Stefan reaparece e a mulher volta a seu posto.
A lâmpada ainda balança devagar sobre a mesa.
 — Como eu estava dizendo, se você precisar de algum dinheiro emprestado tudo bem — Stefan continua, enquanto volta ao lugar onde estava perto da janela quando ela chegou.
 — Meu plano é ganhar — Laura responde, levantando-se.
Como ele não responde, ela vai até a cortina de contas.
A águia é a única que a observa sair da sala VIP.

66

A fila de espera para entrar no Ninho da Águia cresceu ainda mais. Joona está no bar, bebendo uma cerveja e tentando ver os rostos da maré de gente que conflui aos montes hangar adentro.

Sua mente se volta mais uma vez para a conversa que Martin entreouviu entre Primus e Caesar. Talvez Primus soubesse que Martin estava à escuta e armou uma armadilha para atraí-lo até o parquinho numa tentativa de salvar Jenny, deixando para trás suas impressões digitais e colocando-o diretamente à vista das câmeras de vigilância. O mais provável é que Primus não tenha previsto que Martin ficaria paralisado de medo, incapaz de fazer qualquer coisa.

O ideal seria conseguirem convencer Martin a ser hipnotizado novamente — não há dúvida de que ele viu muito mais do que contou na primeira sessão.

Os pensamentos de Joona são interrompidos quando vê Edgar abrir caminho aos empurrões em sua direção. As bochechas dele estão vermelhas, e quando chega ao bar Joona percebe que a pele de seus braços está arrepiada.

As mãos de Edgar estremecem de forma anormal enquanto ele procura nos bolsos um fotograma para dar ao barman.

— Pegamos ele — Edgar sussurra, lambendo os lábios. — Eu o encontrei e coloquei um rastreador nele.

— Primus?

— Quase soltou, mas consegui prender no lugar.

Edgar dá alguns goles vigorosos na cerveja que Joona lhe oferece, depois pousa o copo sobre o balcão e limpa a boca com as costas da mão.

— Você está bem?

— Sim... na verdade eu não sei, estava assistindo à briga de cachorros. É uma perversidade absurda. Achei que fosse vomitar... Estou me sentindo um pouco abalado — suas palavras se atropelam.

— Fique aqui — Joona diz, com a voz calma. — Vou tentar tirar Primus de lá.

— Não, tudo bem, eu vou com você, claro que vou.

— Seria melhor você ficar aqui, de olho na saída — Joona insiste.

— Certo, eu fico — Edgar diz, coçando a bochecha.

— Estou vendo o sinal do rastreador, bom trabalho — Joona diz depois de verificar o celular.

— Ele está usando uma jaqueta de couro vermelha — Edgar fala, ciente de que está agindo de forma estranha.

Joona se afasta do bar e contorna o ringue de boxe. Vê que lá dentro uma mulher leva um chute no rosto, mas ainda assim continua lutando e acerta a oponente na garganta, depois na bochecha, antes de ambas desabarem sobre as cordas.

De acordo com o rastreador, Primus está na extremidade da doca de carga e descarga de contêineres.

Joona segue a multidão pelas portas abertas que dão acesso à área fechada das docas.

O ar do lado de fora ainda está quente.

Ele passa por um homem bêbado que urina na porta de um banheiro. Do depósito de sal vem uma gritaria empolgada.

Joona segue o sinal do rastreador até a afastada cidade de contêineres coloridos. Empilhados de três em três ou quatro em quatro, eles formam bairros sem janelas, repletos de ruas e becos estreitos.

Joona vê gente zanzando em todas as direções.

O chão está atulhado de cápsulas de comprimidos quebradas, preservativos, cartelas de medicamentos, sacos de doces e garrafas vazias.

Verificando o celular, Joona vê que Primus se deslocou e faz uma curva para entrar num beco.

Mais adiante, dois homens trocam farpas numa acalorada discussão na frente de um contêiner vermelho.

Ambos se calam quando Joona passa e esperam um momento antes de retomarem a conversa em voz baixa.

Chegando à área aberta do cais, Joona vê que Primus voltou ao depósito de sal.

As marcas brancas dos pneus se unem formando uma ponta de flecha, indicando as portas abertas.

Joona vê a multidão se abrir para dar passagem a um homem que carrega um cão de briga ferido.

O sangue do animal escorre pela calça do homem e respinga no chão branco.

Os cristais de sal crepitam sob as botas de Joona enquanto ele avança para dentro.

Ele ouve um cachorro rosnar e latir.

Os alto-falantes estalam e uma voz anuncia que a próxima luta começará em quinze minutos.

Um agenciador de apostas corre de um lado para o outro no meio da multidão, anotando os palpites e distribuindo recibos.

Os olhos de Joona esquadrinham a extremidade do hangar e detectam uma jaqueta vermelha do outro lado do recinto.

Ele abre caminho à força e é atingido no braço por um grupo de sujeitos violentos e ruidosos que estão tentando entrar na arena.

O ar cheira a suor e cerveja velha.

Dentro de uma das jaulas, um enorme pit bull anda de um lado para o outro, inquieto.

Joona vê um rapaz tentando escalar a íngreme pilha de sal apenas para deslizar de volta ao chão.

Joona precisa dar a volta no cercado de lutas antes do início do próximo combate, e está prestes a escalar um monte de sal quando alguém agarra seu braço.

Rabo-de-rabo-de-cavalo o encara com os olhos arregalados. Suas narinas estão pretas de sangue ressecado.

— Você é mecânico? — ele pergunta.

— Não, mas o que você...

Uma onda perpassa a multidão e atinge em cheio os dois homens, fazendo-os cambalear. Ao longe, alguém berra com agressividade.

— Puta que pariu, eu simplesmente não consigo parar de pensar nisso — Rabo-de-rabo-de-cavalo resmunga, encarando Joona.

— Ninguém consegue se lembrar de todo mundo.

Nesse momento, Joona avista Primus com nitidez do outro lado da arena. Está conversando com outro homem, que dá pontapés furiosos na grade.

— Eu sei que daqui a pouco vou me lembrar.
— Supondo que você não tenha me confundido com...
— Não confundi — Rabo-de-rabo-de-cavalo interrompe Joona, encarando-o.

Um treinador de cães vestindo um uniforme cáqui tirou de uma das jaulas um cachorro preto preso a uma coleira; lutando a duras penas contra os puxões, o treinador segura a correia com tanta força que sufoca os latidos roucos do animal.

Joona nota que Primus encerrou a conversa e começou a se deslocar em direção à saída.

— Tenho que ir.

Joona se vira para sair e de súbito sente um golpe penetrante no flanco, seguido por uma onda de dor lancinante. Olha para baixo e vê que Rabo-de-rabo-de-cavalo enfiou uma faca em seu torso, por trás.

— Eu vi você lá em Kumla... você é o policial filho da puta que...

O grandalhão puxa a lâmina curta e tenta esfaqueá-lo de novo, mas Joona consegue travar a mão dele. A multidão os empurra para trás. Rabo-de-rabo-de-cavalo agarra firme a camiseta de Joona e desfere outra facada.

— Morre, seu desgraçado!

Joona torce a parte superior do corpo e golpeia o homenzarrão logo acima da laringe.

Rabo-de-rabo-de-cavalo imediatamente fica em silêncio e cambaleia para trás, amparado pelos braços de dois outros homens. Engasgando-se, aponta para Joona.

Um círculo de pessoas se abre ao redor dos dois.

A dor do talho no flanco de Joona lateja, dilacerante, e ele sente o sangue quente escorrer coxa abaixo por dentro da perna da calça.

Joona dá um passo à frente, à procura de uma arma, mas sua perna direita falseia e ele tropeça; tenta usar as mãos para aparar a queda e desmorona, batendo o quadril no chão.

O grandalhão limpa o sangue da faca e, arquejando, se aproxima de Joona.

O olhar de Rabo-de-rabo-de-cavalo é firme; está disposto a suportar uma considerável dose de dor por outra chance de enfiar a faca em Joona.

Joona se firma sobre um joelho, suas costas raspam a cerca.

Rabo-de-rabo-de-cavalo parte para cima, estendendo a mão esquerda sobre o rosto do oponente para esconder o que sua mão direita está fazendo. Ele desfere punhaladas ágeis.

Girando o corpo para se desviar da trajetória da lâmina, Joona consegue acertar uma cotovelada no pescoço. Coloca todo o seu peso nesse movimento, conferindo enorme potência ao golpe. Os dois homens caem por cima da cerca e invadem o cercado de luta de cães.

Joona sai rolando para o lado e se põe de pé.

Agora seu quadril e a perna direita da calça estão viscosos e escuros de sangue.

Seu campo de visão parece estar diminuindo.

Não consegue mais ver Primus.

A multidão se espreme contra a cerca, gritando e jogando copos de cerveja.

Rabo-de-rabo-de-cavalo se levanta, tossindo, com a mão na garganta. Olha de relance para a faca.

O cachorro preto late e puxa a correia com tanta força que arrasta o treinador para a frente.

Joona sabe que suas forças estão se exaurindo.

Sua bota está cheia de sangue e faz um barulho de líquido chapinhando a cada passo que ele dá.

Precisa ir para um hospital, e depressa.

Rabo-de-rabo-de-cavalo aponta a faca mas não consegue pronunciar uma única palavra. Ele se aproxima, usando a lâmina reluzente para desenhar no ar um número oito na horizontal.

Joona precisa tentar ficar atrás dele, usar a camiseta de Rabo-de-rabo-de-cavalo como um garrote e torcê-la com força a ponto de interromper a circulação para o cérebro.

Com uma finta, Rabo-de-rabo-de-cavalo desfere outra facada. Joona se esquiva por pouco, mas se dá conta de que se move muito devagar para escapar de novos golpes. A lâmina dá uma guinada na outra direção e Joona não tem escolha a não ser bloquear o golpe com o braço. O metal afiado abre um corte profundo na lateral de seu antebraço.

O cachorro ainda dá puxões e faz força para escapar da coleira.

Gritando de dor, Joona se atira à frente para debaixo da faca, agarra Rabo-de-rabo-de-cavalo pelas pernas e o derruba de costas.

O cachorro se solta e corre na direção deles, arrastando a correia atrás de si. O animal se lança sobre Rabo-de-rabo-de-cavalo e trava as mandíbulas em seu braço, puxando e balançando a cabeça, recusando-se a soltá-lo.

Joona cai de costas contra a cerca e agarra uma das barras para se pôr de pé. Levanta a cabeça e vê Laura abrir caminho à força através da multidão em direção a ele.

Deslizando de costas, o grandalhão esfaqueia seguidas vezes o cachorro na garganta até finalmente conseguir se soltar.

Joona tenta ficar de pé, mas desaba de novo; quase não lhe restam forças. Está perdendo muito sangue, o coração acelerado.

—Joona, Joona!

Laura se abaixa até o chão para estender uma pequena adaga presa numa tira de couro.

Joona pega o punhal e se levanta. Agora está tão fraco que mal consegue ficar de pé, mas se apoia contra a grade. Tenta desesperadamente controlar a adaga nas mãos, mas a deixa cair e ouve o tinido contra as barras de metal.

Rabo-de-rabo-de-cavalo cambaleia em direção a ele. Um de seus braços está despedaçado, o sangue respinga.

— Policial de merda... — ele sibila entredentes, e sua mão ensanguentada agarra o pescoço de Joona.

Joona tenta mantê-lo distante, mas Rabo-de-rabo-de-cavalo pressiona o braço do policial, forçando a faca contra seu torso. Os músculos de ambos os homens tremem à medida que a mão de Rabo-de--rabo-de-cavalo vai avançando alguns centímetros para a frente e a ponta da lâmina aos poucos se insinua entre duas costelas de Joona.

A dor parece estranhamente distante.

Joona vê a adaga refletir a luz no chão e percebe que ainda está segurando a tira de couro.

A multidão ao redor urra, e em vários trechos as barreiras foram derrubadas.

Agora o sangue de Joona escorre pela faca e molha a mão de Rabo--de-rabo-de-cavalo. Ele dá um puxão na tira de couro e vê a pequena lâmina seguir o movimento, traçando no ar um arco brilhante para ficar sob seu controle.

A multidão berra.

Na tentativa de deter Rabo-de-rabo-de-cavalo, Joona usa suas últimas forças para cravar a pequena lâmina na testa do oponente.

Ele ouve um murmúrio e então o recinto fica em silêncio. Rabo--de-rabo-de-cavalo dá dois passos para trás.

Os lábios do grandalhão se comprimem; seu pescoço tatuado enrijece.

A adaga está enterrada em sua testa, a comprida tira de couro balançando na frente do rosto.

Ele começa a piscar em espasmos, levanta uma das mãos e tomba para trás.

Ouve-se um baque pesado quando seu corpo imenso atinge o chão e uma nuvem de pó de sal sobe rodopiando.

Mais uma vez a multidão solta um rugido, tamborilando as mãos na cerca e sacudindo no ar seus recibos de apostas.

Joona se afasta, trôpego, segurando o flanco ferido. Sua respiração é rápida, curta.

Sentindo o sangue pulsar entre os dedos, vê de relance a jaqueta vermelha de Primus do lado de fora do depósito, desaparecendo atrás de um dos guindastes. A cor vermelha parece se duplicar, crescendo e se desdobrando bem diante de seus olhos.

Joona passa pelo trator-carregador, sentindo o coração bater forte para compensar a queda da pressão arterial.

Laura o alcança e Joona passa o braço em volta do ombro dela enquanto se afastam do depósito de sal.

— Entre em contato com a equipe de evacuação — ele diz, ofegante. — Peça que me peguem com o navio de carga.

— Você vai morrer se não receber atendimento médico imediatamente.

— Não se preocupe, eu vou ficar bem... você precisa encontrar o Edgar e sair com ele daqui o mais rápido possível.

— Tem certeza?

Eles param e Joona tenta pressionar com mais força o profundo ferimento no flanco. Explica:

— Ele está sob o efeito de alguma droga, vai precisar de ajuda para sair daqui...

Ainda está muito calor, mas as nuvens se acumularam no céu e os guindastes e barcaças são banhados por uma luz cinzenta e turva.

Joona se arrasta em direção à jaqueta vermelha.

A lanterna na frente do navio de carga lança um foco de luz oscilante sobre duas silhuetas na beira do cais.

Primus está conversando com um homem mais jovem, que segura uma bolsa esportiva de couro falso marrom.

Antes de se aproximar, Joona precisa fazer uma pausa para abrandar a respiração acelerada.

— Bela luta — Primus diz ao avistar Joona.

Sem dizer uma palavra, Joona dá um passo à frente e o empurra com ambas as mãos. Primus cai para trás por cima da borda do cais e dentro da água escura.

Um volumoso esguicho sobe instantaneamente da superfície da água.

O jovem com a bolsa recua, aturdido.

Joona segue em frente e pula direto sobre a borda do cais. Vê o próprio reflexo avançar antes de mergulhar na água fria. Enquanto afunda, ele gira, vislumbra Primus através do turbilhão de bolhas rodopiantes e se agarra ao cabelo dele.

O som de dois motores de popa troveja debaixo da água. Joona bate as pernas e volta à superfície.

67

A camiseta de Mia está úmida nas costas, o suor escorre pelo peito e pinga da ponta do nariz. Ela olha para a porta enquanto mastiga lentamente um pedaço de pão. Kim arranca um pedaço de carne seca e joga o resto de volta no balde.

— Comam tudo — Blenda pede pela terceira vez.

Ela tenta cuidar das outras, lembrando-as de escovar os dentes com palha e pentear o cabelo com os dedos, ensinando-lhes longos trechos das Epístolas aos Coríntios.

Vez por outra, Blenda ajuda a Vovó em outros trabalhos além de escavar o bunker — por exemplo, carregar os tapetes ao pátio para batê-los. Ela até tentou dirigir o caminhão.

De todas, Kim é a mais medrosa. Ela contou a Mia sobre uma garota que foi morta apenas por estar com sede e outra que foi asfixiada com gás venenoso.

No dia anterior, durante a pausa para descanso, Mia e Kim andaram até o caminhão estacionado na orla da floresta. A Vovó ficou de olho nelas o tempo todo.

No chão havia uma velha chapa de zinco corrugado, enferrujada e danificada depois de anos coberta com folhas úmidas, e Mia notou que partes dela poderiam ser facilmente arrancadas e afiadas até se converterem em facas perfeitas.

Hoje Mia arrastou Kim até o caminhão de novo, enquanto a Vovó e Blenda penduravam roupas nos varais entre os barracões. Ouviram as ríspidas instruções da Vovó e as respostas mansas de Blenda sobre o cascalho que estalava sob as botas das duas.

— Vamos voltar — Kim disse.

— Eu só quero ver uma coisa — Mia respondeu.

Elas chegaram à sombra das árvores e pararam, respirando o

cheiro de óleo do caminhão. De olho nos barracões, Mia pisoteou a chapa de metal. Um lençol branco ondulava devagar na brisa suave.

— O que você está fazendo? — Kim perguntou, ansiosa.

Mia se ajoelhou, pegou um pedaço solto de metal e o enfiou no cano da bota; depois, rapidamente tentou arrancar outro pedaço.

Assustada, Kim tentou fazer Mia se levantar, mas ela resistiu e continuou a fuçar na chapa de metal, puxando um pedaço para trás e para a frente; a cada dobra, flocos enferrujados se soltavam.

O varal rangeu sob o peso de mais um lençol estendido para secar.

Um pedaço de metal se rompeu e Mia rapidamente o enfiou na bota. Por fim se pôs de pé, limpou a sujeira do joelho e se afastou.

Mia não pode se dar ao luxo de esperar que alguém venha salvá-la porque sabe que não existe ninguém que sinta sua falta o suficiente para isso.

Ela come o que resta de sua comida, pega um grão de milho do chão, enfia-o na boca e continua seu trabalho.

Com paciência lenta e metódica, afia o pedaço de metal raspando-o no chão de concreto sob seu casaco militar.

Tentou falar com as outras a respeito da fuga, mas Kim está com muito medo e Blenda parece acreditar que as coisas vão melhorar. Ela afirma que em breve as meninas voltarão para a casa principal e receberão roupas limpas e joias de ouro.

— Se não fizermos nada, vamos morrer aqui — Mia diz com frieza.

— Você simplesmente não entende — Blenda suspira.

— Eu entendo que tudo o que a gente faz é controlado por uma velha, e sei que se a gente trabalhar em equipe ela não terá chance.

— Ninguém vai trabalhar com você — Kim murmura.

— Mas podemos facilmente dominar a Vovó — Mia diz. — Bastam três de nós... eu sei como fazer isso.

— Eu não quero saber.

Mia fica em silêncio, ainda determinada a convencê-las assim que as facas estiverem prontas.

Ela vai ensiná-las a esfaquear a Vovó na barriga ou na garganta, os pontos mais macios do corpo.

O lance é dar pelo menos nove facadas, contando em voz alta para que todas possam ouvir.

Mia cospe no chão, esconde as mãos sob o casaco e continua a afiar a lâmina. O ruído da lenta raspagem parece tomar o barracão.

— Pare com isso — Blenda pede.

— Você está falando comigo?

— Pare de raspar ou seja lá o que você está fazendo.

— Não estou ouvindo nada — Mia diz e continua seu trabalho.

Levará vários dias, mas assim que os pedaços de metal estiverem pontiagudos e afiados ela rasgará algumas tiras finas de tecido e as umedecerá para enrolar na base da lâmina como um cabo.

Ela e Kim esconderão os punhais nas roupas e, durante o próximo intervalo para exercícios, cortarão as braçadeiras de náilon e continuarão o passeio, de mãos dadas e mantendo as facas escondidas. Blenda escolherá o momento certo para se apoderar da bengala da Vovó, e é aí que Mia e Kim se separarão e a atacarão pela frente e por trás.

Nove facadas fundas cada uma.

Depois de matar a Vovó, elas vão se lavar e abrir as outras jaulas, pegarão um pouco de água e buscarão o cachorro antes de partirem juntas rumo à estrada.

Aí ninguém será capaz de detê-las.

As mãos de Mia começaram a tremer com o esforço. Ela chupa a ponta dos dedos esfolados e cuidadosamente esconde as duas lâminas. Rasteja até o lado de Kim e pousa os braços sobre os ombros dela.

— Eu sei que você está com medo — ela sussurra. — Mas vou te ensinar exatamente o que fazer. Eu juro que vou cuidar de você. Você vai poder voltar pra casa dos seus pais, vai poder jogar handebol e...

Ela se cala ao ouvir um carro entrar no pátio. O cachorro começa a latir, furioso, e por um momento Mia se permite pensar que elas finalmente foram encontradas, que a polícia está ali para levá-las embora, mas quando vê Blenda usando o resto da água para lavar o rosto e tentar ajeitar o cabelo, volta a si e percebe que é Caesar.

A Vovó levanta a barra transversal e abre a porta, depois arrasta um colchão para dentro do barracão. Está escuro, mas a luz do pátio se reflete nas dobradiças e ferragens.

— Eu não quero, eu não quero — Kim choraminga baixinho, pressionando os punhos contra os olhos.

Mia tenta acalmá-la, de olho na Vovó o tempo todo. A velha veste uma camisa de flanela e calça jeans larga. As rugas profundas são como rachaduras sulcando seu rosto encarquilhado, e o nariz pontudo lhe dá um aspecto sombrio.

Ela entra mancando a duras penas, e o enorme amuleto entre seus seios balança.

Irritada, empurra o balde de zinco para o lado a fim de abrir espaço para o colchão que ela puxa mais para o meio do espaço.

Kim rasteja para longe de Mia e se esconde no canto do outro lado da jaula.

A Vovó vai até outra jaula e aponta para Raluca, que imediatamente se arrasta até a abertura e sai. Sua trança comprida está coberta de palha, e os pés descalços são visíveis sob a bainha suja de sua saia longa. Ela se deita no colchão e a Vovó pega um frasco para umedecer um pano que segura sobre a boca e o nariz de Raluca até a garota perder os sentidos.

O vento que sopra escancara a porta, permitindo que mais luz do pátio se espalhe pelo interior do barracão.

A pele da Vovó é áspera e enrugada, mas os músculos do pescoço são robustos. Seus antebraços são grossos, as mãos grandes.

Ela agarra Raluca pelo queixo, examina a garota com expressão de desgosto e depois se apoia na bengala para se levantar.

— Saia — ela diz a Kim.

— Eu não quero. Não estou me sentindo bem.

— Todas nós temos nossas obrigações a cumprir.

A Vovó encaixa uma ponta amarelo-pálida num entalhe na extremidade de sua bengala.

Parece um pequeno dente.

Ela ergue a bengala contra a luz que vem de fora e lança seus olhos estreitos na direção de Kim.

— Não, não, por favor, não me espete... eu vou sair e agradecer a Deus, vou pegar o pano, vou ficar quieta — Kim implora, rastejando para o lado.

Mas a Vovó enfia a bengala entre as barras da jaula, empurrando-a numa estocada para a frente e fincando a ponta com força no ombro de Kim.

— Ai!

Kim esfrega o ombro ferido, lambuzando de sangue as pontas dos dedos.

— Agora saia — a Vovó diz, desencaixando o espeto incrustado na ponta da bengala.

Kim rasteja de mansinho até a abertura, sai da jaula e caminha com as pernas bambas. Ela se esforça para conter as lágrimas, e o som de seu pranto sufocado é quase igual ao de uma crise de soluços.

O vento fecha a porta do barracão com um rangido. O recinto volta a mergulhar na penumbra.

— Deite-se.

Mia mal ousa respirar. Sentada no breu na mais absoluta imobilidade, ela observa Kim se firmar contra as barras de uma das jaulas. Tremendamente fraca, ela cai de joelhos no colchão e depois, calma e flácida, tomba de lado junto a Raluca.

Com um suspiro de irritação, a Vovó tira as roupas das garotas e abaixa as calcinhas, endireitando os corpos de ambas sobre o colchão.

Depois a velha levanta e sai.

A porta se abre e a luz se derrama sobre as duas garotas deitadas lado a lado no colchão, sujas e magras, expostas da cintura para baixo.

O cachorro late e se ouvem passos no cascalho do lado de fora. Alguma coisa cai com estrépito dentro do carrinho de mão.

A voz zangada de um homem grita com a Vovó.

— O que eu fiz de errado? — ele pergunta, aos berros. — Eu dou de tudo pra elas, eu faço tudo certo, eu...

— Não é você — a Vovó tenta tranquilizá-lo. — É que...

— Se elas não gostam, vou massacrar uma por uma — Caesar interrompe.

Os passos do homem se aproximam sobre o cascalho, a Vovó coxeando atrás dele.

— Elas estão aqui pra você, são todas suas, elas sentem gratidão e orgulho...

Caesar abre a porta de supetão e entra a passos largos, joga o facão no chão com violência e marcha até as garotas inconscientes no colchão.

— Se pelo menos vocês soubessem o quanto são bonitas — ele rosna.

O vento faz as dobradiças estalarem e Caesar vira a cabeça. Na luz que entra de fora, Mia vê de relance o queixo erguido e os lábios pálidos do homem.

Quando ele se vira de novo, seus óculos reluzem por um momento no rosto bronzeado.

Sem fazer barulho, Mia se arrasta para o lado a fim de evitar que a luz incida sobre ela quando a porta abrir de novo. Ela se encolhe, pensando que as facas improvisadas ainda estão muito fracas para serem usadas.

Caesar se ajoelha e puxa Kim para fora do colchão sem nem sequer olhar para ela.

A porta se abre outra vez e a luz do pátio se infiltra no piso de concreto enquanto ele abre as pernas de Raluca.

Quando vê que as coxas dela estão viscosas de sangue, Caesar a empurra e se levanta.

— Tá legal, eu entendo, mas isso não afeta apenas a mim — ele diz entre respirações entrecortadas. — Eu posso carregar a minha cruz, tomar banho e me lavar...

Ele cospe em Raluca e limpa a boca com as costas da mão.

— Eu sei que vocês pensam que são espertas, que são capazes de me desestabilizar. Mas isso não vai acontecer, não é assim que funciona — ele continua.

Raluca já havia mencionado que estava com cólica, mas Mia não ousa dizer que ninguém sabia que sua menstruação havia começado.

— Eu gostaria que pudéssemos viver juntos na casa de novo — ele diz, com a voz embargada de emoção.

Na fraca réstia de luz que entra pela porta entreaberta, Mia o vê pegar o facão do chão.

Não consegue compreender direito o que está acontecendo.

— Mas se eu perdoar, você vai achar que a lei carece de autoridade — Caesar prossegue.

No feixe de luz que resta, Mia vê o homem agarrar o cabelo de Raluca e puxar a cabeça dela para trás.

— É assim que vocês querem? — ele pergunta, golpeando a lâmina contra a garganta da jovem. — Ou alguma de vocês quer trocar de lugar com a Raluca?

O sangue jorra rápido do profundo corte e esguicha na borda do grande balde de metal.

Mia tapa a boca com as mãos para não gritar. Aperta com força os olhos, o coração disparado no peito.

Ele cortou a garganta de Raluca.

Matou a garota inconsciente por estar menstruada.

Mia não consegue acreditar que isso está acontecendo. Ouve o facão bater no chão.

O pulsar do sangue troveja em seus ouvidos.

Quando ela volta a abrir os olhos, Caesar está em cima de Kim. O colchão absorve o sangue de Raluca e escurece embaixo dela.

Neste momento, Kim não tem noção de que está sendo estuprada, mas ela sabia que isso aconteceria; quando acordar, sentirá a dor entre as pernas.

68

Joona tem apenas memórias fragmentadas do que aconteceu depois que ele saltou na baía. Estava semiconsciente no momento em que a Unidade de Operações Especiais o recolheu junto com Primus a bordo do bote inflável. A sensação era a de que se equilibrava na beira de um precipício. O bote disparou até a estação de energia elétrica, onde um helicóptero-ambulância já pousava para levá-lo ao hospital.

Uma equipe de cirurgiões e anestesistas esperava por Joona no Hospital Karolinska. A faca não atingiu órgãos vitais, mas ele perdeu uma quantidade considerável de sangue e sua vida corria risco. Joona chegou a estar no quarto e mais agudo estágio do choque hipovolêmico. O tecido e os vasos sanguíneos danificados foram ligados, a cavidade abdominal drenada e ele recebeu uma transfusão de sangue substancial.

No dia seguinte, contudo, ele já estava de pé e andando pelos corredores, embora tivesse que voltar para a cama depois de apenas trinta minutos.

Ontem ligou para Valéria, que estava no Rio de Janeiro. Seu filho havia se tornado pai naquela mesma noite; embora Joona não tenha contado nada a respeito dos últimos acontecimentos, Valéria percebeu que ele estava ferido e perguntou se deveria voltar para casa.

— Não, mas posso ir ao Brasil se você precisar de ajuda com o bebê — ele respondeu.

Joona acaba de almoçar e ouve alguém bater à porta. Margot e Verner entram no quarto, usando botas cirúrgicas descartáveis azuis.

— Não recebemos permissão para trazer flores — Verner se desculpa.

— Edgar e Laura pediram demissão, e você parece ter levado uma baita surra — Margot diz.
— Mas encontramos Primus — Joona ressalta.
— Bom trabalho — ela meneia a cabeça.
— E eu o peguei.
— Incrível — Verner murmura.
— O que foi que eu disse, Margot? — Joona pergunta, os olhos fixos nela.
— Como assim?
— Você não achava que...
— Claro que sim, pois fui eu quem deu sinal verde para...
— Margot — Verner a interrompe calmamente.
— O que você quer? — ela pergunta, sorrindo.
— Quem tinha razão? — Joona pergunta.
— *Você* tinha razão — ela admite e se senta na robusta cadeira de visitantes.

A onda de calor continental que se instalou na Suécia não dá sinais de arrefecer e os níveis de água estão perigosamente baixos, exigindo uma proibição nacional de incêndios controlados. Fala-se de temperaturas recordes e de clima extremo, mas os suecos não deixam de aproveitar, felizes da vida, os dias quentes de verão.

Joona se apoia no Agulha quando deixam o hospital juntos.

Os assentos de couro brancos do Jaguar do amigo estão ferventes, e o ruído do ar-condicionado na potência máxima faz lembrar uma chuva torrencial batendo com violência num telhado de zinco.

Nils ajuda Joona a vestir o cinto de segurança antes de entrar na estrada com o carro e pegar a faixa da direita.

— Quando eu era menino, tive um ursinho de pelúcia que rosnava, sabe? — Nils diz. — Durante três dias lutei contra o desejo de abri-lo com uma faca e tirar o alto-falante, até que no fim das contas sucumbi.

— O que fez você pensar nisso agora? — Joona pergunta, sorrindo.

— Não, nada, você está igualzinho, o mesmo de sempre — Åhlén o tranquiliza, acendendo o farol alto.

Os pensamentos de Joona voltam para quando Lumi era criança. Certa manhã, ela acordou e anunciou que havia sonhado com um ursinho de pelúcia, e ele e Summa riram e bombardearam a menina de perguntas. Depois disso, durante algum tempo ela passou a repetir todas as manhãs que teve o mesmo sonho, provavelmente por ter ficado feliz com a reação do pai e da mãe da primeira vez.

Åhlén chega à rua do Hospital Sankt Göran e para em cima do meio-fio, buzinando para um homem que logo sai do caminho.

Joona agradece pela carona e geme de dor ao descer do carro. Caminha devagar em direção à Porta 1 e, depois de apenas alguns passos na escada, se detém para recobrar o fôlego antes de entrar no elevador que o levará à ala psiquiátrica.

Quando a Unidade de Operações Especiais tirou Primus Bengtsson da água, ele alegou ser um cão de briga e tentou morder todos os que se aproximaram.

Após uma breve conversa com o promotor, o internaram no Sankt Göran e deixaram dois policiais à paisana do lado de fora do quarto.

Joona sai do elevador e se apresenta na recepção.

Alguns minutos depois, o psiquiatra-chefe, Mike Miller, vem vê-lo.

— Você encontrou Primus — ele diz.

— Sim. Como ele está?

— Melhor que você.

— Que bom.

— Você quer que eu participe do interrogatório?

— Obrigado, mas acho que não será necessário — Joona assegura.

— Primus gosta de dar a impressão de que é um homem confiante, mas a bem da verdade é digno de pena; ele é uma pessoa sensível, lembre-se disso.

— Farei o que for necessário para salvar vidas — Joona responde.

Eles caminham juntos pelos corredores, passando por portas de vidro trancadas e salas vazias até chegar à sala de visitas.

Joona cumprimenta os dois policiais que esperam do lado de fora e mostra sua identificação a um deles.

O dr. Miller digita outro código e abre a porta para deixar Joona entrar. O quarto está na penumbra e o ar fresco cheira a desinfetante para mãos. Há um balde de plástico com brinquedos velhos encostado a uma parede.

Primus Bengtsson está sentado a uma pequena mesa com uma toalha de oleado floral. Seu cabelo está preso em um rabo de cavalo e ele veste uma camisa jeans por fora da calça de brim.

Seu rosto vincado está apático, os olhos estão meio fechados, a boca aberta. Do outro lado do quarto, um assistente hospitalar está sentado no braço do sofá, mexendo no celular.

Joona puxa uma cadeira e se senta de frente para Primus.

Eles se encaram longamente.

Joona liga o gravador e começa se apresentando, informa a data e o horário do interrogatório e enumera os nomes das pessoas presentes.

— Ok, mas eu não quero ser associado às mãozinhas pequenas e ridículas dele — Primus murmura e faz um gesto na direção do assistente hospitalar. — Olha só pra ele, quem vai querer dormir com esse sujeito? É uma questão de biologia... Oitenta por cento de todas as mulheres desejam os melhores vinte por cento dos homens; os mais bonitos, os mais bem-sucedidos... E como neste mundo são as mulheres que decidem, isso significa que a maioria dos homens acaba sendo traída ou fica a ver navios.

Joona decide tirar proveito do narcisismo de Primus. A essa altura, não pode se dar ao luxo de levar em consideração todas as preocupações éticas. A investigação se estreitou, formando uma lança que aponta direto para Caesar através de Primus.

— Você trabalha para Stefan Nicolic — ele diz.

— Trabalhar? Eu vivo das sobras e ossos que caem no chão.

— Nós vimos você entregando dinheiro aos frequentadores do Ninho da Águia.

Primus lambe os lábios finos e olha calmamente para Joona. Seus olhos verde-claros são como a água de um lago raso.

— Quando alguém ganha uma bolada, Stefan tem que autorizar o pagamento... e eu sou o cobrador e garoto de recados lá. Afinal, sou da família e ele confia em mim...

— Mesmo que você esteja em contato com Caesar?

— Eu não faço ideia do que você está falando. Pensei que fosse da polícia de repressão às drogas.

— Estamos investigando o assassinato de Jenny Lind — Joona explica.

— E eu deveria ter alguma reação a isso? — Primus pergunta, coçando a testa.

— Ela foi assassinada no parquinho do Observatório.

— Não conheço ninguém chamado Caesar — Primus alega, fitando Joona direto nos olhos, sem piscar.

— Nós achamos que você conhece.

— Olhe para si mesmo — Primus diz, apontando o espelho na parede. — Quando você sair daqui, vai virar as costas pro espelho ao mesmo tempo em que seu reflexo vai virar as costas pra você... Mas Caesar consegue fazer o oposto: o reflexo dele caminha de costas espelho adentro, e de repente ele está na sala.

— Sabemos que você falou com ele e que você sabia de antemão do assassinato de Jenny Lind.

— Isso não significa que eu cometi o crime, certo? — ele indaga, sorrindo.

— Não, mas faz de você nosso principal suspeito, o que é suficiente para mantê-lo sob custódia.

A julgar pelo brilho fugaz que apareceu nos olhos de Primus e pelo modo como suas bochechas ficaram rosadas, Joona percebe que ele está começando a gostar da atenção.

— Nesse caso, não preciso dizer uma palavra até falar com um advogado.

— Você sabe das coisas, isso é bom — Joona o elogia, levantando-se. — Vou providenciar uma representação legal agora, se você acha que precisa de ajuda.

— Embora eu seja obrigado a insistir em me encarregar da minha própria defesa — Primus responde, recostando-se na cadeira.

— Contanto que você saiba que tem direito a um advogado.

— Sou meu próprio advogado e responderei de bom grado às suas perguntas, mas é claro que não direi nada que possa ter consequências negativas para mim ou para minha irmã.

— Quem matou Jenny Lind?

— Não sei, mas não fui eu. Isso não é do meu feitio, porque na verdade eu gosto de garotas... Quero dizer, não sou de recusar umas safadezas bem barra-pesada, e de vez em quando chupo uns paus por aí... mas nunca penduraria uma garota num cabo de aço feito um pescador de tubarões em Havana.

— Então quem fez isso?

Primus o examina com uma expressão de triunfo nos olhos, uma estreita lasca de língua visível entre os lábios.

— Não sei.

— Sua irmã tem pavor do Caesar — Joona continua.

— Ele é Saturno, devora todos ao seu redor... e jurou que vai içá-la até o teto e depois serrar os braços e pernas dela.

— Por quê?

— Por que o rei Leopoldo queria um reino? — Primus pergunta, coçando o pescoço. — Ele é um darwinista, um macho alfa, um patriarca do Antigo Testamento.

Primus se cala, depois se levanta e vai até a janela. Olha para fora por um momento antes de voltar ao seu lugar.

— Qual é o sobrenome do Caesar? — Joona pergunta.

— Ele nunca disse; e se tivesse dito eu não revelaria a você, pelas razões que mencionei antes — Primus responde, balançando incansavelmente uma perna. — Ou você vai me envolver nos seus braços e me proteger quando ele voltar?

— Se houver uma ameaça contra você, podemos incluí-lo no programa de proteção a testemunhas.

— Mel no fio da navalha — Primus murmura.

— Você diz que nunca se encontrou pessoalmente com Caesar, mas já conversou com ele.

— Por telefone.

— Então ele liga para você?

— Tem uma cabine telefônica na ala psiquiátrica.

— O que ele diz?

— Ele me fala das coisas em que precisa de ajuda... e me adverte de que o Senhor está observando... e que implantou uma câmera no meu cérebro.

— De que tipo de ajuda ele precisa?

— Não posso contar sem correr o risco de ocasionar consequências negativas para mim... Tudo o que posso dizer é que tirei algumas fotos pra ele.

— Fotos de quê?
— Fiz um voto de silêncio.
— Uma garota em Gävle chamada Mia Andersson?
— Pura especulação — Primus diz, levantando um dedo.
— Quando foi que ele começou a telefonar para você?
— Neste verão.
— Quando foi a última vez que ele ligou?
— Anteontem.
— O que ele queria?
— Vou invocar o Artigo Seis da Convenção Europeia dos Direitos Humanos.
— Que tipo de voz ele tem?
— Sombria, potente — ele responde, coçando o peito por baixo da camisa jeans.
— Ele tem algum tipo de sotaque, fala em algum dialeto?
— Não.
— Quando você conversa com ele, consegue ouvir alguma coisa ao fundo?
— Um rufar de tambores fúnebres seria apropriado, mas...

Primus se cala e olha para a porta quando alguém passa no corredor do lado de fora. Um momento depois, aperta o elástico que prende o rabo de cavalo.

— Onde ele mora?
— Não sei, mas imagino que seja em algum castelo ou numa mansão, com grandes salões e saguões — ele diz, mordiscando a unha do polegar.
— Ele falou que morava numa mansão?
— Não.
— Caesar já foi paciente desta ala psiquiátrica?
— Ele não é o tipo de pessoa que se deixa internar num lugar onde não queira estar... me contou que saiu de Auschwitz a bordo de um trem de primeira classe... feito a porra de um rei — Primus diz, trêmulo.
— O que você quer dizer com Auschwitz?
— Eu tenho síndrome de Tourette, então digo um bocado de coisas que não fazem sentido.

— Caesar era paciente em Säter?
— Por que você está me perguntando isso? — Primus indaga com um sorriso titubeante.
— Porque a clínica forense psiquiátrica em Säter tinha trilhos de trem dentro da propriedade. Eles tinham seu próprio crematório e...
— Eu não te disse isso — Primus interrompe Joona, dando um pulo tão abrupto que sua cadeira tomba. — Eu não disse uma palavra sobre isso.
— Não, mas você pode fazer um sinal com a cabeça se eu...
— Cala a boca! Eu não vou fazer sinal porra nenhuma! — ele grita, batendo na própria testa. — Você não pode me enganar pra me fazer dizer coisas que eu não quero dizer.
— Primus, o que está acontecendo? — o assistente hospitalar pergunta, levantando-se cansado.
— Ninguém está tentando enganar você — Joona alega. — Você está fazendo a coisa certa ao contar o que sabe.
— Por favor, você poderia parar...
— E ninguém pode... ninguém pode culpá-lo por estar fazendo o que é melhor para você — Joona o interrompe.
— Você não tem minha autorização para contar a ninguém o que eu disse — Primus continua com a voz trêmula.
— Tudo bem, mas nesse caso eu preciso saber...
— Chega!
Primus anda estabanado até a janela e bate a cabeça no vidro várias vezes, depois cambaleia para trás e se agarra às cortinas para manter o equilíbrio.
O assistente hospitalar soa o alarme e se apressa em socorrê-lo.
Primus tomba, derrubando consigo o varão da cortina. Ele desaba com tudo no chão, erguendo uma pequena nuvem de poeira que rodopia no ar.
— Você vai se levantar para eu poder te examinar? — o assistente hospitalar pergunta.
— Não toque em mim! — Primus grita.
Enquanto se levanta, Primus usa uma das mãos para manter o assistente afastado. O sangue escorre do corte na testa rosto abaixo.

— Vá se foder! — ele diz, apontando para Joona. — Eu não disse nada... eu não te disse porra nenhuma...

A porta se abre e outro assistente hospitalar entra.

— Tudo bem aqui? — ele pergunta.

— Primus está um pouco agitado — o outro responde.

— Caralho — Primus murmura. — Caralho...

O segundo assistente afasta Primus de Joona e o leva para o sofá.

— Como você está, Primus? — ele pergunta.

— Pregado na cruz...

69

Primus acorda com a sensação de que está com a língua inchada, a boca salivando. Engole e pensa na maneira como manipulou o detetive. Ele se defendeu e se manteve aferrado à verdade, ainda que de forma engenhosamente criptografada.

Era como o quebra-cabeça de George Boolos.

Ninguém é capaz de resolvê-lo.

Mas então o detetive entrou na sala, fechou os olhos, arriscou e conseguiu tirar a carta certa.

Não há motivo para preocupação.

Primus tem quase certeza de que ninguém notou o quanto ele ficou perturbado.

Está tudo bem, embora tenha dormido um pouco demais por causa da injeção. Precisa se apressar antes que Caesar fique impaciente ou se zangue. Ele fará o que tiver que fazer, embora não tenha ideia do objetivo mais amplo da tarefa.

A mão esquerda não sabe o que a direita está fazendo.*

Primus não se importa que o Profeta o chame de peão, escravo, mosca-varejeira; Caesar disse que ele poderá escolher suas próprias esposas e concubinas entre um imenso harém de virgens.

Ou talvez tenha dito "uma longa fila de virgens".

O Profeta se recusou a ajudar Caesar. Ele que fique na casinha capenga dele em Täby, economizando para comprar uma boneca inflável.

Primus senta no chão, enfia os pés nos chinelos e tenta olhar para a porta, mas tudo o que vê é o teto e a mancha de umidade ao redor do sprinkler.

---

* Referência bíblica a Mateus 6,3: "Quando deres esmola, que a tua mão esquerda não saiba o que faz a tua mão direita". (N. T.)

A medicação faz seus olhos se revirarem por vontade própria.

Ele avança devagar com os braços estendidos. Piscando com força, de súbito consegue enxergar o chão e a porta.

Ele usa o banheiro, cospe na pia o excesso de saliva e enfia a mão na caixa do vaso sanitário para tirar a tesoura escondida que roubou do escritório da enfermaria.

Deita de bruços perto da porta e espia o corredor.

Do lado de fora há um policial sentado numa cadeira.

Primus permanece imóvel e ouve o som da respiração do guarda, as pontas dos dedos tocando a tela do celular e os suaves tinidos de notificações e curtidas.

Depois de pouco mais de uma hora, o policial se levanta e vai ao banheiro.

Primus volta para a cama e aperta o botão da campainha. Apenas um minuto depois a fechadura da porta estala e uma enfermeira chamada Nina entra no quarto.

— Tudo bem por aqui, Primus?

— Acho que estou tendo uma reação alérgica ao medicamento; minha cabeça está coçando e sinto dificuldade pra respirar.

— Vamos dar uma olhada em você — ela diz, aproximando-se da cama.

Primus ainda não decidiu o que vai fazer a seguir, mas com uma das mãos agarra o pulso fino da enfermeira e a puxa para si.

— Solte meu braço — Nina fala.

Primus se levanta da cama, percebendo o medo no rosto dela, mas seus olhos se reviram de novo. De repente, tudo o que consegue ver é a luminária de plástico cinza no teto.

— Não dê um pio — ele sussurra, brandindo a tesoura às cegas até a garganta dela.

— Não faça isso — ela pede.

Os olhos de Primus voltam a ver Nina e ele percebe que, sem querer, cortou o rosto dela.

— Vou arrancar seu nariz e te foder feito uma porca até o sangue começar a esguichar do seu focinho.

— Primus, acalme-se. Nós podemos dar um jeito...

— Eu preciso sair daqui, entende? — ele sibila, observando as gotas de saliva respingarem na cara da enfermeira.

— A gente pode conversar com a chefe de enfermagem amanhã de manhã e...

Primus pega uma meia e a enfia na boca de Nina. Encara o rosto dela, os lábios tensos e o queixo enrugado, depois empurra a lâmina afiada da tesoura contra as sobrancelhas e o nariz.

— Eu sempre reparo quando você entra — ele diz. — Você morre de tesão por mim, mas não tem coragem; você acha que tem que seguir as regras do hospital, mas toda vez que você entra eu posso sentir o cheiro da sua boceta latejante, sei que ela se abre e fica molhadinha...

Ele cospe no chão e vira o corpo de Nina, segura a tesoura rente à garganta dela e a conduz até a porta.

— A gente vai sair agora — ele sussurra. — Se você vier comigo, vou te dar tudo. Carrego você montada em cima do meu pau o dia inteiro.

Eles saem para o corredor vazio, as luzes noturnas iluminando o chão.

Os olhos de Primus se reviram outra vez e, enquanto caminham, ele vê as luzes fluorescentes escuras no teto.

Nina se detém e ele percebe que devem ter chegado à primeira porta.

— Passe seu cartão e digite a senha...

Piscando com força, Primus consegue ver a enfermeira novamente; observa as mãos trêmulas tocarem os botões brilhantes.

Ele se aproxima e, com a mão livre, aperta um seio dela.

A porta se abre com um zumbido e eles entram no corredor seguinte, passando pela sala de convivência dos pacientes e pelo balcão de recepção vazio.

Primus a arrasta por uma saída de emergência, desce as escadas até o térreo e sai pelos fundos do prédio. A princípio, tudo o que consegue ver é o escuro céu noturno e acaba topando com um vaso de flores. Ele solta Nina e pisca várias vezes até que os prédios, postes de luz e vielas reapareçam.

— Você vem comigo? — ele pergunta. — Vai ser uma aventura...

Nina se afasta dele, tirando a meia da boca. Ele se livra da tesoura, cospe mais uma vez e tenta sorrir para ela. A mulher o encara com olhos arregalados e balança a cabeça.

— Puta — ele sussurra e começa a correr.

70

Foi outro dia de calor escaldante, que só amainou por volta das oito da noite. Desde a tarde se ouvia o estrondo de trovões ao longe.

Magda e Ingrid terminaram o nono ano do ensino fundamental em junho e começarão o ensino médio em Valdemarsvik em agosto. Nenhuma das duas conseguiu encontrar um emprego de verão.

Combinado com a onda de calor, o tédio das férias causa a sensação de que o tempo parou, como costumava acontecer quando elas eram pequenas.

Nessa noite jantaram na casa de Magda. O pai dela assou espetinhos de frango na churrasqueira atrás da casinha geminada e os três se sentaram à mesa de plástico branca no pátio para comer a carne com salada e batata frita.

Já passa das dez quando Magda e Ingrid entram no bosque atrás do campo de futebol onde Magda guarda sua canoa alaranjada. Depois de arrastarem a canoa pela grama até o rio, Ingrid a empurra água adentro e a segura com firmeza enquanto Magda sobe e senta na popa.

Um torrão de barro cinza descola da margem e se espalha pela água.

Ingrid senta no banco da parte dianteira e impulsiona a canoa.

Elas se viram e rumam rio acima; o curso de água serpeia feito uma ferida profunda, contornando a cidadezinha.

O único som que ouvem é o chapinhar suave dos remos e o cricrilar dos gafanhotos nas margens.

Ingrid pensa na irmã mais velha, que em maio se mudou para Örebro com o namorado. Ela chorou quando a irmã disse que nunca mais voltaria.

Enormes árvores se inclinam sobre o rio, formando um túnel de vegetação luxuriante. Elas param de remar e flutuam à deriva e em silêncio ao sabor da correnteza pela água turva.

Através do dossel de folhas, vislumbram o céu noturno e cintilante.

Magda deixa os dedos deslizarem na água, traçando um sulco no rio morno.

É a terceira vez que elas vão de canoa até o lago Byngaren tarde da noite. Tecnicamente, a área recreativa está fechada e é proibido ir lá desde que, anos atrás, descobriu-se que a fábrica despejava dejetos químicos na água. As batatas, legumes, cogumelos e peixes da localidade de Gusum são considerados impróprios para o consumo; tanto no solo quanto na água há elevados e perigosos níveis de metais pesados, arsênico e bifenilpoliclorado.

Ainda assim, Magda e Ingrid adoram ter o lago inteiro só para elas. Com bastante frequência remam até a ilhota no meio para fumar e nadar nuas na água espelhada.

— Eu *quero* brilhar no escuro — Magda sempre brinca.

Elas deixam para trás o túnel verdejante enquanto a proa arredondada da canoa corta as águas plácidas.

As meninas remam sob uma ponte de concreto e ouvem o eco da água batendo nas paredes úmidas.

Magda guia a canoa para a direita a fim de evitar o carrinho de compras enferrujado entalado entre duas pedras na boca do túnel.

Elas saem do outro lado. A grama do prado na margem roça a lateral da canoa.

— Espere — Ingrid diz, remando para trás de modo que a proa fique virada para a margem.

— O que foi?

— Está vendo aquela bolsa lá em cima? — Ingrid aponta.

— Ah, para com isso!

Caída entre as ervas daninhas na encosta da rodovia há uma bolsa Prada preta.

— É *muito* falsa — Magda diz.

— E daí? — Ingrid diz, tocando em terra firme.

Ela agarra a corda amarrada na proa, enrola-a numa árvore e começa a caminhar em direção à bolsa.

— Que fedor é esse? — Magda pergunta, seguindo-a.

Um veículo pesado troveja na estrada, produzindo um vento que faz os galhos das árvores balançarem.

Milhares de moscas fervilham em torno de uma touceira de bétulas jovens e urtigas empoeiradas.

Ingrid pega a bolsa, mostra o achado a Magda e começa a descer a encosta aos solavancos.

Magda se aproxima das árvores onde há moscas zumbindo. Entre os arbustos secos são visíveis três sacos de lixo pretos. Ela encontra um graveto e cutuca o saco mais próximo.

Uma nuvem de moscas voa no ar, em meio a um mau cheiro repugnante.

— O que você está fazendo? — Ingrid grita da base da encosta.

Magda empurra o graveto até rasgar o plástico, inclinando-o para abrir um buraco maior. Centenas de larvas se espalham pelo chão, como uma pasta branca.

O coração dela bate mais depressa.

Cobrindo a boca com a mão, Magda abre um buraco ainda maior no saco. Solta um gemido quando finalmente vê o braço serrado, o esmalte nas unhas da mão ainda intacto.

71

Pamela e Martin terminaram de comer mas ainda não se levantaram da mesa. As caixas de macarrão de arroz, camarão e rolinhos-primavera ainda estão à sua frente.

Martin veste apenas uma calça leve, e seu pescoço está úmido de suor. Ele observa Pamela enquanto a luz bruxuleante da vela dança sobre o rosto dela, o brilho vermelho do cabelo pairando na bochecha.

Quando ela se vira e olha para Martin, ele se apressa em abaixar o rosto antes que seus olhos se encontrem.

— Você fez as malas? — ela pergunta.

Ele balança a cabeça mas não olha para cima.

— Não quero mais choques elétricos — ele diz, virando-se para o corredor a fim de se certificar de que não há ninguém.

— Eu juro que entendo, mas Dennis acha que vai ser bom pra você — ela diz. — Se estiver preocupado, eu posso te acompanhar.

Uma onda de ansiedade faz Martin empurrar a cadeira para trás e se jogar bruscamente no chão para se esconder debaixo da mesa. Ele não consegue expressar em palavras o vazio que a terapia de eletrochoque lhe causa. É como uma fome desesperada e apavorada por algo desconhecido.

— Precisamos que você melhore... e quase cinquenta por cento das pessoas que fazem o tratamento de ECT perdem totalmente os sintomas. Elas ficam boas; você pode imaginar? — ela continua.

Ele espia o tecido vermelho-morango do vestido acima dos joelhos dela, os pés bronzeados e as unhas pintadas de vermelho.

Pamela pega a vela no copo e engatinha para debaixo da mesa com Martin, observando-o com olhos afetuosos.

— E você realmente começou a falar mais depois da última sessão.

Ele balança a cabeça. Pensa que na verdade melhorou por causa da hipnose.

— Você quer que eu ligue para o hospital e avise que você não vai hoje?

Ele engole em seco. Quer responder, mas o nó na garganta torna isso impossível.

— Por favor, Martin, fale comigo.

— Eu quero ficar aqui em casa, eu aguento...

— Eu também acho.

— Que bom — ele sussurra.

— Sei que você fica com medo quando pergunto sobre o parquinho, mas não consigo evitar. É porque estou pensando na Mia — Pamela diz. — Você estava lá, e quando chegou em casa você fez um desenho de Jenny Lind.

Martin tenta sufocar sua angústia e dizer a si mesmo que os meninos não existem de verdade. Porém, apesar do esforço, seu cérebro insiste em dizer que os nomes instigam os meninos, que eles querem para si os nomes a fim de gravá-los numa lápide ou qualquer outra coisa em que consigam colocar as mãos.

— Martin, falar não é perigoso — Pamela diz, pousando a mão no braço dele. — Você precisa entender isso. Todo mundo fala e nada de ruim acontece.

Ele olha de relance para o corredor e vê algo se deslocar às pressas nas sombras por trás da capa de chuva de Pamela.

— Preciso saber se são os meninos que estão impedindo você de me contar o que viu ou se você realmente não se lembra por causa da ECT.

— Não me lembro de nada — ele diz.

— Está pelo menos tentando?

— Sim, estou.

— Mas você estava lá, deve ter visto tudo. Você sabe quem matou Jenny Lind...

— Não — ele insiste levantando a voz, com lágrimas nos olhos.

— Tá bom, me desculpe.

— Mas quando fui hipnotizado comecei a ver coisas...

Era como se uma luz intensa tivesse acabado de se apagar e Martin estivesse piscando na escuridão.

Quando Erik Maria Bark lhe disse para descrever o que viu, Martin de fato sentiu que seus olhos começaram a se ajustar; contudo, de alguma forma ficou preso no exato momento em que estava prestes a distinguir os primeiros contornos.
— Continue — Pamela sussurra.
— Eu quero ver o hipnotista de novo — Martin diz, olhando-a nos olhos.

72

Pamela guarda as sobras na geladeira, solta o sutiã por baixo do vestido e começa a puxá-lo por uma das mangas quando a campainha toca.

— É o Dennis — ela diz. — Não consegui falar com ele. Ele acha que vai levar você para o hospital.

Joga o sutiã no quarto antes de atender a porta. Dennis está de calça jeans e camisa havaiana.

— Tentei ligar. Martin não vai mais pro Sankt Göran.

— Ah, meu celular deu pra ficar sem bateria agora.

Ele fecha a porta e descalça os sapatos no tapete, resmungando sobre o calor.

— Desculpe ter arrastado você até aqui sem motivo — ela diz.

Eles vão juntos para a cozinha, onde Martin está parado diante do balcão, enchendo um pequeno pote com minúsculos e rosados petiscos de cachorro.

— Oi, Martin — Dennis cumprimenta.

— Oi — ele responde sem se virar.

— Martin não se sentiu bem após a sessão de ECT — Pamela explica.

— Certo...

— Ele não quer voltar à ala psiquiátrica.

Pondo os óculos de volta, Dennis sugere:

— Que tal se a gente fizer o seguinte? Eu posso assumir o papel de responsável por seu tratamento por enquanto, e assim teremos controle total sobre a sua medicação.

— Tudo bem — Martin responde.

— E você pode procurar um psiquiatra de sua preferência.

— Você acha que é uma boa ideia, Martin? — Pamela pergunta.

— Sim.

Martin caminha até o corredor e acaricia o cachorro, que está deitado entre os sapatos, esperando por ele. Pamela o segue, pega a correia e a coleira do chão e lhe entrega, dizendo:

— Não vá muito longe.

— Acho que vamos caminhar até a Cidade Velha — Martin diz, abrindo a porta da frente.

Lout levanta e se arrasta atrás de Martin até o elevador. Pamela fecha a porta e volta para a cozinha.

— Vai dar certo ter o Martin em casa?

— Eu realmente não sei — ela responde, recostando-se no balcão. — Mas ele começou a se comunicar muito mais, e isso faz uma baita diferença.

— Ótimo — Dennis diz, sem entusiasmo.

— Acho que a sensação de poder ajudar a polícia é a chave.

— É bem possível.

Uma gota de água cai da torneira, fazendo um barulho metálico ao atingir a pia. O pensamento de Pamela se volta brevemente para as garrafas de vodca no armário, mas ela consegue se livrar da ideia.

— Você vai contar a ele sobre nós?

— Em algum momento vou ter que fazer isso, eu sei, mas... é tão difícil, ainda mais se você assumir os cuidados dele.

— Estou fazendo isso por sua causa. O que eu quero de verdade é que você deixe o Martin e venha morar comigo.

— Não fale assim.

— Desculpe, foi uma estupidez da minha parte, mas muitas vezes penso em quando a Alice era pequena, antes de você conhecer o Martin. Eu praticamente morava na sua casa, ajudando a cuidar dela para você ter tempo de estudar... acho que foi a única vez na vida que não fiquei à margem das coisas, sozinho — ele diz e se vira para ir embora.

73

Martin contornou a igreja de Hedvig Eleonora e desceu até a praça Nybro. O cachorro para e faz xixi numa caixa de passagem elétrica e fareja o chão debaixo de uma lata de lixo. A pelagem preta cintila na luz de uma das vitrines.

Enquanto espera, Martin olha de relance para uma banca de jornais e lê as manchetes da noite.

A principal matéria do *Expressen* é sobre perda de peso, mas o que chama sua atenção é um título menor, a respeito de Jenny Lind: A ÚNICA TESTEMUNHA DA POLÍCIA É UM DOENTE MENTAL.

Martin sabe que é a testemunha e sabe que tem uma doença mental, mas não deixa de ser estranho ver isso estampado na primeira página de um jornal.

Ele e Loke continuam andando e estão atravessando a ponte em direção à Cidade Velha quando, de súbito, o cachorro se deita no chão junto à grade de proteção.

Embaixo deles a água escura flui.

Martin se ajoelha e ergue nas mãos a pesada cabeça do cachorro.

— Você está bem? — ele pergunta, beijando-o no focinho. — Está cansado? Achei que você queria uma caminhada longa hoje.

O cachorro se levanta, exausto. Sacode o corpo depois se vira, dá alguns passos e empaca outra vez.

— Vamos de metrô? Hein, amigão?

O cachorro dá mais alguns passos e se deita de novo.

— Eu carrego você um pouco.

Martin pega o cachorro nos braços e caminha de volta pela ponte, depois segue para o parque Kungsträdgården.

Numa viela, vê um grupo de adolescentes fumando e rindo. A poucos metros deles, à sombra de uma árvore, avista dois meninos de rosto magro e olhos arregalados.

Martin dá uma brusca guinada à direita e atravessa a rua, vai até a estação de metrô e põe o cachorro no chão.

— Você se transformou num barrilzinho de banha — ele diz, lançando um rápido olhar na direção do parque.

Eles passam pelas portas automáticas e param por um momento no topo da escada rolante. Um arrepio percorre a espinha de Martin e ele se vira e olha para trás.

As portas chacoalham quando um trem passa pela estação lá embaixo e em seguida se abrem de novo, embora não haja ninguém do lado de fora.

Quando as portas voltam a se fechar, Martin percebe uma diminuta figura de pé na escuridão, olhando para ele.

Um vulto indistinto, trêmulo.

Outro trem chega gritando na estação.

As portas automáticas se abrem novamente, mas agora o menino desapareceu.

Talvez esteja apenas se escondendo do lado de fora.

Martin desce a pequena escada rolante até as catracas de acesso e passa seu cartão, depois corre para a escada rolante seguinte.

Loke desaba, ofegante, a seus pés.

A segunda escada rolante é tão longa e íngreme que Martin não consegue ver o fim dela.

Ele segura o cachorro pela coleira, sentindo cada respiração do animal através do couro apertado.

Enquanto descem, a brisa quente e mofada que emana dos túneis os atinge em cheio.

O mecanismo da escada ruge no chão.

— Estamos quase lá — ele diz ao avistar o fim da escada.

Forçando os olhos, enxerga alguém esperando lá embaixo.

Ele e o cachorro ainda estão tão longe que tudo o que consegue ver é um par de pés sujos e descalços de uma criança.

O clarão ofuscante das luzes do teto parece deslizar para cima à medida que ele e o cão continuam descendo.

A criança recua.

Um trem entra trovejando na plataforma, e seus freios emitem um ruído estridente.

Martin põe o cachorro sobre as quatro patas e lhe pede que se prepare para descer da escada rolante. O menino sumiu.

Ele sabe que isso é apenas parte do seu transtorno, mas luta constantemente para aceitar que os meninos não existem de verdade.

De acordo com o painel de informações, o próximo trem vai chegar em onze minutos.

Eles caminham até o final da plataforma vazia, onde Martin se senta num abrigo de mangueira contra incêndio vermelho e Lout deita no chão.

Martin olha de relance para trás e esquadrinha a plataforma, cuja extremidade é delimitada por uma borda de ladrilhos brancos.

Ao ouvir o barulho de pés descalços correndo, Martin se levanta e se vira para olhar, mas não há ninguém.

Ele ouve um zumbido elétrico e um gemido agudo pulsando ao longo dos trilhos. É invadido por uma súbita onda de ansiedade.

Os estalos metálicos nos trilhos fazem Martin pensar no gelo se rompendo na superfície de um lago.

Ele se lembra de estar deitado de bruços no meio da paisagem branca, fitando a água através do buraco no gelo.

Duas enormes percas emergiram da escuridão, aproximando-se com cautela de sua boia antes de se afastarem em disparada.

O vidro do relógio da estação começa a estremecer.

Apenas quatro minutos até o próximo trem. Falta pouco.

Martin deixa Loke deitado no chão, caminha até a extremidade da plataforma e espia o túnel escuro.

Ouve o tilintar de chaves ecoando entre as paredes e o som de passos, que dessa vez parecem mais pesados do que antes.

Espreme os olhos na direção da escada rolante, mas a plataforma ainda está deserta.

Talvez alguém esteja escondido atrás da máquina de refrigerante. Martin julga ter entrevisto um ombro, parte de uma mão amarelo--pálida espreitando por trás do canto, mas sabe que provavelmente é tudo fruto da sua imaginação.

Um rugido fraco e trêmulo vai ficando mais estrondoso. A brisa começa a levantar poeira e pedaços de lixo.

Martin olha para os próprios pés na beira da plataforma.

Os trilhos, dormentes e pedras parecem reluzir na escuridão.

Martin olha para cima e vê sua própria sombra na parede áspera do outro lado.

Ele pensa nas maçãs do rosto pontudas como facas e nas bocas crispadas dos meninos. O mais velho está com a clavícula quebrada, o que faz com que seu braço fique pendurado formando um ângulo.

Martin dá mais um passo em direção à beira e espia de novo o túnel. Ao longe, uma luz vermelha brilha na escuridão.

A luz pisca, como se alguém tivesse acabado de passar na frente dela.

O trem está chegando, seu estrépito ritmado cada vez mais estrondoso.

Martin se volta mais uma vez para sua sombra na parede verde à frente. Parece muito maior do que um momento antes.

Logo em seguida, ela se divide em duas.

Martin percebe que alguém deve ter se esgueirado por trás dele e, antes que tenha tempo de se virar, sente um forte tranco entre os ombros, um empurrão que o derruba no precipício.

Martin aterrissa nos trilhos, bate um joelho e amortece a queda com as mãos. O cascalho áspero arranha sua pele e faz as palmas arderem. Ele se levanta e, ao virar o corpo, escorrega no trilho liso.

O trem avança diretamente em sua direção, empurrando uma onda de ar sujo à frente.

Martin tenta subir de volta na plataforma, mas suas mãos ensanguentadas lutam para se agarrar à borda branca.

O ruído é ensurdecedor. O chão treme.

Martin avista uma placa de metal amarela alertando sobre o risco dos cabos elétricos energizados; consegue apoiar o pé na borda da placa e impulsiona o corpo para cima, alcança a plataforma e se salva no exato momento em que o trem entra rangendo os freios na estação.

74

Linhas brancas passam velozes na estrada, os pneus zunindo contra o asfalto. A mão direita de Joona está pousada no volante, e a intensa luz do verão que se infiltra pelos pinheiros cintila em seus óculos escuros.

O Hospital Psiquiátrico de Säter fica cerca de duzentos quilômetros a noroeste de Estocolmo, entre as cidades de Hedemora e Borlänge.

É um hospital de custódia e de tratamento psiquiátrico, onde pacientes com transtornos mentais cumprem medidas de segurança e sanções penais impostas por um juiz. Para lá são enviadas pessoas de todo o país, homens e mulheres em condições especialmente complexas.

Martin ouviu Primus conversar com Caesar sobre matar Jenny e, por meio de Ulrike, descobriu-se que Primus poderia ser encontrado no Ninho da Águia.

Joona conseguiu interrogar Primus apenas uma vez antes de ele escapar.

Ele claramente gostou de se esquivar das perguntas e transformar suas respostas em enigmas.

Arrogante e narcisista, Primus acreditava estar no controle total do interrogatório. Quando percebeu que havia revelado algo sem querer, ficou obviamente abalado.

Ele forneceu a Joona a primeira pista concreta sobre Caesar.

Não há registro de qualquer indivíduo de nome Caesar que tenha recebido sentença criminal ou sido submetido a internação psiquiátrica na Suécia durante os últimos sessenta anos. Apesar disso, Joona não tem dúvidas de que Primus estava se referindo a Säter quando mencionou Auschwitz.

Tudo o que aconteceu no Ninho da Águia pode ter valido a pena por esse pequeno detalhe.

Antes da conversa com Primus, Caesar era apenas um nome, mas Joona agora está convencido de que em algum momento ele foi paciente no Hospital de Säter.

Pensa em todos os nomes que, durante seu breve encontro, Primus utilizou para descrever Caesar: Saturno, Leopoldo, um darwinista, um macho alfa, um patriarca.

Cada um deles está associado a algum tipo de figura masculina superior e despótica.

Joona sai da rodovia 650 e percorre a área de Skönvik, na comuna de Säter. Passa pelo complexo de segurança máxima que foi desativado há cerca de trinta anos e, treze anos depois, acabou sendo devastado por um incêndio.

O edifício semelhante a uma mansão senhorial está em ruínas e parece à espera da demolição: o telhado desmoronou, grades enferrujadas cobrem todas as janelas. A entrada principal foi fechada com tábuas e nas paredes há trechos em que o gesso caiu, deixando à mostra os tijolos nus.

Joona segue em frente e por fim encosta para dar uma olhada num mapa da região; depois manobra o carro para estacionar em frente à moderna clínica nas proximidades.

Atualmente o hospital é um grande complexo com oitenta e oito pacientes e cento e setenta funcionários.

Ao sair do carro e entrar no prédio, Joona sente dor nos pontos que levou no flanco; ele passa pela inspeção de segurança e enfia os óculos escuros no bolso da camisa antes de se encaminhar à recepção.

A médica-chefe vai encontrá-lo. É uma mulher alta, na casa dos quarenta anos, com cabelo preto e testa franzida, e usa um alarme de emergência no colarinho da camisa.

— Estamos todos cientes de como Säter tem sido retratado na mídia. Todo mundo imagina pacientes sendo drogados com benzodiazepínicos ou psicofármacos, terapia para ansiedade e psicólogos ávidos em recuperar memórias reprimidas que nunca existiram.

— Talvez — responde Joona.

— Muitas das críticas são justificadas — a médica continua. — Na velha escola de psiquiatria havia enormes lacunas de conhecimento.

Ela passa o crachá magnético em um leitor digital, insere uma senha e abre a porta para Joona.
— Obrigado.
— Ainda estamos longe da perfeição, é claro — ela diz, mostrando-lhe o corredor. — É um processo e, recentemente, enfrentamos críticas da ouvidoria parlamentar por causa de algumas das medidas que tomamos. Mas o que devemos fazer com um paciente que tenta arrancar os próprios olhos no minuto em que afrouxamos as amarras de contenção?
Ela para na copa.
— Aceita um café?
— Expresso duplo — Joona responde.
A médica pega duas xícaras e liga a máquina.
— Hoje temos uma base sólida de protocolos para os cuidados dos pacientes, com garantia de qualidade — ela prossegue. — E estamos em pleno processo de desenvolvimento de avaliações de risco estruturadas...
Eles levam suas xícaras à sala dos médicos, sentam-se em poltronas e tomam o café em silêncio.
— Vocês tiveram um paciente chamado Caesar internado aqui — Joona afirma, pousando a xícara sobre a mesa.
A médica se levanta e vai até a escrivaninha. Faz o login no sistema e fica sentada em silêncio por alguns segundos antes de erguer os olhos.
— Não — ela diz.
— Sim.
A médica encara Joona e, pela primeira vez, o esboço de um sorriso parece surgir em sua boca.
— Você tem um sobrenome ou um número de identificação?
— Não.
— E quando esse paciente teria sido internado? Eu trabalho aqui há oito anos, mas nossos registros digitais vão até quinze.
— Existem outros registros?
— Para dizer a verdade, eu não sei.
— Quem é a pessoa que trabalha aqui há mais tempo?
— Deve ser Viveca Grundig, uma das terapeutas ocupacionais.
— Ela está de serviço hoje?

— Acho que sim — a médica pega o telefone e tecla um número.

Alguns minutos depois, uma mulher de sessenta e poucos anos entra na sala. Tem um rosto estreito, cabelo grisalho curto e olhos azul-claros, e está sorrindo.

— Este é Joona Linna, da Unidade Nacional de Operações — a médica explica.

— Um policial? E pensar que eu passei a vida inteira cobiçando médicos — Viveca diz, arrancando um sorriso de Joona.

— Ele quer saber se temos registros de pacientes antigos, de antes da digitalização.

— Claro que sim, existe um arquivo.

— Preciso localizar um paciente chamado Caesar — Joona explica.

Viveca desvia o olhar, tirando um fio de cabelo da blusa antes de voltar a erguer os olhos para ele.

— Essa parte do arquivo foi destruída — ela diz.

— Mas você sabe de quem estou falando, não é?

— Na verdade, não exatamente...

— Pode me contar — Joona insiste.

Viveca afasta o cabelo grisalho da testa e estuda o detetive.

— Foi quando eu comecei a trabalhar aqui. Logo no início, ouvi falar de alguém chamado Caesar na unidade de segurança máxima, sob os cuidados do dr. Gustav Scheel.

— O que você ouviu?

Ela desvia o olhar.

— Eram apenas absurdos...

— Diga-me — Joona insiste.

— Tenho certeza de que eram só boatos, mas quando decidiram desativar a unidade de segurança máxima as pessoas diziam que Gustav Scheel era contra porque não queria perder um paciente pelo qual estava obcecado.

— Caesar?

— Algumas pessoas alegaram que o doutor estava apaixonado por ele, mas isso não passava de um rumor.

— Existe alguém que possa saber a verdade?

— Você teria que perguntar isso a Anita, ela é enfermeira aqui.

— Ela trabalhou na unidade de segurança máxima?
— Não, mas é filha de Gustav Scheel.
Joona segue Viveca até a sala dos enfermeiros no andar de baixo. Através das paredes, ouvem os gritos raivosos de um velho.
— Anita?
A mulher que está ao lado da geladeira se vira com um copo de iogurte na mão. Aparenta ter trinta e cinco anos, e seu cabelo loiro é curto e desgrenhado. Além do rímel azul nos cílios, não usa nenhuma maquiagem. Tem sobrancelhas incolores e lábios grossos e pálidos.
Ela pousa o iogurte, equilibra a colher na tampa e enxuga as mãos na calça antes de cumprimentar Joona.
Ele se apresenta e olha Anita nos olhos, com atenção, enquanto explica as razões de sua visita. O sulco entre as sobrancelhas da enfermeira se aprofunda e ela meneia de leve a cabeça.
— Sim, claro, o papai tinha um paciente chamado Caesar.
— Você se lembra do sobrenome dele?
— Ele deu entrada sem nome, como NN, mas se autodenominava Caesar... é perfeitamente possível que não soubesse seu nome verdadeiro.
— É comum haver pacientes cuja identidade permanece desconhecida?
— Não, eu não diria que é comum, mas acontece.
— Eu preciso ver o arquivo.
— Mas tudo foi destruído no incêndio — ela responde, parecendo surpresa por ele ainda não saber. — Caesar esteve internado na unidade de segurança máxima durante os últimos dois anos antes de fechar... e o lugar pegou fogo tempos depois.
— E você tem certeza de que tudo foi destruído?
— Sim.
— Você era muito jovem na época em que seu pai tratou o paciente, mas de alguma forma sabe tudo a respeito da internação dele aqui.
O rosto de Anita ganha uma expressão solene e ela parece ponderar sobre alguma coisa antes de falar.
— Talvez seja melhor nos sentarmos — ela diz, por fim.
Joona agradece a Viveca pela ajuda e senta com Anita num dos bancos altos ao redor de uma mesa com um vaso de flores artificiais.

— Meu pai era psiquiatra — ela diz, afastando o vaso para o lado. — Fundamentalmente freudiano, suponho, e dedicava a maior parte do tempo à pesquisa... sobretudo nos últimos dez anos antes de morrer.

— Ele sempre trabalhou aqui em Säter?

— Sim, mas vinculado ao Hospital da Universidade de Uppsala.

— E agora *você* trabalha aqui?

— Não faço ideia de como isso aconteceu — ela ri. — Eu cresci aqui, num dos blocos residenciais dos médicos, e agora moro a cinco minutos de distância... durante um período me mudei para Hedemora, mas mesmo assim são só vinte quilômetros.

— São coisas da vida, é assim mesmo — Joona esboça um sorriso e volta a se concentrar.

Anita engole em seco, pousando as mãos no colo.

— Eu era adolescente quando o papai me contou sobre como Caesar se tornou seu paciente... Ele acordou no meio da noite ouvindo vozes dentro de casa, e ao se levantar viu que a luz do meu quarto estava acesa. Encontrou um rapaz sentado na beira da minha cama, acariciando minha cabeça.

A ponta do nariz de Anita fica vermelha e ela olha para o corredor, absorta em pensamentos.

— O que aconteceu?

— O papai conseguiu levar Caesar para a cozinha. Era óbvio que ele tinha problemas mentais... Quero dizer, o próprio Caesar sabia disso, porque pediu para ser internado.

— Por que ele recorreu ao seu pai?

— Eu não sei, mas naquela época o papai já era muito renomado; era um dos poucos médicos que acreditavam na possiblidade de recuperação total de um paciente.

— Mas por que Caesar foi até sua casa em vez de ir direto ao hospital?

— Ninguém podia simplesmente entrar na unidade de segurança máxima; as pessoas eram internadas lá apenas como último recurso... Mas eu acho que nessa noite o papai se interessou pelo caso de Caesar.

— Então ele cedeu a uma ameaça puramente por curiosidade profissional?

— Ceder talvez não seja a maneira certa de descrever a situação.

— Certo... ele percebeu que a melhor maneira de assumir o controle sobre Caesar era interná-lo como paciente na ala de segurança máxima — Joona conclui.

Anita faz que sim com a cabeça:

— Aqui era um lugar onde os direitos humanos dos pacientes deixavam de existir. Antigamente não havia transparência alguma; muitas vezes eles ficavam aqui até morrer, e depois eram cremados e enterrados no cemitério do hospital.

— O que aconteceu com Caesar?

— Ele recebeu alta em menos de dois anos.

Joona observa o olhar ausente no rosto de Anita enquanto fita o nada.

— Qual era o tema das pesquisas do seu pai? — Joona indaga.

Anita respira fundo antes de responder:

— Não sou psicóloga nem psiquiatra, então não posso explicar em minúcia os métodos dele... mas as principais áreas de foco eram a despersonalização e os transtornos dissociativos de identidade.

— TDI — Joona diz.

— Não quero depreciar meu pai, mas hoje em dia a maioria das pessoas diria que a visão que ele tinha da psique humana era bastante antiquada, que pertencia a outra era. Uma de suas teorias se baseava na ideia de que a pessoa que comete um ato violento fica traumatizada por seus próprios atos e é afetada por diferentes variedades de dissociação... Sei que ele estava ocupado escrevendo um estudo de caso sobre Caesar intitulado *O homem-espelho*.

— *O homem-espelho* — Joona repete.

— Quando a unidade de segurança máxima foi desativada, o papai permaneceu lá — ela explica. — Os pacientes já tinham ido embora, mas ele queria compilar todas as investigações científicas nas quais trabalhou ao longo de seus quarenta anos como psiquiatra clínico; ele tinha um arquivo imenso... Mas certa noite houve um incêndio em decorrência de um defeito no quadro de eletricidade. Meu pai perdeu a vida, e toda a sua pesquisa foi destruída.

— Sinto muito — Joona diz.

— Obrigada — ela murmura.

— Você se lembra de muita coisa a respeito de Caesar?

— Posso perguntar do que se trata?

— Caesar é suspeito de ser um assassino em série — Joona responde sem rodeios.

— Oh — Anita engole em seco. — Mas eu só estive com ele uma vez, naquela noite, quando era garota.

— Estou tentando ver as coisas da perspectiva de seu pai... Um homem com problemas mentais invade a casa dele no meio da noite e senta na cama de sua filha, põe a mão na cabeça da criança... Ele deve ter ficado aterrorizado.

— Mas para ele foi também o começo de algo importante.

— Um estudo de caso?

— Eu me lembro de que ele estava sorrindo quando contou sobre esse primeiro encontro... Sentado lá, acariciando minha cabeça, Caesar olhou nos olhos do meu pai e disse: "As mães estão vendo os filhos brincarem".

Joona fica instantaneamente paralisado. Levanta da cadeira, gemendo de dor, e diz que precisa ir embora. Agradece a ajuda de Anita antes de sair às pressas pelo corredor.

Repassa mentalmente a sessão de hipnose, quando Martin conseguiu se lembrar dos fundos do prédio da universidade e da casinha de brinquedo vermelha.

Erik o guiou lentamente em direção à cena do crime, descrevendo os escorregadores e o trepa-trepa.

Martin assentiu e murmurou a mesma frase: "As mães estão vendo os filhos brincarem".

Tanto Joona quanto Erik presumiram que as palavras eram só uma parte da esforçada tentativa de Martin imaginar o parquinho, e Erik o lembrou de que era madrugada — "A luz é de um poste de rua", ele dissera, tentando fazer Martin se concentrar em suas lembranças reais, nas quais não haveria nenhuma mãe por perto.

Mas Martin já estava na situação real.

Ele não conseguiu ver nada, mas ouviu o que estava acontecendo.

Naquela noite, Martin ouviu Caesar falar no parquinho.

Joona abre a porta da frente e dispara em direção ao carro, tentando descobrir uma forma de fazer Martin revelar mais detalhes de suas lembranças daquela noite.

75

Desde que Caesar desapareceu, os dias têm sido quentes e monótonos. A Vovó saiu com o caminhão ontem e elas não receberam comida, mas hoje de manhã comeram peixe salgado e batatas.
Mia não consegue parar de pensar no que aconteceu.
Ela não é capaz de entender.
Caesar cortou a garganta de Raluca; num estalar de dedos, a garota simplesmente foi apagada da existência.
Ela foi posta para dormir e nunca mais acordou.
Caesar estuprou Kim, arquejando em cima dela por um ou dois segundos; depois se levantou, abotoou a calça e foi cuidar da própria vida.
Quando Kim começou a recobrar os sentidos, a Vovó estava lá para assegurar que a garota voltasse para a jaula, carregando as próprias roupas.
Ela ainda estava com cegueira temporária e bateu a cabeça nas barras antes de se enrodilhar no seu canto e dormir.
O corpo sem vida de Raluca passou a noite no mesmo lugar onde ela caiu morta.
Na manhã seguinte, Blenda recebeu a tarefa de ajudar a cremá-la no forno atrás do último dos barracões.
Demorou quase o dia inteiro, a fumaça adocicada pairando pesada no ar.
Blenda voltou para sua jaula chorando, com o rosto coberto de fuligem. O cheiro ainda estava grudado nela.
Kim está dolorida desde o estupro. No dia anterior, enquanto Mia tentava convencer Blenda e ela a participarem do plano, Kim se limitou a ficar imóvel, segurando o rosto nas mãos. Ela disse:
— Eu não entendo. Ele nos mantém trancadas em jaulas para não fugirmos, mas não valemos merda nenhuma pra ele. No começo

pensei que isso aqui fosse alguma coisa tipo Boko Haram, só que cristão... mas agora estou achando que na verdade é alguma revolução incel de merda. Já que ninguém quer transar com ele, foi o jeito que inventou... Isso é doentio pra caralho. Aposto que ele tem um monte de fãs no 4chan, onde provavelmente o adoram como a um deus.

— Sinceramente — Blenda diz, encostando-se nas barras —, você já conheceu algum cara na vida que recusaria uma coisa dessas?

— Ter um monte de garotas chorando em jaulas?

— Não, mas do jeito que era antes, como um harém, luxuoso e...

— Nunca foi luxuoso — Kim interrompe.

— Porque eu aposto que você está acostumada com coisas mais refinadas — Blenda vocifera.

— A gente não tem motivo pra brigar — Mia sussurra.

Agora as duas faquinhas improvisadas estão bem afiadas, tanto quanto é possível para quem não dispõe de uma pedra de amolar adequada. Se Mia e Kim usarem força suficiente, as armas funcionarão bem.

Mia trocou o casaco militar, que vinha usando como travesseiro, pela camisa de Kim, fazendo uma série de pequenos cortes nela e rasgando o tecido em tiras.

Desistiu de tentar envolver Blenda na fuga, embora precisem dela. A garota simplesmente não parece motivada o suficiente, e pode ser que na hora H hesite ou mude de ideia.

Ainda assim, como Blenda é a única que de fato tem liberdade para se movimentar pela área, Mia tenta perguntar sobre os outros barracões e sobre como é a rota pela floresta.

— Eu não sei — ela responde todas as vezes.

Mia sabe que há garotas em três dos outros barracões — possivelmente até dez prisioneiras no total. Durante os intervalos no pátio, já entreviu as movimentações, e em mais de uma ocasião viu seus olhos na escuridão e as ouviu chorar e tossir noite adentro.

Ainda ontem, viu uma jovem no vão de uma das portas, olhando para elas.

Numa das mãos ela segurava uma pá, e seu cabelo vermelho brilhava à luz do sol. A Vovó gritou alguma coisa e ela desapareceu.

— Você viu a garota? — Mia perguntou.

— Está com tuberculose. Provavelmente vai morrer em breve — Blenda respondeu.

Na noite anterior, assim que Blenda adormeceu, Mia e Kim ficaram acordadas, cochichando. Depois do estupro, Kim mudou e agora diz que está disposta a ajudar na rebelião. Ela ouviu as instruções de Mia e as repetiu para si.

Já está quase na hora do intervalo e o nervosismo de Mia começou a aumentar, um peso ansioso que se avoluma na boca do estômago.

Ela não conta a Kim que não tem nenhuma experiência real com ataques desse tipo. Tudo o que sempre fez foi sair com garotos que estiveram na cadeia e se juntaram a gangues na tentativa de sobreviver — garotos que eram obrigados a matar seus inimigos para provar lealdade ao líder.

As garotas do terceiro barracão são as primeiras a sair para o intervalo. Mia reconhece suas vozes agora. Duas delas quase sempre conversam intensamente entre si, mas as outras são em geral caladas e param sempre que uma delas precisa tossir.

Um helicóptero sobrevoa a floresta. A Vovó dá uma ríspida bronca no cachorro quando ele começa a latir.

A manhã parece se arrastar, como se tudo estivesse demorando muito mais do que o normal.

Mia entrega a faca a Kim e confere se ela a enfia por dentro da meia, na parte interna da canela direita, e puxa a perna da calça por cima.

Enfia sua própria lâmina no cano da bota e a ajusta para que não caia.

Se as circunstâncias forem adequadas, executarão o plano hoje.

Depende, em parte, do clima.

Mia não tem certeza se uma lâmina feita de um pedaço de chapa de zinco será capaz de perfurar roupas grossas.

No café da manhã a Vovó estava vestindo uma jaqueta jeans, mas agora o sol está alto no céu e o ar no barracão é sufocante.

Se a Vovó estiver usando a mesma blusa de ontem, não terão nenhum problema.

Mia já pensou milhares de vezes nos diferentes cenários hipotéticos.

Ela realmente acha que é capaz de dar conta do recado sem qualquer ajuda caso Kim não consiga executar sua parte. Mia é mais baixa e mais fraca que a Vovó, mas se conseguir chegar por trás da velha dará tudo de si. Talvez tenha tempo de desferir apenas uma única facada antes de ser derrubada no chão, mas pode ser o suficiente. Se a Vovó estiver ferida e sangrando, Mia ainda terá tempo de se levantar e cercá-la até ter a chance de esfaqueá-la de novo.

Kim está ajoelhada e rezando com as mãos entrelaçadas, mas para abruptamente quando ouve passos do lado de fora.

O cachorro ofega.

A Vovó levanta a barra transversal, encosta-a na parede, abre a porta e a escora com uma pedra.

A poeira dança à luz do sol atrás da velha quando ela entra no barracão carregando um balde de água; o talismã em volta do pescoço tilinta contra a borda do balde. Ela tirou a jaqueta e veste uma camisa azul fina com as mangas dobradas.

Kim engatinha para a frente e estende um braço. Deixa a Vovó prender seu pulso com uma braçadeira de náilon, depois desce da jaula para o chão.

Mia faz o mesmo, tem o pulso amarrado ao de Kim e sai.

Elas ficam lado a lado, as coxas formigando e os pés doloridos. Mia pode sentir a faca pressionando sua perna dentro da bota.

A Vovó veste um par de luvas de borracha amarelas, tira uma esponja do balde e começa a esfregar o rosto e o pescoço das garotas. A água quente tem um forte cheiro de cloro.

— Levantem as camisetas o máximo que puderem.

Mia obedece. A Vovó esfrega rapidamente as axilas, as costas e ao redor dos seios.

A água morna escorre por dentro da calça.

Mia entra em pânico quando percebe o que está para acontecer. Se a Vovó decidir lavá-las por completo, as duas terão que tirar os sapatos — revelando suas armas.

Mia puxa a camiseta de volta para baixo e espera enquanto a Vovó lava a parte de cima do corpo de Kim, esfregando-a debaixo dos braços. Com a mão livre, Kim segura a camiseta e o sutiã encardido; seu corpo balança ao ritmo de cada esfregada da esponja.

— Abaixem a calça.

A Vovó molha a esponja novamente, torce-a e volta para perto de Mia.

— Afastem as pernas — ela ordena.

Mia tenta abrir as pernas e a Vovó enfia a esponja entre suas coxas. Quando começa a esfregar, Mia fecha os olhos e geme como se estivesse gostando.

A Vovó para imediatamente e, sibilando entredentes, manda as duas se vestirem e voltarem para o banco. Tira as luvas, joga-as no chão e carrega o balde para fora do barracão.

76

Mia sorri para si mesma ao ouvir a Vovó despejar a água pelo ralo do lado de fora do sexto barracão. Não tinha certeza se a velha bateria nela ou não, mas não podia correr o risco de deixar a sessão de limpeza ir mais longe.

Depois de algum tempo, a Vovó volta, apoiando-se na bengala, e manda que elas deem uma volta no pátio.

De mãos dadas, Mia e Kim saem pela porta. Faz calor à luz do sol, e suas roupas molhadas grudam na pele.

A Vovó está ocupada fervendo algo numa panela grande na frente do sexto barracão, e é Blenda quem mexe o líquido, manejando uma longa concha. A Vovó parece zangada, resmungando que acha que algumas das meninas estão fazendo abortos em segredo e que o Senhor começará a sacrificá-las.

O vapor bolorento flutua pela grama.

Mia conduz Kim até o meio do pátio, sentindo a faca se deslocar um pouco para cima no cano da bota a cada passo que dá.

Apoiada na bengala, a Vovó as observa. As duas caminham na direção da velha e, antes que o intervalo termine, precisam encontrar uma maneira discreta de se posicionar atrás dela.

— A gente faz isso assim que surgir a primeira oportunidade — Mia diz.

— Estou pronta — Kim responde, com voz determinada.

Vovó pega a concha de Blenda e se vira para a panela. Mia se detém, enfia a mão na bota e puxa a faca.

Suas mãos tremem enquanto ela tenta cortar a grossa algema de plástico que prende os pulsos das garotas.

A lâmina escorrega e ela quase deixa cair.

— Depressa! — Kim sussurra.

Mia observa Blenda pegar a pá e colocar mais um pouco de carvão no fogo. A Vovó berra instruções e a concha bate contra as laterais da panela. A pulsação de Mia está retumbando em seus ouvidos. Ela tenta inclinar a faca, serrando com movimentos rápidos, e ouve o estalo quando a braçadeira de náilon finalmente se rompe e cai no chão. Mia mantém a lâmina escondida junto ao corpo e as duas recomeçam a andar, ainda de mãos dadas.

A Vovó espia dentro da panela, mexendo com vigor. Seu estranho colar balança entre os seios.

As tiras de tecido ao redor do cabo da faca secaram e se retesaram, e agora propiciam uma empunhadura firme, que deve aguentar até ficar encharcada de sangue.

As garotas se aproximam devagar.

Blenda olha para elas através do vapor.

Mia sente que a mão de Kim está suando.

A Vovó desliza a concha sobre a superfície para retirar a espuma e a joga sobre a tampa enferrujada do ralo.

O coração de Mia martela no peito.

O cachorro se aproxima, andando em círculos, fareja entre as pernas das garotas e solta ganidos agitados.

O rosto da Vovó está vermelho e reluzente por causa do vapor.

As duas passam pela Vovó, diminuem o passo, se viram e soltam a mão uma da outra.

Mia sente uma súbita onda de adrenalina gelada. Os pelos de seus braços ficam arrepiados e, de repente, tudo parece claro como água. Os sete barracões, o ensopado, a camisa azul apertada nas costas da Vovó.

Kim puxa para cima a perna da calça e enfia a mão por dentro da meia. A lâmina da faca brilha à luz do sol.

Mia encontra os olhos de Kim, meneia a cabeça e anda a passos rápidos em direção à Vovó, escondendo a faca junto ao corpo.

Segura a lâmina com tanta força que seus dedos ficam brancos. O cachorro começa a latir.

O cascalho range sob suas botas. A concha de madeira bate na panela.

Kim se posiciona logo atrás de Mia de modo que ela possa atacar a Vovó pela frente logo após a primeira facada. Parece não perceber que está choramingando; a Vovó solta o longo cabo da concha e começa a se virar.

As pernas de Mia tremem; sua respiração está acelerada e curta. Ela se concentra no torso da Vovó, onde a camisa está esticada sobre a pele.

Acaba de puxar o braço para trás a fim de juntar forças para desferir um golpe potente quando ouve um estrondo.

Alguma coisa atinge a lateral de sua cabeça, e a pancada faz sua nuca queimar de dor. Enquanto despenca, Mia vê de relance Blenda, que segura a pá com ambas as mãos. Mia solta a faca e a vê cair sobre o cascalho e desaparecer na tampa do ralo; um segundo depois, desaba de vez no chão e tudo fica escuro.

O barulho estridente de fogos de artifício parece inundar seus ouvidos.

Mia estica o corpo e se sente voando como um míssil, dez centímetros acima do chão, em disparada entre as árvores, virando na estrada que leva à pedreira.

Ela acorda com uma terrível dor de cabeça e percebe que está deitada no chão. Sua boca está seca e o sangue em seu rosto está salpicado de areia.

Não tem ideia de quanto tempo ficou inconsciente.

O sol está alto no céu, e parece cercado por um círculo irregular de luz rosada.

Quando ela vira devagar a cabeça, duas cruzes borradas aparecem lentamente. Ela pisca e pensa no Calvário.

Kim e Blenda estão paradas no meio do pátio, os braços abertos para os lados como Jesus na cruz. A faca improvisada de Kim está caída no chão a seus pés, e na frente de Blenda há uma pá.

Mia tenta compreender o que aconteceu.

A Vovó resmunga baixinho consigo mesma e, caminhando com dificuldade, se põe diante de Kim e Blenda sob a luz do sol.

O cachorro a segue, ofegante, e deita ao seu lado.

— O que você estava planejando fazer com a faca? — ela pergunta.

— Nada — Kim responde, respirando pela boca aberta.

— Então por que você tem uma faca?

— Pra me proteger.

— Acho que vocês duas estavam planejando machucar a Mia — a Vovó declara. — E o que a pessoa deve fazer se a mão direita a fizer pecar?*

Em vez de responder, Kim permanece em silêncio, fitando o chão. Por causa do esforço, seus braços estão trêmulos e ligeiramente caídos. A camiseta com o rosto da Lady Gaga estampado está encharcada de suor no pescoço e entre os seios.

— Cortem os braços! — a Vovó rosna. — Vocês dão conta de fazer isso ou precisam de ajuda?

— Nós damos conta — Blenda responde.

— Quer que eu pregue as mãos pra você?

A Vovó anda ao redor das duas, usa a bengala para endireitar um dos braços de Kim e volta a se posicionar na frente delas.

Blenda oscila e precisa dar um passo para o lado a fim de recuperar o equilíbrio. A poeira que se eleva da terra seca rodopia na luz.

— Você bateu na cabeça da Mia com a pá. O que ela fez pra você? — a Vovó pergunta a Blenda antes de voltar a encarar Kim: — O que você ia fazer com a faca? Ia cortar o rosto dela?

— Não.

— Levante os braços!

— Não consigo — Kim diz, soluçando.

— Por que você queria machucar a Mia? É porque ela é mais bonita do que...

— Ela ia matar a senhora! — aos gritos, Blenda a interrompe.

---

* Citação bíblica de Mateus 5,30: "E, se tua mão direita te fizer pecar, corta-a e atira-a para longe de ti; pois te é melhor que um dos teus membros se perca do que todo o teu corpo seja lançado no inferno". (N. T.)

77

O apartamento está abafado e os olhos de Pamela ardem. Ela tirou o dia de folga para vasculhar a internet à procura de qualquer sinal de Mia; de calça legging e sutiã, há horas está sentada na frente do computador.

Ela visitou centenas de sites pornográficos, grupos misóginos que apregoam os "direitos dos homens" e sites dedicados a fotos eróticas, prostituição e namoro "sugar daddy" — velhotes ricos que dão dinheiro e presentes para namoradas jovens. Escarafunchou uma série infindável de imagens de meninas violentadas, amarradas e expostas.

Mas não há vestígio de Mia e nenhuma menção a Caesar em parte alguma.

Tudo o que encontrou foi um profundo ódio às mulheres, uma inesgotável ânsia por poder e o desejo de reprimir.

Nauseada, ela se levanta e caminha até a sala de estar. Martin está só de cueca, sentado num canto.

Com o braço em volta do cachorro, ele fita o corredor.

Em seus joelhos e canelas surgiram enormes hematomas pretos. Seus antebraços esfolados começaram a cicatrizar, mas ambas as mãos estão enfaixadas com ataduras.

Ele ainda não contou a Pamela o que aconteceu.

Quando Martin chegou todo ensanguentado em casa, Pamela exigiu saber o que havia acontecido, mas ele apenas sussurrou "Os meninos". Desde então, não voltou a dizer uma única palavra.

— Martin, você se lembra que me disse que queria ver o hipnotista de novo?

Pamela se agacha na frente dele, tentando fazer com que a encare nos olhos.

— Eu sei que você acha que os meninos te machucaram por

causa disso — ela continua. — Mas não é verdade; eles não podem te machucar.

Martin não responde, simplesmente abraça com força o cachorro e continua olhando para o corredor.

Pamela se levanta e volta para o escritório.

Assim que começa a instalar um software que lhe permitirá visitar os mercados ilegais na dark web, seu celular vibra.

É Joona Linna.

Ela atende de imediato.

— Aconteceu alguma coisa? — ela pergunta, ouvindo o medo na própria voz.

— Não, mas eu...

— Vocês encontraram a Mia?

— Não, ainda não.

— Ouvi dizer que prenderam o Primus; isso é um avanço, certo? — ela indaga. — Quero dizer, é ele quem está por trás do crime, não é?

Pamela se recosta na cadeira, tentando acalmar a respiração. Percebe que Joona está dirigindo.

— Eu o interroguei uma vez — Joona responde. — Mas ele escapou do Sankt Göran ontem à noite. Não sei como aconteceu; tínhamos um policial de prontidão do lado de fora do quarto.

— Um passo para a frente, dois passos para trás — ela sussurra.

— Não exatamente; é muito mais complicado do que pensávamos.

— Então o que acontece agora? — Pamela pergunta e se põe de pé, tonta de ansiedade.

— Eu preciso falar com o Martin de novo. Tenho que sentar com ele e tentar descobrir o que ele viu e ouviu.

— O Martin sofreu um acidente — ela diz baixinho. — Está todo cheio de hematomas... e parou de falar de novo.

— Que tipo de acidente?

— Eu não sei, ele não me disse uma palavra a respeito — ela explica. — Mas, antes do acidente, disse que queria tentar outra vez a hipnose.

— Eu queria te contar que tenho provas de que o Martin ouviu Caesar conversando no parquinho. Essa pode ser exatamente a deixa de que precisamos para fazê-lo nos dar mais informações. Mesmo que não tenha visto Caesar, Martin o ouviu.

Pamela volta à sala de estar, se detém no meio do cômodo e olha para Martin, que continua encarando o corredor com expressão impassível.

— Vou falar com ele agora mesmo.
— Obrigado.

Joona diminui a velocidade do carro ao entrar no complexo do Instituto Karolinska. A abundante luz do sol que entra pelo para-brisa bruxuleia em seu rosto e reflete em seus óculos escuros.

Trinta anos atrás, um homem que se autodenomina Caesar invadiu a casa do psiquiatra Gustav Scheel, sentou na cama de sua filha e disse: "As mães estão vendo os filhos brincarem".

A mesma frase que saiu da boca de Martin sob hipnose quando Erik tentou convencê-lo a descrever a cena que viu no parquinho.

Joona encosta e deixa o carro na rua, junto à entrada do Departamento de Medicina Legal. O Jaguar branco do Agulha está tão mal estacionado que os carros ao redor ficaram presos em suas vagas. O para-choque traseiro está solto do lado esquerdo e encosta no asfalto.

Joona caminha a passos rápidos em direção à entrada.

Nils acaba de receber o corpo esquartejado de uma jovem que foi encontrado por duas adolescentes ao lado da rodovia europeia 22, nos arredores de Gusum, a cerca de quinze quilômetros de Valdemarsvik.

Tal qual Jenny Lind, a mulher tem uma marcação por congelamento na parte de trás da cabeça.

Joona segue direto para a principal sala de exames e, ao entrar, cumprimenta Åhlén e Chaya. Os ventiladores estão zumbindo, mas o mau cheiro ainda é profundamente desagradável.

A cabeça e o torso da jovem não identificada foram colocados sobre a mesa de autópsia revestida de plástico. As partes do cadáver atingiram um avançado estado de decomposição e agora estão descoloridas, vazando fluidos, salpicadas de larvas de moscas e pupas vermelho-escuras.

No momento a polícia está tentando encontrar correspondência entre os restos mortais e a lista de pessoas desaparecidas dos últimos dez anos, mas qualquer identificação será uma tarefa hercúlea.

— Ainda não iniciamos a autópsia, mas à primeira vista tudo parece indicar que a causa da morte foi um golpe nas vértebras cervicais — o Agulha explica. — Algo como um machado ou uma espada cortou o pescoço dela. Descobriremos.

— Depois de morta, foi desmembrada com uma esmerilhadeira angular e embalada em quatro sacos de lixo — Chaya prossegue, apontando para o corpo. — A cabeça e o braço direito estavam dentro de uma bolsa, junto com algumas bijuterias de plástico, uma carteira feminina e uma garrafa de água.

Åhlén raspou o cabelo na parte de trás da mulher e mostra a Joona uma fotografia ampliada na tela do computador.

Na borda inferior da imagem vê-se a marca a frio, branca e cintilante em contraste com a pele escurecida e os pequenos ovos amarelos de insetos aninhados no cabelo.

O carimbo em si é exatamente idêntico, mas a impressão é mais clara desta vez.

O que no corpo de Jenny Lind parecia um T ornamentado agora se assemelha a uma cruz.

Uma cruz das mais estranhas — ou uma figura de cartola e casaca, os braços abertos.

É impossível dizer.

Joona observa atentamente a imagem, pensando em vacas marcadas a frio, cunhos e cruzes em pedras rúnicas do século XI. Uma lembrança esvoaça à deriva em sua mente, mas ele não consegue agarrá-la.

Sente uma pontada de dor atrás de um dos olhos — uma gota negra caindo num mar negro.

Eles agora têm três assassinatos e um sequestro. Não há dúvida de que Caesar entrou em uma fase incrivelmente ativa e mortal.

Pamela senta no chão, acaricia o cachorro e observa Martin, que está abraçado aos joelhos, puxados para junto do peito. A testa dele está franzida, e numa bochecha tem uma mancha de tinta vermelho-tijolo.

— Você estava no parquinho — ela diz, tentando ler a expressão no rosto dele. — Você viu a Jenny, você a desenhou depois... e Joona afirma ter certeza de que você também ouviu Caesar falar.

Martin retesa a boca, num esgar de medo.

— Você ouviu?

Martin fecha os olhos por alguns segundos.

— Eu sei que já te perguntei mil vezes, mas realmente preciso que você me conte o que ele disse — Pamela insiste, com uma nova rispidez na voz. — Agora não se trata apenas de seus medos; tem a ver com a Mia, e estou começando a ficar irritada.

Ele meneia a cabeça e, com expressão triste, olha para ela durante um segundo.

— Isso não vai funcionar, vai? — ela lamenta.

Algumas lágrimas escorrem pelo rosto de Martin.

— Eu quero que você faça outra sessão com o hipnotista. Está disposto a tentar?

Martin concorda num sutil meneio de cabeça.

— Que bom.

— Mas eles vão me matar — ele sussurra.

— Não, não vão.

— Eles me empurraram nos trilhos — Martin diz, num sussurro quase inaudível.

— Que trilhos?

— Na estação de metrô — ele responde, cobrindo a boca.

— Martin — Pamela diz, sem disfarçar o cansaço na voz —, os meninos não existem. Eles são apenas uma parte da sua doença. Você sabe disso, não sabe?

Ele não responde.

— Tire as mãos da boca.

Martin balança a cabeça e se vira para olhar o corredor novamente. Pamela não consegue sufocar um suspiro de fastio quando se levanta para ir ao escritório e ligar para Dennis.

— Dennis Kratz.

— Oi, é a Pamela...

— Estou tão feliz que você me ligou. Eu já pedi desculpas, mas sinto muito pela maneira como me comportei. Foi inapropriado e não vai acontecer de novo, eu prometo... Eu nem me reconheço.

— Está tudo bem, vamos esquecer isso — Pamela diz, afastando o cabelo do rosto.

— Ouvi dizer que Primus escapou, e... não sei o que você vai pensar a respeito do que vou dizer, mas pensei em perguntar se você e o Martin querem ficar na minha casa no campo até que tudo se acalme.

— Isso é muito gentil da sua parte.

— Sem problemas.

Nota que a grande tela de Martin com a pintura inacabada da casa está encostada na parede.

— Na verdade, liguei para avisar que o Martin vai ver Erik Maria Bark de novo.

— Para mais sessões de hipnose?

— Sim.

Ela ouve Dennis respirar fundo.

— Você sabe o que eu acho, há um sério risco de retraumatização.

— Temos que fazer tudo que estiver ao nosso alcance para encontrar a Mia.

— Claro que sim — Dennis responde. — Só estou pensando no bem-estar do Martin... mas eu entendo, eu entendo.

— É só esta última vez.

78

No calor da tarde, Erik Maria Bark está sentado em sua escrivaninha envernizada, olhando para o jardim malcuidado e coberto de folhagem.

No momento está de licença do Hospital Karolinska, mas ainda atende no consultório em sua casa no distrito de Gamla Enskede.

Nesta manhã, seu filho Benjamin veio pegar o carro emprestado. Erik ainda não está acostumado com a ideia de que agora seu menino já é adulto, foi viver com a namorada e está estudando medicina em Uppsala.

O cabelo de Erik é rebelde, salpicado de cinza, e ele tem olheiras e profundas linhas de expressão. O primeiro botão da camisa azul-clara está desabotoado, e sua mão direita repousa entre o teclado do computador e o caderno de notas aberto sobre a escrivaninha.

Após a ligação de Joona, ele falou com Pamela Nordström e combinaram que ela e Martin viriam imediatamente.

Durante a sessão anterior, Erik não conseguiu romper o bloqueio que parecia impedir Martin de contar o que viu no parquinho.

Ocorre-lhe a lembrança de ter pensado que nunca em sua carreira havia hipnotizado alguém tão apavorado.

Erik sabe que Martin ouviu Caesar dizer a mesma frase que o psiquiatra de Säter ouviu trinta anos antes e espera que desta vez consiga fazer a testemunha voltar as atenções para aquilo que não ousa ver, seja lá o que for.

As páginas do caderno de Erik se agitam com a brisa e logo voltam a se acomodar.

O ventilador na ponta da escrivaninha oscila devagar de um lado para o outro.

No chão, ao longo de uma parede, há pilhas de livros coalhados de fichas de anotações coloridas e resmas de trabalhos de pesquisa e estudos empilhados em uma cadeira. A porta de seu enorme arquivo está escancarada, deixando à mostra as prateleiras de metal nas quais ele guarda a própria pesquisa científica: fitas VHS, fitas de ditafone, discos rígidos, blocos de notas, cadernetas, diários e pastas repletas de artigos inéditos.

Erik pega seu canivete espanhol, abre um envelope e lê por alto um convite para dar uma palestra em Harvard.

Ao ouvir um rangido ritmado que entra pela janela aberta, ele se levanta e caminha até a sala de espera, depois sai para o jardim ensombrado.

Joona Linna está sentado na rede, óculos de sol numa das mãos, balançando para a frente e para trás.

— Como estão as coisas com a Lumi? — Erik pergunta, sentando-se ao lado dele.

— Não sei. Estou dando tempo a ela... ou, para ser mais exato, ela está dando um tempo de mim. Ela acha que eu preciso sair da polícia, e eu acho que está certa.

— Mas primeiro você precisa resolver este caso.

— É como um incêndio — Joona diz para si mesmo.

— E você tem certeza de que quer sair?

— Eu mudei.

— A vida é assim: ela nos muda — Erik sentencia.

— Mas eu mudei para pior, é o que estou começando a perceber.

— Ainda assim é a vida.

— Antes de prosseguirmos, preciso saber quanto esta sessão de terapia vai me custar — Joona diz, sorrindo.

— De você vou cobrar o valor especial reservado aos amigos e familiares.

Joona ergue os olhos para a copa da árvore, para a luz do sol sarapintada de sombra e as folhas que se enrolaram com o calor.

— Nossos convidados chegaram — ele diz.

Um segundo depois, Erik ouve os passos no cascalho perto da porta da frente. Eles saem da rede e contornam a lateral da casa de tijolos marrons.

Martin está de mãos dadas com Pamela e olha por cima do ombro para o portão de metal e a rua mais adiante. Com eles há um homem na casa dos quarenta anos, que parece cauteloso e tem um nariz torto de boxeador sob óculos escuros. Ele veste calça branca e uma camiseta cor-de-rosa.

— Este é nosso amigo, que ultimamente está encarregado do tratamento do Martin — Pamela diz, apresentando-o.

— Dennis Kratz — ele aperta a mão dos demais.

Erik percorre a vereda do jardim ao redor da casa e os leva até o consultório.

Caminhando ao lado de Dennis, Joona pergunta se ele já ouviu falar de um certo dr. Gustav Scheel.

Dennis leva a mão ao rosto e aperta os lábios, como se estivesse tentando remodelar a boca ou mudar a expressão entre os dedos.

— Ele trabalhava na unidade de segurança máxima em Säter — Joona explica, segurando a porta aberta.

— Isso foi bem antes da época em que me formei — Dennis responde.

Passam pelas quatro poltronas na pequena sala de espera e seguem para o consultório de Erik. Há uma poltrona de pele de carneiro cinza-clara junto à parede, ao lado de uma das estantes embutidas, e o piso de carvalho envernizado está coberto de pilhas de livros e manuscritos.

— Desculpem a bagunça — Erik diz.

— Você está de mudança? — Pamela pergunta.

— Estou escrevendo um livro — ele sorri.

Ela ri educadamente e todos entram no consultório.

Erik franze a testa, passa a mão pelo cabelo desalinhado e diz:

— Estou feliz que vocês estejam dispostos a depositar sua confiança em mim e tentar outra vez. Farei o que puder para tornar a experiência mais auspiciosa.

— O Martin quer ajudar a polícia a encontrar a Mia. É muito importante para ele — Pamela diz.

— Somos gratos por isso — Joona diz e percebe que Martin sorri suavemente, mas mantém os olhos abaixados.

— Depois da última sessão ele começou a falar muito mais... só que agora as coisas parecem ter regredido. Não sei se devo contar o que...

— Pamela, posso falar com você um instante? — Dennis diz em voz alta.

— Espere, eu só queria dizer que o Martin...

— *Agora, pode ser?* — ele a interrompe.

Pamela segue Dennis até a sala de espera. Ele enche um copo de plástico com água no banheiro dos visitantes.

— O que você está fazendo? — ela pergunta.

— Não acho uma boa ideia contar ao hipnotista sobre o trauma de Martin — ele diz, tomando um gole da água.

— Por que não?

— Em parte porque Martin precisa contar em seu próprio ritmo, e em parte porque o hipnotista pode usar essa informação da maneira errada, fazendo sugestões.

— Mas isso diz respeito à Mia — ela alega.

79

Quando Pamela e Dennis voltam para o consultório, Martin está sentado na espreguiçadeira de couro marrom e usa os dentes para puxar o curativo da palma da mão esquerda. Erik está encostado à borda da escrivaninha, e Joona olha pela janela.

— Bem, acho que podemos começar de novo se estiver tudo bem para você, Martin — Erik diz.

Martin faz que sim com a cabeça e lança um olhar ansioso para a porta entreaberta da sala de espera.

— Geralmente é mais confortável se você deitar — Erik aponta, em tom cordial.

Sem responder, Martin tira os sapatos, deita com cautela na espreguiçadeira e olha para o teto.

— Se todos puderem, por favor, sentar e desligar o celular... — Erik pede, fechando a porta. — É preferível que vocês permaneçam em silêncio, mas se precisarem falar, por favor não falem alto.

Ele fecha as cortinas e verifica se Martin está confortável antes de dar início aos exercícios de relaxamento.

— Ouça a minha voz. Nada mais importa agora... Estou aqui se precisar, e quero que você se sinta seguro.

Erik instrui Martin a relaxar os dedos dos pés, prestando muita atenção a seus movimentos. Pede que Martin relaxe as coxas e observa suas pernas abaixarem ligeiramente. Em seguida, percorre todas as partes do corpo de Martin, uma de cada vez, criando um vínculo automático entre sua voz e as ações do paciente.

— Tudo está calmo e tranquilo. Suas pálpebras estão ficando cada vez mais pesadas...

Erik torna sua voz gradualmente mais monótona enquanto conduz Martin a uma espécie de torpor receptivo e, por fim, faz a transição para a indução em si.

O ventilador sobre a escrivaninha estala e muda de direção, enfunando as cortinas. Uma fatia de luz dourada atravessa a sala e passa pelas pilhas de livros e as resmas de papel.

— Agora você está tranquilo e profundamente relaxado. Se ouvir qualquer outro som ficará ainda mais relaxado, mais concentrado na minha voz e no que estou dizendo.

Erik observa o rosto de Martin — a boca entreaberta, os lábios rachados e a ponta do queixo —, procurando detectar o mais ínfimo sinal de tensão enquanto o leva a um estado de repouso cada vez mais profundo.

— Agora eu vou começar a fazer uma contagem regressiva... e a cada número que você ouvir, vai se sentir um pouco mais relaxado — ele diz com voz suave. — Oitenta e um, oitenta... setenta e nove.

Enquanto continua a contar, Erik tem a sensação, como sempre, de que ele e o paciente estão debaixo d'água. As paredes, o chão e o teto se afastaram, à deriva, e a mobília afunda, vagarosa, oceano escuro adentro.

— Você está completamente seguro e relaxado — Erik prossegue. — Não há nada para ouvir além da minha voz... Imagine que você está descendo uma longa escadaria, desfrutando de cada passo... e a cada número que eu digo você desce dois degraus, sentindo-se ainda mais calmo e ainda mais concentrado na minha voz.

Erik continua a contar e vê que o abdome de Martin sobe e desce no ritmo da respiração, como se ele estivesse dormindo, embora o hipnotista saiba que o cérebro do paciente está em plena atividade, ligado em cada palavra que ele diz.

— Trinta e cinco, trinta e quatro, trinta e três... Quando eu chegar a zero, em sua mente você terá voltado ao parquinho e poderá me contar tudo o que vê e ouve, sem medo nenhum... Vinte e nove, vinte e oito...

Entre um número e outro, Erik adiciona instruções sobre a hora e o local para onde eles estão voltando.

— A chuva é torrencial e você ouve o barulho dos pingos batendo no seu guarda-chuva... Dezenove, dezoito... você sai da trilha e caminha pela grama molhada.

Martin passa a língua sobre os lábios e sua respiração se torna mais rápida e mais pesada.

— Quando eu chegar a zero, você terá contornado os fundos da Escola de Economia — Erik diz em tom suave. — Você vai parar e inclinar o guarda-chuva de modo a ver com nitidez o parquinho à sua frente.

Martin abre a boca como se tentasse gritar, mas não sai nenhum som.

— Três, dois, um, zero... O que você está vendo agora?

— Nada — Martin responde num fiapo de voz quase inaudível.

— Pode ser que esteja vendo alguém fazendo algo que parece incompreensível, mas você não corre nenhum perigo. Você é livre para me dizer com calma o que vê.

— Apenas escuridão — Martin responde, fitando o teto.

— Mas não no parquinho, correto?

— É como se eu fosse cego — Martin diz, agora com mais aflição na voz, virando a cabeça com um solavanco para a esquerda.

— Você não consegue enxergar nada?

— Não.

— Mas antes você conseguia ver a casinha de brinquedo vermelha... descreva-a para mim agora.

— Tudo é apenas um breu...

— Martin, você está relaxado e calmo... você está respirando devagar, e quando eu contar até zero estará sentado na primeira fila de um teatro... Pelos alto-falantes, você ouve uma gravação do som da chuva, e em cima do palco há um cenário que se parece com o parquinho...

Erik imagina Martin afundando nas águas escuras da hipnose. O rosto dele está salpicado de minúsculas bolhas de ar cinza-prateadas, a boca está cerrada com firmeza.

— Três, dois, um, zero — Erik conta. — O parquinho no palco é feito de papel; não é real, mas os atores são idênticos às pessoas reais e se movem e falam exatamente da mesma maneira.

O rosto de Martin se contrai, as pálpebras tremem. Pamela reconhece a dor no rosto dele e hesita, sem saber se deve pedir a Erik que não o pressione demais.

— Eu vejo a luz fraca de um poste ao longe — Martin diz. — Há uma árvore no caminho, mas quando os galhos balançam no vento parte da luz ilumina o trepa-trepa.

— O que mais você vê? — Erik pergunta.
— Uma senhora idosa vestida com sacos de lixo... Ela tem um colar esquisito no pescoço... e está arrastando um monte de sacolas plásticas sujas.
— Volte para o palco.
— Está muito escuro.
— Mas parte da luz da placa de saída de emergência chega até o parquinho — Erik insiste.
O queixo de Martin treme, as lágrimas correm por seu rosto, e quando ele volta a falar sua voz é quase imperceptível.
— Dois meninos sentados numa poça de lama no chão...
— Dois meninos? — Erik pergunta.
— As mães estão vendo os filhos brincarem — ele sussurra.
— Quem diz isso? — Erik o pressiona, sentindo os próprios batimentos cardíacos acelerarem.
— Eu não quero — Martin responde, com a voz embargada.
— Descreva o homem que...
— Já chega — Dennis interrompe abruptamente o hipnotista, e de imediato abaixa o tom de voz. — Desculpe, mas preciso acabar com isso.
— Martin, não há nada a temer aqui — Erik continua. — Daqui a um minuto vou tirar você da hipnose, mas primeiro quero saber quem você ouviu, de quem era aquela voz. Você pode ver essa pessoa no palco.
A respiração de Martin se tornou irregular, lágrimas escorrem por seu rosto.
— Está muito escuro, só consigo ouvir a voz dele.
— Os técnicos de iluminação acendem um refletor e o apontam para Caesar.
— Ele está se escondendo — Martin soluça.
— Mas a luz o segue e incide sobre ele no trepa-trepa e...
De súbito, Erik se cala ao perceber que Martin parou de respirar e seus olhos estão se revirando.
— Martin, agora eu vou fazer uma lenta contagem regressiva a partir de cinco — Erik anuncia, olhando de relance para o armário de remédios, onde guarda injeções de cortisona e um desfibrilador.

— Não há nenhum perigo aqui, mas preciso que você ouça a minha voz e faça exatamente o que eu disser.

Os lábios de Martin embranqueceram; sua boca está escancarada, mas ele não respira; seus pés começam a tremer e os dedos das mãos estão abertos e arqueados.

— O que está acontecendo? — Pamela pergunta, em pânico.

— Vou começar a contar agora, e quando chegar a zero você passará a respirar normalmente; você vai se sentir relaxado... Cinco, quatro, três, dois, um, zero...

Martin respira fundo e abre os olhos, como se tivesse acabado de acordar de uma excelente noite de sono. Ele senta, lambe os lábios e, com expressão pensativa, ergue os olhos para Erik.

— Como se sente?

— Bem — ele responde, limpando as lágrimas do rosto.

— Não foi exatamente o que esperávamos — Dennis murmura.

— Estou bem — Martin diz a ele.

— Tem certeza? — Pamela pergunta.

— Posso perguntar se... se Caesar é o homem que matou Jenny Lind? — Martin indaga, levantando-se devagar.

— Acreditamos que sim — Erik responde.

— É porque pode ser que eu tenha visto alguém, mas assim que me virei na direção do trepa-trepa, tudo ficou escuro. Eu quero tentar de novo.

— Podemos discutir a respeito — Dennis se intromete.

— Tudo bem — Martin sussurra.

— Vamos embora? — Dennis pergunta.

— Me dê um minuto; primeiro quero dar uma palavrinha com o Erik — Pamela responde.

— Vamos esperar no carro — Dennis diz e leva Martin junto.

— Estarei lá fora — Joona avisa.

Erik puxa as cortinas e abre a janela que dá para o jardim. Ele observa Joona sair para a luz do sol e parar no meio do gramado com o celular no ouvido.

— Lamento que o Dennis tenha interrompido a hipnose — Pamela diz. — Mas você não conhece o Martin tão bem quanto ele, e você estava pressionando demais.

Erik faz que sim com a cabeça e mantém contato visual.

— Não sei por que continua dando errado — o hipnotista diz.

— Martin testemunhou algo terrível, e agora é como se estivesse preso na armadilha do próprio medo.

— Sim, na verdade era sobre isso que eu queria falar com você... É complicado, mas o que está impedindo o Martin de falar, segundo ele, são dois meninos mortos, dois fantasmas... O Martin sente que eles o controlam e o castigam fisicamente quando ele fala. Você viu as mãos dele? Estão esfoladas, e os joelhos estão coalhados de hematomas... Até onde sei, talvez ele tenha sido atropelado por uma bicicleta ou algo assim, mas está convencido de que os meninos mortos o empurraram nos trilhos do metrô... Já passei por isso tantas vezes, e ele sempre diz que são os meninos.

— De onde eles vêm?

— Quando Martin era criança, perdeu os pais e os dois irmãos em um acidente de carro.

— Entendo.

— É o que eu queria dizer: tudo isso é bastante difícil pra ele.

Pamela se vira para sair.

Erik agradece e a acompanha até o jardim, depois a observa andar apressada em direção ao portão. O hipnotista caminha até Joona, que está balançando na rede.

— Qual é o problema com Martin?

— Ele pertence ao segmento da população que é incrivelmente suscetível à hipnose, mas por algum motivo ainda está escondendo o que vê — Erik explica, sentando-se ao lado de Joona.

— Você geralmente sabe como superar o trauma dos pacientes.

Joona se recosta com o celular na mão e empurra o chão com os pés para fazer a rede balançar.

— Pamela me disse que Martin tem um delírio paranoico envolvendo dois meninos mortos que ouvem cada palavra que ele diz — Erik prossegue. — É algo relacionado a um acidente de carro na infância que matou seus pais e os dois irmãos.

— E agora ele está com medo deles?

— Para Martin, eles são reais; as mãos dele estão bastante arranhadas, e ele acredita de verdade que os meninos o empurraram nos trilhos da estação de metrô.

— Pamela te contou isso?
— Ela disse que é nisso que Martin acredita.
— Ela disse onde isso aconteceu? — Joona pergunta, endireitando-se na rede.
— Não, acho que ela não sabia. No que você está pensando?

Joona se levanta, dá alguns passos à frente e liga para Pamela. Ela não atende de imediato e, depois de alguns toques, a ligação cai na caixa postal.

— Oi, Pamela, aqui é Joona Linna de novo. Me ligue de volta assim que receber este recado.

— Parece sério — Erik comenta.

— Caesar alertou Pamela para não cooperar com a polícia, então há uma chance de que ele a esteja vigiando e tenha tentado silenciar Martin.

80

Após as orações matinais, Mia e Blenda caminham pelo pátio debaixo do sol intenso. Mia tenta manter o ritmo, mas quando Blenda acha que ela está andando muito devagar puxa seu braço, fazendo com que a braçadeira de náilon corte seu pulso.

A Vovó está ao telefone na frente do caminhão. A porta do motorista está aberta, e a peruca encaracolada dela caiu no chão.

A cabeça de Mia ainda lateja no ponto onde Blenda a atingiu com a pá. Sente que seu rosto inteiro está inchado.

Quando voltou a si, estava caída no cascalho.

A Vovó obrigou Kim e Blenda a ficarem com os braços bem abertos enquanto as interrogava. No final, Blenda admitiu que havia batido em Mia com a pá para impedi-la de matar a Vovó.

Mia pensou que tudo estava acabado ali mesmo, mas em vez disso a Vovó perdeu a paciência com Blenda.

— A Mia não tem arma! — ela gritou, enfurecida. — Eu revistei as roupas dela e não achei nada. Não tinha arma nenhuma, mas você e a Kimball sim; vocês duas estavam armadas.

Mia percebeu que nenhuma das outras garotas viu sua faca improvisada deslizar pelo chão e cair dentro do ralo.

Kim e Blenda ficaram lado a lado sob o sol do meio-dia. Ambas suando em bicas, respirando com dificuldade.

A Vovó acoplou o dente no entalhe da ponta da bengala e o prendeu no lugar.

O corpo inteiro de Kim tiritava, e no fim ela não aguentou mais. Soluçando, abaixou os braços e sussurrou:

— Me desculpe.

A Vovó lançou um olhar furioso para ela, depois deu um passo à frente e a espetou com a bengala debaixo do seio direito.

— Por favor! — Kim gritou e desabou de lado no chão, ofegante.

Mia e Blenda receberam ordens de voltar para suas jaulas. Durante a longa noite, ambas permaneceram sentadas em silêncio, à espera de Kim. Mas ela nunca voltou.

Desde então nem sinal dela, e Blenda ainda se recusa a dizer uma palavra que seja.

A fumaça do forno paira sobre os telhados dos barracões.

Alguém tosse perto da torneira do pátio.

Blenda puxa Mia para debaixo da sombra na extremidade da cumeeira da casa principal e faz uma pausa. Por causa do calor escaldante, seu rosto está vermelho, gotas de suor escorrem pelas bochechas.

Mancando, a Vovó se arrasta até elas, apoiando-se pesadamente na bengala. Seus olhos escuros e estreitos cintilam, e ela mantém a boca bem fechada; sulcos profundos riscam seus lábios finos.

— Vocês duas vão ter que ajudar hoje — ela diz, tirando uma chave da argola presa em seu cinto.

— Claro — Blenda responde.

— A tarefa é limpar o Edifício Sete. Blenda, você está no comando.

— Obrigada — ela diz, pegando a chave.

Vovó segura a chave por um momento, encarando Blenda com olhos semicerrados.

— A impureza é contagiosa. Você sabe disso.

Blenda pega a chave e puxa Mia atrás dela em direção ao barracão mais distante. O sol está alto no céu e fustiga o couro cabeludo das garotas.

— Não foi minha culpa que você e a Kim se deram mal. O que você queria que eu fizesse? — Mia pergunta baixinho. — Não entendo. Se você não tivesse arruinado tudo, estaríamos todas livres agora.

— Livres do quê? — Blenda bufa.

— Não é possível que você queira ficar aqui.

Mas desta vez Blenda não responde; apenas arrasta Mia até o último barracão, enfia a chave no cadeado, destrava-o, e, depois de abrir a porta, pendura a chave na argola.

Assim que entram, as duas são atingidas por uma onda de fedentina.

Mia pestaneja, tentando fazer os olhos se ajustarem à escuridão.

Milhares de moscas enxameiam numa nuvem morosa. O ar no recinto está quente, rançoso e pesado com o forte odor de carne madura e excrementos.

Blenda sente ânsia de vômito e cobre a boca.

À medida que os olhos de Mia se acostumam com a escuridão, ela vê uma série de peles pretas como piche amontoadas em enormes pilhas junto à parede.

Olha para cima e solta um gemido ao ver o corpo pendurado no teto.

Um cabo prateado passa através de um bloco numa ponte rolante e desce até a garganta de Kim, cujo rosto está inchado e azul-acinzentado como argila.

Moscas rastejam pela boca e os olhos do cadáver.

Mia só reconhece que é de fato Kim pela calça de moletom vermelha e a camiseta da Lady Gaga.

— Vamos descer ela com cuidado — Blenda ordena, arrastando Mia para uma extremidade do barracão.

— O quê?

— Gire a manivela.

— Eu não entendo.

Os olhos de Mia esquadrinham a sala e ela percebe que Blenda deve estar falando sobre o guincho preso à parede.

— Vamos cremá-la — Blenda diz.

Mia começa a girar a manivela, mas nada acontece. Conforme puxa com mais força, uma vibração sobe pelo cabo prateado até o corpo de Kim, fazendo com que uma nuvem de moscas saia do corpo, zunindo para longe.

— Você tem que soltar a trava e...

Blenda se cala quando alguém buzina do lado de fora. Ouvem pneus no pátio e mais uma buzinada antes de o carro parar.

Blenda murmura algo e puxa Mia até a porta para que ela possa espiar pela fresta.

— É ele — ela diz.

Aturdida, Mia a segue para a luz do sol. Ela se sente nauseada, e suas pernas tremem enquanto caminham de volta para o pátio.

Ao lado do caminhão estacionou um carro empoeirado, cuja lataria está podre de ferrugem.

— Eles devem estar dentro da casa — Blenda diz com um sorriso sonhador. — Você nunca esteve lá, mas...

A mulher de cabelo ruivo atravessa o pátio. Anda a passos lentos, carregando uma canga com um balde pesado equilibrado em cada lado. Ela se detém, abaixa cuidadosamente os baldes até o chão e tosse.

— Acho melhor a gente voltar pras nossas jaulas — Mia diz baixinho.

— Você vai entender...

A Vovó abre a porta no momento em que Blenda começa a arrastar Mia para o pátio.

— Venham — a Vovó chama. — Caesar quer dar um oi pra vocês.

Elas sobem os dois degraus até a varanda. A jaqueta de couro da Vovó está pendurada em um cabide de metal. Mia segue Blenda ao longo do corredor, pisando no esburacado piso vinílico com estampa de mármore.

A porta de um dos quartos pelos quais passam está entreaberta, e Mia vislumbra do outro lado um quartinho com as persianas fechadas. No meio do cômodo há uma cama de metal, em cima da qual se veem grossas amarras de contenção esticadas.

Na extremidade do corredor ela vê uma cozinha. Alguém se move através da luz do dia que entra pela janela.

Caesar surge no corredor com um sanduíche de presunto na mão e caminha devagar na direção delas.

De súbito, Mia se dá conta de que seu próprio corpo exala cheiro de suor. Seu rosto está sujo; o cabelo, oleoso. Blenda tem sangue ressecado embaixo do nariz, e seu cabelo grosso está coberto de palha.

— Minhas queridas — Caesar diz ao se aproximar.

Ele entrega o sanduíche comido pela metade para a Vovó, depois esfrega as palmas das mãos na calça e examina as garotas.

— A Blenda eu conheço... e você é a Mia, a especial.

Blenda fita o chão, mas Mia encara Caesar por alguns segundos.

— Esses olhos! Você viu isso, mãe? — ele ri arreganhando os dentes.

A Vovó abre uma porta e conduz as garotas até uma sala maior, contornando um biombo dobrável de duas peças revestido de papel de parede.

Ela coloca o sanduíche em um prato dourado sobre a mesa e acende um abajur de chão com franjas e cúpula bordô. As cortinas estão fechadas, mas o sol penetra pelas pequenas frestas entre elas.

Todos os móveis e frisos de gesso nas paredes foram pintados com spray dourado. Há nódoas marrons no sofá e as almofadas foram coladas umas às outras nas bordas; borlas douradas pendem dos cantos.

— Posso oferecer alguma coisa a vocês? — Caesar pergunta.

— Não, obrigada — Mia responde.

— Nem tudo são regras e castigos aqui — ele diz. — Os erros serão punidos, é claro, mas aquelas que têm fé também são recompensadas e recebem mais do que jamais poderiam sonhar.

— Está tudo nas mãos do Senhor — a Vovó diz baixinho.

Caesar senta numa poltrona forrada com estofamento de pelúcia amarela, cruza uma perna sobre a outra e, estreitando os olhos, examina Mia de cima a baixo.

— Quero conhecer você melhor e ser seu amigo.

— Tá legal.

Mia percebe que suas pernas começaram a tremer de novo. O desenho de mosaico no chão faz parecer um piso de banheiro, e ela percebe que nas rachaduras entre os falsos ladrilhos há um bocado de sujeira acumulada.

— Relaxe — Caesar diz.

— Ela tem bons dentes — a Vovó fala. — E é muito bonitinha a...

— Apenas faça logo o que você tem que fazer — ele interrompe.

A Vovó quebra o gargalo de uma ampola, retira com cuidado o dente amarelo-creme e vira a bengala de cabeça para baixo.

— Espere, eu trouxe um presente — Caesar diz, e puxa do bolso um colar de pérolas brancas de plástico. — Isto é pra você, Mia.

— Não precisava — ela diz, com a voz rouca.

Blenda faz um estranho barulho, como se arrulhasse.

— Quer ajuda pra colocar? — Caesar pergunta e fica de pé.

Lentamente ele se posiciona trás de Mia e prende o colar em volta do pescoço dela.

— Eu sei que é difícil acreditar que este colar é seu agora, mas é; estas pérolas são todas suas.

— Obrigada — ela murmura.

— Olha só pra ela!

— Está linda — a Vovó diz.

O coração de Mia dispara enquanto ela observa a velha encaixar o dente na ponta na bengala.

— Não posso continuar acordada? — ela pergunta, virando-se para fitar Caesar. — Eu gostaria de poder agradecer ao Senhor e olhar você nos olhos.

Ele dá um passo para trás e a observa com um sorriso forçado.

— É isso que você quer? Bem, você ouviu o que ela disse, mãe.

81

Mia resiste à vontade de vomitar enquanto a Vovó, com um sorriso hesitante, solta o dente da ponta da bengala. Sabe que Caesar a está observando e tenta se manter aprumada enquanto fita o chão com um olhar casto.

— Mia, a especial — ele diz.

A garota sente na nuca a respiração da Vovó, que usa um pequeno alicate para cortar a braçadeira de náilon. Mia esfrega o pulso e percebe que sua mente está alvoroçada. Diz a si mesma que poderia pegar o pesado vaso no pedestal e esmagá-lo na cabeça de Caesar, depois abrir uma das janelas e escapar.

— Vou levar a Blenda de volta pra jaula — a Vovó sussurra.

— Eu sei que agora as coisas estão um pouco desconfortáveis pra todo mundo — Caesar diz, enrolando uma mecha do cabelo de Mia entre os dedos. — Mas em breve… Você não tem ideia do luxo que te espera.

Mia se esforça para não se encolher diante dele. Ouve a Vovó e Blenda saírem da sala e caminharem pelo corredor até a varanda. A porta da frente se abre e se fecha, a fechadura estala e a casa fica em silêncio.

— Vou pegar uma garrafa de vinho do Porto — Caesar anuncia, soltando o cabelo dela.

— Devo ir junto?

— Não, você tira a roupa — ele diz, curto e grosso.

Ele começa a caminhar em direção à porta, mas Mia nota que ele para atrás do biombo. Ela puxa a camiseta por cima da cabeça e as pérolas de plástico caem de volta entre os seios com um tilintar suave, prendendo-se na armação saliente do sutiã.

Assim que ouve os passos de Caesar desaparecerem no corredor, Mia corre com pernas trêmulas até a janela e abre as cortinas.

Suas mãos estão trêmulas quando ela destrava as duas trancas e tenta abrir a janela.

Está emperrada.

Ela usa todo o peso do corpo, empurrando com o máximo de força de que é capaz, até ouvir a esquadria ranger.

É impossível. Não abre.

Olha para cima e só então percebe que a janela foi fixada com pregos em pelo menos dez pontos.

O pânico se avoluma dentro de Mia; ela não pode ficar aqui e ser estuprada. Precisa chegar à porta da frente.

Andando na ponta dos pés, contorna o biombo, então se detém e aguça os ouvidos.

Silêncio total.

Vai devagar em direção à porta, atenta à luz na parede do corredor. Não vendo movimento, dá um passo à frente e espia.

Nem sinal de vivalma.

Mia se vira em direção à porta da frente e está prestes a correr até lá, mas se dá conta de que ouviu o clique da fechadura quando a Vovó saiu com Blenda.

Hesita durante um segundo, depois vai pé ante pé em direção à cozinha.

Ouve o tilintar de copos, a porta de um armário se fechando.

Tenta abrir uma das portas dos quartos, mas está trancada, e avança pelo corredor, lutando para abrandar a respiração.

A sombra de Caesar passa pela parede quando ele se desloca através do jorro de luz que inunda as janelas da cozinha.

Mia chega à porta seguinte.

Uma das tábuas do assoalho range sob seu peso.

Ela gira a maçaneta e entra em um quarto escuro, cuja janela foi vedada por uma placa de compensado.

Com cuidado, puxa a porta atrás de si e espreita o corredor através de uma fresta estreita.

Seu coração está martelando.

Mia ouve passos pesados e prende a respiração quando Caesar passa e entra na sala. Ela abre a porta e corre em direção à cozinha da maneira mais silenciosa de que é capaz.

Um estrondo ecoa pelas paredes da casa. Ela ouve Caesar gritar.

Mia tropeça num banquinho e quase cai, mas consegue se equilibrar e alcançar a janela.

Com as mãos trêmulas, tenta abrir as trancas.

A mão escorrega e ela rasga o nó de um dedo, mas consegue abrir a janela ao mesmo tempo que ouve Caesar atravessar às pressas o corredor atrás dela.

Os pés dele esmagam o chão.

Mia sobe no parapeito da janela e pula. As contas de plástico batem em seus dentes quando ela cai em cima do mato.

Ela olha de relance para a floresta escura, depois se levanta e começa a andar.

As abelhas zumbem em torno dos tremoceiros altos.

Atrás dela, Caesar urra diante da janela aberta da cozinha.

Ao entrar na floresta, Mia ouve um súbito estalo metálico entre as urtigas e grita de dor. Olhando para baixo, vê que seu tornozelo está preso numa armadilha para raposas.

O choque pulsa através de seu corpo feito uma onda de gelo, e ela leva alguns segundos para perceber que os afiados dentes metálicos não penetraram sua bota grossa.

Seu pé está ileso.

Do outro lado da casa, o cachorro começa a latir, enfurecido.

Mia tenta abrir as mandíbulas da armadilha com as mãos, mas a mola é forte demais.

Soltaram o cachorro, que agora contornou a casa e parou a pouca distância de Mia, latindo. O cão se lança na direção dela e recomeça a latir, espalhando saliva por toda parte.

Sem aviso, crava os dentes na coxa de Mia e puxa para trás, o que faz a garota cair. A Vovó surge, claudicando em meio ao mato com a bengala nas mãos.

Mia tenta enxotar o cachorro à base de pontapés, mas o animal continua a rodeá-la, ameaçando morder seu ombro.

Quando a Vovó se aproxima, Mia repara que o pequeno dente amarelo já está inserido na ponta da bengala.

Tenta se defender com as duas mãos quando a Vovó dá uma estocada da bengala e o dente penetra fundo em sua palma direita. Ela sente uma picada dolorosa e sua mão imediatamente começa a latejar. Mesmo sabendo que é inútil, suga a ferida e cospe.

Mia está semiconsciente quando a Vovó a arrasta de volta para o pátio.

Deitada de costas no cascalho, tentando se manter acordada, ela percebe que alguém a amarra a um dos robustos pés da banheira.

Suas pálpebras estão pesadas e teimam em querer fechar. Ela semicerra os olhos e vê Caesar marchando em sua direção com o facão na mão. Com uma expressão angustiada no rosto, a Vovó cambaleia ao seu lado.

— Eu prometo...

— Como elas vão respeitar o Senhor se não respeitam a lei? — ele vocifera.

— Elas são burras, mas vão aprender; elas te darão doze filhos homens para...

— Pare com isso, eu tenho coisas mais importantes pra pensar do que...

O repentino toque do celular faz Caesar parar de repente, ofegante. Ele pega o aparelho, joga o facão no chão e se afasta antes de atender.

A chamada é breve. Ele balança a cabeça e diz algo que ela não consegue ouvir. Enfia o celular de volta no bolso e corre para o carro cinza.

— Espere! — a Vovó grita, mancando atrás dele.

Caesar entra no carro, bate a porta com força e derrapa pelo pátio antes de sair em disparada.

As bochechas de Mia estão quentes, e a mão que a Vovó espetou está dormente.

Ela sente também um estranho aperto na axila.

Os pés de alguém rangem contra o cascalho, bem perto de seu rosto.

É a mulher de cabelo ruivo encaracolado. Ela se agacha ao lado de Mia, pega sua mão e examina o ferimento.

— Não se preocupe — diz em voz baixa. — Ela te deu uma picada das feias, então você vai dormir durante algumas horas, mas eu vou estar aqui o tempo todo. Não vou deixar ninguém machucar você...

Mia sabe que a mulher está tentando confortá-la, mas sabe também que agora ninguém pode protegê-la. Quando Caesar voltar, vai esquartejá-la durante o sono ou vai matá-la assim que acordar.

— Eu tenho que fugir — ela sussurra.

— Vou tentar dar um jeito de cortar a braçadeira quando você acordar... Mas aí você precisa correr pela estrada, não pela floresta...

A jovem se cala e tosse na mão.

— E se você conseguir...

Mia vê os olhos da outra se encherem de lágrimas enquanto tenta sufocar mais um acesso de tosse. A luz do sol faz seu cabelo ruivo brilhar como cobre. Ela tem duas pequenas marcas de nascença sob um dos olhos, e seus lábios estão rachados.

— Se você conseguir sair daqui, tem que chamar a polícia e contar sobre nós — ela diz, tossindo no cotovelo. — O meu nome é Alice; estou aqui há cinco anos. Cheguei algumas semanas depois da Jenny Lind. Você provavelmente já ouviu falar dela...

Ela tosse de novo, limpando o sangue dos lábios.

— Eu não estou nada bem. Deve ser tuberculose, porque estou com febre e tenho muita dificuldade pra respirar. Por isso me deixam andar solta assim; sabem que nunca serei capaz de fugir. Mas vou te contar sobre todas as outras meninas, e você vai ter que memorizar os nomes delas pra...

— Alice, o que você está fazendo aí? — a Vovó rosna.

— Só quis verificar se ela está respirando — a ruiva responde, levantando-se.

— Olhe dentro do ralo — Mia sussurra.

82

Tracy Axelsson acaba de chegar de uma viagem de férias à Croácia e está de volta ao trabalho como auxiliar de enfermagem no Hospital de Huddinge. Joona combinou de encontrá-la em uma cafeteria em frente ao hospital.

Ele mantém o celular colado ao ouvido enquanto paga o café. Mais uma vez, Pamela não atende.

Tracy já chegou e está sentada com uma caneca diante de si. Seu rosto está bronzeado e ela veste um uniforme azul.

Quando Martin foi incapaz de relatar o que viu no parquinho na noite do assassinato mesmo sob hipnose profunda, Erik tentou lançar mão de uma estratégia diferente, usando uma técnica chamada intervenção. Deslocou os acontecimentos do parquinho para um palco, na tentativa de contornar os medos dele.

Martin descreveu uma senhora idosa vestida com sacos de lixo, usando um colar estranho e um punhado de sacolas plásticas sujas.

A polícia localizou e interrogou a moradora de rua filmada pelas câmeras de vigilância naquela noite. Os peritos analisaram também as imagens da mulher na noite do crime e constataram que ela em momento algum entrou no ponto cego das câmeras.

Ela não usava casaco de pele nem tinha um crânio de rato pendurado no pescoço, como Tracy alegara.

Aron descartou a descrição imprecisa que Tracy fez da sem-teto considerando que ela estava em estado de choque, mas quando Martin descreveu ter visto uma mulher idosa usando um colar estranho, ficou claro que a pessoa que Tracy viu não era a moradora de rua, mas uma mulher mais velha no ponto cego das câmeras.

Uma mulher que conseguiu entrar e sair do parquinho sem ser flagrada pelas câmeras.

Talvez seja a mãe que estava vendo os filhos brincarem, Joona pensa consigo mesmo.

Vendo Caesar brincar.

Joona pega seu café e se apresenta a Tracy antes de sentar.

— Quero apenas dizer que eu liguei pra polícia e perguntei se tudo bem eu sair de férias — ela diz. — Os policiais falaram comigo uma única vez, e foi só... ninguém nunca mais me ligou pra perguntar se me lembrei de mais alguma coisa, nada...

— Bem, estamos aqui agora — Joona diz, em tom gentil.

— Fui eu que encontrei a garota, tentei salvá-la... mas ela morreu mesmo assim, foi horrível... Teria sido legal alguém entrar em contato comigo pra ver como eu estava, mas simplesmente voltei pra casa e chorei.

— Normalmente as testemunhas recebem apoio da polícia.

— Bem, se vocês fizeram isso então eu devo ter ficado abalada demais pra perceber — ela diz, tomando um gole do café.

— Eu não estava no comando da investigação na época... mas o caso agora foi entregue a mim e à Unidade Nacional de Operações.

— Qual é a diferença?

— Vou fazer mais algumas perguntas — Joona diz, olhando para a tela do celular. — Eu li a transcrição do seu interrogatório, e no depoimento você mencionou uma moradora de rua que se recusou a ajudá-la enquanto você tentava salvar Jenny Lind.

— Sim.

— Você poderia descrevê-la pra mim? — Joona pergunta, pegando seu bloco de notas.

— Eu já fiz isso — Tracy suspira.

— Eu sei, mas não para mim. Eu gostaria de saber que lembrança você tem agora. Não o que disse na época, mas as memórias que você tem daquela noite... Estava chovendo, e você voltava para casa pela rua Kungstens. Você desceu as escadas e pegou o atalho pelo parquinho.

Os olhos de Tracy se enchem de lágrimas e ela encara as próprias mãos. Joona percebe que está usando um anel de sinete no dedo indicador esquerdo.

— No começo, não consegui entender o que eu vi — ela diz com voz calma. — Estava muito escuro, e ela parecia um anjo flutuando acima do chão.

Tracy se cala e engole em seco.

Joona beberica um gole de seu café forte e pensa que a imagem de um anjo é uma expressão que deve ter ocorrido a Tracy mais tarde, algo que outras pessoas provavelmente apreciariam.

— O que fez você reagir?

— Não sei.

— Pode ter sido um detalhe mínimo.

— O cabo de aço refletiu a luz... e os pés dela se mexeram, como se suas últimas forças já estivessem no fim... Eu saí correndo até lá, nem pensei direito. Era óbvio que ela não conseguia respirar. Foi uma loucura. Eu tentei fazer a manivela funcionar, mas o mecanismo nem se mexeu; estava escuro e caía um aguaceiro.

— Você tentou levantar o corpo, presumindo que a própria Jenny seria capaz de usar as mãos para desfazer o laço sozinha — Joona retruca, sem mencionar o fato de que Jenny estava morta antes mesmo de Tracy chegar ao parquinho.

— O que eu podia fazer? Precisava de ajuda, e então vi uma moradora de rua me observando, a poucos metros de distância — Tracy alega, olhando pela janela.

— Onde?

Ela encara Joona.

— Ao lado de um jipe pequeno, ou o que quer que fosse, um carrinho de mola, desses que a criança pode balançar pra frente e pra trás.

— E o que aconteceu?

— Nada. Aos berros, pedi que me ajudasse, mas ela não esboçou reação... Não sei se não entendeu o que eu estava falando, ou talvez tivesse algum problema, mas a velha não teve reação nenhuma... Apenas olhou fixo pra mim e, depois de um ou dois minutos, subiu as escadas e sumiu... E no fim não consegui mais segurar a Jenny.

Tracy fica em silêncio, enxugando uma lágrima com as costas da mão.

— Como ela era fisicamente, essa moradora de rua? — Joona pergunta.

— Eu não sei, era igual a qualquer sem-teto... sacos de lixo pendurados nos ombros, um monte de sacolas velhas da Ikea.

— Você viu o rosto dela?

Tracy assente e se recompõe.

— Ela era abatida; bem sofrida e amassada, quero dizer. Do jeito que as pessoas ficam de tanto dormir ao relento...

— E ela não disse nada?

— Nem uma palavra.

— Ela reagiu ao seu grito?

Tracy toma outro gole de café e coça o pulso.

— Ela só ficou lá, observando. Parecia que, quanto mais eu gritava, mais calma ficava.

— O que te faz pensar isso?

— Os olhos dela... No começo, pareciam meio arregalados, mas depois se tornaram... não exatamente suaves, mas vazios.

— Como ela estava vestida?

— Sacos de lixo pretos.

— E por baixo?

— Como é que eu vou saber uma coisa dessas?

— Ela estava usando alguma coisa na cabeça?

Tracy levanta uma sobrancelha.

— Certo, isso mesmo; um velho chapéu de pele preto, completamente encharcado.

— Como você sabe que estava encharcado?

— Apenas presumi, porque estava chovendo.

— Você é capaz de voltar para aquela noite na sua memória e me dizer exatamente o que vê?

Tracy fecha os olhos por um momento.

— Então... a única luz no parquinho vinha de um poste, e quando a mulher andou para ficar debaixo da luz vi o chapéu cintilar, como se houvesse uma gota d'água em cada fio de pele.

— O que mais você viu?

Os lábios pálidos de Tracy se curvam em um meio-sorriso.

— Já mencionei isso e sei que parece loucura, mas juro que vi uma cabeça de rato no pescoço dela, só o osso.

— O crânio.

— Exatamente.

— Como você sabe que era um rato?

— Eu só achei que fosse, já que sempre tem ratos naquele parque.

— Que aspecto tinha o crânio?

— Que aspecto? Um pouco parecido com um ovo branco, mas com dois buracos...

— Era muito grande?

— Desse tamanho assim, ó — ela diz, segurando o indicador e o polegar a cerca de dez centímetros de distância.

— Ela estava usando alguma outra joia?

— Acho que não.

— Você chegou a ver as mãos dela?

— Pálidas feito ossos — ela responde baixinho.

— Mas não tinha anéis nos dedos?

— Não.

— Sem brincos?

— Sem brincos, eu acho.

Joona agradece a Tracy por sua cooperação, informa o número do serviço de apoio às vítimas e recomenda que entre em contato com eles.

No apressado trajeto de volta ao carro, repassa mentalmente sua conversa com Tracy e a imagem que agora tem da mulher no parquinho.

Em todas as transcrições dos depoimentos ela foi descrita como uma moradora de rua, uma senhora sem-teto provavelmente bêbada ou drogada.

Porém, depois da conversa com Tracy hoje, Joona não acredita mais que se tratava de uma sem-teto.

A seu ver, a mulher assassinou Jenny Lind junto com Caesar.

De acordo com a descrição de Tracy, a velha tinha o rosto carcomido pelo tempo, mas suas mãos eram pálidas como ossos.

Só que apenas pareciam pálidas porque na verdade ela estava usando luvas de látex.

Foi por isso que não encontraram uma única impressão digital no guincho nem no cabo de aço.

A razão pela qual a mulher simplesmente ficou lá parada observando foi porque queria ter certeza de que Tracy não salvaria Jenny.

O celular de Joona vibra no exato instante em que ele abre a porta do carro.

— Joona — ele atende.

— Oi, é a Pamela. Esqueci de checar a caixa postal e não vi sua mensagem.

— Que bom que você ligou. Duas coisas, e serei breve — Joona anuncia, entrando no carro abafado. — Martin contou que foi empurrado nos trilhos do metrô... Acredito que foi assim que ele se machucou, certo?

— Ele não quer falar sobre o assunto, mas... sim, foi o que ele me disse.

— Quando foi isso? — Joona pergunta, saindo com o carro.

— Quinta-feira à noite, bem tarde.

— Você sabe dizer qual era a estação?

— Não faço ideia.

— Você poderia perguntar a ele?

— Saí para fazer uma caminhada, mas falo com ele assim que chegar em casa.

— Eu ficaria muito agradecido se você ligasse para ele agora.

— Eu ligaria, mas ele não atende o telefone quando está pintando.

Joona muda de faixa na rodovia europeia 20, passando por Aspudden.

— Quanto tempo você acha que vai levar para chegar em casa? — ele pergunta.

— Menos de uma hora.

A parede de pedra áspera na beira da estrada passa zunindo e pouco depois Joona cruza a ponte, flanqueada por barreiras de acrílico.

— A segunda coisa é que você deveria concordar com a proteção policial.

Há um longo silêncio do outro lado da linha.

— Foi Caesar quem empurrou Martin? — Pamela pergunta aos sussurros depois de alguns instantes.

— Não sei, mas Martin é nossa única testemunha ocular e Caesar obviamente tem medo de que ele possa fornecer à polícia uma descrição meticulosa — Joona responde. — Talvez a essa altura ele saiba que não pode contar apenas com ameaças para impedir Martin de falar.

— Vamos aceitar toda a proteção que vocês puderem nos dar.

— Ótimo — Joona diz. — Os policiais entrarão em contato hoje à noite.

— Obrigada — ela diz baixinho.

83

Pamela caminha pelo parque Haga com o celular na mão. A luz do sol sarapintada de sombras faz com que a trilha adquira o aspecto de uma ponte estreita sobre um rio cintilante.

Está claro que a polícia agora considera que ela e Martin correm perigo.

Deveria ter solicitado proteção policial muito antes.

Mais cedo, ao sair de casa, se sentiu aflita e ligou para Dennis. Ele estava numa reunião, mas prometeu buscá-la na capela Norte.

Agora Pamela está genuinamente amedrontada e se pergunta se deve cancelar o passeio no cemitério e voltar para casa.

Caesar tentou matar Martin.

Ao se aproximar da passagem subterrânea sob a rodovia, ela reduz o passo e tira os óculos escuros.

Um grupo de pessoas se aglomerou em torno de um homem caído na ciclovia. Ouve-se a sirene de uma ambulância que se aproxima. Cobrindo a boca com a mão, uma moça teima em repetir que acha que o homem está morto.

Pamela pisa na grama para evitar chegar muito perto, mas não consegue deixar de olhar. Entre as pernas das pessoas, vê os olhos arregalados do homem.

Ela estremece de pavor e percorre a passos rápidos a passagem subterrânea, com a sensação de que as pessoas ao redor estão olhando para ela.

O extenso cemitério cheira a grama recém-cortada.

Pamela sai da trilha, pega um atalho entre as árvores altas e nota que o sol está brilhando no túmulo de Alice.

Uma gralha grita ao longe.

Pamela se ajoelha e pressiona a palma da mão contra a pedra aquecida pelo sol.

— Olá — ela sussurra enquanto seu dedo percorre a inscrição gravada na lápide.

Pamela sempre pensa no fato de que o nome da filha foi realmente cortado da pedra. Restam apenas os sulcos deixados pelas letras.

O nome de Alice é uma ausência na lápide, assim como seu corpo é uma ausência no caixão.

Todos os domingos, Pamela vem ao cemitério conversar com a filha, mas Alice não está ali.

O corpo dela nunca foi encontrado.

Os mergulhadores envidados pela polícia vasculharam o lago, mas o Kallsjön tem 134 metros de profundidade, com fortes correntes.

Por muito tempo, Pamela fantasiou que Alice havia sido resgatada antes que o grupo de esquiadores encontrasse Martin. Em sua imaginação, uma bondosa mulher tirou a garota da água, envolveu-a em peles de rena e a carregou até seu trenó. Pamela via Alice acordando numa cabana de madeira aquecida por uma lareira, e a mulher lhe servia uma xícara de chá forte e um pouco de sopa. Alice teria batido a cabeça no gelo e, enquanto esperavam que sua memória voltasse, a mulher cuidou dela como se fosse sua própria filha.

Pamela sabe que esses devaneios eram apenas uma forma de evitar perder de vez todas as esperanças.

Apesar disso, depois do acidente ela parou de comer peixe. Simplesmente não conseguia deixar de pensar que poderia ser o mesmo peixe que havia devorado o corpo de Alice.

Pamela se levanta e percebe que o zelador do cemitério pendurou a cadeira dobrável na árvore. Ela se aproxima para pegá-la, limpa algumas sementes da lona e se senta em frente ao túmulo.

— O papai tem tentado hipnose. Sei que parece maluquice, mas é para ele tentar se lembrar do que viu...

Ela para de falar quando percebe que alguém a observa por entre as árvores, escondido atrás de um tronco pálido. Pamela tenta focar os olhos e fica aliviada ao ver que é apenas uma mulher mais velha e de ombros largos.

— Não sei o que vai acontecer agora — Pamela prossegue, voltando as atenções para o túmulo outra vez. — Recebemos ameaças e a Mia está desaparecida. O mesmo homem que assassinou Jenny

Lind a raptou para nos assustar, tudo porque o papai está tentando ajudar a polícia.

Ela enxuga as lágrimas do rosto e mais uma vez ergue os olhos, bem a tempo de ver a velha desaparecer atrás do tronco da árvore.

— De qualquer forma, agora parece que a polícia vai nos levar para um lugar seguro... Ou então vamos ficar na casa de campo do Dennis durante algum tempo — Pamela explica, fazendo força para firmar a voz. — Por isso acho que não poderei vir por um tempo. Era o que eu queria te dizer... eu tenho que ir agora.

Pamela se levanta e pendura a cadeira na árvore, depois volta para o túmulo e o abraça com força.

— Eu te amo, Alice... A verdade é que estou esperando morrer logo só para poder te ver de novo — ela sussurra e se põe de pé.

Pamela passa pelas sombras sob as árvores e continua descendo a encosta até a trilha. Vê um canteiro de lindas rosas e se pergunta se deveria colher algumas para deixar no túmulo, mas se contém e continua andando.

Quando chega ao estacionamento ao lado da capela, o carro de Dennis já está lá, e ela consegue distinguir o rosto dele pelos reflexos no vidro.

84

Os pneus zunem no asfalto quando Joona sai da E18 depois de Enköping e continua em direção a Västmanland e Dalarna.

— Estou tentando falar com a Margot — Johan Jönson diz pelo telefone.

— Você não precisa da autorização dela. Caesar empurrou Martin nos trilhos do metrô — Joona explica. — Se conseguirmos encontrar a filmagem das câmeras de vigilância, provavelmente pegaremos o sujeito.

— Mas onde diabos devo procurar? Qual estação?

— Ainda não sei, mas em algum lugar no centro de Estocolmo.

— Existem umas vinte estações lá.

— Escute bem — Joona o interrompe. — Isto é a única coisa que importa agora; você precisa encontrar essas imagens e ponto final.

— Eles nunca querem...

— Envolva o promotor, qualquer coisa, apenas faça! — Joona ordena com veemência.

Joona vai se encontrar com Anita, a filha de Gustav Scheel, em cerca de quarenta minutos. Ela mora em uma casa em Säter, a apenas três quilômetros do hospital.

Anita era só uma menina quando Caesar invadiu o quarto dela, sentou na beira da cama e pôs a mão em sua cabeça.

Se anos depois o pai não lhe tivesse contado como conheceu Caesar, ela provavelmente não se lembraria.

Mas ele contou, e Joona acha difícil acreditar que ela nunca tenha perguntado mais detalhes sobre a história.

Deve estar escondendo alguma coisa.

Pode ser que ela saiba mais detalhes sobre Caesar do que qualquer outra pessoa com quem Joona falou até agora.

Ele pensa na última conversa que teve com Anita. Ela aprendeu a se esquivar de qualquer crítica às pesquisas do pai se distanciando, embora no fundo tenha orgulho da obra de Gustav Scheel.

A psiquiatria antiquada sempre tem um lustro de sujeira — foi o que ela tentou dizer. E, no entanto, Anita se formou como enfermeira psiquiátrica, fixou residência em Säter e trabalha na mesma clínica onde seu pai atuou.

Joona ultrapassa uma fila de caminhões. O vento esbofeteia a janela aberta enquanto ele passa entre os semirreboques.

Sua pistola está no porta-luvas, o colete à prova de balas numa bolsa de lona no banco do passageiro.

Caesar tentou matar Martin numa estação de metrô em Estocolmo. Se isso foi captado pelo circuito interno de câmeras de segurança, há grandes chances de que consigam identificá-lo, contanto que não estivesse usando máscara.

Talvez Caesar e a mulher mais velha estivessem na plataforma.

Talvez matem em dupla.

Ou será que Caesar precisa de uma plateia, alguém para fazer as vezes de espelho — como uma criança querendo que a mãe assista enquanto brinca no trepa-trepa?

Joona toma um gole de água e repassa a conversa que teve com Tracy.

Lembra da descrição que ela fez do crânio oval que a mulher no parquinho usava no pescoço. Não tem dúvida de que o que Tracy descreveu era grande demais para ser o crânio de um rato. Parece muito mais provável que fosse de alguma espécie de marta.

A resposta ocorre a Joona no momento em que o pensamento passa por sua cabeça.

O chapéu da mulher não era feito de pele falsa. Era uma pele gordurosa. As gotas de chuva se acumulavam na ponta de cada pelo porque repeliam a água.

Devia ser pele de vison, Joona pensa, atingido em cheio pelo súbito e gélido discernimento.

Um arrepio percorre sua espinha.

Ele tem a sensação de que, num piscar de olhos, todo o caso acabou de se tornar cristalino.

Com uma guinada brusca, Joona entra no acostamento e para à sombra de um viaduto.

Fecha os olhos e viaja no tempo, para a ocasião em que visitou com o pai o Museu de História Natural. Ele tem oito anos e percorre o interior de um enorme esqueleto de baleia-azul. Ecos de vozes e passos ressoam no teto alto.

Joona ouve o pai ler a placa de informações na frente do diorama de um mangusto travando um duelo contra uma naja, ambos empalhados.

Começando a sentir calor na jaqueta acolchoada novinha em folha, ele a desabotoa e caminha até a imagem de um vison.

Num expositor de vidro à sua frente há três crânios em formato de ovo.

Um deles foi virado de modo que a parte inferior ficasse visível. Na superfície interna curvada há um desenho.

Uma espécie de cruz, parte da estrutura óssea do animal.

Joona está sentado no carro na beira da estrada, olhos fechados, virando do avesso a lembrança do crânio.

O desenho se assemelha a uma figura humana de pé com um capuz pontiagudo e os braços abertos, como Jesus Cristo.

Joona abre os olhos, pega o celular e faz uma busca por imagens de crânios de vison. Imediatamente encontra uma.

No interior do crânio, é visível o tênue contorno da figura de braços esticados para os lados.

É um produto da evolução, resultante do gradual deslocamento das veias e do tecido cerebral.

A figura está presente, em maior ou menor grau, em todos os desenhos científicos e fotografias de crânios de vison.

É idêntica ao símbolo usado para marcar as vítimas.

Tudo se encaixa, ligando cada detalhe do caso, do crânio de vison até o assassino.

Joona sabe que poucos assassinos em série se comunicam ativamente com a polícia, mas todos têm seus padrões, suas preferências, as formas como estruturam seu comportamento — e isso deixa rastros.

Joona não tem ideia de quantas vezes estudou o padrão de Caesar e moveu as peças do quebra-cabeça. A esfinge escondia a resposta dentro do próprio mistério. O que parece ser uma ruptura com o modus operandi do assassino é, ao contrário, uma parte lógica e necessária.

Ele liga o motor do carro, verifica o retrovisor e volta à estrada, pisando fundo.

Joona sempre teve a capacidade de viajar para memórias preservadas à perfeição. Na maioria das vezes, é um dom monótono e problemático, que o leva a reviver o passado até o mais ínfimo pormenor.

Depois de Hedemora, a estrada se estende em linha reta e corta prados e campos cultiváveis até Säter. Joona passa por uma rotatória em cujo centro há a escultura de um imenso machado azul e entra numa área residencial onde se aglomeram casas baixas.

Estaciona atrás de um Toyota vermelho na entrada da garagem da casa de Anita, sai do carro e caminha até a casa — pequena, com painéis de madeira vermelha e telhado íngreme.

A água do irrigador automático respinga no concreto.

Anita deve tê-lo visto se aproximando, pois está à espera na porta, usando um vestido de bolinhas e um grosso cinto de pano.

— Você encontrou o caminho sem problemas — ela diz.

Joona tira os óculos escuros e aperta sua mão.

— Não tenho muito a oferecer, mas o café está quente...

Ela o conduz pelo corredor até uma cozinha com azulejos brancos nas paredes e uma mesa de jantar redonda com cadeiras brancas.

— Bela cozinha.

— Você acha? — ela sorri.

Anita lhe diz para sentar enquanto pega duas xícaras e pires, serve o café e traz leite e açúcar.

— Sei que já perguntei — começa Joona —, mas por acaso você tem fotografias da época em que seu pai trabalhava na unidade de segurança máxima? Alguma foto de grupo de uma festa de aposentadoria de alguém ou algo assim?

Anita pensa por um momento enquanto mexe um cubo de açúcar em seu café.

— Há uma foto minha no escritório dele... É a única que eu tenho que foi tirada dentro da unidade... e não vai te ajudar em nada.

— Mesmo assim eu gostaria de dar uma olhada.

O nariz de Anita fica vermelho quando ela tira a carteira da bolsa.

— Era meu aniversário de sete anos, e o papai me deu de presente um jaleco do meu tamanho — ela diz, colocando uma fotografia em preto e branco na frente de Joona.

O cabelo da Anita menina está preso em duas tranças finas; ela veste o jaleco branco de médico e está sentada na cadeira do pai atrás de sua imensa escrivaninha, coalhada de pesados volumes e pilhas de revistas científicas.

— Bela foto — ele diz, devolvendo-a.

— Ele costumava me chamar de dra. Anita Scheel — ela diz, sorrindo.

— Seu pai queria que você seguisse os passos dele?

— Acho que sim, mas...

Ela suspira, e um vinco profundo se forma entre suas sobrancelhas loiras.

— Você devia estar com uns quinze anos quando ele lhe contou sobre Caesar ter entrado em sua casa e sentado na beira da sua cama.

— Sim.

— Você perguntou o que ele achava que Caesar quis dizer com aquela frase sobre as mães verem os filhos brincarem?

— É claro.

— O que ele falou?

— Ele me deixou ler um capítulo de seu estudo de caso, sobre como o trauma original de Caesar estava associado à mãe.

— De que maneira?

— O estudo é tremendamente acadêmico de cabo a rabo — ela responde, pousando com delicadeza a xícara no pires.

A testa de Anita é riscada por rugas que correm na horizontal e vertical, como se ela passasse todas as horas do dia preocupada, ruminando alguma coisa.

— Você sabe o que eu acho? — Joona diz. — Acho que você ainda tem uma cópia do estudo que seu pai escreveu sobre Caesar.

Anita se levanta e leva a xícara até o balcão. Sem dizer uma palavra, sai da cozinha.

Joona observa o rádio sobre a mesa. É um aparelho antigo, com antena telescópica. A sombra de um pássaro passa pela janela.

Anita volta para a cozinha e deposita um calhamaço de papéis na mesa à frente de Joona. Deve haver pelo menos trezentas páginas com linha vermelha. Na capa, nas teclas irregulares de uma máquina de escrever, ele lê o título:

O homem-espelho
um estudo de caso psiquiátrico
Instituto de Psiquiatria do Hospital Universitário
Professor Gustav Scheel, Unidade de Segurança Máxima de Säter

Ela senta, pousa a palma da mão na capa, encara Joona e diz:
— Eu não gosto de mentir. Mas depois que o papai morreu aprendi a dizer que o incêndio destruiu tudo... A verdade é que quase tudo se perdeu, mas ele guardava *O homem-espelho* em casa.
— Você queria proteger seu pai.
— Este estudo de caso pode ser usado como prova cabal de abusos psiquiátricos cometidos na Suécia — ela responde, sem emoção na voz. — O papai poderia ter se tornado o minotauro no meio do labirinto, outro Mengele, apesar do fato de que muitas coisas que ele escreveu são interessantíssimas.
— Preciso pegar emprestado.
— Você pode ler aqui, mas não pode levar com você — ela diz com uma expressão estranhamente ausente no rosto.
Joona assente, sem romper o contato visual.
— Não tenho nenhuma opinião sobre o trabalho do seu pai; tudo o que quero é encontrar Caesar antes que ele tire mais vidas.
— Mas é só um estudo de caso — ela tenta explicar.
— A verdadeira identidade de Caesar é mencionada ou insinuada em algum lugar?
— Não.
— Então o estudo não faz referência a nenhum nome ou local?
— Não... quase tudo foi escrito no nível teórico — ela explica. — E todos os exemplos descritivos ocorreram na unidade de segurança máxima... Caesar não tinha nenhum documento de identificação e chegou a pé.
— Há alguma menção a visons ou à criação de animais?

— Não, porém... em certo ponto, Caesar discorre sobre um pesadelo em que estava preso numa jaula apertada.

Anita esfrega o pescoço e o ombro esquerdo por cima do vestido.

— Depois que Caesar apareceu na sua casa e pediu para ser internado, o que aconteceu?

— Ele ficou na unidade de segurança máxima. No início o mantiveram fortemente medicado e ele foi esterilizado de imediato. Ainda era rotina na época. É horrível, mas era assim...

— Eu sei.

— Quando o papai constatou que Caesar tinha transtorno dissociativo de identidade, reduziu a dosagem de medicamentos e começou a série de entrevistas aprofundadas que formam a base do estudo de caso.

— Em linhas gerais, sobre o que eles conversavam?

— O papai tinha uma teoria bastante convincente de que Caesar sofria de um duplo trauma — ela explica, passando a mão sobre o manuscrito. — O primeiro aconteceu quando ele ainda era muito jovem, antes de completar oito anos, mais ou menos na época em que o córtex cerebral amadurece... O segundo foi já na idade adulta, pouco antes de ele procurar a ajuda do papai. Foi o primeiro trauma que criou as condições necessárias para a fragmentação de sua personalidade... mas isso só aconteceu depois do segundo trauma. Papai comparou o caso de Caesar ao caso de Anna K, uma mulher que tinha vinte personalidades diferentes... Uma delas era cega, e suas pupilas não reagiam à luz durante os exames clínicos.

Joona abre o estudo e passa os olhos por um resumo em inglês antes de ler o sumário.

— Vou deixar você em paz. Tem mais café na cafeteira — Anita diz, levantando-se.

— Obrigado.

— Se precisar de mim, estarei no escritório.

— Posso perguntar uma coisa antes de você ir?

— Sim?

Joona abre no celular a imagem de um crânio de vison, amplia e mostra a Anita a forma semelhante a uma cruz.

— Você sabe o que é isso?

— Jesus Cristo, não é? — ela pergunta.
Quando olha mais de perto, seu rosto fica pálido.
— No que você está pensando? — Joona pergunta.
Ela o encara com olhos assustados.
— Eu não sei, eu... *O homem-espelho* afirma que quando Caesar ficava trancado no quarto à noite, muitas vezes ele passava horas de pé com os braços abertos, como se estivesse sendo crucificado.

85

Pamela tranca a porta e caminha pelo corredor até o escritório. Martin devolveu sua imensa tela ao cavalete.

— Tentei ligar — ela diz.

— Estou pintando — ele responde, misturando um pouco de vermelho na mancha de tinta amarela em sua paleta.

— Você disse que alguém te empurrou nos trilhos da estação na quinta-feira — ela diz. — Joona precisa saber em que estação você estava.

— Mas você me disse que os meninos não são reais — Martin alega enquanto dá pinceladas lentas.

— Não quero inquietar você.

Ele estremece, abaixa o pincel e olha para ela.

— Foi Caesar quem me empurrou? — ele pergunta.

— Sim.

— Foi na estação do parque Kungsträdgården... Não vi ninguém, apenas ouvi passos atrás de mim.

Pamela envia uma mensagem de texto a Joona e senta na cadeira da escrivaninha.

— Dennis quer que eu e você fiquemos na casa de campo dele, e eu disse que iríamos... só que em vez disso vamos receber proteção policial...

— Mas...

— Os agentes vêm nos buscar hoje à noite.

— Mas eu preciso ser hipnotizado outra vez — Martin diz com toda a calma do mundo.

— Mas você nunca vê nada.

— Ele está lá, eu sei que está. Eu ouvi a voz dele...

— Caesar?

— Acho que vi um clarão no rosto dele...
— Como assim?
— Tipo um flash de câmera fotográfica.
— Ele tirou fotos — Pamela deduz, sentindo um arrepio.
— Não sei.
— Não, mas acho que sim, ele tira fotos — ela continua. — Você pode tentar descrever o que viu?
— É tudo um borrão preto...
— Mas você acha que Erik Maria Bark é capaz de encontrar esse momento com o flash? Para que assim você consiga descrever Caesar?
Ele faz que sim com a cabeça e levanta.
— Vou falar com Joona — Pamela diz.
Martin abre o armário, tira a caixa de biscoitos de cachorro e enche um potinho de plástico.
— Eu levo o cachorro pra passear — Pamela diz.
— Por quê?
— Não quero que você saia de casa.
Pamela acorda o cachorro e o leva até o corredor. O cão boceja enquanto ela prende a guia e a coleira.
— Tranque a porta — ela pede a Martin.
Pamela pega a bolsa e abre a porta do elevador. O cachorro se arrasta atrás dela, abanando o rabo.
Martin fecha e tranca a porta de segurança.
Os cabos de aço do elevador chacoalham e sacodem com estrépito na descida até o térreo. As escadas têm cheiro de tijolo quente. Pamela e Loke saem do prédio e seguem pela rua Karlavägen em direção à Escola de Arquitetura, onde Pamela estudou.
Ocorre-lhe o pensamento de que Caesar pode ser qualquer pessoa por quem ela passa; não faz ideia de como ele é.
Quando o cachorro se detém para cheirar um cano de esgoto, ela olha por cima do ombro para verificar se alguém a está seguindo.
Vê um homem magro espiando a vitrine de uma loja.
Pamela segue em frente, passa pelo íngreme lance de escadas que leva à igreja Engelbrekt e continua pelo gramado. Loke faz xixi atrás de uma árvore e trota em direção à pequena gruta escavada na rocha. O lugar serviu como abrigo antiaéreo durante a Segunda Guerra

Mundial mas agora é um columbário, onde parentes guardam urnas com as cinzas de seus entes queridos.

O cachorro fareja a parede de pedra.

Pamela olha para trás e percebe que agora o homem que tinha visto está caminhando a passos largos ao longo da rua em sua direção.

É Primus.

Ela instintivamente puxa o cachorro para a entrada escura da gruta e pressiona as costas contra a porta fechada do columbário.

Primus se detém na calçada, vasculhando o entorno. Seu rabo de cavalo grisalho balança entre as omoplatas. O cachorro quer continuar andando e choraminga baixinho quando Pamela o segura. Primus se vira, olha na direção da gruta e dá um passo à frente.

Não consegue vê-la, mas mesmo assim Pamela prende a respiração.

Um caminhão pesado passa na rua e o vento faz os arbustos farfalharem.

Folhas e lixo rodopiam na entrada da gruta.

Agora Primus caminha na direção de Pamela, e os olhos dele perscrutam a área. Ela se vira, abre a porta do columbário e puxa Loke para dentro.

O ar está fresco e carregado com o perfume de flores velhas e velas acesas. Há uma camada de cascalho no chão, e a rocha nua no alto foi pintada de branco. Parece um pouco uma biblioteca, mas, em vez de estantes, está repleto de caixas de mármore verde.

Pamela caminha a passos rápidos, ciente de que o cascalho estala sob seus pés. Passa pela primeira fileira de compartimentos e se abaixa atrás da segunda, ajoelhando-se com os braços em volta do pescoço do cachorro.

Não consegue ver mais ninguém lá dentro. As cadeiras foram posicionadas juntas e as velas queimam nos grossos castiçais de ferro fundido.

A porta se abre, e depois do que parece ser uma eternidade volta a se fechar.

O silêncio é tão prolongado que Pamela chega a acalentar a esperança de que Primus desistiu, mas logo ouve os passos dele no cascalho. Ele avança devagar, e por fim se detém.

— Tenho uma mensagem do Caesar — ele grita. — Ele ia gostar deste lugar aqui, é obcecado por pequenas cruzes...

Pamela se levanta e pensa nas cruzes nos dedos do Profeta.

Em sua imaginação, vê diminutos crucifixos por todo o corpo dele, nas paredes, no teto e no chão.

Os passos se aproximam.

Desesperada, Pamela procura uma saída; no instante em que se vira para correr, Primus dobra a esquina e surge na frente dela.

— Me deixe em paz!

— Caesar não quer que o Martin seja hipnotizado outra vez — ele diz, mostrando uma polaroide nítida.

Na foto, o rosto sujo de Mia é iluminado pelo clarão do flash. Ela parece cansada e magra, e o fotógrafo empunha um facão preto. A pesada lâmina está apoiada no ombro de Mia, o gume afiado apontado para a garganta dela.

Pamela tropeça para trás e deixa cair a bolsa, cujo conteúdo se espalha pelo chão.

— Ele diz que vai cortar os braços e as pernas dela, depois cauterizar os ferimentos e fazê-la viver dentro de uma caixa...

Primus dá um passo à frente e o cachorro começa a latir. Pamela se agacha para recolher suas coisas.

Loke está latindo como não fazia há anos, e se lança à frente numa investida repentina e furiosa.

Primus recua, o cachorro exibe os dentes e rosna.

Pamela agarra a guia e puxa o cachorro em direção à porta. Quando saem, ela o pega no colo e começa a correr sem olhar para trás.

Ofegante, Pamela põe Loke no chão junto à porta do prédio, digita o código, arrasta-o para o elevador e sobe até o quinto andar.

A porta do apartamento está entreaberta.

Pamela entra, tranca e chama Martin aos gritos enquanto vasculha o apartamento.

Com as mãos trêmulas, pega o telefone e tecla o número dele.

— Martin — ele atende, e a julgar pela voz parece estar com medo.

— Onde você está?
— Vou pedir para ser hipnotizado de novo.
— Você não pode fazer isso.
— Eu tenho que fazer... é o único jeito.
— Martin, me escute, se Caesar descobrir ele vai matar a Mia. É sério, ele vai matar mesmo!
— Porque está com medo... Ele sabe que eu o vi quando o flash disparou.

86

Erik Maria Bark está sentado à sombra de um grande carvalho no jardim de casa. Seu laptop se apoia numa mesinha à sua frente enquanto ele tenta escrever um capítulo sobre o uso clínico da hipnose em grupo.

Ouve o portão da rua se abrir e se fechar e, quando ergue os olhos, vê Martin contornando a casa a caminho da sala de espera do consultório.

Martin avista o psiquiatra no jardim e muda de rumo. Passa a mão pelo cabelo e, antes de falar, olha por cima do ombro.

— Desculpe por aparecer assim de supetão, mas você teria tempo para...

Um carro passa na rua e Martin se cala abruptamente; com uma expressão assustada no rosto, se esconde atrás de um arbusto de lilases.

— O que está acontecendo? — Erik pergunta.

— Caesar disse que vai machucar a Mia se eu me encontrar com você de novo.

— Você falou com Caesar?

— Não, a Pamela me contou.

— E onde ela está agora?

— Em casa, eu acho.

— Vocês não deveriam estar sob proteção policial?

— Vão buscar a gente hoje à noite.

— Acho uma boa ideia.

— Podemos entrar?

— Claro — Erik responde, fecha o laptop e o leva junto enquanto entram na casa, passam pela sala de espera e vão direto para o consultório.

— Ninguém pode saber que estou aqui — Martin fala. — Mas quero ser hipnotizado mais uma vez. Acho que vi Caesar no parquinho, só por um segundo, no flash de uma câmera.

— Você acha que alguém estava tirando fotos no parquinho?
— Sim.

Erik se lembra de que, a princípio, Martin foi capaz de descrever a chuva, as poças e a casinha de brinquedo antes de tudo ficar obscuro. Isso explicaria sua cegueira.

— Claro que podemos tentar de novo — ele diz, ligando o ventilador sobre a escrivaninha.

— Agora mesmo?

— Sim, se é o que você quer, com certeza — Erik responde.

Martin senta na espreguiçadeira e olha de relance para a sala de espera; uma de suas pernas balança nervosamente.

— Eu gostaria de dividir a sessão de hipnose em duas partes — Erik explica. — A primeira procuraria abrir uma passagem para suas memórias... a segunda serviria para ajudar você a recordar com a maior exatidão possível o que aconteceu.

— Podemos tentar.

Erik puxa a cadeira para junto do sofá-cama e senta.

— Vamos começar?

Martin deita e fita o teto com uma expressão tensa.

— Apenas ouça a minha voz e siga minhas instruções — Erik diz. — Daqui a pouco você terá uma profunda sensação de paz interior. Seu corpo mergulhará em um estado de agradável relaxamento e você sentirá o peso dos calcanhares contra a cama enquanto relaxa as panturrilhas, os tornozelos e os dedos dos pés...

Erik tenta canalizar o estresse interno de Martin para alcançar um estado mais profundo de relaxamento. Em momentos de tensão, o que a mente realmente deseja é a libertação, assim como o verdadeiro desejo de um relógio é parar de funcionar.

— Relaxe o maxilar — Erik instrui. — Abra um pouco a boca, inspire pelo nariz e deixe o ar sair lentamente pela boca, pela língua e pelos lábios...

Embora após vinte minutos Martin já esteja em estado de profundo repouso, Erik continua descendo até a indução.

O ventilador faz um clique e muda de direção. Com o movimento, uma nuvem de poeira rodopia para o teto.

Erik faz a contagem regressiva, levando Martin a um lugar que paulatinamente ultrapassa o nível de relaxamento cataléptico.

— Cinquenta e três, cinquenta e dois...

Jamais conduziu um paciente a tamanha profundeza, e só se detém quando começa a temer que as funções corporais de Martin possam cessar, que seu coração pare de bater se ele for ainda além.

— Trinta e nove, trinta e oito... você está afundando cada vez mais, e sua respiração está ficando cada vez mais calma.

Erik chegou à conclusão de que Pamela provavelmente estava certa quando sugeriu que a ilusão de Martin sobre os meninos tentando silenciá-lo está relacionada à perda dos irmãos. Talvez Martin não tivesse comparecido ao funeral da família; podia ser que ainda estivesse no hospital após o acidente, ou atônito demais para entender o que aconteceu. Seus irmãos aparecerem como fantasmas em suas psicoses provavelmente se devia ao fato de que, quando criança, Martin não viu o sepultamento deles e nunca foi realmente capaz de processar a ideia de que estavam mortos e enterrados.

— Vinte e seis, vinte e cinco... Quando eu chegar a zero, você estará em um cemitério. Você está lá para enterrar seus irmãos.

Martin atingiu agora o nível mais inferior da hipnose, o ponto em que seu censor interno está muito mais fraco do que o normal, mas onde o tempo e a lógica também começam a perder o significado.

Erik sabe que os sonhos podem atrapalhar as memórias concretas, que fragmentos de psicoses anteriores podem se manifestar e interferir, mas ainda acredita que levar Martin a essas profundezas é necessário para o que pretende tentar.

— Onze, dez, nove...

Na realidade, Erik não tem ideia de como foi o funeral da família de Martin, mas decide criar sua própria cerimônia, combinando o velório e o sepultamento.

— Seis, cinco, quatro... Já dá para ver o cemitério no terreno da igreja. É um lugar tranquilo, onde as pessoas vêm se despedir de quem já não vive mais — Erik explica. — Três, dois, um, zero... Você está lá agora, Martin. Você sabe que perdeu sua família e se sente triste, mas também entende que acidentes acontecem sem nenhuma causa ou significado mais profundo... Seus pais já foram enterrados e você está aqui para se despedir de seus dois irmãos.

— Eu não entendo...

— Você está caminhando em direção a um grupo de pessoas enlutadas vestidas de preto.

— Nevou — Martin sussurra.

— Há neve no chão e nos galhos nus das árvores... As pessoas recuam quando você se aproxima da sepultura recém-aberta; você a vê?

— Um galho de abeto marca o túmulo — Martin murmura.

— Ao lado da sepultura há dois caixões pequenos, ambos abertos... Você dá um passo à frente e vê seus irmãos. Estão mortos e é uma grande tristeza, mas você não sente medo... Você olha pra eles, reconhece seus rostos e diz um último adeus.

Martin fica na ponta dos pés e observa os dois meninos e seus lábios cinza-azulados, os olhos cerrados e os cabelos penteados.

Erik percebe que lágrimas começaram a escorrer pelo rosto de Martin.

— O padre fecha as tampas dos caixões; quando por fim são baixados ao solo, ele diz que os seus irmãos vão descansar em paz.

Martin observa que o céu tem um lúgubre tom de branco, como o gelo em um lago.

Os flocos de neve se erguem do chão, da mesma forma que acontece quando se chacoalha um globo de neve.

Os flocos flutuam ao longo da perna da calça e do casaco do padre, e sobem passando por seu chapéu cilíndrico preto.

Martin dá um passo à frente e vê os caixões no fundo da cova. Seus irmãos finalmente estão em solo sagrado, pensa.

O padre tira o chapéu e pega uma cabeça de boneca esculpida numa batata grande.

— Porque tu és pó e ao pó tornarás — Erik diz.

O padre ergue a cabeça da boneca sem cabelos, fingindo ser ela que pronuncia as palavras do Livro de Gênesis.

Martin não consegue desviar os olhos do rosto esculpido e pintado, do nariz grande e vermelho, dos dentes espaçados e das sobrancelhas finas.

— Dois homens pegam pás e começam a jogar terra por cima dos caixões — Erik continua. — Você fica lá até que a sepultura esteja cheia e o solo nivelado.

Agora Martin está tão imóvel que Erik não consegue dizer se ele está respirando. Nem mesmo seus dedos se mexem.

— Martin, agora vamos entrar na segunda parte da hipnose. Não há mais nada atravancando o caminho das suas memórias; seus irmãos estão mortos e enterrados, o que significa que não podem punir você por falar — Erik diz. — Vou fazer a contagem regressiva a partir de dez, e quando chegar ao zero você estará de volta ao parquinho... Dez, nove... você poderá assistir ao assassinato sem medo algum... Oito, sete... Os meninos não têm mais poder sobre você agora... Seis, cinco... Você será capaz de descrever Caesar em detalhes à luz do flash de uma câmera... Quatro, três... Você está entrando na escuridão agora. Você ouve a chuva bater no guarda-chuva, e se aproxima do parquinho... Dois, um, zero...

87

O sol de verão incide sobre o rádio prateado e envia um trêmulo jorro de luz sobre o rosto de Joona e sua barba loira por fazer.

Ele devorou *O homem-espelho*; leu o texto com rapidez, mas com rigor, e agora examina as referências bibliográficas no final.

Johan Jönson está na estação de metrô do parque Kungsträdgården e, se conseguir as imagens das câmeras de vigilância, a polícia poderá identificar Caesar sem demora.

Joona fecha o manuscrito e passa a mão pela página de rosto.

Gustav Scheel usou seu paciente como prova da existência do transtorno de personalidades múltiplas e para demonstrar que havia tratamento possível.

A identidade real e as origens de Caesar não são mencionadas.

Mesmo assim, a investigação está chegando ao clímax — as últimas peças do quebra-cabeça logo se encaixarão.

Porque, embora hoje os métodos e as teorias de Scheel pareçam antiquados, Joona está começando a entender a psique de Caesar, seu sofrimento, seus conflitos internos.

Isso lhe propicia todas as informações de que precisa para prever os movimentos seguintes do assassino.

Joona pensa no último capítulo do estudo de caso, no qual Gustav Scheel apresenta sua conclusão definitiva: Caesar foi submetido a um duplo trauma que cindiu sua personalidade em duas.

Se um trauma for suficientemente substancial e ocorrer antes dos oito anos de idade, portanto antes que o córtex cerebral esteja desenvolvido em sua plenitude, o sistema nervoso central sofrerá um considerável impacto.

Caesar tinha apenas sete anos quando sentiu na pele uma experiência tão terrível que seu cérebro foi forçado a encontrar a própria maneira de armazenar e arquivar informações. O segundo trauma ocorreu quando ele tinha dezenove anos: sua noiva se matou enforcada no quarto deles.

Após o primeiro episódio traumático, o cérebro de Caesar já havia desenvolvido uma forma alternativa de lidar com experiências difíceis, e o segundo trauma o levou a se dividir em duas metades independentes.

Uma das personalidades era violenta, aceitava os traumas e habitava a escuridão ao redor, ao passo que a outra levava uma vida normal.

> No pé em que as coisas estão, uma das metades pode se tornar um carrasco ou um torturador e participar de conflitos violentos; já o outro lado pode devotar a vida a ajudar as pessoas, tornando-se padre ou psiquiatra.

No final do último capítulo, Gustav Scheel observa que Caesar estava em frangalhos quando procurou ajuda pela primeira vez. Após dois anos de terapia, tornou-se mais estável. Ainda continuava a ficar de pé com os braços estendidos para os lados como Jesus na cruz todas as noites, mas suas duas personalidades já haviam começado a se procurar uma à outra no espelho; porém, nesse período a unidade de segurança máxima foi desativada e o tratamento foi interrompido.

Scheel escreve que precisaria de muitos anos para lidar em profundidade com o trauma de Caesar. Scheel argumentou que era possível que múltiplas personalidades se fundissem para formar um único todo, contanto que cada uma das partes do paciente estivesse ciente da outra e que não houvesse segredos escondidos em lugar algum.

A cadeira range quando Joona se inclina para trás e massageia a nuca com uma das mãos. Ele se vira para olhar pela janela e vê dois meninos carregando um bote inflável pela calçada.

Lê uma última vez as linhas finais, nas quais Scheel afirma que a única forma de tratar o trauma psicológico é ajudar a pessoa a regressar ao evento traumático e aceitar que o que aconteceu tem um lugar relevante em sua história de vida.

> Isso se aplica a cada um de nós: se não formos capazes de suportar a visão de nós mesmos refletidos no espelho de nossas memórias, tam-

pouco conseguiremos sofrer o luto por aquilo que aconteceu, superar e seguir em frente. Pode parecer um paradoxo, mas quanto mais tentamos ignorar as partes dolorosas da vida mais poder elas têm sobre nós.

No estudo de caso, Caesar é retratado como alguém que tomou os dois caminhos divergentes quando chegou a uma bifurcação na estrada. Um dos caminhos o levou a se tornar um serial killer, o outro um homem comum. Embora o assassino provavelmente esteja ciente de sua imagem refletida no espelho, o mesmo não se pode dizer de seu outro eu, pois esse conhecimento impossibilitaria uma vida normal.

Joona termina de beber o café e está lavando a xícara na pia quando Anita volta para a cozinha.

— Pode deixar aí — ela diz.

— Obrigado.

— Então, você terminou de ler sobre os abusos do papai?

— Era uma época diferente, mas a meu ver parece óbvio que ele estava tentando ajudar Caesar.

— Obrigada por dizer isso... A maioria das pessoas provavelmente não veria outra coisa além das memórias implantadas, da esterilização, das amarras de contenção, do isolamento...

O celular de Joona vibra, ele olha para a tela e vê que Johan Jönson lhe enviou um arquivo.

— Com licença, preciso ver isso — ele diz a Anita, sentando-se novamente.

— É claro — Anita meneia a cabeça e o observa voltar a atenção para o celular.

Toda a cor desaparece do rosto do detetive, e ele se põe de pé com um salto tão abrupto que sua cadeira bate contra a parede. Joona cola o aparelho ao ouvido e caminha a passos largos corredor afora.

— O que está acontecendo? — ela pergunta, seguindo-o.

Ela ouve a inquietação na voz de Joona quando ele repete em alto e bom som o endereço "rua Karlavägen, 11", enfatizando que é urgente — urgência máxima. Joona derruba o suporte de guarda-chuvas e sai às pressas da casa, sem nem sequer fechar a porta da frente, e corre para o carro.

88

Pamela se ajoelha diante da poltrona onde o cachorro está enrodilhado e o acaricia; o cão abana de leve o rabo, sem abrir os olhos.

— Meu herói.

Ela se levanta e vai até o quarto, pendura a saia e a blusa no armário e fecha a porta ripada.

O apartamento está quieto, o ar parado. Pamela sente um calafrio quando algumas gotas de suor escorrem por suas costas.

Ela tem medo de que Caesar possa ter seguido Martin até a casa de Erik Maria Bark, que ele machuque Martin e Mia.

Pamela não consegue tirar da cabeça a imagem do rosto sujo de Mia, nem a lâmina afiada apontada contra a garganta da garota.

Ela vai ao banheiro, tira a calcinha, joga no cesto de roupa suja e entra no chuveiro.

A água quente cai sobre sua cabeça, ombros e pescoço.

Por cima do barulho da água, ela ouve o celular tocar no quarto.

Acabou de falar com Dennis e explicou que ela e Martin aceitaram as sugestões da unidade de proteção a testemunhas. Havia um quê de decepção na voz de Dennis, mas mesmo assim ele se ofereceu para cuidar de Loke enquanto Pamela e Martin estiverem fora. Ele vem buscar o cachorro daqui a uma hora.

Dennis sempre a apoiou e sempre esteve presente, Pamela pensa.

Quando Alice tinha treze anos passou por uma fase complicada, em que todos os dias tratava a mãe e o pai aos berros, chorava e esperneava. A menina não suportava sequer a ideia de jantar com eles, vivia trancada no quarto e ouvia música num volume tão alto que a louça chacoalhava no armário.

Pamela se lembra de que Dennis sugeriu que Alice tentasse fazer terapia com ele, sem custos. Pena que isso nunca aconteceu.

Porque quando Pamela tocou no assunto, Alice ficou furiosa e, aos berros, disse que a mãe era má.

— Você quer que eu vá a um psicólogo só porque não consigo fingir que sou a filha perfeita o tempo todo?

— Não seja tão infantil.

Pamela se lembra do rosto zangado de Alice e compreende o quanto foi burra por não ter simplesmente abraçado a filha e dito que a amava incondicionalmente, mais do que qualquer outra coisa no mundo.

Ela se ensaboa e observa os pés bronzeados no piso áspero de calcário. Sua mente se volta para Primus.

Ela ficou tão assustada quando Primus surgiu na sua frente que deixou cair a bolsa e teve que se agachar para pegar suas coisas enquanto o cachorro latia e rosnava para ele.

De súbito, Pamela se dá conta de que não verificou se as chaves ainda estavam na bolsa — tudo aconteceu depressa demais.

Agora lhe ocorre que a porta estava entreaberta quando ela voltou para casa.

E se Primus estiver com as chaves dela?

Pamela tenta enxergar através do vidro embaçado do boxe, mas a porta que dá para o corredor parece apenas um contorno cinza.

A água quente cai sobre seu corpo.

Pequenas gotas de condensação se agarram ao cano de água fria.

O xampu entra em seus olhos e ela é obrigada a fechá-los, esforçando-se para escutar por cima do barulho da água.

Julga ter ouvido um leve rangido.

Pamela se enxágua, desliga o chuveiro, pisca e olha para a porta do banheiro.

Gotículas de água escorrem por seu corpo.

Ela agarra uma toalha, os olhos fixos na porta. Está fechada, mas não trancada. O mais prudente seria se trancar no banheiro e esperar até que Martin, Dennis ou a equipe de proteção a testemunhas cheguem.

O vapor no espelho começa a desaparecer.

Pamela sente náuseas de ansiedade.

Ela se enxuga sem tirar os olhos da porta do banheiro.

Ouve o barulho do elevador através das paredes.

Estende a mão e gira a maçaneta, abre a porta e dá um passo para trás.

O corredor está em silêncio.

Uma luz suave entra pela janela da cozinha e dança pela sala.

Pamela se enrola na toalha, dá um passo para a frente e aguça os ouvidos à escuta de algum movimento.

Invadida por uma estranha sensação de formigamento, ela caminha pelo corredor. Olha de relance para a varanda e depois corre para o quarto.

Ao ver que seu celular não está sobre a mesinha de cabeceira, se lembra de que o deixou carregando na cozinha.

Pamela pega depressa uma calcinha limpa, uma calça jeans branca e uma regata.

Sem desgrudar os olhos da porta, veste a calcinha.

Na cozinha, seu celular toca outra vez.

Pamela está decidida: assim que terminar de se vestir, vai ligar para a unidade de proteção a testemunhas.

Do closet vem um ruído que a deixa petrificada de susto. É quase o som de uma pilha de caixas de sapatos caindo. Ela encara a porta, seus olhos se demorando na escuridão imóvel entre as ripas.

Provavelmente foram apenas os vizinhos do outro lado da parede.

Ela estende a toalha ao pé da cama e continua a se vestir com movimentos desajeitados.

Não há mais ninguém no apartamento, disso ela tem certeza, mas os cômodos e os móveis lhe dão uma persistente sensação de medo. Estaria muito mais calma lá fora, na calçada, no ar quente, rodeada por outras pessoas.

Com os olhos no corredor, Pamela abotoa a calça jeans e acaba pensando na garrafa de vodca na cozinha.

Ela bem que poderia beber um copinho para relaxar antes de dar o telefonema.

Talvez bastasse um único gole, só para sentir o calor na garganta e no estômago.

Enfia a regata por cima da cabeça e por alguns segundos perde de vista o corredor.

Seu coração quase para de bater quando ela ouve um clique atrás de si e a porta do closet se abre ligeiramente.

A velha saída de ar acima do cabideiro sibila.

Pamela está avaliando a ideia de ir ao banheiro pendurar a toalha úmida quando ouve uma chave girar na fechadura.

Ela avança devagar, debatendo se tem ou não tempo de correr até a cozinha e pegar o celular.

A fechadura estala e a porta se escancara.

Atrás de Pamela, a porta do closet se fecha com um estrondo com a repentina corrente de ar.

Os olhos de Pamela esquadrinham o quarto em busca de alguma espécie de arma.

Alguém está andando com cautela pelo corredor.

Pamela ouve o assoalho ranger na porta da sala de estar.

Ela dá mais um passo à frente e estaca ao lado do batente da porta.

Pode ver a luz se infiltrar através das cortinas da cozinha para chegar à parede do corredor.

Talvez dê tempo de sair correndo e alcançar a porta da frente — supondo que não esteja trancada.

Alguma coisa bloqueia a luz na parede.

Alguém atravessa rapidamente a cozinha, entra no corredor e se dirige ao quarto.

Pamela recua e tropeça no baú, que bate com um baque surdo na parede. Assim que ela se vira e contorna a cama, Martin entra no quarto.

— Jesus Cristo! Você quase me matou de susto! — ela grita.

— Ligue pra polícia! — ele diz, aflito e esfregando a boca.

Martin está sem fôlego, com o rosto pálido.

— O que está acontecendo?

— Acho que Caesar estava me seguindo... Fui hipnotizado de novo — ele diz, claramente apavorado. — Eu o vi no parquinho, eu vi Caesar. Não posso explicar agora...

Gotas de suor escorrem por seu rosto, e seus olhos estão insolitamente arregalados.

— Tente me contar o que aconteceu — ela implora.

— Ele vai querer vingança... Eu preciso checar a porta, ligue pra polícia.

— Você tem certeza de que estava sendo seguido? Você sabe que...

— O elevador acabou de parar — ele a interrompe, trêmulo dos pés à cabeça. — Escute, ele está aqui, ele está lá fora... Ai, meu Deus...

Pamela o segue até o corredor, mas vai até a cozinha para tirar o celular do carregador. Observa Martin se aproximar devagar da porta da frente.

Ele estende a mão e gira a maçaneta.

A porta não está trancada.

Um arrepio percorre a espinha de Pamela quando a porta se abre de repente para a escada às escuras.

Martin olha fixamente para a porta de ferro batido do elevador. Hesita por um momento, depois entra e fecha com violência.

Pamela olha para o celular, mas não tem tempo de fazer nada antes de a porta se abrir e Martin voltar apartamento adentro carregando numa das mãos uma pesada bolsa. Ele tranca a porta, pendura as chaves num dos ganchos e entra na cozinha com uma expressão injuriada no rosto.

— O que está acontecendo, Martin? De onde veio essa bolsa?

— Martin vai morrer — ele responde com uma voz sinistra, olhando para a esposa como se ela fosse uma desconhecida.

— Por que você está dizendo...

— Quieta! — ele vocifera, despejando no chão o conteúdo da bolsa.

Ferramentas pesadas caem com estrépito no assoalho de parquete. Pamela o vê tirar da sacola uma serra, vários alicates, um facão e um saco plástico sujo.

— Coloque o celular em cima do balcão — ele ordena, sem olhar para Pamela.

De dentro de um saquinho hermeticamente fechado ele tira uma garrafa de plástico pegajosa e desenrola a fita em volta da tampa. Pamela tenta ler a estranha expressão no rosto dele, a testa bizarramente franzida e os movimentos bruscos.

— Você pode, por favor, me explicar o que está fazendo? — Pamela pergunta, engolindo em seco.

— Claro — ele responde, abrindo uma toalha de papel. — Nosso nome é Caesar, e estamos aqui para matar você e...

— Pare com isso! — ela grita.

Pamela supõe que Martin deve estar passando por algum episódio de psicose paranoica, que parou de tomar a medicação, que sabe que ela o traiu.

Ele desenrosca a tampa da garrafa, encharca a toalha de papel e caminha em sua direção.

Confusa, ela recua até a mesa, que bate no aquecedor e faz balançarem as últimas uvas na fruteira.

Martin chega mais perto.

Pamela não reconhece aquele olhar. Instintivamente sabe que corre perigo real e imediato.

Ela está perturbada; atrás de si, suas mãos tateiam, atrapalhadas, até por fim agarrarem a pesada fruteira que arremessa contra o homem, atingindo-o no rosto. Ele cambaleia para o lado e se apoia na parede com uma das mãos enquanto tenta se recompor, de cabeça baixa.

Pamela corre pela sala de estar e sai no corredor, mas pelo som dos passos de Martin percebe que ele chegou antes.

Ela olha de relance para a varanda.

O cordão com as velhas luzes de Natal na grade do parapeito cintila à luz do sol.

Martin empunha o facão preto e entra no cômodo.

Está sangrando na têmpora, e seu rosto está tão tenso que suas feições parecem distorcidas, como no dia em que contou a Pamela que Alice havia se afogado.

— Martin, eu sei que você pensa que é Caesar, mas... — Pamela tenta dizer com a voz trêmula.

Ele não fala; simplesmente começa a andar em direção a ela. Pamela corre de volta para a cozinha, fecha a porta e espreita o corredor.

Nesse momento, Pamela compreende que Martin e Caesar são a mesma pessoa.

Ela sabe que é verdade, embora ainda não consiga acreditar — parece que milhares de pecinhas finalmente se encaixaram.

O apartamento está em silêncio.

Pamela se vira e olha para a porta fechada da sala de estar. Julgando ver um naco de luz se deslocar por debaixo da porta, ela se move em direção ao corredor com os passos mais silenciosos possíveis.

Em pânico, teme que sua respiração acabe por denunciá-la.

Pamela pode correr até a porta da frente, pegar as chaves do gancho, destrancar a porta e sair sorrateiramente.

O assoalho range sob seu peso.

Ela avança com cautela, e de súbito seu olhar cruza com o de Martin no enorme espelho.

Ele está completamente imóvel logo à frente, esperando com o facão em riste.

Sem emitir um único som, ela anda para trás e, com as mãos trêmulas, pega seu celular e o desbloqueia.

Ouve-se um estrondo quando Martin golpeia o espelho. O vidro se estilhaça ao atingir o chão, espalhando cacos por toda parte.

Se Pamela conseguir chegar à varanda, pode tentar descer até o apartamento dos vizinhos de baixo e chamar a polícia.

Gira a maçaneta da porta da sala de estar, abre-a e espia dentro.

Ela vê uma lufada de movimento e vislumbra o rosto tenso de Martin antes de o lado plano do cabo do facão atingir seu rosto.

Ouve um estalo e sua cabeça atinge o batente da porta.

Tudo fica escuro.

Pamela acorda no chão da cozinha. O candelabro de ferro batido balança no alto.

Ela ouve um clique mecânico. O som vem de um guincho que foi aparafusado na parede.

— Martin — ela ofega.

Um longo fio de aço raspa o chão, sobe em direção à luz, passa pelo gancho fixado no teto e desce até a manivela que Martin está girando.

Pamela mal acaba de entender o que seus olhos veem quando sente o aperto do laço em volta da garganta, arrastando-a para o meio da sala.

Seu corpo tomba de barriga para baixo, rastejando no assoalho, mas ela não tem tempo de tirar o laço antes de o cabo se retesar.

Uma das velas do candelabro cai no chão, partindo-se em duas.

Martin para de girar a manivela e se vira para Pamela.

Ele empurrou as cadeiras e a mesa de jantar para a sala de estar.

Usando dois dedos, Pamela consegue afrouxar um pouco o fio em volta do pescoço e começa a chorar de medo, tentando distrair o assassino.

— Martin, eu sei que você me ama... eu sei que você não quer fazer isso.

Ele gira a manivela, dá outra meia-volta e Pamela não tem escolha a não ser puxar os dedos para fora do laço e ficar na ponta dos pés para continuar respirando.

Com a mão direita, alcança o fio acima da cabeça e se agarra a ele para manter o equilíbrio.

Já não consegue mais falar.

Tudo o que lhe resta é tentar puxar o ar pela garganta estrangulada.

Sua mente está um caos; ela não consegue entender por que isso está acontecendo.

Com o esforço, os músculos das panturrilhas já começaram a tremer.

Pamela não sabe quanto tempo mais será capaz de se manter na ponta dos pés.

— Por favor — ela consegue balbuciar.

Martin gira a manivela e o laço aperta com força o pescoço de Pamela, sulcando sua pele. As vértebras estalam e ela mal tem tempo de processar a sensação antinatural de ser erguida pela cabeça antes de ficar sem ar.

Ouve as sirenes de vários veículos de emergência na rua.

De jeito nenhum consegue se manter erguida pelas mãos.

O candelabro treme, e mais velas caem e se espalham pelo chão.

Pamela tem a sensação de que há um vendaval assolando seus ouvidos.

À medida que seu campo de visão se estreita, Pamela vê Martin correr em direção ao corredor, abrir a porta e desaparecer.

Riscas brancas de chuva tamborilam nas janelas do carro. Alice adormeceu em sua cadeirinha de bebê e Pamela não consegue soltar os dedinhos da menina.

Quando os policiais irrompem no apartamento, ela está semiconsciente. Tentam abaixá-la até o chão, mas o guincho está travado.

Um dos homens pega o facão de cima do balcão, segura o fio de aço contra a parede e consegue cortá-lo.

Pamela cai no chão; a ponta solta do cabo de aço chicoteia o candelabro e despenca ao lado dela.

Eles afrouxam o laço e ajudam Pamela a tirá-lo por cima da cabeça. Ela tomba de lado e agarra a garganta, tosse e cospe saliva com sangue no chão.

89

Depois de passar por Enköping, Joona conseguiu manter a velocidade de cento e noventa quilômetros por hora na estrada.

Ele castiga a buzina para alertar os outros carros de que está passando em disparada.

Pamela não atende o celular. Joona não recebeu nenhuma atualização e só pode torcer para que não tenham chegado tarde demais.

Prédios residenciais cinzentos e fios de energia elétrica passam em velocidade vertiginosa.

Chegará a Estocolmo em vinte minutos.

Joona estava conversando com Anita na cozinha da casa dela quando recebeu a mensagem de Johan Jönson. Ele se sentou à mesa, bloqueou a luz de modo a enxergar com nitidez a tela e apertou o play para assistir à filmagem da câmera de segurança.

Um homem de calça clara e camisa branca aparecia sozinho na plataforma vazia. Quando olhou para trás por cima do ombro, seu rosto surgiu em cheio na câmera.

Era Martin.

Johan Jönson havia encontrado o filme da tentativa de homicídio.

No vídeo, Martin caminha devagar em direção à borda da plataforma, espia o túnel e olha fixo para a frente.

Os trilhos cintilam.

As luzes de um trem que se aproxima se tornam visíveis no fundo da escuridão do túnel.

Tudo parece tremer.

Martin fica absolutamente imóvel e em seguida estende os braços para os lados, como Jesus na cruz.

Um clarão atinge seu rosto.

Seu corpo balança um pouco, mas ele mantém os braços abertos.

Sem aviso, pula nos trilhos, amortece a queda com as mãos, se levanta com as pernas bambas e olha ao redor, confuso.

Ele se vê encurralado pelo brilho oscilante dos faróis do trem. Em pânico, faz de tudo para subir na borda alta da plataforma, mas escorrega e despenca outra vez. Salva-se na última hora, um segundo antes de o trem entrar estrondeando na estação, quase resvalando nele.

Enquanto saía às pressas da casa de Anita e corria para o carro, Joona ligou para o Comando Central.

Durante o trajeto de volta de Säter, Joona manteve comunicação constante com os colegas. Ele sabe que os policiais estão na casa de Pamela, e a essa altura já deveriam ter feito uma atualização para deixá-lo a par da operação.

Mas agora Joona conhece a verdade.

Martin e Caesar são a mesma pessoa.

Essa é a resposta para o mistério.

Agora Joona precisa encontrar Mia antes que seja tarde demais.

Ele organiza seus pensamentos e repassa mentalmente trechos que leu em *O homem-espelho*, lembrando-se dos pesadelos de Caesar sobre estar encarcerado numa jaula apertada.

Em algum lugar deve haver uma bizarra conexão com os visons, mas até agora as tentativas da polícia de encontrar fazendas de criação, peleteiros ou propriedades ou lotes de terra associados a Martin ou qualquer pessoa chamada Caesar não produziram nenhum resultado. Uma equipe da Unidade de Operações Especiais ampliou o escopo das investigações para abranger a Dinamarca, a Noruega e a Finlândia.

Joona precisa diminuir um pouco a velocidade ao pegar a saída para Estocolmo; ele entra na faixa de ônibus para fugir dos engarrafamentos e sair na rodovia E4.

O sol da tarde paira baixo sobre as copas das árvores no parque Haga.

Joona ultrapassa um dos ônibus do aeroporto, acelera à frente e mais uma vez tenta falar com Pamela. Desta vez, o telefone toca apenas duas vezes antes de alguém atender.

— Pamela — ela balbucia.

— Você está em casa?

— Estou esperando uma ambulância; tem polícia em todo lugar.

— O que aconteceu?

— Martin apareceu e me atacou, tentou me enforcar e...

— Ele foi detido?

Pamela tosse e parece fazer força para respirar. Joona ouve vozes e sirenes ao fundo.

— Martin está sob custódia? — ele insiste. — Nós o prendemos?

— Ele fugiu — Pamela diz com voz abafada.

— Não sei se você já deduziu isso, mas ele está vivendo uma espécie de vida dupla como Caesar — Joona diz.

— Eu simplesmente não consigo acreditar, é uma insanidade... Ele tentou me matar, me enforcou e...

Ela faz uma pausa para tossir de novo.

— Você precisa ir para o hospital, pode estar gravemente ferida — Joona alerta.

— Eu vou ficar bem; eles me soltaram a tempo.

— Só mais uma coisa antes de eu desligar — Joona diz, enquanto vira o carro em direção à saída norte para Estocolmo. — Você sabe onde Martin pode estar? Onde ele poderia estar mantendo Mia em cativeiro?

— Não faço ideia, não consigo entender — ela diz, tossindo mais uma vez. — Mas a família dele é de Hedemora. Vez por outra ele sobe até lá, vai cuidar dos túmulos da família.

Joona atina para o fato de que Caesar estava a pé quando chegou à casa do dr. Scheel após o segundo trauma.

Hedemora fica a apenas vinte quilômetros de Säter.

Com uma brusca guinada à direita, Joona cruza as pistas e sai da rodovia pouco antes do trecho com muretas.

A suspensão geme quando ele sobe na grama; o carro balança, o porta-luvas se abre e a pistola cai no chão.

Uma nuvem de poeira se levanta atrás do carro; cascalho e pedriscos batem na parte de baixo do veículo enquanto Joona avança sacolejando para a saída em direção a Frösunda.

— O que está acontecendo? — Pamela pergunta.

— Martin ou a família ainda tem alguma propriedade em Hedemora?

— Não... pelo menos eu acho que não, mas estou começando a perceber que não sei nada a respeito dele.

Um caminhão se aproxima pela esquerda sobre a ponte.

Joona acelera rampa acima, vê o semáforo à frente ficar vermelho e corta bem na frente do caminhão, cujos freios guincham.

O para-choque direito raspa numa grade de proteção.

O motorista do caminhão buzina feito louco.

Joona acelera ao passar sobre a ponte, depois desce a rampa do outro lado. Acaba atrás de um reboque de transporte de cavalos, que ultrapassa com duas rodas na grama amarelada ao lado da estrada. Ele volta mais uma vez para a pista e segue rumo ao norte.

Do outro lado da linha, Joona ouve uma sirene de ambulância desaparecer aos poucos.

— Alguma vez Martin mencionou uma fazenda de criação de visons?

— Uma fazenda de criação de visons? Ele tem uma fazenda em Hedemora? — Pamela pergunta.

Joona ouve vozes perguntando se Pamela está bem, se está com alguma dificuldade para respirar e lhe pedindo para desligar. A ligação é encerrada.

90

As luzes azuis dançam nas escuras paredes de tijolos e sobem pela fachada do prédio do outro lado da rua Karlavägen, piscando nas janelas do restaurante.

— Tem uma coisa que eu preciso fazer — Pamela balbucia para o paramédico e sai em direção à garagem.

A rua está apinhada de ambulâncias, viaturas e policiais falando em rádios. Transeuntes curiosos se reuniram junto ao cordão de isolamento e, munidos de celulares, filmam os acontecimentos à sua frente.

— Pamela! Pamela!

Ao se virar, sente um solavanco de dor tão forte no pescoço que seu corpo inteiro chega a estremecer. Dennis recebe autorização para passar pela fita plástica e corre pela calçada em sua direção.

— O que está acontecendo? — ele diz, tentando recuperar o fôlego. — Eu te liguei e...

— É Martin — ela diz, tossindo. — Martin é Caesar...

— Eu não entendo.

— Ele tentou me matar.

— Martin?

Dennis fica transtornado ao ver o ferimento causado pelo cabo de aço no pescoço de Pamela. Seu rosto adquire uma expressão aturdida e desesperada, seu queixo treme, os olhos marejam.

— Cadê seu carro? — ela pergunta.

— Eu preciso falar com você.

— Não posso fazer isso agora — ela diz, afastando-se. — Minha garganta e pescoço estão doendo demais, eu preciso ir...

— Apenas me escute — ele a interrompe, segurando um de seus braços. — Não sei como te dizer isso, mas parece que Alice ainda está viva. Acho que ela é uma das prisioneiras de Caesar.

— Como assim? — Pamela pergunta, parando de repente. — Você está falando da minha Alice?

— Ela está viva — ele diz, com lágrimas escorrendo pelo rosto.

— Eu... eu não entendo.

— A polícia encontrou uma nova vítima que levava uma carta com ela.

— O quê? Da Alice?

— Não, mas menciona o nome dela, diz que é uma das prisioneiras.

A cor desaparece do rosto de Pamela, seu corpo balança.

— Tem certeza disso? — ela sussurra.

— Tenho certeza sobre a carta e tenho certeza de que a pessoa que ela menciona é a sua Alice.

— Ai, meu Deus, ai, meu Deus...

Dennis a abraça, tentando acalmá-la, mas Pamela tem uma crise de choro convulsivo, tão forte que todo o seu corpo treme e ela não consegue recuperar o fôlego.

— Vou com você ao hospital e...

— Não! — ela grita, tossindo novamente.

— Eu só estou tentando...

— Desculpe, eu sei, eu sei... Isso tudo é demais para mim... preciso do seu carro emprestado, eu...

— Pamela, você está ferida.

— Eu não dou a mínima — ela responde, enxugando as lágrimas do rosto. — Apenas me conte o que estava escrito na carta. Ela menciona onde a Alice está? Preciso saber.

Dennis tenta explicar que, trinta minutos antes, foi chamado para oferecer apoio psicológico a um rapaz durante a identificação dos restos mortais de uma das vítimas de Caesar encontrados à beira de uma rodovia e que, acreditava-se, poderiam ser de sua irmã mais velha.

Uma médica chamada Chaya Aboulela os conduziu a uma pequena sala que exalava um forte cheiro de flores.

O cadáver estava tão mutilado que foi coberto com um lençol, mas o irmão foi autorizado a inspecionar a mão da garota e os sacos de coleta de evidências contendo os restos de suas roupas.

O rapaz chorou ao ver as manchas de sangue marrons no tecido, abriu um dos sacos, tirou uma perna da calça e a virou do avesso.

— É ela — ele confirmou, reconhecendo o bolsinho escondido na parte interna da perna direita.

Dennis pousou um braço sobre o ombro do rapaz enquanto ele tirava do bolsinho algum dinheiro e um pequeno pedaço de papel.

Meu nome é Amanda Williamsson e estou sendo mantida prisioneira por um homem chamado Caesar e a mãe dele.

Há várias de nós aqui, morando em sete pequenos barracões que não foram construídos para abrigar pessoas. Não podemos nos falar, então não sei muito sobre as outras, mas divido uma jaula com uma garota chamada Yacine, do Senegal. Sandra Rönn, de Umeå, está na outra jaula do meu barracão, junto com uma garota adoentada que se chama Alice Nordström.

Se você está lendo isto, acho que devo estar morta, mas por favor mostre esta carta à polícia. Eles têm que nos encontrar.

E, por favor, diga ao Vincent e à mamãe que eu amo os dois. Me desculpem por ter fugido de casa, eu estava muito angustiada e triste.

91

Embora não tenha mais energia, Alice fez questão de se incumbir da tarefa de lavar as jaulas. Cada vez que atravessa o pátio para encher os baldes com água limpa, verifica se Mia já acordou.

Da última vez, viu que ela reagiu a seus passos sobre o cascalho mas não abriu os olhos.

Vestindo calça jeans e um sutiã imundo, Mia está deitada no chão, amarrada a um dos pés da banheira.

Ela teve a mão apunhalada pela bengala da Vovó e começou a chorar de medo quando ficou cega, pouco antes de perder a consciência.

A visão costuma voltar assim que elas acordam.

Alice ainda não conseguiu encontrar nenhum objeto suficientemente agudo para cortar a braçadeira de náilon, mas não esqueceu o que Mia disse sobre olhar o ralo. Acontece que ainda não teve a oportunidade de levantar a grade. Embora esteja ocupada lavando o caminhão, a Vovó continua de olho nela.

Mia precisa acordar e fugir antes que Caesar volte, porque é certo que ele a matará durante o sono se ela ainda estiver aqui. Ou vai esperá-la acordar e forçá-la a ficar de pé com os braços abertos e colocar uma corda em volta de seu pescoço quando ela finalmente esmorecer.

Alice põe os baldes do lado de fora do segundo barracão, solta-os da canga e os encosta na parede. Ela tosse e cospe no chão. O ar está quente, mas ela se sente fria e úmida. Deve estar com febre de novo.

A Vovó atravessa o pátio carregando um aspirador de pó, e o crânio de vison pendurado em seu pescoço bate na mangueira.

Alice se recompõe, tenta reunir novas forças, adentra a escuridão e se dirige para a jaula à direita.

— Vá pro canto, Sandra — ela diz, tossindo na mão. — Vou jogar água.

Alice esvazia o balde de água com sabão no chão da jaula. Sandra está agachada e arrepanhou o vestido preso até o colo; sua cabeça empurra o topo da jaula ligeiramente para cima. A água molha seus pés descalços e atinge a parede atrás dela, escurecendo o piso de cimento.

Sandra pega a escova da mão de Alice e esfrega os restos de fezes secas do canto da gaiola.

— Como está seu pescoço? — Alice pergunta.

— Não melhorou.

— Vou ver se consigo encontrar alguma coisa para você usar como travesseiro.

— Obrigada.

A água turva escoa para um dos canais de drenagem. Fios de cabelo e outros pedaços de lixo ficam presos no ralo.

— Tá legal, hora de enxaguar — Alice diz.

Ela esvazia o segundo balde de água no chão e Sandra devolve a escova pela escotilha de comida.

— Você está com febre de novo? — Sandra pergunta, reparando no rosto de Alice.

— Acho que não vou durar muito mais tempo — ela responde baixinho.

— Não diga uma coisa dessas; daqui a alguns dias você vai estar boa.

Alice sustenta o olhar e diz:

— Lembre-se: você prometeu encontrar minha mãe quando sair daqui.

— Sim — Sandra responde em tom solene.

Alice leva os baldes vazios para fora e fecha a porta. Ela tosse e cospe um pouco de catarro ensanguentado no chão.

Blenda está serrando os braços e pernas do corpo de Kim e cremando os restos mortais esquartejados atrás do sétimo barracão. É repugnante o odor adocicado da carne carbonizada. A fumaça amortalha todo o pátio, dando ao sol da tarde o aspecto de uma moeda de prata reluzente através da névoa.

Alice carrega a canga numa das mãos enquanto se dirige ao sexto barracão. Vê Mia erguer ligeiramente a cabeça e olhar para ela com olhos semicerrados.

Não há sinal da Vovó no pátio. Talvez esteja no semirreboque.

Alice enche o primeiro balde, segura com as duas mãos a grade enferrujada sobre o ralo e a mantém erguida. Depois a abaixa até o chão, ao lado do buraco.

Vovó surge da névoa atrás do caminhão com um recipiente de cloro numa das mãos.

Alice começa a encher o segundo balde e observa a Vovó subir no semirreboque. A garota se inclina para a frente e mergulha a mão na água fria do ralo. Deitada de bruços, enfia o braço inteiro no buraco.

Com a ponta dos dedos, tateia até sentir a abrupta curva do cano. Vasculha e apalpa devagar os lados inclinados, toca algum tipo de tecido molhado e, em seguida, encontra um objeto sólido.

Ela puxa o pedaço de metal e o joga dentro de um dos baldes, devolve a grade no lugar sobre o ralo e levanta. Olha de relance para o caminhão.

A Vovó ainda está lá dentro.

No fundo do balde ela vê um comprido pedaço de metal que foi afiado até se tornar uma faca. O tecido enrolado ao redor da alça se soltou quase por inteiro. Alice agacha e prende os baldes na canga, depois estica as pernas e vai até a banheira.

Mia levanta a cabeça e olha para Alice com os olhos injetados.

— Apenas fique quieta enquanto eu falo — Alice a instrui, lançando outro olhar de relance para o caminhão. — Você acha que consegue se levantar e correr?

— Talvez — Mia sussurra.

Alice pousa os baldes e tenta sufocar a tosse.

— Você precisa ter certeza... A Vovó vai mandar o cachorro atrás de você assim que perceber que sumiu.

— Me dê mais dez minutos.

— Estou quase terminando de lavar as jaulas e não sei se terei outra chance — Alice responde.

— Cinco minutos...

— Você vai morrer se ficar aqui; sabe disso, não sabe? Vamos fazer o seguinte: deixo a faca com você. Você a esconde debaixo da banheira antes de fugir... Fique na estrada, e se vier algum carro pule na valeta. Não entre na floresta, porque há armadilhas espalhadas por toda parte.

— Obrigada — Mia diz.
— Você se lembra do meu nome?
— Alice — Mia diz, tentando umedecer os lábios.

Alice tira a faca de dentro do balde, coloca-a na mão livre de Mia, levanta e vai para o primeiro barracão.

Caesar vai matar todas elas assim que perceber que Mia fugiu. Sua violência saiu de controle desde que Jenny Lind tentou escapar, e parece que está apenas à espera de um pretexto para massacrar toda a fazenda.

Depois de soltar os baldes e colocá-los no chão, Alice abre a porta e se vira para olhar o pátio. Em meio à névoa esfumaçada, vê Mia se levantar com as pernas trêmulas. Ela deixa cair a faca, apoia-se na borda da banheira e começa a andar.

Alice carrega os baldes para dentro do barracão e abre as duas jaulas.

— Vão embora agora — ela diz. — Sigam a estrada e fiquem longe da floresta.

— Do que você está falando? — Rosanna pergunta.
— Caesar vai matar qualquer uma de nós que permanecer aqui.
— Não estou entendendo — Sandra diz.
— A Mia está fugindo. Vou abrir as outras jaulas. Depressa!

Ela decide que vai pegar a faca da banheira, matar a Vovó e depois soltar todas as outras garotas, entrar na casa e se deitar numa das camas.

Alice olha de relance para a porta, vê a luz do fim de tarde bruxulear na fresta e ouve a movimentação das mulheres nas jaulas.

A porta range suavemente nas dobradiças.

Ela fecha os olhos cansados e imagina ouvir música dos fones de ouvido de outra pessoa num barulhento vagão do metrô.

Percebe vozes fracas e agitadas e cães latindo.

Alice volta a abrir os olhos e nota que a luz lá fora assumiu uma tonalidade vermelho-suja.

Se dá conta de que deve estar tendo um delírio febril e provavelmente está prestes a perder a consciência.

Uma sombra fugaz passa como um raio.

Alice tropeça mas seu ombro bate numa das jaulas, o que a ajuda a se manter de pé.

O recinto escuro parece girar.

Duas das quatro garotas saíram de suas jaulas.

Vocês precisam se apressar, Alice pensa enquanto se encaminha para a porta.

Ela tem a sensação de que está flutuando, mas o cascalho que crepita sob seus pés é ensurdecedor.

Alice vê sua mão se erguer, como se estivesse sendo puxada por um barbante; as pontas dos dedos alcançam a porta e a empurram.

Não consegue se segurar, embora possa ver a Vovó pela fresta.

A porta se escancara.

As mulheres atrás de Alice gritam de medo.

Do lado de fora, a Vovó está apoiada na bengala. A mão livre empunha um machado.

Envolta na fumaça do crematório, no meio do pátio, Mia está de pé com os braços abertos, na pose de Jesus Cristo.

Uma hora depois, a única luz vem do caminhão, que está estacionado com o motor ligado nas proximidades. Os faróis iluminam a floresta, e as lanternas traseiras do semirreboque banham a casa de vermelho.

Ao lado de Mia, Alice tenta manter o equilíbrio, seus próprios braços também estendidos para os lados. A alguns passos de distância estão as duas garotas que saíram das jaulas no primeiro barracão. As coxas e os joelhos de Rosanna sofreram violentas mordidas do cachorro, e ela parece estar com muita dor. Sangra bastante e já fraquejou várias vezes.

A Vovó prendeu o dente na ponta da bengala e segura o machado na outra mão. Encara as garotas com uma mistura de expectativa e raiva.

— Nós tratamos vocês feito princesas mimadas aqui, e ainda assim tentam escapar. Mas vamos encontrar todas as ovelhas desgarradas, nunca vamos desistir, porque vocês são muito valiosas para nós...

Alice tosse e tenta cuspir, mas agora está tão fraca que a maior parte do sangue escorre em seu queixo e peito.

— Isso é Deus chamando você — a Vovó diz, parando na frente dela.

Alice cambaleia, levanta os braços um pouco mais alto. A Vovó a observa por alguns segundos, o machado balançando ao lado da coxa, e em seguida se dirige a Rosanna.

— Você precisa descansar?

— Não — ela diz, soluçando.

— É humano sentir cansaço.

O cão anda em círculos ao redor. A Vovó inclina a cabeça e olha para elas com um sorriso irônico.

Alice se lembra da única vez em que entrou na suíte da casa principal. Ao lado da cama de casal havia um berço repleto de pequenos ossos brancos, milhares de minúsculos crânios de animais.

Mas, por cima deles, viu também dois pequenos crânios de crianças humanas.

A fumaça ainda rodopia em volta do sétimo barracão, formando nuvens ondulantes que parecem desenhar enormes crânios macios no negrume da noite.

Alice sente as mãos ficarem quentes e volta a si. Rapidamente ergue os braços de novo.

A Vovó não percebeu.

O coração de Alice martela e dispara jorros de adrenalina gelada em suas veias.

Ela precisa encontrar uma maneira de não descambar para os delírios febris.

A perna ferida de Rosanna cede e ela cai de joelhos sem abaixar os braços. A Vovó leva o machado ao ombro e a observa por um momento.

— Eu já vou me levantar. Vou fazer isso agora — Rosanna implora.

— Cadê a cruz? Eu não estou vendo a cruz.

— Espere, eu...

Mas a Vovó crava o machado na testa da garota, praticamente rachando sua cabeça em duas. Alice se sente zonza e fecha os olhos. Se levanta do chão e flutua para longe junto com a fumaça, sobre as copas das árvores.

92

Erik acorda caído no chão do consultório, acometido de uma terrível dor de cabeça. Tem a sensação de que sob suas costas há uma pedra aquecida pelo sol.

Ele olha para a luz no teto e tenta se lembrar do que aconteceu.

Martin veio vê-lo, pedindo para ser hipnotizado uma última vez antes que ele e Pamela fossem levados pela polícia para a segurança de um esconderijo.

Erik fecha os olhos por um momento.

Martin estava em hipnose profunda quando de súbito se levantou da espreguiçadeira com os olhos arregalados, agarrou um cinzeiro de bronze e golpeou repetidamente a cabeça de Erik.

O médico se chocou contra a mesa e desabou, derrubando consigo uma pilha de papéis; bateu a cabeça no chão e perdeu a consciência.

Agora faz silêncio na casa. O sol da tarde entra pelas cortinas.

O celular está sobre a escrivaninha.

Provavelmente continua gravando.

Erik decide ligar para Joona antes de ir ao banheiro inspecionar seus ferimentos, mas, quando tenta sentar, sente uma queimação no ombro direito.

O hipnotista não consegue levantar o tronco nem um único centímetro do chão.

Ele geme de dor. Fecha os olhos e fica completamente imóvel; volta a abri-los e, com cautela, tenta erguer a cabeça.

O canivete espanhol que usa como abridor de cartas trespassou seu ombro e está cravado no assoalho de carvalho.

O calor que Erik sente nas costas é do sangue que escorre do ferimento.

Ele sabe que precisa respirar mais devagar. Se conseguir se manter absolutamente imóvel, talvez consiga retardar o choque circulatório.

Tenta relaxar o corpo enquanto repassa mentalmente o que aconteceu.

Numa sugestão intra-hipnótica, Erik realizou um funeral para os dois irmãos mortos de Martin. Foi uma tentativa de fazê-lo ver que os meninos não tinham mais poder sobre ele.

Um erro grave.

Os irmãos não apenas impediam Martin de se lembrar e falar como bloqueavam a passagem para um lado completamente diferente dele.

Acabou que, quando entraram no segundo estágio da sessão de hipnose, Erik sem querer abriu uma porta que permanecera fechada por muitos anos.

Pouco a pouco, ele conduziu Martin de volta às suas memórias do parque do Observatório:

— Você está entrando na escuridão agora — Erik disse com voz suave. — Você ouve a chuva bater no guarda-chuva e se aproxima do parquinho... Dois, um, zero...

— Sim — Martin sussurrou.

— Você para na casinha de brinquedo.

— Sim.

— O tempo congela e, quando o flash da câmera dispara, a luz se espalha lentamente pela noite. Ela chega ao trepa-trepa e o clarão não perde a intensidade... Agora você pode ver Caesar.

— Há camadas de vidro, mas nos reflexos consigo ver um homem com uma velha cartola...

— Você o reconhece?

— Ele está esculpindo um rosto numa batata com uma faquinha de descascar e... seus lábios molhados se mexem, mas acho que quem está falando de fato é o rosto esculpido...

— E o que está dizendo? — Erik perguntou.

— Que eu sou Gideão e Davi, Esaú e o rei Salomão... Eu sei que é verdade, e vejo meu próprio rosto de criança... Está sorrindo e assentindo com a cabeça.

— Mas o que você vê no clarão do flash?

— Jenny.

— Você está vendo Jenny Lind no parquinho?

— Ela está esperneando. Um sapato cai do pé, o corpo dela começa a balançar... O laço aperta e o sangue começa a escorrer pela garganta, pelo peito... As mãos dela se inquietam, tentam se agarrar...
— Quem está tirando as fotos?
— A mãe... vendo os filhos brincarem...
— A mãe está sozinha com Jenny no parquinho?
— Não.
— Quem mais está lá?
— Um homem.
— Onde?
— Dentro da casinha de brinquedo... ele está olhando pela janela.

Os pelos dos braços de Erik se arrepiaram quando se deu conta de que Martin estava vendo o próprio rosto refletido no vidro.

— Como se chama o homem?
— Nosso nome é Caesar — ele respondeu calmamente.

O coração de Erik começou a bater mais forte, mais rápido. Foi, sem sombra de dúvida, a experiência mais extraordinária que já vivenciou como hipnotista.

— Você diz que se chama Caesar, mas se isso for verdade quem é Martin?
— Um reflexo — ele murmurou.

Os transtornos dissociativos de identidade estão incluídos na quarta edição do Manual Diagnóstico e Estatístico de Transtornos Mentais (DSM-IV-TR) da Associação Psiquiátrica Americana, a obra de referência mais utilizada no campo da psiquiatria; porém, muitos especialistas relutam em fazer esse diagnóstico.

Erik não acredita na existência de múltiplas personalidades, mas naquele momento não tinha intenção de questionar Caesar como um indivíduo independente.

— Fale-me sobre você, Caesar — ele pediu.
— Meu pai era um patriarca... Quando eu era criança, ele era dono de uma empresa de logística e de uma fazenda de criação de visons. Foi através das peles de vison que o Senhor o recompensou e fez dele um homem rico... Ele foi escolhido, e Deus lhe prometeu doze filhos homens.
— Doze filhos homens?

— A mamãe não podia ter mais filhos depois que eu nasci...
— Mas você tinha dois irmãos, não é?
— Sim, porque... certa noite meu pai voltou para casa com uma mulher que havia encontrado na beira da estrada. Ele me disse que com ela teria mais filhos homens. No começo, Silpa gritou muito quando ele a trancou no porão, mas quando meu meio-irmão Jockum nasceu ela foi viver dentro da casa principal. E quando o pequeno Martin chegou Silpa exigiu que minha mãe cedesse o lugar dela no quarto.

Ele abriu a boca como se não conseguisse respirar. A barriga se retesou.

— Apenas ouça a minha voz... você está respirando calmamente, seu corpo está relaxado — Erik prosseguiu, pousando a mão no ombro de Martin. — Conte-me o que aconteceu com sua mãe.

— A minha mãe? Ela sofreu na pele a ira do meu pai... Teve que ficar de pé no pátio por onze horas, como Jesus Cristo na cruz... antes de ser transferida para o porão.

— Você estava com ela no porão?

— Eu sou o primogênito — Martin respondeu, num fiapo de voz quase inaudível. — Mas uma noite minha mãe entrou sorrateiramente na casa e me acordou para...

A boca de Martin continuou a formar palavras e frases, mas Erik não conseguia mais ouvir o que ele tentava dizer. As mãos de Martin se crisparam e abriram, e seu queixo começou a tremer.

— Eu não consigo ouvir você.

— Estavam todos mortos — ele sussurrou.

— Volte para aquele momento, quando sua mãe acordou você.

— Ela me disse para segui-la, ligar o motor do caminhão e esperar até que voltasse.

— Quantos anos você tinha?

— Sete e meio... A essa altura eu já tinha começado a aprender a dirigir o caminhão no pátio... precisava ficar de pé para alcançar os pedais. A mamãe disse que aquilo era só uma brincadeira, que ela ia me ver brincar... mas eu a vi encostar uma escada na parede da casa. Ela acenou para mim, subiu lá com a mangueira e a enfiou no vão da janela de ventilação do quarto.

— Quem estava lá dentro? — Erik perguntou, consciente de que suas costas estavam úmidas de suor.

— Todo mundo... meu pai, Silpa e meus irmãos — Martin respondeu com um sorriso apático. — Minha mãe me deixou na frente da TV assistindo a um vídeo enquanto arrastava os corpos pra fora... assim que terminou, ela voltou e explicou que estava tudo bem.

— Estava tudo bem em que sentido?

— Porque não era meu pai quem deveria ter doze filhos homens, era eu... E olhei para o meu próprio rosto refletido na tela da TV, onde vi um homem de cartola, e vi que estava feliz.

Erik presumira que Martin havia inventado Caesar na tentativa de transferir para outra pessoa o assassinato e seus sentimentos de culpa, mas nesse momento compreendeu que era Caesar quem levava Martin dentro de si.

— Você tinha apenas sete anos e meio, o que você pensou quando ela disse que você teria doze filhos homens?

— Ela me mostrou a imagem de dentro do crânio de vison e disse que era meu sinal. Disse que era uma marca que simbolizava a mim, vestido no meu traje de crisma... com os braços abertos e um capuz pontudo.

— Não estou entendendo muito bem.

— Era eu — ele sussurrou. — Deus criou um paraíso para seus filhos... e cabe às mães vê-los brincar.

Erik fez questão de manter Martin no mesmo nível de hipnose profunda e, com cuidado, o conduziu pelo passado.

Caesar falou sobre sua rígida criação cristã, seu trabalho e educação na fazenda. Algumas partes eram quase inaudíveis, por exemplo quando descreveu as entregas de ração — subprodutos das fábricas de processamento de carne e peixe.

— Quando o velho motorista parou de trabalhar, uma jovem chamada Maria assumiu. Eu sempre mantinha distância quando ela vinha, mas a mamãe me via olhando pra ela... Até que um dia convidou Maria para tomar café com biscoitos de gengibre. Ela adormeceu no sofá, e a mamãe tirou a roupa dela e disse que Maria me daria muitos filhos... Nós a trancamos no porão e eu dormia com ela todas as noites em que ela não estava sangrando... No verão seguinte, apareceu um pequeno inchaço na barriga dela e Maria se mudou pra dentro da casa.

O sorriso de Caesar desapareceu, e de sua boca aberta começou a escorrer saliva queixo abaixo. Com uma voz arrastada e ausente, explicou o que aconteceu depois. Nem tudo Erik conseguiu entender direito, mas tentou juntar as palavras da melhor maneira possível.

Estava claro que Maria começou a implorar para que ele a deixasse ir embora, pelo bem do bebê, e quando percebeu que isso nunca aconteceria se matou enforcada no quarto. Transtornado, Caesar começou a perder o contato com a realidade.

— Eu era um pedaço de grama jogado num rio — ele murmurou.

Erik entendeu que Caesar deixou a fazenda e começou a vagar pelas estradas, numa espécie de estado de fuga. Ele não se lembrava de nada até que o dr. Scheel começou a falar com alguém dentro dele, alguém que o próprio Caesar não conhecia. Essa pessoa se chamava Martin, o mesmo nome de seu irmão mais novo, e não sabia de nada que havia acontecido antes de chegar à unidade de segurança máxima do Hospital Psiquiátrico de Säter.

— Eu tive que dividir um corpo com ele — Caesar murmurou. — Às vezes... às vezes eu não consigo controlar as ocasiões em que sou sugado e apagado.

— É assim que você se sente?

— Meu campo de visão diminui e...

Ele balbuciou algo incoerente sobre espelhos colocados na frente de outros espelhos, criando um buraco de minhoca infinito, que se expande e se encolhe feito as bolsas de ar de uma gaita de foles.

Depois disso, Caesar ficou em silêncio e por um bom tempo se recusou a responder a mais perguntas. No exato instante em que Erik estava prestes a tirá-lo da hipnose ele começou a falar sobre o que fez enquanto Martin construía uma vida em Estocolmo.

Caesar voltou a viver com a mãe na fazenda e os dois começaram a fazer viagens juntos no caminhão, raptando mulheres jovens. Ele descreveu a aparência das garotas, a maneira como amava cada uma e como deu fim à vida de muitas delas.

Erik deduziu que Martin, sem saber, estava vivendo uma vida dupla. Viajava muito a trabalho e provavelmente visitava a mãe sempre que tinha uma chance.

Com o passar dos anos, Caesar começou a perseguir mulheres nas redes sociais; documentava a vida delas e se familiarizava o máximo possível com a rotina de cada uma para fotografá-las.

Não ficou totalmente claro o que ele estava dizendo, mas ao que parece era a mãe quem sequestrava as garotas, as levava para a fazenda e as dopava antes de serem estupradas.

— Martin não sabe o que você anda fazendo?

— Ele não sabe de nada, ele é cego... Ele nem percebeu que eu tinha levado Alice.

— Alice?

— Martin não pôde fazer nada... e quando o caminhão se afastou ele foi até um galho de abeto que sinalizava a área de gelo fino e pisoteou até abrir um buraco para afundar e morrer.

Erik fita o teto e sente uma pontada de angústia ao se lembrar de que Pamela acredita que Alice se afogou naquele dia. Tenta alcançar a faca cravada em seu ombro, mas é impossível; não consegue mais sentir os dedos, tampouco é capaz de mexer a mão direita. Sua respiração se acelerou, e ele sabe que em breve vai se esvair em sangue e morrer.

Erik tentou manter Caesar falando, mas viu que ele estava começando a sair da hipnose.

— Caesar, você se sente profundamente relaxado... Está ouvindo a minha voz; qualquer outro som serve apenas para fazer com que você se concentre ainda mais no que eu estou dizendo... Voltarei a falar com Martin daqui a pouco. Quando eu contar até zero, é com ele que eu falarei... Mas antes disso quero que você me diga onde estão as mulheres.

— Não importa, elas têm que morrer de qualquer maneira... Não vai sobrar nada, nem uma única pedra, nem...

O rosto de Caesar começou a se contrair, os olhos se arregalaram para encarar o nada, a boca parecia à procura de palavras.

— Você está mergulhando cada vez mais fundo, cada vez mais relaxado, respirando com mais calma — Erik prosseguiu. — Nada do que estamos falando é perigoso ou assustador; tudo vai ficar bem quando você me disser onde estão as mulheres...

Martin ainda estava em profundo transe hipnótico quando se levantou da cama, com uma das mãos cobrindo a orelha. Derrubou a luminária de chão, pegou o cinzeiro de bronze e golpeou Erik na cabeça.

Agora, gotas de suor deslizam pelo rosto de Erik, mas ele sente tanto frio que começou a tremer.

Seu coração está acelerado.

Ele fecha os olhos e ouve alguém lá fora, no jardim em frente ao consultório. Tenta pedir ajuda, mas sua voz sai como um suspiro sufocado entre as respirações curtas.

93

O carro ronca quando Joona acelera para ultrapassar um caminhão transportando uma carga completa de madeira. O detetive fez uma incursão ao norte do país procurando, em vão, fazendas de criação de visons na área de Hedemora, e depois de passar por Avesta encontrou um antigo fórum de discussão on-line mencionando uma fazenda sem registro oficial conhecida como Dormen, que vende peles da marca Blackglama a preços baixos.

Ao buscar mais informações sobre a Dormen, descobriu uma fazenda abandonada na floresta próxima à mina de Garpenberg, a pouco mais de dez quilômetros de Hedemora.

Deve ser o lugar.

Joona está a cento e sessenta quilômetros por hora. Vê uma fábrica de cimento passar veloz à sua direita enquanto liga para Roger Emersson, o comandante da Força-Tarefa Nacional.

— Preciso que você autorize uma operação agora.

— Da última vez que fiz isso, meu melhor amigo perdeu a vida — Roger alega.

— Eu sei. Eu sinto muito, e gostaria que...

— Era o trabalho dele — Roger o interrompe bruscamente.

— Eu sei que você foi informado sobre nossa investigação preliminar. Tenho certeza de que consegui localizar Caesar — Joona explica, pensando consigo mesmo que tudo está demorando muito mais do que o necessário.

— Certo.

— Estou convencido de que ele está numa velha fazenda de criação de visons perto da mina de Garpenberg, nos arredores de Hedemora.

— Entendido.

— Estou indo para lá agora; existe o risco de que isso se transforme numa operação de resgate de reféns de grandes proporções.
— Você não consegue se virar sozinho?
— Roger, agora não é hora para discussão; preciso saber se você entende a urgência da coisa. Eu preciso ser capaz de confiar em você.
— Relaxe, Joona, estamos chegando, estamos chegando...

Joona sai da rodovia em Hedemora e acelera em meio à escuridão, passando por vastos campos agrícolas pontilhados de misteriosas máquinas de irrigação.

Tenta diminuir a velocidade ao entrar numa rampa à direita, mas ainda assim os pneus cantam no asfalto. Os arbustos secos na beira da estrada raspam a lateral do carro. Ele pisa fundo em um trecho de reta, chega a uma ponte estreita sobre o rio Dal e vislumbra a água que corre lá embaixo, reluzindo no breu.

As rodas do carro trovejam durante a travessia da ponte. O celular toca e ele atende, enquanto as luzes de Vikbyn passam zunindo pelas janelas.

— Oi, Joona, aqui é Benjamin Bark, filho de Erik...
— Benjamin?
— Meu pai se feriu... Estou na ambulância; não precisa se preocupar, ele vai ficar bem. Mas insistiu que eu ligasse para dizer que Caesar e Martin são a mesma pessoa...
— O que aconteceu?
— Encontrei o papai no consultório com uma faca cravada no ombro. Nada disso faz sentido para mim, mas ele disse que neste exato momento o tal Caesar está indo até a fazenda de visons dele a fim de destruir todas as provas e sumir do mapa...
— Estou quase lá.
— Há armadilhas espalhadas por toda parte na floresta; meu pai me pediu para te avisar sobre isso também.
— Obrigado.
— O papai estava muito confuso, mas pouco antes de colocarem a máscara de oxigênio ele disse algo sobre Caesar ter raptado uma garota chamada Alice.
— Åhlén acabou de me dizer a mesma coisa.

* * *

Joona vira à esquerda depois de Finnhyttan e continua descendo a estreita estrada da floresta. Avista um lago escuro tremeluzindo entre as árvores.

Os faróis do carro varrem a paisagem à frente, iluminando com nitidez os troncos cor de aço que margeiam a estrada. Um cervo se detém por um momento no acostamento antes de saltar para desaparecer escuridão adentro.

Joona pensa com seus botões que Martin podia facilmente receber alta e ser readmitido na Ala 4 sem o conhecimento de Pamela. O direito de confidencialidade do paciente garantia que seus movimentos fossem mantidos em segredo.

Ainda assim, ele deve ter um carro em algum lugar — numa garagem ou numa vaga de estacionamento de longo prazo.

Até então Caesar conseguiu levar uma vida dupla, mas agora está desesperado. Provavelmente pensa que Erik e Pamela estão mortos, e sabe que não demorará muito até que a polícia encontre uma maneira de rastreá-lo. É por isso que quer destruir todos os vestígios e escapar.

Joona passa por um alto portão de aço nos fundos da enorme mina de Boliden. Os holofotes nos postes da cerca iluminam a antiga cava a céu aberto.

Ao longe, entrevê os modernos prédios industriais por entre as árvores, e depois tudo fica novamente envolto em escuridão.

Ele faz uma curva fechada e continua a penetrar mais fundo na floresta.

De acordo com as imagens de satélite, a fazenda fica isolada no meio da mata e é composta de um casarão-sede e sete outras edificações, barracões compridos e afilados.

A estrada se torna mais estreita e acidentada.

Ao perceber que está se aproximando da fazenda, Joona diminui a velocidade, abaixa os faróis e por fim encosta na margem da pista.

Pega a pistola no chão do banco do passageiro e encontra dois pentes de munição sobressalentes no porta-luvas, depois sai do carro, veste o colete à prova de balas e corre pela estrada.

O ar quente da noite cheira a pinho e musgo seco.

Cada vez que seu pé direito toca o chão, uma pontada de dor irradia do ferimento no flanco.

Depois de mais ou menos um quilômetro, ele avista uma luz fraca ao longe e reduz o passo. Desativa a trava de segurança da arma e a engatilha.

Avança a passos silenciosos.

Não há sinal de Caesar, mas ele vê um Chrysler Valiant bastante castigado pelo tempo na frente da casa, a porta do motorista escancarada.

No meio do pátio de cascalho há um caminhão com um semirreboque acoplado, o motor ligado.

O brilho das lanternas traseiras ilumina a fumaça e os gases do escapamento, que se espalham feito uma nuvem de sangue pelo ar abafado.

Não fosse pelo alerta de Benjamin, é quase certo que Joona teria se aproximado por entre as árvores, mas em vez disso se mantém na estradinha.

A arruinada casa de madeira emerge da escuridão e Joona consegue distinguir à direita os estreitos barracões construídos para abrigar as jaulas de visons.

O ar enevoado no pátio pulsa devagar à luz do caminhão.

Joona vê três mulheres absolutamente imóveis na penumbra, de pé com os braços abertos para os lados, como se estivessem crucificadas.

A pose é idêntica à figura nos crânios de vison, às marcas a frio no pescoço das garotas, à postura de Martin na plataforma do metrô e à posição de Caesar em seu quarto na unidade de segurança máxima.

Joona avança com cautela, a pistola abaixada, e percebe a presença de uma senhora idosa atrás das outras três. Com uma bengala pousada no colo, está sentada na borda de uma velha banheira.

Uma das garotas cambaleia, mas consegue recuperar o equilíbrio. Ela levanta o rosto, e seu cabelo encaracolado se afasta.

É a cara de Pamela, uma cópia sem tirar nem pôr — deve ser Alice.

Joona se aproxima da borda externa do tênue círculo de luz e nota que ela está trêmula. Suas pernas tiritam e ela se esforça para manter os braços esticados.

A velha se levanta com gestos cansados e empina o queixo.

Um cachorro começa a latir na frente da casa.

Ainda não há sinal de Caesar.

A equipe da força-tarefa ainda vai demorar meia hora, no mínimo, para chegar.

Alice dá um passo à frente e abaixa os braços; a cada respiração dolorosa, seu peito sobe.

Joona ergue a pistola no instante em que a velha larga a bengala e se aproxima de Alice por trás.

Alguma coisa ao lado do corpo da velha reluz.

Ela está segurando um machado na mão direita.

Joona mira no ombro dela e põe o dedo no gatilho.

Se atirar nela, sua posição será revelada. Isso significa que ele terá que lidar sozinho com o que acontecer a seguir.

Alice afasta o cabelo do rosto, balança e se vira para a velha.

As duas parecem estar conversando.

Num gesto de súplica, Alice junta as mãos à frente do corpo. A velha sorri, diz alguma coisa e empunha o machado acima da cabeça.

Joona aperta o gatilho, acertando-a no ombro. O sangue que jorra do ferimento de saída respinga na borda da banheira atrás da velha.

O machado continua seu movimento descendente.

Joona atira de novo, desta vez no cotovelo, enquanto uma das outras garotas puxa Alice para o lado.

A lâmina passa rente ao rosto dela.

Agora a velha soltou o cabo do machado, que cai no chão e some na escuridão.

Os dois disparos ecoaram entre os barracões.

O cachorro se enfurece e começa a latir.

Alice tomba de lado.

A velha cambaleia para trás e se abaixa para pegar a bengala, o sangue jorrando dos ferimentos.

Joona ouve gritos aterrorizados vindos dos barracões compridos e estreitos.

Enquanto corre na direção da luz com sua pistola em riste, percebe que a garota que está ajudando Alice a se levantar é Mia Andersson.

— Joona Linna, Unidade Nacional de Operações — ele diz, mantendo a voz baixa. — Onde está Caesar? Preciso saber.

— Ele está carregando as coisas da casa no caminhão — Mia responde. — Entra e sai, faz várias viagens e...

— Ele pegou a Blenda; ela está na cabine — a terceira jovem diz, finalmente abaixando os braços trêmulos.

Com a pistola apontada para o caminhão estacionado em frente à casa, Joona saca as algemas.

— Quem é Blenda?

— Uma de nós.

Alice está encostada em Mia e, com expressão de espanto, crava os olhos em Joona. Ela tosse e parece que está prestes a desmaiar. Limpa a boca e tenta dizer alguma coisa, mas não consegue emitir nenhum som. Mia a segura de pé e repete várias vezes que agora vai ficar tudo bem.

Com um olhar vazio, a velha vê o sangue que respinga das pontas dos dedos. Por segurar com muita força a bengala, os nós dos dedos de sua mão esquerda ficaram brancos.

— Largue a bengala e mostre a mão — Joona diz.

— Estou ferida — ela murmura, e devagar ergue os olhos na direção dele.

Joona olha de relance para a casa e o caminhão, dá dois passos à frente e repara que há uma mulher morta na banheira ensanguentada.

— Me dê a sua mão esquerda — Joona repete.

— Eu não entendo...

Nesse momento, um homem grita da floresta atrás do caminhão. Ele urra de dor, e imediatamente depois se cala.

— Cuidado! — Mia grita.

Pelo canto do olho, Joona vê o movimento súbito e se abaixa, tentando se esquivar do golpe da bengala, mas sente algo pontiagudo arranhar seu rosto.

Usando a pistola, Joona derruba a bengala da mão da Vovó ao mesmo tempo que lhe aplica uma rasteira, de modo que ela cai de costas.

A velha bate a nuca no chão e morde a língua.

Joona percorre o entorno com o olhar e usa o pé para virar a mulher de barriga para baixo; finca um joelho entre as omoplatas dela e algema sua mão esquerda no pé da banheira.

Limpa o sangue do rosto e se volta para o caminhão. A reluzente nuvem de fumaça de escapamento ondula suavemente.

— A bengala dela é envenenada — Alice diz, tossindo.

— Que tipo de veneno? O que vai acontecer? — ele pergunta.

— Não sei. Faz você dormir. Mas acho que ela não teve tempo de encher a ampola...

— Você provavelmente vai se sentir cansado ou perder a visão por algum tempo — Mia diz, puxando o braço de Alice para cima de seus ombros.

A velha se levanta, porém não consegue se manter de pé. Com a boca sangrando, rosna e emprega todas as forças para tentar empurrar a banheira, mas em vão.

— Há quantas pessoas presas aqui? — Joona pergunta.

— Oito — Mia responde.

— E estão todas lá dentro?

— Mamãe... — Alice balbucia, ofegante.

94

No espaço entre o caminhão e o semirreboque, Joona consegue distinguir duas figuras. O rosto de Pamela reflete a luz.

Joona aponta a arma na direção das duas silhuetas e entende que Pamela deve ter entrado no carro imediatamente após a conversa dos dois ao telefone — e localizado a fazenda da mesma forma que ele havia feito.

Um galho estala sob os pés dele. As samambaias escuras balançam.

Pamela surge lentamente da orla da floresta, e Joona vê que a pessoa atrás dela é Caesar.

Está grudado nas costas dela e segura uma faca contra sua garganta.

Com a pistola em riste, Joona avança na direção deles.

O rosto de Caesar está escondido atrás do de Pamela.

Ela tropeça, e por um momento uma lasca da bochecha dele fica visível por entre o cabelo da mulher.

O dedo de Joona se contrai no gatilho.

Se Pamela conseguir se afastar um pouco mais de Caesar, pode ser que Joona acerte um tiro de raspão na têmpora dele.

— Polícia! — Joona grita. — Largue a faca e se afaste dela!

— Mãe, olha pra mim! — Caesar diz.

Ele se detém, em seguida arrasta a lâmina alguns centímetros pela garganta de Pamela, fazendo o sangue escorrer do pescoço para o decote de sua blusa. Ela não reage à dor, só olha para a filha, com os olhos arregalados.

A lâmina da faca ainda roça a pele de Pamela. Se Caesar cortar uma artéria, ela não terá chance de chegar ao hospital a tempo.

Joona dá mais um passo à frente. Entrevê apenas uma nesga do ombro de Caesar atrás de Pamela, mas mantém a linha de fogo.

— Me leve no lugar dela! — Alice grita, cambaleando para a frente.

Joona empunha a pistola com as duas mãos, apontando para o olho esquerdo de Pamela. Desloca a mira horizontalmente da bochecha até a orelha.

O cascalho estala sob os pés de Alice.

Pamela para e olha Joona direto nos olhos.

Ela pressiona a garganta contra a faca, e Joona entende o que ela está prestes a fazer. Agora o sangue escorre em profusão pescoço abaixo.

Joona está pronto.

Pamela aperta com mais força o pescoço contra a lâmina, obrigando Caesar a afrouxar um pouco a pressão.

Essa fração de segundo é tudo de que ela precisa para jogar a cabeça para trás e para o lado.

Joona puxa o gatilho e vê Caesar cambalear no instante em que a bala arranca sua orelha.

Sua cabeça é arremessada para o lado como se ele tivesse acabado de ser atingido por um poderoso gancho de esquerda; Caesar cai de joelhos atrás do lado coberto da carroceria.

Sem conseguir vê-lo, Joona se move depressa para a esquerda, mas Pamela está no caminho.

Completamente imóvel, ela fita a filha. Caesar caiu e está deitado na escuridão atrás dela. A sola do sapato é a única parte que Joona consegue ver.

— Pamela, afaste-se dele! — Joona grita, enquanto avança com a pistola empunhada.

Caesar se levanta atrás de Pamela, agarrando o que resta de sua orelha. Aturdido, olha para a faca e a deixa cair no chão.

— Pamela? — ele pergunta com a voz trêmula de medo. — Onde estamos? Eu não entendo o que...

— Atire nele! — Pamela grita para Joona, dando um passo para o lado.

Joona mira no peito, e, mal acaba de apertar o gatilho, ouve-se uma explosão repentina e ensurdecedora.

Ele perde o ar e é jogado para trás no momento em que o som da explosão ressoa ao redor.

Cacos de vidro das janelas voam pelo ar.

O interior da casa é eviscerado e arremessado para fora, numa onda que derruba paredes e estraçalha telhas.

Os painéis de madeira das paredes se estilhaçam; as treliças do telhado são despedaçadas e expelidas para o céu.

Um segundo depois, a onda de choque inicial é seguida por uma bola de fogo, que se expande tão rápido que incendeia os escombros lançados no ar.

Joona desaba de costas e fica de bruços, cobrindo a cabeça com os braços para se proteger da chuva de pedaços de vidro e lascas de madeira em chamas.

O chão seco da floresta na beira do pátio pega fogo.

Uma pesada viga de madeira atinge a nuca de Joona e tudo fica escuro.

Joona ouve Alice chamando a mãe como se a voz viesse de outro mundo.

Ele acorda e tenta se levantar.

A casa é devorada pelas chamas; o telhado está em vias de desmoronar, brasas rodopiam no ar.

O eco da explosão tem o som de ondas quebrando repetidamente contra a costa.

Quando Joona se põe de pé, despenca de suas roupas uma catarata de farpas, fragmentos e poeira.

Sua pistola sumiu, e ele não vê Caesar em lugar algum.

Ao redor, o chão arde com pequenas fogueiras, que iluminam a vasta área em torno do que antes era uma casa.

Trôpega, Pamela caminha para a frente, chamando por Alice e revirando os destroços fumegantes.

Ainda cai sobre o pátio a enorme nuvem de poeira, e brasas incandescentes flutuam no ar turvo.

Não há sinal de Alice, mas Mia e a terceira garota se erguem do chão. Um solitário pé de tênis jaz junto a uma porta carbonizada.

— Vocês viram para onde o Caesar foi? — Joona pergunta.

— Não, eu... Alguma coisa atingiu meu rosto e eu desmaiei — Mia responde.

— E você?

— Não consigo ouvir nada — a outra jovem grita, desorientada.

O nariz de Mia está sangrando e ela tem um talho profundo na testa. Tremendo, ela arranca uma longa lasca de madeira espetada no braço direito.

— Mia? — Pamela diz.

— O que você está fazendo aqui?

— Eu vim te buscar — Pamela responde, cambaleando.

Pamela avança, sangrando profusamente de um ferimento na coxa. A perna da calça está encharcada. Ela empurra para longe do caminho um fragmento de parede com restos de revestimento dourados ainda grudados.

Outra explosão, de menor impacto, ocorre no barracão mais distante. Uma porta voa no ar e as chamas lambem a empena.

— Você consegue tirar todo mundo das jaulas? — Joona pergunta a Mia, apanhando no chão um pedaço de cano.

— Acho que sim — ela responde, olhando para o sangue que escorre ao longo de seu braço e pinga do cotovelo.

As labaredas na edificação mais distante já atingiram o telhado do barracão vizinho.

— Tem certeza de que consegue? — Joona pergunta. — Porque eu preciso dar um jeito de encontrar Caesar.

— Eu consigo, eu dou conta — Mia responde.

A velha está sentada de costas para a banheira, com uma expressão de apatia. Seu rosto está cravejado de estilhaços e os dois olhos foram perfurados; pedaços sangrentos de humor vítreo acinzentado se misturam com a poeira em suas bochechas.

Joona avança a passos largos para o caminhão.

A estrutura da casa principal desmorona e lança para o alto uma torrente de chamas e brasas. Joona sente a onda de calor atingi-lo. Agora a borda inteira da floresta está pegando fogo, colunas de fumaça negra subindo em espiral para o céu noturno.

O caminhão solta um potente silvo e dá a partida.

Atrás do volante está uma jovem que Joona nunca viu.

O motor acelera com um estranho ruído e as enormes rodas giram, esmagando os restos de uma esquadria de janela que estalam sob os pneus.

Joona corre para a frente e pula por cima de uma pia retorcida. As pesadas placas de seu colete à prova de balas batem com baques surdos contra suas costelas.

— Alice! — Pamela grita, mancando atrás do caminhão.

95

O semirreboque arrebenta um dos pilares do portão antes de dar uma guinada, com um rugido, para pegar a estrada. Joona corre através dos destroços em chamas; a fumaça faz seus pulmões arderem, e a dor no torso piora a cada passada, cortando-o como uma faca.

— Alice! — Pamela grita, com a voz roufenha.

Joona pula por cima de uma vala, corta caminho atravessando um emaranhado de urtigas e chega à estrada; no exato momento em que consegue se agarrar a um dos postes que sustentam a cobertura de náilon da carroceria, o caminhão acelera.

O motorista erra a mudança de marchas e arranha a caixa de câmbio.

Joona solta o cano de metal, mas consegue se segurar no caminhão, deixando-se arrastar atrás dele. Com a mão livre, alcança a tampa traseira e se iça para dentro do semirreboque.

Ele se equilibra no chão trêmulo e se vê ao lado de um antigo relógio de pé.

Os pneus levantam um rastro de poeira.

O semirreboque muda bruscamente de rumo. Joona precisa se agarrar a um dos suportes para evitar a queda.

O compartimento de carga está repleto de móveis.

As peças maiores foram empilhadas nas laterais; as caixas menores, cadeiras e luminárias estão dispostas no meio, junto com um espelho de corpo inteiro numa ornamentada moldura dourada.

À luz fraca da casa em chamas, Joona vê Caesar bem no fundo do semirreboque. Está sentado numa poltrona, uma das mãos pousada sobre o apoio do braço, e verifica o celular.

Uma de suas bochechas está manchada de sangue, e os restos despedaçados de sua orelha parecem pequenos espinhos.

Alice está de pé ao lado dele, com um pedaço de fita adesiva na boca. Uma braçadeira de náilon em volta do pescoço a prende a um dos postes verticais. Suas narinas estão pretas de fuligem, e Joona vê que está sangrando numa das sobrancelhas.

O semirreboque sacode outra vez e ela agarra o poste com as duas mãos na tentativa de proteger a garganta.

O caminhão troveja floresta adentro. De repente, fica muito escuro.

Joona percebe que a mulher que as outras chamaram de Blenda deve estar dirigindo. Enquanto corria atrás do caminhão, viu de relance o rosto dela na cabine do motorista.

Galhos e arbustos chicoteiam as laterais do veículo, e o brilho fraco das luzes na parte de trás da cabine é visível através do náilon.

— Meu nome é Joona Linna — ele diz. — Sou detetive da Unidade Nacional de Operações.

— Este caminhão é meu e você não tem o direito de estar aqui — Caesar responde, enfiando o celular no bolso.

— Uma força-tarefa está a caminho. Você não vai conseguir fugir desta vez. Mas se você se entregar agora, isso o ajudará no julgamento.

Joona saca o documento de identificação e o ergue no ar enquanto avança em direção a Caesar, passando por cima de pilhas de peles de vison amarradas com barbante. Ele empurra uma cadeira dourada e um enorme espelho.

— Eu não sigo suas leis — Caesar diz, deslizando a mão direita do braço da poltrona.

Alice não ousa puxar a fita da boca, mas tenta chamar a atenção de Joona balançando a cabeça.

Joona passa por uma cristaleira e ouve as porcelanas tilintarem suavemente dentro do móvel, ao ritmo das vibrações do veículo. Mostra novamente sua identificação, dando a si mesmo um pretexto para seguir em frente. Caesar o examina com um olhar cauteloso através dos óculos empoeirados.

Há alguns pedaços de cornija de plástico dourada empilhados entre uma cabeceira estofada e um sofá em pé.

A barra de engate entre a cabine e o semirreboque range, e o chão começa a tremer sob os pés de Joona.

Ele para em frente a um balde contendo centenas de polaroides de mulheres. Algumas imagens mostram as garotas dormindo nas próprias camas, mas outras foram fotografadas por frestas de portas ou janelas.

— Você sabe que acabou, não sabe? — Joona diz, tentando ver o que Caesar esconde na lateral da poltrona.

— Não acabou; há planos para mim. Sempre houve.

— Deixe a Alice ir e podemos conversar sobre seus planos.

— Deixar a Alice ir? Prefiro decapitá-la primeiro.

Os olhos de Joona estão fixos no antebraço de Caesar. Vê os músculos se tensionarem, nota que a mão dele segura alguma coisa, o ombro se eleva alguns centímetros.

Assim que Joona passa por cima do balde, Caesar o ataca com o facão. Joona já esperava a investida repentina, mas a potência da agressão é descomunal.

Num ágil movimento de cima para baixo, o facão se ergue das sombras. Joona se joga para o lado e se esquiva da lâmina, que passa rente e, com um opaco som metálico, corta o fino pescoço de uma luminária de chão. A cúpula com franjas cai no chão.

Com um leve tremor, o semirreboque dá uma guinada para o lado. Joona cambaleia para trás.

Respirando forte, Caesar vai atrás dele, brandindo de novo a lâmina.

A roda traseira do semirreboque afunda numa vala; o chão se inclina e alguns móveis se entrechocam. As vigas de aço que escoram a cobertura de náilon da carroceria ressoam com um tinido estridente.

Rolos de fita adesiva caem de dentro de um armário.

A porta volta a se fechar.

Caesar recupera o equilíbrio e avança na direção de Joona, golpeando com o facão.

A lâmina atinge uma das barras de metal no teto, produzindo faíscas.

Os pneus trovejam no atrito contra o chão.

Joona recua e derruba a cristaleira entre os dois. Vidros e porcelanas se espatifam no chão.

Uma repentina sacudida perpassa por todo o semirreboque quando o caminhão bate numa árvore à beira da estrada. Joona cambaleia para a frente e Caesar cai de costas. O tronco partido despenca no teto e rasga a lona.

Folhas soltas de papel e guardanapos rodopiam ao vento.

O pescoço de Alice agora está sangrando no ponto onde a braçadeira de náilon cortou sua pele.

Joona se apoia no espaldar de uma cadeira. Uma sensação estranha e gélida se espalha por todo o seu corpo a partir do arranhão no rosto.

Caesar se levanta, ainda segurando o facão numa das mãos. O gume afiado parece uma linha de prata descendo pela lâmina preta.

— Escute, eu sei tudo sobre sua doença. Você pode conseguir ajuda — Joona diz. — Li o estudo de Gustav Scheel. Eu sei que Martin está dentro de você e sei que ele não quer machucar Alice.

Caesar umedece os lábios com a língua, como se estivesse tentando identificar um sabor com o qual não está familiarizado.

Joona percebe que sua visão está começando a falhar.

Uma das luzes na parte de trás da cabine se apagou e a outra balança, solta em seus fios, bruxuleante.

O interior do semirreboque está quase às escuras agora.

As copas das árvores negras lampejam em contraste com o céu azul-escuro.

Caesar ri arreganhando os dentes e seu rosto parece se dividir em dois, distanciando-se, à medida que a visão de Joona embaça.

— Hora de brincar — ele diz, desaparecendo atrás da cabeceira da cama.

Joona se desloca devagar para a frente, em direção à cristaleira tombada. Pisca na escuridão, tentando distinguir qualquer movimento. Cacos de vidro e porcelana estalam sob seus pés.

Caesar mudou de lado e mais uma vez desfere um golpe de facão contra Joona. A lâmina passa roçando seu rosto, fatia o sofá e faz o estofamento explodir para fora.

A cortina de náilon esvoaçante na lateral do caminhão enrosca em alguma coisa do lado de fora e é arrancada. Um rolo de piso vinílico marmorizado amarelo-amarronzado salta pela porta traseira e vai parar dentro de uma vala com uma pancada surda.

Alice puxa a fita adesiva da boca, tossindo, e afunda no chão. A braçadeira de náilon está presa a uma barra horizontal, o que limita seus movimentos, mas ela estica uma perna, alcança com o pé o celular de Caesar e o puxa para si.

Joona não consegue mais enxergar Caesar entre os móveis e percebe que o efeito do veneno deve estar afetando sua visão. A sensação gélida do arranhão na bochecha se espalhou por seu rosto, atingindo os ouvidos.

O semirreboque sacode outra vez e Joona se agarra a uma escrivaninha para manter o equilíbrio.

Força a vista, mas não consegue distinguir os contornos dos móveis na escuridão.

Alice aciona a lanterna do celular, iluminando Caesar, que se esgueirou até chegar ao lado de Joona.

— Cuidado! — ela grita.

Caesar dá um bote contra Joona empunhando o que parecem ser três facões — uma lâmina afiada e duas sombras. Ele consegue jogar o corpo para trás a tempo, de modo que a ponta do facão corta apenas seu colete à prova de balas. Porém, no movimento de descida, a pesada lâmina arranca um pedaço do canto da mesa.

Joona recua.

Alice segue Caesar com a luz da lanterna do celular.

Iluminado por trás, o cabelo dele brilha e os vincos tensos na face se aprofundam ainda mais.

Caesar pula por cima da cristaleira e desaparece atrás do grande espelho.

Joona avança devagar, esfregando os olhos com o polegar e o indicador.

Um buraco na estrada faz os móveis sacudirem.

Caesar sumiu, mas Alice ilumina a parte de trás do espelho.

Nos olhos dela há uma expressão sombria e concentrada.

Joona vê a si mesmo no vidro trêmulo, circundado por móveis e caixas. Dá três passos rápidos para a frente, em direção ao próprio reflexo, e desfere um pontapé em cheio no espelho, acertando Caesar no peito.

Caesar é projetado para trás e desaba de costas, numa explosão de estilhaços de vidro.

Joona nem percebe que se cortou.

O semirreboque tomba para o lado, numa guinada tão abrupta que Alice grita de dor. A luz da lanterna brinca nas paredes.

Joona contorna a moldura dourada do espelho e vê que Caesar já está de pé. Alice aponta a luz para Caesar novamente, no exato momento em que ele se prepara para brandir o facão. Agora a lâmina pesada vem de cima para baixo, mas, em vez de se esquivar dela, Joona dá um passo à frente e enfia a palma da mão esquerda no queixo de Caesar; com o golpe, a cabeça é arremessada para trás e seus óculos voam longe. Joona finaliza o movimento travando na dobra de seu cotovelo o braço que empunha o facão.

Os dois homens cambaleiam juntos para o lado.

Com o punho direito, Joona acerta Caesar no rosto e na garganta até ele soltar o facão, que cai com estrépito.

Ouve-se um violento estrondo e o caminhão inteiro estremece.

O semirreboque é inundado por um jorro de luz brilhante.

Eles acabaram de esmagar o portão de aço nos fundos da velha mina. Altos e poderosos holofotes iluminam de cima toda a área ao redor.

Joona força Caesar até o chão e lhe acerta uma joelhada no peito. Ao mesmo tempo, imobiliza seu braço e o torce para cima.

Ouve o estalo do cotovelo de Caesar se quebrando.

Caesar urra de dor e desmorona de bruços; Joona pisa em seu ombro.

Alice conseguiu pegar o facão e o usa para cortar a braçadeira de náilon em volta do pescoço.

O caminhão prossegue em alta velocidade ao longo de uma larga estrada de cascalho. Deixa para trás um rastro de poeira que é iluminado pelos holofotes.

Joona olha de relance para a frente e, embora sua visão esteja falhando, sabe que estão se aproximando do íngreme fosso da mina abandonada.

— Alice, precisamos saltar do caminhão! — ele grita.

Como se estivesse em um sonho, ela passa por cima de Caesar, balançando com o semirreboque que avança aos solavancos, e seu olhar encontra os olhos de Joona. O rosto dela está coberto de suor; suas bochechas estão febris, os lábios quase brancos.

A caixa de câmbio guincha; Blenda vira à direita, bate em um caminhão basculante abandonado e segue direto para o fosso.

— Salte! — Joona grita, sacando as algemas.

Ele pisca com força tentando enxergar, mas Caesar não passa de uma sombra no chão.

No fundo do semirreboque, Alice se move devagar e hesita, olhando para a paisagem de cascalho, a estrada poeirenta e a encosta à esquerda.

O facão balança frouxo em sua mão.

A motorista pisa nos freios, que chiam mas não funcionam.

O para-choque dianteiro se soltou e raspa o chão, soltando faíscas.

Joona deixa Caesar e corre até os fundos do semirreboque, para junto de Alice, no momento em que sua visão desaparece de vez. O caminhão derruba a última cerca, cujos pedaços amassados se misturam à nuvem de poeira que fica para trás. Com o motor rugindo alto, o veículo dispara em direção ao imenso fosso.

96

À luz dos faróis do carro, Pamela vê fragmentos de árvores e acostamentos de grama achatados.

Não está muito atrás do caminhão.

O carro de Dennis estava estacionado junto ao cordão de isolamento na rua Karlavägen e, enquanto eles dirigiam para o norte, Pamela procurou fazendas de criação de visons na área de Hedemora, lembrando-se de que uma vez Martin lhe dissera que, quando criança, costumava brincar numa velha mina.

Pamela faz uma curva, acelera e passa por cima de galhos quebrados na estreita estrada da floresta. O solo áspero raspa o fundo do carro.

As lembranças do que aconteceu quando ela e Dennis chegaram à fazenda invadem sua mente como sonhos febris.

Tinham acabado de deixar o carro ao lado do caminhão quando Caesar os pegou de surpresa. Eles deram meia-volta e tentaram escapar para a floresta, mas Dennis parou de repente, gritando de dor.

Pamela estava de joelhos, tentando abrir as mandíbulas da armadilha, quando Caesar deu um passo à frente. Acertou Dennis na cabeça com uma pedra, depois a agarrou pelo cabelo, arrastou-a para que ela ficasse de pé e apertou uma faca contra sua garganta.

Pamela sabe que está dirigindo mais rápido do que sua habilidade de controlar o carro permite; uma curva repentina surge do nada e ela derrapa no cascalho solto.

Ela freia, tentando virar o volante, mas o carro sai da estrada. A traseira bate numa árvore e as janelas se estilhaçam.

Pamela geme de dor por causa do ferimento na perna.

Engata a ré, volta à estrada e acelera.

Ao se aproximar da mina bem iluminada, vê que o portão de metal foi destruído. Passa direto por cima das placas deformadas e avista o caminhão mais ou menos cem metros à frente, em meio à poeira rodopiante.

O cascalho áspero estala sob os pneus.

O caminhão faz uma curva fechada, bate num barranco e tomba de lado. A barra de engate se rompe, separando o semirreboque da cabine.

A cabine desliza pelo chão, colidindo com um velho trator-carregador. O para-brisa estilhaça e o exterior de metal é amassado.

O semirreboque desatrelado com a cobertura de náilon rasgada começa a rolar para trás em direção ao fosso da mina. O eixo quebrado raspa no chão.

Pamela pisa fundo no acelerador e passa por cima dos últimos destroços da cerca destruída. Alguma coisa se prende no eixo dianteiro, ela perde o controle e derrapa como se estivesse no gelo.

Quando freia, o carro gira e o para-lama dianteiro bate numa pilha de mantas para desmonte — pedaços de borracha de pneus unidos por cabos de aço — antes de parar de supetão. Os faróis racham, e a cabeça de Pamela se choca contra a janela lateral do veículo. Ela sai do carro aos tropeços e começa a correr atrás do semirreboque, que segue lentamente em direção ao fosso.

— Alice! — ela grita.

Os pneus traseiros rolam por sobre a borda e ouve-se um estrondoso baque quando o assoalho do semirreboque atinge o solo.

O pesado veículo desliza devagar para trás em direção à queda, mas de repente cessa, balançando como uma gangorra.

Pamela para de correr e, ao se aproximar, percebe que todo o seu corpo treme. O ar está pesado com o odor de diesel e areia quente.

Ouve-se um rangido e as rodas do caminhão se erguem do chão quando o veículo balança para a frente.

Do lado de dentro, Martin se levanta, segurando o cotovelo.

A cobertura do semirreboque desapareceu quase que por completo, e a estrutura de aço ao redor de Martin parece uma jaula.

O relógio de pé tomba e despenca precipício abaixo. Ela o ouve atingir uma parede antes de continuar a cair e se espatifar no fundo do fosso.

— Não, isso não, não pode ser... — Pamela sussurra.

Sente que está prestes a desmaiar quando chega à borda e olha para baixo.

Não há sinal de Alice ou Joona. Ela dá um passo para trás e tenta se recompor, mas sua mente está alvoroçada.

O semirreboque oscila de novo, num solavanco que faz o braço da direção bater contra o chão. O tecido esfarrapado esvoaça suavemente na brisa.

— Pamela, o que está acontecendo? — Martin pergunta, com voz assustada. — Eu não me lembro do que...

— Cadê a Alice? — ela pergunta, aos gritos.

— Alice? Você está falando da nossa Alice?

— Ela nunca foi sua.

O semirreboque se inclina outra vez e um balde de plástico desliza pelo chão aos pés de Martin.

Na borda do fosso, rochas começam a se desprender e cair lá embaixo.

O chassi geme sob a tensão.

Martin dá dois passos em direção a Pamela; o veículo recupera o equilíbrio, mas de repente, com um guincho estridente, desliza cerca de mais meio metro rumo ao abismo. Martin tomba para a frente, evita a queda com uma das mãos, levanta e encara Pamela.

— Caesar sou eu? — ele pergunta.

— Sim — ela responde, olhando direto nos olhos aterrorizados dele.

Martin olha para baixo e por um momento permanece imóvel, depois vira as costas para Pamela. Segurando-se nas vigas do semirreboque, caminha lentamente em direção ao fosso.

Quando passa pelo ponto central o caminhão começa a adernar, e as rodas se levantam do chão na frente de Pamela.

Móveis e estilhaços de vidros começam a deslizar pelo chão e despenham escuridão adentro.

Martin se detém e se agarra com firmeza enquanto o semirreboque inteiro começa a escorregar por cima da borda.

Parte da rocha abaixo se solta e cai com estrépito, batendo nas paredes do fosso.

Ouve-se um guincho ensurdecedor, e então é como se o abismo tivesse despertado para a vida, farejado o cheiro de Caesar e o devorado inteiro com uma única bocada.

O semirreboque some.

O silêncio antes de a frente do semirreboque se chocar contra um leito de rocha cerca de trinta metros abaixo parece impossivelmente longo. O veículo dá uma cambalhota, continua caindo escuridão adentro e se desfaz em pedaços no fundo da cava da mina, em meio a uma nuvem de poeira.

Pamela se afasta e ouve o eco do estrondo entre as paredes de pedra. Com as mãos trêmulas, cobre a boca, olhando de relance para o carro, a cerca quebrada e a estrada de cascalho ladeira abaixo.

Por trás da cabine do caminhão capotada, ela vê dois vultos subindo a ladeira.

Pamela dá um passo na direção deles, afastando o cabelo do rosto.

Joona anda devagar; seus olhos estão fechados, mas é ele quem parece manter Alice de pé, com um braço em volta de sua cintura.

Mancando, Pamela corre até os dois. Não sabe se está realmente chamando o nome da filha ou se tudo acontece apenas em sua imaginação.

Joona e Alice param assim que ela os alcança.

— Oh, Alice, Alice... — Pamela repete, aos soluços.

Com as mãos fechadas em concha ela segura o rosto da filha e olha profundamente em seus olhos. Um sentimento de inimaginável misericórdia parece envolvê-la como água morna.

— Mamãe — Alice sorri.

As duas mulheres caem juntas de joelhos na areia, num abraço apertado. Ouvem-se sirenes ao longe, aproximando-se.

97

O clarão da luz do teto ofusca o texto "CNN — Notícias de última hora da Suécia" no rodapé do noticiário exibido na tela encardida do celular.

Policiais vestidos de preto com capacetes e rifles semiautomáticos se movimentam num pátio de cascalho rodeado pela floresta.

Mulheres imundas são conduzidas para ambulâncias, outras estão deitadas em macas. Ao fundo, os escombros de uma casa desmoronada, arrasada por uma explosão.

— O pesadelo acabou — o âncora do programa jornalístico relata. — Doze jovens vinham sendo mantidas prisioneiras nesta fazenda de criação de visons nos arredores de Hedemora, algumas por até cinco anos.

Imagens de drone mostram vários barracões incendiados entre as árvores, enquanto o apresentador explica que a polícia ainda não divulgou nenhuma informação sobre o suspeito.

Uma das mulheres mantidas em cativeiro concede entrevista no local enquanto é atendida por paramédicos:

— Foi um policial que encontrou a gente, ele nos salvou sozinho... Meu Deus — ela diz, soluçando. — Eu só quero ir pra casa, ver minha mãe e meu pai.

Depois ela é levada para uma ambulância que está à espera.

Lumi pausa o noticiário, fecha os olhos por um momento e liga para o pai.

Enquanto o celular toca, ela sai do ateliê da universidade e já está caminhando pelo corredor quando Joona atende, com voz ansiosa.

— Lumi?

— Acabei de ver as notícias sobre as meninas que...

— Ah, isso... No fim das contas acabou bem — ele diz.

As pernas de Lumi estão instáveis, a ponto de ela precisar parar e se sentar no chão, de costas para a parede.
— Foi você quem as salvou, certo? — ela pergunta.
— Foi um trabalho de equipe.
— Desculpe por ter sido tão burra, pai.
— Mas você estava certa — ele diz. — O melhor seria eu sair da polícia.
— Não, não seria melhor. Eu... eu sinto orgulho de ter você como meu pai; você salvou aquelas mulheres, que...
Ela fica em silêncio, enxugando as lágrimas do rosto.
— Obrigado.
— Estou quase com medo de perguntar se você está ferido — ela sussurra.
— Alguns arranhões.
— Diga a verdade.
— Estou na UTI, mas não precisa se preocupar. Levei apenas algumas facadas, fui fustigado por estilhaços de uma explosão e envenenado com algum tipo de substância que ainda não conseguiram identificar.
— Só isso? — ela pergunta secamente.

Cinco dias se passaram desde os acontecimentos na fazenda de criação de visons. Joona ainda está no hospital, mas saiu da unidade de terapia intensiva.
As bombas que Caesar pôs nos outros barracões nunca detonaram.
Doze mulheres foram resgatadas, mas Blenda morreu dois dias depois devido aos ferimentos que sofreu quando o caminhão caiu no fosso.
O corpo destroçado de Caesar foi encontrado no fundo da mina abandonada. Em meio às ferragens do semirreboque e aos móveis despedaçados, os policiais descobriram também uma caixa contendo os esqueletos de seus irmãos e centenas de crânios de visons.
A Vovó foi presa e está em isolamento. A promotora assumiu a investigação.
Primus foi preso na porta da casa da irmã.

A investigação da cena do crime ainda está em andamento e resta saber exatamente quantas mulheres morreram ou foram assassinadas na fazenda ao longo dos anos. Algumas foram cremadas, outras enterradas ou jogadas dentro de sacos de lixo em locais desconhecidos.

Além de fazer exames, ir a sessões de fisioterapia e trocar os curativos, Joona tem passado a maior parte do tempo em reuniões com a promotora.

Valéria remarcou as passagens e está voltando para casa. De tão preocupada com Joona, chegou a chorar quando conversaram ao telefone.

Erik Maria Bark veio visitar Joona ontem. Já recuperou quase todos os movimentos do ombro e estava tremendamente bem-humorado ao contar todos os detalhes sobre o novo capítulo que planejou para seu livro — baseado no antigo estudo de caso *O homem-espelho*.

Joona veste uma calça de moletom preta e uma camiseta desbotada com as palavras "Regimento Real de Hussardos" na frente. Acaba de passar pela fisioterapeuta, que lhe ensinou exercícios para reconstruir a força do tronco e das costas.

Mancando pelo corredor, pensa na descoberta dos esqueletos dos dois meninos e no bizarro fato de nunca terem sido enterrados nem cremados. Ele precisa falar com Nils sobre a decomposição. Quer saber se chegaram a ser enterrados em algum momento ou se, como no caso dos crânios de vison, a carne foi fervida e separada dos ossos.

Joona entra no quarto, deixa sobre a cama o papel com as instruções da fisioterapia e vai até a janela. Pousa a garrafa de água no parapeito da janela e olha para fora.

O sol espreita por detrás de uma nuvem e incide sobre a áspera garrafa de vidro. A luz sarapintada cai sobre sua mão e a fita cirúrgica sobre os pontos nos nós dos dedos.

Ao ouvir uma batida na porta, Joona se vira no momento em que Pamela entra. Apoiada numa muleta, ela veste um cardigã de tricô verde e uma saia xadrez, os cabelos cacheados presos num rabo de cavalo.

— Você estava dormindo da última vez que eu vim — ela diz.

Ela encosta a muleta na parede e avança claudicando para abraçar Joona, antes de dar um passo para trás e fitá-lo com um olhar solene.

— Joona, eu realmente não sei o que dizer... O que você fez, o fato de você...

A voz falha, ela se cala e abaixa o rosto.

— Eu só gostaria de ter juntado as peças do quebra-cabeça antes — ele diz.

Ela pigarreia e olha para ele.

— Você foi a primeira pessoa a fazer isso. Você é a razão de eu ter minha vida de volta... É mais do que isso, mais do que eu jamais poderia imaginar.

— Às vezes as coisas funcionam do jeito que deveriam — ele diz, sorrindo.

Pamela meneia a cabeça e olha para a porta.

— Venham aqui dar um oi para o Joona! — ela grita para o corredor.

Alice entra com cautela no quarto. Seus olhos parecem desconfiados, as bochechas coradas. Veste calça e jaqueta jeans e seu cabelo está solto, caindo sobre os ombros.

— Oi de novo — ela diz, parando a cerca de um metro da porta.

— Obrigado pela ajuda no caminhão — Joona diz.

— Nem pensei nisso, não havia outra opção — ela responde.

— Mas foi muito corajoso da sua parte.

— Não, é que... fazia tanto tempo que eu estava trancada que quase comecei a aceitar que ninguém jamais encontraria a gente — ela explica, olhando para a mãe.

— Como vocês estão? — Joona pergunta.

— Muito bem, na verdade — Pamela diz. — As duas cheias de hematomas, enfaixadas e costuradas... Alice teve pneumonia mas está tomando antibióticos agora, então a febre passou.

— Ótimo.

Pamela olha de novo para a porta e depois para Alice.

— A Mia não queria entrar? — ela pergunta baixinho.

— Eu não sei — ela responde.

— Mia? — Pamela chama em voz alta.

Mia entra no quarto e segura a mão de Alice antes de se dirigir a Joona. Seu cabelo azul e cor-de-rosa está solto sobre as maçãs do rosto. Ela usa batom vermelho, suas sobrancelhas estão delineadas e ela veste uma regata com estampa camuflada e calça preta.

— Mia — ela se apresenta, estendendo a mão.

— Joona. — Ele aperta a mão dela. — Se você soubesse o quanto eu procurei por você nas últimas semanas...

— Obrigada por não ter desistido.

Ela se cala; seus olhos ficam marejados.

— Como você está? — ele pergunta.

— Eu? Tive sorte, saí disso inteira.

— Ela vai ser minha irmã — Alice diz a Joona.

Mia abaixa os olhos, sorrindo para si mesma.

— Nós concordamos que eu vou adotar a Mia — Pamela explica.

— Ainda não consigo acreditar — Mia sussurra, e por um momento esconde o rosto nas mãos.

Pamela senta em uma cadeira e estica a perna machucada. A luz do sol que entra pela janela bate em seu rosto cansado e faz o cabelo brilhar como cobre.

— Você falou sobre juntar as peças do quebra-cabeça — ela diz, respirando fundo. — E eu sei que agora consigo ter uma visão geral da história toda, mas ainda não sou capaz de acreditar que Martin fez essas coisas. Simplesmente não faz sentido: eu o conheço, ou o conhecia; ele era uma boa pessoa.

— Eu sei, eu sinto a mesma coisa — Alice diz, apoiando-se com uma das mãos contra a parede. — No começo eu implorei a Caesar para me deixar ir embora. Eu o chamava de Martin, tentava falar com ele sobre a mamãe, sobre nossas memórias compartilhadas, mas ele não reagia. Era como se não tivesse ideia do que eu estava falando... Até que um dia, depois de algum tempo, comecei a pensar que Caesar era muito parecido com Martin mas não era ele... Eu não conseguia entender.

Joona passa a mão pelo cabelo e franze a testa.

— Conversei bastante com Erik Maria Bark a respeito disso e acho que temos que aceitar que, embora Martin e Caesar compartilhassem um corpo, em termos puramente psicológicos eles são pessoas separadas — Joona diz. — É provável que Martin não tivesse a menor ideia de que Caesar existia, apesar de estar empenhado em algum tipo de batalha inconsciente contra ele... Mas Caesar tinha plena consciência da existência de Martin; ele o odiava e se recusava a aceitar o direito de o outro existir.

— Isso é verdade? — Pamela pergunta, enxugando algumas lágrimas do rosto.

— Acho que não existe outra explicação — Joona diz.

— Nós sobrevivemos; é o que importa — Pamela fala.

— Mãe, posso esperar lá fora? — Alice pede.

— Já é hora de irmos — Pamela responde, levantando-se.

— Não quero te apressar, só preciso tomar um pouco de ar — Alice explica, passando-lhe a muleta.

— Podemos conversar depois — Joona fala.

— Eu te ligo — Pamela diz. — Mas só preciso perguntar se você sabe alguma coisa sobre o julgamento.

— Parece que vai começar em meados de agosto. A promotoria vai pedir que seja a portas fechadas — ele relata.

— Que bom.

— Sem a presença de jornalistas, sem plateia, apenas as pessoas diretamente envolvidas: as vítimas e as testemunhas.

— Nós? — Mia pergunta.

— Sim.

— A Vovó vai estar lá? — Alice pergunta e seu rosto empalidece.

98

As portas da protegida sala de audiências do Tribunal Distrital de Estocolmo estão fechadas; a iluminação artificial brilha no vidro à prova de balas ao redor da galeria quase vazia.

Na frente da sala, o juiz está sentado a uma mesa de madeira clara ao lado de três juízes leigos e do oficial de justiça.

A promotora é uma mulher de cinquenta e poucos anos que usa andador. Tem um rosto simétrico, olhos grandes e verde-escuros e veste um terno claro; em seu cabelo loiro há uma presilha cor-de-rosa.

Completamente imóvel, a Vovó está sentada em seu folgado uniforme de presidiária com um curativo sobre os dois olhos e o braço direito engessado. Sua boca está firmemente cerrada, e os sulcos profundos ao redor dos lábios dão a impressão de estarem costurados.

Não há registros e documentos oficiais nem dela nem de Caesar em lugar nenhum e, como ela se recusa a dizer seu nome, é chamada de NN.

As evidências sugerem que ela, tal qual o filho, nasceu e foi criada na fazenda de visons em Hedemora.

Ao longo de toda a sessão principal do julgamento, a idosa se recusou a dizer uma única palavra, nem mesmo a sua representante legal. Depois que a promotora apresentou a acusação, a advogada de defesa anunciou que a ré admitia algumas das circunstâncias mas negava ter cometido qualquer crime.

As audiências envolvendo as testemunhas e os autores da ação já duram duas semanas. Muitas das jovens mantidas em cativeiro têm dificuldade para falar sobre suas experiências. Algumas passaram o tempo todo sentadas abraçadas a si mesmas, fitando o chão, e outras choraram ou se fecharam, tremendo.

Hoje, no último dia de depoimentos, Joona Linna foi chamado a dar seu testemunho.

A promotora caminha devagar até onde Joona está sentado, as rodas de borracha do andador rolando em silêncio pelo chão. De dentro de uma pasta ela tira uma foto, mas precisa fazer uma pausa porque sua mão treme muito. Ela espera um momento e mostra a imagem de Jenny Lind que foi divulgada na mídia quando a garota desapareceu.

— O senhor poderia, por favor, nos contar sobre a investigação policial que levou à operação na fazenda de criação de visons? — ela pede.

A sala fica em silêncio quase absoluto enquanto Joona explica o caso em pormenores: além de sua voz, o único som que se ouve vem do zumbido do aparelho de ar-condicionado e de uma ou outra tosse ocasional.

A Vovó inclina a cabeça como se estivesse ouvindo música numa sala de concertos.

Joona conclui o relato enfatizando o papel ativo e decisivo da velha no sequestro das mulheres, em mantê-las em cativeiro e nos maus-tratos, estupros e assassinatos.

— Martin encontrava as vítimas nas redes sociais e começava a persegui-las... mas era ela quem usava uma peruca e uma jaqueta de couro preta e dirigia o caminhão — ele explica.

— Na sua opinião, ela fazia isso sob coação? — a promotora indaga.

— Eu diria que um coagia o outro... numa complexa interação de medo e influência destrutiva.

A promotora tira os óculos de leitura e sem querer borra o rímel. Olhando para Joona, ela diz:

— Como demonstramos, os abusos e maus-tratos aconteceram por um longo período, prolongando-se talvez por gerações. Mas como é possível que isso tenha continuado a acontecer se Martin precisava de cuidados psiquiátricos em tempo integral?

— Ele se internava de forma voluntária e não recebia cuidados psiquiátricos forenses — Joona responde. — Isso significa que, assim como a maioria dos outros pacientes em sua ala de tratamento, ele poderia receber alta ou autorização para sair durante o dia praticamente toda vez que quisesse... e sem a necessidade de informar nenhum amigo ou familiar devido ao direito de confidencialidade.

— Conseguimos associar cada um dos incidentes a uma data em que, segundo os registros, ele ou teve alta ou estava ausente da ala de tratamento psiquiátrico — a promotora diz ao juiz e aos juízes leigos.

— Ele também mantinha um carro não registrado numa garagem particular em Akalla, o mesmo Chrysler Valiant que encontramos na fazenda durante nossa operação.

Joona continua a responder a perguntas por mais duas horas e, após um breve intervalo, a promotora apresenta os argumentos finais ao tribunal e pede uma sentença de prisão perpétua.

A advogada de defesa não tenta se aprofundar em nenhum detalhe específico, tampouco se dá ao trabalho de lançar qualquer dúvida. Simplesmente repete que a acusada agiu de boa-fé e nega qualquer conduta ilegal.

A sala de audiências se esvazia enquanto a corte delibera sobre o veredicto. Os guardas levam a Vovó embora e Joona sai pelas portas da cafeteria do tribunal acompanhado de Pamela, Alice e Mia.

Ele compra café, suco, pãezinhos doces e sanduíches e pede que elas tentem comer, mesmo que não estejam com fome.

— Talvez seja uma longa espera — ele explica.

— Quer alguma coisa? — Pamela pergunta a Alice, que balança a cabeça, apertando as mãos entre as coxas.

— Mia?

— Não, obrigada.

— Nem um pãozinho?

— Tá bom — ela responde e pega um pedaço das mãos de Pamela.

— Alice? Pelo menos um pouco de suco.

Alice faz que sim com a cabeça, pega o copo e bebe um gole.

— Imagine se eles resolverem deixar a velha sair impune — Mia murmura, tirando pelotas de açúcar do pão doce.

— Eles não vão fazer isso — Joona a tranquiliza.

Ficam sentados em silêncio por um bom tempo, ouvindo o alto--falante anunciar os casos e observando as pessoas se levantarem para sair da cafeteria.

Pamela mordisca o sanduíche e toma um gole de café.

Quando por fim são chamados de volta à sala de audiências para ouvir o veredicto, Alice permanece sentada.

— Eu não consigo fazer isso, nunca mais quero ver aquela mulher — ela declara.

Três semanas depois, Joona se vê caminhando por um corredor na ala feminina do Presídio de Kronoberg. O piso laminado brilha feito gelo sob o brilho frio das luzes. As paredes, rodapés e portas estão amassados e riscados. Um guarda usando um par de luvas de látex azuis joga um saco de roupa suja num carrinho.

Na sala do Conselho Nacional de Medicina Legal, a assistente social, o psicólogo e o psiquiatra estão sentados em seus lugares habituais, à espera de Joona.

— Bem-vindo — o médico o cumprimenta.

A velha conhecida como Vovó está afivelada a uma cadeira de rodas na frente deles. Os curativos que enfaixavam sua cabeça sumiram e seu cabelo grisalho cai frouxamente sobre as maçãs do rosto. Seus olhos estão fechados.

— Caesar? — ela sussurra.

A enfermeira lhe diz algo reconfortante, dando batidinhas de leve em sua mão.

Três semanas antes, quando o tribunal concluiu suas deliberações e as partes envolvidas foram chamadas de volta à sala de audiências, Alice e Pamela permaneceram na cafeteria do tribunal. Mia acompanhou Joona de volta à sala e ficou ao lado dele enquanto o juiz dava o veredicto.

A velha não demonstrou nenhuma emoção ao saber que havia sido considerada culpada de todas as acusações.

— A senhora passará por uma avaliação psicológica antes de qualquer audiência de apelação ou de a sentença ser proferida.

Desde então, o psicólogo vem avaliando a capacidade intelectual geral e a personalidade da idosa, ao passo que o psiquiatra a examina para verificar se ela tem algum problema neurológico, hormonal ou cromossômico.

O objetivo é determinar se ela sofria de algum transtorno mental grave quando cometeu os crimes, se há o risco de repeti-los e se precisa de cuidados psiquiátricos forenses.

— Caesar? — ela pergunta de novo.

Antes de falar, o psiquiatra espera até que Joona se sente. Ele pigarreia e repete o motivo de estarem ali, apresenta todas as pessoas reunidas na sala, como sempre faz, e esclarece que nenhum deles tem o dever de manter sigilo profissional perante o tribunal.

— Assim que o Caesar vier me tirar daqui vai ficar tudo bem de novo — a Vovó murmura para si mesma.

As grossas correias da cadeira estalam quando ela tenta puxar os braços para trás. Suas mãos ficam pálidas, até que ela por fim desiste.

— A senhora poderia explicar por que matou Jenny Lind no parquinho? — o psicólogo pergunta.

— O Senhor mandou enforcar Judas Iscariotes... — a velha responde calmamente.

— A senhora quer dizer que Jenny era uma traidora?

— Primeiro a jovem Frida fugiu pela floresta e foi pega em uma armadilha... Eu a ajudei a voltar para casa e a acalmei.

— Como? — Joona quer saber.

A velha vira a cabeça e semicerra os olhos. Vê-se apenas o acrílico branco de seus olhos protéticos temporários.

— Eu serrei os pés dela, porque assim não seria tentada a escapar de novo... Depois disso ela mudou de ideia e confessou que tinha o número de telefone de uma amiga anotado num pedaço de papel... E como eu sabia que ela estava mentindo quando disse que a Jenny não sabia dos seus planos, troquei o papel por um outro, com o número do telefone do meu filho, e deixei as meninas sozinhas... Eu queria saber se elas tinham um celular escondido na floresta; queria mostrar a elas que o Senhor a tudo vê...

Jenny Lind provavelmente pegou a Vovó de surpresa quando de repente entrou em ação depois de todo aquele tempo em cativeiro, Joona pensa consigo mesmo. Caesar mentiu sobre contar com amigos na polícia, então Jenny deve ter pensado que não havia escolha a não ser se comunicar com o contato de Frida. Quando encontrou o pedaço de papel, não hesitou. Fugiu para a floresta imediatamente.

— Agora sabemos que Jenny ligou para seu filho quando chegou a Estocolmo e que ele combinou de encontrá-la no parquinho... mas por que a senhora estava lá? — Joona pergunta.

— Foi minha culpa ela ter escapado. A responsabilidade era minha.

— Mas mesmo assim Caesar apareceu — Joona observa.

— Apenas para ter certeza de que ela seria repreendida do jeito que ele queria... O mundo inteiro veria a vergonha dela.

— A senhora poderia nos contar o que aconteceu no parquinho? — o psicólogo pergunta.

A velha aponta na direção dele seu olhar branco reluzente.

— Jenny desistiu quando viu que era eu que estava à espera no trepa-trepa... A única coisa que pediu foi que não puníssemos seus pais — a Vovó explica. — Ela ficou na posição da cruz e me deixou colocar a corda em seu pescoço. Pensou que Caesar a perdoaria se ela mostrasse que aceitava o castigo, mas acontece que ele não tinha mais amor por ela e não disse uma palavra quando comecei a girar a manivela do guincho.

— *A senhora* queria perdoá-la? — o psicólogo pergunta.

— Quando ela fugiu, enfiou uma faca no coração do meu filho... Nada era capaz de estancar o sangramento; ele estava sofrendo. Depois disso ele ficou impaciente. Prendeu todas as meninas em jaulas, mas de nada adiantou. Já não conseguia mais confiar nelas.

— E qual foi o papel da senhora em tudo isso?

Ela se inclina para a frente com um sorriso, as mechas grisalhas caindo sobre o rosto e os olhos brancos e estreitos.

Como ela não responde, o psicólogo reformula a pergunta:

— A senhora consegue entender por que Jenny Lind quis fugir?

— Não — a velha diz, levantando o rosto outra vez.

— Mas a senhora sabe que nenhuma daquelas mulheres foi para a fazenda de própria vontade.

— Primeiro você precisa se sujeitar... a felicidade vem depois.

O psicólogo faz uma anotação em seu bloco e folheia o manual de referência metodológica. A Vovó fecha a boca, fazendo com que suas rugas acentuadas se aprofundem.

— A senhora se considera portadora de um transtorno mental? — o psicólogo pergunta.

Ela não responde.

— A senhora sabia que Caesar tinha um grave transtorno mental?

— O Senhor escolhe Suas pedras angulares sem pedir permissão — ela diz, cuspindo na direção dele.

— Acho que ela precisa de uma pausa — a enfermeira diz.

— Caesar alguma vez falou sobre Martin Nordström? — Joona pergunta.

— Não diga esse nome — a Vovó retruca, puxando as correias de contenção.

— Por que não?

— Ele é a pessoa por trás disto? — ela pergunta, elevando a voz. — É ele quem está tentando estragar tudo?

Puxa as correias com tanta força que as rodas da cadeira estalam.

— O que leva a senhora a dizer isso?

— Ele sempre odiou meu filho, perseguindo-o por toda parte — ela responde aos gritos. — Porque é um desgraçado ciumento...

Com um urro, ela consegue soltar um dos braços. Sangue escorre da pele rasgada.

A enfermeira enche uma seringa com medicamento e acopla uma agulha.

A Vovó rosna entre respirações curtas; ofegando, ela suga o sangue das costas da mão e tenta afrouxar a correia do outro braço.

— Caesar? — ela vocifera, roufenha. — Caesar!

Epílogo

Valéria e Joona estão sentados à mesa em sua minúscula cozinha, comendo hambúrgueres com batatas cozidas e molho, picles de pepino e geleia de amora. O fogo que crepita no velho fogão de ferro fundido projeta trêmulas estrelas de luz nas paredes brancas.

Joona passou a morar na casa de Valéria desde que ela voltou do Brasil. Tudo está como sempre, exceto a fotografia da menina recém-nascida na porta da geladeira.

Na segunda-feira o julgamento chegou ao fim. A Vovó foi condenada a internação compulsória numa instituição de tratamento psiquiátrico, com cláusulas bastante extraordinárias aplicadas a qualquer possível futuro processo de liberdade condicional, e encaminhada à Unidade 30 em Säter.

Por ser violenta, a velha cega é mantida em isolamento, longe dos demais pacientes, em uma cama de contenção aparafusada ao chão. Durante todas as horas do dia em que passa acordada ela pede, aos gritos e soluços, que Caesar a deixe sair do porão.

Enquanto comem, Joona conta a Valéria sobre o caso que ocupou a maior parte de seu tempo enquanto ela estava fora. Descreve tudo em pormenores, desde o primeiro assassinato que veio à tona até a morte de Caesar no fosso da mina, explicando de que modo cada uma das estranhas peças do quebra-cabeça acabaram por se encaixar.

— Inacreditável — Valéria sussurra quando ele conclui o relato.
— Portanto, ele era inocente e culpado ao mesmo tempo.
— Eu entendo o que você quer dizer e posso ver como essa é a peça que faltava, como você falou... Isso faz sentido, mas ainda tenho dificuldade para engolir como é que Martin e Caesar poderiam compartilhar o mesmo corpo.
— Você não acredita em transtornos dissociativos de identidade ou em múltiplas personalidades?

— Para ser totalmente sincera, não sei — ela diz, abrindo um sorriso que faz seu queixo enrugar.

— O contexto de tudo isso é que Caesar nasceu em casa e seu nascimento nunca foi registrado, então ninguém sabia que ele existia, nem as coisas a que ele foi submetido... Toda a sua vida girava em torno do pai severo e punitivo, obcecado em ter muitos filhos homens e povoar o mundo — Joona explica.

— Mas a mãe não estava disposta a ser deixada de escanteio.

— Caesar não tinha nem oito anos de idade quando ajudou a mãe a matar o pai e o resto da família... Ela convenceu o menino de que ele havia sido escolhido por Deus e assumiria o papel do pai. Agora ele era responsável por ter doze filhos homens.

— Como ela fez isso?

— Ela encontrou nos crânios dos visons a prova do status de escolhido do filho... Julgava ver nos crânios uma imagem impressa de Caesar em seu traje de crisma, de pé com os braços abertos para os lados como Jesus Cristo na cruz.

— As marcas de congelamento — Valéria sussurra. — Agora estou arrepiada...

— Eles se aferraram a essa ideia, os dois. Para eles era verdade, tinha que ser verdade... e estava tudo escrito na Bíblia — Joona continua.

Valéria se levanta e põe mais lenha no fogão, sopra as brasas, fecha de novo a portinhola e enche a cafeteira com água.

— Muitas vezes me ponho a pensar que as religiões patriarcais não têm sido tão boas para as mulheres.

— Não.

— Mas ainda assim há uma distância muito grande entre ser o escolhido por Deus e se tornar um assassino em série — ela diz, sentando-se novamente.

Joona conta sobre a primeira mulher que mãe e filho mantiveram em cativeiro, sobre o suicídio dela depois de engravidar e sobre o período que Caesar passou como paciente na unidade de segurança máxima do hospital em Säter. Explica a teoria de Gustav Scheel de que a personalidade de Caesar se dividiu em duas para preservar tanto o menino que amava seus meios-irmãos quanto a criança que ajudou a matá-los — o rapaz que sabia que era errado manter uma mulher trancada no porão e o menino que tirou proveito disso.

A imagem grandiosa que Caesar tinha de si mesmo como progenitor era sua maneira de escapar da dor desses traumas insuportáveis.

Mas a vida feliz de Martin com Pamela e sua enteada, Alice, era uma constante ameaça a essa manobra mental.

— Caesar passou a odiar Martin.

— Porque era o oposto dele, um homem bondoso e moderno — Valéria diz.

— E foi Martin que Gustav Scheel registrou, a quem deu uma nova vida.

— Eu entendo — Valéria diz, recostando-se na cadeira.

— Temos quase certeza de que Caesar iniciou o incêndio na unidade de segurança máxima na tentativa de matar seu médico e apagar qualquer ligação com Martin.

— Porque se fizesse isso seria o único a saber a verdade, certo?

— Sim, essa era a ideia... mas o estranho é que, no fim das contas, Martin se envolveu na luta... Para Caesar, a batalha deles era consciente, e para Martin era inconsciente, algo que se tornou evidente sobretudo quando, durante a viagem, Caesar sequestrou Alice e a entregou para sua mãe. Martin respondeu pisoteando o gelo frágil, sem saber que o que realmente estava tentando fazer era abrir um buraco para matar Caesar afogado.

— Mas ele não conseguiu — Valéria sussurra.

— Martin foi salvo, mas acabou sofrendo de uma psicose paranoica em que seus dois meios-irmãos mortos o vigiavam... É difícil saber ao certo, mas procurar tratamento psiquiátrico em tempo integral pode ter sido sua tentativa de encarcerar Caesar.

Joona se levanta e bate a cabeça na lâmpada do teto. Enche duas xícaras de café e as traz de volta para a mesa.

— Mas ninguém consegue enganar a si mesmo.

— Não, aí é que está o xis da questão — Joona diz, sentando-se. — Caesar arranjou a situação de tal modo que tinha autorização para deixar a unidade quando bem quisesse, o que significava que poderia sair e continuar a agir como de costume. E provavelmente tudo teria continuado assim por anos a fio se Jenny Lind não tivesse escapado.

Aí Caesar perdeu as estribeiras, ficou ultrajado e começou a fantasiar sobre punições terríveis.

— Então foi por isso que ele tentou envolver Primus — Valéria concorda, soprando o café.

— Caesar ligou para Primus usando o celular secreto do Profeta. E esta é a coisa interessante: Martin estava na ala de tratamento psiquiátrico quando ligou para Primus, mas não conseguia ouvir a própria voz porque a voz pertencia a Caesar... e essa parte dele estava bloqueada. Tudo o que ouviu foram as tentativas de Primus de não ser envolvido no assassinato.

Joona pensa no fato de que Jenny percorreu todo o trajeto até Estocolmo em três dias, pegou um telefone emprestado em uma loja de conveniência e marcou o encontro num parquinho.

— Mas, fora da ala psiquiátrica, Martin e Caesar usavam o mesmo telefone? — Valéria pergunta.

— Martin estava com Pamela, mas sempre que sua mãe ligava era Caesar quem atendia — Joona explica. — Acho que Martin nem tinha consciência do motivo que o levou a sair para passear com o cachorro no meio da noite, só que quando chegou ao parquinho Caesar assumiu as rédeas de novo... O que vimos na filmagem das câmeras de vigilância não era uma testemunha petrificada em estado de choque, na verdade era Caesar, a uma distância segura, certificando-se de que a execução fosse realizada da forma adequada.

— Então era sempre Caesar quem levava a melhor?

— Na verdade, não... porque Martin estava travando uma batalha subconsciente contra ele. Ele desenhou o que viu naquela noite e se deixou hipnotizar na tentativa de desmascarar Caesar. E meu palpite é que também não foi Caesar quem jogou Martin nos trilhos da estação de metrô. Isso foi Martin tentando matar Caesar.

— Sem nem sequer ter noção disso.

— Simplificando um pouco, podemos dizer que Martin acordou e se libertou quando o semirreboque estava balançando na beira do precipício — Joona conclui. — Ele se deu conta de que ele e Caesar eram a mesma pessoa, entendeu o que havia feito e tomou a decisão consciente de se sacrificar para deter Caesar.

* * *

Joona é conduzido à suíte de Saga, onde senta numa das poltronas e, pela janela, contempla as rochas nuas e a superfície áspera do mar.

— Já dá para sentir um pouco de outono no ar — ele diz e olha para Saga.

Ela está enrolada em um cobertor cinza-prateado e tem no colo um livro da Biblioteca Pública de Norrtälje.

Joona lhe conta sobre a resolução do caso mais bizarro em que já trabalhou.

Saga não faz nenhuma pergunta, mas é óbvio que está ouvindo sobre como os detalhes se espelham, juntando-se para formar a resposta.

Joona explica que Caesar não sabia que havia sido esterilizado no período em que esteve em Säter, mas que sua incapacidade de fazer jus à autoimagem de patriarca gradualmente se tornou o motivo para controlar as mulheres e exercer seu poder sexual sobre elas.

Quando Joona se levanta para ir embora, Saga pega o romance do colo. É um exemplar de *Lord Jim*, de Joseph Conrad. Ela o abre e tira um cartão-postal que veio dentro do livro, enfiado entre as páginas como um marcador, e o entrega a Joona.

A fotografia em preto e branco, datada de 1898, é do antigo cemitério de vítimas de cólera em Kapellskär.

Joona vira o postal e lê no verso as quatro frases escritas à mão com caneta de ponta de feltro preta:

> Eu tenho uma pistola Makarov vermelho-sangue. Há nove balas brancas no carregador. Uma delas está reservada para Joona Linna. A única pessoa que pode salvá-lo é você.
>
> Artur K. Jewel

Joona devolve o cartão-postal a Saga; ela o enfia no livro antes de erguer os olhos e encará-lo.

— O nome é um anagrama — ela diz.

Uma nota do autor

O homem-espelho pretende ser uma obra de entretenimento, mas a ficção policial também pode ser um lugar para discussões sobre a humanidade e o mundo em que vivemos.

Como tantos outros autores antes de nós, optamos por isolar um problema global específico e enquadrá-lo numa situação limitada em que uma solução é possível. Isso não significa que não estejamos cientes da realidade.

O mais provável é que haja uma enorme subnotificação das estatísticas, mas de acordo com dados recentes da Organização das Nações Unidas e da Organização Mundial da Saúde, mais de um bilhão de mulheres em todo o mundo são submetidas a algum tipo de violência sexual. Mais de quarenta milhões estão envolvidas na prostituição, cinquenta milhões são forçadas a viver como escravas e 750 milhões se casam antes de completar dezoito anos. Oitenta e sete mil mulheres são assassinadas todos os anos, e metade dos feminicídios é cometida pelo companheiro ou outro parente.

Conheça os livros de Lars Kepler publicados pela Alfaguara

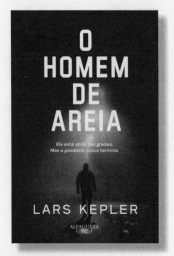

Um homem dado como morto há sete anos reaparece. Quando o detetive Joona Linna começa a investigar, surgem novas evidências sobre um caso que parecia encerrado.

"Um dos thrillers mais emocionantes dos últimos tempos." — *Sunday Times*

Páginas: 462
Formato: 15.00 × 23.40 cm
Lançamento: 2018
ISBN: 978-85-5652-073-9

Um assassino em série aterroriza Estocolmo: ele observa e filma suas vítimas dentro de casa, coloca os vídeos no YouTube e depois as mata de modo brutal.

"*Stalker* é assustador, mas uma ótima leitura. Você deve demorar um pouco para dormir depois de terminá-lo." — *Daily Express*

Páginas: 560
Formato: 15.00 × 23.40 cm
Lançamento: 2019
ISBN: 978-85-5652-094-4

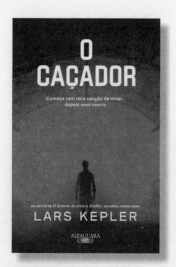

Há dois anos em uma prisão de segurança máxima, Joona Linna recebe uma inesperada visita: a polícia precisa de sua ajuda para deter um assassino.

"*O caçador* confirma Kepler como o mestre dos romances policiais psicológicos, mostrando o lado sombrio da humanidade." — *Library Journal*

Páginas: 528
Formato: 15.00 × 23.40 cm
Lançamento: 2020
ISBN: 978-85-5652-095-1

Enquanto tentam desvendar uma série de crimes que acontecem por toda a Europa, Joona e a policial Saga Bauer têm de confrontar um fantasma do passado.

"Impiedosamente sombrio." — *Booklist*

Páginas: 536
Formato: 15.00 × 23.40 cm
Lançamento: 2022
ISBN: 978-85-5652-138-5

ESTA OBRA FOI COMPOSTA PELA ABREU'S SYSTEM EM ADOBE GARAMOND
E IMPRESSA EM OFSETE PELA LIS GRÁFICA SOBRE PAPEL PÓLEN NATURAL
DA SUZANO S.A. PARA A EDITORA SCHWARCZ EM OUTUBRO DE 2023

A marca FSC® é a garantia de que a madeira utilizada na fabricação do papel deste livro provém de florestas que foram gerenciadas de maneira ambientalmente correta, socialmente justa e economicamente viável, além de outras fontes de origem controlada.